केलिडोस्कोप

केलिडोस्कोप

सन्तोष दीक्षित

वाणी प्रकाशन

वाणी प्रकाशन

ज्ञान के विविध आयामों के प्रकाशक

वाणी प्रकाशन का 'लोगो' विख्यात चित्रकार मक़बूल फ़िदा हुसेन की कूची से

वाणी प्रकाशन, 4695, 21-ए, दरियागंज, नयी दिल्ली-110002

वाणी प्रकाशन, अशोक राजपथ (पटना कॉलेज के सामने), पटना (बिहार)

KELIDOSCOPE

by Santosh Dikshit

Novel

ISBN : 978-81-8143-964-2

प्रथम संस्करण

मूल्य : 400/-

वाणी प्रकाशन

फोन : 0091#11#23273167, 23275710

फैक्स : 0091#11#23275710

वेबसाइट : www.vaniprakashan.in

ई-मेल : vaniprakashan@gmail.com

vani_prakashan@yahoo.com

आर.टेक ऑफसेट प्रिंटर्स द्वारा दिल्ली-110095 में मुद्रित

एक

यह पहला फ्रेम है यानी कि पहला चौखटा।

इसमें सब कुछ गड्डमड्ड है, यानी कुछ भी सिलसिलेवार नहीं! फिर भी कुछ तो है जो इसके केंद्र में है और ढेर सारा या कि बहुत कुछ इसके पार्श्व में या कि चारों बगल। ...पीछे और चारों बगल, जिसे कि अंग्रेजी में बैकग्राउंड कहते हैं। पहले के फोटुओं में पीछे एक परदा हुआ करता था : काला परदा। वहाँ चमकते चेहरे के पीछे सब कुछ छिपाने की प्रवृत्ति थी। फिर आगे चलकर यह पर्दा ही जीवंत हो उठा। यानी पर्दे पर सीनरी। एक से बढ़कर एक उड़ान। लेकिन यह भी धोखे की टट्टी थी एक तरह से। एक फूहड़ धोखा या भोंडा यथार्थ। यदि कोई हावड़ा पुल के पर्दे के सामने खड़े होकर चित्र उतरवाता तो बोध कुछ-कुछ ऐसा होता मानो उस व्यक्ति और पुल में अंतःसंबंध है। लेकिन फिर समय थोड़ा और आगे सरका और बाग-बगीचे से लेकर सूखे पत्रविहीन गाछ और दूर-दूर तक एक-दूसरे के समानांतर दौड़तीं रेल की पटरियाँ, सभी जीवन के हिस्से हो गए।

संतु के पास उसके खानदानी एलबम में उसकी एक ऐसी तस्वीर है जिसमें वह एकदम नंग-धड़ंग खड़ा है और बैक ग्राउंड में है सिकुड़ी, सहमी टेरू बहू और जीभ निकालकर हाँफता एक कुत्ता। टेरू बहू लाज की गठरी बनने की ठीक पूर्वावस्था में है, क्योंकि उसे अचानक, अभी तुरत-फुरत ही यह अहसास हुआ कि इस तस्वीर में वह भी कैद होने जा रही है। यद्यपि कि अब तक उसने पल्ला सर पर ले लिया है। फिर भी उसके सलज्ज होठों से एक बहुत ही बारीक, शर्म से दोहरी-तिहरी होती मुस्कान झाँक रही है कि इस्सऽ...ये क्या तमाशा है। जब कि संतु के चेहरे पर प्रसन्नता एक लंबी किलकारी की अनुगूँज की तरह अभी भी नज़र आ रही है। नंग-धड़ंग संतु के चेहरे का यह उल्लास कुछ इसी तरह का है कि सामने के किसी ताल-तलैया में दौड़ते हुए उसने अब छलाँग लगाई कि तब...!

लेकिन संतु को इस क्षण की कोई याद नहीं। जैसे कि उसे यह भी याद नहीं कि जब वह पैदा हुआ था तो बेहद कमजोर था और रूई के फाहे पर लिटाकर इटैलियन जैतून के तेल से नित्य मालिश होती थी उसकी। उसे तो यह भी याद नहीं कि कब उस पर दया कर उसकी धनवान मौसी उसे कानपुर उठा ले गयी थीं, जहाँ अंगूर-बेदाने के रस और काली गाय के दूध पर ही आगे के दो वर्षों तक उसकी परवरिश होती रही थी। उसके मौसा कानपुर नगरपालिका में कुछ थे और इतने बड़े थे कि उनके नाम पर हेलमेटनगर (आज के गोविंद नगर) में एक सड़क का नामकरण भी किया गया था।

तो संतु के पहले फ्रेम में यह सब कुछ भी नहीं। वहाँ तो केंद्र में है एक तारीख जो कि भारतीय इतिहास के लिए एक मामूली ही दिन हो शायद। लेकिन संतु के लिए इस दिन की बेहद अहमियत है। यह दिन उसे बार-बार याद है... आज भी। अच्छी तरह दही को बिलोने पर भी जो एक मोटी छाली बार-बार ऊपर उभर कर आ जाती है, कुछ इसी तरह। इसी दिन को केंद्र में रखकर अपनी याददाश्त का पहला जाल बुन सका है वह, जिसमें निश्चित रूप से छोटे-मोटे फतिंगों की मानिंद फँसे कुछ दिन और घटनाएँ अभी तक कँपकँपा रहे हैं। शायद उस दिन उसने खुद को बुरी तरह ठगा महसूस किया था पहली दफ़ा। या कि बेहद हतप्रभ या कि बेहद खुश था वह उस दिन। या कि एक खामोशपसंद घर के सभी सदस्यों को उसने सामूहिक संवाद करते देखा था। पहली दफ़ा। लेकिन तस्वीर के साथ-साथ पहले थोड़ी चर्चा बैकग्राउंड की। जिसके बारे में यह कहा जाता है कि यह यथार्थ को पकड़ने में सहायक होता है या कि उसे और चमकीला और ठोस शक्ल देता है...।

वह एक ऐसी सुबह थी जब इस घर के लोग ठीक तीन बजे ही जग गए थे। उसी समय बुआ पूड़ियाँ तलने बैठ गयी थीं। इसके पहले रात के उबले आलुओं को नमक-हल्दी मिलाकर वह भून चुकी थीं। यह एक ऐसा खाद्य था जिसे अमूमन लोग यात्रा के दौरान इस्तेमाल करते थे। एक मध्यमवर्गीय पाथेय। चार बजते-बजते रोवा-रोवाहट और सिसकियों की आवाजें फूटने लगीं थी आँगन से...और ठीक पाँच बजे मिर्दाटोली के इस्माइल ताँगेवाले ने दरवाज़े पर हाँक लगा दी थी।

सब कुछ एकदम समयानुसार एवं सलीके से इसलिए हो पा रहा था, क्योंकि इस विदाई की तैयारी हफ़्तों से चल रही थी। इस घर का बड़ा लड़का पटना के पोस्टमास्टर जेनरल के कार्यालय में क्लर्की में लगा हुआ था। उसने अपनी चौथी संतान की जँचगी के लिए कोई साल भर पहले अपनी पत्नी को यहाँ भेज दिया था। अब जबकि नवागंतुक सात मास से ऊपर का होकर इस घर के आँगन में

अपने बाबा की गोद में बैठकर खीर चाट चुका था, घर के बड़े लड़के ने हड़बड़ी मचानी शुरू कर दी थी। इतने दिनों से वह अपने सबसे बड़े बेटे के साथ पटना में कच्ची-पक्की खाकर गुजार रहा था। महीने में एक बार आकर परिवार को देख जाता और खर्चा-पानी दे जाता। उसकी तकलीफ सचमुच बड़ी थी और फरियाद एकदम ज़ायज। सो उनके पिता ने अपनी स्वीकृति देते हुए ओझा जी को बुलवाया और नियत तिथि के तय होने की सूचना पटना भिजवा दी। नवजात पहली बार शहर जा रहा था, सो यह ऐहतिहात जरूरी था। इन्हीं दिनों संतु की बाल लीलाओं से इस घर का ईंट-ईंट तक परिचित हुआ। अपनी बुआ का वह सबसे अधिक लाड़ला बन चुका था। रात में सोता भी उन्हीं के साथ। अपनी गुलथुल काया के साथ थिरकते मटकते हुए अपनी तोतली आवाज़ में वह सब कुछ दुहरा देता, जो उसे उसके दोनों चाचा सिखलाते। बदले में प्राप्त नारियल और जीरे के स्वादवाले लेमनचूसों को घंटों चट्...चट्...चाटता घूमता रहता। बाबा (मम) उसे दुलरूआ, नाक का बाल और जाने क्या-क्या कहते। जरूरत पड़ने पर 'बुढ़बकऊ' के विशेषण से नवाज़ा जाने वाला इकलौता और कोई नहीं, संतु ही था।

बुआ और चाचा के बस चढ़ाने भर की देर होती और संतु पूरे घर में मटक-मटक कर गाने लगता—

"दाल-भात तरकारी नाचे संतु की महतारी...।"

तो इसी लाड़ले संतु ने विदाई का दिन तय होते ही बुआ की शह पर एक ज़िद पसार दी थी, जिसे कि घर के अन्य सदस्यों का बेबाक समर्थन प्राप्त था। संतु के पिता को इसमें अपनी समस्याओं की थोड़ी कतर-ब्योंत दिखी थी, लिहाज़ा वह चुप थे। जबकि संतु की अम्माँ ने इसे अपने मातृत्व में खोट के रूप में आँका था और इस बात का ताना अपने पति को हर समय देने लगी थीं कि एक के ऊपर एक के पैदा हो जाने के कारण वह किसी पर भी अपनी ममता और लाड़ जी भर कभी न लुटा सकीं; जिसे कि वह बिना अपनी गाँठ से कुछ विशेष खर्च किए भरपूर लुटा सकती थीं और जिसकी कि भरपाई अब असंभव थी। "यह बेचारे टुअर बच्चे...।" संतु उनके इस अहसासे-कमतरी से फिलहाल सबसे अधिक लाभान्वित हो रहा था, फिर भी ऐसा अहमक था कि अपनी ज़िद से सूत भर भी टसकने का कभी नाम न लेता...।

अपर इंडिया एक्सप्रेस का समय सुबह में ही था।

घूँघट में रह-रहकर फफक पड़तीं संतु की अम्माँ ताँगे पर बैठने से ठीक पहले अचानक पलट पड़ीं। अपनी ननद बिटिया को एक बार पुनः अंकवार में भरने के बाद उसका हाथ पकड़ वह अस्फुट स्वर में कहने लगीं—"फूल जैसन बेटवा अब

तुम्हारे हवाले रहा बिटियाऽ...! खाली खेले-कूदे मा मत बझाए रखिहौ, तनिका पढ़इबो-लिखइबो करिहौ!''

संतु भकुआया-सा अलग खड़ा था। टुकुर-टुकुर ताकने के अंदाज़ में। समूचे परिदृश्य को समझने-बूझने, सूँघने के यत्न में। निर्वाक्...हतवाक्...। अम्माँ जा रही थीं। बहुत दूर और बहुत दिनों के लिए। साथ में किलकारी भरकर डगमग पैरों से उसके पीछे परछाईं की तरह डोलने वाला उसकी पीठ पर का भाई और गोदीवाला लाल बाबू। आइस-पाइस जैसे खेल में अपरोक्ष रूप से उसे भारी मदद पहुँचानेवाले बड़े भैया...जो कि इधर आए हुए थे। और कभी काल छाया की तरह डोलते-फिरते नज़र आते बाबूजी...। सभी जा रहे थे। संतु की आँखें भर आई थीं। वह अपने इस निर्णय पर सौ-सौ मर्तबा पुनर्विचार करते हुए ऊभ-चूभ हो ही रहा था कि बुआ के एक कड़क आदेश ने तमाम शंकाओं को दरकिनार कर आगे का मार्ग प्रशस्त कर दिया–''खड़ा क्या है...चल...पाँव छू अम्मा, बाबूजी के।''

ननद को अपनी भाभी के विदाई-वचन याद थे। सो ठीक अगले दिन सुबह-सुबह ही कुएँ पर संतु को जमकर नहलाने की प्रक्रिया शुरू हुई। झाँवे पत्थर से रगड़-रगड़कर उसकी काली पड़ चुकीं एड़ियाँ और कुहनियाँ चमकाई गईं। नीम की पत्तियों से बने हरे साबुन से (जिसका झाग आँखों में पड़ते ही अरे मार डाला रे...की जोरदार चीख के साथ वह भोंकरने लगा था), उसे मल-मलकर नहलाया गया। बालों में कपूर मिला नारियल तेल चुपड़ा गया। माथे पर चंदन का गोल टीका। साज-शृंगार पूरा होते ही तुलसी चौरा से लेकर तमाम देवी-देवताओं के चित्रों से भरे पूजा-गृह में उससे शीश नववाया गया। दूध और रोटी के कलेवे के बाद कहीं जाकर उसे यह ज्ञात हुआ कि यह सारी कवायद उसे लँगड़ा मास्टर के स्कूल में आज ही दाखिल कर देने की है।

लँगड़े मास्टर की आस-पास के इलाके में काफी शोहरत थी। पहले वह किसी प्रायवेट कंपनी में कार्यरत थे। काम के दौरान नित्य मुंगेर आने-जाने के क्रम में एक दिन रेलगाड़ी के नीचे आ गए। दोनों पैर ठीक घुटने से नीचे काटने पड़ गए थे उनके। इस भीषण संकट से बच निकलने के बाद आस-पास की बस्तियों के लड़के-बच्चों के लिए वह महाकाल बन अवतरित हुए। उनकी पत्नी बिन्दू जी अक्सर इस बस्ती में भी आतीं। बस्ती में सबसे ज्यादा दबदबा उन दिनों सुकुल जी का ही था। वह सीधे उन्हीं के दरवाज़े जातीं। फिर उन्हें लेकर बस्ती के एक-एक घर

का दौरा करतीं। बच्चों को भेजने के वास्ते निवेदन करतीं। अपनी आजीविका की दुहाई देतीं। उन्हें देखते ही छोटे बच्चे सहमकर अपनी-अपनी माँ के आँचल में दुबक जाते। इतना रुआब या दबदबा था लँगड़े मास्टर का। शैतान बच्चों को उनकी माँएँ लँगड़ा मास्टर के अड़गड़े में दे आने की धमकी देतीं नहीं कि वे शैतानी भूलकर माँ के आगे-पीछे डोलने लगते। लँगड़ा मास्टर का अड़गड़ा ...। ...यही नाम प्रचलित था उस स्कूल का पूरी बस्ती में। संतु के ठीक बगल में रहने वाले बब्बन और उसकी बहन संगीता भी उसी अड़गड़े के कैदी थे। बब्बन जब-तब संतु को अपनी पीठ उघारकर दिखाता। उस पर लंबे लाल-नीले निशान उभरे रहते। बब्बन से जानकारी हासिल थी संतु को—"आठ हाथ लंबी छड़ी लेकर बैठता है स्साला लँगड़वा। पाठ से जरा भी ध्यान हटा नहीं कि अपनी जगह पर बैठे ही बैठे टप्पऽ... से टपका देगा एक पीठ पर। बस बैठकर मिमियाते रहो चुपचाप। जरा भी चीख या आवाज़ निकली नहीं कि टप्पऽ...से एक और। यदि फिर भी बोली बंद नहीं हुई तो फिर समझ लो कि टपऽ...टप्पऽऽ...। जब तक होठ सट नहीं जाते, तब तक। कई लड़के तो दाँत पर दाँत चढ़ाए घंटों वहाँ सिसकते ही रहते हैं।"

ऐसे ही कई हौलनाक वर्णनों को लगातार याद करते हुए संतु की हालत आज ठीक वैसी ही थी, जैसे नहला-धुला और खिला-पिलाकर, बकरे को बलि के वास्ते गार्गिन मैया की देहरी पर ले जाया जा रहा हो। संतु देख चुका था बलि पड़ते हुए। बस्ती के मिसिरों के यहाँ का रिवाज था। बिना बलि के मूड़न-छेदन जैसा शुभ कार्य संपन्न न माना जाता। नवरात्र के दिनों में भी नवमी को बलि पड़ती। चमचमाता 'दाब' लेकर टैरू आता। रस्सी के सहारे अगले-पिछले पैर और गर्दन को खींचकर 'पाठा' को हवा में झुला दिया जाता। देशी पीकर लाल-लाल आँखें नचाता टैरू एक ही झटके में सर अलग कर देता। 'शिकार' का प्रसाद बँटता। तमामा खानेवाले अपने-अपने गोहाल में ईंट के चूल्हे पर अल्यूमिनियम की किसी बहिष्कृत देगची में इसे सिझाते। भात-रोटी रसोई से बनकर आ जाती। पत्तलों पर जीमा जाता वनभोज की तरह। खाने के बाद जब तक कोई स्नान न कर लेता, देहरी लांघ भीतर जाने की अनुमति उसे नहीं होती।

ऐसे ही नाजुक वक्त में संतु ने अपने जीवन का प्रथम विद्रोह किया। ऐसे विद्यालय न हों तो मनुष्य में विद्रोह की क्षमता का स्वाभाविक विकास भी असंभव है। बुआ का तमाम प्रलोभन, मम की डाँट-डपट, महंथ जी का चढ़ता-उतरता पारा और छोटे चाचा की धमकी, किसी का कुछ भी असर नहीं। थक-हारकर बड़े चाचा की सलाह पर छोटे चाचा और बुआ ने कमर कसी। दोनों हाथ पकड़ा गया उसका और उसकी चिल्लाहट से बे-परवाह घसीट ले चले उसे। संतु ने भी आव देखा न

ताव। बुआ की घंटों की तमाम मेहनत पर तत्क्षण पानी फेरता हुआ वहीं जमीन पर ही लोटमलोट होकर धूल-धूसरित हो उठा। साथ-साथ ऊँची चीख और अम्माँ...अम्माँ...की हृदयविदारक गुहार...। बकरे की तरह चुपचाप कट जाने की अपेक्षा अपना यह प्रतिरोध बेहतर लगा संतु को। यह तमाशा जाने किस करवट बैठता कि तभी तिलू अजिया उधर से आ निकलीं। उन्होंने सारे माजरे को देखा, परखा। फिर एक घनघोर तकनीकी आपत्ति जताती हुईं वह बुआ पर ही बरस पड़ीं—"एका पाट छुआई हुई गवा का री...?...हमार जानते में तो न हुआ अभी। अब तुम्हीं सब विचार करो... एका अभी स्कूल भेजना का उचित रही? दुई महीने बाद ही तो है सरस्वती पूजा। सब काम विधि-विधान से होवै है तो नीक लगे है। अभी कौन मार का बूढ़ा हुआ जा रहा है बालक जो...!"

तिलु अजिया की इस आपत्ति से सबको बल मिला। बुआ भी अपने भीतर के अपराध-बोध से मुक्त हो गईं। अब वचनभंगता के ठोस एवं पर्याप्त तर्क थे। मुक्ति मिली संतु को भी—"जाओ, खेलो-कूदो गन आराम से।"

लेकिन खेलते-कूदते, खाते-पीते दो महीना कितनी जल्दी पार हो गया, संतु को एक दिन की भी याद नहीं। ठंड थमी। आम बौराए और वाग्देवी की बड़ी-सी सफ़ेद मूर्ति बड़का दालान में बिठाई गई। संतु की पाट छुआई की रस्म भी मुख्य पूजा के फौरन बाद सम्पन्न हुईं । गुलगुले, बताशे बाँटे बुआ ने। मम और पुरोहित के सम्मिलित प्रयास से संतु ने खड़िया से स्लेट पर "ऊँ0" लिखा। गुलगुला जितना मुलायम और सोंधा था, बताशा उतना ही मीठा। लेकिन संतु इसका लुत्फ़ न उठा सका। उस वक्त भी वह लँगड़े मास्टर की उस लंबी छड़ी के विषय में सोच रहा था...जिसकी परिधि में जाने के द्वार आज से उसके लिए खुल चुके थे। जाहिर है, सब कुछ फीका और बेमजा...।

पहले दिन से ही संतु का सिक्का जम गया वहाँ। बिन्दू जी ने दो घंटे बाद ही अपनी परीक्षण रिपोर्ट दी—"लड़का एकदम गऊ है।"

'ग' से गदहा और गोबर भी होता है;"— लँगड़ा मास्टर ने अपनी खरखराती आवाज़ में कहा।

बिन्दू जी ने पुनः अपना पक्ष रखा—"सीख लेगा, लगन है।" लँगड़ा मास्टर बीच में ही टपक पड़ा—"सीख लेगा, मगर बहुत दूर तक न जा पाएगा। लगन है, पर बोदा है। स्वस्थ है, मगर सुस्त भी।"

उन दिन धनंजय खूब पिटा था। बगल में बैठे मरियल दुबले-पतले पिंटू ने उसे

च्यूँटी काट ली थी। वह भी चौथी दफ़ा। धनंजय का यही कसूर था कि उसने उसे हमेशा की तरह आज भी 'सींक सलाई लप्पपलायी'' कहकर चिढ़ाया था। इसका क्या मतलब कि वह च्यूँटी काट लेगा? वाणी हिंसा का जबाब वाणी हिंसा से ही दो भाई। हाथ क्यों इस्तेमाल करोगे भला? चौथी बार पिंटू ने अभी उसे छुआ ही था कि तड़तड़ा दिया उसने। लगा जैसे भूचाल आ गया हो। इस हॉल में लड़के कई कतार में गोलाकार बैठते थे। लँगड़ा मास्टर ठीक केंद्र में विराजमान रहते। बिन्दू जी नीची कक्षा के बच्चों का कार्य आँकतीं और उन्हें लँगड़ा मास्टर तक पहुँचातीं। सब कुछ एकदम अनुशासनबद्ध ढ़ंग से होता रहता। मगर आज जैसी घोर अनुशासनहीनता...। लँगड़ा मास्टर की आँखें सुर्ख हो उठीं। बदन थरथरा उठा। उन्होंने फौरन सटसटा दिया धनंजय को। धनंजय एक शब्द भी न बोला। दाँत पर दाँत चढ़ाकर बर्दाश्त किया पट्ठे ने। लेकिन छुट्टी के बाद एक अविस्मरणीय घटना घट गई। धनंजय फुर्ती से सीढ़ियां उतरा। बाहर निकलते ही पीछे पलटा और जोर से चिल्लाकर बोला—

''लंगड़दीन बजावे बीन
खींच के मारो पौने तीन।''

उसने एक अश्लील-सा इशारा करते हुए जल्दी-जल्दी में इसे दुहराया और भाग खड़ा हुआ।

लँगड़ा मास्टर के पास एक पूरी ब्रिगेड वफादार एवं पटुशिष्यों की थी। यह ब्रिगेड चकचंदा (गणेशचौथ) के दिनों में जिस लड़के के घर पहुँच जाती, सवा रुपया और सीधा से कम पर घर के बच्चे के मुँदे आँख खोलने को तैयार न होती। महीने के दो रुपये के शुल्क के साथ-साथ यही अतिरिक्त आमदनी होती थी गुरुजी की।

लँगड़ा मास्टर की यह वफादार ब्रिगेड धनंजय को घसीटते ले आई। वह तो उस दिन उसकी हत्या ही हो जाती। पाँच छड़ी हुमचकर देने के बाद जैसे ही वह पूछते—''अब फिर बोलेगा कभी?''

''बोलूँगा... सौ बार बोलूँगा।'' धनंजय स्वतंत्रता आंदोलन के दिनों के किन्हीं महान् सपूत की बरबस ही याद दिलाते हुए बाप रे बाप...उफऽ...आहऽ...अई ...इस्स...जैसी फुलझड़ियाँ छोड़ते छड़ी खाने लगता।

तभी बिंदुजी अड़ गई थीं उस दिन। उन्होंने ही बीच-बचाव किया। बोलीं कि लड़का है, नासमझ है, कोई दुशमन नहीं। धनंजय को पुचकार कर सीढ़ियों के नीचे ले जाते हुए कहा—''तुम्हारे भले के लिए ही न पीटते हैं। कोई दुश्मनी थोड़े न है तुमसे। तुम्हें नहीं पसंद हो तो कल से मत आना बबुआ...।''

बिंदूजी का मधुर और शिष्टभाषी होना काम आया उस दिन। उनकी बात

का फौरन असर हुआ लँगड़ा मास्टर पर। पहले ही दिन संतु ने जाना; उन्हें कोई औलाद नहीं है। कितनी सुघड़, सुत्थर और सुचिक्कन हैं बिंदूजी। इन्हें अगर कोई संतान होती तो देखने में कैसी होती? और पूरे हॉल में घूम-फिरकर संतु की निगाह धनंजय पर ही टिकती।

दिन गुजर रहे थे और संतु अपने दब्बूपन और झेंपूपन के साथ-साथ उस स्कूल में समाने लगा था। लेकिन पानी और तेल का क्या मिलाप। वह प्रचंड गर्मी और लू की हु-हुआहट से किसी लूकट की तरह लहकता हुआ दिन था। गर्मियों में विद्यालय दो पालियों में चलता। एक पाली सुबह सात से दस, दूसरी पाली अपराह्न तीन से पाँच। बीच में खाने और आराम करने की छुट्टी रहती। संतु जब दस बजे लौट रहा था साथियों के संग, घाम से उसका माथा चिनचिनाने लगा था। तिसपर खदहिया की बगल से गुजरते हुए सूखे गू की गमक। यह दुर्गन्ध एक खास सुकून भी दे जाती कि बस... अब आ ही गई मंजिल। एक कबड्डी मारो और किसी को ठेलते तो किसी को बकोटते हुए अपने सुरक्षित किले के अंदर। फिर किसकी मजाल जो मम को ओरहना दे और बदले में दर्जन भर पेचीदे सवालों के साथ मगचपच्ची करे।

संतु ने घर में घुसते ही ठान लिया कि आज दूसरी पारी में नहीं जाना है। उस जैसे लड़के के लिए यह निर्णय बेहद ही अस्वाभाविक था। मगर जिद्दी भी था वह भीतर से उतना ही। ठान लिया सो ठान लिया।

घर में घुसते ही बस्ते को एक ओर फेंककर वह सीधे खाट पर पड़ रहा। बिटिया बुआ दो बार झाँक गईं, मगर आँखें मींचे पड़ा रहा। खाने का बुलावा आने पर उसने सर दर्द और मिचली का बहाना किया (यही बहाना संगीता बराबर करती थी)। दोनों चाचा आकर मनुहार कर गए। बिटिया बुआ कमरे के बाहर खड़ी बड़बड़ा रही थीं—"दूसरे के बच्चे की जिम्मेवारी सबसे कठिन। चाहे लाख अच्छी तरह रखो, कोई नेकनामी नहीं। मगर जरा सी चूक हो जाए, कुछ हो हवा जाए... तो फिर देखो तमाशा।" उनकी यह बड़बड़ाहट उन पड़ोसिनों को लेकर थी जो बिन माँ की छत्रछाया के इस बच्चे से सहानुभूति जताने आ पहुँची थीं। उन सबों ने उसका माथा छूकर देखा था। किसी ने भी उसकी स्थिति को नाजुक नहीं कहा। सबों के अनुसार यह गर्मी का मामूली असर था जो कि मट्ठे वगैरह के सेवन से फौरन दूर हो जाने वाला था। ऐसी राय व्यक्त करते हुए बब्बन और संगीता की माँ ने अपने घर में मट्ठा होने की सूचना देते हुए पईंचा देने की पेशकश भी की थी, जिसे बिटिया बुआ ने सहर्ष स्वीकार लिया था।

संगीता, बब्बन, लुट्टू वगैरह आए और बैरंग लौट गए। संतु को शान से गुहाल में लेटा छोड़ जाते हुए उन सबका चेहरा उतरा हुआ था।

संतु को भी नींद नहीं आ रही थी। दिल रह-रहकर धड़क रहा था उसका। कल पूछेंगे लँगड़ा मास्टर तो क्या जवाब देगा वह? कोई भी, कुछ भी बहाना करे, मानते कहाँ हैं वह। उनकी एक अलग सत्ता है, जहाँ सिर्फ उनका ही कानून चलता है। हल्के हाथों से ही सही, दो-चार छड़ी तो बरसा ही देते हैं बहानेबाजों की पीठ पर। चोट चाहे कैसी भी हो, चोट तो चोट है। तन से ज्यादा यह मन पर लगती है। चाहे बाबूजी से पिटो या चाचा या महंथ जी से। पीटे जाने पर भीतर से खीझ होती है उसे। जैसे रगों में उफान मच उठा हो। लेकिन यही अम्माँ या बुआ द्वारा पिटने पर मन में कुछ भी अनुभव नहीं होता। उन लोगों का पीटना उतना अस्वाभाविक क्यों लगता है, जबकि इनका पीटना इतना सहज। पता नहीं यह सबके साथ होता है या केवल उसके साथ? कभी पता करेगा जरूर। हाँऽ... धनंजय से ही यह पूछेगा कि क्या माँ द्वारा पीटे जाने पर वह उन्हें भी वैसे ही चिढ़ाता है, जैसे कि उस दिन लँगड़ा मास्टर को चिढ़ाया था? मगर यह धनंजय तो... ससुरा मुँह ही नहीं लगाता किसी को। अपने आपको बड़ा क्या तो फन्ने खां तातारी समझने लगा है उस दिन के बाद से।

संतु को कब नींद आ गयी पता ही न चला। नींद नहीं झपकी-सी आई थी, जो बाहर दालान में मम और महंथ जी के बीच ऊँची आवाज में संवाद होने के कारण उचट गयी थी। उन दोनों की आवाज में एक अजीब-सी उत्तेजना थी, जिसमें बुआ और दोनों चाचाओं के शामिल स्वर ने इसे और भी नाटकीय बना दिया था। इस घर में ऐसे किसी सामूहिक संवाद की कोई परंपरा तो है नहीं। या इलाही ये माज़रा क्या है? आँख मलते दालान में प्रवेश करते संतु की नज़र सीधे मट्ठे की तरफ से बस्ती की ओर मुड़ती सड़क पर पड़ी। वहाँ एक पूरा का पूरा झुंड शोर मचाते, कुलाचें भरता चला आ रहा था। यह सभी लँगड़ा मास्टर के अड़गड़े के होनहार बिरवान थे। आखिर यह कैसी अनहोनी घट गई? अभी-अभी तो गए थे सभी! क्या लँगड़ा मास्टर गुजर गए? संतु इधर सपने में अक्सर उनकी मृत्यु और अपनी मुक्ति देखने लगा था। तभी कलक्टरी में बड़ा बाबू घनश्याम वाजपेयी आते दिखे। उनके पीछे कई-कई काम-काजी लोग। सभी की चाल में एक जैसी बेचैनी...एक समान उत्तेजना। यहाँ तक कि खेतों में चरने गए मवेशी और दाना चुगने को गए पक्षी...सभी आज समय से पूर्व ही झटपट लौटते नज़र आए संतु को। इधर दालान के संवाद में एक-एक कर कई लोग शामिल होते जा रहे थे...।

"विश्वास नहीं हो रहा। अब कौन सँभालेगा महंथ जी...चारों ओर तो अँधेरा ही अँधेरा लग रहा है।"

"इंदिरा तो बच्ची है अभी।...नऽ...एकदम बच्ची है। और फिर नासमझ भी। वरना सबकी इच्छा के विरुद्ध उस पारसी से विवाह क्यों रचाती? गाँधी जी तक की नहीं सुनी उसने।"

"देखो, शायद जगजीवन बाबू या मोरारजी भाई में से कोई बने।"

"इस बार कोई दक्षिण भारत का होना चाहिए। जे.पी. अभी रहते कांग्रेस में तो उनके भाग्य का छींका फूट सकता था।"

"काहे, अपने लाल बहादुर शास्त्री किसी से कम ईमानदार हैं क्या?"

"राजेन्द्र बाबू की अंत्येष्टि में भी आए थे पटना जबकि नेहरू जी को फुर्सत नहीं मिली थी।"

पत्रकार मनोहर मिश्र हाँफते हुए पहुँचे और रेडियो पर जो कुछ सुना था उन्होंने, उसे कौमा, फुलस्टॉप सहित दोहरा दिया—"वी डीपली रिग्रेट टू अनाऊंस दैट ऑवर प्राइम मिनिस्टर हैज पास्ड अवे आनॉदर व्हाइल अगो।"

मनोहर मिश्र की आवाज़ में एक खास तरह की कँपकँपाहट घुली हुई थी। जैसे कि उन्हें इस भयानक गर्मी में भी शीत का अहसास हो रहा हो।

तभी चाय बनाकर ले आईं बिटिया। नीबू की चाय। लोग कहने लगे कि काहे बनाए दियो। कोई अच्छी ख़बर थोड़े न मिली है जो चाय पी जाए।

इतनी देर से चुप बैठे मम समझाने लगे सभी को—"जैसे कि नऽ...नऽ... करते भी हमने चाय पी कि नहीं। वैसे ही आ जाएगा कोई न कोई सँभालने वाला। शहर सिखाए कोतवाल। चिंता की ऐसी कोई बात नहीं।"

"फिर भी अद्‌भुत थे। कितना सँभाला उन्होंने। एक मिट्टी के लोंदे को आकार देने की कोशिश की। बँटवारे के बाद आए विस्थापितों का बोझ सँभाला।"

महंथ जी के शोकोद्‌गार को घनश्याम वाजपेयी ने आगे बढ़ाया—"आखिर वह उसी प्रगतिशील सोच के थे, जिन्होंने कल-कारखाने को आधुनिक भारत का मंदिर कहा था।"

"लेकिन उन्होंने किसानों के लिए कुछ खास नहीं किया। विशेषकर उनकी रूढ़िवादी विचारधारा और संस्कृति के निराकरण के लिए... जो कि सबसे पहले होना चाहिए था इस आजाद मुल्क में।"

मम की इस दलील पर रिश्ते में उनके खास साले महंथ जी उखड़ गए—"ब्राह्मन के अंदर किसान चेतना कितनी होगी भला? कितने ब्राह्मनों के पास कितनी जमीन है, जरा बताओ तो? इस बस्ती के ही लोगों को गिन लो।"

"आप ठीक कहते हैं," मनोहर मिश्र ने व्यंग्य से उन पर तिर्यक प्रहार किया—"ब्राह्मन के अंदर किसान चेतना बिल्कुल नहीं हो सकती...क्योंकि जमीन

रहते हुए भी उसने हल का मूठ जो आजतक नहीं पकड़ा। वह केवल अर्द्धपूँजीवादी हो सकता है या छद्म क्रान्तिकारी। यहाँ छद्म क्रान्तिकारी से मेरा तात्पर्य सैद्धान्तिक क्रान्तिकारी होने से है।"

"जैसे अपने लालू मिसिर हैं।"–किसी ने दबे स्वर से कहा और इस पर एक समवेत ठहाका लगा ही था कि लालू मिसिर भी आते दिखे और लोगों का जमावड़ा देख इधर ही बढ़ आए। वह कम्यूनिस्ट पार्टी के होलटाइमर हो चुके हैं। उन्होंने सबों की हँसी पर लगाम लगाते हुए कहा–"नेहरू जी ने सबसे अधिक नुकसान हम कम्यूनिस्टों को ही पहुँचाया। उसने हमें कहीं पनपने और फलने-फूलने नहीं दिया। अब इस अड़गड़े के टूट जाने से देख लेना, सबसे अधिक फायदा हमी लोगों को होगा।"

"ठीक है भाई...तुम्हीं विधायक मंत्री बन जाओ तो हमें भला क्या आपत्ति? कहलाओगे तो मिसिर ही।"

एक और ठहाका लगा और फिर लोग घरेलू बातों पर उतर आए।

विषयांतर होते ही लोगों का खिसकना भी चालू हो गया।

सभी लोगों के जाने के बाद मम और महंथ जी उस दिन की याद करने लगे जब पंडित जी भागलपुर पधारे थे। उफ... कैसी जबरदस्त भीड़ थी घुड़दौड़ वाले मैदान के आस-पास। हवाई जहाज से भीड़ पर गुलाब के फूल बरसाए गए थे। और जब खुली जीप में शहर की ओर बढ़े थे नेहरू जी, जिला स्कूल के विद्यार्थी उनसे मिलने को पुलिस की घेरेबंदी तोड़ने को मचल उठे थे। तब नेहरू जी ने खुद ही इशारा कर बुला लिया था लड़कों को। सबों की पीठ पर हाथ फेरकर आशीर्वाद दिया था। कितना आत्मीय क्षण था वह... और कितनी श्रद्धा उमड़ती थी ऐसे नेताओं के प्रति...।

27 मई सन् उन्नीस सौ चौंसठ।

इस दिन ने संतु के मन पर जैसे एक अमिट रेखा खींच दी हो। इतिहास और राजनीति, इन दो शब्दों से आज पहली बार परिचित हुआ था वह। यह आज का ही दिन है जब नेहरू जी क्षुद्र राजनीति से मुक्त होकर महान इतिहास की गोद में जा दुबके थे। बच्चों को बहुत प्यार करते थे चाचा नेहरू। इस महान दिवस पर बच्चे सचमुच खुश थे। सभी नीम के पेड़ तले झुंड बनाकर खेल रहे थे। चीख रहे थे, किलकारियाँ भर रहे थे। जबकि संतु मन ही मन बुरी तरह से क्षुब्ध था। उसने संकल्प लिया कि अब वह बहानेबाजी कभी नहीं करेगा। नेहरू जी भी

यही कहते थे—"आराम हराम है।" छोटे चाचा ने इसी वाक्य को शीर्षक बनाकर अगले वर्ष सरस्वती पूजा के लिए नाटक लिखने का संकल्प लिया है।

उधर बच्चों के झुंड में लुट्टू 'तू हिन्दू बनेगा न मुसलमान बनेगा' की तर्ज पर गा रहा था—

"भगवान करे लँगड़ा भी बीमार हो जाए
सोमवार भी हमारे लिए इतवार हो जाए।"

तभी किसी शैतान बच्चे ने एक दूसरा ही सुर छेड़ दिया...

"गुरु जी गुरु जी कै चटिया
गुरु जी हग्गिन भर खटिया
आओ चटिया उठाओ खटिया
पोखर में ले जाकर धोओ खटिया।"

अंतिम पंक्ति तक पहुँचते-पहुँचते तमाम लड़कों के साथ-साथ संतु भी इस सामूहिक गान में अपनी स्वरांजलि अर्पित करने लगा था।

धीरे-धीरे शाम ढलने लगी थी। आकाश में सांध्य तारा दिखा नहीं कि संतु ने कहा—"देखो...देखो...नाथुन मिसिर...।" और सबों के ऊपर ताकते ही गाने लगा—

"एक तारा पापी देखे
दो देखे चांडाल
तीन तारा राजा देखे
चार देखे संसार।"

नाथुन मिसिर इस बस्ती के आदि पुरुष थे। पुरखे। उन्हीं की बसाई बस्ती है यह। सांध्य तारे पर नज़र पड़ते ही बच्चे नाथुन मिसिर का नाम लेते। इससे अकेला तारा देखने का दोष कट जाता था। लेकिन आज अनोखी घटना घटी। संतु के चुप होते ही सरला ने घोषणा की—"ठेंगे से नाथुन मिसिर। आज से नेहरू जी बोलो। नेहरू जी आज उगे हैं शाम के पहले तारे के रूप में। आज से इस तारे को देखकर उन्हीं का नाम लेगा सब कोई।"

तमाम बच्चों ने तालियाँ बजाकर इस निर्णय का स्वागत किया। सरला, निर्मला तिवारियों के घर की थीं, जिनका इधर मिसिरों से भयानक झगड़ा चल रहा था। दोनों बहनें बच्चा पार्टी की मुखिया थीं एक तरह से। सबों से बड़ी भी। उनके तर्क अकाट्य होते। निर्मला ने नारा लगाया और सभी ने दुहराया...

"चाचा नेहरू जिन्दाबाद।"
"जिन्दाबाद...जिन्दाबाद।"
"नाथुन मिसिर ठेंगा से.. ठेंगा से भई ठेंगा से।"

यह एक टोली थी कि एक पूरी पीढ़ी। इसने अपनी बाल चेतना पर इतिहास की पहली दस्तक दर्ज की। इस बेहद चिपचिपे दिन के अवसान के साथ। संतु जब अपने घर को लौट रहा था, चमकते सांध्य तारा के अगल-बगल कई तारे टिमटिमाने लगे थे। संतु को रह-रहकर लालू मिसिर याद आ रहे थे। उन्हें तो मुक्ति मिल गई नेहरू जी के अड़गड़े से; मगर लँगड़ा मास्टर के इस अड़गड़े से उसकी मुक्ति कब होगी? और तभी संतु उछल पड़ा। अरे...उसके पास कुछ करने और सोचने का अच्छा विषय है–मुक्ति।...लँगड़ा मास्टर के अड़गड़े से मुक्ति।

दो

बस्ती का नाम नाथूचक है।

बस्ती इसलिए बस्ती कहलाती थी, क्योंकि इसे गाँव नहीं कहा जा सकता। न ही शहर का कोई मोहल्ला बनने की काबिलीयत ही इसमें थी। भागलपुर जंक्शन से दूरी मात्र तीन किलोमीटर। लेकिन नगरपालिका की सीमा से बाहर। न बिजली, न फोन, न सरकारी नल। फिर भी झटककर न भी चलो तो आधे घंटे में सूजागंज पहुँच जाओ या घंटा घर। जिसे कहते हैं शहर का शहर और गाँव का गाँव, वही थी यह बस्ती। एक ऐसी क़मीज़ जिसे जब चाहो सीधा पहनो, जब मर्जी उलटकर।

यह ब्राह्मणों में भी स्वयं को श्रेष्ठतम माननेवाले कान्यकुब्जों की एक गुलज़ार बस्ती थी। सब जने पश्चिम के अलग-अलग स्थानों से बसे थे आकर एक ठाँव। पहले एक घर बसा मिसिरों का। यह घर आज भी बड़का दालान कहलाता है। कालांतर में इसी बड़का दालान से कई छोटे-मोटे दालान फूटे। इनमें से कुछ तो अपनी भव्यता और घेरेबंदी में बड़का दालान की परिसीमा लाँघ चुके हैं। फिर भी पूरी बस्ती में अपने सबसे विशाल आँगन और उसके चारों बगल बने चौड़े आयताकार बरामदे के कारण इसकी प्रासंगिकता आज भी बनी हुई है। कोई भी सामूहिक भोज-भंडारा हो या कथा-प्रवचन, बड़का दालान का वह विशाल आँगन पेट्रोमेक्स की रोशनी में नहाया रहता। कहने वाले यह भी कहते हैं कि जब यह बना था, तब इतनी सस्ती थी कि केवल एक रुपये में पूरा आँगन मूढ़ी-बुंदिया से भर गया था।

बस्ती पूरे शहर में बभनटोली के नाम से विख्यात थी। कुछ लोग मिसिरटोली भी कहते यद्यपि कि अब तक मिसिरों के अलावा तिवारी, वाजेपयी, शुकुल, दीक्षित, दूबे, अवस्थी जैसे आसपदों के घर भी आबाद हो चुके थे। यह सभी बीस-बिसवा वाले हैं। मसलन प्रभाकर के अवस्थी, बाला के सुकुल, कंगू के दीक्षित, घरवास के

दूबे वगैरह वगैरह। लोग आपसी हँसी मजाक में अक्सर यह कहते नज़र आते कि बीसनखा कुत्ते के काटे का इलाज भले संभव हो, बीस बिसवा ब्राह्मणों के जह़र का कोई काट अब तक अनाविष्कृत है। बिहार के पूरबी छोर में बसे इन मुट्ठी भर लोगों की संस्कृति धुर पश्चिमी है। खाने-पहनने से लेकर रीति-रिवाज तक सब ठेठ उत्तर प्रदेशी। जब इस बस्ती की लड़कियों की शादी काली चूड़ी पहनाकर की जाती तो आस-पास की महिलाएँ जीभ निकालकर अशगुन पर विचार करतीं। यहाँ यही शगुन था। यहाँ तक कि बस्ती की सीमा के अंदर अथवा आपसी बातचीत में लोग जिस खिचड़ीनुमा भाषा का प्रयोग करते, उसका ध्वनिनात्मक संबंध बैसवाड़ी के साथ-साथ संयुक्त प्रांत के अन्य जिलों की बोलियों से तो होता, लेकिन बिहार की किन्हीं बोलियों का प्रभाव यहाँ नहीं था। कुछ पुराने लोग तो इतनी शुद्ध बैसवाड़ी बोलते जैसे लंदन के साउथ हॉल इलाके में कुछ लोग ख़लिश उर्दू बोलते हैं।

चाहे वेरायटी चौक हो या ख़लीफाबाग या फिर कोर्ट-कचहरी ही, बस्ती के लोगों का दबदबा हर कहीं था। यह दबदबा इसलिए नहीं था कि यह लोग कोई पुराने जमींदार थे या नए लाट-हाकिम। सच तो यह है कि इनमें से चार-पाँच घरों के पास ही थोड़ी-बहुत जगह ज़मीन थी, बाग-बगीचा था। बाकी लोग सब ऐसे ही...ठन ठन गोपाल। फिर भी इन लोगों का इतना दबदबा उस सम्मान के फलस्वरूप अर्जित था, जो कि बस्ती के अधिकांश लोगों ने अपनी शिक्षा-दीक्षा, व्यवहार कुशलता तथा स्वयं के कामकाजी एवं सहृदय होने के कारण हासिल किया था। 'प्यार दो प्यार लो' वाला संस्कार हर दिल में था। यद्यपि कि इनमें तमाम मानवीय दुर्बलताएँ भी थीं, जो इनकी आपसी राजनीति में खुलकर सामने आतीं। बस्ती के बाहर सभी एक थे, अल्पसंख्यकों की भाँति एकजुटता। जबकि बस्ती के भीतर तीन कन्नौज़िया तेरह चूल्हा वाला खटराग अपने चरम पर रहता। श्यामसुंदर वाजपेयी गाँधी टोपी लगाए, अपनी सायकिल से जब बस्ती की ओर लौटते, रास्ते के मंडल, कोयरी, यादव, पासी तक के पास रुककर हाल-चाल पूछते। मुफ़्त की सलाह देते। लेकिन बस्ती में घुसते ही उनकी आँखें अंगार हो जातीं और सर अभिमान से तन जाता। कारण कि वह बस्ती के सबसे बुजुर्ग और खाते-पीते संपन्न थे। वह बिना पलकें झपकाए ताड़ लेते कि किसने आज पाँवलगी की, किसने नहीं। बस्ती के अंदर उनकी राजनीति भी कठखोदवे के चोंच सरीखी होती। कठोर और नुकीली।

संतु के इस केलिडोस्कोप में यदि जंग बिहारी अवस्थी, जो कि भागलपुर सेंट्रल जेल में सिपाही थे, रचे-बसे हैं तो क़ेवल इसलिए कि वह बस्ती की सड़क के किनारे

हगते बच्चों को देखकर इतनी जोर से डपटते कि कइयों का उस वक्त के लिए तो सटक ही जाता। उनकी आवाज़ इतनी कड़क और बुलंद थी कि वह भट्ठे के पास से बस्ती की ओर मुड़ते ही गर खाँस देते, तो सड़क किनारे बैठे तमाम बच्चे उसी अवस्था में एक हाथ से पैंट, दूसरे से लोटा सँभाले, नीचे खदहिया में सरक जाते। यह एक बेहद अजूबा दृश्य होता और संतु ऐसे समय में यदि अपनी छत पर होता तो ताली बजाकर उन लड़कों को चिढ़ाता। कभी-कभी उनकी ओर झिटका उछालकर फेंकता। इसी तरह फुक्को चा भी यहाँ इसलिए हैं कि बेहद दुबले-पतले होने के बावजूद उनकी सायकिल हमेशा हवा से बातें किया करती थी। पत्रकार मनोहर मिश्र तब अजूबे लगते, जब यदा-कदा मिशन स्कूल में दसवीं में पढ़नेवाली अपनी बेटी उषा के साथ-साथ वह भी निकलते। उषा बेहद गोरी थी और लाल स्कर्ट तथा सफेद ब्लाउज में वह किसी परी की तरह दिखती। जबकि साँवले, मोटे मिश्र जी जब तेजी से चलते तो उनकी धोती हमेशा लदफदाती रहती और उनके कुरते का पृष्ठ भाग पसीने से भीगा रहता।

लेकिन अपने माँ-बाप से अलग रह रहे संतु को एक बार फिर से 'संतुआ' किसी ने बनाया तो बोधू शुक्ल ने। वह दिमाग के थोड़े हल्के थे और इस कारण ब्याह नहीं हो सका था उनका। उनके माथे के बीचों-बीच एक बड़ा सा गूमड़ भी था, जैसे कि कोलियरी के मजदूर अपने माथे पर लैंप बाँधते हैं।

वह शिवालय में दोनों वक्त झाड़ू-बुहारू, दीया-बत्ती करते। वहीं दोनों वक़्त भाँग भी छानते। शाम के समय तो वहाँ शौकीनों की जमघट रहती। आजीविका के वास्ते दो गाय हमेशा उनके पास रहतीं। खाने का हिसाब-किताब कुछ ऐसा कि एक टाइम खिचड़ीनुमा कुछ डबका लेते और दूसरी वेला में इधर-उधर, जहाँ भी दाँव लग जाता, मैदान मार लेते। उनका भोंदूपन, उनकी विनम्रता तथा उनका निर्दोष व्यवहार गृहिणियों के अंदर करुणा जगाने में अक्सर कामयाब होता और बोधूका चपरऽ...चपरऽ...का भयानक शोर करते शाम की रोटी कहीं तोड़ते दिख जाते। अधिकतर तो बगल की कद्दू नामक बस्ती में, जहाँ न तो उन्हें सम्मान देने वालों की कमी थी, न ही उपहास उड़ानेवालों की। मगर वह एक सच्चा साधु...वह इन तमाम दुनियावी बातों से एकदम परे था। 'पेट हिचका, बोधू खिसका।' यह उनका खुद का गढ़ा तकिया-कलाम था और 'हिचका' शब्द उन्होंने 'हिचकी' का लिंग परिवर्तन करते हुए प्राप्त किया था।

वह शायद कोई छुट्टी का दिन था या कि रविवार की सुबह। संतु सुबह उठते ही एक कोयल के पीछे लग गया। घर के सामने के बेल पर कूक रही थी वह कोयल। संतु कोयल की आवाज़ की नकल बखूबी उतार लेता था। कुछ

देर तो कोयल भ्रम में पड़ी कूकती रही, फिर "दुर पगले...उल्लू बनाते हो" कहकर उड़ चली। संतु ने बहियाया उसे। वह चार घर बाद ही सड़क किनारे के कटहल पेड़ पर जा बैठी थी। वहाँ से उड़ी तो शिवालय के अहाते के सामने विशालकाय नीम पर। यहीं बोधूका से पहली दफ़ा आत्मीय संवाद हुआ उसका। यद्यपि कि घर से उनसे बोलने-बतियाने की बाबत सख़्त मनाही थी। बच्चों को बिगाड़ने में क्या तो उन्हें महारथ हासिल थी, इसी वजह कर।

वह पत्थर की एक नौकाकार मलिया में भाँग घोंट रहे थे। नीम की लकड़ी का घोंटना भी बेहद कलात्मक था। एकदम चिकना, बादामी और ऊपर जाकर दो भागों में बँटा हुआ, ताकि पकड़ने में सहूलियत हो। बोधू काका से संतु ने भाँग के बारे में कई सवाल किए। उनका जवाब ले-देकर एक ही था—प्राकृतिक। प्राकृतिक कब्ज़नाशक, प्राकृतिक क्षुधा एवं वीर्य-बलवर्धक। एक ही प्राकृत्मिक एवं सात्विक नशा। सात्विक का जो अर्थविश्लेषण उन्होंने किया, वह आध्यात्मिक के काफी करीब था।

"प्राकृतिक माने...?" संतु उनके जवाब से चौंका था। यह शब्द नया था उसके लिए।

प्राकृतिक माने...जैसे यह वृक्ष, धरती, नदी, पहाड़...आम, अमरूद...सब कुछ।

उस दिन संतु को नऽ...नऽऽ...करते हुए भी चखना पड़ा। मटर के दाने जितनी मात्रा। "किसी से कहना मत भतीजे।" उन्होंने ऐसे फुसफुसाकर कहा मानो दुनिया का सबसे गोपन रहस्य उस तक सीमित रखने को कह रहे हों।

भरपूर जल पीने के बाद उन्होंने लोटा उठाया। एक टीन का पात्र संतु को भी दिया। इसके अलावे उनके हाथ में हिंडालियम की एक डोलची भी थी।

मिर्दा टोली जाने के रास्ते में, बगीचे को पार कर, पानी से भरे एक गढ़े के किनारे दोनों चचा-भतीजे थोड़ा परे हटकर बैठ गए। बोधूका ने बहुत शोर मचाया और जल्दी ही उठ खड़े हुए। संतु को खुले में जाने का अभ्यास था नहीं। घर में उसे जनाना पाखाने के इस्तेमाल की छूट थी। उसे देर लगाते देख बोधूका हँस पड़े—"प्राकृतिक नहीं है भतीजे...वेरी बैड!"

गढ़े के दूसरे किनारे अविचल खड़े एक बगुले के शरीर में अचानक एक कँपकँपाहट हुई। उसकी चोंच से लेकर गर्दन और नीचे के हिस्से ने मानो एक अँगड़ाई ली हो और पुनः पुरानी स्थिति में वापस लौट आई हो।

"एक और मछली कम हुई! सब प्राकृतिक है...प्राकृतिक!" बोधूका ने हौले से कहा।

रास्ते में आम के मंजरों को उन्होंने छुआ और छोटे-छोटे टिकोलों को

सहलाया। मुँह से आनंद ध्वनि स्वतः ही फूट पड़ी—"प्राकृतिक!"

वह दोनों कब मिर्दा टोली के करीब वाले बगीचे में जा पहुँचे, संतु को भान ही नहीं हुआ। ऐसी सरस वचनामृतों से उसे उलझाए रखा था बोधूका ने। संतु ने ध्यान दिया, लोटा और वह टीन का पात्र कहीं छिपा आए थे वह रास्ते में। अब हाथ में केवल डोलची थी।

"क्या है इसमें?"

"दूध... और क्या?"

"क्या मिर्दा टोली में भी ग्राहक हैं...इतनी दूर। पता होता तो मैं न आता।"

"ग्राहक नहीं हैं भतीजे...उफ।...अब मैं तुम्हें कैसे समझाऊँ?" बोधूका अचानक ही बहुत उद्विग्न हो उठे थे—"फरहाद ने शीरीं के लिए दूध की नहर बहा दी थी, मैं सेर दो सेर दूध भी नहीं पहुँचा सकता अपनी लैला के लिए।"

अब संतु को कुछ-कुछ समझ में आया। जरूर यह लैला कोई महत्त्वपूर्ण औरत होगी जिसके लिए बोधुका इतने एहतियात से इतनी दूर दूध लेकर आए हैं।

ठीक इसी समय उसे एक स्त्री दिखाई दी। नीला घाघरा और पीली कुर्ती पहने औरत। उसके पैरों में धातु के मोटे-मोटे कड़े थे जो दूर से ही दिख गए थे संतु को। रंग इतना साँवला कि बगीचे के पेड़ों की छाँह से एकाकार हो जाने के कारण चेहरा एकदम स्पष्ट नहीं दिख रहा था।

बोधूका ने कहा, "तू यहीं ठहर मैं अभी दस मिनट में आया।...और ध्यान रखिहो भतीजे;"—उन्होंने एक कदम बढ़ते ही पलटकर कहा, "उधर बंसभिट्ठे तरफ अगर कोई जाता दिखे तो फौरन ताली बजाकर भजन गाए लगियो। आवे है न भजन...जो तुमरे हियाँ मम रोज सुबह गावत हैं?"

संतु की मुंडी हिलते ही बोधूका बंसभिट्ठे की ओर लपककर अंतर्धान हो गए। संतु को अचानक भयानक सन्नाटे का अहसास हुआ। सुबह की हवा लगने से दिल-दिमाग पर एक अजीब तरावट हावी थी। पाँच मिनट बीतते न बीतते वह उक्ता गया। तभी वक़्त काटने को अनजाने ही उसके मुँह से "श्री रामचंद्र कृपालु भजवन" फूट पड़ा। फिर तो लगा वह ताली की ताल दे-देकर, भाव विभोर होकर गाने। जैसे कि मम हो जाते थे। प्रत्येक सुबह।

अभी वह "भजु दीनबंधु दिनेश दानव" तक ही पहुँचा था कि उसे वह नीली-पीली औरत दिख गयी। वह बंसभिट्ठे से थोड़ी दूर आगे निकलकर, कज मारते हुए मिर्दा टोली की ओर निकल चुकी थी। उसके एक हाथ में छोटी बाल्टी थी और दूसरे हाथ से वह एक सफेद बकरी की रस्सी थामे थी।

उस पर नज़र टिकते ही संतु का भजन गाना स्वतः रुक गया। तभी उसके

सामने लदफदाते आते बोधूका दीख पड़े। वह लगभग हाँफ रहे थे। उन्होंने कान पर जनेऊ भी चढ़ा रखा था।

"तुम फिर निबटे लगे रहो का...?" संतु ने भोलेपन से पूछा तो बिफर उठे बोधूका–"पहले ई बताओ कि भजन काहे गाए लगे रहौ। कोई आवत रहे का उधर? दीखा तो नाहिं कौनो।"

"नऽ... उधर सड़क पर जात रहैं कुछ लड़कन।"

"अरे सड़क है तो लोग अइहन जइहन न कऽ...? एही वास्ते गाए लगे रहौ का?"

"न ई वास्ते नऽ...।"–संतु ने थोड़ा लजाते हुए कहा, "ऊ तो अचानक मन में मौज जग गयी। भक्ति उमड़ पड़ी... बस गा बैठे।"

बोधूका ने अपना गूमड़ ठोंक लिया। बहुत गुस्से और उत्तेजना में थे वह। "इतनी मुश्किल से जतरा बना था आज, सब गुड़ गोबर कर दियो तुम।" लेकिन फिर फ़ौरन शान्त भी हो गए। बोले कि गलती तुम्हार नहीं हमार है। हम जो तुमका मटर बराबर डोज दिए रहे न, सो यह सब उसी का कमाल है। न दिए रहते तौन भला रहता। फिर सब कुछ ठीक-ठाक निबट जाता।

"क्या ठीक-ठाक?"

"प्राकृतिक! और क्या? अब हवा खाते हुए सीधे घर जाओ। और देखना, घर में भी कुछ कमाल मत दिखा देना मौज में आकर।"

संतु जब घर पहुँचा मम उसकी तलाश बेसब्री से कर रहे थे। "कहाँ मटरगश्ती कर रहा था?" उन्होंने बड़े प्यार से डपटा, "नाश्ता कब से ठंडा हो रहा है।"

"नाश्ताऽ..."

यह अजूबा शब्द था इस घर में। रात की बची रोटी में तेल-नमक चुपड़कर चाय के साथ उदरस्थ कर लेना ही नाश्ता था। संतु कभी-कभी जायका बदलने के ख़याल से चासनी रोटी खाता। बुआ एक छोटी कटोरी में एक कप पानी और एक चम्मच चीनी डालकर खौला देतीं। जब आधी कप की मात्रा बचती तो उतार देतीं। संतु इसी में रोटी डुबोकर खाता। बुआ भी दो-चार कौर खा लेतीं।

लेकिन आज सचमुच नाश्ता बना था। सूजी का हलवा। शायद कल शाम कोई भूला-भटका मरीज फँस गया होगा उनके चंगुल में। संतु ने सुना तो फौरन गमछा उठाकर कुएँ पर नहाने चला गया।

लुट्टू शुरू से उसका अंतरंग था। संतु ने जब बोधूका का किस्सा छेड़ा तो लुट्टू ने ढेरों जानकारी दी उनके बारे में। लुट्टू की राय सकारात्मक थी इस बावत। इसके पहले भी दोनों आपस में मिलकर कई साहसिक कार्य अंजाम दे चुके थे।

मसलन मिट्टी की गोली और गुलेल से चिड़ियों पर निशाना साधना या फिर कच्चे बांस के धनुष-बाण से बंदरों के समूह पर हमला बोलना। इसमें किसी तीसरे को शरीक नहीं करते थे वह। उन दोनों का मानना था कि तीन से तीस होते देर नहीं लगती। और तब इन निषिद्ध कार्यों के लिए भरपूर पिटने का डर तो था ही। सो उन दोनों ने ठाना कि एक और निषिद्ध कार्य किया जाए। यानी कि बोधूका के साथ खुफिया संबंध। यह खुफिया शब्द उन दिनों बहुत प्रचलित था जिसे सुनकर रोएँ खड़े हो जाते थे। आज भी लुट्टू के मुँह से यह सुनकर संतु का रोम-रोम गनगना उठा। उसी रात उनके पास जाने की बात तय हुई।

शाम ठीक सात बजे संतु लुट्टू के घर पढ़ने जाने का बहाना कर निकला और लुट्टू संतु के घर जाने की अनुमति माँग। दोनों शिवालय के पास मिले। अब तक बोधूका पर सांध्यकालीन बूटी का असर हो चुका था। वह चुपचाप बैठे एक कुल्हड़ में दही खा रहे थे।

पहले ही दिन संतु उनके ज्ञान भंडार से प्रभावित हुए बिना नहीं रहा। उन्होंने शुरुआत पहेलियों से की। एक से बढ़कर एक उलझावदार पहेलियाँ। वह भी गीत के तर्ज पर। और फिर भागलपुर, पटना, दिल्ली की बातें बताते वह सीधे अमेरिका तक जा पहुँचे। वहाँ की तमाम जानकारियाँ। जैसे कि डोम-मेहतर भी वहाँ मोटर पर चढ़कर आते हैं, पैखाना साफ करने। गरीब तो वहाँ कोई है ही नहीं। शराब ऐसे पीते हैं जैसे पानी। सबसे बड़ी बात कि जिस औरत पर दिल आ जाए, उसके साथ ब्याह कर लो। कोई बंदिश नहीं। यहाँ तो इतने सारे चूतिए हैं और उनके इतने सारे चूतियापे हैं कि पूछो मत...। ससुर रात के अँधेरे में जिसके साथ मुँह करिया कर लेंगे, दिन में उसे पहचानेंगे भी नहीं। यह मुल्क सिर्फ कहने को आज़ाद है...असली आज़ादी तो अमरीका में है।

"आपको कैसे पता यह सब?" संतु बचपन से ही आम के साथ-साथ पेड़ भी देखता आया था।

"मुन्दीचक के हाथी कोठी के मालिक टुन्नू सिंह से।"—उन्होंने स्रोत का खुलासा करते हुए कहा, "ऊ हमार बचपन के जिगरी दोस्त रहे हैं।"

"ऊ तो बहुत बड़े बैरिस्टर हैं कऽ तो अमेरिका में।" लुट्टू ने कहा, "पर साल आए थे तो देखा रहा। अपने हाता में लंबा कोट पहिने, मुँह में सिगार दबाए टहलत रहैं।"

"बैरिस्टर न कुत्ते की दुम।" बोधूका ने अपने गूमड़ पर हाथ फेरते हुए रहस्यात्मक अंदाज में कहा, "पता है ऊ कौन काम करत हैं हुआं।"

"सूअर चरावत हैं और कऽ करिहैं। पढे में तो हमसे भी फिसड्डी रहैं ऊ

बचपन में।...हुँह...बैरिस्टर न कुत्ते की दुम।''

''लेकिन उनकी इत्ती बड़ी कोठी, गाड़ी...भला ई कैसे मुमकिन है?''—लुट्टू संतु से कहीं अधिक दुनियादार था।

झुँझला उठे बोधूका, ''हम पर विश्वास नहीं...झूठ बोलिबे भला हम! वह अमेरिका है अमेरिका।'' वह एकदम से खड़ी बोली पर उतर आए, ''वहाँ सूअर की चरवाई में इतना दरमाहा मिलता है जितना कि अपने देश के राष्ट्रपति को भी नसीब नहीं!''

उस रात और उसके बाद कई-कई रात संतु सपना देखता रहा कि वह अमेरिका में घूम रहा है। चारों ओर चमचमाती सड़कें, कारें, बिल्डिगें...। तभी उसे पेशाब लग गयी। जोरों की पेशाब। अब अमेरिका में वह मूते कहाँ? पूछे किससे। अंग्रेजी की ए बी सी का केवल नाम सुना है उसने। इसकी पढ़ाई तो छठी कक्षा से शुरू होगी। थोड़ी देर बाद बदहवासी में जब उसकी नींद टूटी उसने पाया कि उसका पैंट गीला है। यह क्या नया रोग लग गया उसे? बिटिया बुआ देखेंगी तो कितना गुस्सा करेंगी। कहेंगी कि एक भी गुण नहीं है लड़के में। कुटैव का घर है यह। मति मारी गई थी जो इसे रख लिया।

लेकिन सुबह मम ने बचा लिया उसे। बोले कि बीमारी है यह। और उसे मीठी गोलियाँ चूसने को दीं।

अमेरिका के किस्सा के चस्के में तीसरा दिन बीतते न बीतते फिर दोनों जा पहुँचे बोधूका के सान्निध्य में। आज उन्होंने रूस का हाल बताया। ''नाम सुने हो न...ऑयरन गेट।'' उन्होंने कुछ इस अंदाज़ में कहा जैसे किसी भयानक जंतु का नाम ले रहे हों। ''वहाँ सब कुछ सरकार का है। तुम जिस लायक हो, वैसा काम करो। बदले में खाना, कपड़ा, मकान सब सरकार देगी। वहाँ गरीबों की भी उतनी ही इज्जत है जितनी अमीरों की।''

''तब तो वहीं बस जाना चाहिए जाकर।'' लुट्टू के स्वर में स्वर्ग पा लेने का आग्रह था। उसके घर की हालत संतु के घर से भी खराब थी। उसके पिता कुंजू मिसिर ठेले में घूम-घूमकर किरासन तेल बेचते थे। लुट्टू से ठीक साल भर छोटी बहन थी अंजना। उसके ऊपर गुड़िया दी। सबसे बड़ी बहन सुनयना दी की शादी धनबाद में हुई थी। केवल सुंदरता बल पर कोलयरी का कोई स्वजातीय मजदूर उन्हें ब्याह ले गया था। लुट्टू की सभी बहनें बला की सुंदर थीं। जबकि वह स्वयं ठिगना और साँवला था, अपने बप्पा की तरह। इन लोगों की थोड़ी बहुत खेती गृहस्थी थी जिसे लुट्टू का बड़ा भाई हन्नू सँभालता। वह बारह बर्ष की उम्र में ही पढ़ाई छोड़ खुद हल-बैल लेकर निकल गया था। गजब का जीवट और उतना ही सीधा

सरल। हन्नू भैया से भी संतु की खूब छनती। उसे लुट्ठू के घर में अपने घर जैसा अहसास होता। उनकी माँ हमेशा अपने लंबे बालों को खोले, पेटीकोट पहने, काम में जुटी रहतीं। उनके दरवाज़े दो-तीन गाय हमेशा रहतीं। फुर्सत पाते ही वह चरखे पर सूत काततीं। सप्ताहांत में संतु और लुट्ठू उसे खादी भंडार बेच आते और रूई की पूनियों का नया स्टॉक भी ले आते।

भूत की कहानी सुनाने में परम निष्णात थे बोधूका। विजया का प्राकृतिक प्रभाव होता या कि वह उनकी व्यक्तिगत प्रतिभा थी, कहा नहीं जा सकता। मगर लहरों की तरह उनकी गिरती, उठती कँपकँपाती, हरहराती आवाज़ और ढिबरी की मद्धिम रोशनी में फैलती-सिकुड़ती आँख की पुतलियाँ और हाथ की उँगलियों द्वारा हवा में आकृतियाँ बनाना...। यह सब मिलकर एक समाँ बाँध देते...।

"...तो खुदाई के तीसरे दिन प्रोफेसर को डाकबंगले की मेज पर एक सफेद पुर्जा मिला। लिखा था—मुझे चोट लग रही है।

अगले दिन फिर वही पत्र। इस बार लिखा था—मुझे दर्द हो रहा है।

अगले दिन फिर एक पत्र—प्रोफेसर मेरे माथे से खून टपक रहा है। प्रोफेसर ठहरा लंदन रिटर्न। भूत-प्रेत को न मानने वाला। उसने खुदाई जारी रखी। जारी रखी। तब भीतर से निकला एक ट्रंक। उसमें ताला पड़ा था। जंगाया हुआ मिट्टी से भरा ताला। ताला तोड़ा गया और ट्रंक का ढक्कन उठाते ही...।"

कहाँ रुकना है, बोधूका भली-भाँति जानते थे। ऐसी परफेक्ट जगह ब्रेक लगाते कि संतु और लुट्ठू के मुँह खुले के खुले रह जाते।

"फिर?"

"अंदर एक लाश थी। ताज़ा लाश। उसके माथे से ताज़ा खून टपक रहा था।" इसे देखते ही प्रोफेसर को चक्कर आ गया और वह बेहोश हो गया।"

"काहे बेहोश काहे हो गया?"

"इसलिए कि अंदर जो लाश थी वह उसी खानसामे की थी जिसके हाथों सुबह का नाश्ता कर वह खुदाई की जगह आए थे।"

"फिर?"

फिर प्रोफेसर अपने आदमियों के साथ डाकबंगले की ओर दौड़ पड़े। वहाँ पहुँचते ही देखा कि वही खानसामाँ उनके लिए एक मुर्ग काटने की तैयारी कर रहा है।"

"बाप रे बाप...अब बस करो बोधूका...।"

"इस्सऽ...कहानी है। रोयाँ खड़ा हो गया है। अब तो घरो जाए मा डर लगी। रास्ते में कटहल गाछ भी पार करना है।"

दोनों को दूर से ही लगता कि कटहल गाछ से सटा कोई खड़ा है। लेकिन

बोधूका से प्राप्त चेतावनी के आधार पर दोनों उधर देखते ही नहीं। भूत से आँख मिलाने का मतलब है उसके सम्मोहन में फँस जाना। फिर तो रात भर दौड़ाता रहेगा वह और सुबह थकाकर मार डालेगा। दोनों जोर-जोर से हनुमान चालीसा का जाप करते सरपट आगे निकल जाते। हनुमान चालीसा बस्ती के तमाम बच्चों को कंठस्थ रहता।

लेकिन एक रात सचमुच वहाँ कोई था। दोनों ठीक नीचे पहुँचे थे गाछ के कि जड़ के पीछे से लुत्ती कौंधी।

"अरे बाप रे...अगिया बैताल—"

"कौन संतु? लुट्टू भाई भी हैं क्या। अरे आओ भाई। एक दम लगा लो तुम्हूं सब।"

वहाँ बब्बन और महेश थे। महेश उम्र में उन सबों से काफी बड़ा था। बब्बन भी एक कक्षा आगे थे।

"देखो, किसी को भी पता न चले।"

"जो बोले वह...।" महेश ने एक भद्दी गाली दी।

संतु जोर से खाँसने लगा था। "अधक्की कहीं के...। पहली दफा कोई इतनी जोर से टानता है जो...।"

तभी दूर किसी सायकिल की घंटी बजी!

जरूर वैद्य जी होंगे, महेश के पिता। चारों लड़के दम साधकर सावधानी से पेड़ की ओट में छिपे रहे।

बोधूका के जिम्मे एक अहम काम भी था जिसे वह बिना किसी हिचक और दाम के सहर्ष करने को उतारू रहते। यह काम था गरम गायों को बरदियाने ले जाने का।

उस दिन संतु और लुट्टू लँगड़ा मास्टर के अड़गड़े की राह पर थे कि भट्ठे के पास बोधूका उकड़ूँ बैठे मिल गए। तेज धूप में उनका गूमड़ दर्पण की तरह चमक रहा था। वह भट्ठे की आँच में बेल और आलू पकवा रहे थे।

"थोड़ा सा चख लो भतीजो।"—उन्होंने बड़े प्यार से आग्रह किया। "देर हुई जाई तो लँगड़ा के छड़ी तुम खइहौ का हमार बदले?"

"अरे देर हुई जाई तो मत जइऔ आज...कौन मार के...हाँ नहीं तो!" उन्होंने ऐसी लापरवाही से कहा मानो हम खामखा यह गुनाह कर रहे हों।

हमें असमंजस में पड़ा देख वह गंभीर हो उठे। बोले, "पता है वेद में क्या लिखा है?"

"क्या?"

"पढ़तं तो भी मरतं।
न पढ़तं तो भी मरतं।
तो पढ़कर किम करतं?"

जब उन्होंने इस देव भाषा की खड़ी बोली में सप्रसंग व्याख्या की तो दोनों बालकों के आगे जीवन और मृत्यु का रहस्य नचिकेता की भाँति खुल गया। पके हुए बेल और आलुओं के साथ 'तड़कुम' भी था। संतु तो मरता था इसके सोंधे स्वाद पर।

इस गरमागरम नाश्ते के बाद उनका ध्यान गरम बछिया पर गया। वह दूर एक पेड़ से बँधी रँभा रही थी। बोधूका एक अँगड़ाई लेकर उठ खड़े हुए। बोले, "चलो भतीजो, आज तुम्हें दुनिया का सबसे प्राकृतिक खेल दिखला लाऊँ!"

"सबसे प्राकृतिक खेल।" दोनों के दोनों एक साथ चिहुँक उठे। लेकिन लँगड़ा मास्टर का डर भूत की तरह उनका पीछा नहीं छोड़ रहा था। अंततः जब बोधूका फ़ौरन एक नया जादू दिखाने को तैयार हुए, तब उन दोनों ने भी इस भूत से कल निबट लेने का हौसला दिखलाया।

जादू दिखलाने के क्रम में बोधूका ने अपने कुर्ते और गंजी को ऊपर सरकाया। अब उनका पिचका, उघड़ा पेट सामने था। उन्होंने साँस खींची। लड़कों ने एक अजूबा होते देखा। पहले उनके पेट का एक टुकड़ा हिला। हिला माने पहले फूला, फिर पिचका। फिर दूसरा हिस्सा। फिर तीसरा, चौथा....एकदम गोलाकर रूप में। जैसे पेट के भीतर बड़े-बड़े गोले वृत्ताकार रूप में बन-बिगड़ रहे हों।

वह क्या वही औरत थी। लैला, या कि कोई और? संतु तय न कर सका। पोशाक तो वही थी। नीला घाघरा और पीली कुरती। पैर में धातु के कड़े। नाक में छोटी-सी गोल नथ। ऐसी पोशाक इस इलाके की स्त्रियाँ नहीं पहनती थीं।

उस औरत ने दो रुपये का नोट अपनी कमर से बँधे बटुए में डाला। फिर साँड़ की रस्सी खोल उसे खूँटे से बँधी बाछी के करीब आने दिया।

"याऽऽऽ...हुदऽ...हुदऽ...हुदऽऽ...हुदऽऽ...!"

लगा जैसे कोई छोटी मशीन चल रही हो। एकदम मर्दानी आवाज़। साँड़ रह-रहकर अपना थोथना ऊपर उठाकर साँस छोड़ता। वह मशीनी आवाज़ और भी तेज हो उठी।

और फिर साँड़ ने अपने शरीर से जो कुछ भी बाहर निकाला, उसका रंग बहुत ही आकर्षक था; एकदम से गुलाबी टसटस। तभी उस सुस्त साँड़ ने बला की फुर्ती दिखाई और उचककर अपने अगले पैर बछिया की देह पर जमा दिए।

साँड़ से भी ज्यादा फुर्ती उस नीले-पीले वस्त्रों वाली औरत ने दिखाई। उसने

गुलाबी रंग को अपनी मुट्ठी में कस लिया और...।

"प्राकृतिक...प्राकृतिक...।" बोधूका आनन्दातिरेक से थरथरा रहे थे।

"एक बार और लैला।"

"दो रुपये में कितना खोजता है।"

"बच्चे हैं न...प्राकृतिक देखने आए हैं।"

बगीचे में बचे-खुचे समय का सदुपयोग करते हुए भी संतु के चारों बगल नीले-पीले और गुलाबी रंग का वह समन्वय ही लगातार घूम रहा था। प्रकृति के तीन अद्भुत रंग।

रास्ते में एक लड़की मिली। उसने गुलाबी रंग का सूट पहन रखा था। संतु ने उसे देखते ही कहा,—"प्राकृतिक।"

घर में घुसने से पूर्व लुट्टू ने एक बार पुनः चेताया—"कल याद से दो कमीज़ पहन लेना। चोट कम असर करेगी।"

तीन

बस्ती की ओर जो सड़क आती थी शहर से, वह समकोण बनाते हुए दक्षिण की ओर मुड़ती थी। यहीं पर एक विशाल ईंट भट्ठा था। यह ईंट भट्ठा पहले बस्ती के और भी करीब था। क्योंकि पुरानी जगह पर चिमनी के अवशेष और इसके चारों बगल ईंट पकाने की जगह, नहरनुमा खाई की तरह आज भी विद्यमान है। इसमें सालों भर बरसात का पानी भरा रहता है। इसके अगल-बगल की जमीन मिट्टी काट लिए जाने के कारण काफी नीची हो गई थी। इसे बस्ती के लोग खदहिया कहते। इसी खदहिया के एक बगल से करीब दो सौ गज अंदर आकर वह सड़क पूरब मुड़ती। यहीं से बस्ती शुरू हो जाती। पहला घर यहीं पड़ता जो कि संतु के बाबा का था। वह रिटायर्ड डिप्टी इंस्पेक्टर ऑफ स्कूल थे और 'मम' के उपनाम से पूरी बस्ती में जाने जाते थे। करीब सौ गज के फासले पर सड़क से दक्षिण की ओर एक कच्चा रास्ता निकलता। इसके दोनों बगल घर। इस रास्ते का अंत बड़का दालान के मुख्य द्वार पर होता। मूल सड़क थोड़ा आगे जाकर तिराहे में विभक्त हो जाती। एक रास्ता उत्तर और फिर पूरब होकर मिर्दा टोली जाता तो दूसरा दक्षिण और पूरब होकर कद्दू बस्ती और फिर उसके आगे भी। यह पूरा रास्ता कच्चा था जिस पर बरसात में भयानक कीचड़ एवं गर्मियों में घुटने-घुटने भर धूल जमी रहती थी।

संतु जब अपने घर की छत पर खड़ा होकर भट्ठे की तरफ देखता, सामने विशाल खदहिया होता, उसके उस पार भट्ठा, भट्ठे के बगल में बगीचा और बगीचे के उस पार, बहुत दूर, रेलवे लाइन। जहाँ से गुजरती गाड़ियों की केवल आहट मिलती। खदहिया को, खासकर जब गर्मियों की शाम उसमें बस्ती के युवक वॉली-बॉल खेल रहे होते, देखना बहुत ही विचित्र लगता संतु को। तब यह प्राचीन रोमन सभ्यता के ओलम्पियाड के मैदान की तरह दिखता जहाँ ऊँचे स्थलों दर्शकों के साथ-साथ लंबे-लंबे ताड़ और खजूर के पेड़ खड़े रहते।

संतु के मकान के पश्चिम और दक्षिण में खेत के छोटे टुकड़ों के बाद सघन बगीचा शुरू हो जाता। चारों बगल एक अप्रतिम हरियाली। गर्मियों की शाम इन हरियालियों से जीवन से ओत-प्रोत ठंडी बयारें निकलतीं, तो बरसात में इन्हें झूम-झूमकर गाते भी सुन चुका है संतु। जाड़े की सुबह में घने कुहासे के बीच, जब संतु सबकी नज़र बचाकर छत पर चला आता, पाता कि तमाम वनस्पति जगत न दैन्यं न पलायनं की भीष्म प्रतिज्ञा साधे अटल खड़े हैं। चाहे वह कोई भी मौसम हो, कोई भी पल, संतु को हमेशा यही लगता कि धरती के इस टुकड़े और इसके ऊपर के आकाश से उसका संबंध जन्म-जन्माँतर से है। उसे ऐसा लगता मानो सदियों से वह इन्हें देखता खड़ा रहा है, यूँ ही। सुबह के समय इतनी तरह के पक्षियों की चह्चहाहट गूँजती मानो प्रकृति ने अपना आर्केस्ट्रा बना रखा हो। इसमें बंदरों की हीऽऽ...पऽ...हूऽऽ...पऽ...और पंडुक की आवाज़ अलग से ड्रम और ढोलक की तरह पहचान में आती तो कोयल की मीठी कूक बाँसुरी की मधुरता का अहसास कराती। शाम को इन्हीं पक्षियों का कलरव एक दिलकश शोर में बदल जाता। एक खास तरह की उदासी छिपी होती इस शोर के पीछे। शायद रात के अँधेरे से इन्हें भी संतु की तरह डर लगता हो। सूरज के डूबते ही आहिस्ता-आहिस्ता यह शोर एक रहस्यमयी खामोशी में तब्दील हो जाता। ऐसे में कोई भूला-भटका अकेला पक्षी...संतु की पतंग की तरह...। लेकिन पतंग तो एक दिशा में स्थिर रहती जबकि वह पक्षी कभी तेजी से पंख फटकारता एक दिशा में जाता तो फौरन बदहवासी में मुड़कर दूसरी, तीसरी दिशा में...। ऐसे ही समय आँगन से बिटिया बुआ भुनभुनातीं–संतुआऽ...उतरता है कि नहीं गुड्डी–लटई लेकर?"

संतु मटियाए खड़ा रहाता। जैसे उसने कुछ सुना ही न हो। थोड़ी देर बाद उनकी चीख गूँजती–"लालटेन जल गया है संतु, उतरता है नीचे कि आऊँ?"

तीसरी दफ़ा बुआ सीढ़ियाँ चढ़तीं कि सीढ़ियाँ धमकतीं। पता नहीं क्या होता, मगर तब तक संतु सब समेट-समाटकर सीढ़ियों की ओर भाग चुका होता–"आ ही तो रहा था, बेकार न इतनी सीढ़ियाँ चढ़नी पड़ीं तुम्हें। यही थोड़ा पहले आ गई होतिऊ...तब देखाइत तुमका एक जबरदस्त पेंच...वाहऽऽ....वाहऽऽ... वाहऽऽ ...वाहऽऽ...! का काटा है आज कद्दू वालन का! सालों याद रखिहैं सरऊ।"

नाथूचक से कोस भर से भी कम दक्षिण पूर्व में कान्यकुब्जों की ही एक और छोटी बस्ती थी। नाम उसका चाहे जो रहा हो, हास्य रस में डूबकर इस

बस्ती के लोग उसे 'कद्दू' पुकारते। बिसवा में काफी कम पड़ते थे वहाँ के ब्राह्मण और इस नाते उन सबों को नीची नज़र से देखना नाथूचकवालों की रवायत में खून में नून की तरह शामिल था। बुआ भी इसे मानती थीं। अक्सर संतु को समझातीं भी—"कभी जाना भी उधर तो दाल-भात या जो मिले मत भकोस लेना। हाँ पूड़ी-कचौड़ी या 'छनऊआ' कुछ भी खिलाएँ तो भले खा लेना।"

बहरहाल संतु ने उस शाम बुआ को खुश करने में अपनी संपूर्ण प्रतिभा झोंक दी थी। इसके बावजूद उन्होंने व्यंग्य की अतिरेकता का दामन न छोड़ा..."सच! वाह रे मेरे शेर!!...लेकिन यह शेर पढ़ाई में इतना फिसड्डी काहे है? निर्मला से भी कम नंबर लाए हो अबकी।"

"देखो बुआ, निर्मला से तो मेरी तुलना करो ही मत। घोड़ी जितनी हो गई है, मगर है चौथी में तो मैं क्या करूँ? फिर उसके भी तो लगे हैं लाल निशान। दो-दो विषय में।" संतु ने भाषा को साधते हुए जवाब दिया। बुआ को पंसद नहीं कि वह बस्ती की बोली का हरदम प्रयोग करे। वह खड़ी हिंदी के बीच बोल-चाल के अंग्रेजी शब्दों के प्रयोग को प्रोत्साहन देतीं। कभी-कभी तो पूरा का पूरा वाक्य अंग्रेजी में बोल जातीं और संतु जब विस्मय से उनका चेहरा देखता रह जाता तो थोड़ा शर्मा भी जातीं। कभी-कभी इठलातीं भी। लेकिन फिलहाल तो वह हत्थे से उखड़ पड़ीं—"तुम्हें तीन-तीन सबजैक्ट्स में क्रॉस लगा है, समझे। लँगड़ा मास्टर के यहाँ से हटवाकर सरकारी स्कूल में मैंने ही डलवाया था तुम्हें, क्या इसी दिन के लिए?"

संतु गर्दन झुकाए चुपचाप खड़ा रहा। बुआ थोड़ा बड़बड़ा लेने के बाद जब सीढ़ियाँ उतरने लगीं, सतुं ने भी उनका अनुसरण करते हुए विषय बदलने के लिहाज़ से कहा—"पता है, निर्मला को हर दूसरे दिन एक चवन्नी मिलती है, जबकि मुझको पाँच पैसा, वह भी कभी-कभार।"

बुआ अब तक जाने कहाँ खो चुकी थीं। बोलीं—"मिलेगा...तुमको भी मिलेगा... सबको मिलेगा...। जरा इस घर की किस्मत सँवर जाने दो। अभी तो मम के पेंशन और होमियोपैथी की बदौलत चल रहा है घर। लेकिन देख लेना, इस घर की तकदीर अब जल्द ही पलटने वाली है...यूँ...।" कहती हुई बुआ ने हाथ के इशारे से हवाई जहाज उड़ाने की गति का भ्रम पैदा किया।

बुआ जब खुश रहतीं, ऐसी ही आशावादिता से छलकती रहतीं। संतु जानता था उनके खुश होने का कारण। आज आई थीं दोपहर में अनुपमा बुआ। उनकी सखी। साथ में उनके भैया भी थे। उनके आते ही बिटिया बुआ के साँवले चेहरे पर लाली उतर आती। जैसे भादों के महीने में काले बादलों से भरे समुंदर के बीच

नवजात सूरज खूब डुबकी लगा-लगाकर कल्लोल कर रहा हो। तब एक सहज आनन्द से लबलबाती कल्लोलिनी की भाँति बुआ बहने लगतीं...।

अभी वह रसोई में उबले आलुओं को छीलते हुए गुनगुना रही थीं। आज मसालेदार आलूदम पकने का दिन था। संतु की नाक में उसकी खुशबू अभी से बसने लगी थी। बुआ की गुनगुनाहट और भी तेज हो गयी। आकाश के कई-कई तारे उनके इस गीत को सुनने की खातिर आसमान का आँचल सरकाकर झांकने लगे थे...

संतु इन दिनों मध्य विद्यालय मुन्दीचक में था। चौथी कक्षा में। इसके पिछले वर्ष इशाकचक प्राथमिक विद्यालय में था। वहाँ फेल हो गया तीसरी कक्षा में। वही...बोधूका के बोधिसत्व का असर। इधर उन्होंने निराला जी की मृत्यु के दिन उसे नया ज्ञान दिया था—"निराला जी स्वअध्याय से महान बने, किसी विद्यालय, विश्वविद्यालय ने नहीं बनाया उन्हें।" उसी तरह रवीन्द्रनाथ टैगोर के बारे में एक दिन बताया उन्होंने कि वह भी बचपन में कभी स्कूल नहीं जाते थे। सो संतु का मन भी स्कूल नाम की संस्था से उचट गया था।

लेकिन बुआ ने जबरदस्ती उसे चौथी कक्षा के लिए मुन्दीचक मध्य विद्यालय के टेस्ट में बिठा दिया। उसमें भी नाकामयाब रहा वह। यह बुआ की प्रतिष्ठा का प्रश्न था। भाभी क्या कहेंगी भला? सो उन्होंने मम का नाकों दम कर दिया। हार-पारकर मम पहुँचे मुन्दीचक विद्यालय। वहाँ के कड़ियल प्रधानाध्यापक ने उनकी पत रख ली, बस। हाथ जोड़कर कहा, "लड़के में तो जरा भी काबिलियत नहीं, मगर डिप्टी साहब, आपका पोता है, सो रखे लेता हूँ।"

रास्ते में मम ने कहा—"कुछ समझ में आया कि नहीं बुढ़बकऊ! हम पैसा-झिटका कोई थोड़े न कमा के रक्खा कबहूँ। यही हमार जिंदगी भर की कमाई दौलत है...हमार इज्जत प्रतिष्ठा।...जेका कि तुम मटियामेट करे के फेर में पड़े हो!!"

संतु लगातार चुप ही रहा। सुनता रहा। लेकिन जब पकौड़ेवाले की दुकान रास्ते में दिखी, संतु से रहा न गया। "ममऽ...ममऽऽ...।"—उसने हुलसकर कहा—"बैगनी खाबे का मन करत है।"

"ई मूँ और मसूर की दाल। बैगनी खइहैं सरऊ। चटपट जुबान चंचल मन। यही से तो पढ़ाई-लिखाई में मन न लगै है।"

मम। थोड़ा झींके पहले, फिर ठिठके भी। कुरते की जेब में हाथ डालकर चिल्लरों को टटोला। संतु उन्हें कई दफ़ा इस दुकान पर दोना भर पकौड़ी खाते रंगे हाथों पकड़ चुका है। शाम को जब भी मम झोला लेकर निकलते, संतु की नजर यदि पड़ जाती तो टोही जासूसों की तरह चुपके से लग जाता पीछे। अक्सर उसे निराश ही लौटना पड़ता। लेकिन कभी-कभी...जब मम सर झुकाकर जल्दी-जल्दी निगल

रहे होते...कैसा उतर जाता उनका चेहरा संतु को देखते ही।

तब मायूस मम बेहद दुखी मन से दुकानदार की ओर मुखातिब होते–"पाँच पैसे की बैगनी इस शैतान लड़के को भी दे दो जी।"

संतु अड़ जाता–"नहीं...दस पैसे की।" तब दस पैसे की चार बैगनी मिलती थी। खूब बड़ी-बड़ी। साथ में मौसम के अनुसार इमली या धनिया की चटनी।

लाचार मम अपने आदेश में संशोधन करते–"इस शैतान और बदतमीज लड़के को दस पैसे की बैगनी दे दो जी।" ऐसा आदेश देते हुए उनकी आवाज़ काँपने लगती थी और उनके होठ और गालों की कई-कई माँसपेशियाँ काफी देर तक फड़फड़ाती रहती थीं।

आज मम ने दस पैसे की बैगनी अपने लिए लीं, पाँच पैसे की संतु के वास्ते। बेंच पर बैठते ही उन्होंने अपनी हथेली फैलाकर चिल्लाकर दिखाया–"हले ल्यो...देख लो तुमहूँ। बस यही रहा जेब में। अब जिद मत पसार दियो...नहीं तो बेइज़्ज़त हो जाइब हम आज...।"

संतु चुपचाप सर झुकाए खाता रहा। पता नहीं क्या चल रहा था उसके अंदर। शायद थोड़ा प्रसन्न और ज्यादा ग्लानि से भरा था वह। मम ने उसे इतनी शांति से खाते देख लाड़ जताया।–"हले ल्यो...एक हमार में से ले ल्यो।"

संतु की आँखें ऊपर उठीं। सामने मम की थरथराती उँगलियों के बीच एक बैगनी बंसी में अँटकी किसी मछली की तरह झूल रही थी। संतु को सख़्त नफ़रत है मछली से। कारण कि उसका निवास स्थान बहुत गंदा होता है। काले बदबूदार पानी में पलता दुर्गन्ध छोड़ता एक जीव। खदहिया के पुराने चिमनी के गंदे पानी के किनारे बैठकर संतु ने घंटों गुजारे हैं। जब भी अम्माँ की बहुत याद आती या गोदी वाले लाल बाबू को पीठ पर लादकर घूमने की इच्छा होती, संतु यहीं चला आता। एकदम अकेला। और घंटों इन जलचरों की गतिविधियाँ निहारते यूँऽ...गुजर जाता उसका समय।

घर पहुँचकर मम ने अपनी गाँधी टोपी उतारते हुए अफसोसनाक स्वर में महंथ जी से कहा..."ई लड़िका मा पढ़ै लिखै का कौनों लक्षण नाहिं।"

महंथ जी ने हँसकर कहा–"अपने बाप का ज़ायज औलाद है यह... इसका बाप भी तो नम्बर बन खिलाड़ी रहा। अभी तक खेल रहा है–पी एण्ड टी क्लब से। लेकिन अब आज से हम जिम्मेवारी लेते हैं इसकी। दुलार में बिगाड़े हुई हैं बिटिया इसे। थोड़ा भय दिखाना जरूरी है। यू नो, स्पेयर द रॉड एण्ड स्पॉयल द चाइल्ड।"

उन दिनों के कई-कई सरकारी विद्यालय या तो डोमखाने से सटे होते या उसका

एक हिस्सा या विस्तार होते। मध्य विद्यालय मुन्दीचक भी ऐसा ही था। कमरे हॉलनुमा और बेढब। उनमें टूटे-फूटे डेस्क-बेंच। नीचे के क्लासों में तो लड़के टाट पर बैठते और मास्टर तीन टाँग की कुर्सी पर। कमरे में बड़ी-बड़ी खिड़कियाँ। अधिकांश सींकचाविहीन और कुछ तो पल्लाविहीन भी।

पीछे गंदे पानी का बड़ा सा गढ़ा जिसका काला पानी हरे रंग की जलकुंभी से सालों भर ढँका रहता। यह कभी बड़ा तालाब रहा होगा जिसे छाई से लगातार पाटकर कई झुग्गी झोंपड़ियाँ उगने लगी थीं। छाई के कारण आस-पास की पूरी जमीन काली रहती। बच्चों की कमीज़, मास्टरों का कुरता यहाँ तक कि स्कूल के धूसर पीले रंग पर भी कालिमा की एक अदृश्य परत नज़र आती संतु को। इस विद्यालय के अहाते में प्रवेश करते ही संतु को सब कुछ काला ही काला नजर आता...खड़िया से श्यामपट्ट पर लिखे सफ़ेद चमकते अक्षर भी। "काला अक्षर भैंस बराबर।" एक दिन उसे पढ़ाते हुए महंथ जी ने उसकी अज्ञानता पर जब यह टिप्पणी की, तो संतु ने अपने अब तक के जीवनानुभव के आधार पर मामूली संशोधन किया—"नहीं... काला अक्षर सूअर बराबर।" महंथ जी नाराज हो उठे। उन्होंने इसे अपनी अवमानना समझा और संतु से बिना कोई स्पष्टीकरण पूछे ही एक झन्नाटेदार थप्पड़ जड़ दिया।

यह कोई पहली पिटाई नहीं थी। इसके पहले भी वह लँगड़ा मास्टर के यहाँ कई दफ़ा पिट चुका था। लेकिन यह चोट आकस्मिक थी। उसे लगा जैसे आँखों के आगे एक रोशनी कौंधकर बुझ गई हो। इस प्रहार का दर्द तो कुछ मिनट के अंदर जाता रहा, फिर भी उस शाम देर तक सुबकता रहा वह। उसे एक बार पुनः यह अहसास हुआ कि पीड़ित या दमित होने का भौतिक अहसास उसके मानसिक अहसास के आगे तुच्छ है...नगण्य!

सूअर नित्य दिखते थे वहाँ। क्लास में मास्टर ऊँघते रहते और वह टकटकी बाँधे खिड़की के बाहर निहारता रहता। स्कूल के चारों बगल झुंड के झुंड सूअर अपनी तमाम मनमानी हरकतों के साथ विचरते रहते। इन सूअरों पर दृष्टि इसलिए टिक जाती, क्योंकि संतु को लगातार सड़क पर नज़र रखनी पड़ती। सड़क पर भी उसकी निगाह एक खास, सायकिल सवार को टोहती रहती। वह सायकिल सवार और कोई नहीं उसकी बस्ती के ही शिवभंजन तिवारी होते। सरला, निर्मला के पापा।

मूल नाम आप लोगों की कयास पर छोड़ता हूँ। शिवशंकर, शिवरंजन, शिवभजन, शिवप्यारे, शिवदुलारे सरीखा कुछ भी। वह बस्ती "शिवम रक्षयेत" में विश्वास रखनेवाले ब्राह्मणों की थी, जबकि शिवभंजन तिवारी ने अपनी जिंदगी में केवल तोड़ा

ही तोड़ा था। इस मायने में स्वयं को रामचन्द्र से भी बड़ा मानते थे वह। "उन्होंने तो केवल एक बार मर्यादा तोड़ी...शिवजी का धनुष तोड़कर...लेकिन मैं तो परशुराम की तरह हूँ...।...अभी न होगा मेरा अंत।" बात करते-करते वह काव्यपाठ सरीखी नाटकीयता और गर्व से भर उठते। बस्ती के तमाम लोग भी उन्हें प्रबल विखंडक मानते। एकदम घोर पातकी। कोई बात भी करना चाहता उनके विषय में तो बस्ती के बड़े-बुजुर्ग एक ही सूत्र वाक्य से उसे टरका देते—"जाए देव सार के...कहाँ का पचड़ा ले बैयूठो तुम्हूँ।" बस्ती में हर पेशे से जुड़े लोगों का जोड़ा था। लल्लन अफसर हुए तो फुन्नू भी हुए ...वही धान चाची के लड़का। मनोहर मिश्र पत्रकार हुए तो उनकी लीक कौशल किशोर ने भी पकड़ी। लेकिन शिवभंजन तिवारी का पेशा था सबसे अलहदा। एकदम बेजोड़, अनोखा और संतु के अपने आकलन के अनुसार विशिष्ट भी।

शिवभंजन तिवारी की सायकिल दिखते ही संतु का ध्यान एक दूजे पर फलाँगते सूअरों से स्वतः हट जाता। अब वह उतना ही सतर्क हो जाता जैसे हेडमास्साब के खँखारने, खाँसने की आवाज़ होते ही ऊँघते मास्टरों की श्वान निद्रा तत्काल टूट जाती और वे बेवजह ही छड़ी को टेबुल पर फटकारते हुए चीखने लगते।

स्कूल के अहाते में उनकी सायकिल के घुसते ही बाहर बिखरा काँव-काँव सन्नाटे के साँचे में ढल जाता। जैसे अजंता टॉकिज के पर्दे पर फोकस पड़ते ही हॉल की भुनभुनाहट एकदम से बर्फ की मानिंद जम जाती थी।

एक मेश्तर आगे बढ़कर सायकिल की हैंडिल थामता। फिर उसे करीने से स्टैंड पर खड़ी कर उसकी झाड़-पोंछ में जुट जाता। हेडमास्साब के कमरे में सुरक्षित रखी रहने वाली उनकी चमचमाती कुर्सी अब तक स्कूल के अहाते में स्थित नीम तले स्थापित हो चुकी होती। वह पान की पीक थूककर किसी शहंशाह की तरह उस पर विराजते। यदि गर्मी का मौसम रहता तो एक मिसरानी छाता तानती उनके सर पर, दूसरी पंखा डुलाती। वह एक लंबे-चौड़े रजिस्टर को खोलकर हाजिरी लेने लगते। इसी बीच पुनः काँव-काँव मचने लगता। वह कितनों को डपटकर तो कइयों को समझा-बुझाकर उन्हें अपने-अपने कार्यस्थल पर रवाना करते। बच जाते केवल पिछले दिनों के अनुपस्थित लोग। अब वह रजिस्टर पर अपना मैला रूमाल फैला देते। उसी रूमाल पर बारी-बारी से चवन्नी रखते हुए सभी अपनी ड्यूटी की तामील पाते। उसूल था उनका। चवन्नी से कम न लेते थे। किसी को एक दिन की जरूरत रहती, तो भी बेमतलब का एक दिन और बैठना पड़ता। दो दिन से तीसरे दिन पर कोई फिसला नहीं कि एक चवन्नी की और। संतु की टकटकी दरअसल चवन्नी इन्हीं संख्याओं पर केंद्रित रहती।

टिफिन होते ही वह भागकर पड़ोस के बालिका मध्य विद्यालय के मुख्य द्वार पर जा पहुँचता। वहाँ निर्मला उसके इंतज़ार में खड़ी रहती। शिवभंजन तिवारी की छुटकी। संतु हाँफते-हाँफते उसे बतलाता कि उसके पापा को आज कुल कितनी चवन्नियाँ मिलीं। खुश होकर वह अपनी स्कर्ट के भीतर हाथ घुसाती और कमर से बँधा शनील के कपड़े का बना चमचमाता बटुआ निकालती। उस बटुए को देख संतु को सोने का अंडा देने वाली मुर्गी की याद आ जाती। वह बटुआ नित्य एक चवन्नी उगलता था, जिसे झिझकते हुए थामते वक्त वह हमेशा ही पूछ बैठता—"धुली हुई है न?"

निर्मला मुँह बिराती—"सनलाइट साबुन से धुली हुई है बच्चू! देख लो...तुम्हारे थोबड़े से भी ज्यादा चमक रही है कि नहीं?"

थोबड़ा तो आजकल बस मोहम्मद जावेद का चमकता है";—संतु ने मायूस स्वर में कहा,"मुसलमान है न! मम भी कल बहुत तारीफ कर रहे थे मुसलमानों की। महंथ जी को बता रहे थे कि पहलवान और गवैया, इसमें मुसलमानों की सानी नहीं। इस पर महंथ जी ने बतलाया कि तलवार और जुबान, दोनों के धनी होते हैं मुसलमान।"

पाकिस्तान से लड़ाई थम चुकी थी। बासठ के शर्मनाक कलंक से मुक्ति मिल चुकी थी। पहले देशभक्ति के जिन गीतों को सुनकर लोग रोने लगते थे, अब वे ही इसे पूरे जोशो-खरोश के साथ हँसते हुए गाने लगे थे। इस दीवानगी का परचम फहराने वाले वीर योद्धाओं की गाथा बच्चों से बूढ़ों के बीच गाई जा रही थी। और इनमें सबसे अधिक रोमाँचक गाथा थी एक ऐसे अद्‌भुत जांबाज की, जिसने काल के सीने को चीरकर उस पर अपना नाम हमेशा-हमेशा के लिए लिख दिया था। अपने समय का वह महानायक था सिपाही अब्दुल हमीद। अमरिका के तकनीकी ज्ञान से उपजे शान और रुआब को ध्वस्त कर देनेवाला संभवतः पहला हिंदुस्तानी। अमेरिका को नाज था अपने पैटर्न टैंकों पर। इसके लौह कवच को अभेद्य माना जा रहा था भारतीय गोलों के लिए। उन्हीं पैटर्न टैंक के साये में अपनी सेना को आगे बढ़ाकर लाल किले पर पाकिस्तानी झंडा फहराने का ख्वाब देखा था जनरल अय्यूब ने। इसी पैटर्न टैंक को चिथड़ों में बदल डाला था अब्दुल हमीद ने।

अद्‌भुत साहस...! अकल्पनीय शौर्य...! अकथ वीरता...!!!

संतु ने आज ही अपने सहपाठी मो॰ जावेद के कंधे पर हाथ टिकाते हुए कहा था, "मैं भी बड़ा होकर अब्दुल हमीद की तरह वीर सिपाही बनूँगा।" फिर अचानक ही दुनिया भर का विस्मय अपनी वाणी में समेटते हुए वह लगभग रुआँसा हो उठा था, "बन सकता हूँ कि नहीं मैं... मुसलमान तो हूँ नहीं...फिर भी!"

''क्यों नहीं बन सकते, जरूर बन सकते हो। मुसलमान और हिंदू में कोई फर्क थोड़े न है। मजहब अलग-अलग होने से इंसान की कूबत थोड़े न अलग हो जाती है।''

''देखो न यह, तुम्हारे कान की लौ, यह भी मेरी कान की लौ की तरह कोमल और गुलगुली है कि नहीं...।...और तुम्हारी यह नाक...'' संतु अब हँसने लगा था—''यह तो मेरी नाक की तरह ही है, कड़ी और खड़ी।''

मूँगफली टूँगते हुए संतु यह तमाम बातें निर्मला को बता रहा था। उसके चुप होते ही निर्मला ने मायूसी से कहा, ''मेरी क्लास में तो एक भी मुसलमान लड़की नहीं!''

''होती तो क्या करती?''

''ऐसे ही, बस देखती उसे। छूती, उससे बातें करती और पता करती कि सिपाही अब्दुल हमीद की बहनें और माँएँ कैसी होती हैं।''

छुट्टी के बाद दोनों साथ ही घर लौटते। तरह-तरह की चर्चाएँ, कथाएँ, उपकथाएँ। इनमें कौतूहल और कौतुक तत्त्व वाले विषय ही समाहित होते। जैसे कि ईंट भट्ठे का अगिया बैताल, बगीचे का पिशाच और उड़नेवाले साँप।...जो ताड़ के एक पेड़ से उड़ कर दूसरे पेड़ पर जा बैठते। इस साँप की हवा जिसे लग जाती उसे लकवा मार देता। लेकिन आज का विषय परसों रात हुआ एक हादसा था। बस्ती के ही रंगबिहारी दीक्षित सेकेंड शो देखकर सीटी बजाते लौट रहे थे। जल्दी पहुँचने के चलते बगीचे से होकर जाने वाला कच्चा रास्ता पकड़ लिया था। चिकनी मिट्टी पर सायकिल सरपट दौड़ती आ रही थी कोई अचानक सड़क पर एकदम सफ़ेद कपड़ों में खड़ा दिखा उन्हें। रगंबिहारी दीक्षित एकदम जवान थे। ओवरसियरी पढ़ते थे। उन्होंने फटाकऽ... अपनी सायकिल रोकी। मोड़कर भागना ही चाहते थे कि हैंडिल पकड़ ली उसने और नकियाते हुए बोला, "काहे दोस्त, खैनी नहीं खिलाओगे?" रंगबिहारी दीक्षित की घिघ्घी बँध गई। गनीमत थी कि भूत ने केवल एक थप्पड़ मारा, लेकिन पूरे पंजे का दाग चेहरे पर उखड़ आया था। मुँह भी सूज गया था उनका।

''तुम भी जेब में खैनी की पुड़िया रखा करो संतु।'' निर्मला ने हँसकर उसे सुझाव दिया।

"इससे बढ़िया कि रात में निकलूँ ही नहीं!"

''लेकिन कभी निकलना पड़े तो? मान लो कि मुझी से मिलने!'' ''तब हनुमान चालीसा पढ़ लूँगा। पूरी तरह से कंठस्थ है मुझे।'' संतु ने आत्मविश्वास से भरकर कहा, ''वैसे मम कहते हैं कि भूत-प्रेम सब बहाना है, कमजोर दिमाग का भ्रम!

कह रहे थे कि जरूर रंग बहादुर भांग के नशे में होंगे। बगीचे में सोये किसी खटास (काले मुँह का बंदर) से टकरा गए होंगे और बदले में जड़ दिया होगा उसने एक थप्पड़। सो अपनी कमजोरी भूत के मत्थे मढ़ दी होगी।''

''हूँ उ उ... मम की बात में दम है। और फिर रंग बहादुर भैया कितने बड़े भंगेड़ी हैं, कौन नहीं जानता। एक कनवां का गोला चढ़ा जाते हैं एक बार में।''

महंथ जी आज प्रसन्न दिख रहे थे। उनका एक बेटा अफसर है फौज में। वह अब लौट आया है सकुशल। युद्ध के दिनों में वह प्रतिदिन रात में बड़का दालान जाते। वहीं एक बड़ा सा रेडियो था। ''यह आकाशवाणी है...अब आप देवकीनंदन पांडे से समाचार सुनिए।'' संतु कितनी बार नकल करता था इस शैली की। युद्ध के दिनों में महंथ जी का खाना-पीना लगभग छूट-सा गया था और संतु पर गुर्राना, गुस्साना भी। मारते तो कभी थे ही नहीं। जब मौका मिलता, माला लेकर जप करने बैठ जाते। संतु भी जी-जान से उनकी सेवा में लगा रहता। घर से उन्हें दो वक़्त के भोजन से मतलब था। जबकि उन्हें सुबह-शाम नाश्ता करने की भी आदत थी। उनके मुँह के अधिकांश दाँत भी दगा दे चुके थे। कड़ी चीज चबा नहीं पाते। इन दिनों संतु का दिमाग ही काम आया। वह इमाम दस्ते में भूंजा, लइया पट्टी, तिलकुट, गोंद के लड्डू आदि उन्हें फुटकर देता। पान कूटने का उनका पीतल का छोटा-सा इमामदस्ता पहले से ही मौजूद था। संतु ने इसी से प्रेरणा ली थी। रविवार को वह केवल एक समय दही, चूड़ा, केला, पेड़ा आदि सानकर खाते। सबकी हथेली पर थोड़ा-थोड़ा प्रसाद रखते। संतु को एक छोटी कटोरी भरकर देते। वह उसे 'मलीदा' कहता और बड़े शौक से खाता। यहाँ तक कि रविवार का इंतजार रहता उसे।

महंथ जी इन दिनों जहाँ खड़े होते, उसी जगह कुर्सी आ जाती। उनका लड़का देश की तरफ से दुश्मनों से जंग कर रहा था, यह पूरी बस्ती के लिए सम्मान की बात थी। उनकी सेवा कर संतु को लगता, वह भी परोक्ष रूप से देश की सेवा में लगा है। महंथ जी अक्सर 'पुष्प की चाह' कविता गुनगुनाते। सुनकर संतु मन ही मन आह्लादित होता। पुष्प की चाह में उसकी चाहत का भी समर्पण था।

लेकिन आज महंथ जी सर्वाधिक प्रसन्न थे। उनके बेटे का मनीऑर्डर आया था, और इसका सदुपयोग करते हुए वह एक खूबसूरत ट्रांजिस्टर ले आए थे। बैटरी से चलने वाला। अद्भुत है यह तो। संतु ने सोचा कि अब कभी महंथ जो लोटा लेकर जाएँगे, इसे भी साथ ले जा सकते हैं और मजे से गाना सुनते हुए भी...। वाह रे जापान, चीन, अमेरिका...। तू ऐश करने का कैसा-कैसा साधन बना रहा है??

...उस रात भी जगकर महंथ जी ने समाचार सुना था...।...रसोई घर में बिटिया बुआ ने आज खीर बनाई थी। सेर भर दूध आ गया था धान चाची के यहाँ से। गया बिआई होगी उनकी।

अगली सुबह जब संतु की नींद खुली, हवा में काफी ठिठुरन थी। सूरज निकलने में अभी विलंब था, मगर सारे लोग जग चुके थे। बाहर तेज पछिया हवा चल रही थी।

आज रोज की तरह बाहर अलाव नहीं जला था। महंथ जी और मम एक ही चौकी पर कम्बल ओढ़े बैठे थे। उनके बीच रखे ट्रांजिस्टर से शहनाई की जो धुन निकल रही थी, वह कुछ अजीब सी थी। ठिठुरन को और भी बढ़ा देने वाली, मातमी! महंथ जी और मम, दोनों ही चुपचाप ट्रांजिस्टर को ऐसे घूर रहे थे, जैसे इससे कोई जिन्न प्रकट होने वाला हो।

सचमुच, उससे एक जिन्न ही तो निकला। उसने जैसे पूरे देश को निगल लिया। उसकी ठंडी आवाज ने जो सूचना दी, उसे सुनकर सभी कठुआ गये थे—"शास्त्री जी नहीं रहे।"

"यह मौत नहीं हत्या है...एक साजिश...भयानक षड्यंत्र।" मम ने काफ़ी देर बाद चुप्पी तोड़ी।

"चीन ने गद्दारी की, चलो मान लिया। मगर यह रूस... आप तो कहते थे कि यही सच्चा दोस्त है अपना...। फिर इसको क्या पड़ी थी समझौता करवाने की...वह भी इतना दबाव देकर? सच। कम्यूनिस्टों की राजनीति को समझ पाना इतना आसान थोड़े है!" यह महंथ जी थे जो इस ख़बर को सुनने के बाद अपना आपा खो चले थे।

"यह सब सी॰आई॰ए॰ की चाल है...!' मम ने काफी सोचते हुए ठहरकर कहा—"रूस को बदनाम करने की हमारी समझ से बाहर की साजिश!"

"हो सकता है रूस और चीन मिले हुए हों इस मामले में...!...चोर-चोर मौसेरे भाई की तरह!"

महंथ जी के इस तर्क से बिदक उठे मम! हाँफते हुए बोले—"तुमरे जैसे मूर्ख से बहस करना भी अपराध है। अरे हम पूछते हैं कि मकसद क्या है रूस का? रूस का इससे क्या भला होना है? मामूली से मामूली हत्या के पीछे हत्यारे की ओर इशारा करने से पूर्व इसी थ्यूरी पर सोचना होता है। अब बताओ तुम...?"

"भला शास्त्री जी ऐसा समझौता कर सकते थे?...जीती हुई जमीन वापस दे दो... हुँह! आखिर हमने इतना खून बहाया है... देश के खिच्चे युवकों का खून।"

महंथ जी बुदबुदाकर शांत हो गए थे।

चिता को जब अग्नि के सुपुर्द करने की उद्‌घोषणा हुई ट्रांजिस्टर से, सुननेवाले सभी के सभी फफक पड़े। हवा में एक नारा झंडे की तरह लहराने लगा—

"जय जवान जय किसान।"

उस रात संतु रजाई के भीतर मुँह ढँके पड़ा शास्त्री जी के विषय में ही सोच रहा था। उसे रह-रहकर कुछ दिनों पहले अखबार में छपा एक कार्टून याद आ रहा था। जेनरल अय्यूब एक हवाई जहाज की दुम पकड़े लटक चुके थे। जहाज अभी रनवे पर दौड़ ही रहा था। इधर शास्त्री जी थे कि एक ठूँठ वृक्ष की फुनगी पर चढ़कर अपने दोनों हाथ तात्कालिक जीत की खुशी में उठा चुके थे।

संतु इस कार्टून के विषय में जितना सोचता, उतना ही सिहरता जाता। एक उन्नत तकनीक पर अभाव, सादगी और विट्स की विजय के ऐसे महात्माई करिश्मे पर कब तक कायम रह सकेंगे हम??

बहुत बाद में अपनी इस मासूम जिज्ञासा में उसने एक क्षेपक जोड़ा था—जीवन में और साहित्य में भी।

चार

छुटकी से ज़्यादा जहरबेल थी बड़की!

केवल नाम की सरला। निर्मला जहाँ नाटी, मोटी और गदबदी थी, वह खजूर के सटके की तरह छरहरी और लचीली। इक्खट-दुक्खट, गाना-गोटी, बुढ़िया-कबड्डी, डोल-पत्ता आदि तमाम बेसाजो-सामान के खेलों में उसकी कोई सानी नहीं थी। लड़कों तक के कान काटती। बेईमानी, शैतानी सभी कुछ में। पादरियों के मिशन स्कूल में सातवीं तक पढ़ी थी वह। इसके बाद सरकारी स्कूल में दाख़िला ले लिया था।

दोनों बहनों का आतंक पूरी बस्ती में था। दोनों की गुरु थीं तिलू अजिया। उनका संरक्षण और मार्गदर्शन, दोनों सुलभ था उन्हें। बस्ती के तमाम बूढ़-पुरनियों की चुँधियाती आँखों का जरा भी लिहाज़ न करते हुए उघड़ी टाँग दर्शानेवाली स्कर्ट या फिर बिना चुन्नी की सलवार-समीज पहन बस्ती की एकमात्र सड़क पर सायकिल सीखने की हिमाकत गर किसी ने पहली दफा की, तो वह सरला थी। कितना हंगामा हुआ था तब। रामपदारथ शुक्ल और बजरंगी मिसिर ने तो देखते ही डपटकर भगा दिया था उसे। बेचारी रोती हुई सीधे तिलू अजिया के पास ही पहुँची थी।

अगले दिन फिर वही किस्सा! लेकिन आज तिलू अजिया छुपकर खड़ी थीं। वही सामने आकर डट गईं—"कानपुर-लखनऊ मा तो बित्ता-बित्ता भर की बिटियन चलौती हैं सायकिल। फिर एका काहे मना करत हो? ई कहाँ का इंसाफ भवा?"

"ई यू. पी. न है, बिहार है।"

"ई बस्ती में कौन सा कानून, रीति-रिवाज बिहार का मानत हौ भय्या?"

"वह बात नहीं है अजिया, लेकिन इस शहर में कोई लड़की कहाँ चलाती है सायकिल? रहना तो हमें इसी जगह, इसी शहर में है।" चार-छः लोग जुट चुके थे उधर से भी। उन्हीं में से एक नौजवान ने कहा।

और अचानक बमक उठीं अजिया। उनकी आवाज़ का तीखापन उनके रोष को जतला रहा था—"तुम लोग मर्द हो...तुम लोग जैसा देश वैसा भेष धारण करो। लेकिन अपनी इन बेटियों को भी क्या यहीं ब्याहोगे? नहीं न! तो फिर इन्हें जिस देश को जाना है, वहीं का चाल-चलन सीखने दो। क्या चाहते हो कि वहाँ जाकर तुम्हारी बुआ लोगों की तरह यह भी बोकी बिहारन का खिताब पाकर आजीवन तिरस्कृत और कुंठित होती रहें?"

अपनी बात का असर होता देख पैंतरा बदला तिलू अजिया ने। दोनों हाथ जोड़कर प्रार्थना के स्वर में बोलीं—"मेरा तो कहना है कि इनके शौक में अड़ंगा मत डालो...दीवार मत खड़ी करो! आखिर बस्ती की सीमा के भीतर ही तो रहती हैं ये बेचारियाँ...आप लोगों की आँखों के सामने ही तो...!"

तिलू अजिया की इस वाक्पटुता और साहस ने बस्ती की तमाम लड़कियों के लिए एक नया रास्ता खोल दिया था...! और देखते ही देखते सरला अपनी पीढ़ी की नायिका हो चली थी...!

इन्हीं तिलू अजिया के यहाँ संतु पहले भी कई दफे अम्माँ के संग जा चुका था! अम्माँ से दो-तीन बरस छोटी ही पड़ती हैं वह! अम्माँ ने ही बताया था उसे। वैसे तो बस्ती के रिश्ते से सास लगती हैं वह अम्माँ की... पर दिल के नाते सखी। घनघोर किस्म का बहनापा और अपनत्व रहा है दोनों के बीच।

इधर नाथूचक में स्थायी तौर पर रुकने के बाद आज पहली दफ़ा उनके घर जा रहा है वह। निर्मला, सरला के साथ लुट्टू की बहन अंजना भी है। उसकी बड़ी-बड़ी आँखों में अजीब-सा कौतूहल नज़र आ रहा है संतु को। संतु की चाल में भी थोड़ी अकचकाहट मिश्रित घबराहट है। उसे रह-रहकर याद आ रही है कई वर्ष पूर्व की होली की वह शाम। उस शाम अम्माँ उसे लेकर होली खेलने जा पहुँची थीं तिलू अजिया के यहाँ। संतु ने नए कपड़े पहन रखे थे और माथे पर रोली का टीका शोभ रहा था। उसे देखते ही तिलू अजिया ने उसे अपने अंकबार में भींच लिया था। पूरी ताकत के साथ। और फिर उसके दोनों गालों पर ताबड़तोड़ कई-कई प्रगाढ़ चुम्बन! अचानक हुए इस गुरिल्ला हमलेनुमा प्यार से बिदक उठा था वह। एक अजीब किस्म की घरेलू औरताना गंध की अकबकाहट से फैलते-सिकुड़ते उसके नथुने। तिस पर गालों पर दंत प्रहार के तीखे अनुभव की प्रथम अनुभूति।

उसकी छटपटाहट देख विहँस उठी थीं तिलू अजिया—बेटबा तुम्हार एकदम्में मोहना है सखी!...जान पड़त हैं साक्षात किशन-कन्हैया महाराज हों जैसे।"

लेकिन अम्माँ से बर्दाश्त न हो सका संतु का यूँ बिलबिला उठना। उन्होंने उसे अपने पेट से सटाते हुए एक सखियाना उपालंभ दिया—"अइसन हबक्का मारि के

कहीं कौनो लड़कन-बुतरू का चूमे है भला? जान पड़त रहै जइसे अप्पन भतार का चूमत रहिऊ।"

अम्माँ का उलाहना तीखा था। उलाहना का उलाहना, मजाक का मजाक। तिलू अजिया का चेहरा सिंदूरी हो उठा था। संतु ने आश्चर्यमिश्रित हर्ष के साथ पाया कि हमेशा की वह वाचाल और अकातर त्रिया आज किसी लाजवंती की तरह ठगी खड़ी रह गयी थी। उसी रात लाल मिर्चे के धुएँ से अम्माँ ने नज़र उतारी थी संतु की। साथ में बड़बड़ाती भी जा रही थीं—"नज़र है निगोड़ी की...कटार है...कटार...।...जरा भी झाँस है धुएँ में...?...कोई देखे तो क्या कहे...बेचारी...।" और अम्माँ की आवाज भीग उठी थी।

—उस दिन तिलू अजिया ने एक विचित्र खेल खिलाया उन चारों को। उनके आँचल में कई तरह की पत्तियाँ थीं। बारी-बारी से सबकी आँख पर पट्टी बाँधी गई। हथेली पर एक पत्ती रख दी जाती। इसे तलहत्थियों के बीच रगड़कर सूँघने के बाद वृक्ष का नाम बताना होता। अंत में जो नतीजा घोषित हुआ, संतु के सबसे कम अंक थे।

"फिसड्डी महाराज को एक मौका और। अबकी बता दिहिन तो समझो सौ में सौ... टॉपर।" तिलू अजिया ने जिस घड़ी यह चुनौती दी, तीनों लड़कियाँ नीचे मुँह करके फिसफिसा रही थीं। उनके इस बेमौके की हँसी के अर्थाभास पर बिना विचारे संतु ने चट आँख पर पट्टी बँधवा ली। हथेलियों को कसकर रगड़ा ताकि गंध और रस की निष्पत्ति जमकर हो, जिससे कि पहचानने में सहूलियत रहे। लेकिन हथेलियों में तो भयानक दाह और खुजली होने लगी थी। चीख उठा संतु—"पट्टी खोली जल्दी...खोलती हो कि नहीं।"

पट्टी खुलते ही संतु ने अपनी हथेलियाँ देखीं। वह लाल थीं, थोड़ी फूलीं। नीचे 'उरकुसी' की पत्तियाँ फैली थीं। जब जी भरकर हँस चुका स्त्रियों का समूह, उपचार भी सबों ने मिलकर किया। पहले तो इमली के पानी में हाथ डुबोकर रखा गया। इसके बाद भी जलन पूरी तरह कम न हुई तो बढ़िया घी चुपड़ा गया हथेलियों पर। तब कहीं आधे घंटे बाद जाकर आराम मिला उसे। इसी बीच एक बड़ी छिपली में तिलकुट, लइयापट्टी और शुद्ध घी की बनी गुझियाँ ले आईं तिलू अजिया। मावे भरी गुझियाँ। इसमें 'शेर का हिस्सा' उसी ने पाया। सारा शिकवा फौरन जाता रहा। उसे खाते देखते तिलू अजिया के चेहरे पर अपूर्व शान्ति थी। तभी सरला ने अपने दिल की बात रखी—"मेरी इच्छा करती है कि सायकिल से स्कूल जाऊँ। रोज इतना पैदल चलना पड़ता है कि रात में जल्दी ही औंघी आने लगती है।"

"तो फिर जाती काहे नहीं हो?"

"डर लगता है;"—सरला ने कहा—"सबसे ज्यादा तो बाबूजी से। कहीं मना कर दिया तो...? वैसे आजतक मना नहीं किया कभी किसी चीज के लिए। इसीलिए तो औरो भय लगता है। अम्माँ से पूछा तो सुनते ही बिदक उठीं। कहने लगीं कि एक तो ऐसे ही जीना मुहाल है, तिस पर से तुम नया स्वांग धरै लगिहौ तो समझो कि बस उठौना भर बाकी बचा रही ईं बस्ती से। सारे गाँव-गोतिया के लोग तो मौके की तलाश में हैं ही।"

बात शिवभंजन तिवारी के घर-आँगन के व्यक्तिगत प्रसंगों की ओर मुड़ चुकी थी। तभी बीच में अंजना अपने भोलेपन के साथ टपक पड़ी—"लखनऊ-कानपुर में कैसे लड़कियाँ सायकिल चला लेती हैं? उन्हें कोई क्यों नहीं टोकता?"

"यह उस शहर की संस्कृति का एक अंग बन चुका है, जो कि इस शहर में नहीं है। वहाँ तो अंग्रेजों के समय से ही यह चलन रहा;"—तिलू अजिया ने आगे कहा—"यहाँ तक कि पटना शहर में भी हमने देखा, लड़कियाँ रिक्शे पर कॉलेज जाती हैं। पैर पर पैर चढ़ाकर...यह ठस्से और अदा से बैठी हुई!...तिलू अजिया ने अपने पैर पर पैर चढ़ाकर जब अपने चेहरे को थोड़ा गंभीर बनाते हुए फुलाया तो सभी हँसते-हँसते लोटपोट हो गए।

"भई, उनके माँ-बाप वहन कर सकते हैं यह खर्च, तभी न। लेकिन सोचो, किसी गरीब घर की लड़की कैसे जाएगी? उसे या तो पैदल जाना होगा या बसों में धक्के खाते हुए। पटना में तो बस सर्विस भी गड़बड़ ही है समझो। ऐसे में जब तलक गरीबों के बीच शिक्षा का प्रचार-प्रसार नहीं होगा, वह भी खासकर स्त्री-शिक्षा का, तब तक हालत सुधरने वाली नहीं। स्त्री जब तक शिक्षित नहीं होगी, अपने अधिकार और कर्तव्य की लड़ाई नहीं लड़ सकती। न उसमें आत्मविश्वास पनप सकता है, न स्वाभिमान।

उस दिन तिलू अजिया ने ज्योतिबा फुले के विषय में बताया। उनकी पत्नी सावित्री बाई फुले और शिष्या पंडिता रमा बाई के विषय में। यह सब किसी कोर्स में नहीं पढ़ा था उन्होंने। अपने पिताजी से पाया था ढेर सारा मौखिक ज्ञान। यह सब बताते-बताते अचानक एक सूखी और मरियली हँसी आ चिपकी थी उनके लंबोतरे चेहरे पर—"यदि मेरे पास आज कोई डिग्री होती, तो प्रमिला की तरह मैं भी टीचर बन गई रहती। या शायद नर्स ही। कम से कम इस तरह से रात-दिन की गुलामी थोड़े न करती तुम्हारे बाबा की। और तब यह घर भी इतना मनहूस थोड़े न लगता...।...चमकता यह...दमकता...और परियाँ रोज आकर नृत्य करतीं यहाँ।"

"लेकिन आप तो अभी भी आगे पढ़ सकती हैं, मेरा मतलब है...!" संतु से

उनकी कातरता देखी न गई।

"खूब समझती हूँ तेरा मतलब! आखिर तू भी मर्द का ही बच्चा है न! तुझे भी मैं अभी जवान दिख रही होऊँगी, क्यों?" तिलू अजिया थोड़ा मुस्कुरायीं तो संतु को राहत मिली। वरना वह गंभीर रहतीं तो उनके पिचके गाल होठों को और भी नुकीला बना देते! "अब मेरे दामन को किसी हसरत की दरकार नहीं"—उन्होंने ठंडी साँस छोड़ते हुए कहा—"मैंने अपनी इच्छाओं को, अपनी खुशियों को, सबों की इच्छाओं और खुशियों में शामिल कर लिया है। केवल मेरे गम मेरे अपने हैं, मेरे एकांत के साथी । मैं भले बहुत न पढ़ सकी, पर ये लड़कियाँ पढ़ेंगीं। बस्ती की तमाम लड़कियाँ और आस-पास वालों की भी। जहाँ तक मेरी आवाज़ और मेरे कदम जा सकेंगे...! जिसे मैं न कर सकी, वह यह लोग करेंगी। जिन बाधाओं को मैं न लाँघ सकी, यह सब पार करेंगी उसे...!"

तभी वाजपेयी बाबा आ गए। अजिया के भतार। उनके संबंध में वह हमेशा एकमात्र इसी शब्द का प्रयोग करतीं।—ई हमरे भतार का पसंद नहीं!...ई हमरे भतार का न सुहावे है!"

उन्हें देखते ही सबकी बोलती बंद हो गई। अजिया फुर्ती से पानी का लोटा ले आईं। दो गुझियाँ भी। वाजपेयी बाबा का शरीर खूब लंबा-चौड़ा था। रंग गेहुआँ और बाल...। उनके बाल संतु को खूब-खूब आकर्षित करते। एकदम झक्क...सफेद बालों के बीच-बीच नित्य आँवला केश तेल के सेवन के कारण जहाँ-तहाँ से हुलकारी-सी मारते काले, भूरे, मटमैले केश। तैसे सावन-भादों के महीने में आकाश में विचरते विभिन्न छटाओं के मेघ-दल।

भर लोटा पानी पी लेने के बाद उन्होंने घोड़े की तरह हिनहिनाती आवाज़ में कहा, "ई तो लगे है कि सोहन का संझला छौंड़ा है।"

संतु के मुड़ी डुलाने पर लगे वह उसके पिता की बड़ाई अपनी खुरदुरी आवाज़ में करने। संतु के पिता ने भी उनकी कुछ दिन शागिर्दी की थी। अपनी जवानी के दिनों में नामी पहलवान थे वह । सुबह-शाम अखाड़े की मिट्टी मलते। कहलगाँव, घोंघा, अनादिपुर, पीरपैंती से लेकर साहेबगंज तक कुश्ती के लिए जाते। उनके पिता पोस्टमैन थे और अपनी काहिली और सुस्ती के लिए कुख्यात थे। अपने महकमे में भी। अफीम की पीनक में हमेशा घर में पड़े रहते। जरूरी चिट्ठियाँ बाँट आते, बाकी को चूल्हे में झोंककर चाय बनाते। उनके असामयिक निधन के बाद मिले भुगतान और जो थोड़ी बहुत जगह जमीन थी उसे भी बेचकर, उनकी दोनों पुत्रियों को निबटाया गया किसी तरह। बच गया बस यह एक छप्पड़पोश मकान। इसमें अब जाकर कहीं पीछे का दो कमरा पक्का करवाया है तिलू अजिया ने।

तो बाबा वाजपेयी पढ़े-लिखे थे नहीं। दस्तखत करना और हिसाब किताब भर का ज्ञान था। सो जब गुजर बसर पर आफत आन पड़ी, एक पुराने प्रशंसक मारवाड़ी ने मदद की उनकी। उसने उन्हें अपने यहाँ दरबान रख लिया। बाद में गाड़ी चलाना भी सीख गए बाबा और ड्रायवर सह बॉडीगार्ड बन गए। लोगों ने घेर-घारकर उनका ब्याह भी करवा दिया।

पंद्रह वर्ष के दाम्पत्य जीवन के बाद भी जब उन्हें कोई संतान न हुई, बेचारे एकदम विक्षिप्त से हो चले। क्रोध अब सदा उनकी नाक पर टिका रहता। भाँग की जगह ठर्रे ने ले ली। इधर घर में उनकी बीमार पत्नी पड़ी कराहती रहतीं, उधर वह हफ्तों सेठ की गाड़ी लेकर कलकत्ते में बऊआते रहते। आते तो सीधे लात से ही बात करते–"चल उठ...रोटी सेंक हरमजादी..बाँझ का स्वाँग हम खूब समझते हैं।" अंततः उनके पाद प्रहार ने तो नहीं, लेकिन क्षय रोग के नन्हे जीवाणुओं ने उन्हें तिल-तिल घुलाकर मार डाला। जब उनके प्राण पखेरू उड़े वाजपेयी बाबा कुएँ पर स्नान कर रहे थे। और वह रोटियाँ पकाने की तैयारी में रसोईघर में ही लुढ़की पाई गईं। यह दुर्घटना दशहरा और दिवाली के मध्य हुई थी। संवत् जलते ही नया साल लग गया और बैसाख के प्रथम लगन में ही तिलु अजिया का पदार्पण हुआ नाथूचक में।

सुदूर बिठूर जिले के किसी दुर्गम्य गाँव के गरीब पिता की अभागी दुहिता तिलोत्तमा। मात्र सत्रह की वधू चालीस पार के 'बाबा' से गठबंधन करके आते ही नाथूचक में अपने से बड़ी उम्र की ब्याहताओं की भी सास बन बैठी। आज दस वर्ष से भी कुछ ऊपर हो चला है उन्हें आए। तब से केवल एक दफ़ा अपने मायके गयी हैं–अपनी माँ के श्राद्ध पर।

लोगों का मानना था कि वाजपेयी बाबा इस विवाह के बाद एकदम बदल गए। जल्दी घर आना और वह भी हाथ में रबड़ी-मिठाई के दोने के साथ...यह उनके स्वभाव के विपरीत था। तरह-तरह के नखड़े उठाना भी इसमें शामिल था। सेठ के अम्बेस्डर पर बैठाकर जब तब अपनी बीवी को हवा खिलाने भी ले जाते। पटना और कलकत्ता भी घुमा लाए। घुमाने के बहाने वहाँ की बड़ी डाक्टरनियों से जँचवा भी आए। सबों ने आश्वासन दिया। उन्हें खुद की जाँच कराने को भी कहा गया जिसे कि विनम्रतापूर्वक टाल गए वह। हमेशा की तरह। तिलू अजिया की जिद को उन्होंने इस तर्क के तले ढँक दिया कि बंजर भूमि ही होती है, बीज चाहे जितना भी खराब क्यों न हो, टेढ़ा-बकुला ही सही, कुछ तो कोंपल फूटेगा ही।

वाजपेयी बाबा थे महज संतान अभिलाषी। शादी के बाद पाँच वर्षों तक उत्सुकता दिखलाई उन्होंने। तिलू अजिया को तलहत्थी पर बिठाए रखा। फिर उन्हें

भी ऊसर भूमि समझ ऐसा बिदके कि फिर से पुराना ढर्रा चालूँ शराब और रोज-रोज की बतकुच्चन और अक्सरहाँ मारपीट की नौबत। यह बस कुछ इसलिए भी क्योंकि पहलेवाली की तरह चुपचाप सब कुछ बर्दाश्त करनेवाली नहीं थीं तिलू अजिया। बाबा दो कहते तो वह भी पलटकर एक अवश्य सुनातीं। घर-गृहस्थी की किसी जरूरत, किसी फरमाइश का अब एक ही जवाब था बाबा के पास—"किसके लिए करना है...किसके लिए जुटाना है।"

तिलू अजिया टोक बैठतीं—"क्यों, मेरे लिए कोई जिम्मेवारी नहीं। मैं कैसे रहूँगी तुम्हारे बाद? किसके सहारे रहूँगी। तुम्हारा यह मक्खीचूस सेठ भेजेगा क्या राशन मेरे लिए?" इसी तरह लड़-भिड़कर उन्होंने बाबा का बीमा करवाया। पोस्ट ऑफिस में खुद का खाता खोला।

वय अधिक हो जाने के कारण वैसे भी वाजपेयी बाबा अब हाथ-पाँव अधिक न चला पाते। यदि दो हाथ मारते तो खुद भी एक-आध थप्पड़ खाना पड़ता। घुटने में दर्द रहने के कारण पाद-प्रहार तो वह लगभग भूल ही चुके थे। अब स्थिति यह होती कि तिलू अजिया के आक्रामक होते ही बाबा किनारा थामकर शब्दों के माध्यम से प्रहार करते—"मेरे मरने की मना रही हो हरामजादी...। मरने से पहले गला टीपकर जाएँगे तेरा...क्या समझती है...बाँझ को खुलकर खेलने वास्ते छोड़ जाऊँगा मैं? देख लेना ससुरी...देख लेना...।"

सुनकर अजिया भी आपे से बाहर हो जातीं—"जिस मंसवा के जीते जी हम रांड विधवा सी गुजार रहे हैं...उसका जीना कैसा और मरना क्या...थू...थू... आकऽ...थूऽऽऽ...।"

ऐसी नौबत बस्ती के बड़े-बूढ़ों द्वारा वाजपेयी बाबा को लगाने-बुझाने के बाद ही पैदा होती। खासकर तब जब वह शराब के नशे में हों। दरअसल उम्र में कम होने के बावजूद अपनी 'काकी' की पदवी का उपयोग तिलू अजिया बस्ती के कई सनकी बुजुर्गों के ख़िलाफ़ ज़बरदस्त ढंग से करतीं। उन्हें 'लल्ला-बिलल्ला' जैसे विशेषणों से नवाजते हुए वह उन सबों के कुकृत्यों की जमकर मलामत करतीं। विशेषकर जब उनके द्वारा परिवार की किसी स्त्री के प्रताड़ित करने की सूचना मिलती। बस्ती की कई-कई लड़कियाँ इन मामलों को सामने लाने के लिए जासूस का रोल निभातीं। पक्की सूचना मिलते ही वह अभियुक्त के खिलाफ मोर्चेबंदी से कभी नहीं चूकतीं। कभी-कभी तो ऐसा भी होता कि उस घर की स्त्रियाँ तक उनके ख़िलाफ को जातीं। पर लेश मात्र भी विचलित नहीं होतीं तिलू अजिया। न ही खुद को बेइज़्ज़त महसूस करतीं। बल्कि पूरे अधिकार के साथ डपट देतीं वह ऐसी स्त्रियों को—"तुम चुप रहो माला की अम्माँ। हम सब जानित है ई तिरियाचरित्तर।

पहले तो लगा-बुझाकर पुतोह का पिटवायो, अब लगिऊ भतार का सोहराबे। भूल गइऊ कि कल तक यही मंसवा तुमका भी लतियावत रहे? का चाहती हो कि जैसन जिंदगी तुम काट दियो रो-धो के, बेटी-पुतोह भी वैसहिं लात खाकर सुघड़ मेहरियाँ बनी रहैं? या कि कुछ परिवर्तन...थोड़ा बहुत हँसी-खुशी, उनके हिस्से भी देना चाहती हो तुम?"

तिलू अजिया का सवाल जितना सीधा होता, उतना ही मर्मस्पर्शी! ऐसे ही एक बार उन्होंने वैद्य जी की खूब खबर ली थी। वैद्य जी के आगे किसी की मुँह खोलने की हिम्मत न थी। उन्हीं की सबसे बड़ी पुतोह को हुई एक पर एक तीन कन्या। तीसरी कन्या की खबर सुनते ही सास सौरी घर में झाँकने भी न आई। न बहू के लिए कुछ पुष्टई का ही इंतजाम हुआ। उसे प्रसूति-ज्वर भी हो गया। दूध एक बूँद भी न उतरा और वह नवजात बिटिया मिश्री-पानी का घोल पीते पंद्रह दिन में ही चल बसी। यह तो तय था कि सारा कुछ कविराज जी के इशारे पर ही हो रहा था। नवजात के मरने की ख़बर मिलते ही तिलू अजिया उनकी डेहरी पर अड़ गईं। वैद्य जी लाख कहते रहे कि लड़की निमोनिया से मरी, जबकि तिलू अजिया यह झूठ निगलने को तैयार ही नहीं। "ब्राह्मण के घर लक्ष्मी का ऐसा घोर अपमान।" वह क्रोध से बिफर उठी थीं—"कान्यकुब्ज तो पैर तक नहीं छुआते अपनी बेटियों से....काहे कि दान की वस्तु हैं वह...दूसरों की अमानत। उस अमानत में खयानत करने का क्या अधिकार है इस कविराज को? पूछो कि क्या तबतक जिन्दा रहेगा वह? है कोई ऐसा भस्म या मकर-ध्वज? है तो काहे नहीं पुतोह को खिलाकर बेटा पैदा करवा लिया?"

हद कर दी थी उस दिन तिलू अजिया ने। प्रसूति कक्ष से किसी तरह बाहर निकल वह बीमार औरत पैरों पर गिर गई थी अजिया के। और लगी थी टपाटप आँसू बहाने। उफ! उसकी वह खामोश ज़बान और कातर आँखें। संतु ने देखा था—पूरी बस्ती के लोगों की आँखें भर आई थीं। अजिया ने उसी समय उसे उसके मायके जाने की आज्ञा दिलवा दी। आया ही था उसका छोटा भाई लिवाने। उसे टरका देना चाहते थे यह लोग। विवश होकर उसे लोगों ने तिलू अजिया की शरण में जाने को कहा और...।

...इस शौर्य प्रदर्शन का फल भी मिला उन्हें। वाजपेयी बाबा वैद्य जी के स्थायी ग्राहक थे। न केवल खुद बल्कि अपने सेठ के लिए भी तरह-तरह की स्वास्थ्यवर्धक दवाएँ, जिनमें हाजमा के चूर्ण से लेकर वीर्य और बलवर्धक औषधियाँ भी शामिल थीं, नियमित ले जाते थे। सो इन्हीं कविराज ने मामला ठंडाते ही एक रोज जाने कौन-सी पुड़िया खिलाई बाबा को कि आते ही सीधे पिल पड़े उन पर। साली,

हरामजादी और बाँझ के साथ उस दिन रंडी, डायन आदि का भी खिताब पाया अजिया ने। उदाहरण एवं सप्रसंग व्याख्या के साथ। यह भी बताया गया उन्हें कि कविराज ने 'बाबा' की इज़्ज़त का ख़याल कर उस दिन छोड़ दिया उन्हें। वरना बाँह पकड़ कर बंद कर लेते कमरे में तो क्या कर लेती वह? क्या रोक सकती थी उन्हें उनकी मनमानी कर लेने से? रोक सकती थी तो आज रोककर दिखा...रोककर दिखा मुझे।

कोठरी बंद थी और आँगन में कम से कम दस स्त्रियाँ खड़ी थीं। गिड़गिड़ाती...दया की भीख माँगती...। छोड़ दीजिए काका, छोड़ दीजिए भैया, छोड़ दीजिए वाजपेयी जी की गुहार लगातीं। दरवाज़े को रह-रहकर पीटतीं...कुंडी खटखटातीं।...निरीह और अबला स्त्रियाँ...।

"ऐ डिलेवर साहब। तों निकलो हों बाहर चुपचाप कि तोड़े हम दरवज़्ज़ा। बड़का मरद बन रहे हो भोंसड़ी के...?"

यह टैरू बहू थी। सब उसे भौजी कहते। बस्ती के तमाम युवाओं और अधेड़ों की वह शाश्वत भौजी थीं। संतु की उमर के लड़के उसे भौजी माँएँ कहते।...ऐ भौजी माएँ!

भौजी माँएँ की कड़कती आवाज़ का असर हो या तिलू अजिया के अब तक धराशायी हो जाने की प्रतिक्रिया। बहरहाल, किवाड़ खुला। खुला किवाड़ और निकले पहले लहूलुहान वाजपेयी बाबा।

उनकी नकसीर फूट चुकी थी। चेहरे और कंधे पर खरोंच के दाग और तार-तार झूलती बनियान।

अंदर कोठरी में केवल पेटीकोट ब्लाउज में बेहोश पड़ी थीं तिलू अजिया। जमीन पर पेटकुनियाँ पड़ी थीं वह। उनका पेटीकोट पीठ की ओर उलटा था। अंदर घुसते ही स्त्रियों ने पहले उनके कपड़े ठीक किए। फिर एक चादर से ढँककर उन्हें बाहर खाट पर लाकर लिटाया गया। बच्चों को खदेड़कर बाहर भगाया गया। चारों ओर अफरा-तफरी, रोवा-रोवाहट! टैरू बहू ने झोंटा पकड़ लिया वाजपेयी बाबा का—"उठा सायकिल और भाग कर जा...समझ ले मैं ही माँ हूँ इसकी बाप भी। कुछ हो गया इसे तो जान ले...!"

घंटे भर के भीतर सेठ की सफेद अम्बेस्डर आ लगी। ड्रायवर कोई और था। साथ में सेठ का मुनीम भी। टैरू बहू ने शिवभंजन तिवारी की बहू को साथ लिया और लादकर ले गईं तिलू अजिया को। उनकी दोनों कलाई की हड्डी टूट चुकी थी। कमर और पेट मे भी काफी चाट थीं। शाम को शिवभंजन बहू लौटीं। उन्होंने ही बताया—"होश आ गया है, खतरे से बाहर हैं।"

वसंतपंचमी तक एकदम स्वस्थ हो चली थीं तिलू अजिया।

आज भी कई बच्चों की पाट छुआई की रस्म चल रही थी। वासन्ती रंग की सादी साड़ी में लिपटी तिलू अजिया सरसों के फूल की तरह तरो-ताज़ा दिख रही थीं। पंडित जी नए थे इस बार के। बस्ती के पुराने और कान्यकुब्जों के रीति-रिवाज से परिचित बूढ़े ओझा जी बीमार चल रहे थे। उनके तीनों लड़के भी सरकारी नौकरी में लग चुके थे, सो पोथी-पतरा को उन्होंने अस्पृश्य मान लिया था। नए पंडित जी एक बच्चे का हाथ पकड़ स्लेट पर 'श्रीराम' लिखवा ही रहे थे कि अपनी पुरानी शैली में फट पड़ीं तिलू अजिया–"यह क्या पंडित जी शुभारंभ 'ओउम्' से करवाइए... एकाकार मंत्र से। यही रिवाज है इस बस्ती का। कोई नया चलन नहीं चलने का यहाँ!"

थोड़ा रुककर, उन्होंने विस्तार से नए पंडित जी को समझाया भी! बताया कि कान्यकुब्जों में 'श्रीराम' की पूजा का कोई विधान नहीं। आगे बतलाया कि चैत्र शुक्ल पक्ष प्रतिपदा से ही भगवती की आराधना होती है घर-घर। नवमी के दिन किन्हीं के यहाँ बलि भी पड़ती है। अनाज का भोग, कढ़ी, सब्जी, चावल, रोटी का भोग तो देवी मैया को घर-घर लगाया जाता है।

इस बार की पूजा खूब धूम-धाम से हुई। खूब घड़ीघंट, घड़ियाल बजा। "वीणापानी की जय... हंसवाहिनी की जय"... के नारे लगे। गाजर, मिश्रीकंद, सुगवा बेर और बुँदिया का प्रसाद बँटा। पूजा के बाद संतु को करीब बुलाकर आँचल से आम्र मंजरी निकाल उसे थमाते हुए तिलू अजिया ने कहा..."इसे तलहत्थी से खूब रगड़कर फेंक दो।"

"क्यों...?" संतु को बुआ की एक पुरानी चेतावनी याद आई–"तिलू काकी ऐसा-वैसा कुछ भी करने को कहें या खाने को दें, मत मानना भूले से भी उनकी बात।"

"क्यों?" संतु तब प्रतिवाद कर उठा था।

"अच्छाऽ...तो तिलू काकी की सोहबत अब तुझ पर भी असर दिखाने लगी है, क्यों...। बुआ के प्यार पर भी भरोसा नहीं रहा क्या तुझे? जरूर उल्टा-सीधा भड़काती होंगी मेरे बारे में।"

"नहीं बुआ...वह तो हमेशा तारीफ करती हैं तुम्हारी। कह रही थीं एक दिन...इतनी कम उमर में गृहस्थी सँभालकर डिप्टी साहब का घर बुड़ने से बचा लिया है बिटिया ने।"

अपनी तारीफ से खुश बुआ ने संतु के बालों में हाथ फेरते हुए कहा था–"तू नहीं समझेगा अभी–बच्चा है न।" बुआ का स्वर अचानक फुसफुसाहट में बदल

चुका था—बाँझ है न, कहीं कुछ टोना-टोटका कर दिया तो...?...क्या जवाब दूँगी तुम्हारी अम्माँ को?

"लेकिन वह तो अजिया हैं मेरी...काकी लगती हैं तुम्हारी...वह भला-बुरा क्यों चाहेंगी हमारा?"—संतु ने अपना प्रतिवाद कायम रखना चाहा था।

"जो कहती हैं बुआ, माना करो चुपचाप। अभी से ज्यादा आएँ-बाएँ करना ठीक नहीं।" यह छोटे चाचा थे। प्रत्येक विचार का उसकी शैशवावस्था में ही गला घोंट देना उनके प्रशासन का एकमात्र सलीका था। संतु हमेशा कटता है उनसे। बड़े चाचा को तो खैर अपनी किताबों की दुनिया से फुर्सत ही नहीं। वह बस्ती के माने हुए 'बुक-वर्म' हैं। जबकि संतु की इधर आदत यह हो चली थी कि जिस काम को नहीं करने के तर्क से वह प्रभावित हो जाता, उसे कभी नहीं करता। लेकिन जिस तर्क को वह पचा नहीं पाता, उस काम को मना करने के बावजूद छिप-छिपाकर करता रहता। जैसे चोरी न करने के तर्क को वह मानता, लेकिन टिकोलों की चोरी करना उसे कभी अपराध नहीं लगता। जैसे बहती नदी से लेकर अंजुरी भर जल पी लेना। अब यह कोई कहे कि पूरी नदी पर उसका मालिकाना है तो वह नहीं मानता इस कानून को। कभी मानेगा भी नहीं ऐसी सामाजिक व्यवस्था!

लेकिन आज किसी तरह की हुक्म उदूली नहीं की उसने। बाकायदा परास्त हो गया वह तिलू अजिया के स्नेह सिक्त तर्क से। संतु के 'क्यों' के एवज़ में उन्होंने अत्यंत ही स्नेह से कहा था—"क्योंकि ऐसा करने से छोटे-मोटे कीट-पतंगों का विष नहीं चढ़ता।" फिर आगे कहा उन्होंने—"कल मैं तुम्हें फूल दूँगी...सरस्वती माँ के चरणों पर चढ़े फूल। इन्हें किताब में रखने से पढ़ने में जी लगता है, खूब विद्या आती है।" वह कुछ इस भाव से बोल रही थीं जैसे कि उनके खुद का आशीर्वचन भी उन फूलों में समाहित होगा।

नहीं...। भला ऐसी स्नेहमयी, ममतामयी औरत कभी मेरा अहित सोच सकती है...टोना-टोटका करनेवाली हो सकती है...?...संतु ने मन ही मन विचारा और तत्क्षण निर्णय लिया—वह हर हाल में तिलू अजिया का साथ देगा।

शाम को होनेवाले सांस्कृतिक कार्यक्रम का फायनल रिहर्सल शुरू हो चुका था बड़का दालान में। वह लड़कों का दल था। लड़कियों की तरफ से भी एक लघुनाटिका होनी थी। इसे खुद तिलू अजिया और सरला ने मिल-जुलकर तैयार किया था। सरला इसमें मुख्य किरदार भी निभा रही थी। संतु को भी एक भजन गाना था। उसकी एंट्री भी लड़कियों वाली टीम की ओर से थी।

सभी कलाकारों के लिए तिलू अजिया ने दाल भरकर कचौड़ी, आलूदम और खीर का प्रबंध किया था। इस टीम का रिहर्सल उन्हीं के घर जो होना था।

शाम का कार्यक्रम शुरू हुआ। आठ चौकियों को मिलाकर स्टेज बना था। तिरपाल और सफेदे से इसकी घेराबंदी की गई थी। बढ़िया साड़ियों और फूल-मालाओं से इसे कलात्मक ढंग से सजाया गया था। परदा भी साड़ियों का बना था जिसे चूड़ियों के सहारे हरे बांस के पतले डंडे पर सरकाकर हर आयटम से पहले और बाद में खोलने और बंद करने की व्यवस्था थी। इसके लिए दोनों बगल दो लड़के तैनात थे। स्टेज के पिछले हिस्से की संयुक्ति बड़का दालान के एक कमरे से थी। यही 'ग्रीन रूम' था। इसी कमरे में संतु बैठा कँपकँपा रहा था। यद्यपि कि ठंड मामूली थी, फिर भी। दाँत नहीं बज रहे थे उसके, दिल बज रहा था–धड़ऽ...धड़ऽ... धड़ऽ...धड़ऽ...। मंच नामक खौफनाक जगह से यह उसका पहला वास्ता था। और यह छोटा डंडा...माइक...इसके आगे तो लँगड़ा मास्टर का आठ हाथ का डंडा भी फेल था।

यह बस्ती में पहली दफ़ा होने जा रहा था। सांस्कृतिक कार्यक्रम में महिलाओं की सहभागिता। सो इस दफ़ा भीड़ काफी थी। बड़का दालान के बाहर का ओसारा और समूचा मैदान...सब ठसमठस था। आस-पास के गाँवों के लोग भी थे, बगीचे के पेड़ों तक पर बैठे हुए।

निर्मला आज इतिहास में प्रवेश करने जा रही थी। 'महिला मंडली नाथूचक' की ओर से पहली प्रस्तुति उसी की थी। संतु ने आश्चर्य से देखा–उसके चेहरे पर परम निश्चिंतता थी। खूब चहक रही थी वह। चुस्त स्लैक्स के ऊपर उसने चौड़े घेरे की बेल-बूटेदार फ्रॉक पहन रखी थी। स्टेज पर उसकी ऐतिहासिक एंट्री भी किसी भजन-वंदना से नहीं हुई। उन दिनों के सुपरहिट 'मैं क्या करूँ राम मुझको बूड्ढा मिल गया' के साथ एक धमाकेदार एंट्री। निर्मला ने कंठ का जितना उपयोग किया, उससे कहीं अधिक हाथ-पाँव हिलाएँ नैन मटकाए! एक-आध सीटियाँ तक बज उठीं जिस पर स्वयंसेवकों ने फौरन काबू पा लिया। महिला दीर्घा तक में कनफुसकी और उसाँसों का माहौल गरम रहा।

लेकिन इसके बाद संतु की एंट्री ने वातावरण बदल दिया। संतु से पहले बस्ती के एक नाती का कार्यक्रम था। वह जनाब लखनऊ से तसरीफ लाए थे और अपने फण के उस्ताद घोषित हो चुके थे। लेकिन पर्दा खुलते ही आँख फाड़कर भीड़ को तकते ही रह गए। स्टेज के अगल-बगल खड़े लड़के उसे उकसाते रहे, मगर उसके होठ न हिले। उसकी अम्माँ भी थीं स्टेज के एक तरफ। उन्होंने भी हौसला बढ़ाया–"गाओ बेटा गाओ...सुना दो नानी वाला गाना...जो रोज गाते हो तुम!" अपनी अम्माँ की आवाज़ सुनते ही वह उनकी ओर दौड़ पड़ा और लिपटकर रोने ही तो लगा। पर्दा खींचने वालों ने फुर्ती दिखलाई और बाहर में उत्तेजित होती भीड़

को इस यशोदा-कृष्ण लीला के अवलोकन से वंचित कर दिया।

ठीक इसके बाद बारी थी संतु की। जैसे गले पर किसी ने छुरी रख दी हो, वैसी ही वेदना थी उसके चेहरे पर। आवाज़ में भी एक वेदनामयी हिचकिचाहट के बावजूद खुद को सम पर बिठाए रखने की जद्दोज़हद...। इन सारी स्थितियों ने उसके गाए भजन को अविस्मरणीय बना दिया। जब पर्दा खींचा गया तो तिलू अजिया ने लपककर उसे अंकवार में भर लिया। संतु की आँखों में सफलता के आँसू थे। कुछ ही क्षणों में भीड़ को लाँघकर बिटिया बुआ भी आ पहुँचीं। लेकिन संतु की आँखों में आँसू देखते ही भड़क उठीं...''तुम काकी एकद्रम से मउगा बना दीहौ का एका...?''

उस शाम खेले गए नाटकों की भी बस्ती में अलग-अलग कारणों से महीनों चर्चा होती रही। लड़कियों के एकांकी में एक ऐसी लड़की की कहानी थी जिसे अपनी आगे की पढ़ाई के लिए दूरस्थ स्थित स्कूल जाना जरूरी था। पैदल इतनी दूर रोज जाना संभव न था। न ही लड़की के गरीब माता-पिता के पास अन्य कोई महँगे साधन थे। अंततः लड़की ने घनघोर विरोध के बावजूद पढ़ाई पूरी करने को सायकिल से आना-जाना शुरू किया। प्रताड़ित हुई पर हिम्मत नहीं हारी उसने। और अंततः एक शिक्षिका बनकर वह ज्ञान का प्रकाश फैलाने लगी। अपने माँ-बाप पर बोझ बनने की बजाय वह उनका सहारा बन बैठी।

लड़कों के नाटक का विषय बेरोजगारी थी। शहर नौकरी ढूँढ़ने गया गरीब परिवार का एक युवक किराए के कमरे में रहने लगता है। राशन, दूध, धोबी, मकान मालिक सबों का बकाया उस पर बढ़ता जाता है। वह हमेशा सपने देखता है कि अपनी ऊँची डिग्री के एवज़ में उसे आज नौकरी मिली कि कल। दुनिया में देर भले हो, पर अंधेर नहीं है। लेकिन उसका विश्वास टूटने लगता है। अंततः रोज-रोज के तगादों से तंग आकर एक दिन वह आत्महत्या कर लेता है।

एक नाटक का अंत सुखद, एक का दुखद। एक ओर स्वप्न, दूसरी ओर हताशा। क्या स्त्री और पुरुषों की दुनिया अलग-अलग है? एक साथ घर, आँगन, समाज में सहजीवन का नाटक करते हुए क्या मानसिक रूप से दोनों दो ध्रुवों पर अपनी मुक्ति की तलाश करते हैं? संतु को यह बहुत कुछ सच ही लगा था। इसीलिए उसे भय लगने लगा पुरुष समाज से। वह अक्सर सोचता कि बड़ा होकर उसे भी पुरुष ही बनना होगा। ऐसे में नाटक के बेरोजगार युवक का किरदार उसके आगे घूमने लगा। क्या उसे भी अंततः आत्महत्या ही करनी होगी? सुनसान रातों को भय से सिहर कर उठ बैठता संतु। जब कभी ऐसे में उसकी नज़र बिटिया बुआ पर जाती (वह खासकर लालटेन की लौ तेज कर उनके चेहरे को देखता), वह

उन्हें मुस्कुराती सी जान पड़तीं। जरूर सायकिल चलाने या मास्टरनी बनने का ख्वाब देख रही होंगी यह। संतु को तब भय लगता स्त्रियों से भी। एक हमेशा स्वप्नों में डूबी रहनेवाली, दूसरा हमेशा आशंकाओं में जीनेवाला। इन दोनों के मेल से बननेवाले समाज का चरित्र कैसा होगा भला?

ऐसे में संतु की आँखों के आगे घूमते रहते बस्ती के तीस-पैंतीस साला जवान। न इन्हें कोई ढंग का रोजगार मिल पाया, न इनका विवाह हो पाया। कोई वकील का चोंगा पहन नित्य निकलता, पर शाम को सब्जी भर का खर्च भी न निकाल पाता। इन सबों की माँएँ इन्हें पहाड़ की तरह अपनी कोहनियों से ठेलती रहतीं। यह लोग रेंगते बढ़ते रहते। इनमें से कोई जरा भी अच्छा करता नहीं कि चट विवाह रूपी इनाम उसके गले में मेडल की तरह टांग दिया जाता। बस्ती के बड़े-बूढ़े इस 'बेरोजगारी' को चुड़ैल की संज्ञा देते। पत्रकार मनोहर मिश्र अपनी छड़ी फटकारते हुए हमेशा युवकों को चेतावनी देते दिख जाते—"खबरदार...। खूब मेहनत करो...जाल लगा दो...वरना चुड़ैल के चक्कर में फँस गए तो सारी जिंदगी धूल फाँकते गुजरेगी!"

नौजवान उनकी नसीहत सुनकर मुँह बिचकाते और भाँग खाकर देर रात गए तरह-तरह के गप्प ढीलते। खूब हड़बोंग मचाते और बाप-दादा का आटा गीला करते रहते।

नहीं...। संतु ने तय कर लिया था—वह आत्महत्या नहीं करेगा, न ही इन लोगों की तरह सफेदपोश जीवन की ही कामना करेगा। मेहनत मजूरी कर लेगा वह। कोई हाथ का काम, हुनर, कुछ भी सीख लेगा और जी लेगा। आखिर कैसे जीते हैं इतने सारे लोग इस पृथ्वी पर? चला जाएगा ब्राह्मणों की संगति से दूर। टैरू का बेटा किशन कैसे सब्जी की दुकान लगाता है मंडी में। ब्याह-शादी कुछ नहीं करेगा। आज़ाद रहेगा वह। आज़ाद और निश्चिंत।

"अपना पेट तो कुत्ता भी पाल लेता है।" ऐसे समय में उसे मम का तकियाकलाम याद आता। वह दिन भर में एक दो दफ़ा इसे अवश्य ही उचारते। कभी क्रोध, कभी व्यंग्य तो कभी करुणा के भाव से। आखिर 1949 में ही रिटायर हो जाने के बाद अभी तक वही उठा रहे हैं इस घर की पूरी जिम्मेवारी। घर का एक कमासुत बेटा पटना में था, मगर एक अधेला भी मनीआर्डर नहीं करता। उल्टे पाँच रोटी की खुराक वाले एक वीर बालक को छोड़ गया था उनके मत्थे।

सुनते हैं कि वहाँ भी हालत खराब ही है। किराए की एक कुठरिया में किसी तरह गुजर बसर हो रहा है वहाँ। चिट्ठी आई है अम्माँ की। एक बऊआ और आने वाला है। सुनकर कुड़कुड़ा रहे थे मम—"एकदम कमअक्ल है ई

सोहना...शहर में रहकर भी जीने का शऊर नहीं आया इसे।" सुनकर चचेरी दादी भी कुड़कुड़ाईं–"इनको अक्ल आई थी जो उसको अक्ल आएगी...मेरे सोहन को! पूछे तो कोई इनसे, खुद काहे किए थे तीन-तीन ब्याह? सारे मरद एक से होते हैं, बस। औरत को खिलौना समझना, टूट जाने पर दूसरा ले आना!"

बुआ रात में रोटी सेंकती हुई बता रही थीं गुड़िया दी को–"भाभी थोड़े न चाहती थीं, गलती से आ गया। भैया को न सोचना चाहिए यह सब। वह बेचारी तो रो-रो दिन काट रही है। लेकिन होगा लड़का ही। कुम्हार (एक कीड़ा) ने घर बनाया है खिड़की के पीछे। मैं तभी से सशंकित थी।"

गुड़िया दी ने चुहल की–"यही से हमेशा कहते हैं तुमको, राधेश्याम के साथ मिलने में सावधानी रखना...!...ऐसा न हो कि...!"

"धत्तऽ...।" बुआ का चेहरा अँगीठी की आँच का प्रतिबिंब छुपाने में असमर्थ पाकर शर्म से लाल हो उठा था।

संतु की नींद अब अक्सर रात में टूट जाती। वह भय से सिहरा रहता। महंथ जी एक दिन रवि बाबू की कविता का भाष्य कह रहे थे–"भय से गहरा कुछ भी नहीं। पाताल है यह। जितना भी नीचे जाओ, पैर टिकाने की कहीं जगह नहीं मिलेगी। पनडुब्बी की तरह डुबो-डुबो कर मार डालता है यह। भय से तो उबरना ही होगा...हमेशा उबरे रहना होगा।"

ऐसे समय में संतु की आँखें स्वतः ही मुँदने लगतीं। उसे रह-रहकर स्टेज पर गाया अपना भजन याद आने लगता–

मैं एक छोटा-सा
मैं एक नन्हा-सा बच्चा हूँ
तुम हो बड़े बलवान
प्रभु जी मेरी लाज रखो...
प्रभु जीऽऽ...मेरी लाज रखो...।

पाँच

बुआ उन दिनों फ़ौज के किसी अफ़सर की तरह तनकर चलतीं और संतु किसी मरगिल्ले पिल्ले की तरह कुंकुआता फिरता था उनके आगे-पीछे।...जूते का तस्मा बँधवाने से लेकर क़मीज़ का बटन बंद कर देने तक की मामूली ज़रूरतों के लिए भी बुआ पर आश्रित। कृष्ण भगवान ने कानी उँगली पर गोवर्धन पर्वत उठा लिया था। जबकि बुआ को इस मामूली गृहस्थी का बोझ उठाने में अपनी सम्पूर्ण ऊर्जा खपा देनी पड़ती। अलस्सुबह ही उठकर सबसे पहले गोबर के कंडे जलाकर चाय बनातीं। फिर चूल्हा सुलगाकर झाड़ू-बुहारू, चौका-बर्तन में लग जातीं। चुन्नी को कमर में कसकर लकड़ी की चट्टी से चिटिरऽ...पुटुरऽ...की लयात्मक धुन निकालतीं बुआ देर रात गए तक व्यस्त रहतीं। बड़े चाचा तब बी.ए. फायनल में थे। छोटे चाचा बी.ए. में गए ही थे। मोटी-मोटी पुस्तकों से जूझते चाचाद्वय चाय की तलब लगते ही वहीं से हाँक लगाते—"बिटियाऽ...।" मम अपनी रोज़मर्रा की ज़रूरतों के वास्ते बाहर के कमरे से दर्जनों बार रेघाते—"बिटीवाऽऽ...!" और बुआ प्रत्येक पुकार पर दौड़ लगातीं—"चिटिरऽ... पुटुरऽ...चिटिरऽ...पुटुरऽ...।" सबों को समय पर स्कूल कॉलेज भेजने की जिम्मेदारी उन्हीं पर। मम को नित्य घरेलू सामानों का चिट्ठा थमाना उन्हीं का काम। इस घर में नित्य कुआँ खोदकर पानी पीने की बंगालियों वाली प्रथा थी। मम को जो पेंशन मिलती, उसमें चावल, नमक, तेल, मसाला इत्यादि ही हो पाता। बाकी जरूरत का सामान नित्य मम की प्रैक्टिस से आता। वह इशाकचक में दो घंटे सुबह—दो घंटे शाम बैठते। उधर से लौटते तो आटा, आलू लेकर आते। मम का उधार खाता कई-कई दुकानों में चलता था। वह बस्ती के जाने-माने कंजूसों में एक थे। उनके साथ तालमेल बिठाकर घर चलाना कोई मामूली काम न था। इस चक्कर में संतु की तीन-तीन दादियाँ असमय ही क्षय रोग का शिकार

हो काल-कवलित हो चुकी थीं। लेकिन बुआ ने इस पूरी जिम्मेवार को उसी निष्ठा से ओढ़ लिया था जैसे किसी सैनिक ने कोई नई, कलफदार वर्दी पहन रखी हो। बुआ चलतीं भी तो अकड़कर। चाचाओं के डपटने पर उनके मुँह लग जातीं। मम को पूरे आत्मविश्वास के साथ बिन माँगी सलाह देतीं और पुरस्कारस्वरूप झिड़कियाँ भी पातीं।

लेकिन यह बस छोटी-मोटी प्रताड़नाएँ उन्हें लगातार सृजनशील भी बनाए रखतीं। वह रसोई में नित्य कुछ अनूठा पकाने का प्रयास करतीं। इसके लिए बस्ती की कुशल पाकशास्त्री वधुओं को देर-देर तक अपनी संगत से नवाज़ती रहतीं। कभी वह लाल मिर्च में लहसुन का मसाला भर उसे तल देतीं और सब्जी की खफत आधी हो जाती। इसी प्रकार स्थानीय स्तर पर मुफ्त मिल जाने वाले साग पातों को जतन से पकातीं। रात्रि के भोजन में अमूमन एक ही मेनू रहता—आलू की सब्जी और रोटी। लेकिन आलू की यह सब्जी भी सप्ताह के सातों दिन सात किसिम से पकातीं बुआ। सात अलग-अलग स्वाद का मज़ा। बाकायदा रुटीन बनाकर टाँग रखा था उन्होंने रसोईघर में। सबों को इंतजार रहता कि सोमवार को उबले आलू की झोलदार सब्जी होगी तो बुधवार को लहसुन के मसाले की लटपट तरकारी और रविवार को प्याज के गाढ़े शोरबे वाला साबूत आलू का आलुदम। सब्जी में मिर्च की मात्रा इतनी रहती कि कोई भी ज्यादा नहीं खा पाता और इस प्रकार रात की बची सब्जी-रोटी से सुबह का नाश्ता भी निबटा दिया जाता। मम तो सब्जी नाममात्र की खा पाते। उनसे रूखी रोटी निगली भी नहीं जाती। सो उनकी रोटी चुपड़ दी जाती। साथ में टुकड़ा भर गुड़। उस बूढ़े की आत्मा तृप्त हो जाती इतने से में ही। कोशिश रहती कि दोनों चाचाओं की रोटी भी चुपड़ी हो। लेकिन यह नित्य संभव नहीं था। वैसे सुबह के खाने में दो बूँद घी दाल में अवश्य टपकाया जाता। यह घी भी बुआ घर पर ही तैयार करतीं। आधा सेर भैंस का जो दूध आता था चाय के वास्ते, उसकी मलाई दही के बर्तन में जमातीं रहती बुआ। हर चौथे पाँचवें उसे कड़कड़ाकर थोड़ा घी निकाला जाता। जो अवशिष्ट बचता, उसमें चीनी मिलाकर मिठाई की तरह उपभोग किया जाता। इस मिठाई का आधा हिस्सा संतु की झोली में गिरता यद्यपि कि छोटे चाचा भी इसके भयंकर प्रेमी थे और अक्सर इसको लेकर चील झपट्टे का एक रोचक खेल हो जाता। खासकर जिस शाम वह भाँग का सेवन करके आते। उस शाम बिटिया बुआ पाव भर आटा अधिक मँगातीं। अक्सर ऐसे किसी शाम की अंतिम परिणिति संतु के भोंकार मारकर रोने और मम के बड़बड़ाने में होती। महंथ जी अपने कमरे से बाहर आकर एक साथ सबों को डपटते—"क्या चिल्ल-पों

मचा रक्खा है...बंद करो...।"

महंथ जी जब भी खाने आते एक छोटी कटोरी में भरकर घी और दूसरी कटोरी में कई प्रकार के अचार, मुरब्बे लेकर आते। दो पापड़ भी। जिन्हें आग पर सिंकवाते। वह इतने परम क्रोधी थे कि क्या मजाल जो कोई हँसी-मजाक में भी उनके खाद्य पदार्थों को जरा भी हाथ लगा सके। अकेले संतु पर नज़र-ए-इनायत रहतीं उनकी। अनुशासनबद्ध तरीके से उसकी थाली में वह लद्ऽ ...से थोड़ा घी गिरा देते। संतु उसमें से भी थोड़ा बचा लेता, मगर बुआ उसे छूती तक नहीं। दोनों चाचा भी नहीं। अंततः रोज ही घी जैसा अमूल्य पदार्थ बर्बाद होता देख संतु ने अपनी इस उदारता का पटाक्षेप कर दिया। इस मामले में उसे दोनों ही पक्षों का व्यवहार अनुचित लगता। महंथ जी का कहीं बहुत ज्यादा। ऐसी भी क्या कृपणता कि बुढ़ऊ खुद तो इतना ढेर सारा घी खाएँ और किसी को पूछें ही नहीं! केवल उसी पर कृपा क्यों...बच्चा और टुअर जानकर ही न!

"बच्चा जानकर नहीं... अपना जानकर!" आखिरकार एक दिन फट ही तो पड़ीं बिटिया बुआ—" तुम उनके सगे भांजे के बेटे हो, जबकि हम सब सौतेले हैं।"

"तो तुम हमरी सौतेली बुआ हो?"

"हाँ...! हूँ...!! तो...?"

सौतेली माँएँ तो सुना है कि बहुत खच्चड़ हुआ करती हैं;—संतु ने बुआ के चेहरे पर नजर टिकाए हुए भोलेपन से कहा—"मगर सौतेली बुआओं के बारे में कुछ नहीं सुना।"

"सौतेली बुआ सगी बुआओं से भी ज्यादा प्यार करती हैं पगले!"... बुआ ने हँसते हुए उसे खींचकर अपने सीने से लगाते हुए कहा..."पता है, हम सब तुम्हारी थाली का घी क्यों नहीं खाते?...क्योंकि जिस अंदाज़ में देते हैं महंथ जी फेंककर वह लद्ऽ... से गिरता है तुम्हारी थाली में। जैसे किसी ने अपनी नाक छिनक मारी हो।...या कि जैसे गू की बाल्टी में... सुना है न, पाखाने में कैसे गिरता है उसमें ऊपर से—लद्ऽ...लद्ऽ...।"

ठठाकर हँसने लगी थीं बुआ और झुँझलाहट तथा खीझ में भरकर चीख उठा था संतु—"जान से मार दूँगा बुआ...जान लो।"

"जान से मार दोगे तो रोटी कौन पकाकर देगा? चुड़ैल कि भूतनी!" बुआ अब भी हँसे जा रही थीं।

अगले दिन संतु की थाली में फिर घी गिरा। संतु ने बुआ की ओर ताका। वहाँ एक आपत्तिजनक मुस्कुराहट थी। जैसे एक प्रतिध्वनि पूरे वातावरण में फूट पड़ी हो—लद्द...लद्द...।

संतु को खाते-खाते अचानक बेचैनी का अहसास हुआ। यह इतना अप्रत्याशित और अचानक था कि उसके अख्तियार में कुछ न रहा। वहीं, उसी थाली में ओक मारा उसने। फिर ओ...ओ...करता, मुँह दबाता नाली की ओर भागा। महंथ जी अपनी थाली सरकाकर उठ खड़े हुए—''कल से हमार थाली कमरे में ही भिजवाए दिया करौ बिटिया!''

''जी मामा!''—बिटिया ने सपाट लहजे में कहा और लोटे में पानी भरकर संतु की ओर दौड़ पड़ीं।

समय के साथ-साथ बिटिया बुआ की एकदम गऊ जैसी कामकाजी बिटिया की छवि की सुरभि लखनऊ, कानपुर तो क्या उन्नाव, रायपुर और शहडोल तक में बसे रिश्तेदारों तक पहुँच चुकी थी। इसका खुलासा तब हुआ जब दो जगहों से उनके लिए रिश्ता आ पहुँचा। शहडोल वाला लड़का मिलिट्री में सिपाही था, जबकि उन्नाव वाला गृहस्थ। गाँव में ही आटे की चक्की और दरवाजे पर बँधी आधा दर्जन भैंस का खास जिक्र था लड़के की माली हालत के बखान में। इन रिश्तों पर कोई विचार तक नहीं किया गया, क्योंकि बिटिया के बगैर यह घर एक दिन भी अपनी स्वाभाविक गति में निर्बाध रूप से नहीं खिसक सकता था। सो मम ने इन रिश्तों का भरपूर मजाक उड़ाया। अपने भावी दामादों की सामाजिक हैसियत की भरपूर खिल्ली उड़ाते हुए कहा—''भला बताओ तो...यह लोग चले हैं डिप्टी साहब की पेटपोंछनी का हाथ माँगने। अरे, जाकर किसी नाले में मुँह धोएँ अपना...।'' मम की तर्ज़ पर बड़े चाचा भी दूसरे शब्दों में नुक्ताचीं करते—''जरा इन महाशय की मूँछ तो देखो...लगता है नाटकों में जालिम सिंह का पार्ट यही करते आ रहे हों।...और इन महोदय के बाल तो शाही के काँटों की तरह खड़े हैं। शक्ल से भी पैदायशी चोर लग रहे हैं ज़नाब।'' संतु ने भी इस नाटक में अपनी भूमि का तलाश ली थी। वह इसरार करके पंजीरी बनवाता। फिर फूफा का स्वागत कैसे किया जाएगा की बानगी पेश करते हुए पंजीरी मुँह में भरकर फूउउ... फाऽऽ...कह और ढेर सारी पंजीरी बिटिया बुआ के चेहरे और बालों पर जम जाती। वह चिमटा उठाकर बहिया चलतीं संतु को। जबकि महंथ जी पान कूटते हुए अपने बहनोई का उपहास उड़ाते—''और बिटियन सब का जैसन जैसन जगह भसाए हो, वैसने घर से ना आई रिश्ता। हमरी मानो तो ई उमिर में निबटाय के खुद चूल्हा फूंके में ज्यादा भलाई है। कल को आँख मुँद जाई तो कौन ठौर भसिहैं बिटिया एका लेखा जोखा भी कर लीन्हौं...।''

''जैसे तुमरी बहिनि का ठौर तक पहुँचाया न, तुमका भी वही ठाँव पहुँचाए बिना हमारी आँख मुँदे वाली नहीं। हमार बिटीवा है, जहाँ चाहिब, जब चाहिब,

भसाइब।" मम और महंथ जी की आपसी रगड़ा-रगड़ी पूरी बस्ती में प्रसिद्ध थी। वैसे भी मम इन दिनों परम आशावान थे। एक नई उर्जा से ओत-प्रोत। उनके बड़े लड़के पप्पू का फायनल शुरू ही होने वाला था। शुरू से ही उनका रिजल्ट बढ़िया था। एम.ए. होते ही उन्हें लेक्चररशिप मिल जाना तय था। जबकि छोटा लड़का कोर्स की किताबों के बीच कुशवाहा कांत का उपन्यास रखकर पढ़ता। संतु को भी पढ़वाया जाता। कुशवाहा कांत, चतुरसेन, कृश्न चंदर और शिवानी के उपन्यास संतु ने उन्हीं दिनों बढ़े। छुप-छुपाकर। कोर्स की किताब के बीच रखकर। इसके अलावा छोटे चा ऊँचे स्वर में मोहम्मद रफी के हिट गीत गाते और यदा-कदा बस्ती के बेरोजगार भंगेड़ी लड़कों की शोहबत का लुत्फ भी उठाते। सो उनको लेकर मम के हृदय में स्नेह की वह धारा कभी न फूटी जो उनके बड़े पप्पू को लेकर फूटी और देखते ही देखते एक भरी पूरी सलिला की तरह वेगवती भी हो चली। इधर नित्य यह दृश्य फिल्माया जाता घर में। मम सुबह-सुबह हाथ में एक सुर्ख सेब लेकर पप्पू...पप्पू...की सुमधुर धुन के साथ पूरा आँगन लाँघकर अभीष्ट कमरे तक पहुँचते और पप्पू नामक विद्यार्थी को सामने बैठकर वह सेब खिलाते। संतु ने कई बार छिपकर देखा है यह दृश्य। उस समम मम के चेहरे पर ऐसी अद्‌भुत चमक रहती और इतनी अपूर्व शांति मानो अपने जीवन भर की तपस्या का सबसे सुखद फल वह अभी और इसी वक्त चख रहे हों। जबकि बड़े चाचा सेब को कुछ इस अंदाज़ से निरखते मानो किसी विष वृक्ष की उपज हो वह! मम के लगातार खाओ...खाओ...के आग्रह को नज़रअंदाज न कर पाने की बेचैनी खाने की मुद्रा पर हावी हो जाती। वह ताबड़तोड़ मुँह चलाकर इतनी तेजी से उसे उदरस्थ करते मानो कहाँ का कड़ुआ, कसैला फल बतौर दवा निगल रहे हों। एक दिन तो गजब ही हो गया। छोटे चाचा और बिटिया बुआ मम के इस 'एकतारे प्रेम' (यही नामकरण किया गया था) से शुरू-शुरू में बेहद दुखी और त्रस्त रहते। बाद में इसको लेकर उन दोनों ने बड़े चाचा का मखौल उड़ाना भी शुरू कर दिया। मम जब सेब लेकर पप्पू...पप्पू...की रट लगाते आँगन पार कर रहे होते, छोटे चाचा बरामदे में खड़े होकर गीत गाने लगते—"हमदम मेरे, मान भी जाओ...कहना मेरे प्यार का...!" इधर रसोईघर से बिटिया बुआ भी शुरू हो जातीं—"दइया से दइया लाज मोहे लागे...एकतारा मोहे खिलावे...शरम मोहे आवे...!"

शायद बड़े चाचा के मुँह बनाकर सेब खाने के पीछे इन्हीं गानों ओर पैरोडियों का असर होता। लेकिन कभी-कभी उपरांत वार्ताओं में बुआ और छोटे चाचा की फुसफुसाहटों के मध्य मम के इस 'एकतारा प्रेम के भविष्य' की कठोर समीक्षा होती। तब दोनों ही अपनी-अपनी फूटी किस्मत को रोते और मन ही मन यह कयास लगाते

कि जिस मुर्गी से नित्य सोने का अंडा प्राप्त होने का स्वप्न मन में पाले मम जो यह स्वाँग भर रहे हैं आजकल, पर निकलते ही वह मुर्गी उड़कर किसी दूसरे के मुँडेर पर जा बैठी। तो...?...तो फिर क्या होगा...??

"होगा यही कि मम राजा दशरथ की भाँति हाय पप्पू...हाय पप्पू...करते स्वर्गारोहण कर जाएँगे और हमको तुमको वनगमन करना होगा।...काहे कि आटा आलू का खर्च कौन जुटाएगा?"

छोटे चाचा के इस वाक्य को संतु हूबहू बक आया था बड़े चाचा के आगे। साथ ही उन दोनों की तमाम खुफिया टिप्पणियाँ भी। बड़े चाचा का क्रोध उस दिन समुंदर से होड़ लेने लगा था। उत्तेजनावश वह घनघोर रूप से हकलाने लगे थे। उन्होंने हकलाते हुए ही यह घोषणा की कि एक-एक सेब का कर्ज चुकायेंगे वह। वह सेब नहीं खा रहे, समझो कि हर दिन मम का कर्जदार बनते जा रहे हैं वह। यह कर्ज न चुका सकें तो लानत है उनकी मर्दानगी पर। वही इस घर के सपनों को साकार करेंगे। उन्हीं के ब्याह में मिलनेवाले दान दहेज से बिटिया का उद्धार होगा। सो छोटे की लुत्ती लगौव्वल में मत फँसें बिटिया और अपनी निष्ठा पर वह अडिग रहते हुए इस घर की शांति को बर्बाद मत करें। यहाँ पढ़ना है अभी लोगों को। यह घर नहीं पढ़नेवाले बिलल्लों के लिए नहीं बना है।

बड़े चाचा का गुस्सा बलबलाते हुए फूटा था। लेकिन इस गुस्से में भी एक समझदारी थी। यद्यपि कि अपनी इन भावनाओं के प्रकटीकरण और प्रस्तुति में वह बेहद हास्यास्पद हो चले थे। वह जो हमेशा से चुप-चुप रहनेवाले एक अंतर्मुखी छात्र। उदास शामों में वह अक्सर बैन्जो बजाया करते। हिट फिल्मों की हिट धुनें। और इस प्रकार शाम की उदासी को संगीत के कलरव से ढँक देते। उन्हीं बड़े चाचा पर छोटे चाचा ने समझो कि एक तरह से ढेला ही दे मारा था..."हलेल्यो... यह देखो...हाय दइयाऽ...मम के सपनों का क्या होगा...?...यह हकलाहा प्रोफेसर कैसे बन पाएगा। बन भी गया तो लड़कों को पढ़ाएगा कैसे?"

उस दिन के घमासान का चरम मार-पीट तक जा पहुँचा था। बिटिया बुआ बीच-बचाव करने पहुँचीं तो उनका दुपट्टा भी तार-तार हो गया। दो चार मुक्के जो झेलने पड़े, सो अलग। मम तुरत फुरत बाजार से लौटे थे। "यह सब गरीबी की उपज है मूर्खो...तुम्हारे बूढ़े बाप की विवशता... ।...हो सके तो रहम करो मुझ पर और झगड़ना बंद करो।"

झगड़ा खत्म होने के बाद मम उस दिन बहुत विस्तार से और बहुत ही शानदार बोले। उनकी विद्वता की केवल चर्चा सुनी थी संतु ने। कई-कई बार उनकी विदग्ध वाणी का चुटीला वाक्य सुना था और महसूस किया था कि व्यंग्य बोलना या

बातचीत में इसका धारदार प्रयोग करना मम जैसी प्रचंड मेधा के वश का ही है। लेकिन मम का आज का वक्तव्य! इसमें एक ओर ईमानदार और पाई न जोड़ पाने वाले सरकारी सेवक की व्यथा थी, तो दूसरी ओर अपनी बेलगाम वासना पर काबू न रख पाने वाले एक पिता का प्रायश्चित्त।...और सबसे शानदार तो इसका अंत था...उन दिनों के उत्कृष्ट साहित्य के निकष परखरा उतरनेवाला। इन तमाम त्रासदियों के बावजूद मम ने भविष्य के प्रति एक चमचमाता स्वप्न भी प्रस्तुत किया। एक सुखद आहट की अनुभूति। एक सुनहला यूटोपिया। कुल मिलाकर मम ने अपने समय की एक शानदार समीक्षा प्रस्तुत की थी। इसे सुनकर महंथ जी ठगे खड़े रह गए थे। बिटिया बुआ की आँखों से लगातार परनाले बह रहे थे और बीच-बीच में हिचकियाँ लेकर वह मानो दाद-सा कुछ दे रही थीं। बड़े चाचा की आँखों में सम्मान का एक अनोखा भाव था। शायद अब आगे से वह सेब खूब चबा-चबाकर और स्वाद लेकर खा पाएँ। संतु मन ही मन पढ़ रहा था सबका चेहरा। उसे यह काम सबसे अधिक रोचक लगता। वह पूरे मनोयोग से छोटे चाचा का चेहरा पढ़ रहा था। उसे लग रहा था कहीं वह आत्महत्या न कर बैठे या ऐसा कुछ भी उल्टा-सीधा। मम की तमाम विक्षोभताओं की गाज वहीं गिर रही थी, उनके चेहरे पर। वह आज़ाद तना चेहरा शनैः-शनैः पराजय-बोध से झुकता चला जा रहा था। एकदम पानी-पानी होने से पहले वह पैर पटकते हुए बाहर हो गए। इससे संतु के मन में एक आशा बँधी। अंततः उन्होंने इस बौद्धिक आतंक के विरुद्ध दुलत्ती झाड़ ही दी। विरोध करनेवाला जीने की कला भी सीख ही लेता है। बहरहाल, उसी दिन से जो एक नए किस्म का ध्रुवीकरण हुआ, इसमें छोटे चाचा सबसे अलग थलग पड़ गए। अब वह अपने कमरे में अकेले पड़े "चलो एक बार फिर से अजनबी बन जाएँ हम दोनों..." गाते रहते और तब तक गाते रहते जब तक बिटिया बुआ उनके सिरहाने चाय का प्याला न रख जातीं।

तो इस तरह से घिसटते हुए सुनहले कल की ओर बढ़ते इस परिवार को एक गैरमामूली झटका भी लगा। यह झटका मामूली ही रहता गर मम और बड़े चाचा थोड़ी समझदारी से काम लेते हुए इसे अपनी प्रतिष्ठा का प्रश्न न बना लेते। लेकिन उन्होंने ऐसा ही किया और नतीजतन घर की शांति व्यवस्था में एक मध्यम भूचाल। हर काम में झनक-पटक और टोका-टोकी। जैसे एक अच्छी-भली मशीन के तमाम पुर्जे घिस गए हों और वह बिना चूँ-चपर किए या भद्दी आवाज़ निकाले, चलती ही न हो।

संतु जब चाहे, उस मनहूस दिन को फैलाकर या सिकोड़कर अपने केलिडोस्कोप

के खाँचे में फिट कर सकता है। उस दिन कितने भद्दे ढंग से जलील किया गया था बिटिया बुआ को। मम ने उन्हें सीधे 'कुलडुबोरन' ही कह दिया तो बड़े चाचा ने उन्हें घर की नाक कटवा देने वाली ऐसी लड़की के रूप में चित्रित किया, जिसे बहन कहने में उन्हें शर्म आने लगी हो।

दरअसल पक्की गृहस्थिन का खिताब पाने और जाति समाज के बीच उदाहरण बन जाने की कीमत उन्हें सिर्फ यही चुकानी पड़ी कि उनके खुद के लिखने-पढ़ने का अनिवार्य सिलसिला सिमटकर हफ़्ते में दो-एक घंटे का तफरीहनुमा कार्यक्रम बन गया। तिस पर से संतु को भी पढ़ाने की जिम्मेवारी अलग। संतु उन्हें जमकर खिझाता। वह था ही इतना बोदा। कभी आसान सा जोड़ घटाव गलत कर बैठता, कभी मामूली शब्दों को भी 'ईमला' के दौरान गैरमामूली ढंग से लिख मारता। जैसे कि वह 'दुख' को हमेशा 'दूख' लिखता और तर्क देता कि 'दुख' चूंकि लंबा खिंचता है जिंदगी में, सो उसे महत्त्व देने के वास्ते उसमें 'दीर्घऊ' की मात्रा लगनी ही चाहिए। इसी प्रकार 'गरीब' को वह हमेशा 'गरिब' लिखता और कहता कि 'गरीब' लिखने पर वह हमेशा हमारे 'करीब' बना रहेगा। जबकि इससे मुक्ति जरूरी थी (लँगड़ा मास्टर के अड़गड़े से मुक्ति की तर्ज पर)।

इसके अलावा बुआ जब अपनी खास सहेली अनुपमा बुआ के संग मुँह से मुँह जोड़कर फुसफुसाती रहतीं, संतु ठीक इसी समय कागज़ की पतंग बना देने की ज़िद पसार भूलुंठित हो जाया करता। ऐसे में पहले तो भावावेश में तड़तड़ा देतीं उसे, फिर बिन माँ के लड़के का ध्यान आते ही खूब पुचकारतीं भी बुआ। लुकाया छिपाया कुछ निकाल हाथ पर धर देतीं और कुछ नहीं तो पाँच पैसे का सिक्का ही...जिसके मुट्ठियों में समाते ही संतु के पैर कोयरी टोले की ओर भाग छूटते। वहाँ रामा माँय की वह मशहूर दुकान थी, जिसके झाल-मूढ़ी की शोहरत आस-पास के दो-चार टोलों तक थी। रामा माँय के यहाँ संतु को अपूर्व शांति मिलती। रामा का भोला-भाला चेहरा उसे श्रवण कुमार की तरह लगता। वह था भी मातृ भक्त। पिता थे नहीं। रामा माँय हुक्का लेकर आँगन के एक मोढ़े पर बैठे-बैठे निर्देश देती रहतीं और रामा तथा उसकी पत्नी उसे पूरा करने को प्राणपण से जुटे रहते। रामा माँय जहाँ बैठतीं, उसके आस-पास में एक बकरी, एक बछिया, दो खरगोश और कुछ मुर्गियाँ भी अपनी दिनचर्या में निमग्न रहते। मिट्टी का बड़ा सा झोंपड़ा जिसकी छाजन ताड़ के डमोले से की रहती। संतु रामा माँय के बगल में ही बैठ जाता। रामा की बहू खुद उसके लिए झाल मूढ़ी बनाकर लाती, जिसे संतु वहीं बैठे-बैठे चट कर जाता। बस्ती की ओर लौटने का अर्थ था—झाल मूढ़ी के उस दोनों के कई-कई हिस्से करवाना। संतु के वहाँ बैठने का एक मकसद और होता—स्थानीय

अंगिका बोली का रसास्वादन करना। रामा माँय ठेठ अंगिका बोलती थीं। संतु भी टूटे-फूटे ढंग से बोलने की कोशिश करता। उसकी बोली सुन रामा बहू लोट-लोट कर हँसती। वह रामा माँय से भी तेज अंगिका बोलती थी। उसकी बड़ी-बड़ी कजरारी आँखें, साँवला सलोना चेहरा और नाक में छोटी सी प्यारी नथ। संतु के जीवन की यह पहली भौजाई थी, जो अक्सर उसे पकड़कर अपनी गोद में भी बिठा लेती। संतु को उसकी देह से अजब सी बास उठती लगती—कड़ुआ तेल और मिट्टी की मिलीजुली गंध।

जिस दिन कहीं से कुछ जुगाड़ न हो पाता इस झाल मूढ़ी के वास्ते, संतु भागकर अनुपमा बुआ के घर की ओर निकल जाता। वह इशाक चक में रहती थीं। वहाँ वह राधेश्याम भैया को खोजता। वह मिल जाते तो किसी एकांत कोने में ले जाकर उससे बुआ का हाल पूछते। संतु खूब ठिनठिनाता, नखरे दिखाता। जब वह दस पैसा दे देते, तभी उनके दिए पुर्जे को बुआ तक पहुँचा देने के वास्ते रख लेता। यद्यपि कि उसे इस पुर्जे को रास्ते में ही फाड़कर फेंक देना था। पहली बार ही जब उसने ऐसा किया था, बुआ ने उसके कान लाल कर दिए थे...''खबरदार... खबरदार जो फिर कभी गया उधर...या कि यह सब उल्टा-सुल्टा काम किया। टाँग तोड़कर बिठा दूँगी घर में, जान लो।''

तो इतनी मशरूफ़ (जिसे पुर्जा पढ़ने का भी वक़्त न हो), इतने सारे तनावों और द्वंद्वों से दो-चार होतीं बुआ जब पहली दफ़ा हायर सेकंडरी में फेल हो गयी थीं, किसी ने अन्यथा नहीं लिया था। एक बेचारगीपन से भरी चऽ...चऽ... चूउ...चूउ...नुमा फुसफुसाहट ही लोगों की जुबां तक आकर ठहर गई। अलबत्ता चेतावनी जरूर मिली उन्हें। साथ ही कुछ दिनों तक मम और बड़े चाचा की मुस्तैदी भी दिखी। अब बुआ को जल्दी काम निबटाकर पढ़ने बैठना होता। काम पर तो नहीं, गप्प, चौपड़, अंतराक्षरी वगैरह पर उँगली उठने लगी। लेकिन बुआ का अभ्यास छूटा चुका था। वह दिखावे भर के लिए बैठ जातीं। नतीजा वही निकला जो होना था। लेकिन इस बार बर्दाश्त नहीं कर पाए मम। पचा नहीं पाए बड़े चाचा।

बड़े चाचा तो थाली पटककर उठ खड़े हो गए थे। ठीक दोपहर के खाने के समय रिजल्ट आया था। पटना का समाचार पत्र इसी वक़्त पहुँचता था वहाँ। मम भी पानी पी-पीकर कोसने पर उतारू हो गए थे। सिसकियों और बड़बड़ाहट के उस नक्कारखाने में तूती की आवाज छोटे चाचा की थी—''शक्ल देखी है इसकी...कैसे चुसे आम की तरह आया है, इसका चेहरा।...किसी को परवाह है कि कल को इसे पराये घर भी जाना है।''

"परवाह है तभी चिन्ता हो रही है;"...मम ने हाथ नचाते हुए कहा—"ऐसी निरक्षर भट्टाचार्य से कौन भले घर का लड़का ब्याह करना चाहेगा...बोलो...? इस बस्ती की कौन लड़की भला बी.ए., एम.ए. से कम है....?"

"अम्माँ जिन्दा रहतीं तो यह भी पढ़कर दिखा देती।" छोटे चाचा अपने पक्ष से बाल बराबर भी न डिगे।

"तुम दोनों भाई-बहन...उफ...।" इतना कहकर मम भी अपनी थाली सरका उठ खड़े हुए। उनकी तीन रोटी की खुराक पूरी हो चुकी थी। अलबत्ता ऊपर से जो एक कलछुल भात लेते थे वह, वह आज नहीं लिया उन्होंने।

शाम को पुनः एक बार इसी प्रसंग को लेकर छोटे और बड़े चाचा के मध्य हुमका-हुमकी मची। एक बार फिर से चीख-चिल्लाहट और सिसकियों में डूब गया पूरा घर। बिटिया बुआ शाम से ही लालटेन जला किताब-कॉपी लेकर बैठ गई।

खाने का वक़्त होने जा रहा था और रसोई घर से धुआँ तक नहीं उठा। दोनों चाचा अपने-अपने कमरे में चुप बैठे थे। लेकिन महंथ जी से भूख बर्दाश्त नहीं होती थी। वह मम पर ही चढ़ बैठे—"बिटिया ब्लैक मेल पर उतारू हैं। जौन बोलना रहे, तौन बोल दियो। अब थोड़का मनाय भी लो उनका जाकर।"

देर रात गए तक लालटेन जलाए जगती रही थीं बुआ। एक कॉपी में बार-बार अपना नाम लिखतीं और मिटा देतीं। पिछले वर्ष उन्होंने 'दिव्य' नाम से फार्म भरा था। लेकिन मनहूस साबित होने पर उन्होंने अपना नया नामकरण किया था—अरुणा। वह कॉपी में बार-बार 'अरुणा' लिखतीं और उसे काट देतीं। अंतिम बार उन्होंने डूबते सूरज का खाका खींचा। इसके बीचोंबीच उन्होंने लिखा—अरुणा। फिर तुरंत पेंसिल से रगड़कर पूरे चित्र को काला कर दिया। घने अवसाद में डूबा संतु चुपचाप उनकी मनःस्थिति का अंदाज़ लगाने की कोशिश में मुस्तैद था। उसकी आँखें तेजी से मिटमिटा रही थीं। तब वह नहीं जानता था कि राधेश्याम भैया के कॉलेज का जो नाम है, उसका अर्थ सूरज ही होता है तभी बुआ ने इस कदर हाथ झाड़ते हुए, मानो किसी का खून कर उठी हों, कहा—"यह नाम भी मनहूस ही निकला...एकदम वाहियात। बदल देना है इसे भी तुम जरा सोचकर बतलाओ।"

संतु की आँख मारे नींद के चुड़चुड़ा रही थी। दिमाग पर लग रहा था जैसे कहाँ का मनों बोझ आ पड़ा हो। उसने झटपट अपनी राय रख दी—"न हो तो किसी देवी के नाम पर रख लो...। इतनी सारी तो देवियाँ हैं। अकेली दुर्गा जी के ही बत्तीस नाम हैं।"

"पागल हुए हो...देवियों के नाम पर रख लो...हुँह...। आजकल इसका फैशन नहीं है।"—बुआ ने मुँह बिचकाया।

"तो फिर राजश्री रख लो या वैजयन्तीमाला। पुराने में रखना चाहो तो सुरैया रख सकती हो। यह नाम सूट कर जाएगा तुम पर क्योंकि सुरैया गाती भी थी।"

"यह मुँह और मसूर की दाल...सुरैया रख लो। आज रख लूँ तो कल से सभी चिढ़ाने लगेंगी।"—बुआ ने अजीब तरह से मुँह बनाते हुए कहा। जैसे एक-एक शब्द दाँत से पीस-पीस कर बाहर निकाल रही हों। फिर उन्होंने लालटेन बुझा दी—"चुपचाप सो जाओ अभी, मैं ही कल सहेलियों से राय-विचार कर कोई नाम चुन लूँगी। न होगा तो इस दफा किसी ओझा-गुणी से भी बिचरवा लूँगी।"

अगले दिन संतु तीसरे पहर बगीचे से खेलकर घर में घुस ही रहा था कि उसकी नज़र बाहर ओसारे में बेखबर सोए पड़े मम पर पड़ी। उनका मुँह खुला था और बाईं ओर झुका था। इससे पान की पीक चूकर उनके गमछे पर पसर चुकी थी, जिसे वह तकिए के ऊपर रखकर ही सोते थे। हठात् उसका ध्यान थोड़ा नीचे सरका। कमर से बँधी गेरुए रंग की लुंगी अस्त व्यस्त थी और उसे जिस वास्ते कमर से बाँधा गया था, अपने उस मक़सद को पूरा करने में बुरी तरह नाकामयाब थी। ठीक उसी समय अनुपमा बुआ आती दीख पड़ीं संतु को। साथ में राधेश्याम भैया। हमेशा की तरह एक हाथ से सायकिल थामे। अनुपमा बुआ को छोड़कर वह लौट जाते। फिर शाम में लेने आते। संतु को इस आसन्न संकट से जूझने का जब कोई उपाय समझ में नहीं आया और वह दोनों जब कुएँ की जगत तक लाँघ चुके, संतु ने भद्‌दर सोए पड़े मम को अचानक ही झिंझोड़ दिया—"मम...मम...मम...उठो जल्दी...देखो...देखो कौन आए हैं... राधेश्याम भैया।"

"राधेश्याम नहीं...हरामखोर...जब न तब भकोसने चला आता है। एके खातिर हमका उठाबै के कौन कहिस रहे तुमका, ऐं...?" मम अचानक ही झकझोर दिए जाने के कारण हत्थे से उखड़ चुके थे—"आजकल तुमहूँ सरऊ बहुत बदतमीज होते जा रहे हो...नालायकचंद...बुढ़बकदास...गोबरमल...बेशऊर कहीं के।" मम का गुस्सा भी बेहद रचनात्मक होता था और कई अलग-अलग मौकों पर वह अलग-अलग माकूल विशेषण चस्पाँ करने में नहीं चूकते थे।

'सूरतहराम' भी उनका एक प्रिय विशेषण था।

"चलो, इज़्ज़त तो बची।" संतु ने एक लंबी साँस छोड़ी और भागकर भीतर चला गया। बिटिया बुआ सीढ़ियों पर आईना-कंघी लेकर बैठीं गुनगुना रही थीं—"धीरे-धीरे मचल ऐ दिले बेकरार कोई आता है...।"

"आने वाला तो कब का आ पहुँचा। अब यह खौफ़नाक गीत बंद करो और आने वाले का स्वागत करो...ट्रिंग...ट्रांग...।" संतु ने हाल ही में देखी फिल्म

के कॉमेडियन के लिहाज़ से जोरदार ऐक्टिंग मारी।

"अरे इस उजड़े चमन में...इस बियावान में भला कौन आएगा संतु। किसकी किस्मत फूटी है जो...?" बुआ भी थरथराती आवाज में मीना कुमारी के...अभिनय को साकार करने पर उतारू थीं कि तभी चुलबुले अंदाज में, लगभग किलकारी भरती हुई अनुपमा बुआ ने प्रवेश किया, "अरी तुम कितनी अच्छी हो बिटियाऽ...और क्या दोस्ती है हमारी...हम भी फेल तुम भी फेल! इसे कहते हैं कयामत तक साथ निभाना। मैं तो डर रही थी कि कहीं तुम पास न कर जाओ इस दफ़ा?"

"लेकिन अब पास करना जरूरी हो गया है;"—बिटिया बुआ ने अच्छी-खासी गंभीर आवाज़ में कहा, "मम ने अल्टीमेटम दे दिया है—तेलिया का तीन दाँव। बस यह आखिरी है। इसके बाद फॉर्म भरने की फीस वह नहीं देने वाले।" इसके साथ ही हँस पड़ीं बुआ। उनके हँसते ही उनके चेहरे पर के हल्के चेचक के दाग एकदम से भर गए। साँवला चमकता चेहरा और बड़े-बड़े सफ़ेद खूबसूरत दाँत। इस उदास हँसी ने अचानक उन्हें एक खूबसूरत लड़की में तब्दील कर दिया था। किसी श्रमिक कन्या की तरह बिंदास और हँसमुख. दिख रही थीं बुआ। उधर अनुपमा बुआ का गोरा रंग और गोल चहेरा। किसी गुड़ियाँ की तरह। और उनके बदन से उठती भीनी-भीनी खुसबू। संतु के सामने दो भारतीय युवतियाँ थीं। उसने उस वक़्त स्वयं को एक जज समझते हुए अपने ही निर्णय की समीक्षा की। साँवले, लंबोतरे चेहरेवाली बुआ के दुपट्टे से हमेशा तेल मसाले की बास आती रहती। फिर भी उसका निर्णय उनके ही पक्ष में क्यों?

इस क्यों का जवाब दुनिया में किसी के पास नहीं। गर है तो समझो बकवास है।

खदहिया से उठते बच्चों का शोर डेहरी लाँघ आँगन तक पहुँच चुका था। इसका मतलब है कि बुढ़िया कबड्डी अब शुरू ही होने जा रही हैं। संतु अचानक मुड़ा और दनदनाता हुआ बाहर निकल गया।

कोई घंटे भर बाद जब वह पानी पीने को लौटा, बुआ ने इसरार किया उससे—"यह दोनों तश्तरी बाहर देते आ न संतु।...और देख लेना, मंहथ जी लौटे हैं कि नहीं बाजार से।"

आश्चर्य कि आज राधेश्याम भैया अभी तक जमें थे। महंथ जी की कोठरिया में बड़ा सा पितरिया ताला लटका पड़ा था। संतु ने दोनों तश्तरी सामने स्टूल पर रख दीं। हमेशा के विपरीत मम ने यह नहीं कहा कि उनके पेट मैं गैस बन रही है या कि उन्होंने अभी-अभी भोजन समाप्त किया है।

आठवाँ आश्चर्य कि हँस रहे थे मम। गपिया रहे थे घुल-मिलकर राधेश्याम भैया से। संतु को मौका उपयुक्त लगा। चट पूछ लिया उसने—"भैया थोड़ी सायकिल चला लूँ?"

"अरे यह भैया नहीं चाचा लगे तुम्हारे।" मम पर पता नहीं कैसा जादू चढ़ गया था कि वह लगातार मुस्कुरा रहे थे। संतु ने सायकिल की हैंडिल पकड़ते हुए कहा, "बस पाँच मिनट में बगीचे से आता हूँ भैया।"

बुआ शायद दरवाज़े के ठीक पीछे ही खड़ी थीं। उन्होंने आवाज़ लगाई—"कचौड़ी ठंडी हो जावेगी संतु। बेसन का हलुआ है... वह भी पानी हो जाएगा।"

संतु तब तक पैंडिल पर पैर जमा चुका था। गति के साथ आगे बढ़ते हुए उसने कहा—"मैंने आज बहुत खाया है तिलू अजिया के यहाँ! आज मेरा पेट एकदम डम्बक है।"

आगे बढ़ते ही यह अहसास हुआ उसे, आज उसने एक अनोखे शब्द का प्रयोग किया है। पता नहीं कहाँ से सीखा उसने यह शब्द! पता नहीं कैसे यह अचानक फिसल उठा उसकी जुबान से? इसका अर्थ भी उसे नहीं मालूम। मगर उसे लगा कि इस निरर्थक से शब्द को एकदम यहीं होना चाहिए था, इसी जगह।

आश्चर्य कि सभी समझ गए थे कि उसके कहने का भाष्य क्या है।

लौटा तो भीतर सुबक रही थीं बुआ। "क्या हुआ...हुआ क्या?"—छोटे चाचा भी कमरे से बाहर निकल आए। बुआ ने सुबकते हुए बताया कि अनुपमा के भाई को भी नहीं छोड़ा मम ने! सात रुपये की पुड़िया पकड़ा दी उसे भी। मैंने टोका तो लगे मुझी को डपटने—"तुम डाक्टर और मरीज के बीच मत आओ बिटिया। यह एक बहुत ही नाजुक संबंध होता है। ईश्वर और उसके भक्त की तरह। "क्यों राधेश्याम...?"

बेचारे राधेश्याम ने सर हिलाया और तीन रुपया छुट्टा अपने पॉकेट में डाल विदा हो गया।

रात में बुआ जब खाना बनाने बैठीं, उनकी मदद को गुड़िया दी भी आ गई थीं। साथ में उनकी छोटी बहन अंजना भी। उस रात जमकर अंत्याक्षरी हुई। ढिबरी की रोशनी में ग्यारह बजे रात तक लूडो खेला गया । इधर यह फिर से रोज का सिलसिला हो चला था। संतु और छोटे चाचा लालटेन हाथ में लेकर उन्हें छोड़ने जाते। लालटेन संतु के हाथ में रहती। आगे-आगे छोटे चाचा चलते। जमीन में रह-रहकर लाठी ठुकठुकाते हुए। दोनों बहनें जोर-जोर से थपड़ी पीटतीं। यह सब सियार और साँप को धमकाने के उपाय होते ताकि वे राह में आने का दुस्साहस न करें। "प्रीवेन्सन इज़ बेटर दैन क्योर।" छोटे चाचा अंग्रेजी के इस मुहावरे

का अर्थ समझाते। रास्ता आसानी से कट जाता। संतु अक्सर चुपचाप ही चलता। उसके लिए रात का यह पूरा दृश्य अपूर्व होता। पूरी खदहिया लाखों जुगनुओं की टिमटिमाहट से भक्कऽ...भुक्कऽ...करती रहती। जैसे कि यह खदहिया धरती की सुंरदतम जगह हो और इस पर रीझकर आसमान ने आत्मसमर्पण कर दिया हो। जाड़े की रातों में कुहरे का गिरना भी साफ नजर आता, खासकर चाँद वाली रातों में सन्नाटे की इस दुनिया में कायदे से डूब भी न पाता संतु कि कहीं पास ही छिपे सियार की बोली इसे और भी रहस्यमय बना देती। जाड़े की ऐसी ही भयावह रातों में बिटिया बुआ और गुड़िया दिद्दा उसकी परीक्षा लेने पर उतारू हो जातीं। दोनों मिलकर उसे चढ़ातीं, अंजना भी उकसाती पर जल्दी टस से मस न होता संतु।

"का रे संतुआ...कैसा मर्द है तू...? कुएँ से एक बाल्टी पानी नहीं ला सकता!"

पलटकर संतु उन लोगों का मज़ाक उड़ाता—"कैसी गृहस्थिन है तू...आग लगने पर कुआँ खोदने चलती है! यह नहीं कि शाम से ही पानी का इंतजाम करके रख ले!"

बिटिया बुआ झिनकतीं—"दो ही बाल्टी हैं घर में, वह भी मम बाजार से लौटे तो आधी बाल्टी पानी पैर पर गिराकर चले गए।"

लाचारीवश संतु को उठना पड़ता। पहले आँगन से लाठी उठा लाता। अंजना लालटेन उठाती, खाली बाल्टी भी। संतु दूर से खूब लाठी पटकता...धतऽ...धुतऽ ...करता। मम और महंथ जी कम्बल ओढ़े पड़े रहते। संतु चौकस जासूस की तरह पूरी टोह ले लेने के बाद ही कुएँ तक पहुँचता। जाड़े में अक्सर वहाँ दो-चार गीदड़ जमे रहते। संतु को डर वास्तव में उन चौदह सूइयों की वजह से लगता जिन्हें सियार द्वारा काट खाने के बाद पेट में भोंकवाना जरूरी समझा जाता था। मोटी मोटी सूइयाँ। यद्यपि कि इससे बचने का उपाय मम के पास थीं, मगर वह कुएँ से बचकर खाई में गिरने सरीखा था संतु के वास्ते। मम होमियोपैथी के साथ-साथ प्राकृतिक चिकित्सा भी करते थे। पुराने से पुराने और असाध्य रोगों की चिकित्सा। लेकिन उनके पास सबसे ज्यादा मरीज पीलिया और सियार, कुत्ते के काटे हुए आते। वह भी घर पर ही। पीलिया के लिए मम 'शंखनाभ' देते। शंख की नाभि काटने पर ही वह बजता था। और उसी कटे हुए टुकड़े, जो देखने में चपटे कौड़ी की तरह लगता था, को तवे पर भूनकर और कूट पीसकर मम पीलिया के मरीज को देते और आश्चर्य कि ढेरों बिल्कुल ठीक हो जाते। इसी प्रकार, सियार, कुत्ते के काटे की जड़ी मम मात्र पाँच रुपये में देते थे।

जड़ खाने वाले को पावभर मलाई भी लेकर आना पड़ता। मम वह मलाई लेकर

भीतर आते। फिर संतु की ड्यूटी लग जाती। उसे एक मकड़ा मारना होता। फिर उसे मरे मकड़े को मलाई में लपेटकर मरीज को निगल जाने को कहा जाता। मरीज समझता की भीतर जड़ी है, सो एहतियात से निगल जाता। उसे ऊपर से दो चम्मच मलाई भी खिलाई जाती। बची हुई मलाई का घर के सदस्यों के बीच बँटवारा होता। संतु से यह मलाई नहीं खाई जाती। जब कोई खाने को तैयार न होता तो बुआ उसे मलाई के कटोरे में दही डालकर जमा देतीं। फिर उसे कड़कड़ाकर घी निकाल लेतीं।

मम को इन दोनों दवाओं के विषय में हरिद्वार के एक साधु ने बताया था, जिससे उनकी भेंट सन् चालीस के आस-पास देवघर के अपने पदस्थापना काल में हुई थी। तब मम साधु सन्तों की खूब खातिरदारी करते थे। आज उनमें से ही किसी साधु द्वारा अर्जित ज्ञान की मदद से निश्चित रूप से इस घर के लिए आटा और आलू जुटाने में मदद मिल रही थी। संतु को अक्सर लगता कि यह एक तरह का धोखा है–भोले-भाले लोगों से विश्वासघात मगर मम अपने इस इलाज को लेकर पूर्णतः आश्वस्त रहते। संतु को भी याद नहीं कि कभी कोई मरीज या उसके परिजन गालियाँ बकते हुए लौटे हों। कुत्ते सियार के काटे तमाम मरीज तो खुश होकर घर लौटते और उनके राजी खुशी होने का समाचार भी आता रहता। मम की यह डाक्टरी इसी तरह की दुल्की चाल से चल रही थी। यह कभी भी तेज रफ़्तार से नहीं चलती। कारण कि सेब अब भी रोज आ रहा था, लेकिन नित्य केवल एक अकेला सेब। मम का यह 'एकतारा प्रेम' घटने का नाम ही नहीं ले रहा था। आख़िर में वही हुआ जिसका डर था। छोटे चाचा एक रात अचानक ही गायब हो गए। कपड़े लत्ते समेत। एक चिट्ठी भी छोड़कर गए कि उन्हें ढूँढ़ने की कोशिश न की जाए, क्योंकि शीघ्र ही वापस भी आएँगे वह। पंद्रह दिनों के बाद तार आया बुआ के नाम...वह फ़ौज में भरती हो गए थे।

छह

खलनायक उन दिनों भी नायक थे, गो कि नहीं भी थे। बतौर उदाहरण बस्ती के ही पंडित राम पदारथ सुकुल। किसी नायक के समानांतर उनकी सुदृढ़ पृष्ठभूमि थी। उनका दबदबा था। बजरंगी मिसिर और श्यामसुंदर वाजपेयी सरीखे दस-पाँच लोग हमेशा उनके आगे पीछे बने रहते। उनमें बजरंगी मिसिर तो 'राम भक्त हनुमान' के रूप में ख़्यात थे, जबकि श्यामसुंदर वाजपेयी नामक बंदूक जब भी दगती थी, सुकुल जी के कंधों पर ही दगती थी। इसके अलावा सुकुल जी अपनी गुलेल भी चलाते रहते। उनके वास्ते मरमिटने को बस्ती के युवतम पीढ़ी के कुछ भंगेड़ी हमेशा आमादा रहते। लेकिन बस्ती की अधिकांश मेहरियों की चकल्लस का क्या कहिए। उन सबों की नज़र में सुकुल जी का आदर्श व्यक्तित्व नायकत्व की परिभाषा में नहीं आता था। सभी उन्हें एक सुर में 'भस्मासुर' कहतीं। यद्यपि कि इन मेहरियों के बीच नित्य ही 'तसलिया तोर की मोर' जैसे मुद्दों पर आपसी खींचतान होती रहती, लेकिन इस मामले में उनमें शत-प्रतिशत मतैक्य था। संतु तक यह तथ्य भी इन्हीं के माध्यम से स्मगल्ड होकर पहुँचा था। साथ ही इस सिलसिले से जुड़ी एक मुकम्मल कहानी भी...।

...सुकुल जी के आते ही बस्ती की स्त्रियों के सिनेमा सर्कस जाने पर सख़्त पाबंदी लग गई थी। पहले बूढ़ पुरनियाँ और जवान सब एक साथ टोली बनाकर 'लेडिज क्लास' में मैटिनी या फर्स्ट शो (गर्मियों में) मार आती थीं। मरद लोग कुछ भुनभुनाते जरूर थे लेकिन उनका प्रतिरोध वहीं तक सीमित था। सुकुल जी ने बाकायदा इस परिपाटी का विरोध किया। "आजकल की फिल्में...बनती ही इसलिए हैं कि मेहरियों को बिगाड़कर घर फोड़ा जाए। घर फूटे गँवार लूटे। गँवारों की इस साज़िश में बीस-बिसवा क्यों पड़ेगा भाई!" श्यामसुंदर वापजेयी, हनुमान

मिसिर, वाजपेयी बाबा, जंग बिहारी अवस्थी आदि खुलकर उनके समर्थन में उतर आए और एक दिन मेहरियों के एक जत्थे को उन्होंने भट्ठे पर से वापस लौटा दिया। बहुएँ तो सर पर पल्ला रख फौरन मुड़ पड़ीं। कुँवारियाँ भी। लेकिन प्रौढ़ और उम्रदराज झींकतीं, भुनभुनातीं लौटीं। बहरहाल, यह प्रतिबंध कामयाब रहा और सुकुल जी बस्ती सुधार आंदोलन के प्रणेता बन उठे।

तिलू अजिया उस जत्थे में नहीं थीं। लेकिन इस मुद्दे पर उन्होंने अक्ल से काम लेने का मन बनाया। यह बेहद संवेदनशील मुद्दा था उनके अनुसार और हर स्त्री को अपने घर के पुरुषों को विश्वास में लेने की रणनीति तय हुई थी। इसका परिणाम यह निकला कि अपने पति की प्राण-प्यारी नववधुएँ और भाइयों की दुलारी बहनें तो डाक्टर के यहाँ अथवा बाजार जाने का बहाना कर चुपचाप मार आतीं और चटखारेदार कहानियाँ अधेड़ों और प्रौढ़ाओं के हिस्से आतीं। एक-दो सासनुमा इस उमर में भी अपने पत्तियों को पटाने में कामयाब रहीं और कदा-कदा पूंग आती रहीं। इस मामले में तिलू अजिया की किस्मत सबसे खराब निकली, क्योंकि वापजेयी बाबा राम पदारथ सुकुल जैसे सज्जन पुरुष के साथ गद्दारी करने को कतई तैयार नहीं होते। उल्टे तिलू अजिया पर बरस पड़ते वह। बेचारी मन मसोसकर रह जातीं।

उन दिनों गंगा-जमुना की बेहद धूम थी। वह जिन दिनों लगी थी भागलपुर में, उन्हीं दिनों सती अनसूया या ऐसी ही कोई अतिधार्मिक फिल्म भी चल रही थी। तिलू अजिया पाँच सुहागिनों को लेकर सुकुल जी के दरबार पहुँची और अर्जी दी। सुकुल जी फ़ौरन मान गए। तय हुआ कि एक बैलगाड़ी जाएगी बस्ती से। मैटिनी शो के लिए। यह भी तय हुआ कि बोधू सुकुल की अगुआई में यह महिला मंडल प्रस्थान करेगा। बोधू सुकुल राम पदारथ सुकुल के खास अपने चचेरे भाई थे। उन दिनों सुकुल जी उन्हें 'विभीषण' नहीं, 'भरत' कहकर पुकारते थे।

बैलगाड़ी पर साड़ियों का पर्दा बँधा। उस पर एक-एक कर मेहरियाँ सवार हुईं। गाड़ीवान की बगल में बैठे बोधू सुकुल। अपने गूमड़ को गुलाबी मुरेठे से ढँककर। हाथ में तेल पिलाई लाठी सँभाले।

रास्ते में शुरू हुआ भ्रमर गीत का संवाद। बस्ती की तेजतर्रार, हाजिर जवाब स्त्रियाँ बनी गोपियाँ। उन्होंने बोधू सुक्ल रूपी 'उद्धव' को मना लेने में सफलता प्राप्त कर ली। इसमें वाक्य चातुर्य के साथ-साथ कई घरों से दिव्य भोजन का प्रलोभन भी था। बोधू सुकुल की अक्ल संभावित खीर-पूड़ी अभी से चखने लगी। उन्होंने गाड़ीवान को हुक्म दिया कि गाड़ी पिक्चर पैलेस की बजाय शंकर टॉकीज की ओर ले चलें और यह भी कि जरा तेज...।

शंकर टॉकीज के अहाते में अद्‌भुत समाँ था। लोग फिल्म के पोस्टर की बजाय लाल-पीली साड़ी से ढँकी इस बैलगाड़ी को मजमाँ बाँधकर हैरत से देख रहे थे। अपने हिसाब से खूब सजी-धजी, गोरी-चिट्टी महिलाएँ साड़ी को थोड़ा ऊपर उठाकर गाड़ी से नीचे धपाधप कूदे जा रही थीं। दो-तीन तो लुढ़कीं फिरकीं भी। एक कुमारी जी ने जब घोलटनिया खाया तो भीड़ के मुँह से आह फूट पड़ी। तिस पर बोधू सुकुल की बंदरघुड़की। उन्होंने लाठी घुमाई तो चार लड़कों ने कसकर धर लिया। एक ने मुरेठा खींच लिया तो दूसरे ने धोती की लाँग में हाथ लगा दिया। सिनेमा हॉल के बाहर एक जीवंत तमाशा। बहरहाल इस तमाशे का अंत बहुत दुःखद हुआ। फिल्म अभी इंटरवल से आगे ही बढ़ी थी कि राम पदारथ सुकुल मय आठ-दस लाठी-धारियों के साथ आ धमके। वहाँ "ढूंढ़ो-ढूंढ़ो रे साजना मोरे कान का बाला" चल रहा था कि हॉल में शोर मच उठा। फिल्म रोक दी गई। बोधू सुकुल भी दरबान को पटाकर आगे सीढ़ियों पर बैठे थे। वह चट बाहर निकल आए। अश्लीलता और श्लीलता पर घोर शास्त्रार्थ शुरू हो गया। बोधू सुकुल ने लाठी पटककर पूरी मर्दानगी के साथ इस कांड की जिम्मेवारी अपने सर-माथे ले ली। उन्होंने कहा कि इसीलिए वह अंदर बैठे थे। एक भी आपत्तिजनक दृश्य होता तो वह पहले ही सबों को निकल चलने को कहते।

राम पदारथ सुकुल ने उन्हें सबके सामने गाली देते हुए कहा; "तुम्हीं ससुर धर्मराज युधिष्ठिर भए हो का पूरी बस्ती मा...?"

बोधू सुकुल ने आँखें झपकाकर कहा, "जितनी भी औरतें आई हैं न, सभी अपने पतियों के साथ रोज 'होनोलूलू' जाती हैं! रोक सकत हो का उनका? उससे बड़का भी कुछ अश्लील होत है का?"

बोधूका ने 'होनोलूलू' जाने किस संदर्भ में कहा कि सभी समझ कर खीसें निपोरने लगे। तब तक स्त्रियाँ किसी अप्रिय की आशंका टालने को फुर्ती से गाड़ी में सवार हो चुकी थीं। गाड़ी फौरन बस्ती की ओर हाँक दी गई।

यह एक तरह से बस्ती का पुनर्जागरण काल था।

नाथूचक की बगल के कद्‌दू बस्ती वालों का तब पूरा दबदबा था। कारण कि खेत-पतार, बाग-बगीचे और नौकरी पेशों में भी वह लोग बीस थे, उन्नीस नहीं। किंतु बिसवे में काफी कम थे। सुकुल जी ने एक जड़ीभूत उच्चता को विराटता का ऐसा दर्शन पहनाया कि कद्‌दू वाले अवाक्। ऐंठकर चलनेवालों का दर्प देखते ही देखते ढीला कर दिया सुकुल जी ने। न हर्र लगे न फिटकरी रंग चोखा की तर्ज पर उन्होंने नाथूचक वालों को उनकी सांस्कृतिक गरिमा से न सिर्फ परिचित कराया

बल्कि उन्हें उच्च में भी उच्चतम होने का अहसास कराया। अब नाथूचक का कोई लड़का भी कद्दू बस्ती वालों के बड़े-बूढ़ों को 'पाँयलागी' नहीं करता! उनके यहाँ कच्ची खाने पर भी प्रतिबंध घोषित हो गया। इसका दुष्परिणाम भुगतना पड़ा नाथूचक के कुछ मोटे रहन-सहन वालों को। इनमें सर्वप्रमुख थे बोधू सुकुल। यह तमाम लोग जब न तब कद्दू बस्ती से भरपेट जीमकर डकरते चले आते थे। अब इन्हें कद्दू वाले ही कच्ची नहीं परोसते। पानी-पेड़ा सामने रखकर हाथ जोड़ देते। कद्दू की मेहरियों का ऐसा संस्कार कहाँ, जो अपने यहाँ पधारे ऊँची बिसवा वाले इन आदरणीय जनों का सत्कार 'पक्की' रसोई से करें। लिहाजा होली के होली ही खान-पान का सिलसिला बचा रहा।

राम पदारथ सुकुल की जो सुदृढ़ पृष्ठभूमि थी, वहाँ वह दारोगा थे। शिवभंजन तिवारी समेत बस्ती के कुछ लोग अन्य लोगों का भी मानना था कि घूस लेने और पद का मनमाना दुरुपयोग करने के आरोप में दारोगा जी को अपनी नौकरी से बर्खास्त होना पड़ा था लेकिन सुकुल जी ने अपने बारे में बहुप्रचारित यही करा रखा था कि देवी का सच्चा पुजारी वह धर्मनिष्ठ ब्राह्मण एक दिन जब अपने क्वार्टर में पूजा में तल्लीन था, ठीक उसी समय एक मुसलमान एस.पी. उनकी पूजा में विघ्न डालने की गरज से उन्हें छापेमारी हेतु लिवा ले जाने का बहाना कर क्वार्टर तक आ धमका। चूंकि पूजा से उठते ही उन्हें किसी 'म्लेच्छ' के दर्शन हुए थे, अतः धर्म की रक्षा और अधर्म के विनाश हेतु उन्होंने उस म्लेच्छ अधिकारी की जूते से पिटाई की। चूंकि वह एक मामूली अधिकारी थे और वह म्लेच्छ एक ऊँचा, आला अफसर (जो कि इस देश की मौजूदा संवैधानिक व्यवस्था का सबसे बड़ा दोष है।), सो उन्हें धर्म की पुनर्स्थापना हेतु अपनी शानदार आजीविका का बलिदान करना पड़ा। अपनी इस रोचक शौर्य-कथा की बदौलत सुकुल जी की सरकारी वर्दी छिनते ही उन्हें एक स्वयंसेवी संघटन की खाकी वर्दी मिल गई थी और देखते ही देखते उन्होंने वहाँ भी अपनी दरोगई जमा ली थी।

बस्ती में कई तरह के यज्ञ, हवन आदि का सफल कार्यक्रम करवाने के बाद भी सुकुल जी को बस्ती की एकछत्र दबंगई हासिल न हो सकी थी। उसके कारण वह जब तब हर किसी के फटे में टांग अड़ाते। फल यह हुआ कि 'गुणी, गुणी चऽमत्सरी' जैसे आदर्श वाक्य का घर-घर पालन होने लगा। मम इस पूरी स्थिति का आकलन करते हुए रोचक दोहा पढ़ते—

"ब्राह्मण, कुत्ता, हाथी
नहीं जात का साथी
सुनो जी! नहीं पाँत का साथी!"

और यह अक्षरशः सही था। इसके चलते तरह-तरह से संबंध बनते-बिगड़ते रहते। जैसे कि वाजपेयी बाबा और श्यामसुंदर वाजपेयी का संबंध पहले घनिष्ठतम था। दोनों गोतिया भी थे और हमप्याला भी। चुपके चोरी कभी यह महफिल वाजपेयी बाबा के घर भी जम जाती। तिलू अजिया इसका विरोध करतीं। वह कहतीं कि श्यामसुंदरा की नज़र में खोट है, पर उनके भीतर इसे मानने को तैयार ही न होते।

एक दिन तिलू अजिया ने दिलचस्प अभिनय किया। वाजपेयी बाबा अंदर जलपान कर रहे थे। तभी श्यामसुंदर आ पहुँचे। तिलू अजिया का मूक, भाव प्रवण अभिनय कत्थक की उस्ताद नृत्यांगना की तरह सधा हुआ था। श्यामसुंदर की नसें चटकने लगीं। वह प्रेम से सने जाने कितने उत्कृष्ट वाक्य ऊँचे स्वर में बोल गए जो भीतर बैठे वाजपेयी बाबा के कानों में पिघले शीशे की तरह कहर ढा रहे थे। इस दृश्य का पटाक्षेप कुछ इस तरह हुआ कि तिलू अजिया किसी गौरैया की तरह फड़फड़ाती हुई अपने पति परमेश्वर के चरणों में और पीछे से बाज की तरह झपटते श्यामसुंदर वाजपेयी अचानक किसी जादू के जोर से पत्थर की मूर्ति में तब्दील हो गए। फिर यह मूर्ति अचानक पलटी और गायब हो गयी।

इस घटना के बाद वाजपेयी बाबा सुबह जो ड्यूटी निकलते, देर रात तक ही लौटते। कच्ची शराब से पूरी तरह भभकते हुए। आकर पत्नी को रंडी, हरामजादी से नवाज़ते और दो रोटी खाकर सो जाते। तिलू अजिया ने जब एक दिन प्रतिकार किया, धधक उठे वाजपेयी बाबा। "इतनी तो औरतें हैं बस्ती में, कहीं तो मुँह मारते नहीं सुना श्यामसुंदर को! आखिर छिनाल को पहचानकर ही न कोई आगे बढ़ता है!"

"और उनके जैसे शरीफ को सूने-सपाटे घर में घुसने की आदत किसने डाली? मैं लाती थी क्या उन्हें न्योत कर यहाँ?"

"मैं तो गिलास उठाकर न्योतता था, लेकिन तुम जो साड़ी उठाकर न्योतने लगीं...?...आखिर मर्द है श्यामसुंदर...ऐसी घड़ी में अच्छे-अच्छों की मति मारी जाती है।"

"अच्छाऽऽ...तो ज़हर यहाँ तक बोया जा चुका है। तभी तो कहूँ कि हमार मनसा चूड़ी पहनकर काहे बैठे हैं?"

उस रात बुरी तरह पिटी थीं तिलू अजिया। वाजपेयी बाबा ने साफ-साफ कह दिया था कि आइंदा ऐसी हरकत सुनी तो कलछी से दागकर घर से निकाल दिया जाएगा उन्हें। जैसे साँड़ को दागकर छोड़ देते हैं...जिसकी इच्छा वह इस्तेमाल कर ले।

इधर श्यामसुंदर के बैठके में बजरंगी मिसिर, राम पदारथ सुकुल एंड कंपनी का चौगट्टा जमने लगा। बजरंगी मिसिर और सुकुल जी की जोड़ी राम और हनुमान

के नाम से ख्यात थी। श्यामसुंदर को बस्ती के लोग पीठ पीछे नारद पुकारते। यहाँ अक्सर मीठी रसभरी बातें होतीं या फिर गरमागरम राजनीति। बजरंगी मिसिर कहलाते भले हनुमान थे लेकिन लँगोट के काफी ढीले थे। नाथूचक पर आस-पास की बस्तियों के लोगों के जो थूक के छींटे पड़ते रहते थे, इसकी मुख्य वजह बजरंगी मिसिर द्वारा जब न तब किसी कमजोर अबला को बगीचे में पकड़कर अपना शौर्य दिखाने की कोशिश ही होती। इसके अलावा इनकी आशनाई भी चलती रहती थी। सो जब कोई मुद्दा न होता, बजरंगी मिसिर अपनी 'लँगोट खोलू' कथा छेड़ देते और विजया के रंग में यह रस मिलकर ऐसा अद्‌भुत कॉकटेल बनाता कि पीने वाला आनंदमग्न होकर थइ...थइ...करने लगता।

ऐसी एक चर्चा जब बस्ती की मुख्य सड़क के किनारे स्थित भवानी मैया के पुराने चबूतरे पर चल रही थी (शिवालय बन जाने के बाद भवानी मैया भी वहीं स्थापित हो चुकी थीं), दैवयोग से उसी समय एक तिल बराबर महत्त्व की मामूली घटना घटी। लेकिन वाह रे दिमाग सुकुल जी एंड कंपनी का। उन्होंने इस मामूली घटना को पूरी बस्ती के शौर्य और प्रतिष्ठा से जोड़ते हुए ऐसा ओजपूर्ण वक्तव्य दिया कि घर-घर से लोग लाठी-भाला लेकर बाहर निकल आए। यहाँ तक कि संतु के पप्पू चाचा भी... जिन्हें उस 'टॉमी' से कुछ ज्यादा ही लगाव था। और उनके पीछे-पीछे संतु और लुट्टू भी...जो इन दिनों इस बूढ़े सुस्त कुत्ते को एक तेज-तर्रार शिकारी कुत्ते में बदल डालने की मशक्कत पूरे जोर-शोर से कर रहे थे...।

बस्ती का, नाथूचक का एक कुत्ता भट्ठे से ईंट लेकर जाने वाले ट्रक के नीचे दबकर मर गया। वह भी ऐन बस्ती के इन महान् सपूतों की आँख के आगे, भवानी मैया के चबूतरे के ठीक सामने। यह सभी अपनी श्लथ और थुलथुल काया के साथ फ़ौरन हरकत में आए, लेकिन वह ट्रक वाला रुका नहीं। यह सरासर अपमानजनक था। आज कुत्ता आया है नीचे, कल को कोई बच्चा-बूढ़ा भी आ सकता है। आखिर ऐसी लापरवाही दिखाने की हिम्मत कैसे पड़ी ड्राइवर को? इस पहली गलती को नज़रअंदाज किया गया तो मनबढ़ हो जाएँगे भट्ठे वाले। और अगर बढ़िया सबक दिया जाए तो आइंदा बस्ती से होकर गुजरने में बार-बार स्टियरिंग, ब्रेक और क्लच पर ध्यान रखेंगे।

यह अपील एकमत से पूरी बस्ती को कारगर लगी। खासकर युवाओं और भावी युवाओं को। एक घंटे के अंदर ही पचास लोगों का हुजूम सुकुल जी की अगुआई में भट्ठे पर आ पहुँच गया। ठीक उसी समय वही ट्रक ईंट उतारकर दूसरे रास्ते भट्ठे पर आ पहुँचा था। संयोग से मालिक का युवा पुत्र भी उस समय वहीं मौजूद था। वह युवाओं के आक्रोश से भलीभाँति परिचित था। वह कूदकर सामने आ गया और ट्रक न जलाने की अपील की। उसने अपनी ओर से समझौता

करने की, आइंदा गलती न करने और कुछ हर्जाने की पेशकश की। सुकुल जी ने भी हाथ उठाकर इस वार्ता का स्वागत किया।

"पचास रु॰ रख लीजिए।"—युवा मालिक ने हाथ जोड़कर कहा, "डोम को देने और कुत्ते के संस्कार के वास्ते।"

"ई ससुरा कुछ बेसिये काबिल बन रहा है।" बजरंगी मिसिर ने कनफुसकी की तो सुकुल जी ने लंबी हुंकारी भरकर अपने दोनों हाथों को झाड़ा। कुर्ते की बाँह को थोड़ा ऊपर चढ़ाकर वह ठेठ दरोगई अंदाज में बोले—"वह नाथूचक का कुत्ता था...पूरी बस्ती का दुलारा। किसी गली-मोहल्ले का नहीं जो...!"

"अच्छा तो फिर सौ रुपये ले लीजिए...थूकिए गुस्सा...बात खतम कीजिए।"

"अरे आप समझते क्यों नहीं।" इस दफा दहाड़े सुकुल जी—"वह भैंरों था पूरी बस्ती का। इंसान का दर्जा प्राप्त था उसे। अब उसकी यह नृशंस हत्या ...वह भी हमलोगों की आँखों के सामने। घोर प्रायश्चित्त करना होगा। उसका संस्कार इंसानों की तरह ही करना होगा। ब्रह्मभोज के बिना चारा नहीं। साथ ही पूरी बस्ती भी जीमेगी। हजार रुपयों से कम खर्च क्या होगा। इससे कम पर समझौता नहीं हो सकता।"

"इतना तो संभव नहीं है बाबा।"—युवा स्वर में एक तैश था।

"कोई बात नहीं है बच्चा;"...सुकुल जी ने व्यंग्य से कहा—"हम लोग चंदा करके कर लेंगे। काहे कि इतना मरे-गुजरे नहीं हैं हम सब कि नाथूचक के उस भैंरों को प्रेतयोनि में भटकने की खातिर छोड़ दें। लेकिन फिर बात यह है कि इसकी सजा तो जरूर दी जाएगी। गलती करने वाले को सजा न मिले तो गलती बार-बार दोहराई जाने लगती है। सो सज़ा जरूर मिलेगी।" कहते-कहते अचानक उत्तेजित हो उठे सुकुल जी—"अरे बब्बन, बब्बे, अजय, सुरेश...देख क्या रहे हो?...आग लगा दो ट्रक में...कूच दो ड्रायवर को।"

इधर सुकुल जी ने चिंगारी छोड़ी नहीं कि भक्कऽ...से एक मशाल जल उठा बब्बन के हाथ में। वह एक तरह से सुकुल जी का 'शूटर' था। इसी बीच अजय और सुरेश ड्रायवर को खींचकर भीड़ के बीच ले आए। तड़ातड़ दो लाठी उसकी पीठ पर गिरी नहीं कि वह रँभा उठा—"मालिक बचा लीजिए नहीं तो प्राण गया...।"

"ठीक है...ठीक है...मगर रुपया नकद न देंगे।" संवाद एक बार पुनः शुरू हुआ—"पूरे संस्कार और भोज की व्यवस्था हमारे तरफ से होगी। चाहे पाँच सौ लगे चाहे पाँच हजार... जिम्मेवारी हमारी। कम-से-कम ब्राह्मणों को जिमाने का पुण्य तो बटोरेंगे।" मालिक के लड़के ने खीसें निपोरते हुए कहा।

भीड़ सुकुल जी का जय-जयकार करती लौट आई।

और ठीक तेरहवें दिन बड़का दालान से सटे बगीचे में शानदार भोज-भंडारा

हुआ। पूड़ी, कचौड़ी, सब्जी, रायता, दही और बुंदिया के साथ बड़े-बड़े गुलाबजामुन सुकुल जी की विशेष निगरानी में बने। यह सब कुछ एक सामूहिक पिकनिक की तरह था। बस्ती की तमाम स्त्रियों को आज की शाम कुछ नहीं करना था। फुर्सत ही फुर्सत। न किसी तरह के विधि-व्यवहार का झमेला न गीत-गवनई या रोवाहट। बस गप्पें मारना था और पेट भर खाना था। सो बस्ती की मेहरियों की ओर से सुकुल जी से एक फरियाद की गई—इस तरह का आयोजन कम-से-कम साल में एक दिन तो अवश्य हो। बस्ती की स्त्रियों ने इसे 'रसोई-मुक्ति-दिवस' का नामकरण दिया। सुकुल जी सुनकर कुछ इस तरह मुस्कराए जैसे गोपियों की फरियाद सुनकर लीला पुरुष श्रीकृष्ण मुस्कुरा रहे हों। उन्होंने फौरन इसे मानते हुए फरमान जारी किया—'अब से प्रत्येक वर्ष की पहली तारीख को पिकनिक मनाया जाएगा... वनभोज। हर घर को इसमें चंदा देना होगा और शरीक होना होगा। फिर इसमें संशोधन किया गया—चंदा जरूर देना होगा, शरीक हों या न हों। हे...हे... हे...हो...हो...हो...के जोशीले स्वर द्वारा प्रस्ताव आनन-फानन में पास भी हो गया।

बाद में पता चला, सुकुल जी ने एक ही तीर से दो-दो शिकार किए हैं। आज के इस भोज से शिवभंजन तिवारी सपरिवार अलग रहे थे। उन्होंने इस रंगदारी में शामिल न हो पाने की असमर्थता सार्वजनिक रूप से व्यक्त कर दी थी।

शिवभंजन तिवारी की इन लोगों से ठनी थी तो सरला, निर्मला की वजह कर। सरला के सायकिल प्रसंग ने तूल पकड़ा ही था कि निर्मला द्वारा सरस्वती पूजा के मौके पर गाए सुपरहिट गीत के मामले ने आग में घी का काम किया। रही-सही कसर पूरी कर दी तिलू अजिया के नाटक ने। इन तीनों घटनाओं की मिलीजुली प्रतिक्रिया ने राम पदारथ सुकुल को एक बैठक आयोजित करने को बाध्य कर दिया। इस बैठक में 'मैं क्या करूँ राम मुझको बुड्ढा मिल गया' गीत को अश्लील और फूहड़ करार देते हुए इसे वाजपेयी बाबा पर व्यक्तिगत रूप से प्रहार करने का मामला बताया गया और बस्ती की सीमा रेखा के भीतर इसे गाने-बजाने पर प्रतिबंध लगा दिया गया।

उसी शाम तिलू अजिया गई थीं सुकुल जी के यहाँ। उन्होंने दुआरे पर से ही, जहाँ वह कुर्सी डालकर बैठे थे, आवाज़ दी—"अरी कहाँ हो सुकुलाइन...मुकुल की अम्माँ...। जरा देखो अपने मरद की करतूत। सारे जहाँ से निराला कानून लागू करे चले हैं बस्ती मा।"

"हुआ का...अब का हुआ रीईई...?" मुकुल की अम्माँ एक पुकार पर दौड़ी

आईं। वह दारोगा जी से ऐसे भी त्रस्त रहती थीं। पिटकर भी विरोध करतीं उनका। यद्यपि कि उनके पिटने और विरोध का कारण कुछ दूसरा था।

तिलू अजिया ने मुँह का पान थूकते हुए कहा, "पूछो तो जरा अपने मरद से अश्लील का मतलब का होत है...और फूहड़ के मायने?"

"हम कहित है जिज्जी,"—तिलू अजिया बक चलीं सो बक चलीं—"ई जो धोती इतना उठाकर साँड़ की माफिक डोलते चलत हैं पूरी बस्ती मा, ऊ फूहड़ है कि ई गीत? और ई गीत फूहड़ है तो फिर शादी ब्याह के...नकटौरे के गीत ...तब तो इन सभै पर प्रतिबंध लगै का चाहि?...'सरौता कहाँ छोड़ आयो प्यारे ननदोइया' पर भी...जौन इनका बहुतै पसंद है।"

अब सुकुल जी की सहनशीलता सीमा पार कर गई थी। वह कुर्सी से उठ खड़े हुए—"देखो वाजपेयी बहू, औरतन की मर्दों के कामों में दखलअंदाजी हमको बर्दाश्त नहीं! बस्ती में कौन से नियम धरम रहेंगे, कौन से कानून चलेंगे यह देखना हम मर्दों का काम है। हमने कोई निर्णय किसी पर थोपा नहीं है। सब लोगों की राय है इसमें। तुम्हारे मरद की भी।"

"लेकिन आप लोगों को यह अधिकार दिया किसने...ऐसी मीटिंग या पंचायती करने का? कोई मुखिया मिनिस्टर तो हैं नहीं आप लोग।...और फिर बस्ती में बड़का दा के रहते...।"

तिलू अजिया ने एक सांस्कृतिक मुद्‌दा उठा दिया था। बस्ती की परंपरा थी, बड़का दालान में जो सबसे वृद्ध जीवित पुरुष होता, बस्ती के प्रथम नागरिक का खिताब उसे ही मिलता। यही बड़का दा कहलाते और होली के दिन उन्हीं के हाथों होलिका दहन संपन्न होता। बस्ती के भोज में पहला कौर वही उठाते। किसी भी धार्मिक एवं अन्य रीति-रिवाज के मामले में उनकी राय ही सर्वोपरि मानी जाती।

"तो ठीक है, अबकी मुखिया बनकर दिखा देता हूँ। तब देखता हूँ, कौन आता है मेरे खिलाफ...और कौन बड़का दा या छोटका दा आते हैं सामने...हुँह...!" सुकुल जी के मुँह से झाग निकलने लगा था।

"हाय दइया...ऐसे काहे बोलते हैं जी।" सुकुलाइन अपने होठ पर उँगली रख सुकुल जी के करीब आकर हौले से बोलीं—"बस्ती की जो मर्यादा है, नियम-कानून है, उनको तो न तोड़िए! वैसे भी आपके उस बजरंगिया से बाकी क्या बचा है? वह जैसा खुद कुलच्छन है, आपको भी वैसा बनाए दे रहा है।"

"चुप्पऽ...हरामजादी कहीं की...बड़-बड़ बकते ही चली जा रही है।" सुकुल जी ने कसकर डपटा उन्हें और कान पर जनेऊ लपेटते हुए पिछवाड़े की ओर बढ़ चले।

सुकुलाइन का यह गुस्सा अपनी तरह का था और तिलू अजिया ने महसूस

किया कि इसको लेकर एक तनाव तो है पति-पत्नी में। जो पूरे जहाँ में आग लगाने की ख्वाहिश रखता हो, उसके घर में ही आग लगा दो। बेचारा अपनी आग बुझाने में ही व्यस्त रहेगा और सारे जहाँ को भूल जाएगा। इस राजनीतिक सूत्र का मन ही मन स्मरण करतीं तिलू अजिया घर लौट आईं।

एक नई पैरोडी बनी। विरोध का जो एक कार्यक्रम पहले से चल रहा था, यानी कि सुकुल जी को देखते ही सरला, निर्मला एंड कम्पनी द्वारा 'मैं क्या करूं राम...' का सामूहिक गान, इसके साथ ही यह नई पैरोडी भी एजेंडे में शामिल की गई और इसे मुँह बिचका-बिचका कर गाने की जिम्मेवारी संतु पर सौंपी गई।

इस पैरोडी के पीछे वही उपकथा थी जिसको लेकर सुकुलाइन के मन में भयानक उथल-पुथल मची रहती। इतनी तो उनकी दारोगई छिनने पर भी नहीं मची थी उनके भीतर। हुआ यह था कि सुकुल जी की दबंगई के कारण बिन्दू मास्टरनी भी आजकल उनके खूब आगे-पीछे घूमने लगी थीं। सुकुल जी उन्हें लिए-लिए ही आस-पास की बस्ती में भी जाते। इधर दो और प्रायवेट स्कूल खुल जाने के कारण तथा लँगड़ा मास्टर की मरखंड छवि के कारण उनके स्कूल की आमदनी का गणित गड़बड़ाने लगा था। इसके अलावे बिन्दू जी ने शहर में एक जमीन भी रजिस्ट्री करवाई थी। इस जमीन को दिलवाने में भी सुकुल जी की अच्छी-खासी भूमिका थी। रजिस्ट्री के कागज़ पर बतौर गवाह भी उन्हीं के हस्ताक्षर थे। सुकुलाइन को यह भी सुनने में आया था कि कुछ घटे-बढ़े की पूर्ति भी उन्हीं के द्वारा हुई थी।

एक शाम जब सुकुल जी विजया-सेवन के बाद मैदान की ओर अकेले बढ़ ही रहे थे कि अकस्मात् संतु किसी जिन्न की तरह एक पेड़ के पीछे से प्रकट हुआ और लगा होठ भींच-भींचकर यह सुनाने—

"बिन्दू टीचराइन, पक्की डाइन
सबका छोड़ सुकुलबे का खाइन।"

जब तीसरी दफा वह इसे दुहराना ही चाह रहा था कि सुकुल जी पलटे—"मारब सरऊ खींचकर ऐसा जूता कि मुँहे टेढ़ हो जाई तुम्हार।"

"मुँह तो देखो हमार पहले से ही टेढ़ है...और देखो हमरी आँख...ई भी ससुरी भैंगी है।" संतु ने नाटक के रिहर्सल के दौरान सीखी अदाकारी का भरपूर प्रदर्शन किया।

"जाओ ससुर नाटक कपंनी में भरती हो जाओ...बाप-दादा का नाम हँसाओ जाकर। एक औरत पूरी बस्ती को बर्बाद कर रही है...देख लेना है इसे।" सुकुल जी मारे क्रोध के दाँत पीसने लगे थे।

“यह आपका थाना नहीं है...बस्ती है...बस्ती...। तिलू अजिया को एक शब्द भी कहा तो जान लीजिए...कल से यह गीत बस्ती का बच्चा-बच्चा गाएगा। फिर निबटते रहिएगा सुकुलाइन दादी से।”

अगली सुबह थोड़ा दिन चढ़ते ही सुकुल जी सदल-बल पहुँचे। मम उस समय कपड़ा धोने के अपने साप्ताहिक आयोजन की तैयारी में व्यस्त थे। दस पैसे का सोडा लेकर संतु तुरत-फुरत ही लौटा था। आज उनकी धोती, गंजी, लुंगी, फतुही चादर सब धुलेगी इतने में ही। सप्ताह के बाकी दिन वह अपने कपड़े सादे पानी में खंगाल कर धूप में पसार देते थे।

महंथ जी की आदत थी उन्हें पग-पग पर टोकने की। उनकी कंजूसी की वह जमकर खिल्ली उड़ाते तो मम विशुद्ध विज्ञान सम्मत तर्क देते...“भला हम धूप में कपड़ा क्यों सुखाते हैं, इसीलिए न कि यह कीटाणुमुक्त रहें। धूप में जब यह प्राकृतिक शक्ति है, गुण है तो हम इसका उपयोग क्यों न करें? रोज साबुन रगड़ने का फायदा?”

“कपड़ा साफ भी तो होना चाहिए। जैसे कि मैं रोज करता हूँ।”

“हमरी देह में कौनो करखा थोड़े न लगा है जो रोज कपड़ा मैला हो जाई! जेके देह में लगा हो, तौन घिसे रोज बट्टी। हम कौनों का हाथ पकड़ के रोके तो न जाइत है।” मम देर तक बड़बड़ाते रहते और महंथ जी मुस्कुराते हुए मजा लेते रहते। दो पत्नी विहीन बूढ़ों की यह दिल्लगी अक्सर उनके आपसी रिश्ते को लेकर दिलचस्प हो उठती थी।

आज भी ऐसा ही कुछ भड़काऊ बतकुच्चन हो चुका था। महंथ जी ने लंबा खींच दिया था, सो मम बेचारे वैसे भी थोड़े ख़िन्न थे। तिस पर सुकुल जी का उलाहना। मम हत्थे से उखड़ पड़े—“जैसी करनी वैसी भरनी। वैसे भी ई लड़का हमरे अख्तियार में अब न रहा। जाओ, जाकर नालिश कर दो इस पर।”

ठीक यही बात शिवभंजन तिवारी ने कही थी जब वह सरला, निर्मला का उलाहना लेकर उनके दरवज्जे गए थे।

“तुम लोग सब एक ही थाली के चट्टे-बट्टे हो! यही से तो एका ना है कान्यकुब्ज समाज में।”

“एका तो रहे पहले, तुम्हीं न ‘तीन कन्नौजिया तेरह चूल्हा’ वाला राग अलापे हो आकर! नाथूचक को बैसवाड़ा बनाने पर तुले हो तुम्हीं लोग। अब भुगतो बैठकर।”

“ऊ सब तो मर्यादा खातिर कहा रहे...अपने बीस-बिसवन की मर्यादा खातिर।” सुकुल जी ने नया पैंतरा बदला।

लेकिन मम तो बस मम ही थे। उन्नीस सौ उन्नीस में उन्होंने बी.ए. ऑनर्स

किया था। जब तक डिप्टी इंस्पेक्टरी की, फिटेन पर ही चलते रहे थे—बंद गले का कोट और हैट पहनकर। अंग्रेजी से एक पायदान भी नीचे नहीं उतरते थे अंग्रेज साहबों के आगे।

उन्होंने खिल्ली उड़ाते हुए कहा—"दू अक्षर पढ़ के दरोगा का हो गए रहौ, काबिल समझे लगै हो का खुद का? जाकर पता लगाओ पहले अपने खानदान में...और ई बजरंगिया का भी बोलो कि जाकर पता लगाए...कि दादा, परदादा कैठो रखिनी रखिन रहैं!...और ई भी कि तुम जायज के हो कि नाजायज के? पहले ठीक से पता लगा के आओ, तब बतिआओ हमसे।" मम क्रोध से भभक उठे थे। उन्होंने महंथ जी को संबोधित कर कहा, "जिसके पाद का भी ठिकाना नहीं, वह भी चला है बीस-बिसवा बनने...ससुर कहीं के...!"

सुकुल जी एंड कंपनी पाँव पटकती चली गई। वैसे भी मम का यह दुआरा 'कानी गइया का अलगे बथान' के रूप में चर्चित था। मम में मिलनसारिता तो थी ही नहीं। बस्ती में भी तभी जाते जब कोई सभा-संगत होती और कम-अज-कम चार मर्तबा लोग उन्हें पूछने आते।

अपने को ठेठ बीस बिसवा, बघनखा मानते थे मम। लोगों के जाने के बाद भी संतु कँपकँपा रहा था। आज मम दो-चार छड़ी उसे जमा दें, तो कोई आश्चर्य नहीं। लेकिन मम ने अप्रत्याशित रूप से महंथ जी से कहा, "आज तो संतुआ ने इस सुकुल की पदौसी बाहर कर दी। आज इसको आप मिठाई खिलाएँगे।"

"आप लड़के को बिगाड़ रहे हैं जनाब लेकिन आप तो पढ़ा रहे हैं न इसे...कैसी है इसकी तरक्की?"

"अंधे के आगे दर्पण रखने से क्या फायदा!"—महंथ जी ने मायूस स्वर में कहा।

लेकिन मम नहीं माने। शाम को जब रोजमर्रे की तरह संतु उनके पीछे-पीछे आटा-आलू के लिए चला, मम ने उसे दस पैसे की बैगनी खिलाई। लौटते समय उन्होंने हिदायत भी दी—"औरतन की राजनीति में मत पड़ो। मौगियन सब का फेरा छोड़ो। तुम अब बड़े हो रहे हो!"

तिलू अजिया को जब पूरे प्रकरण का पता चला, उन्होंने सोंठ के लड्डू खिलाए संतु को। ऊपर से सुसुम-सुसुम गाय का दूध। "पीठ मजबूत करनी है न तुम्हारी;—" उन्होंने खिलखिलाकर हँसते हुए कहा, "स्त्रियों की लड़ाई लड़ने वाले मर्द को पीठ मजबूत रखनी पड़ती है न! देखूँ तो तुम्हारी पीठ कितनी मजबूत है।" कहती हुई तिलू अजिया ने उसकी क़मीज़ उलट दी। उसकी नंगी पीठ पर नज़र पड़ते ही वह जैसे अपनी चीख दबाती-सी लगीं—"हाय दइया...ई का...?"

"क्या ई का?" संतु चिहुँक उठा।

"कुछ नहीं, बताऊँगी बाद में।" तिलू अजिया के चेहरे पर तिल भर मुस्कान थी। संतु क्या जाने कि कल को इसे भी ताड़ बनना है। टॉमी की मौत की तरह।

सरला और निर्मला ने अपनी तबीयत का यह बाँकपन अपने पिता से पाया था। शिवभंजन तिवारी बेटियों को भी बेटों की तरह पाल रहे थे। दो बेटियों के बाद ही उन्होंने नवाचार के रूप में प्रचलित परिवार नियोजन की सलाह अपना ली थी। इस मामले में उन्होंने अपनी पत्नी तक की नहीं सुनी। तब भागलपुर शहर के दो-चार बंगाली परिवारों तक ही परिवार नियोजन एक फैशन की तरह सीमित था। शिवभंजन तिवारी का उठना-बैठना भी उन्हीं बंगाली परिवारों के साथ था। दूसरी शुरुआत उनकी 'रोहूमाछेरघंटप्रियता' की वजह से हुई जो आगे चलकर मार्क्सवाद के प्रति उनके रुझान में परिवर्तित होता गया। घर में वह एक आदर्श पिता तो थे ही, चवन्नी घूस लेने के बावजूद नगरपालिका में भी उनकी अच्छी शोहरत थी। वह मेश्तरों की यूनियनबाजी भी करने लगे थे, खासकर बस्ती के ही कॉमरेड लालू मिसिर की सलाह पर।

लालू मिसिर, शिवभंजन तिवारी और संतु के पिता सोहन, तीनों बालसखा थे। अपने समय में इन तीनों की तूती बोलती थी। तीनों ही एक नंबर के फुटबॉल के खिलाड़ी। जिला स्कूल की टीम में तीनों एक साथ थे। फिर टी.एन.बी. कॉलेज में भी। इन तीनों के साथ ही टी.एन.बी. कॉलेज में भागवत झा नामक लड़का भी पढ़ता था। वह उन दिनों भी खादी पहनता और गाँधी टोपी लगाकर क्लास में आता। यद्यपि कि इसके लिए उसे प्रताड़ित भी होना पड़ता। कई लड़के तक उसे पीछे से चपतिया देते। यह तीनों उसे पसंद करते और सुरक्षा भी देते, मगर एक दूरी के साथ। चाहे सत्याग्रहियों की पिकेटिंग हो चाहे टामियों की परेड, तीनों उसे समान दूरी एवं दिलचस्पी के साथ देखते। इस बस्ती के तमाम लोग सांस्कृतिक रूप से गुलाम थे। जो सत्ता पक्ष हो उसकी गुलामी और उसकी संस्कृति का पोषण। बस्ती के तमाम नौजवान उन दिनों ढीली-ढीली पतलून के अंदर बुश्शर्ट खोंसकर पहनते। पतली बेल्ट लगाते। आँख पर काला चश्मा और गले में नेकटाई या रेशमी रूमाल!

सन् साठ के आस-पास लालू मिसिर पटना के एक दिग्गज कम्यूनिस्ट नेता के संपर्क में आए और पार्टी के होलटाइमर बन गए। उनका झोला हमेशा एम. एल.ए. फ्लैट और फिर अजय भवन में गिरा रहता। यद्यपि कि उनकी नई-नई शादी हुई थी और साल भर बाद एक बच्चा भी हो गया था, फिर भी वह छठे छमाही

कभी बस्ती में आते और दो-चार दिन बिताकर हवा हो जाते। संयुक्त परिवार था तब, सो पत्नी-बच्चे का गुजर-बसर हो रहा था।

इन्हीं लालू मिसिर की सलाह पर शिवभंजन तिवारी ने नगरपालिका के कर्मचारियों को संगठित करना शुरू किया था। इसके लिए सबसे पहले उन्होंने स्वयं के आचरण की पवित्रता पर ध्यान दिया। छुआ-छूत, ऊँच-नीच की भावना उनमें वैसे भी नहीं थी। किसी के साथ भी बैठकर हँस-बोल या खा-पी लेते। यहाँ तक कि मेश्तर भी उनके घर पहुँच जाए तो बिना चाय-पानी के उसकी विदाई नहीं होती। उन्हीं दिनों नगरपालिका में एक बेहद सफल हड़ताल हुई थी। तीस दिन के करीब लंबी खिंची इस हड़ताल में जीत अंततः कर्मचारियों की ही हुई थी। चेयरमैन थे कि कर्मचारी नेताओं से मिलने तक को भी तैयार नहीं थे। उनका कहना था कि पहले हड़ताल तोड़ो, काम पर लौटो, फिर होगी वार्ता। जबकि शिवभंजन तिवारी ने इसे बुर्जुआ एवं सामंतवादी आदेश कहकर इसकी जमकर खिल्ली उड़ाई थी। और हड़ताल पर डटे रहे थे।

और इसी के प्रतिक्रियास्वरूप एक नायाब रास्ता भी सूझा उन्हें। चेयरमैन के घर को घेर लिया उन लोगों ने और तमाम मेश्तरनियाँ पखाने से भरी बाल्टियाँ उनके घर के सामने खाली कर गईं। सुगंधित फूलों के उद्यान से घिरे घर में बदबू का भभका फूट पड़ा। पुलिस के आने तक अगियाबैताल बने शिवभंजन तिवारी के उस दिन के आग उगलने वाले भाषण का एक अंश द्रष्टव्य—"मत मानें वह माँगें हमारी। मत ध्यान दें हमारी लाचारी, बेबसी और भूख पर। बैठे रहें कानों में तेल डालकर अपनी कोठी में। चाभते रहें भीतर बैठकर मालपुआ...मगर नाक पर रूमाल रखकर!"

हड़ताल तो अवश्य सफल हुई लेकिन इससे शिवभंजन तिवारी ने जितनी ख्याति नहीं अर्जित की, उससे कहीं ज्यादा विरोधी पैदा कर लिए।

...विरोध की यह शुरुआत सबसे पहले उनके घर से ही शुरू हुई थी। उनके जो एकमात्र बड़े भाई थे, वह बड़ी-बड़ी मूँछों वाले नामी-गिरामी वकील थे। चेयरमैन साहब के परिवार का समूचा मामला-मुकदमा भी वही देखते थे। वही टकरा गए एक दिन मेश्तर समाज के प्रतिष्ठित महँगू तूरी से। हड़ताल के समय से महँगू तूरी का जो आना-जाना बढ़ा था शिवभंजन तिवारी के यहाँ सो परवान चढ़कर दोस्ती और भाईचारे में बदल गया था। महँगू भाई संथाल परगना इलाके के थे। सर पर मैला नहीं ढोने का संकल्प लेकर इस शहर में आ बसे थे। भाई-बंधु, जाति-बिरादरी सब छोड़कर। शुरुआत तो उन्होंने पुश्तैनी धंधे बांस की टोकरी और सूप बनाने से की। बाद में शीतलपाटी और मोढ़े भी बनवाने लगे। देखते ही देखते उनका धंधा जम गया। वक्त के तकाजे को देखते हुए महँगू तूरी ने अपनी एक दुकान

खोल ली जो धीरे-धीरे फर्नीचर की दुकान में तब्दील हो गई। आज उनकी दो-दो दुकानें हैं। इसके साथ ही शहर के संभ्रान्त इलाके में दोतल्ला, मोज़ैक किया हुआ चमचमाता मकान। इन्हीं महँगू तूरी से शिवभंजन की दोस्ती जो पुख़्ता हुई, इसकी जड़ में अंग्रेजी शराब थी। सप्ताह में दो-एक रोज शिवभंजन तिवारी के बैठके में ही दोनों की संगत जमती। सरला चने की घुघनी बनाती और निर्मला सलाद काट देती। उनकी माँ ऐसे वक़्त पर बाहर खाट पर ही जमी रहतीं। छोटा-मोटा कुछ भी घरेलू काम पसराए। ताकि किसी को किसी तरह का संदेह न हो। किसी को बेखटके घर में घुसने से रोक सकें और आती-जाती बला को टाल सकें। मरद के सेबों को भला मेहरिया न छिपाएगी तो कौन...? उन्हें अपने पति के खाने-पीने पर उतना एतराज नहीं था जितना कि बस्ती के पोंगा-पंथियों के कहर से डरती थीं वह। अपने घर के विषय में चल रहे गुपचुप अभियान से भी सदा सशंकित रहतीं। दो बेटियों की माँ भी थीं और कलेजा भी अपने पति जितना मजबूत नहीं था उनका। लिहाज़ा अपमान का भय उन पर हमेशा काबिज़ रहता। लेकिन इससे पहले कि कोई गुप्त हमला हो, एकदम खुल्लम-खुल्ला टकराहट हो गई एक दिन। महीनों से पक रहा फोड़ा अचानक फूट पड़ा और सारा मवाद बाहर आ गया...।

हुआ यह कि भरपूर चढ़ा लेने के बाद एक रात जब महँगू तूरी अपना स्कूटर टघराते हुए अहाते से निकलने को थे, ठीक इसी समय वकील साहब अपनी फटफटिया पर चढ़े दनदनाते घुसे। वकील साहब भी उस दिन संयोग से बेसुध ही थे। बल्कि कहें कि अर्द्धबेहोश और बेसुधपन की 'कॉकटेली' अवस्था में थे। यद्यपि कि टक्कर एकदम मामूली थी लेकिन वह लड़खड़ा गए और फटफटिया को लिए-दिए नीचे घास पर। उन्हें उठाने को महँगू तूरी अपना स्कूटर स्टैंड पर खड़ा कर लड़खड़ाते हुए आगे बढ़े ही थे कि नीचे दबे पड़े वकील साहब दहाड़ पड़े—"खबरदार...हम कहते हैं खबरदार भंगिया जो तूने हाथ भी लगाया मेरे बदन को!...छोटके तक ही अपना ठौर-ठिकाना रख। उसी को पिला अपनी मूत।" "अरे आप भाई जी...आप तो खामखा ही...।"

"खबरदार जो मुझे भाई, बाप कहा। यह सब रिश्ता उसी सूअर से फरिया। स्लालाऽ...मेहतर की कमाई खाते-खाते खुद भी मेहतर हो गया है। न कोई लोक-लाज, न नियम-धरम। न ही बस्ती की मर्यादा का ही ख़याल।"

देखते ही देखते बात बढ़ गई। वकील साहब ने थाना पुलिस से लेकर कोर्ट तक में देख लेने की चुनौती दे डाली, जबकि महँगू तूरी ने भागलपुर शहर की किसी भी गली में और इसी बस्ती में भी दो-दो हाथ कर लेने की धमकी दे डाली। हो-हल्ला सुनकर कई लोग आ जुटे। सुकुल जी भी थे इनमें। उधर झूमते-झामते शिवभंजन

भी आ पहुँचे। सारा आरोप अपने सर लेकर उन्होंने मित्र धर्म का निर्वाह किया और महँगू तूरी को समझा-बुझा उन्हें स्कूटर समेत रवाना किया।

उसके जाते ही वकील साहब ने शिवभंजन तिवारी को धिक्कारा—"तुम्हारे कारण आज पूरी बस्ती का सर नीचे झुका है। वह मुझे धमकाता रहा और तुम सहोदर होकर देखते रहे।"

"आपने ही तो पहले उसे गाली दी। थाना पुलिस कोर्ट की धमकी दी। आप कानून के ज्ञाता हैं और आपको यह नहीं पता कि छुआछूत को मानना एक अपराध है। वह तो आपको उठाना चाह रहा था...इतनी इज़्ज़त से भाई साहब कह रहा था और आपने क्या कहा, बदले में...?...शर्म आनी चाहिए आपको।"

"मुझे भंगियों, चमारों से अपनी आरती नहीं उतरवानी।"

"मुझे भी ब्राह्मणों से अपना पैर पुजवाने का शौक नहीं।"

"सोच लो, शिवभंजन...मरोगे तो हाड़ में हल्दी भी न लगानेवाला मिलेगा कोई।"

"तुम भी रामपूजन किसके मुँह लग रहे हो;"—सुकुल जी ने मौका ताक अपने गले को खँखारकर साफ करते हुए कहा, "जिसकी मति भ्रष्ट हो जाए, जो ब्राह्मण पथभ्रष्ट और कुमार्गी हो जाए, वह ब्राह्मण सीधे शूद्रत्व को ही प्राप्त होता है।...और जो शूद्र भक्ति और ज्ञान के रस में डूब जाए...वह सीधे ब्राह्मणत्व को प्राप्त करता है...जैसे कि भक्त रैदास, संत तुकाराम...।"

मन ही मन साधु...साधु...की करतलध्वनि के साथ उपस्थित भीड़ ने सुकुल जी के ज्ञान का अभिनंदन किया। सुकुल जी ने पढ़ ली यह मूक भाषा। लोहा गर्म देख उन्होंने वकील साहब को स्पष्ट शब्दों में निर्देश दिया—"मूर्ख को उपदेश देने से कोई फायदा नहीं होता रामपूजन। अब समय आ गया है कि बँटवारा कर लो दोनों भाई। दीवार तो भई दिल के बीच नहीं पड़नी चाहिए। लेकिन जब भीतर ही भीतर दीवार खिंच गई हो तो फिर बाहरी दिखावा कब तक चल सकता है?"

इस रात यह प्रपंच देर तक चलता रहा और बँटवारा होना तय हो जाने के बाद ही समाप्त हुआ। शिवभंजन ने भी हामी भर दी। रोज की किचकिच से यह बेहतर विकल्प लगा उन्हें भी।

यह एक सुचितिंत फैसला था। सुकुल जी काफी पहले से दबाव बना रहे थे वकील साहब पर और सारी योजना भी उन्हें समझा दी गई थी। यह नुस्खा शिवभंजन नामक काँटे को हमेशा के लिए निकाल बाहर करने को ही तैयार किया गया था।

बस्ती के रिहायशी मकान जहाँ से शुरू होते थे (संतु का घर), उससे दस बाँस अलग हटकर जो आम और कटहल का छोटा सा बगान था खदहिया से

सटे, जहाँ थोड़ी परती जमीन भी थी, वही टुकड़ा आया शिवभंजन तिवारी के हिस्से में। वकील साहब को मिला पूरा मकान और इसके एवज में उन्हें अपने अनुज को कुछ नकद रकम भी देनी पड़ी।

जैसा कि स्वभाव था, शिवभंजन तिवारी ने इस फैसले को एक चुनौती के रूप में लिया। तीन महीने के भीतर ही तीन कमरों का एक पक्का मकान, आधुनिक रसोई घर और प्रसाधन गृह समेत बनकर तैयार। मकान से मुख्य सड़क तक पचास फीट लंबी लाल बजरी की सड़क। इसके दोनों बगल फूल-पत्तियां। मुख्य द्वार के बाईं ओर एक पक्का कुआँ जिसके मीठे जल को खींचकर पीने की मनाही किसी राहगीर को नहीं। बल्कि उनकी सुविधा के लिए बाल्टी और रस्सी लोहे के एक हुक से हमेशा बँधी रखी रहती। पूरा कुआँ सीमेंटेड था और उसमें भीतर उतरने के लिए लोहे की पायदान-नुमा सीढ़ी भी बनी थी। इतने भव्य और खूबसूरत कुएँ का पानी भी संयोग से सबसे मीठा निकला।

भली प्रकार रँगाने पोताने के बाद यह छोटा-सा घर बस्ती का सबसे कलात्मक घर नज़र आने लगा था। जैसे बस्ती में अलग एक छोटी-सी कला-वीथिका बनी हो या ऐसा ही कुछ विशिष्ट। गृह-प्रवेश भी खूब धूम-धाम से संपन्न हुआ। शहर से ढेरों लोग आए। नगरपालिका के तो लगभग सभी अफसर और बाबू वगैरह। महँगू तूरी तो खैर सुबह से ही डटे थे। मकान की नींव पड़ने के दिन से ही वह मुस्तैद थे दरअसल। अलबत्ता बस्ती से इने-गिने लोग ही आए। औरतों में से तो कोई भी नहीं। तिलू अजिया आतीं अवश्य, लेकिन उस दिन वाजपेयी बाबा सतर्क थे। छुट्टी लेकर घर ही बैठे थे। संतु गया था उस शाम उनसे मिलने। रुआँसी तिलू अजिया रोटी बना रही थीं। संतु को देखते ही बोलीं—"कह देना सरला, निर्मला से, जेहल में कैद थी वरना जरूर आती। यह भी कह देना कि जिस दिन भी मौका मिला, भागती आऊँगी।"

निमंत्रण एक-एक घर को दिया गया था। शिवभंजन तिवारी सपत्नीक घूमे थे एक-एक घर। भोजन तैयार होने की सूचना भी हजाम से बाकायदा भिजवाई थी। इसके बावजूद गिनती के पाँच जन आए बस्ती से। सगे भाई-भाभी तक झाँकी मारने नहीं आए। केवल बड़का दालान से तीन लोग आए थे। अलग-अलग परिवार की नुमाइंदिगी करने। मम भी आए थे। संतु की उँगली पकड़कर। रात में कम जो सूझता था उन्हें। "अब तो तुम हमरे दुआरे के और भी करीब आ गए हो।"...और फिर सोहन के संगी-साथी हो तुम। जैसे सोहन वैसे तुम। भला हम काहे न आंइत तुमका आशीर्वाद देवे?"

मम के पैर पर सर रखकर रो पड़े थे शिवभंजन तिवारी। मम ने उन्हें सँभालते

हुए समझाया—"बस्ती में पापाचार बढ़ रहा है। लोग पढ़ने-लिखने से ज्यादा राजनीति करने लगे हैं। घटिया राजनीति। जबकि ब्राह्मण राजनीति भी करता है, तो एक नीति के साथ। नीति को समझने के लिए ज्ञान जरूरी है। ज्ञान बिना ब्राह्मण माने बिन बदरा का सावन! ऐसे सावन को हर होई गरियाता है।"

संतु के लिए भीतर अलग से थाली लगी। निर्मला खुद दौड़कर गरम पूड़ियाँ ला रही थी। पूड़ी थाली में डालते हुए उसने कहा, "देख लो, किसी मेश्तर का छुआ हुआ नहीं है। जाकर कहना बस्ती में सबसे। हलवाई भी वही है जो पूरी बस्ती में पहले भी कमाता रहा है।"

"तब तो समझो कि यह हलवाई भी गया काम से!" संतु ने गंभीर स्वर में मजाक किया।

"और तुम...तुम भी गए क्या काम से?"

"मेरा क्या है, मैं तो पटना चला जाऊँगा। इस होली में आ रही हैं अम्माँ। होली के बाद तो शादी है बड़का दालान में। तब तक रहेंगी अम्माँ।"

"ठीक ही है। मौका देखकर अपने लिए दुल्हन भी पसंद करवा ही लेना।"

"उसी अंजना को...और किसको?...आजकल खूब चुल्हिया-चौका खेल रहे हो उसके साथ। हमको सब पता है।"

"अब तुम तो आती-जाती नहीं उधर, सयानी जो हो रही हो।"

"तीन बरस बड़ी हूँ तुमसे बच्चू! साथ पढ़ने से क्या होता है। दीदी कहा करो अब हमको।"

"ठीक है, कल से कहेंगे।...मगर आज तो..." कहते हुए संतु ने बाँह में च्यूंटी काट ली निर्मला के।"

"देंगे खींचकर एक थप्पड़ जान लो;" निर्मला ने बिलबिलाते हुए कहा—"अंजना समझ लिए हो का हमको?"

संतु खिसिया गया और कुर्सी से उठ खड़ा हुआ। तभी सरला वहाँ आ गई। उसके दोनों कंधों पर हाथ रखकर उसे जबरन बिठाते हुए उसने प्यार से कहा—"बैठे रहो अभी...मिठाई तो चखे ही नहीं।"

खा-पीकर संतु जब चलने को हुआ, उसने एक कमरे से किसी के हौले-हौले रोने, सिसकने की आवाज़ सुनी। संतु ने मौका ताककर किवाड़ की झिरी से भीतर झाँककर देखा था। अंदर चंदा काकी थीं। शिवभंजन बहू। सरला, निर्मला की माँ।

सात

अर्से बाद नीली गर्दन वाले पक्षी ने बुआ की पुकार सुन ली थी। उसे मुँडेर पर बैठा देख बुआ के साथ-साथ संतु भी गाने लगा था।

"हे नीलकंठ दर्शन देनाऽ....

...हमरे वचन भगवान से कहनाऽऽ....।"

संतु के उत्साह में उसका शारीरिक श्रम भी झलक आया था। आवाज़ तीखी और जोश से भरी। साथ ही थपड़ी पीटने की ध्वनि तो और भी तेज। इन दो पंक्तियों को तिहराने की नौबत नहीं आई। दूसरी कोशिश में ही नीलंकठ महाराज पिघल उठे। वह फुर्रऽ...से उड़े और देखते ही देखते एक तिरछी उड़ान काटते हुए आँखों की ज़द से दूर...बहुत दूर होते चले गए...।...और फिर अदृश्य...।

उसी दोपहर को वह सुखद टेलीग्राम आया और उसी शाम को अचानक ही अश्विन चा लौट आए। तब कहीं जाकर बिटिया बुआ को यकीन हुआ कि आज सुबह जो आँगन में इतने ढेर सारे कौवों का शोर सुना था और नीलकंठ प्रार्थना सुनते ही फौरन भगवान की दरबार की ओर उड़ चला था... वह सब अकारथ नहीं था। मम ने सुना तो इसे एक दार्शनिक जामा पहनाते हुए कहा—"प्रकृति में सूक्ष्म संकेतों और गूढ़ लिपि में आगत घटनाओं के पूर्वाभ्यास मौजूद रहते हैं। कठिन है इन्हें पकड़ना और पढ़ पाना।"

तार के आने से मम सर्वाधिक प्रफुल्लित थे। इसके पहले बड़े चाचा ने छोटे के पलायन को आवेश में उठाया गया एक आत्मघाती कदम करार दिया था और बस्ती के कई लोगों ने इसका समर्थन भी किया था। किंतु टेलीग्राम के आने से माहौल ही बदल गया। शाम तक यह ख़बर बस्ती के एक-एक घर में होते हुए कद्दू बस्ती तक भी जा पहुँची थी। छोटे चाचा के मुँहलगे साथियों ने गोलबंद होकर मम को घेरा और मिठाई की माँग करने लगे। मम न तो झल्लाए और न ही कोई

असहमति व्यक्त की। आश्वासन तक दे डाला—"अभी तो खाली टेलीग्राम आवा है, मनीऑर्डर आवे तलक तनिका सब्र रखो। सब्र का फल मीठा ही होता है।"

महत्त्वपूर्ण लोगों में सबसे पहले शिवभंजन तिवारी आकर बधाई दे गए। सबसे अंत में सुकुल जी पूरी टीम के साथ आए। उनका यह कहना था कि छोटा वाला शुरू से ही ज़ाबांज़ और हेठी वाला था, सो उसने काम भी मन लायक चुना। ऐसे ही लोग देश और समाज के काम आते हैं, जैसे कि वह खुद हैं। उसी समय वह यह भी बतलाने से नहीं चूके कि बड़ा वाला तो किताबी-कीड़ा है। वह विश्वविद्यालय से निकलेगा तो सरकारी नियम-कानून और संविधान का कीड़ा बन जाएगा और जीवन-पर्यन्त लकीर का फकीर बना रहेगा। मगर छोटे वाले ने अद्‌भुत साहस का परिचय दिया है। आप उसका पता दें, हमलोग बस्ती की तरफ से उसे बधाई का टेलीग्राम और शाबाशी देंगे।

रात घिरने तक मम की प्रसन्नता छिपाए नहीं छिप रही थी। वह कहीं से सेर भर दूध लेकर लौटे थे और बिटिया से खीर खाने की इच्छा प्रकट की थी। यह सचमुच आश्चर्यजनक था। मम ने अपने साले महंथ जी का शंका-समाधान करते हुए कहा—"खुश होने की तो बात है ही। एक तो घर का खर्चा घटा, दूसरे एक भविष्यहीन दिशा की ओर बढ़ते कदम को एक ठौर मिल गया। अब तो सुधर ही जाएगा वहाँ। इतना पढ़ाते हैं मिलिट्री वाले कि अच्छों-अच्छों की अकड़ ढ़ीली पड़ जाती है।"

आज मम ने लंबी हाँकी। मौका ताड़ महंथ जी भी यह जतलाने से नहीं चूके कि उनके बेटे और मम के बेटे के ओहदे के बीच कितना भारी फ़ासला है। इनके इन तमाम ऊँच-नीच और भेद-भाव भरी बातों को मम ने व्यक्तिगत स्तर पर ग्रहण करते हुए पेटी के नीचे प्रहार कर दिया—"सरकार की मामूली से मामूली नौकरी भी किसी सेठ या राजा की मैनेजरी से लाख गुणा भली है। यहाँ हर काम लिखित कानून के तहत होता है, न कि मुखे कानून वाली सामंतवादी दादागिरी यहाँ झेलनी पड़ती है।"

यह प्रहार सीधा महंथ जी पर था। वह विश्वप्रसिद्ध टैगोर परिवार के मैनेजर थे। चार भाई थे महंथ जी चारों इसी राज परिवार की सेवा में थे। सबसे बड़े वाले भाई कलकत्ता की कोठी के मैनेजर थे। महंथ जी भागलपुर की कोठी में, जिसे 'टील्हा-कोठी' कहा जाता था। महंथ जी के छोटे वाले देहरादून की कोठी सँभाले थे, तो सबसे छोटे वाले बनारस की कोठी में चाकरी बजाया करते थे। संतु के पास 'टील्हा-कोठा' की बहुत धुँधली सी याद है। बचपन में वहाँ वर्षों रहा है वह लेकिन स्मृति में वहाँ की ऊँची घुमावदार सीढ़ियाँ, कोठी के बड़े-बड़े हॉल, दरबान जी की

मूँछें, अमरूद, आम, कटहल का विशाल बगीचा और कोठी के पीछे गंगा नदी की एक धार में बाजरे पर बैठकर कलाबाजी खाने का दृश्य टुकड़ों-टुकड़ों में सुरक्षित है उसके ज़ेहन में। लेकिन सिलसिलेवार कुछ भी नहीं। उसने सुन रखा था कि इसी कोठी में औरंगजेब ने अपनी बहन को कैद कर रखा था। और इससे पहले अपने एक भाई 'सुजा' को भी उसने इसी शहर में मरवा डाला था जिसके नाम पर पड़ा 'सूजागंज' आज भी इस शहर का एक व्यस्त बाजार है।

बहरहाल, महंथ जी के पास टैगोर परिवार के ढेरों किस्से थे। रवि बाबू की प्रेम-कथा। देहरादून की कोठी के राजा साहब की ऐय्याशी और उनकी दरियादिली के किस्से। बनारस की कोठी में परिवार की एक लड़की के प्रेम प्रसंग को लेकर नस्लवादी रवैया और उसका दुखद अंत। यह एक लोमहर्षक कहानी संतु ने पूरे विस्तार से सुनी थी महंथ जी की ज़बानी और आज भी उसके रोंगटे उसे याद कर खड़े हो जाते हैं। देहरादून की कोठी की बगल में ही माँ आनन्दमयी भी आकर टिकती थीं और उनके जीवन की भी कई-कई बानगियाँ। यद्यपि कि महंथ जी पूछे जाने पर कभी कुछ नहीं बतलाते। खुद ही जब उनकी इच्छा होती खासकर गर्मियों की चाँदनी रातों में। तब मम और महंथ जी अपनी-अपनी खाट बाहर खुले मैदान में बिछवाते। बगल में संतु भी अपनी चारपाई जमाता। महंथ जी का बिस्तर एकदम शानदार रहता। सफ़ेद चादर, तक़िए की खोल भी सफेद। उसमें से इत्र बसाता रहता। तकिए की बगल में जूही की कलियाँ बिखरी रहतीं। जबकि मम का बिस्तर हमेशा गंधाता रहता। सोने से पहले संतु को महंथ जी की चरण-सेवा करनी पड़ती। आदत थी उनकी। टील्हा कोठी में मैनेजर थे तो उनके नीचे नौकरों, दरबानों की पूरी फौज रहती थी। लेकिन अब यह कोठी बिक चुकी थी और उचित मुआवजे की वसूली के लिए महंथ जी अपना घर-बार छोड़कर अपने कमनसीब बहनोई के दुआरे पड़े थे।

मम के खोद-खोद कर पूछने पर उखड़ भी उठते थे महंथ जी—"जो अब नहीं रह गए इस दुनिया में, उनके व्यक्तिगत जीवन के अध्याय को भी बंद कर देना चाहिए। कोई कैसा था, वैसा क्यों था और वैसा क्यों नहीं था, जैसे निजी प्रश्नों से उसके जीवनकाल में ही हस्तक्षेप करना चाहिए...पूरे साहस के साथ। किसी के निजी जीवन को उखाड़ना-पुखाड़ना न तो बौद्धिक ईमानदारी है, न ही नैतिक दृष्टिकोण से यह सही है।"

"लेकिन फिर किसी का मूल्यांकन कैसे होगा? खासकर उसके मरने के बाद...जो कि परंपरा हो चुकी है इस देश की!"—मम ने महंथ जी की भाषणबाज़ी पर प्रश्नचिह्न लगाया।

“मूल्यांकन हो, लेखा-जोखा सब हो, मगर उसके सामाजिक कार्यों का। यह नहीं कि उसकी व्यक्तिगत कमजोरियों को सार्वजनिक कर हम अपनी कमजोरी ढँकने का प्रयास करें। ऐसा केवल राजनीति में होता है। जो कि नहीं होना चाहिए वहाँ भी।”

महंथ जी ने रुककर एक लंबी साँस खींची और छोड़ी। यह संभवतः अपने विचारों को शृंखलाबद्ध करने का उनका अपना तरीका था। उन्होंने चर्चा को आगे बढ़ाया—“किसी का निजी जीवन अपने समय में कैसा था, यह बहुत कुछ वक्त के दबाव पर भी निर्भर करता है। बहुत लोगों में इतनी प्रबल इच्छा शक्ति नहीं होती कि कुछ क्षुद्र दबावों के प्रलोभन से बचकर निकल पाएँ। इसका यह मतलब नहीं कि...।”—महंथ जी अचानक साले-बहनोई वाले रिश्ते की जीवंतता का मजा लेने लगे—“कल को जब आपका मूल्यांकन कोई इस तरह करे कि जौन समय में प्रेमचंद नामक व्यक्ति डिप्टी इंस्पेक्टरी पर लात मार दिहिन और लेखक बनि के अभाव में दिन गुजारे लागिन, तौने समय में तुम जीवन भर ई कलगी का माथे पर सजाए अंगरेजन की गुलामी करत फिटिन मा शाम से घूमत रहैव। बताओ तब तुमका कैसा लगि? या कि आजादी की इतनी बड़ी लड़ाई में आपका योगदान तो शून्य है महाशय। फिर क्या हक है आपको आजाद भारत में रहते हुए पेंशन-सुख लेने का?”

“ठीक है कि प्रत्यक्ष योगदान नहीं;”—मम को बहस में हमेशा मज़ा आता—“फिर भी उस जमाने के ढेरों सत्याग्रहियों और कांग्रेसी कार्यकर्ताओं को हमने पढ़ने-लिखने में मदद की। नैतिक सहयोग दिया और जब जो बन सका सो किया। हम कोई पुलिस दरोगा तो थे नहीं। शिक्षा विभाग में थे। शिक्षा के प्रचार-प्रसार का काम हमने पूरी ईमानदारी से किया। यह भी तब जरूरी लगा था मुझे। पता है, राष्ट्रकवि दिनकर भी हमारे साथ रहे थे कुछ दिन। इसी दालान में, जहाँ तुम रह रहे हो, एक कविता भी रची थी उन्होंने। साथ ही गए थे हम दोनों टहलते हुए कवि सम्मेलन। फिर वहाँ इस कविता ने ऐसी धूम मचाई कि आयोजकों ने बग्घी पर विदा किया हमें। सो जान लो मूर्खराज, अंग्रेजी में एक शब्द है—कैटलिस्ट। वही मैं रहा हूँ। अपनी ढेर सारी पारिवारिक मजबूरियों के साथ!”

इधर मम और महंथ जी बहस में मुब्तला थे, तो उधर इस घर से एकदम सटे एक दूसरे घर, जो कि वास्तविक रूप से इसी घर का एक उपखंड था, में वर्षों से मुसलसल अकेली रह रही एक बूढ़ी विधवा के माथे पर खुशियों की कई मोटी रेखाएँ उभर आई थीं। उसकी आँखों ने अर्से बाद गंगा-यमुना की सुध ली थी। इन्हीं नदियों की तरह खुशियों से लबरेज़ आँखें। यह संतु की चचेरी दादी थीं। मम के चचेरे भाई की पत्नी। वह अब इस दुनिया में नहीं थे। दो वर्ष पहले

ही गुजर चुके हैं वह। उनकी पत्नी को संतु समेत हर कोई लुद्दो काकी कहता। लुद्दो काकी उस घर में एकदम अकेली रहतीं। चचेरे बाबा कुछ पैसे पोस्टऑफिस में रख गए थे। इसी से उनका खर्चा चलता। खुद भी सूत काततीं और ठोंगा बनाती थीं घर में। वह सुबह में ही चार रोटी सेंक लेतीं अपने वास्ते। सब्जी यदा-कदा ही बनाती। अक्सर बिटिया से माँग लेतीं। या आस-पास के किसी भी घर से आई आधी कटोरी दाल और दो कलछुल सब्जी पर्याप्त होती उनके लिए। आस-पास के पाँच घरों में एक नियम-सा बन चुका था। वहाँ कुछ भी विशेष पकता तो एक छोटी कटोरी भर हिस्सा लुद्दो काकी का भी लग जाता। वह बोलती कम थीं, लेकिन जब भी बोलतीं, हँसाते हुए लोट-पोट कर देतीं। मम को वह 'बड़कौना' कहतीं। "नाऽ...नऽ...। बड़कौना के सामने अभी कैसे पड़ब...लुगड़ी फटी जो है;"—जैसे वाक्यों के सहारे वह हमेशा उनके सामने पड़ने से कतरातीं। लेकिन जब मम या महंथ जी अचानक गुस्से में मताए हाथी की तरह झूमते-गरजते रहते, तब किसी ऊँट की तरह उनके कान खींचने को लुट्दो काकी को ही उनके सामने लाया जाता। उनके एक हाथ का घुँघट कर सामने आते ही मम की सिट्टी-पिट्टी गुम हो जाती। टैरू बहू से उनकी गहरी छनती थी। जिस दिन भी वह आ जाती, हलुआ, चाय वगैरह खा-पीकर ही जाती। लुद्दो काकी और टैरू बहू जब संयुक्त रूप से कभी मम को घेरतीं, यह नज़ारा देखने लायक होता। मम उनके वाद-विवाद-संवाद से हमेशा बचना भी चाहते और उलझना भी। ऐसे समय में उनके चेहरे पर का यह एकमेवाद्धितीयक भाव उन्हें कभी हास्यास्पद बना देता, कभी कारुणिक!

लुद्दो काकी की तीन बेटियाँ थीं। तीनों अपनी-अपनी ससुराल में थीं। वह सब भी कुछ-न-कुछ मदद भेजती रहतीं। कभी आतीं भी इतनी दूर तो अपने रहने-रहने का खर्च लेकर आतीं। उनके घर काठ के एक बड़े-से संदूक में जो एक पीली पड़ चुकी तस्वीर है, जिसे सबसे कीमती धरोहर के रूप में सँजोकर रखती हैं काकी, उसमें सारा परिवार एक साथ इकट्ठा है। बड़े दामाद भी। काकी ने अपनी याददाश्त पर जोर देकर बताया था संतु को—यह सन् पचास के बैसाख मास की किसी तिथि को उतारी गई तस्वीर है, क्योंकि इसी समय बड़ी बेटी की विदाई कराने दामाद आए हुए थे। इस तस्वीर में अश्विन चा भी हैं। तस्वीर में उनकी उम्र सात-आठ के करीब दिखती है।

लुद्दो काकी के पति यानी मम के वह चचेरे भाई दूर बंगाल में कहीं नौकरी करते थे। परिवार को बस्ती में ही रख छोड़ा था उन्होंने और खुद आते-जाते रहे। करीब दस वर्षों तक चला यह सिलसिला। फिर अचानक उनका स्वास्थ्य खराब रहने लगा। और एक दिन अपना सब कुछ समेटकर वह हमेशा-हमेशा के लिए बस्ती लौट आए।

अश्विन चा तब बमुश्किल तीन वर्ष के रहे होंगे। चचेरे बाबा के माल-असबाब के साथ वह भी उनके कंधे पर टँगे-टँगे ही इस घर की दहेरी फलाँग सीधे अंदर आँगन में उतर आए थे।

सुनते हैं कि साल भर तक खूब घमासान मचता रहा उनकी उपस्थिति को लेकर। इस बालक की शक्ल-सूरत अपनी माँ पर गई थी, जिसने निश्चित रूप से इस खानदान के एक कमासुत मर्द को न सिर्फ मोह लिया था, बल्कि पूरी निष्ठा से सेवा-शुश्रूषा भी की थी। कारण कि उस स्त्री के गुजर जाने के बाद ही चचेरे बाबा हमेशा बीमार रहने लगे थे वहाँ। अश्विन चाचा का रूप-रंग उसी स्त्री का बाल-रूप था। इस बाल गोपाल की लीलाओं और भंगिमाओं ने एक फिर से अपना जादू दिखाना शुरू किया और धीरे-धीरे घर के तमाम छोटे-बड़े सदस्यों के दिल में बारीक-सा एक सूराख होने लगा। भली प्रकार यह तस्दीक कर लेने के बाद कि इस टुअर की माता सचमुच में इसे दो वर्ष की उम्र में अकेला छोड़ स्वर्गवासिनी हो चुकी है, संशय के समस्त द्वार हमेशा-हमेशा के लिए बंद कर दिए गए। सबसे पहले उन्हें स्वीकार किया उनकी तीनों बहनों ने जिन्हें भाई रूपी एक जीता-जागता खिलौना मिल गया था। अंततः बेटे को तरसती लुद्दो काकी ने भी उन्हें अपने पति क़ा अंश मानकर सीने से लगा लिया और बतौर पारिवारिक सदस्य विधिवत मान्यता प्रदान कर दी। "मियाँ-बीबी राजी तो क्या करेगा काजी" के जुमला का अक्षरशः स्मरण करते हुए मम समेत बस्ती के कई लोगों ने उन्हें स्वीकार लिया। अश्विन चा पढ़ने में काफी ज़हीन निकले थे। सो बस्ती के सभी लोग सोचने लगे कि आगे चलकर इस लड़के से अपने किसी कमजोर रिश्तेदार की कन्या को बाँध उसका उद्धार कर सकते हैं। काहे कि अच्छे पद पर जाने के बाद भी यह ज्यादा हवा-हेकड़ी न दे सकेगा—अन्य बीस-विसवे लड़कों की तरह...।

संतु ने पहले-पहल अपनी अम्माँ की जुबानी सुनी थी उनकी चर्चा। एक वही थीं जो उनकी चर्चा अक्सर उठातीं इस घर में और लोगों की आँखों को नम कर जातीं। "इत्ता-सा था मेरी शादी के वक्त!"—अम्माँ भाव-विभोर होकर उन दिनों की याद करतीं—तुतलाते हुए रोज गीत सुनाया करता था—"कोठे पर बोया गुलाब, गुलाब भाभी तेरे लिए! पढ़ने में हमेशा अव्वल आता। लेकिन मैट्रिक की परीक्षा देने के बाद ही कहीं भाग गया। ढूँढ़ने की काफी कोशिश की तुम्हारे चचेरे बाबा ने। अखबारों में विज्ञापन तक दिया। फिर लगा कि फौज में भर्ती होकर कहीं मर-खप गया होगा।" अतीत के धूमिल यथार्थ को पूरी तरह दृश्यमान बनाने में पूरी समर्थ थीं अम्माँ—"तब चीनियों से हमारी बुरी तरह ठन चुकी थी और हमारे हजारों खिच्चे जवान सीमा पर शहीद हो चुके थे। फिर भी जोश

में कोई कमी न थी। माँ-बहनें अपने गहने देश पर कुर्बान कर रही थीं, तो जोशीले नौजवान खूँटे से रस्सी तुड़ाकर माँओं की ओर भागते बछेड़ों की तरह दनादन फौज में घुसते चले जा रहे थे।"

लेकिन ऐसा कुछ भी सच नहीं हुआ। तमाम शंकाओं को झुठलाते लौट आए थे अश्विन चा। जैसे कोई साहूकार कमाने को परदेश जाए और वहाँ से सब कुछ गँवाकर लौट आए, वैसा ही निचुड़ा हुआ चेहरा लेकर लौटे थे वह। चचेरे बाबा ने लाख पूछा, एक शब्द भी नहीं बताया उन्होंने। हारकर उन्होंने अम्माँ की शरण ली—"बहू...! तुम ही समझाओ इस पागल को। तुम्हारे अलावा किसी की सुनता भी नहीं। एकदम अपनी माँ पर गया है इसका स्वभाव। वह भी ऐसी ही चुप्पी थी। तीन महीने से बीमार थी, अगर मुझे खबर लगी तो पड़ोस की रमोली मॉय से। उसी ने टोका था मुझे—बहू को डॉक्टर से क्यों नहीं दिखा देता? महीनों से बुखार चढ़ जाता है उसे दोपहर बाद।"

चचेरे बाबा थोड़े खब्ती हो चले थे। पूरी ज़िंदगी होठ सीकर जीने वाले ढलान की इस वेला में उतने ही वाचाल। जहाँ भी मौका मिलता अश्विन मॉय का किस्सा जरूर छेड़ बैठते। इससे लुद्दो काकी को बुरा लगता और ऐसे दिनों में वह बाप-बेटे को झनकते-पटकते भोजन परोसतीं।

काफी चिरौरी और सौगंध के बाद कहीं टूटे थे अश्विन चा—"कहाँ जाऊँगा मैं बदनसीब...कहाँ जा सकता हूँ भला, बोलो...? अपनी माँ, अपनी मिट्टी की टोह लेने गया था। इस घर में तो एक तस्वीर तक नहीं उनकी।"—और देखते ही देखते वह फफक उठे थे अम्माँ के आगे—"मिले एक मामा-मामी। संस्कारहीन, अपढ़, गँवार। कुटेबों के धनी। सब गरीबी के गर्त्त की दासतां। वह लगे भद्दी गालियाँ बकने मेरी माँ को। और मुझे भी। लेकिन फिर रमोली दी भी मिलीं। उसने गोद खिलाया था मुझे। समझ लो कि बस वही थीं जो हमेशा गोद में टाँगे फिरती थीं मुझे। वह एकदम सगी बहन की तरह लिपट गईं मुझसे। हिचकियाँ लेकर बोलीं कि मैं जानती थी कि एक दिन तुम जरूर आओगे इस भूमि पर। आज जाकर तुम्हारी माँ की भटकती आत्मा को शांति मिली होगी!"

अम्माँ ने अपनी डबडबाई आँखें पोंछते हुए बताया—"मेरे आगे सारा गुबार निकाल लेने के बाद एकदम शांत-चित्त हो गया वह। कॉलेज में नाम लिखाया और बी.ए. करने तक जरा भी हिला-डुला नहीं।"

तब अम्माँ यहीं थीं, नाथूचक में बाबूजी पटना से आते रहते। उनके बी.ए. कर लेने पर बाबूजी ने उन्हें नेक सलाह दी थी—"पटना चलकर पी.एम.जी. ऑफिस में अर्जी दे दो। अंकों को आधार पर नियुक्ति होती है वहाँ। फिर पी.एम.जी. तक

पहुँच भी है मेरी। रोज ही फाइल लेकर दो दफा जाता हूँ उनके चेम्बर में। बस ठाठ से नौकरी करो पटना में और शादी-ब्याह कर मौज मारो।"

निश्चित रूप से बाबूजी के इन वाक्यों के पीछे पूरी भावना अम्माँ की थी। सुनकर व्यंग्य से होठ बिचका मुस्कुरा उठे थे अश्विन चा। बाद में अम्माँ के भी जोर देने पर इतना भर ही बोले थे—"पटना में जो आपका ठाठ-बाट है, मुझको सब पता है। आप क्या चाहती हैं, मैं भी ऐसी ही जिंदगी गुजार दूँ?"

"मैं तो भई खुश हूँ अपनी जिंदगी से। जीने के लिए पैसे से ज्यादा प्यार और सहारे की जरूरत होती है।" अम्माँ उस दिन तो अपनी डबडबाई आँखें छिपाने को पर्दे के ओट में हो गयी थीं लेकिन बाद में बात पीछे यही कहती रहतीं—"वह कभी किसी की कुछ सुने तब न? बहुत कठकरेज था वह...बिनमाँ का बच्चा जो ठहरा...।"

इसी दौरान अश्विन चा ने संतु को अक्षर ज्ञान दिया। उसके डाँव-डाँव मारे चलने और नाचते-गाते दिन बिताने पर उन्हें सख़्त एतराज़ था। सो एक शाम जब ट्यूशन पढ़ाकर लौटे, एक स्लेट पेंसिल उसके लिए भी लेते आए। और शुरुआत भी अंग्रेजी से की उन्होंने! लेकिन जब तक संतु ने कैट, रैट जैसे शब्द ही सीखे थे, वह एकाएक घर छोड़कर चले गए। उन दिनों चचेरे बाबा जिंदा थे और उनसे नित्य दो-एक राउंड बक-झक होती उनकी। चचेरे बाबा उन्हें टहल्ला मारते देखते ही चीखने चिल्लाने लगते—"सोहन ने, उसकी बहू ने इतना समझाया, मगर माने तब न। अरे मैं पूछता हूँ कि नौकरी नहीं करेगा तो खाएगा कहाँ से? यहाँ कोई जमींदारी थोड़े न है जो...।...लोटा-डोरी से रोज़ खींचो, तब कहीं जाकर पानी नसीब होता है यहाँ।"

"खुद तो बैल बने रहे सारी ज़िंदगी, अब मुझे भी नाथ डालना चाहते हैं;"...अश्विन चा अकेले में बड़बड़ाते हुए खूब भड़ास निकालते—"मैं गुलामी करने के लिए पैदा नहीं हुआ हूँ, जान लो। पूँजीपतियों की शर्तों पर अपना श्रम बेचने को बाध्य नहीं हो सकता हूँ मैं...कभी नहीं...।...धुत्तऽ...।" वह अपने संगी-साथियों के बीच भी बात पीछे बड़बड़ाते हुए धुत्तऽ...धुत्तऽ...की जमकर लताड़ चलाते। यह सब उनकी आदत में शुमार हो चुका था। तब के गए अश्विन चा बीच में लौटे थे तीन-चार महीनों के लिए। इसी बीच चचेरे बाबा राजा दशरथ की तरह "हाऽ...अश्विन...हाऽ...अश्विन" की रट लगाते स्वर्ग सिधार गए। छोटे चाचा ने ही मुखाग्नि दी उन्हें। मम ने ग्यारह ब्राह्मणों को जिमाकर किसी प्रकार उनका श्राद्ध निबटाया।

संतु के इस केलिडोस्कोप में वह दिन भी अपनी पूरी चमक और आकृति

के साथ मौजूद है। उस दिन उनका चेहरा अजीब लगा था संतु को। उनकी प्रचंड जवानी का काल। मगर चेहरे पर अन्य समवयस्क युवकों की तरह कान्ति या लुनाई जैसी कोई वस्तु नहीं। एक सख्त और ऊबड़-खाबड़ चेहरा, जिस पर कठोरता स्थाई भाव का आसन जमाकर डटी रहती। अंदर गहरे तक धँसे गाल। सपाट ऊँचा शरीर, जिसमें केवल धसान थी। पूरे शरीर पर कहीं निगाह टिकती भी तो एकमात्र खड़ी, ऊँची नाक पर। यह नाक उन जैसे तमाम युवाओं के भविष्य पर प्रश्नचिह्न की तरह खड़ी दिखती।

तब पूरी बस्ती में उनको लेकर तमाम तरह की अफवाहें पसरी रहतीं। उनका जनेऊ न पहनना और सोलकनों (छोटी जाति वालों) के संग ज्यादा उठना-बैठना उन्हें नित्य चर्चा के केंद्र में रखता। उनके इन तमाम आचरणों का संबंध एकमात्र उनकी जंघाओं के बीच के स्थान से जोड़कर देखा जाने लगा। बजरंगी मिसिर मुट्ठी बँधा हाथ लहराकर कहते—"स्लाला जब-तब बंगाल भागता रहता है, कोई पूछे कि क्यों...? अरे ऐश-मौज की खातिर ही न भाई! आखिर है तो बंगालिन रंडी की ही औलाद न।"

"ठीक कहते हो भाई;"—सुकुल जी भी बात में छौंक लगाते—"कौवे को चाहे स्वर्णपिंजरे में क्यों न रखो, छूटते ही गू खाने लगेगा, जान लो।"—सुकुल जी की सांध्यकालीन परिचर्चा में अश्विन चा यदा-कदा शामिल होते। चचेरे बाबा का क्रिया-कर्म जिस साधारण ढंग से हुआ था, उस पर भी आपत्ति थी उन्हें। उन्होंने एक बार अश्विन चा को प्रेम से घेरते हुए यह मुद्दा उठाया भी था। अश्विन चा ने उन्हें फटे मुँह जवाब दिया था—"एक कटोरा लेकर मैं निकलता हूँ, साथ में आप भी अपने इन चार जनों के साथ रहिए। आखिर वह आप लोगों के दियाद-बिरादरी थे, थोड़ा फ़र्ज आप लोगों का भी बनता है कि नहीं?"

उनके इस तुर्की-व-तुर्की जवाब से लुद्दो काकी को भी धक्का लगा था। अपने पति की मृत्यु के बाद वह अश्विन चा में ही अपना भविष्य ढूँढ़ने लगी थीं। उनके भीतर के तमाम स्नेह कपाट अश्विन चा के लिए खुल चुके थे। वह उन्हें ससम्मान बड़ा बाबू कहकर पुकारने लगीं। अब चचेरे बाबा की जगह वह उनसे कोई नौकरी कर लेने और घर बसा लेने की ज़िद पसार देतीं। हैरान, परेशान अश्विन चा मुस्कुराकर रह जाते। इससे उस बूढ़ी का हौसला बढ़ने लगा। उसकी आस और अधिक टिमटिमाने लगी।

छोटे चा उन दिनों अश्विन चा के सबसे निकटतम थे। दोनों अक्सर बहस करते हुए बगीचे की ओर निकल जाते। वह दोनों भविष्य की बातें ज्यादा किया करते थे। कभी-कभी इतिहास की भी। इतिहास में यह गलत हुआ तथा भविष्य में इसे ऐसा होना चाहिए...जैसी तमाम बातें। जाहिर है कि ऐसी तमाम बातें, जिसमें

नाथूचक के तमाम लोगों के साथ पूरा विश्व शामिल था, लेकिन जो सबसे ज्यादा चीर-फाड़ का विषय था इन दो नौजवानों के लिए।

बहस में छोटे चा लगभग शांत ही दिखते। वह केवल उकसा देते अश्विन चा को और फिर उन्हें लगातार सुनते रहते। दो नवाबों के बीच एक ख़ादिम की तरह संतु दोनों हाथ पीछे बाँधे उन्हें ध्यान से सुनता रहता। उसे बीच में कुछ बोलने या टोकने की सख़्त मनाही रहती। बोलते-बोलते अश्विन चा खासे उत्तेजित हो जाते—"सर्वहारा को जो चीज अस्तित्ववान बनाती है, वह है व्यक्ति की निजी मिल्कियत। जब तक इस परिपाटी का नाश नहीं होता, सर्वहारा अपने शिकंजे से मुक़्त नहीं हो सकता। तमाम भ्रष्टाचार की जड़ भी यही निजी सम्पत्ति का अधिकार जैसा कानून ही है। पूँजीवादी व्यवस्था और ऐसे काले कानून को संरक्षण देने वाली सरकार यदि भ्रष्टाचार मिटाने का संकल्प करती है, गरीबों की हमदर्द होने का दम्भ भरती है, तो इससे बड़ी लफ्फाज़ी कुछ हो ही नहीं सकती!"

लेकिन कभी-कभी वह इतने धीमे स्वर में फुसफुसाते मानो अपने साये से भी मुखबिरी का अंदेशा हो उन्हें—"समाज के निचले तबकों में, किसानों में, मजदूरों में एक भयानक तूफान उठने की तैयारी में है। यह झंझावात तमाम बड़े लोगों के आशियानों का तिनका-तिनका बिखेर देगा एक दिन...देख लेना। भारतीय नवजागरण के साथ ही सुलग चुका है यह क्रांति विस्फोट...और तब तक थमनेवाला नहीं, जब तक कि यह सामाजिक व्यवस्था पूरी तरह तहस-नहस नहीं हो जाती।"

अश्विन चा पर अब लुद्दो काकी के स्नेहमिश्रित ज़िद का शिकंज़ा लगातार कसता जा रहा था। वह इसे तोड़ने को भरपूर फिक्रमंद दिखते भी। व्यर्थ की चख-चुख की वजह से वह अपना अधिकांश समय गुहाल में ही बिताते। गुहाल में अब एक भी जानवर नहीं था। इस ब्राह्मण परिवार के हिस्से में जो दो बीघा जमीन दान में मिली थी कभी, वह परिवार की बेटियों को पार लगाने के मद में, कब की स्वाह हो चुकी थी।

"उत्तम चाकरी, मध्यम बान।"

लुद्दो काकी अपनी भूमिका तैयार करने में लोकोक्तियों को तोड़-मरोड़कर पेश करतीं। यह बदलते यथार्थ के साथ उनका सामंजस्य था कि उनका स्वप्नद्रष्टा होना, यह कभी आँक नहीं पाए अश्विन चा। अलबत्ता अब तक उन्होंने तीन-तीन ट्यूशन पकड़ लिए थे। घर के सीमित खर्च के लिए इतना पर्याप्त था। चौथे विद्यार्थी के रूप में संतु पर शामत आ गई। इस मायने में उसकी स्थिति बँधुआ मजदूर के समान थी। गुरु जी का जब भी मूड आ जाता, उसे डाँट-डपटकर और न मानने पर चपतियाकर भी, ज़बरन पढ़ने बिठा देते।

गुहाल में कमोड की शक्ल का एक गढ़ा संतु से ही खुदवाया गया था। उसके दोनों बगल दो ईंट जमाकर सपाटा मारने का व्यायाम अलस्सुबह से ही शुरू हो जाता। इसके बाद पचास दंड-बैठक (संतु के लिए)। फिर नीम की दातून-चबाना और नाश्ते में गुड़-चने का सेवन। एकदम कैदियों समान जीवन। तिसपर अंग्रेजी की पढ़ाई भी। तब सरकारी विद्यालयों में छठी कक्षा से पूर्व अंग्रेजी नहीं पढ़ाई जाती थी। संतु जितना रटता, उतना भूलता। यह भाषा घोर अवैज्ञानिक लगती उसे। भला कैट, रैट, फैट और हैट में अन्तर केवल एक-एक अक्षर का। जबकि इनके अर्थ में तो...! इस हिसाब से हिंदी उसे बहुत सरल और अपनी जैसी लगती। 'अ' से अनार और 'ब' से बकरी में अबूझ या रटने जैसा कोई तत्त्व उसे नज़र नहीं आता।

उन दिनों खूब लिखते-पढ़ते रहते थे अश्विन चा। सुबह-शाम लोटा लेकर बिरंची सेठ के बंसभिट्ठे की ओर निकल जाते। उधर कोई नहीं आता-जाता था। संतु ने एक दिन पीछा किया था उनका और जान गया उनका गुप्त खजाना। बगीचे के अंदर एक सघन बंसभट्ठे में वह छिपाए रखते थे अपनी संदूकची। उसी में रहती थीं उनकी तमाम किताबें। उसी संदूकची से निकली एक पत्रिका गुहाल में हाथ लग गई थी संतु के। सीले कपड़े की तरह गुमसाइन बदबू छोड़ती पत्रिका। इसमें अश्विन चा की भी एक कविता थी। बंगाल के तराई इलाके के किसानों को संबोधित एक कविता। संशोधनवादियों एवं नवसंशोधनवादियों की भूल-भुलैया से निकलकर हथियार उठा लेने के संकल्प को सैल्यूट किया गया था इस कविता में। साथ ही यह आवाहन भी—कि अब यह संघर्ष राज्य सत्ता को पूरी तरह हस्तगत कर लेने तलक समाप्त नहीं होना चाहिए। बुझनी नहीं चाहिए किसी भी कीमत पर यह मशाल!

संतु को अजीब अनुर्वर सी कविता लगी थी यह। न लय, न तुक, न रस न रूप। नाथूचक में होली के दिन बस्ती के लोगों की भागेदारी से विराट कवि सम्मेलन होता। मम इसकी अध्यक्षता करते। इसमें हास्य-रस की चौपाइयाँ अथवा सरस दोहे पढ़े जाते। इसी आधार पर विकसित अपनी समझ से मूल्यांकन कर रहा था संतु। उसे लगा कि यह कविता के रूप में एक नारेबाजी है। जबकि नारे भी संतु को उन दिनों भी वही लुभाते थे जिनमें प्रचुर काव्य तत्त्व हो। इससे न तो नारों का लक्ष्य विनिहत होता, न ही भाष्य। उल्टे कलात्मक शब्द संयोजन का सौंदर्य उसके नुकीलेपन को और भी बढ़ा देता। जैसे किसी सुनयना ने आँखों में अंजन भी डाल रखा हो। ऐसा ही एक नारा जो उन दिनों काफी लोकप्रिय था, वह भी गुनगुनाता—

"संसोपा ने बाँधी गाँठ
पिछड़ा माँगे सौ में साठ।"

अश्विन चा की यादों में डूबे संतु को अचानक ध्यान आया कि इस दफा जब से आए हैं वह, अभी तक घर से बाहर नहीं निकले हैं। सो वह धड़धड़ाता लुद्दो काकी के आँगन में जा पहुँचा। वह चूल्हे पर खीर चढ़ाए उसे घोंट रही थीं। "बड़ा बाबू बहुत थके लगते हैं;"—उन्होंने मुँह पर उँगली रख आवाज़ न करने का इशारा करते हुए कहा—"जब से आए हैं सोए पड़े हैं। खीर-पूड़ी बन जाए तो जगाऊँ उन्हें। खुद ही पैसा दिया और यह सब बनाने को कहा। बहुत बदल गए हैं वह तो। खुद हँस रहे थे। कह रहे थे कि तुम्हें अब खूब सुख दूँगा।" लुद्दो काकी बहुत उत्साहित थीं। एक अकेली वृद्धा के सूने जीवन में आए इस बदलाव एवं हलचल ने कहीं गहरे तक सुकून दिया संतु को। उधर बड़बड़ाए चली जा रही थीं लुद्दो काकी—"कोई कुछ भी कहे, आखिर है तो उसमें मेरे मंशवा का ही खून। तू अभी जा संतु, मैं तेरे लिए खीर रख दूँगी। सुबह खा लेना आकर।"

संतु को बुरा लगा। वह खीर के लालच में थोड़े न आया था। उसे थोड़ी झुंझलाहट हुई। वैसे भी अब खाने-पीने को लेकर उसके भीतर ज़्यादा लालच जगती भी न थी। कारण थीं एकमात्र तिलू अजिया, जहाँ उसका आना-जाना खूब हो रहा था आजकल। अंजना भी वहीं आ जाती। वहीं दोनों मिलकर घर-घर खेलते। अंजना मम्मी बनती, वह पापा। वह कमाने जाता और अंजना घर का चूल्हा-चौका सँभालती। उसके काम से लौटने पर वह बच्चों की शैतानियों का जिक्र करती। यह पूरा खेल बहुत ही रचनात्मक होता। "अंजना निकट भविष्य में एक शानदार गृहिणी बनेगी";—ऐसी भविष्यवाणी तिलू अजिया ने एक दिन की थी।

लौटते हुए संतु ने बरामदे में बेखबर सोए पड़े अश्विन चा पर एक उचटती-सी नज़र डाली। उनका शरीर थोड़ा भर आया था। चेहरे पर घनी दाढ़ी भी रख ली थी उन्होंने जिसके उनके चेहरे का ऊबड़-खाबड़पन काफी हद तक छिप गया था। सोते वक़्त भी मुस्कुराता-सा दिखा उनका चेहरा—तृप्त, संतुष्ट या आत्ममुग्ध...?

संतु ने आकर बिटिया बुआ को बतलाया तो उन्होंने मुँह बिचका दिया। कहने लगीं—"उस व्यक्ति का कोई भविष्य नहीं! वह बुरी संगतियों में फँस चुका है। अच्छा हुआ जो तुम्हारे छोटे चाचा फौज में चले गए, वरना यह उन्हें भी बर्बाद करके ही छोड़ता।"

उस रात चौके में एकदम सन्नाटा था। सबों ने चुपचाप जल्दी-जल्दी खाना निबटाया। लुट्टू के बप्पा की तबीयत काफी खराब थी। खाना खाकर संतु बिटिया बुआ के साथ उसी के घर चला गया। वैद्य जी वहीं बैठे थे। पता चला कि परसों

उन्हें शहर के नामी एलोपैथिक डाक्टर से भी दिखाया जा चुका है। टी.बी. का आखिरी स्टेज बतलाया डाक्टर ने। पिछले कई वर्षों से वह खाँसी-बुखार से पीड़ित थे। जब तबीयत अधिक खराब हो जाती, कुछ दिन आराम कर लेते। लेकिन फिर इतने बड़े कुनबे के सुरसा समान मुँह में दाल-रोटी के चंद कौर डालने की खातिर पुनः तेल का भारी ठेला खींचते शहर में निकल पड़ते। सात साल का सबसे छोटा बंटी उनका हाथ बँटाता।

लेकिन इस दफ़ा तो ऐसा पटकाए कि आज महीना हो चुका है, उठने का नाम ही नहीं। ''अब तो हरदम खून थूकते रहते हैं और हाँफते रहते हैं;''—लुट्टू ने जब यह बतलाया था तो साँप सूँघ गया था संतु को। खुद उसके परिवार में उसकी तीन की तीनों दादियाँ और चचेरे बाबा...सब के बस इसी 'राजरोग' से मरे थे। ''पता नहीं इसे राजरोग नाम किसने दिया है...जबकि मरते हैं इससे केवल गरीब ही;''—संतु ने झुँझलाते हुए कहा तो लुट्टू ने उसका हाथ पकड़ लिया—''ऐसा न बोलो, बप्पा जरूर ठीक हो जाएँगे। वैद्य के जी के साथ-साथ मम की भी दवा चल रही है अब तो।''

उसी रात्रि तीन बजे बगल के घर से विभिन्न उम्र समूहों की कई-कई स्त्रियों की रुलाइयाँ साफ सुनाई पड़ने लगी थीं। बिटिया बुआ को जैसे काठ मार गया हो। ''हाय भौजी ई का हो गवा'' के साथ वह वहीं बिस्तर पर ही सुबकने लगीं। अंजना की चीख सबसे पतली और सबसे तीखी थी। सुनकर संतु आपे में न रहा और दरवाजा खोलकर बाहर निकल पड़ा। दालान में मम और महंथ जी, दोनों बाहर की खाट पर एक-दूसरे से सटे गुमशुम बैठे थे। पड़ोस में मौत की आहट ने उन दोनों बूढ़ों को सर्वाधिक भयभीत कर रखा था। दोनों लाश के करीब भी फटकने नहीं गए।

बाँस की टिकटी तैयार हो चुकी थी। लोग जुट चुके थे और जल्दी करने को कह रहे थे। 'बरारी-घाट' दूर है नाथूचक से और जाना भी पाँव पैदल ही होगा। सोलह-सत्रह वर्षीय हन्नू भैया काफी परेशान दिख रहे थे। उनका चेहरा गम से नहीं बदहवासी से भरा था। दहशत का भी कुछ-कुछ भाव था वहाँ। बड़का दालान में भी कोई ऐसा बूढ़ा-बुजुर्ग नहीं था जो मामले को सुलझा पाता। हन्नू भैया दो-तीन घरों से घूम आए थे। मात्र सौ का जुगाड़ हो पाया था शिवभंजन तिवारी के यहाँ से। तय हुआ कि खाने के मशरफ से रखा दो बोरा चावल ही बेच दिया जाए फिलहाल।

''इतने में भी नहीं हो पाएगा;''—रामपदारथ सुकुल ने हौले से अपने ग्रुप के बीच ही कहा—''कम से कम सात मन लकड़ी तो लगेगी ही। साथ में जो बीस-पच्चीस लोग उतनी दूर जाएँगे बरारी-घाट, उनके दही-चूड़े,

कचौड़ी-जलेबी का खर्च ही...।"

"तब क्या किया जाए? न हो तो पाँच जने मिलकर घर-घर घूम जाएँ। आगे-आगे हन्नू और लुट्टू रहें।"—किसी ने जब यह राय सुझाई तो भीड़ में जैसे सन्नाटा छा गया।

"इसकी कोई जरूरत नहीं पड़ेगी।" सन्नाटा इस रौबदार आवाज़ के कारण टूट सका था जो कि अश्विन चा की थी। उन्हें देखते ही भीड़ में फुसफुसाहट फैल गई। अश्विन चा ने सौ-सौ के पाँच नोट हन्नू भैया की जेब में ठूँसते हुए कहा—"उठो और मर्द की तरह सामना करो। अब तुम्हें ही सब सँभालना है, वह भी बिना किसी सहारे के। यह सब बेचारे निरीह ब्राह्मण...यह लोग भिक्षाटन के अलावा कुछ जानते ही नहीं। इनका बस चले तो पूरी कौम से भीख मँगवाएँ!"

बहरहाल, कुंजू मिसिर की लाश घर से बाहर निकली। बाहर जमी भीड़ की स्थिति अचानक बदल गई थी। अधिकांश लोग, जो तमाशाई थे, धीरे-धीरे खिसक चले थे। जाते-जाते भी वह लोग यह शोर तो छोड़ ही गए—"जरूर यह लड़का डकैती वगैरह करने लगा होगा। दाढ़ी नहीं देख रहे उसकी, एकदम डकैतों का सरदार लग रहा है। भला कल का फकीर और आज का सेठ...हुँहऽ...।"

इन तमाम चिमगोइयों पर जरा भी कान दिए बगैर अश्विन चा घाट तक शव को कंधा देते हुए गए। संतु और लुट्टू सिंह शावक की तरह उनके पीछे लगे थे।

लुद्दो काकी तक जब संपूर्ण घटना पहुँची, उन्होंने छाती पीटते हुए कहा—"घर में कभी एक ईंट न जोड़ी, पराई जगह शाहखर्ची! मैं सब समझती हूँ, लौंडिया है न उस घर में, सो गर्मी दिखा रहा है। मुझ बूढ़ी माँ के लिए जरा भी ममता नहीं। सगा रहता, तब न समझता दर्द।"

अश्विन चा के आग्रह पर तीसरे दिन ही आर्यसमाजी रीति से कुंजू मिसिर के घर का शुद्धीकरण कर दिया गया। नाथूचक के इतिहास में यह एक विरल घटना थी। लेकिन मम ने भी इसका समर्थन किया और अश्विन चा से वादा लिया कि उनके न रहने पर वह ऐसा ही आडंबरहीन शुद्धीकरण की व्यवस्था जरूर करेंगें। उस दिन खूब बढ़िया से हवन हुआ। प्रसाद बँटा और चाय पीकर सभी अतिथि वापस लौटे। बस आयोजन समाप्त।

उसी शाम को लुट्टू ने कहा—"सोचता हूँ कि कल से ठेला सँभाल लूँ। घर की दशा देखी नहीं जाती। अभी कुछ सप्ताह सारा दिन, फिर केवल शाम के शाम। हन्नू भैया भी गृहस्थी के अलावा कुछ और करने की सोच रहे हैं।"

"इसके सिवा कोई चारा भी तो नहीं;"—संतु ने दार्शनिकों के भाव से कहा और लुट्टू का हाथ अपनी मुट्ठी में लेकर उसे कसकर दाब लिया।

गुहाल में रात में भी लालटेन जल रही थी। अश्विन चा एक किताब लेकर चारपाई पर बैठे थे।

''यहाँ क्यों पड़े हैं रात में, साँप-बिच्छू का खतरा है!''

''वह घर मेरा नहीं, तुम्हारी लुद्दो काकी का है:,'' अश्विन चा ने अपना चेहरा दूसरी बगल घुमाते हुए कहा।

आँगन में लुद्दो काकी किसी पर बड़बड़ा रही थीं। जरूर बिल्ली होगी। दिन में कौवे और रात में बिल्ली उस अकेली बूढ़ी को खूब-खूब खिझाते रहते थे। आज भी ऐसा ही कुछ हो रहा हो...ईश्वर करे ऐसा ही कुछ...।

संतु ने जाने क्या महसूस किया कि मन ही मन मुस्कुरा उठा।

आठ

स्कूल जाना अगर चढ़ाई चढ़ने जैसा था तो स्कूल से लौटना ढलान पर फिसलने की तरह आनंददायक। मगर संतु के लिए एक ज़्यादा चुनौतीपूर्ण और रोमाँचकारी तीसरा विकल्प भी था। इसकी लत उसे लुट्टू की संगति में ही लग चुकी थी। अब जबकि लुट्टू लगातार स्कूल नहीं आ पा रहा था, संतु ने ऊबकर कुछ नए साथियों का संग स्वीकार लिया।

ग्रुप के अन्य सभी लड़कों की तरह अंततः उसने भी वही किया। किताब-कॉपी को पैंट और पेट के बीच खोंस उसे कमीज़ से तोप लिया। फिर इत्मीनान से टहलते हुए, जैसे लघुशंका को जा रहा हो, स्कूल से बाहर निकल गया। थोड़ा आगे बढ़कर नाली किनारे बैठा भी, ताकि किसी शक की कोई गुंजायश न रहे। यहीं सड़क के उस पार, एक अँधेरी, सँकरी गली थी। गली एकदम चालू नहीं थी। यह गली थोड़ी घूमकर स्कूल के काफी आगे एक दूसरी सड़क से जा मिलती थी। संतु को निर्देश यही मिला था कि इसी गली में चुपके से सरककर इसके दूसरे मुहाने पर आ मिले। उसे बार-बार यह चेतावनी भी मिली थी कि इस सारी प्रक्रिया में एक मँजे हुए चोर की मानिंद सावधानी बरतनी होगी उसे। जरा-सी चूक होते ही क्लास के लड़के ही चुगली कर बैठेंगे और नतीजतन उन्हें खदेड़कर पकड़ लाने के वास्ते मज़बूत, फुर्तीले और आज्ञाकारी लड़कों का एक पूरा दस्ता किसी शिकारी कुत्तों की भाँति, पीछे लगा देंगे हेड सर।

पहली घंटी समाप्त कर वर्ग शिक्षक जैसे ही बाहर निकले, ग्रुप लीडर ने आँखों से इशारा किया और इत्मीनान से टहलता हुआ बाहर। संतु का क्रम सबसे आखिर में तय किया गया था। उसके तयशुदा स्थान पर पहुँचते ही सभी फुर्ती से लपकते हुए स्टेशन की ओर बढ़े। मालगोदाम की टूटी चहारदीवार से भीतर घुसकर दो सिगरेट जलाई गईं। संतु के मना करने के बावजूद उसे एक सुट्टा मारने को विवश किया

गया। संतु को ग्रुप का यह रंग-ढंग पसन्द न आया। जबरदस्ती शब्द से ही चिढ़ थी उसे। खून उबलने लगता था उसका। यह सब जबरन पढ़ने बिठाए जाने के कारण ही संभवतः पनपा था उसके अंदर!

उल्टा पुल पार कर सभी आगे बढ़े। के.के. मार्का शुद्ध सरसों तेल मिल के आगे, सड़क किनारे ही दो दिनों से उन सबका गिल्ली-डंडा जम रहा था। आज भी उन लोगों ने खेल जमाया। योजना ग्रुप के नए साथी को जमकर पदाने की थी। पर संतु का भाग्य शायद प्रबल था उस दिन। अभी योजना पर अमल शुरू ही हुआ था कि उधर से गुजरते एक सायकिल सवार ने अचानक अपनी सायकिल रोक दी। सड़क किनारे जो गुप्पी खोदी गई थी, ठीक उसके ऊपर अपनी सायकिल खड़ी करते हुए उसने कठोर स्वर में पूछा—''तुम लोग किस स्कूल के हो जी...? यह किताब बस्ता लेकर यहाँ क्यों खेलते रहते हो...मैं दो दिनों से देख रहा हूँ।''

वह व्यक्ति असाधारण रूप से नाराज दिख रहा था। ''स्लालाऽ...खामखा ही बीच में टाँग अड़ा रहा है।''—ग्रुप लीडर के यह फुसफुसाते ही एक दुबले-पतले मगर सबसे लंबे लड़के का हौसला बढ़ उठा और उसने मुँह टेढ़ा करके जैसे दुलत्ती झाड़ी—''इससे आपको मतलब? जाइए...अपना काम देखिए जाकर...।''

उसका इतना कहना भर था कि एक झन्नाटेदार थप्पड़ उसकी गाल से चिपक गया। संतु को लगा, थप्पड़ सीधा उसकी गाल पर आकर पड़ा हो। चेहरे का रंग उड़ गया उसका। एकदम फक्कऽ...। और सभी लड़के भी भय से सनाका खा उठे थे। वह व्यक्ति खूब-खूब गरजा-बरसा। राह चलते कई लोग तमाशाई की भूमिका में खड़े हो गए। दिक्कत यह भी थी कि यह सभी लोग तटस्थ नहीं थे। इन सबों के सामने आम राय से, सभी लड़कों को कान पकड़कर उठक-बैठक लगानी पड़ी और एक-दूसरे के गाल पर थप्पड़ भी जमाने पड़े।

संतु को ग्रुप लीडर को थप्पड़ मारने का आदेश मिला। उसके पिटने की नौबत आई थी तो उसने पाया था कि उसके गाल पर लगा तमाचा काफी जोरदार था। फिर भी संतु ने भीड़ के दबाव पर हौले से दोनों हाथ चलाए।

''मजा नही आया।''

''खाना नहीं खाया है क्या बे?''

''चटाक् की तेज आवाज़ होनी चाहिए...समझे! डरो मत!''

भीड़ द्वारा लगातार उस पर फब्तियाँ कसी जा रही थीं। अचानक उसकी कनपट्टी गर्म हो गई। उफ कहाँ फँस गया वह...और सारे खुराफात की जड़ यही तो है...ग्रुप लीडर!

''चटाक्ऽऽ...'' की इतनी तेज आवाज़ हुई कि भीड़ ने ताली बजाई। ग्रुप

लीडर का चेहरा क्रोध और अपमान से तिलमिला उठा। अतंतः इस घटना का पटाक्षेप हुआ। सायकिल वाले ने अपनी सायकिल पर बैठते हुए एक कठोर चेतावनी दी—"खबरदार जो आज के बाद स्कूल के वक़्त कहीं खेलते नज़र आए। चलों दफ़ा हो जाओ यहाँ से।"

उसके जाने के बाद भीड़ ने ही इत्तला दी कि वह एक स्कूल इंस्पेक्टर है जो किसी अन्य शहर में पदस्थापित है और इसी मोहल्ले का वाशिंदा है।

इस घटना के बाद पूरी टीम स्टेशन पारकर सूजागंज पहुँची और निरर्थक घूमते हुए आते-जाते लोगों से समय पूछती रही। उस दिन संतु को पता चला कि खाली वक़्त काटना सचमुच कितना मुश्किल काम है। ग्रुप का मनोबल इतना टूट चुका था कि वह लोग आपस में संवाद तक स्थापित नहीं कर पा रहे थे। केवल ग्रुप लीडर...हाँ वही अकेला रह-रहकर क़मीज़ की बाँहें चढ़ाए फूँ...उ उ...फाँऽऽ...कर रहा था। संतु के लिए अब और बर्दाश्त कर पाना मुमकिन नहीं था। ग्रुप लीडर वैसे भी उससे खार खाए बैठा ही था। सो दोनों में जमकर बतकुच्चन हुई और संतु ग्रुप छोड़कर अकेला ही घर की ओर चल पड़ा।

अभी सिर्फ दो ही बजे थे। सो उसने घूमते फिरते नाथूचक पहुँचने का मन बनाया। छुट्टी चार बजे होती थी और कायदे से साढ़े चार के आस-पास उसे घर में होना चाहिए, अन्यथा किसी को भी शक हो सकता है।

यह पूरा समय अच्छा गुजरा उसका। यूँ अकेले घूमना बढ़िया लग रहा था उसे। जाने पहचाने रास्ते पर इत्मीनान और फुर्सत के साथ घूमना। कौन-सा पेड़ कहाँ है, कौन-सा मकान कैसा है और उनकी क्या विशेषता है और सड़क कहाँ तिरछी होती और कहाँ पर गढ़ा है, यह सब दिमाग में भली-भाँति ज़ज्ब करने की पूरी सहूलियत इस वक्त संतु के पास थी। बीच में भूख लग आने पर उसने दस पैसे के अपने सिक्के का मोह तजा और दो चूड़े के लड़ए खरीदे। गुड़ में पगा भुने हुए चूड़े का लड्डू। यह फिर भी बुआ के रोज दिन के पराँठा-अचार से बेहतर था, मगर केवल स्वाद में। बढ़ई टोला पहुँचकर उसने एक कुएँ से जी भरकर पानी पिया। कुएँ के सामने ही एक सरकारी राशन की दुकान थी। अभी-अभी ही राशन उतरा था वहाँ। दो-जोड़ी बैल सुस्ता रहे थे और गाड़ियों का सामान दुकान में करीने से सरियाया जा रहा था। कई लोग मजमा लगाकर इन बोरों को हसरत भरी निगाह से देख रहे थे।

"अमेरिकन गहुंम छै अमेरिकन...ललका वाला घुनो लागलो छै।" मजमे से एक सिसकारी सी फूटी। "अकाल में स्वाद देखमें कि जान बचयमें?"—मिचमिचाती आँखों वाले एक बूढ़े ने टोका।

"सुनि छै, कि जे खयतय से नपुंसक हो जयतय! जनसंख्या कम करे वास्ते

सरकारी चाल छै ई सब!"

"ठीक्के छै न, न आबादी बढ़तय न आकाल होतय।"

"अरे भगवान ने जिसका मुँह चीरा है न, उसको जीरा भी वही देगा।"—मजमे से फूटती हास्य-व्यंग्य की टिप्पणियों का रुख किसी ने दर्शन की ओर मोड़ना चाहा तो फौरन उसे भी तलख़ जवाब मिला—"मालिक के यहाँ कमी थोड़े न है कमी तो हम इंसानों में हैं। कमी का अहसास करवाते हैं सेठ-साहूकार। मुनाफाखोरी के वास्ते अनाज गोदामों में जाम कर देते हैं, ताकि जब रेट खूब बढ़ जाए, तब धीरे-धीरे माल बाहर निकालें।"

संतु भीड़ से थोड़ा आगे सरक आया। यही सब नाथूचक में भी सुन-सुनकर वह उकता गया था। अश्विन चा भी वहाँ ऐसी ही कुछ बातें करते थे। इस अकाल और महँगाई के असर ने खुद उसकी रसोई में भी पैर पसारे थे। इधर महीने में पंद्रह दिन के खाने में दाल-भात-तरकारी की जगह मकई का घट्टा खाना पड़ रहा था। लेकिन संतु के लिए स्वाद का यह बदलाव भी कम रोचक नहीं था।

संतु का ध्यान अब बैलों पर था। उसके ठीक सामने अगल-बगल बैठे दो बैल आँख मूँद कर पगुरा रहे थे। बीच-बीच में आँख खोलते और पूँछ फटकारते हुए मक्खियाँ उड़ाते। इनमें जो बाईं ओर वाला बैल था, उसके अगले पुट्ठे की मांसपेशियों में रह-रहकर हल्का कम्पन हो रहा था। उनकी बगल में एक तीसरा बैल सर को तिरछा कर अपने पुट्ठे पर टिकाए इस प्रकार सो रहा था जैसे कोई स्वप्न देख रहा हो। चौथा बैल खड़ा था और थोड़ा आगे बढ़कर, जहाँ दो बित्ते की जगह में थोड़ी घास उगी थी, इत्मीनान से मुँह मार रहा था। उसे खाते हुए देखकर संतु को ऐसा लगा जैसे वह यह घास पेट भरने के वास्ते नहीं, बल्कि फ़क़त मनोरंजन के वास्ते हौले-हौले टूँग रहा हो।

संतु काफी देर तक इन बैलों को खड़ा देखता रहा। इन सबों के चेहरे पर उसे मुनष्य जैसे ही भाव दिखे। श्रम की अधिकता से क्लांत होकर सुस्ताते मजदूरों की तरह ही दिख रहा था उनका चेहरा। संतु के दिल में एक हूक सी उठी। काश कि किसी विधि से वह यह जान पाता कि वह चारों बैल इस वक़्त क्या सब सोच रहे हैं?

वहाँ से घूमते हुए वह तालाब की ओर निकल गया। तालाब का एक नाम था और उसे उसके इसी नाम से लोग बुलाया करते थे। 'छटपटी' था उसका नाम और आस-पास की बस्तियों की मूर्तियों का विसर्जन इसी छटपटी के गर्भ में ही होता था। फिर समय आने पर उसके किनारे से मिट्टी का लोंदा लेकर ही मूर्तियों का निर्माण शुरू होता। छटपटी के चारों बगल प्रचुर मात्रा में वनस्पतियाँ थीं। इनमें

बेर के भी कई पेड़ थे। बेर अभी कच्चे थे। संतु ने दो-चार बेर चखे। सिट्ठे और लसलसे। पूरी तरह बेस्वाद। यही पक जाने पर कैसे खटमिट्ठे हो जाते हैं। संतु भी एक ऐसा ही बेर है, कच्चा...जबकि मम...।

छटपटी के एक बगल कई लड़के घुटने तक पानी में घुसे खड़े मछली मार रहे थे। संतु उन्हें गौर से देखने लगा। इसमें से एक छोटे लड़के ने, जो संतु की ही उमर का था, उससे हौले से पूछा—"मछली मरिल छै भाई।"

"नय...नय मरिल छै! हम मछली नय खाय छियै।"

"हमें सब जाने छियै तोय सब की-की खाय छौ।"—उस लड़के ने किंचित उद्दंडता और ढेर सारी घृणा के साथ कहा। फिर कुछ क्षण ठहरकर उसने एक दूसरी पेशकश की—"थोड़का देर थामे रह छीप, हमा तुरंत मुत्ती करके चल अयबौ।"

"नय...चप्पल खराब हो जायतय!" संतु ने कहा और आगे बढ़ गया। अंगिका वह ज्यादा नहीं बोल सकता था और यह भेद खुलने का खतरा यहाँ बराबर था। सभी के सभी देहाती भुच्च लड़के थे, स्थानीय भाषा ही बोलने वाले। आगे बढ़ते संतु के कानों में एक अजीब सी आवाज़ पड़ी । उसने पीछे मुड़कर देखा—वह लड़का वहीं खड़े-खड़े छटपटी में ही मुत्ती करने लगा था। इस क्रिया को करते हुए रह-रहकर तेज सिसकारी भी भर रहा था वह।

छटपटी से बगीचे-बगीचे होता संतु बस्ती के दक्षिणी छोर से बस्ती की ओर बढ़ ही रहा था कि उसकी नज़र बजरंगी मिसिर पर पड़ी। वह एक बंसभिट्ठे के पीछे से अपनी कमर पर लुंगी लपेटते निकले और बगल के सरसों खेत में जाकर बैठ गए। उनके हाथ में एक लोटा भी था।

कुछ ही क्षण बाद उसी बंसभिट्ठे के पीछे से निकली बस्ती की मेहतरानी। वह हफ़्ते में तीन दिन बस्ती आती थी। उसका रंग गेहुँआ था। नाम-नक्श तीखे। वह काफी ऊँचा जूड़ा बनाती और साड़ी का आँचल जूड़े में फँसाए रखती। साड़ी वह खूब चटकदार पहनती और माथे पर नीले रंग की गोल बिन्दी लगाती। उसके पैरों में हवाई-चप्पल हमेशा रहते। संतु को वह बेहद पसंद थी क्योंकि उसकी बोली बहुत मीठी थी। और संतु से हमेशा जी लगाकर बात करती।

"संतु जी पानी गिराइए! संतु जी अब बस कीजिए।"

जब भी वह पाखाना साफ करने आती, यदि उपलब्ध रहता तो उसे पानी देने की जिम्मेवारी संतु की ही होती। बस्ती के प्रत्येक घर में एक-एक कमाऊ पाखाना था। उसमें केवल स्त्रियाँ जातीं। मर्द और लड़के सब खेतों-बगीचों में। छोटे-बच्चे तो खदहिया में ही बैठ जाते। लेकिन संतु कभी बाहर नहीं जाता। इसी के जुर्माने स्वरूप पाखाने की धुलाई-सफाई का जिम्मा उसी का था।

मेहतरानी अपनी साड़ी की सलवटों को सीधी करती, घड़ी-घड़ी चारों बगल निहारती बाहर निकली और एक दूसरे बंसभिट्ठे की ओर बढ़ी। इसके पीछे उसका कनस्तर था। शिवभंजन तिवारी की उस पर यह अतिरिक्त कृपा थी कि उसका कनस्तर हमेशा चमचमाता रहता। उस चमचमाते कनस्तर को उठाए वह उसी रास्ते की ओर बढ़ी जिधर संतु लुकाया हुआ था। संतु दम साधे बांस के झुरमुट के पीछे खड़ा रहा।...और तब तक खड़े रहना रड़ा उसे जब तक बजरंगी मिसिर अपना लोटा सँभाले काफी आगे नहीं निकल गए।

संतु जब घर पहुँचा तो बिटिया बुआ बाहर खड़ी उसकी राह जोह रही थीं। मम और महंथ जी कहीं निकले हुए थे, सो दालान में अगल-बगल की कई औरतें भी मुक्त भाव से गप्पें मार रही थीं।

नज़र मिलते ही बिटिया बुआ ने हड़काया उसे—"क्या जनाब...कहीं फिलिम वगैरह देखने चले गए थे क्या? खूब घूमिए...खून सुखाने को मैं जो बैठी हूँ घर में!"

"अरे रास्ते में एक भालू वाला मिल गया था बुआ...बस नाच देखने में समय का पता नहीं लगा।"—स्त्रियों के समूह में संतु का दिमाग हमेशा संतुलित रहता, सो एकदम सटीक बहाना सूझ गया उसे। बुआ को रत्ती भर भी संदेह न हुआ। तिस पर लुद्दो काकी ने उसी का पक्ष लिया—"स्कूल से निकले पर लड़कन सब का थोड़ा मनोरंजन भी चाही। एमा नाराज होवे का कौनो बात नहीं बिटिया!"

बस्ती की एक बहू भी थीं वहाँ। संतु की भौजी लगीं। उन्होंने मज़ाक किया—"जरा पूछो तो हमरे देवर जी से, भालू से अप्पन चूतड़ फुँकवाइन की नाहिं?"

संतु क्षण भर को लजा गया। फिर प्रतिउत्पन्नमति काम आई उसके—"दस पैसा लगता है, दे दो तो कल फुँकवाए आता हूँ।"

भाभी कानपुर की बिटिया थीं। वह भला कहाँ चूकने वाली...! झट बोलीं—"हम काहे देवें पैसा भला तुमका? माँगो जाके अपनी सास से। उन्हीं का फायदा है एमा!"

तभी महंथ जी आते दिखे और यह सभा यहीं विसर्जित हो गई।

संतु जब लुट्टू के घर पहुँचा, पता चला कि वह अभी तक नहीं लौटा है। "यही तो समय तेल की बिक्री का है, होगा आस-पास ही किसी बस्ती में। अंधेरा होने के बाद ही आता है रोज।"—यह लुट्टू की अम्माँ थीं, कुंजू मिसिर की विधवा। उनके चौड़े ललाट पर आज बड़ी-सी टिकुली नदारद थी। पूरी बस्ती में केवल इसी बात के लिए चर्चा होती थी उनकी। उनके ललाट पर चमकती बड़ी-सी गोल टिकुली

खूब-खूब शोभती। जैसे उनका पूरा चेहरा केवल इसी एक बिंदी के लिए बना हो। लेकिन आज यही चेहरा कितना सूना लग रहा था।...जैसे कोई जीती-जागती बस्ती अचानक कब्रिस्तान में तब्दील हो जाए!

‘‘जैसे कि आसमान हो सूना...न उसमें चाँद हो न सूरज’’;—संतु को ठीक इसी पल बिटिया बुआ की यह उक्ति याद हो आई—‘‘कैसा तो निचाट सन्नाटा-सा दिखता है वहाँ। देखा नहीं जाता अब तो उनके चेहरे को। बस एक बिन्दी रहती थी वहाँ और वह अकेली इठलाती, चहकती, मुस्कुराती, सुगबुगाती दिखती। कुंजू भैया के नहीं रहने से भौजी के मुँह की तो रौनक ही...।’’

लेकिन जैसा कि मम अक्सर कहा करते थे, समय न किसी की प्रतीक्षा करता है, न किसी के लिए मुँह बिसूरता है। जो कुछ भी क्षण विशेष में उसे उपलब्ध होता है, उसी से वह समय का साथ छोड़ चुके लोगों का खालीपन भरता चला जाता है। जिस धरती के टुकड़े पर पीला फूल खिल रहा हो, उसके सूख जाने पर ठीक उसी स्थान पर लाल फूल भी उगाया जा सकता है। यही लाल, पीले की भरपाई करता नजर आएगा। किसी को यह परिवर्तन अच्छा लग सकता है तो किसी को बुरा, लेकिन समय को इससे कोई फर्क नहीं पड़ता। कभी भी पूरा का पूरा समय न सिर्फ पीले फूलों का हो सकता है, न केवल लाल फूलों का। हम समय के केवल चंद कतरे सहेजते हैं, और समय के साथ होने का दंभ पाल लेते हैं। जबकि समय हर दंभ को तोड़कर, हर पाखंड को कहीं बहुत पीछे छोड़कर सदैव आगे बढ़ता चला जाता है। न कभी हमेशा अंधकार रह सकता है न ही केवल प्रकाश और प्रकाश। समय की हम आलोचना कर सकते हैं, समय किसी की आलोचना नहीं करता। वह केवल साथ देता है या फिर छोड़ देता है। जैसे कि कुंजू मिसिर का साथ समय ने छोड़ दिया है, लेकिन लुट्टू और हन्नू के साथ वह है। मेरे साथ भी है...हम सब जो यहाँ हैं, उनके साथ। हम सबको साथ-साथ ही रहना है, कुंजू मिसिर के बगैर!

उस रात जब संतु और लुट्टू मिले तो लुट्टू के चेहरे पर चंचलता मिश्रित थकान थी। ‘‘सबसे बड़ी चीज यह कि मैं रोटी का जुगाड़ कर रहा हूँ अपने परिवार के लिए;’’—लुट्टू ने गर्व और आत्मविश्वास के साथ कहा—‘‘हन्नू भैया ने एक दुकान ढूँढ़ ली है, इशाकचक चौराहे पर। बिहुला स्थान के एकदम सटे। अभी बिस्कुट, लेमनचूस, बीड़ी-सिगरेट वगैरह रखेंगे, जैसे-जैसे पूँजी बढ़ेगी दुकान भी बढ़ाते जाएँगे।’’

संतु के पास कहने को बहुत कुछ था। उसने हफ्ते भर का पूरा ब्योरा दिया, विशेष रूप से आज का।

सुनकर लुट्टू ने लापरवाही से कहा–"यह तो कुछ भी नहीं, स्कूल से भागना ही है तो मेरे साथ घूमकर देखो। मुझको मदद हो जाएगी। तुमने वादा भी किया था।"

"ठीक है, तो फिर कल मिलता हूँ, पहली घंटी के बाद, पतली गली के मोड़ पर।"

"अरे तुम स्कूल मटिया दो न, एक हफ्ते की तो बात है। एक हफ्ते के बाद ठेला हन्नू भैया की दुकान के बाहर ही लगा करेगा और हम दोनों स्कूल चला करेंगे।"

"ठीक है;"–कहकर संतु बाहर निकला तो लुट्टू भी संग हो लिया–"मैं जरा बोधूका से मिल आऊँ, इन्तजार कर रहे होंगे।"

"इसका मतलब है खूब होली गा रहे हो आजकल!"

"नहीं, मैं तो लौट आता हूँ शुरू होने तक। बस एक छोटी गोली लेता हूँ वहाँ, थकान मिटाने के वास्ते।

"लेकिन यह हम लोगों की उमर के लिए नहीं है...वह भी विद्यार्थियों के लिए! चाची या गुड़िया दी को पता चल गया तो...?"

"कोई कुछ नहीं कहता है। वैसे पता सबको है। अब मैं कमासुत मर्द जो हो गया हूँ।"–लुट्टू के चेहरे पर गजब का आत्मविश्वास दिपदिपा रहा था। ऐसा ही कुछ भाव उसने टैरू के बेटे किशन के चेहरे पर भी देखा है। और रामा मॉय का बेटा रामा...वह भी तो लुट्टू की तरह ही मुस्कुराता है। कितना अच्छा जीवन है उन सबों का...इतनी कम उम्र में सभी कमासुत बन गए...और वह भी बिना पढ़े-लिखे!

"संतु तू पढ़-लिखकर क्या बनेगा?" संतु को बिटिया बुआ का प्रश्न याद आ गया। जवाब उसने वही दिया जो सुन रखा था। उसने कहा कि यही बनना गर्व की बात है–इंजीनियर!"

"इंजीनीयर का मतलब जानते हो बुढ़बकऊ?" यह मम थे।

"वही जो इतनी बड़ी रेलगाड़ी का इंजन अकेले चला लेता है;"–संतु ने अपने कॉमन-सेंस का इस्तेमाल किया।

"तुम इंजन में कोयला झोंकने लायक भी बन जाओ तो मैं मान लूँगा कि सोहन ने चार बित्ते की तकदीर पाई है।"–यह महंथ जी थे जिनके लिए एकमात्र उदाहरण उनका बेटा होता। जब वह सेवेंथ में था...या जब उसने मैट्रिक का फार्म भरा...जैसे वाक्यों से वह उदाहरण देते रहते।

पासी टोले का माहौल एकदम अलग-सा था। इस टोले में ज्यादातर घर के छप्पर ताड़ के डमोले से छाए हुए थे। तीन घर पक्के थे। एक घर वाले को संतु जानता था। वह स्टेशन पर ही काम करते थे। भीड़-भाड़ रहती तो फौरन भीतर से टिकट कटाकर ला देते। सबसे बड़ा घर एक नेता जी का था पक्का और दोतल्ला। इस घर की सफेद दीवार पर गेरू से नारा लिखा था—के.बी.सहाय मुर्दाबाद। उसके नीचे बड़े अक्षरों में लिखा था—राम मनोहर लोहिया जिंदाबाद। लुट्‌टू वहाँ पहुँचते ही बाल बिखराए लड़कियों और मैले-कुचैले लड़कों से घिर गया। सबों के हाथ में तेल की शीशियाँ थीं। थोड़ी दूर पर ताड़ के तीन-चार पेड़ों के नीचे चटाई बिछी थी। वहाँ कई लोग बैठे थे। इन्हीं के बीच नाथूचक के बमबम अवस्थी भी थे। संतु उन्हें बमबम भैया कहता। अभी-अभी एम.ए. पास किया है उन्होंने और वकालत पढ़ रहे हैं। बस्ती में ऐसे कई-कई भैया लोग हैं, लॉ करने वाले। पत्रकार मनोहर मिश्र इन्हें देखकर कहते—"यह सब बैठे-ठालों को खेला है।"

बमबम भैया बुलंद आवाज़ में बोलते हैं। हाथ नचा-नचाकर। देह से भी भरपूर लंबे-चौड़े है। हमेशा सफ़ेद कुर्ता-पाजामा पहनते। पूरी बस्ती में वही सबसे अधिक मुँहफट, असभ्य, जाहिल, गँवार करार दिए जाते। सुकुल जी तक उनके मुँह लगने से भरसक बचते हैं।

संतु को देखते ही वह खिलखिता उठे—"आज डिप्टी साहब का कुल तर गया। अब इस वंश को कोई खतरा नहीं। तेल बेचने निकले हो न, बेचो...शरमाओ नहीं।"

संतु लजाकर कुछ आगे निकल गया। वहाँ भी एक तरफ ऐसी ही चटाई बिछी थी। वहाँ केवल दो ही लोग थे। वह दोनों काफी जोर-जोर से बोल रहे थे। उनकी बात-चीत काफी मनोरंजक हो रही थी, सो संतु एक पेड़ की ओट में ठिठक गया। दोनों ही साले-बहनोई होंगे रिश्ते में, क्योंकि उनमें से एक दूसरे को हर बार जीजा कहकर संबोधित कर रहा था।

साला समझाने पर तुला था—"देख जीजा, पीता तो मैं भी हूँ, मगर कोई इस तरह से घर-द्वार, बाल-बच्चा सब त्यागकर केवल शराब के चक्कर में...!"

"अबे हराम की पीता हूँ क्या? कमाना भी तो पड़ता है। खटता भी तो हूँ दिन-रात...। फिर दाल-रोटी को कोई किल्लत है घर में...बोलो...तुम्हीं बोलो...?"

"औरत केवल दाल-रोटी ही तो नहीं चाहती?"

"काहे, बच्चे भी तो हैं। उन सबको पढ़ाए-लिखाए, साजे-सँवारे...लेकिन उसका मन लगे गृहस्थी में तब न!"

"मरद के बिना घर बेलगाम हो जाता है जीजा, बच्चे भी। तुम जो सब कर रहे हो, ऊ तो एक तरह का फितूर है, सनकपन। यह सब तो ठीक नहीं

जीजा!"—समझाने वाले ने प्रयास जारी रखा!

"अगर यह सनकपन न होता तो जान लो...तब कोई भगत सिंह नहीं पैदा होता...न ही कोई सुभाष बोस! सब केवल जोरू के गुलाम मिलते इस देश में। क्या चाहते हो, मैं भी जोरू की पेटीकोट में डुका रहूँ चौबीसों घंटे?"

"अब बंद करो जीजा...लगता है नशा हो गया है तुमको। तुम क्या भगत सिंह हो कि सुभाष बोस? खाली दारूबाजी और रंडीबाजी के चक्कर में बउआते घूमते रहते हो।"

"तुम भी यही समझते हो...धत्तऽ...। जैसने गइया वैसने बैल। तुम भाई-बहन क्या समझोगे क्या होती है क्रांति। देखना जब होगा तब। सब मटियामेट हो जाएगा... उलट-पुलट हो जाएगा पूरे इंडिया में।"

"ऐ छोकरे तू क्या सुनता है! स्लालाऽ...पुलिस का मुखबिर तो नहीं।"

"नहीं...नाथूचक का लगता है।"

"ई करिया स्लालाऽ...ई कैसे पैदा हो गया वहाँ?"—वह हँसने लगा। हँसते ही हँसते बोला—"नाथूचक का तो कौवा भी सुनते हैं कि उतना काला नहीं होता, जरूर कोई हरामी होगा। आज कल टैरू को बेटा किशना भी खूब रस चाभ रहा है वहाँ। सुनते हैं कि किसी छिनाल-बाँझ के चक्कर में पड़ गया है।"

संतु का कलेजा धक से बज उठा। उफ...कहाँ तिलू अजिया और कहाँ किशना। मगर आजकल वह वहाँ उठने-बैठने भी खूब क्यों लगा है? वहाँ तो महिला सिलाई केंद्र चल रहा है आजकल। संतु ने सोचा कि इस संदर्भ में लुट्टू से बातें करेगा, फिर कुछ सोचकर चुप हो गया। उसे आज बाहर निकलना सार्थक लगा। जरूरी भी। कभी-कभी अपने घर का कोई अज्ञात यथार्थ हमें बाहर ही ज्ञात होता है और हम ठगे से खड़े रह जाते हैं। संतु ठगा-सा आगे बढ़ रहा था, लुट्टू के तेल के ठेले को पीछे से ठेलते हुए।

पाँच दिन में क्या-क्या नहीं देख डाला संतु ने। यह भी जाना कि जो दिखता है वही सच नहीं है और यह भी कि जो सतही सच है वह झूठ पर कलई की तरह चमकता है। जैसे कि चमरटोली की दशा सबसे खराब लगी संतु को। लेकिन लुट्टू ने विस्तार से बतलाया कि इस बस्ती के कई-कई लोग नौकरी-रोजगार में हैं और बस्ती के बाहर ठाठ से रहते हैं। बस्ती में केवल वही हैं, जो निर्धनतम् हैं और इनका रोजी-रोजगार आस-पास ही केंद्रित है। उस बस्ती में उसे एक भी घर पक्का न मिला। लेकिन एक प्राथमिक विद्यालय था वहाँ। दो कमरों का पक्का मकान। उसके आगे पीछे तीन जगह 'जगजीवन राम अमर रहें' किसी ने कोयले से ही लिख दिया था। स्कूल बंद था और उसी के बरामदे में एक अद्‌भुत वस्त्रधारी

व्यक्ति दिखा उन्हें जिसे कुछ लोग ध्यान से सुन रहे थे। लुट्टू हौले से फुसफुसाया—"यह बौद्ध है, देखते नहीं चीवर धारण किए हुए है और सर भी घुटा रक्खा है।"

वह चीवरधारी समझा रहा था—"इसके अलावा कोई रास्ता नहीं। हमारे पुरखों ने इस्लाम धर्म ग्रहण कर देख लिया। वहाँ हमारी भाषा संस्कृति सब बदल गई, मगर जुलाहा, जुलाहा ही रहा और मेहतर, मेहतर ही रह गया। हिंदू धर्म यदि हमें शूद्र मानता है, तो इस्लाम में हम अजलान कहाने लगे। यानी नीच के नीच ही रहे। बस एक यही है, बौद्ध धर्म, इसी में कोई भेद-भाव नहीं। इसीलिए तो बाबा साहेब ने भी इसी धर्म को अपनाया।"

"चलो, बढ़े चलो, अभी चौथाई भी नहीं बिका है;"—लुट्टू ने संतु को केहुनियाते हुए कहा—"यह सब तमाशा इधर होता रहता है। कुछ दिन पहले सफेद चोंगा पहने एक काला पादरी आया था, जैसे यह काला लामा है, वह भी इसी तरह सारे धर्म को खराब बता अपने धर्म की प्रशंसा कर रहा था।"

"इसका मतलब कि धर्म दही है। जैसे अपने दही को कोई खट्टा नहीं कहता।"

"दही तो फिर भी बहुत अच्छा है, खाने में लाजवाब। लेकिन धर्म तो गू है, गू जो केवल दुर्गंध फैलाता है। इसके क्या फर्क पड़ता है कि मैं किस धर्म में हूँ? आज हम हिंदू हैं तो कौन हिंदू स्लाला बिना हाथ-पाँव डुलाए रोटी देगा हमें? हिंदू की छोड़ो, किस कान्यकुब्ज ने मदद की खुलकर...बप्पा के मरने पर!"

"काहे, शिवभंजन काका ने नहीं की?"

"शिवभंजन काका अब कान्यकुब्ज नहीं रहे, लालू मिसिर की तरह वह भी कम्युनिस्ट हो गए हैं!"

पूरे सात दिन जीवन की अनंत लहरों की तरह ऊपर-नीचे होते गुजरे। इस बस्ती से उस बस्ती घूमना और आँख-कान खोलकर जीवन के अंनत और विविध विस्तार को समझना। यह सब कभी जितना रोचक लगता, कभी उतना ही हृदयविदारक और जाने कैसी-कैसी अनुभूतियों और अनुभवों से आप्लावित करने वाला। यह यात्रा किसी गहरे समुद्र में नाव लेकर जाने से भी अधिक रोमाँचक थी। यहाँ जीवन के रफ़्तार के बीच अपनी रफ़्तार के साथ पैठना था। एक हाहाकारी भीड़ के बीच अपनी अस्मिता की तलाश करनी थी।

अंतिम दिन डोमखाने में ही तीन बज गए। लुट्टू ने संतु को विदा करते हुए कहा, "कल ही दुकान की शुरुआत है। बारह बजे से पूजा शुरू होगी। तीन किलो बेसन की बूँदी बनवा रहे हैं हन्नू भैया...खरबूजे का बीज और चिरौंजी डलवाकर। न हो तो तुम कल टिफिन में भाग निकलना। जमकर बूँदी खाएँगे हम लोग।"

घर की ओर बढ़ते हुए एक ओर संतु को जहाँ भूख सता रही थी, वहीं डोमखाने में सूअर मारने के पूरे दृश्य को याद कर उसे भीतर से उल्टी भी महसूस हो रही थी। उफ! कितने आदिम और नृशंस तरीके से मारा गया था वह सूअर। पहले तो जीते जी 'चिखने' के वास्ते उसकी कलेजी निकाल ली गई थी। इतने अभ्यस्त हाथ क्या भला किसी सर्जन के होंगे। लुट्टू ने, जिसने पिछले वर्ष एक फोड़े की सर्जरी कराई थी, जानकारी दी संतु को—"अस्पताल के मुर्दा-घरों में सारा चीड़-फाड़ यही डोम लोग ही तो करते हैं। यह लोग पैदाइशी सर्जन हैं।"

पासी टोला से बाहर पतली कच्ची सड़क पर एक सायकिल की आहट पीछे से पाकर संतु अभी किनारे हुआ ही था कि सायकिल सवार ने ठीक उसकी बगल में ब्रेक मारी। वह चौंक भी न पाया कि पीठ पर स्नेह से पगा एक धौल। इस एहतियात के साथ कि आवाज़ ज़्यादा और चोट कम।

"घर चल रहा है न, चल बैठ जा पीछे!"—यह बमबम अवस्थी थे। आगे, बगीचे के पास सायकिल रोकी उन्होंने और संतु से उतरने को कहा। फिर वह खुद भी उतरे। ढुलमुल चाल, लड़खड़ाती जुबाँ और आँखों में ठाठें मारता मस्ती का समंदर।

"तुम यहीं दायें-बायें घुमाओ सायकिल, मैं बस पंद्रह मिनट में आया!" सायकिल उसे थमाकर उन्होंने जेब से चुनौटी निकाली और खैनी रगड़ते हुए बगीचे के अंदर ओझल हो गए। संतु समझ गया कि दिशा-मैदान ने जोर मारा होगा, सो मारे संकोच के बहाना बनाकर चले गए हैं। खैर, उसे तो एक सुनहला मौका मिला था वह मस्ती में भरकर सायकिल रपेटने लगा। बमबम भैया की सायकिल भी उनकी ही तरह एकदम 'टंच' थी। जमीन भी कच्ची और भुरभुरी थी। सो थोड़ी देर हाफ-पैडिल मारने के बार संतु सीट पर चढ़ने लगा। इस क्रम में दो बार घोलटनिया भी खाया उसने। अभी दस मिनट भी न गुजरे होंगे कि बमबम भैया हाँफते भागते आते नज़र आए और चट उसे सायकिल पर बिठा रफूचक्कर। नाथूचक के ठीक बाहर ही जाकर सायकिल रोकी उन्होंने। उनके कुर्ते की जेब फट चुकी थी। बाल बुरी तरह बिखरे थे और देह पर तो जैसे किसी ने मन भर धूल-मिट्टी झोंक दी हो। रुककर जैसे-तैसे अपने हुलिए को थोड़ा ठीक करने लगे वह।

"अंदर किसी से झगड़ा हुआ था क्या?"—संतु ने डरते-डरते पूछा।

"झगड़ा नहीं रगड़ा...जोरा जोरी! फागुन में यह सब होना भी जरूरी है।"—इस अवस्था में भी ऐसी जीवंतता से मुस्कुरा उठे वह कि संतु के लिए साक्षात् एक पहेली बन गए।

अगले दिन हमेशा की तरह किताब-कॉपी को पैंट के भीतर खोंस तथा कमीज़ ऊपर से गिराकर टहलते हुए संतु स्कूल से बाहर निकला। थोड़ी देर खोमचेवालों

के इर्द-गिर्द मँडराता रहा और मौका ताककर धीरे से ससर गया उसी पतली गली में। वहाँ एक लड़का पहले से मौजूद था। संतु को देखते ही उसने कहा–"क्या गुरू?" संतु ने उसी तर्ज पर जवाब दिया–"हाँ गुरू!"

इस गुरू-गुरू संवाद से निबटकर संतु मुख्य सड़क तक आ पहुँचा। अब कोई खतरा नहीं था। उसने किताब-कॉपी हाथ में ले ली थी। भोलानाथ का पुल पार करते ही क्या देखता है कि सामने इशाकचक स्कूल के कड़ियल हेडमास्टर। संतु पहले इसी विद्यालय का फिसड्डी छात्र रह चुका था। संतु का मुँह सूख गया। न आगे बढ़ते बन रहा था उससे, न पीछे हटते।

"क्यों स्कूल से भागकर आ रहे हो? अभी भी सुधरे नहीं तुम! डिप्टी साहब के यहाँ यह कैसा कुलडुबोरन पैदा हुआ है हे भगवान।"

उन्हें इस मामूली बात को इतना लंबा खींचते देख संतु की सिट्टी-पिट्टी गुम हो गई। उसके मुँह से बेसाख्ता निकल पड़ा–"भाग नहीं रहा हूँ सर...छुट्टी हो गई इसलिए घर जा रहा हूँ।"

"छुट्टी ई ई...इस वक़्त!...काहे...?"

एक झूठ हजार झूठ बुलवाता है। संतु को इस काहे का सबसे पुख्ता जवाब फौरन यही सूझा–"हमारे हेडमास्साब गुजर न गए...अभी...अचानक...।"

"क्या...आनंदी बाबू नहीं रहे।"–इशाकचक के हेडमास्साब ने इसके आगे कुछ न पूछा। फौरन अपनी सायकिल मोड़ दी। जब संतु इशाकचक मध्य विद्यालय के सामने से गुजर रहा था, ठीक इसी वक़्त उसने वह मधुर आवाज़ सुनी–टुनटुनिया...यानी छुट्टी की घंटी। बच्चों का हुजूम एक शोर के साथ विद्यालय से बाहर दौड़ पड़ा। यह देखकर संतु की आत्मा काँप उठी। यह झूठ तो पचने से रहा। पता नहीं क्या परिणाम हो इसका?

संतु को न बूँदी खाने में मजा आया न उस चटनीनुमा पाचक के स्वाद का विश्लेषण करने में उसने कोई दिलचस्पी दिखलाई जिसे गुड़िया दी ने घर में बनाया था और निकट भविष्य में यही उन लोगों के वास्ते समृद्धि का द्वार खोलने जा रहा था। वह तो पूरे दो दिन पेट खराब होने का बहाना कर घर पड़ा रहा। पतली बेस्वाद मूँग की खिचड़ी और मम के कड़ुए अर्क से ऊबकर दूसरे दिन शाम को उसने घोषणा कर दी कि वह पूरी तरह स्वस्थ है। मम ने इसे 'हैनिमैन' साहब का करिश्मा बतलाया और अपने कमरे में रखी उनकी तस्वीर पर पुष्पांजलि अर्पित करने को उसे मजबूर कर दिया।

तीसरे दिन वह स्कूल की ओर चला। मिनट भर को हन्नू भैया की दुकान पर रुका। लुट्टू वहीं था। उसने बताया कि अभी दो-तीन दिन उसे और लगेंगे। सारे

सामान जमाने हैं। कुछ हाट-बाजार का काम भी बाकी है।

इशाकचक स्कूल के बाहर से गुजरते हुए उसने पाया कि बाहर ढेर सारे लड़के खेल-कूद रहे हैं। उस पर नज़र पड़ते ही एक लड़का चीख उठा—"अरे देखो...वही तो रहा...।" संतु जब तक कुछ समझ पाता, बीस-पच्चीस लड़कों ने उसे घेर लिया और "झुट्ठा है...महाझुट्ठा है" का नारा लगाते उसके साथ-साथ चलने लगे। संतु रास्ते के तमाम लोगों के लिए तमाशा बना हुआ तेजी से आगे बढ़ रहा था मगर लड़के पीछे हटने का नाम नहीं ले रहे थे। ठीक उसी समय पीछे से बमबम भैया अपनी सायकिल के साथ प्रकट हुए। उन्होंने संतु की यह हालत देखी तो डाँट-डपटकर लड़कों को भगाया। संतु को आगे डंडे पर बिठा लिया। संतु ने सफाई दी कि तमाम लड़के उसे इसलिए चिढ़ा रहे थे क्योंकि उसने यह स्कूल छोड़ दिया था। बमबम भैया ने सुझाव दिया कि उसे इसकी शिकायत मम से करनी चाहिए। इस पर संतु ने लापरवाही जतलाते हुए कहा कि वह उस महान वृद्ध आत्मा को इन छोटे-छोटे पचड़ों में नहीं डालना चाहता। यह जानकर बमबम भैया ने उसकी पीठ ठोंकी और उसे उसके स्कूल के बाहर उतार दिया।

चूंकि बमबम भैया ने पहले ही पीठ ठोंक दी थी और तिस पर संतु एहतियातन कमीज के अंदर मोटी गंजी पहनकर आया था, इस कारण आनंदी बाबू की दो छड़ी किसी प्रकार बर्दाश्त कर गया वह। उस दिन आनंदी बाबू क्रोध से फुँफकार रहे थे। यह देख कि आज जमकर कुटाई होनी निश्चित है, संतु ने एक सुने-सुनाए अनुभव को आजमाया और वह सफल रहा।

उसने तनकर कहा—"मैं क्या करता सर..? इशाकचक के हेड सर ने खुद ही कई-कई दफ़ा कहा कि आनन्दी बाबू मर गए हैं क्या जो तू यहाँ छुट्टा घूम रहा है?"

"हूँ उ उ...फिर...?"

किस्से को जमता देख संतु ने अभिनय को और भी माँजते हुए कहा—"पेट दर्द और शूल पड़ने के कारण मैं वैसे भी बेचैन था, सो मेरे मुँह से क्रोधवश निकल पड़ा—हाँ, वह मर गए हैं...आपको जो करना हो कीजिए।"

"और उस बकलोलचंद ने लौटकर पहले छुट्टी कर दी, तब आया यहाँ।" एक दूसरे मास्टर ने संतु के गुनाह को थोड़ा कमतर बनाते हुए कहा।

"हूँ उ उ...वही तो मैं कहूँ...वह सियार का जना बहुत दिनों से मेरी कुर्सी के पीछे पड़ा है। कब आनंदी बाबू खिसकें और वह उस सड़ियल खपैरल स्कूल से निकलकर इस पक्के और जमे-जमाए स्कूल का मालिक बन बैठे। लेकिन सियार

के ललचाने से कहीं...।" इसके साथ ही हेडमास्टर साहब ने सियार और साँड़ की वह प्रसिद्ध हितोपदेश कथा सभी मास्टरों को सुनाई और संतु की पीठ पर हौले से अंतिम छड़ी जमाते हुए कहा—"जाओ, बैठो जाकर क्लास में। खबरदार जो आज से बिना पूछे कभी क्लास छोड़ा। चमड़ी उधेड़कर रख दूँगा।"

छुट्टी के बाद संतु घर को चला तो रास्ते में फिर वही "झुट्ठा है..." वाला तमाशा। यह क्रम दूसरे-तीसरे दिन भी चला। ऊबकर संतु ने वह रास्ता ही बदल दिया। अब वह रेल की पटरियों के साथ-साथ ईंटों को ठोकर मारते अपनी पूरी भड़ास निकालते हुए, स्कूल जाता-आता। उसने महसूस किया कि इन कुछ ही दिनों में वह अच्छा-खासा समझदार व परिपक्व हो गया है। इसी साल उसे सातवीं की बोर्ड परीक्षा भी देनी होगी। बोर्ड परीक्षा...। इस नाम से ही उसने शरीर में एक झुरझुरी उठती महसूस की। लेकिन फिर फौरन ही मुँह भी बिचका दिया उसने।

यह उम्र ही कुछ ऐसी थी।

नौ

खदहिया से खेलकर लौटते संतु ने आँगन में एक असाधारण दृश्य देखा। लालटेन की चिमनी को राख से साफ करतीं बुआ पूरे मनोयोग से गुनगुना रही थीं...

"भाभी ने बुलाया ताँगा उसने एक रुपय्या माँगा
भाभी का देह था मोटा, ताँगे का पहिया टूटा
फिर ठुम्मकऽ...ठुम्मकऽ... पैदल भाभी आईं...।"
भाऽऽ...भी ई ई ई...आऽऽ.... यीं ई ई ई...!"

बिटिया बुआ इतनी खुश थीं...इतनी खुश थीं कि संतु कारण जानने को बेचैन हो उठा। संतु की उद्विग्नता का भरपूर मजा लेती हुईं बिटिया बुआ ने टुकड़ों-टुकड़ों में बात खोली—"अम्माँ आए रही हैं तुम्हार! दोपहर ही चिट्ठी आवा है। साथ में तुम्हार छोटे चा का मनीआर्डर भी। मम तो कब का झोला लेकर निकल गए। घर में कोई नहीं है इस वक्त!" स्वतंत्रता के इस अहसास को पुरलुत्फ बनाने हेतु बिटिया बुआ ने संतु का हाथ थामा और आँगन में गोल-गोल नाचने लगीं। घुमनी खाते हुए संतु का दिमाग और भी तेजी से नाचने लगा था : आज तो बुरी तरह चूक गया वह। मनीऑर्डर वाली बात यदि खेलने जाने से पहले मालूम हो जाती तो...! संतु के मुँह में पिछले मनीऑर्डर के आने के दिन को याद कर पानी भर आया। आज तो अकेले हैं मम। पहले बैगनी पर हाथ आजमाएँगे, फिर थोड़ा आगे बढ़कर काली हलवाई के यहाँ का गरमा-गरम काला जामुन। हो सकता है कि दो की जगह चार भी...आज तो अकेले हैं वह।

संतु का दिमाग तेजी से चक्कर काट रहा था। सो बुआ के बढ़िया मूड को भाँपकर उसने खूब मचलते और ठिनठिनाते हुए फरमाइश कर डाली—"आज आटे का हलुआ बनाओ न बुआ...मेरी अच्छी बुआ नऽ...। कड़ाही मैं अभी मले देता हूँ।"

"डालडा जरिको नहीं है।"

"तुम भी न बुआऽ...;"—संतु ने ठिनठिनाना जारी रखते हुए कहा—"तो शुद्ध घी में बना दो न।"

"शुद्ध घी में बना दो नऽ...हुँह...!"—बुआ ने बड़बड़ाते हुए कहा—"कहने वाले का क्या जाता है भाई...ज़बान को ही तो हिलाना है न...हिला दिया...। लेकिन कल जब दाल में घी नहीं दिखेगा मम को, कौन झेलेगा उनके व्यंग्य बाण?"

"तुम मेरे लिए चुटकी भर खतरा भी नहीं उठा सकतीं? अरे कह देना कि ढक्कन थोड़ा ढीला रह गया था, सो चूहा चट कर गया सारा घी। और वैसे भी अभी मनीऑर्डर आया है, सो मम ज्यादा बकने-झकने वाले नहीं कुछ दिन।"

"अरे दय्याऽ...यह तो मैं भूल ही गई थी...अच्छा याद दिलाए दिओ।" बिटिया बुआ ने एक शानदार अभिनय की छाप छोड़ दी थी संतु के मानस पर। अब वह फटाफट हलुआ बनाने की तैयारी में जुट गई थीं। मौका ताककर संतु ने अंजना को संकेत भेज दिया था। कड़ाही उतरने तक एक हिस्सेदार और बढ़ चुका था। हलुआ खाते हुए अंजना शरमा ज्यादा रही थी या मुस्कुरा, संतु तय नहीं कर पाया था।

उस रात भोजन भी आनन्ददायक रहा। मम परवल लेते आए थे। साथ में एक कुल्हड़ में पाव भर दही भी। मम की उदारता आज उनके शब्दों से भी टपक रही थी। वरना ये वही मम हैं, जो पूरी बस्ती में अपनी वक्रोक्ति और कटाक्ष के लिए प्रसिद्ध हैं। उनके मुँह लगने से डरते हैं अच्छे-खासे लोग भी, इतने भारी कटखना हैं। महंथ जी के टोक भर देने से आज इसी बात को लेकर वह सफाई देने पर उतारू थे—"व्यंग्य तो खून में है हम ब्राह्मणों के। वह जो सबसे कमजोर और दरिद्र, सबसे ऊँचे स्थान पर जिसे बिठाकर लोग थपड़ी पीटते रहे और खुद राजपाट, खेती-गृहस्थी, वाणिज्य-व्यापार सँभालते हुए ऐश्वर्य भोगते रहे। ...और सारे नेम-धरम, आचरण की पवित्रता और सदाचार...सब उस पर थोपते रहे। इसी कारण ब्राह्मणों के साहित्य में भी यही बस कुछ था। जबकि उनके व्यक्तिगत जीवन में...केवल गरीबी और सहिष्णुता और इससे उपजी एक क्षुब्ध भाषा। सो महंथ जी प्यारे, यहाँ व्यंग्य, यह कटुवचन...यह कमजोर और सामाजिक व्यवस्था से क्षुब्ध लोगों की वाणी हैं। शूद्र सबसे अधिक प्रताड़ित हुए इस व्यवस्था में, सो वह आपसी बोल-चाल में गाली-गलौज तक करने लगे। यह एक प्रकार की सामाजिक कुंठा का परिचायक है, और कुछ नहीं।"

मम के मूड को भाँप महंथ जी चुपचाप मुंडी गोतकर खाते रहे। खाने के

बाद संतु ने बुआ से कहा...''आज भर होली गाय आवे दो हमका। अम्माँ आ जइ हैं तो फिर जा न पइबे शायद।''

''लुट्टू का भी ले लियो संगे।''—यह गुड़िया दी थीं जो अपने घर का चौका समेटकर गप्प मारने इस ठौर आ पहुँची थीं।

संतु और लुट्टू जब तक शिवाला पहुँचते, गणपति और शिव की वंदना वाले शुरुआती चरण की औपचारिकता पूरी हो चुकी थी। यानी कि अब पूरी छूट थी नौजवानों को। बोधू सुकुल का नशा पूरी तरह खिल चुका था। कारण कि ढोलक की आवाज़ पूरी तरह टनटनाने लगी थी। शिवाले के ऊपर लगे लाउडस्पीकर अपना पूरा गला खोल चुके थे—

''फागुनवाँ बीता जाए।

सोनरबा पायल हमरी न दीन्हौ।''

संतु को यह फाग बहुत ही प्रिय था। यूँ इन फागों को लेकर पूरी बस्ती, खासकर स्त्रियों में सर्वाधिक उत्सुकता रहती। गुजरे वर्ष के दौरान बस्ती में जिस किसी के द्वारा जो कुछ भी गलत किया जाता, नौजवान उसे पैरोडियों में ढाल होली में गाते। इस प्रकार ऐसे कुमार्गियों की शालीन ढंग से फिंचाई होती और होली गाना भी एक घिसा-पिटा सांस्कृतिक कर्म न होकर बेहद रचनात्मक और औत्सुक्यपूर्ण हो जाता।

पिछले जेठ में जब बस्ती के एक और महाकृपण (बस्ती इस मामले में समृद्ध थी) नौलाख दूबे ने अपने बेटे की शादी की थी, दहेज के साथ-साथ बारातियों की बरतौनी भी पचा गए थे। कान्यकुब्जों में यह आम रिवाज है, बारात में आए सभी स्वजातियों को विदाई के वक़्त कन्या पक्ष के लोग मड़वे में आदरपूर्वक बिठाकर उनका चरण पखारते और सम्मान-स्वरूप उन्हें उनकी आयु एवं दूल्हे से रिश्ते के अनुसार कुछ नगद राशि भेंट स्वरूप देते। इस रस्म में सबसे ज़्यादा मान दूल्हे के बहनोई, फूफा, फुफेरे भाई आदि को दिया जाता। इन्हें 'मान्य' कहा जाता और यह लोग कन्या पक्ष के यहाँ 'भात' भी तभी खाते जब इनकी टेंट में यथेष्ट दक्षिणा डाला जाता। इस अवसर पर खूब रूठा-रूठी, मान-मनौव्वल का सिलसिला चलता और कन्नौजिए अपनी परिधि के भीतर की इस राजनीति में ही निमग्न और अंततः संतुष्ट रहते।

तो नौलाख दूबे की बारात लोकल थी। उन्होंने शाम में बारात लगाई और सुबह नाश्ते के बाद ही विदाई की घोषणा कर दी। भात खाने जैसे बेहद जरूरी नेग के लिए भी वह तैयार नहीं हुए। शायद दहेज को लेकर कुछ खटपट हो गई थी दोनों समधियों के बीच। बारातियों ने यही समझा कि बरतौनी की रस्म ही नहीं हुई, सो

सभी चुपचाप लौट आए। लेकिन चौठारी के दिन जब अपनी बिटिया विदा कराने नौलाख दूबे के समधी नाथूचक पहुँचे, कुछ साहसी लड़कों ने 'कंजूस को मिला मक्खीचूस' और 'दो समधी दीवाने, इक अंधा इक काने' आदि विशेषणों से उन्हें नवाज़ ही दिया। इस पर वह बस्ती के बड़े-बूढ़ों के आगे लगे हाथ जोड़कर कलपने कि महज पाँच सौ रुपये कम पड़ जाने के कारण दूबे जी ने भात खाने से इनकार कर नाथूचक वालों की सेवा का जो दुर्लभ अवसर उनसे छीन लिया, क्या इसकी भरपाई कभी हो सकती है? साथ ही यह भी निवेदन किया उन्होंने कि बड़े-बुजुर्गों को पाँच-पाँच एवं लड़कों को दो-दो रुपये के हिसाब से जोड़कर पूरी बरतौनी की राशि उनसे एक मुश्त ही नौलाख दूबे ने झटक ली थी। उन्होंने ही लिस्ट दी थी पूरे बारातियों की और यह भी कहा था कि बरतौनी न मिलने पर नाथूचक में उनकी काफी भद पिट जाएगी।

आज इसी प्रसंग को लेकर पैरोडी गाई जा रही थी–

"नाथूचक से चली बराती कुतुबगंज को जाना
हाँऽ...हाँऽ...कुतुबगंज को जाना
बरतौनी पचा गए नौलाख दूबे।
उनके समधी बने निशाना (3)
हो देखो आया कैसा जमाना...।"

लाउडस्पीकरद्वय ने इस फाग को पूरी त्वरा के साथ नाथूचक के एक-एक घर में पहुँचा दिया। बड़े-बड़े मुस्कुराने लगे और बहुएँ आँचल से मुँह ढँककर कहकहों को दबाने की भरसक कोशिश करने लगीं। एक नौलाख दूबे थे जो छत पर चढ़कर जोर-जोर से गालियाँ बकने लगे थे। यह इस बात का संकेत था कि होली जमेगी इस बार। होली और गाली का संबंध चोली-दामन वाला संबंध जो ठहरा।

और फिर होली नाथूचक में नहीं जमेगी तो कहाँ...।

जिन फाग गीतों को सुनकर पराये घरों से इस बस्ती में ठौर पाईं बहुओं का कलेजा दूना-चौगुना हो जाए, भला सोचिए कि इतना शानदार फगुआ गाने वाले देवरों से ऐसी भौजाइयाँ हुलसकर होली नहीं खेलेंगी। भला?

और फिर फागुन माह के शुरुआत में ही एक ऐसी मनोरोचक घटना घट चुकी थी नाथूचक में, जिसका असर अब भी बरकरार था और हो सकता था कि इस दफे स्वाँग भरने वाले लड़के कहीं इसी घटना को विषय न बना डालें।

यही चिंता राम पदारथ सुकुल को खाए जा रही थी और वह एक तरह से लाठी पटकते घूम रहे थे पूरी बस्ती में। यह उन्हीं का दबाव था कि इस घटना की पैरोडी बनाकर फाग गाने की हिम्मत अभी तक किसी को न पड़ सकी थी।

जबकि तिलू अजिया ने कुछ नौजवानों को सीधे-सीधे चेतावनी ही दे डाली थी—"चूड़ी पहिनों अऊर घर मा बैठो जाकर। मोहम्मद रफी जैसा गला पा लेने भर से कोई गायक नहीं हो जाता। साहिर लुधियानवी जैसा गीतकार भी चाहिए रंग जमाने के लिए।"

"और रोशन या खयूयाम जैसा संगीतकार भी;"—संतु ने अपनी पसंद स्पष्ट कर दी थी।

"ऊ तो बोधूका हइये हैं;"...लुट्टू से भी चुप न रहा गया था।

"अंतिम दिन तुम देखिहौ जलवा अजिया...घबराती काहे हो!" नौजवानों को सचमुच जोश आ गया था।

तिलू अजिया की इस सफलता से निर्मला भरपूर उत्साहित होकर बोली—"रक्षा मंत्री हमेशा स्त्रियों को बनाया जाना चाहिए।"

"कभी नहीं" संतु ने प्रतिवाद किया। आजकल निर्मला से उसकी बन नहीं रही थी।

"भला मैं भी तो जानूँ कि क्यों नहीं?"—निर्मला ने तुनककर कहा।

"इससे भारत की विदेश नीति गड़बड़ा जाएगी। वह नंबर वन हमलावर राष्ट्र बन जाएगा।"

दरअसल इस घटना के पीछे सारा दिमाग निर्मला का ही था। संतु और लुट्टू ने तकनीकी मदद दी थी। वह मौटी नाटी गदबदी और दो चुटिया करने वाली लड़की...वह भेजे में भी ढेर सारा गूदा लेकर बड़ी हो रही थी...।...और प्रतिघात की भावना लेकर भी...।

हुआ यह कि शिवभंजन तिवारी अब बस्ती में रहकर भी बस्ती के नहीं थे। 'कानी गइया का अलगे बथान' की तर्ज पर उनका घर बस्ती से अलग-थलग पड़ चुका था। इक्के-दुक्के परिवार से ही संबंध बचा था उनका। अब न किसी काम-काज में उनके घर न्योता पड़ता, न ही वह अपनी तरफ से कहीं अनामंत्रित जाने की पहल करते। राह चलते मुलाकात होने पर भी ज़्यादातर लोग नजरें बचाकर निकल जाते।

जैसे-जैसे बस्ती के लोगों का यह दुराव बढ़ता गया, शिवभंजन तिवारी समेत उनकी बेटियों का व्यवहार भी बदलता गया। सभी हरदम एक अबूझ तनाव व खीझ से भरे होते और इससे उबरने को अक्सर उद्दंड या उच्छृंखल व्यवहार भी कर बैठते। बस्ती की मान्य परिपाटियों और रूढ़ियों को भी जमकर तोड़ना शुरू कर दिया था उन्होंने। मुर्गा-मछली तक खुलेआम रसोई में पकने लगा था। बस्ती से सटे बढ़ई टोले, कुम्हार टोली, कोयरी टोले के लोगों के लिए उनके घर के दरवाज़े पूरी

उदारता से खोल दिए गए थे। यह एक तरह के शीतयुद्ध की शुरुआत थी, जहाँ दोनों पक्ष स्वयं को मजबूत बनाने को अलग-अलग तरह के ध्रुवीकरण पर जोर दे रहे थे। तब इस शीतयुद्ध की परिणिति का अनुमान भी नहीं लगाया जा सकता था। युद्ध, चाहे वह किसी भी स्तर का क्यों न हो, अंततः हमें क्रूर और अमानवीय ही बनाता है।

पहला जोरदार हमला बस्ती की तरफ से ही हुआ। सरस्वती पूजा को आयोजित होने वाले सांस्कृतिक कार्यक्रम में महिला सहभागिता को समाप्त किया जा चुका था। इस तर्क के साथ कि बस्ती के बाहर बस्ती की महिलाओं की छवि तो खराब हो ही रही है, भीड़ को भी नियंत्रण में रखना मुश्किल हो रहा है। सो अब राम पदारथ सुकुल का इस तरह के आयोजनों पर पूरा दबदबा था। इस वर्ष जो एकांकी खेला गया इस अवसर पर, उसका नाम था—'रखवाला'। इसमें खलनायक का नाम था 'सत्यभंजन'। इस खलनायक की दो बेटियाँ थीं। एक का नाम 'भूली' तो दूसरी का 'भटकी'। इस एकांकी के चुटीले संवाद तीन-तीन ध्वनिविस्तारक यंत्रों के माध्यम से अभीष्ट स्थल तक पहुँचाए गए। आधी रात तक तिलमिलातीं रही थीं दोनों बहनें। शिवभंजन तिवारी आज के दिन भी धुत्त होकर पड़े थे। इतना तो सर्वविदित था कि इस एकांकी के लेखक एवं निर्देशक थे पंडित राम पदारथ सुकुल।

इन दिनों श्रीमान् राम पदारथ सुकुल कुछ इस कदर खार-खाए रहते थे शिवभंजन तिवारी से कि मलत्याग की क्रिया भी वह नित्य उनके घर से सटे बागान में ही अंजाम देते और लौटती में एक-आधो कटहल, बेल, पपीता या टिकोले आदि टपा लाते। अभी कटहल का सीजन था। वह मुँह अँधेरे ही लोटा लेकर कटहल वृक्ष की ओट में बैठ जाते। हाफ-पैंट उतारकर पेड़ के तने से निकले किसी खूँटीनुमा उभार के सहारे लटका देते। संभवतः बवासीर के भी मरीज थे, इस कारण देर तक, दम साधकर, काँखते-कूँखते इत्मीनान से निबटते।

एक सुबह जब वह इत्मीनान से निबटने का यह दिव्य सुख प्राप्त कर रहे थे, सरला, निर्मला ने बाँस की कई फट्टियों को जोड़कर बनाई गई लंबी लग्घी (संतु और लुट्टू की तकनीकी मदद) की मदद से उनका हाफ-पैंट, बिना किसी आहट के, खींच लिया।

बेचारे भारी फजीहत में पड़े। पैंट की खोज में इधर-उधर झाँकते-हुलकते उजाला भी भरपूर फूट चला था। संयोग से एक छोटा-सा कटहल भी हाथ लग गया था उस दिन। उसकी स्वादिष्ट तरकारी के मोह से उनकी बुद्धि त्वरित गति से कुलाँचें भर रही थी। बस्ती में आए दिन किसी न किसी से ठनती रहती है उनकी। मगर इस तरह का दुस्साहस...?

मन ही मन कयास लगाते हुए उन्होंने क़मीज़ को कमर के इर्द-गिर्द लपेटा। एक हाथ से लोटा थामा। दूसरे हाथ की केहुनी के सहारे कटहल को पेट से चिपकाए 'ठुमक चलत रामचंद्र' की तर्ज पर बस्ती में घुसे नहीं कि 'पैजनियाँ' की जगह 'कटहल चोर...देखो रे कटहल चोर' का स्वर बजने लगा। वह भी संतु, लुट्टू, निर्मला, सरला के कोमल स्वरों के साथ-साथ शिवभंजन तिवारी के कर्कश गले की संयुक्ति से बने निनाद की तर्ज पर। सुकुल जी ने आव देखा न ताव, सरपट दौड़ चले। कहाँ कटहल और कहाँ लोटा...। दोनों हाथ कमर से लिपटी क़मीज़ के इर्द-गिर्द। बस्ती की कई खिड़कियाँ धड़ाधड़ खुलने लगीं और उनसे झाँकती बेटी पतोहुओं ने खिलखिलाकर अपनी-अपनी आँखें तोप लीं। दरवाज़े पर खड़े कुल्ला-दातून करते मर्द मुँह घुमाकर ठहाके लगाने लगे। बात यहीं तक रहती तो चलो ठीक था। अगले दिन तमाम लोगों ने अचरज के साथ देखा—उनका वह विलुप्त हाफ-पैंट बस्ती के सबसे सुस्त और बूढ़े कुत्ते की कमर में बाकायदा पहनाया हुआ था। वह कुत्ता अक्सर शिवभंजन तिवारी के दुआरे, हड्डियों के लालच में बैठा पाया जाता था।

तो जैसे-जैसे होली करीब आती जा रही थी, यह घटना भी नित्य नए अंदाज और तेवर के साथ चुभलाई जा रही थी। नाथूचक की होली इसलिए भी मशहूर थी, क्योंकि बस्ती के जितने भी नामी गिरामी कटकटाहे, पिनपिनाहे, झक्खी, अक्खड़, अंटीबाज और अवधूत किस्म के प्राणी थे, सभी होली के अवसर पर अवश्य ही जुटते। कलकत्ता से लेकर जम्मू तक से पहुँचते लोग। जो जितनी दूरी से आता, वह यहाँ की होली में प्राण फूँकने की उतनी ही बड़ी कोशिश करता। बस्ती का एक-एक घर भर जाता और देर रात तक हँसी ठहाके की फुलझड़ियाँ छूटती रहतीं। पुराने झगड़े भी उखड़ जाते और एक विशेष प्रकार के मनोरोचक प्रसंग पैदा करते। हर स्त्री के माथे पर घूँघट और हर घर में मर्दों का खँखरकर घुसने का रिवाज़ कुछ समय के लिए पुनर्जीवित हो जाता।

संतु की अम्माँ हमेशा दानापुर फास्ट पैसेंजर से ही आती थीं। इसमें टिकट कम लगता था। और सबसे बड़ी सुविधा यह थी कि दिन में खा-पीकर पटना से गाड़ी चढ़ो और रात के भोजन के समय तक भागलपुर पहुँच जाओ। इस दफा छोटे चाचा उन्हें लेकर आने वाले थे। वह इस समय रुड़की में थे। रुड़की से पटना और फिर वहाँ एक दिन रुककर भागलपुर। अपने कार्यक्रम की सूचना उन्होंने टेलीग्राम से भेज दी थी।

जिस रात अम्माँ को पहुँचना होता, संतु की उस सुबह से शामत आ जाती। बिटिया बुआ अपने हाथों उसे झांवे पत्थर से रगड़-रगड़कर नहलातीं। केहुनी, एड़ी,

घुटने, पीठ आदि पर थोक के भाव में जमे मैल को देखकर बिटिया बुआ बड़बड़ाती हुई उन्हें चेतावनी देतीं और फिर इस बेदर्दी से निकाल बाहर करतीं जैसे वह मैल उनके और उनकी भाभी के प्रेम के बीच दीवार बन बैठा हो। संतु को उस दिन कहीं बाहर निकलने की इजाजत नहीं रहती। ना ही खेलने कूदने की। ताकि गंदा होने या ताजा चोट-चपाट खाने से वह बचा रह सके। यह सब एहतियात अम्माँ के पूर्व के गहन निरीक्षण से मिली नसीहत के मद्देनज़र उठाती थीं बिटिया बुआ। इस दफ़े वह अपनी निरीक्षण पुस्तिका बेदाग रखना चाहती थीं। "आ जाएँ अम्माँ तुम्हार, फिर तुम दिन-रात चाहे धूल में लोटो चाहे कूड़न की ढेरि पर कबड्डी खेलो, हम एक्को दफा टोके न जाइव।"—संतु की ठिनठिनाहट के जवाब में बिटिया बुआ लुद्दो काकी को साक्ष्य बनाकर वचन देतीं। लुद्दो काकी ने भी इस घर के आँगन में खुलने वाले अपने दरवाज़े को आज सुबह से ही भक्काडा खुला छोड़ रखा था। अब इस घर के आँगन में भी मेहरियों का जमावड़ा लगेगा। पायल की रुन-झुन के साथ महीन और दबी आवाज़ों के ठहाके गूँजेंगे। देवर, ननदों और भौजाइयों का महासंगम होगा। "कितना अद्भुत संयोग है;"—लुद्दो काकी ने कहा—"बड़कौना का छोटका आ रहा है फौज से और हमारा अश्विन भी। दोनों कब के बिछुड़े पुराने यार।"

शाम होते ही संतु का मुँह-हाथ धुलवाकर उसे एक बार पुनः तैयार किया जाता। बिटिया बुआ खाना बनाने में जुट जातीं। बड़े चाचा सूरज डूबते ही सायकिल उठाकर स्टेसन की ओर चल देते। संतु दूर से ही रिक्शे की टुनटुनाहट सुन लेता। फिर बुआ के हुलसकर दौड़ पड़ने का पदचाप। लुद्दो काकी का मंथर गति से देहरी की ओर बढ़ना। मम का अपनी लुंगी सँभालते हुए उठकर खड़े हो जाना। महंथ जी का अपनी कोठरिया में ही बैठे-बैठे खँखारना। अम्माँ का सबों का पैर लागना। चुन्ना भैया की तेज शरारती आवाज़। छोटे भाइयों की भूख लगी है की टेक के साथ लगातार रिरियाहट और अंत में अम्माँ का "संतु कहाँ है...कहाँ है संतुआ..." की हाँक लगाते, आँगन पारकर कमरे में आना।

अंदर कमरे में लालटेन की लौ खूब तेज थी। संतु बिस्तर पर औंधे-पौंधे पड़े मजे से खर्राटे भरते हुए सपने में अम्माँ का आना देख रहा था।

अम्माँ चिंहुक उठीं—"सो गया...?...इतनी जल्दी...? कुछ खाया-पिया कि नहीं?"

बिटिया बुआ का चेहरा सफेद पड़ गया। उन्होंने हकलाते हुए सफाई दी—"अभी दस मिनट पहले तो जगा हुआ पढ़ रहा था, अभी तुरंत सो गया।" बिटिया बुआ घबराहट में उसे पुकारने लगीं मगर संतु ने अपने सपने से बाहर आने का कोई

उपक्रम न जताया।

"जरा ध्यान रखना चाहिए बिटिया, ऐसे में बिस्तर में आग भी लग सकती थी।"

बिटिया बुआ पर घड़ों पानी पड़ गया। इतने दिनों का सारा किया-धरा धुलवा दिया इस नासपीटे ने।

बड़े चाचा अम्माँ की हाँ में हाँ मिला रहे थे। मम भी। आ चुकी थीं कोतवाल सोहिबा, खाने गईं हवा-हवलदार।

अब गया बिटिया तुम्हारा राज-पाट।

होली की सुबह जब तक संतु की नींद खुलती आँगन में अगजा से लाई गई अग्नि से कंडे सुलग चुके थे और लुद्दो काकी एक-एक कर सबों की लंबाई धागे से नापकर उस धागे को अग्नि में स्वाहा करती जा रही थीं।

अगजा में आग लगाने का मुहूर्त रात ढाई बजे का था। तब तक जगा था संतु और अगजे के चारों ओर झूम-झूमकर परिक्रमा करते हुए गाई जाने वाली (बिना माइक की) सर्वोत्तम अश्लील होली के कुछ टुकड़े सुनकर ही सोया था। वह बताना चाहता था अम्माँ को कि ऐसी होली गाने में सबसे ऊँची और जोश से भरी आवाज़ उसके बाबूजी की ही थी। वह रात ही आए थे। अभी सुबह पूजा के वक़्त भी उसके कानों में वही सब धमक रहा था।

धूल और कीचड़ से भरी होली शुरू हो चुकी थी, जिसमें कतई दिलचस्पी नहीं थी संतु की। यह बारह बजे दिन तक चलनी थी। इस होली में चुन्ना भइया काफी उत्साहित थे। वही हाथ खींचकर संतु को उस सड़क तक ले गए जो मिर्दा टोली की ओर जाती थी। और जहाँ घुटने-घुटने ऊँची साफ चिकनी धूल भरी थी। एकदम से पाउडर की तरह इस धूल को संतु के अंग-प्रत्यंग में मला गया। बालों तक में मुट्ठी भर-भर के डाली गयी। संतु ने अपनी गंजी खोल उसमें ढेर सारी धूल भरी और उसे हवा में उछाल दिया। देखा हिसकी में ऐसा कइयों ने किया। आसमान में धूल का बगूला उठता और नाथूचक की ओर भाग छूटता। इस क्रिया ने कुछ ऐसा जोश भरा माहौल पैदा कर दिया कि सभी लड़के एक सुर में गाने लगे।–

"दुख भरे दिन बीते रे भइया,
अब सुख आयो रे...
रंग जीवन में नया लायो रे...
ओय-होय दुख भरे दिन बीते रे भइयाऽ बीते रे भइयाऽऽ...।"

भोजनोपरांत दोपहर दो बजे बालक, वृद्ध, युवा सभी बड़का दालान में एकत्र होते। यह नाथूचक के होलिकोत्सव की सबसे महत्त्वपूर्ण परंपरा थी—हास्य कवि सम्मेलन। संतु की आँखें कवियों की लंबी लिस्ट सुनकर आश्चर्य से फट पड़ रही थीं। बस्ती के हर तीन युवाओं में से एक कवि था। अधेड़ और वृद्ध तो प्रायः सभी ही। यहाँ तक कि काफी ऊँची आवाज़ में चिंघाड़ने वाले जेल के सिपाही जंगबिहारी अवस्थी का नाम कवियों की सूची में सर्वोपरि था। संतु को यह बाद में पता चला कि कवियों की सूची में जो नाम जितना नीचे रहता है, वह उतना ही प्रभावशाली माना जाता है। काश कि स्कूल की हाजिरी बही को लेकर भी कुछ इसी तरह का भ्रम रहता। वहाँ संतु का नाम सबसे नीचे अंकित था।

पत्रकार मनोहर मिश्र को इसके संचालन का दायित्व सौंपा गया। होठ के दोनों कोरों से पान का रस टपकाते वह इस शर्त्त पर इस दायित्व को ग्रहण करने को तैयार हुए कि उस 'पदना' (राम पदारथ सुकुल) की अध्यक्षता में वह इसे स्वीकार नहीं कर पाएँगे। चूँकि पत्रकार मनोहर मिश्र के संचालन का अर्थ था कवि गोष्ठी में जान आ जाना और एक दिन बाद के समाचार-पत्र में इसकी रपट भी आ जाना। सो अध्यक्ष-सह-निर्णायक के चुनाव की जिम्मेवारी उनपर ही छोड़ दी गई। उन्होंने बहुत भारी-भरकम परिचय एवं विशेषणों के साथ मम का नाम प्रस्तावित किया, जिसका समर्थन आश्चर्यजनक रूप से राम पदारथ सुकुल ने भी किया। संतु के लिए यह भी आश्चर्यजनक था कि इसी वर्ष मैट्रिक की परीक्षा देकर आए चुन्ना भैया का नाम भी कवियों की सूची में था जबकि महापंडित और पढ़ाकू (संतु की नज़र में) अश्विन चा श्रोताओं के बीच भी कहीं नहीं थे।

अंत में जब श्रेष्ठ कवि को पुरस्कृत करने की बात हुई, मम ने शांत स्वर में अपने बड़े पोते चुन्ना के पक्ष में अपना निर्णय सुनाया। इस पर कुछ देर तक भारी हंगामा और हड़बोंग मचा। कुछ लोग तो हत्थे से उखड़ चुके थे, जबकि इक्के-दुक्के लोग मम के समर्थन में लोगों से शांत रहने की अपील करने लगे थे। मम ने भी बिना किसी हिचकिचाहट के बहुत संक्षिप्त और विद्वत्तापूर्ण भाषण किया। वह शेक्सपीयर, इलियट और एजरा पाऊंड से नीचे बात ही नहीं कर रहे थे। अंत में उन्होंने अपने निर्णय के औचित्य पर भी प्रकाश डाला—"स्थापित और जमे हुए लोगों के मुकाबिले इस लड़के में धारदार व्यंग्य भले न हो, पर जनसमस्याओं पर इसकी नज़र कहीं ज्यादा पैनी है और सबसे बड़ी बात यह कि कुछ कहने की छटपटाहट और बेचैनी इसकी रचना में मुझे सर्वाधिक नज़र आई। यह महज़ संयोग है कि यह मेरे बेटे सोहन का बड़ा बेटा है।"

नाथूचक में रंग शाम के वक़्त चलता। हल्के गुलाबी और पीले रंग। ननदों,

भाभियों और देवरों की तिकड़ी ही इसमें सबसे ज़्यादा आनंदित होती। नाथूचक की यह भी परंपरा थी कि रंग हमेशा नए कपड़ों पर ही डाला जाता। आँगन में अम्माँ अपनी नई साड़ी में पूरी तरह भीग चुकी थीं। संतु को अपने नए पाजामे-कुर्ते पर रंग का धब्बा लगवाना गवारा नहीं था। सो वह चुपचाप लुट्टू की ओर निकल गया। वहाँ अजीब सन्नाटा पसरा था। रसोईघर में पकवान की जगह गुड़िया दी चटनीनुमा पाचक बनाने में जुटी थीं। आजकल गुड़िया दी की ईजाद की हुई इस पाचक की जबरदस्त धूम थी पूरे भागलपुर में। इमली, गुड़, अमचूर, जीरा, सोंठ एवं कालानमक आदि से तैयार इस पाचक को लाल, पीली, हरी, नीली पन्नियों में लपेटकर टॉफीनुमा पैकिंग की जाती और पाँच पैसे में दो तथा दस पैसे में पाँच की दर से बेची जाती। आजकल इसी की बदौलत इस घर में थोड़ी-बहुत समृद्धि दिखने लगी थी। हन्नू भैया ने धंधा जमकर सँभाल लिया था। लुट्टू फिर से स्कूल जाने लगा था।

अंजना छत पर अकेली थी। मुँडेर पर झुकी रंग बिहारी दीक्षित के आँगन में मची जोरा-जोरी का नजारा देख रही थी। संतु ने पीछे से उसके गाल पर अबीर मल दिया। एकदम से सकपका उठी वह। फिर संतु को पहचानते ही सामान्य हो गयी। बल्कि थोड़ा मुस्कुराई भी। साथ ही तंज भी किया—"आ गए तुम...।... हम तो समझे कि आज किशन कन्हैया के दर्शन शायद ही हो पाएँ। इस ब्रजभूमि में गोपियों की कमी थोड़े न है।"

अब संतु के सकपका उठने की बारी थी। उससे कुछ जवाब देते न बन पड़ा। अंजना अपना फ्रॉक ऊपर उठा उसी से मुँह पोंछने लगी। उसके पेट पर बहुत ही मुलायम रोएँ थे। एकदम काले भी नहीं, कालिमा लिए भूरे रोएँ। और उसकी नाभि...! जैसे शांत जल के बीच कोई भँवर बन उठा हो। संतु डूब गया इस भंवर में। जाने क्या सूझा उसे कि उसने अंजना का फ्रॉक थोड़ा और ऊपर उठा दिया और...।

उसकी आँखों के आगे जो कुछ भी कौंध उठा उसकी कल्पना भी नहीं थी उसे। अंजना की छाती पर भी वही उग आया था जो सुस्पष्ट रूप से तिलू अँजिया की छाती पर था। अम्माँ, बुआ या किसी अन्य स्त्री की छाती पर भी। अंजना के फ्रॉक के ऊपरी हिस्से में ढीला-ढाला झालर बना रहता था और आज से पहले इतने स्पष्ट उभार को संतु कभी ऊपर से महसूस न कर पाया था। उसे लगा था कि वहाँ भी उसके जैसा सपाट ही होगा। लेकिन वहाँ तो...दो छोटे-छोटे टिकोले थे...। शान से झूलते हुए। ठीक लुद्दो काकी के पूजा की लुटिया जितने बड़े-बड़े।

अंजना बेतरह नाराज हो उठी थी। फ्रॉक तो उसने चट नीचे कर लिया था लेकिन क्रोध से उसका चेहरा तमतमा उठा था। वह एकदम से फट पड़ी थी जैसे—"खबरदार...जो आज से मुझको छुआ भी तो... । हमको ई सब हरक्कत जरिको पसंद नहीं। ईसब करना है तो जाकर अपनी सखी निर्मला के संग किया करो! ऊ बिगाड़ के रख दीहिस है तुमको!"

"वह मोटी...जहर की पुड़िया... ।"...संतु को कुछ याद आते ही उसके बोल ही बदल गए—"नाम मत लो उस भवानी का। गृह-प्रवेश के दिन उसको जरा सी चूंटी काटी तो मुझ पर हत्थे से उखड़कर बोली कि देंगे एक थप्पड़ खींचकर जान लो...अंजना समझ लिए हो क्या हमको। हमको पता है कि आजकल खूब चूल्हिया-चौका खेल रहे हो उसके साथ!"

संतु के इस स्पष्टीकरण का व्यापक असर हुआ।

अंजना ने शरम से अपनी आँखें झुका लीं।

"तुम तो काफी बड़ी हो गई हो।" संतु ने मौन तोड़ा। "तुम भी थोड़े न बच्चे हो! बच्चा कहीं फ्रॉक ऊपर उठाता है?"

"लेकिन मैंने तो बस ऐसे ही...अनचोके में... ।"

"खूब समझते हैं बच्चू... ।...अभी नहीं रोकते तो पैंट में भी हाथ लगा देते। नाथूचक के लौंडों को खूब जानती हूँ मैं। खूब सुने हैं किस्से हमने भी। हमसे उड़ो मत ज़्यादा। हम रग-रग पहचानते हैं लड़कों की। लेकिन हम उन लड़कियों में से नहीं!"

संतु का चेहरा भी तन गया—"तो तुम भी सुन लो, मैं भी उनमें से नहीं। समझती क्या हो अपने को। गोरी...गू की चभोरी...छी...छी... ।"

"काला कौवा काँव...काँव
पइसा माँगे ठाँव...ठाँव।"

निर्मला से चवन्नी लेकर मौज उड़ाने की पूरी जानकारी अंजना को थी। संतु ही बताया करता था। तभी से उसने उसे चिढ़ाने को यह दोहा रच रखा था।

उस शाम जबरदस्त हाथापाई हुई उन दोनों में। अंजना जब अपनी चूड़ी वाली पतली कलाइयों से प्रहार करने की कोशिश करती, संतु को लगता कि धारीदार लंबी गर्दन वाला कोई बगुला मछली पकड़ने को झपट्टा मार रहा हो। अपनी इसी कल्पना में डूबे रहने के कारण वह शुरू में पिट गया। चोट का अहसास होते ही उसने भी पलटकर प्रतिघात किया। उसका घूँसा अंजना की पीठ पर बज उठा।

"बाप रे...बचाओ... ।"—अप्रत्याशित रूप से वह चीख उठी। धारीदार लंबी गर्दन वाला बगुला अचानक ही टपाटप मछलियाँ निगलने लगा।

गुड़िया दी दौड़तीं ऊपर आईं और तभी यह सिलसिला समाप्त हुआ। संतु बस्ती की ओर निकल गया। बड़का दालान में दूध और मेवे से बने भांग के शरबत की पुष्ट व्यवस्था थी। सभी घरों में बड़े बुजुर्गों और मेहरियों के हिसाब से यह 'प्रसाद' पहुँचाया जा चुका था। लिहाजा अब खुली छूट थी। बच्चों तक को आग्रह कर दूसरा गिलास भी थमाया जा रहा था। कारण कि मुख्य व्यवस्थापक बमबम भइया थे।

"जब मैं मिनिस्टर बनूँगा तो इसी तरह पूरे समाज में छोटे-बड़ों, ऊँच-नीच का कोई भेद नहीं मानूँगा।" बमबम भइया ऊँची आवाज़ में इसी तरह की शेखचिल्लीनुमा उद्घोषणाएँ कर रहे थे।

"आकर ले रे संतुआ एक गिलास। मम के खानदान को तू ही तो तारने वाला है!"

"बस और नहीं!"—मीठे से चटचट करती ज़बान को चटकारते हुए उसने कहा और घर की ओर मुड़ चला।

शाम गहरा चुकी थी। गहरा चुका था नाथूचक के चिरई चुनमुन तक पर भी बूटी का नशा। संतु का दिमाग भी सनसनाने लगा था। वह चुपचाप मम और महंथ जी के बगल में बैठ गया। आज इन दोनों बूढ़ों ने भी बूटी का प्रसाद पाया था। दोनों ही गहन वाद-विवाद-संवाद में उलझे थे। आश्चर्य कि उनके सामने एक कुर्सी पर अश्विन चा भी बैठे थे। पुराना पैंट, बुश्शर्ट पहने। आँगन में मचती हुड़दंग से एकदम निरपेक्ष एवं नावाकिफ़।

महंथ जी ने अभी-अभी कालिदास के कई उद्धरण देकर खम ठोंकते हुए यह घोषणा की थी कि कालिदास भारत के शेक्सपीयर नहीं, बल्कि शेक्सपीयर योरोप के कालिदास हैं।

अब वह रामायण में वर्णित राम-सीता के प्रथम मिलन का वर्णन भाव-विभोर होकर सुना रहे थे। जब राम ने पुष्प वाटिका में सिया सुकुमारी को देखा था, कैसा अद्‌भुत रूप था उनका। फूलों का शृंगार, आलता लगे दूधिया पाँव और चेहरे पर अपूर्व भोलापन। ऐसा भोलापन उसी चेहरे पर हो सकता है, जिसका मन भी उतना ही निर्मल हो। चेहरे का भाव मन की अवस्था का ही प्रतिबिंब होता है। और इधर यही हाल सीता का भी था। गौर वर्ण, राजीवनयन, आजानुबाहु और धनुष की प्रत्यंचा समान तने हुए शरीर के स्वामी को देख भला किस स्त्री के दिल में प्रेम का उछाह न फूट पड़ेगा? लव एट फर्स्ट साइट के आपके अंग्रेजी मुहावरे का प्रयोग वाल्मीकि, कालिदास से लेकर कथासरितसागर की जाने कितनी कथाओं के पोर-पोर में समाहित हैं आदरणीय डिप्टी साहब!

पता नहीं बात किस संदर्भ में हो रही थी, क्योंकि मम एकदम खिल्ली

उड़ानेवाले ज़ांबाज़ के मूड में थे और महंथ जी भावुकता से ओत-प्रोत किसी मंदिर के पुजारी की तरह श्रद्धालु दिख रहे थे। जबकि अश्विन चा के चेहरे पर कुछ ऐसे भाव थे जैसे उनके हाथ का तोता उड़ चुका हो।

"अच्छा ई बताओ, रामायण में रावण को लोहितनयन क्यों कहा गया है?"—मम ने दाँत कुरेदते हुए ढीले-ढाले तेवर में पूछा।

महंथ जी इतने हलके सवाल पर उखड़ गये थे। "तुम का हमको बलभद्दर मिसिर समझे हो?" उन्होंने मम के प्रश्न का सारगर्भित ज़वाब देने के बाद उपरोक्त वाक्य भी जोड़ दिया। यह बलभद्दर मिसिर एक मिथ थे नाथूचक के मर्दों के लिए। उनकी मूर्खता के किस्से उसी तरह मशहूर थे पुरुषों के बीच, जैसे महिलाओं के बीच बलाई मिसिर के किस्से। नाथूचक की महिलाएँ पुरुष जननांग के लिए 'बलाई मिसिर' का प्रयोग करतीं और गूढ़ से गूढ़ स्थितियों की बातें कहीं भी, कभी भी, सहज ढंग से कर लेतीं।

तो महंथ जी के उस उपालंभ पर मम खिलखिला उठे थे। फिर बड़े ही इत्मीनान से उन्होंने कहा—"आपके पास किताबी ज्ञान तो है, मगर वैज्ञानिक दृष्टिकोण का सर्वथा अभाव है। नेहरू जी भी यही चाहते थे कि हमारे देशवासी एक वैज्ञानिक दृष्टिकोण एवं चेतना संपन्न व्यक्ति बनें। ज़ाहिर है कि आप जैसे लोगों की कमी नहीं है इस देश में जो हर प्रश्न के जवाब को उलझा कर रख देते हैं। अरे सीधी सी बात है मेरे भाई, उसका रक्तचाप हमेशा बढ़ा रहता होगा और इसी से आँखें भी लाल रहती होंगी उसकी। इसी कारण उससे लगातार गलतियाँ हुईं और वह हारा। उसका हारना भी एक काव्य सच है। हम सभी हमेशा चाहते हैं कि रावण हारे जो कि यथार्थ में शायद ही होता है।" मम ने पुनः ठठाकर हँसते हुए कहा—"आप भी जरा अपने बी॰पी॰ का इलाज ठीक से कराया करें महंथ जी...वरना...।"

इसके साथ ही अचानक गंभीर हो उठे मम। जैसा कि उनका स्वभाव था। वह सामने वाले को उत्तेजित, हताश और मानसिक रूप से थका डालने के बाद ही अपनी बात रखते—"देखो, शाश्वत प्रेम और श्रृंगार के प्रतीक हमारे यहाँ राधा और मोहन ही हैं। यह होली, फाग, रस, राग सब इन्हीं काव्य नायक-नायिका के कारण है हमारे जीवन में और यही है साहित्य का सामाजिक जीवन पर प्रभाव। यह निरंतर होता रहता है और यही अंततः नियामक भी होता है हमारी संस्कृति का।"

"अच्छा तो यह बताइए श्रीमान्;"—महंथ जी ने उतने ही ठंडे स्वर में पूछा (जैसे अपने रक्तचाप पर नियंत्रण कर बैठे हों),—"मीरा तो कृष्ण की दीवानी थी,

फिर उसने 'पायो जो मैंने रामरतन धन पायो' क्यों कहा? या फिर निर्गुण के उपासक कबीर ने राम भक्ति के दोहे क्यों लिखे?"

"क्योंकि राम के साथ एक बेहद लोक-व्यावहारिक भाव का बोध कराया तुलसीदास ने—मर्यादा-पुरुषोत्तम होने का बोध। इसी बोध ने आगे चलकर हमारे बेहद खुले समाज को इतनी सारी नैतिकताओं से बाँध दिया कि प्रेम जैसा सर्वाधिक सहज, पवित्र और नैतिक कार्य भी लोग छुपकर करने लगे।"

मम ने थोड़ी देर आँख मूँदकर सोचने के बाद कहा—"कालिदास के बाद कोई बड़ा लेखक, यदि है तो जयदेव। 'गीत-गोविंद की प्रसिद्धि' और 'राधा' एवं 'मोहन' जैसे चरित्र की लोक-व्यापकता ने ही तुलसीदास को इस मुहावरे से हटकर कुछ करने को बाध्य किया होगा। और इसीलिए उन्होंने 'राम' को पुनर्जीवित किया। जयदेव ने 'राम' का विखंडन किया था—राधा और मोहन के रूप में। तुलसीदास ने फिर से इसका फ्यूजन कर दिया। इसीलिए राम किसी से प्रेम नहीं करते, अपने भाइयों तक से नहीं। न ही सीता से। वह केवल कर्त्तव्य बोध से बँधे एक कठोर संयमी हैं। वरना भरत के इतना झुकने, आँसू बहाने और मनुहार करने पर कौन ऐसा भाई हो सकता है, जो द्रवित होकर उसका कहा न मान लेता?

...लेकिन नहीं, तब हमारे यहाँ मुसलमान आ चुके थे। इनके जुल्मों को लेकर समाज में एक भय और खलबली थी। तुलसीदास ने इन म्लेच्छों (राक्षसों) से लड़ने को महल (सुख) छोड़ बनवास में जाने का आह्वान किया। श्रेष्ठ और छोटी जातियों में एकता के फलस्वरूप गठित सेना द्वारा इन राक्षसों का वध होना भी दिखाया। बस राम का जादू चल गया उत्तर भारत के हिंदू समाज पर, क्योंकि मुस्लिम आक्रांताओं से यही सर्वाधिक प्रभावित थे। जहाँ तक मीरा या कबीर के संदर्भ में तुमने जो सवाल खड़े किए हैं, केवल यही कहूँगा कि कभी-कभी बड़े कवि भी लोकप्रिय फार्मूलों के व्यामोह में पड़ जाते हैं। जैसे कि उमर ख़य्याम की रुबाइयों की लोकप्रियता से प्रभावित होकर बच्चन जी ने 'मधुशाला' लिख मारी।"

मम के इस बेसिर-पैर की बकवास (महंथ जी ने अक्षरशः यही कहा था) सुन महंथजी एकबार पुनः अपना नियंत्रण (रक्तचाप) खो बैठे। उन्होंने झल्लाकर कहा—"आप साफ-साफ बताइए, तुलसीदास और जयदेव में बड़े कवि कौन हैं?"

प्रश्न सुनकर गुनगुनाने लगे मम—

"विगलितवसनं परिहृतरशनं धरय जघनमपिधानम्।
किसलयशयने पंकजनयने, निधिनिम हर्षनिधानम।।"

तुम्हीं बताओ, ऐसा सौंदर्य बोध भला तुलसीदास के पास है? कबीर तो इन

भावनाओं के करीब भी नहीं फटकते। मैं यह नहीं कह सकता कि कौन बड़ा है कौन छोटा! लेकिन मैं इतना कह सकता हूँ कि प्रेम का निषेध कर कोई बड़ा लेखक नहीं बन सकता। यहाँ प्रेम को मैं व्यापक अर्थों में ले रहा हूँ—जीवन, जगत, प्रकृति और मनुष्य से प्रेम। इसके बिना कोई भी साहित्य अधूरा है, इसको रचनेवाला कवि/लेखक भी अधूरा।

अब अश्विन चा ने हस्तक्षेप किया—"अच्छे साहित्य की आपकी परिभाषा है क्या आखिर?"

"मैं कोई आचार्य नहीं हूँ साहित्य का;"—मम ने पूर्ववत मुस्कुराते हुए कहा—"फिर भी इतना जरूर कहूँगा कि लवली, इनोसेंट एंड एज़ परफ़ेक्ट एज़ लाइफ...।"

संतु ने मम के अंतिम वाक्य को एक तरह से रटकर कंठस्थ कर लिया था। कारण कि वह अंग्रेजी में कहा गया था और अंग्रेजी से संतु की इधर ज़बरदस्त प्रीति चल रही थी। वह अपनी अंग्रेजी की किताब धड़ल्ले से पढ़कर अपने हमजोलियाँ समेत बिटिया बुआ और उनकी सहेलियों पर भरपूर रोब गाँठने लगा था। इसी वजह से मन भी लगता था उसका अंग्रेजी में। और फिर अब तो अश्विन चा भी थे उसकी भरपूर मदद को।

ठीक इसी समय बड़का दालान की तरफ हर-हर महादेव...जैसा कुछ शोर हुआ। "लगता है कद्दू बस्ती वालों की टोली आ गई।" सभी लोग फौरन उठ खड़े हुए।

यह भी एक व्यवहार था। होली के एक दिन पहले नाथूचक की टोली कद्दू बस्ती जाती और प्रत्येक दरवाजे एक-दो सगुन की होली गाई जाती। फिर होली के दिन कद्दू बस्ती वाले आते। इन अतिथियों का सत्कार भांग एवं मालपुओं से होता।

अश्विन चा और संतु दालान में दरी और चादर बिछाने लगे थे। मम ने आदतन बिटियाऽ...की हाँक लगाई पर किवाड़ के बाहर घूँघट से ढँका जो सर बाहर निकला, वह संतु की अम्माँ का था।

"लल्ले-बिलल्लों की हुड़दंगी पार्टी आ चुकी है...खाने-पीने का सामान निकलवा देना।...और देखना बहू, एकदम थोड़ा-थोड़ा...।" इसके साथ ही मम शून्य में बड़बड़ाने लगे—"आज के दिन लोग खाते कम, बर्बाद ज्यादा करते हैं।"

अम्मां मुड़कर जाने लगीं तो पीछे से मम ने चेतावनी दी—"और देखो बहू...तुम कमरे में ही रहना। खबरदार जो अब रंग वगैरह...वैसे भी तुम्हारी तबीयत ठीक नहीं। समझ गई न...बहुत हो चुका अब।"

"ई अपने कहाँ हैं?...दोपहर बाद से ही नजर नहीं आ रहे।"

"व्यसनी आदमी का क्या भरोसा? होगा बैठा शिवभंजन के साथ उसके घर में।"

कद्दू बस्ती वालों के फटे गलों के साथ नाथूचक के दर्जनों कुत्तों की संगत (आज उन सबों को भी भांग पिलाई जाती थी) ने ऐसा समाँ बाँधा कि दो घंटे तक पूरे नाथूचक में बल्ले-बल्ले होता रहा। एक-एक घर के दुआरे फाग गूँज, अबीर उड़े और बाल्टी भर-भर रंग छत पर से मेहरियों द्वारा फेंके गए।

लेकिन सूना पड़ा रहा तो बस एक घर। एक घर के दालान में कद्दू बस्ती वालों को भी जाने न दिया गया। संतु भी न जा सका उस रात सरला और निर्मला का हाल-चाल लेने। उसकी आँख के पपोटे नींद से भारी हो चले थे। वह बरामदे में बिछी दरी पर ही लुढ़क गया था।

सुबह मुँह अंधेरे ही उसकी नींद टूट गई। रात तुलसीदास पर लाठी लेकर पिले मम नित्य की तरह "श्री रामचंद्र कृपालु भजु मन" गा रहे थे। "यही श्रेष्ठ है तुलसीदास का;"—महंथ जी द्वारा टोकने पर उन्होंने शान से कहा—"यह थोड़े न कि तुम्हारी तरह हनुमान चालीसा पढ़ता हूँ। यह भी सुनते हैं कि उन्हीं का लिखा है।"

महंथ जी पर भी रात की बूटी की खुमारी का असर अभी तलक था। वह अधमुँदी पलकों पर दबाव देते हुए रवि बाबू को गुनगुनाने लगे थे—

मन जाग, मंगल लोके अमल अमृतमय नवआलोके
ज़्योति-विभासित चोखे।।
निर्मल प्राते विश्वेर साथे जाग अभय अशोके।।

तभी पायल की रुनझुन गूँजी और चाय का कप लिए घर की बहू इन बूढ़ों की सेवा में आ उपस्थित हुई।

"अरे तुम काहे कष्ट कियो, बिटिया का भेज देतिऊ!" मम ने सहर्ष लाड़ जताया।

"बिटिया पढ़ रही हैं। इस बार पास करना है उनको। उनकी परीक्षा खत्म होने तक मैं पटना जाने वाली नहीं। समझा दीजिएगा अपने बेटे को।" मम ने कुछ नहीं कहा। चाय का कप हाथ में लिए महंथ जी को इस आशय से देखा मानो वही इस पर कुछ टिप्पणी करें।

लेकिन महंथ जी चुपचाप चाय सुड़कते रहे!

दस

"नंदिनी...अरी ओ मेरी सखी! खूब चकल्लस चल रही है आजकल...बसिऔड़ा भी मिलने न आई?"

होली के तीसरे दिन सुबह नौ के करीब, तिलू अजिया ने मम की ड्योढ़ी फलाँगकर, आँगन में कदम रखते ही उलाहना दिया।

संतु सर में तेल मालिश करवा रहा था अम्माँ से! उसके सर में भयानक दर्द था। यह उस शानदार बसिऔड़ा की बदौलत था, जो कि कल रात शिवभंजन तिवारी के दरवज्जे मनाया गया था। नाथूचक के आस-पास की बस्तियों में रहने वाले तमाम छोटी जातियों के लोगों का भारी जुटान हुआ था। बाकायदा शामियाना, जाजिम और गावतकिए का प्रबंध किया था शिवभंजन तिवारी ने। जैसा कि केवल शादी-ब्याह के मौके पर ही देखने को आता था, शुभागंतुकों पर गुलाब और केवड़े का इतर छिड़का गया। भांग के शरबत से स्वागत के बाद मालपुआ, गुझियाँ, खस्ता कचौड़ी और कुरमुरे नमकीन वगैरह उनकी सेवा में पेश किए गए। कुल मिलाकर आवभगत इतनी जोरदार हुई कि थई-थई मच गया। बेकाबू हो उठे लोगों ने पूरे तीन घंटे तक माइक नहीं छोड़ा। कुछ तो बीच-बीच में उठकर ठुमके भी लगाने लगते। दो दफ़ा मेज़बान को भी इन ठुमकों में साथ देना पड़ा। इतना जानदार समाँ रहने के बाबजूद शिवभंजन तिवारी अपने लँगोटिया यार सोहन (संतु के पिता) के साथ बीच-बीच में उठकर भीतर चले जाते और दस मिनट के बाद पूरी ऊर्जा के साथ पुनः अतिथियों के हौसला अफ़जाई में शामिल हो जाते।

संतु को लगा कि इस राज का पर्दाफ़ाश होना चाहिए। सो अगली दफ़ा उनके भीतर जाने के पाँच मिनट बाद संतु भी अंदर। बाहर वाले कमरे से सटा जो शिवभंजन तिवारी का सोने का कमरा था, उसी में जमे थे दोनों मित्र। बीच में एक तिपाई पर दो गिलास और नमकीन की प्लेट।

गिलास से लंबी घूँट भरने के बाद सोहन ने कहा, ''भांग तो स्लाला चूतियापा वाला नशा है। सस्ता और सुला देने वाला। इसको पीते ही बदन में आँच आ जाती है।''

''लेकिन पंडितों के लिए यह मुफ़ीद नहीं;''—शिवभंजन तिवारी ने जम्हाई लेते हुए कहा, ''कारण कि यह बदबू करता है और इस वजह से भेद भी खोल देता है। इसी कारण ब्राह्मणों के बीच यह अपृश्य है। अछूत को छूने समान...।''

"इसीलिए भांग को सात्विक कहते हैं चूतिए!"

"तुम खुद को ही गाली दे रहे हो, क्योंकि तुम भी वही हो!" शिवभंजन तिवारी ने गिलास से भरपूर खींचते हुए कहा, ''हर वह चीज, जो होकर भी ना होने का अहसास कराए अथवा ना होकर भी होने का अहसास कराए, सात्विक है, ब्रह्म है, शिव है या सत्य है।''

सोहन ने चुपचाप सुना और उठ खड़े हुए। बोले, ''एक बात जान लो, अब मैं वह नहीं रहा...।''

''यह असंभव है। हमारे देश में इसका संबंध अंततः और अंततः माँ के गर्भ से है, व्यक्ति के कर्म से नहीं। ''

''अब छोड़ो ई बहस और अपना कोटा खतम करो;''—सोहन ने किंचित लापरवाही से कहा, ''आज तो टैरू बहू मिल जाती तो भाग जग जाता।''

''घर में हमार भौजाई भी इंतजार में होइ हैं!''— शिवभंजन तिवारी ने चुटकी ली।

''तुम्हार भौजाई भांग की गोली हैं। आँख मूँद कर पड़ जाने वाली। जबकि टैरू बहू अंग्रेजी शराब है...नस-नस में जोश भर देने वाली। बीच-बीच में तो ऐसा टिटकारी मारती है स्लाली कि...। पटना में नाथूचक की कमी खलती है तो बस टैरू बहू के चलते!''

संतु दूसरे कमरे के दरवाजे की ओट में था। उन दोनों को बाहर की ओर कूच करते ही वह तेजी से भीतर! अंदर घुसते ही उसने दरवाज़े को भिड़काया और झपट्टा मारते हुए बोतल को उठाया। उसी फुर्ती से बोतल का थोड़ा द्रव्य गिलास में ढाला। ध्यान रखा कि अपने बाबूजी वाले गिलास में ही। और इसके अगले ही पल वह पूरा का पूरा द्रव्य उसके कंठ में।

एक भयानक जलन। जैसे आग का गोला सनसनाता हुआ भीतर घुसकर कंठ में अटक गया हो। इसके साथ ही भीतर से ऐसी हूल उठी कि लगा खाया-पिया सब अभी का अभी बाहर निकल जाएगा। मगर जग में रखे पानी से दो घूँट पीकर संतु ने सँभाल लिया खुद को। सो जिसे बाहर निकलना था वह भीतर चला गया

और कलेजे को जलाते हुए पेट को मथने लगा। इसी बेचैनी में संतु प्लेट से उठाकर नमकीन चबाने लगा। फिर पानी पिया उसने। तब जाकर लगा कि पेट और कलेजे की सांद्र अग्नि तरलीकृत होकर पूरे बदन में फैलने लगी है। उसने हाथ पैर झटके और आईने में चेहरा देखा। अपने गालों को दहकता हुआ महसूस किया उसने इसी अवस्था में थोड़ा हवा खाने के वास्ते वह सीधे छत पर।

दोनों बहनें छत पर ही थीं। सामने ताड़ के दो सटे हुए पेड़ों के बीच चाँद फँसा हुआ नज़र आ रहा था। "अरे निकलो भाई...रास्ता एकदम साफ है।"—छत पर पहुँचते ही संतु इसी तरह की बकबक करने लगा था। अपने कदमों के साथ-साथ शब्दों के उच्चारण में भी वह एक गैरमामूली किस्म की लड़खड़ाहट महसूस कर रहा था। किंतु वह सब कुछ उसके अख़्तियार में नहीं था। उसको लग रहा था कि यदि जो निर्मला का हाथ थाम वह आसमान की ओर कदम बढ़ा दे, तो कोई ताज़्जुब नहीं कि अगला कदम सीधे चाँद पर ही पड़े। चाँद और निर्मला, दोनों ही उसे एक सहज दूरी पर नज़र आ रहे थे। बल्कि निर्मला से तो वह लगातार सटने का उपक्रम कर रहा था। दोनों बहनों ने संतु की इस असहजता को फौरन ताड़ लिया था। सरला दी ने तो सीधे डपट दिया उसे—"इसी उम्र में भांग खाना सीखकर तुम भी हो जाओ बौड़म दास। यह क्या आलतू फालतू बक रहे हो तुम! चाँद की सुंदरता हम गरीबों के लिए नहीं है, सो अच्छी तरह से जान लो बच्चू!"

"पेट यदि भरा हो तो फिर नज़र चाँद और चाँद जैसे गोल चेहरेवालियों पर ही पड़ती है।"

संतु का यह दुस्साहस देख निर्मला को शक हो आया। उसने उसके करीब आकर उसका मुँह सूँघा। कुछ देर दोनों बहनों की आपसी मंत्रणा हुई। इसके फौरन बाद सरला दी ने संतु को तुरंत छत से नीचे जाने का आदेश सुना दिया।

निर्मला जब उसका मुँह सूँघ रही थी, संतु की इच्छा हो रही थी कि काट खाए वह निर्मला के गाल को। इस अधूरी इच्छा के साथ भरपूर अपमानित होने के बाद जब वह घर से बाहर निकला, उसे अंजना की याद बुरी तरह सताने लगी थी। अंजना की छाती के दोनों उभार शून्य में किसी आकाशदीप की तरह आलोकित होकर मानो संतु का पथ प्रदर्शित करने लगे थे।

संयोग से अंजना घर के बाहर ही थी। कनेर के पेड़ के नीचे खड़ी वह भी चाँद को टुक निहारे जा रही थी। संतु दबे पाँव उसके ठीक पीछे जा पहुँचा। अभी वह क्या करे, क्या न करे के असमंजस में ही था कि "हाय दयूया" की हल्की

चीख के साथ अंजना डरकर चौंक उठी थी। संतु को पहचान लेने के बावजूद उसके चेहरे से खौफ़ एवं बदहवासी के भाव मिट नहीं पाए थे। यह देखकर संतु को स्वयं पर ही लज्जा हो आई। वह मुड़ा और चुपचाप घर आकर सो गया।

अगली सुबह भयानक पीड़ा थी उसके सर में। सो नाश्ते पानी से फारिग होते ही मलिए में ढेर सारा तेल लेकर उसने अम्माँ को धर दबोचा। अम्माँ ने पूरे बदन पर तेल मलकर सर की चम्पी अभी शुरू ही की थी कि...।

—तिलू अजिया समान गपोड़ी और हँसमुख सखी को अचानक नमूदार हुई पाकर नंदिनी का चेहरा खिल उठा। लुद्दो काकी और अंजना की अम्माँ भी वहाँ। उन दोनों के चेहरे भी हर्षित हो उठे थे। तीनों ने समवेत उपक्रम करते हुए चौकी पर चौथी के लिए जगह बनाई।

"हाय दय्या...ई का देख रही हैं हम...!" बैठते ही तिलू अजिया ने शिगूफा छोड़ा, "ई तुम्हार किशन कन्हैया की तकदीर तो अच्छी नहीं सखी...। रामऽ...रामऽ...। देख रही हो नऽ...गौर से देखो पीठ पर... दाईं बगल...मस्साऽऽ...।"

नंदिनी ने ध्यान से देखा उस मस्से को। लेकिन उनकी समझ में कुछ नहीं आया। इधर तिलू अजिया ने अंजना की अम्माँ के चेहरे पर आँखें टिकाते हुए कहा "बड़ा फूटे नसीब वाला है यह लड़का।...और दिल का भी इतना कोमल है कि क्या पता यह सब बर्दाश्त भी कर पाएगा या नहीं?"

"देखो, अब पहेली मत बुझाओ;"—नंदिनी का चेहरा सफ़ेद पड़ता देख लुद्दो काकी ने मोर्चा सँभाला, "साफ़-साफ़ बतऊति काहे नहीं कि बात का है?"

"इत्ती उमिर हो आई तुम्हार, तभियौं तुमका नाहिं पता तो हम का कह सकित है भला;"—तिलू अजिया की नज़र पुनः अंजना की अम्माँ की आँखें से उलझी हुई थी। उन्होंने अब सीधे उन्हीं से संवाद किया, "तुम्हीं काहे नहीं बताए देत हो कुंजू बहू? तुम तो जरूर जानित होइहौ!"

कुंजू बहू ने ऐसी चतुराई से सर हिलाया जो समर्थन में था और नहीं भी।

"देखो सखी, तुमरी यही बात अखरे लगे है हमका! नहीं बताना था तो बात उठौतिऊ ही नहीं। लेकिन जब उठाए दिए हौ तो बताए बगैर ना जाय देख।"—कहती हुई उठीं नंदिनी और भंडार घर की ओर चल दीं। लौटीं तो हाथ की तश्तरियों में सूखा नाश्ता था।

"शादी के बाद मेहरिया ने बचेगी इसकी...। काहे कुंजू बहू, कहो कि झूठ कहित है हम?" तिलू अजिया ने एक पूरी गुझियाँ उदरस्थ करते हुए कहा। कुंजू बहू को समर्थन करना पड़ा तिलू अजिया का। जो ना करतीं तो अज्ञानी कहलातीं। भद

पिट जाती उनकी।

सुनते ही फुसक-फुसककर रोने लगा संतु! उसके सामने अंजना का चेहरा था। माथे में सिंदूर, गले में मंगलसूत्र, नाक में नथ, कान में झुमका मगर...मगर...शरीर निष्प्राण।

"चुप्पऽ...!"—नंदिनी ने बड़ी जोर से डाँटा उसे, "मऊगा कहीं का। मरद भी कहीं रोता है औरतों के लिए। अरे एक मरेगी तो दूसरी ब्याह लाऊँगी। दूसरी मरेगी तो तीसरी...चौथी...पाँचवीं...! पूतों वाली हूँ, कोई बाँझ नहीं। बेटी देने वालों की लाइन लगी रहेगी हमरे दुआरे!"

पुत्र मोह में अचानक इतनी आक्रमक हो उठीं नंदिनी कि उसने पेटी के नीचे प्रहार कर दिया। एक क्षण को मुँह उतर गया तिलू अजिया का। लेकिन फ़ौरन खुद को सँभालकर उन्होंने हँसते हुए कहा, "एक उपाय भी है सखी। किसी पेड़ के साथ सात फ़ेरे दिलवा दो इसके। पेड़ सूख जावेगा और इसकी बहुरिया का ग्रह कट जावेगा।"

नंदिनी में मुँह फुलाते हुए कहा, "मुझे इन सब ढकोसलों में रत्ती भर भी भरोसा नहीं। जो करम में लिखा होगा, भोगा जाएगा।"

लेकिन संतु लगातार खदबदाता रहा। अगले दिन स्कूल से लौटकर बस्ता पटकते ही वह तिलू अजिया की ओर भाग छूटा। संयोग से घर का दरवाजा खुला था और अंदर तीन-चार औरतें बैठी गपिया रही थीं। वे सभी आस-पास की बस्तियों की थीं जो दोपहर बाद तिलू अजिया के यहाँ सिलाई-कढ़ाई सीखने आती थीं। इधर जब से वाजपेयी बाबा ने पक्षाघात के चलते खाट पकड़ ली है, तिलू अजिया घर में ही एक 'महिला शिल्प कला केंद्र' चलाने लगी हैं। वह गुड़िया बनाना भी सिखाती हैं। इसके लिए एक संस्था से उन्होंने संपर्क भी साध रखा था। वही गुड़िया बनाने की तमाम सामग्री मुहैया करातीं और बनी-बनाई गुड़िया खरीद भी लेतीं। बनानेवालियों को उनका मेहनताना आसानी ने मिल जाता।

वाजपेयी बाबा को खाट पकड़े अब तो सात-साठ महीना होने को आए थे। उन्हें टट्टी-पेशाब सब बिस्तर पर ही कराती थीं तिलू अजिया। वह गूं...गां...कर किसी तरह इशारा भर कर पाते। इन अटपटे इशारों को झट समझ लेतीं तिलू अजिया। मारवाड़ी सेठ के यहाँ से सौ रुपया हर महीने आता उनकी खुराकी के वास्ते। अंग्रेजी इलाज चल रहा था उनका और अब तक सुधार बस इतना था कि सहारा देकर बैठाने पर बैठ जाते और मुलायम चीज मुँह में डाल देने पर निगल जाते। इस सुधार ने उनकी संभावित मौत को कहीं दूर ठेलते हुए उनके जीवन को और भी यातनामय बना दिया था। सबसे आश्चर्य की बात यह कि तिलू अजिया के लिए अब वह

एक गुड्डा थे। तिलू अजिया जरूरत पड़ने पर उनके मलद्वार में उँगली डाल-डाल कर उन्हें कोष्ठबद्धता से निजात दिलातीं। देह पोंछतीं, कपड़े बदलतीं, करवट फिरातीं, खिलातीं-जिलातीं और इसके एवज़ में उनके नाम पर सजती-सँवरतीं और अपनी लंबी माँग में ढेर सारा लाल, टहटह सिंदूर भरतीं। अब बाबा एक-एक बात के लिए तिलू अजिया के मोहताज थे। तिलू अजिया भी उनकी सेवा में कोई कसर नहीं रखतीं। लेकिन वह सब भी करतीं, जो वाजपेयी बाबा को सख़्त नापसंद था! और वह काम तो कतई नहीं, जो उन्हें पसंद था।

जैसे कि वाजपेयी बाबा अपना इलाज वैद्य जी से करवाना चाहते थे, जबकि सेठ जी (जहाँ वह ड्रायवर थे) ने उनकी प्रारंभिक चिकित्सा शहर के सबसे नामी फिजीशियन से करवाई थी और तिलू अजिया उन्हीं के इलाज को जारी रखे हुई थीं। महीने में एक बार सेठ जी की गाड़ी में डॉक्टर साहेब नाथूचक आ जाते और बीस-पच्चीस स्त्री-पुरुषों के बीच तिलू अजिया की इस बात के लिए प्रशंसा करते कि मरीज की देख-भाल एकदम सही ढंग से की जा रही है। कारण कि अब तक 'बेड-सोर' का कोई निशान वह वाजपेयी बाबा के शरीर पर नहीं ढूँढ़ सके थे। तिलू अजिया उन्हें सप्ताह में दो दिन नहलवातीं। इसके लिए वह जिस व्यक्ति की सेवा लेतीं, वह टैरू बहू का बेटा किशन था। बस्ती में सभी उसे किसना कहते! वह तिलू अजिया के घर का राशन-पानी, साग-भाजी, सभी कुछ लाता। किंतु उसे जिस काम के लिए चालीस रुपये माहवार का मानदेय मिलता था, वह काम था शिल्प कला केंद्र के लिए दूसरी बस्ती से आने वाली लड़कियों को बस्ती की सीमा से ही अपनी चौकस निगरानी में लेकर केंद्र तक पहुँचाना और फिर छुट्टी होने पर उन्हें बस्ती की सीमा से सुरक्षित बाहर निकाल देना। किशन वैसे तो काफी सीधा और विनम्र था, लेकिन अपनी ड्यूटी के प्रति बेहद चौकस और संवेदनशील। यद्यपि कि अभी तक ऐसी कोई घटना नहीं हुई थी, लेकिन इस न होने के पीछे केवल किशन का होना ही नहीं था। दरअसल बस्ती के चंद मनचले नवयुवकों की रुचि इन लड़कियों में इतनी भर ही थी कि उन्होंने उनके कुछ बेहद रचनात्मक उपनाम रख छोड़े थे और इसी के सहारे आपस में कुछ हँसी-ठिठोली करके अपनी भड़ास निकाल लिया करते थे। वैसे नाथूचक में यह एक आम परंपरा रही है और यही वजह है कि 'गामा पहलवान', 'डायरेक्टर साहेब', 'कमिश्नर साहेब,' जैसे उपनामों से विभूषित चरित्र आज भी यहाँ विद्यमान हैं।

तो नाथूचक के इन लौंडों को इस बात का हमेशा अहसास रहता था कि संख्या बल के हिसाब से बेहद-बेहद अल्पसंख्यक हैं वह लोग (लोदीपुर के मुसलमानों के मुकाबले भी) और वे तभी तक इज़्ज़त और सलामती से रह सकते हैं, जब तक कि दूसरों की बेइज़्ज़ती और गैरसलामती के पीछे इन लोगों का कोई योगदान न हो।

इन लड़कियों में से एक लड़की, जो सबसे सुंदर थी और नित्य अपनी चोटी में फूल लगाकर आती थी, का नामकरण शकुंतला किया गया था और नाथूचक के सभी तत्कालीन युवा स्वयं को राजा दुष्यंत मानते हुए उससे अभिसार को उत्सुक रहते। जबकि एक साँवली सलोनी और खूब चटरपटर बोलते बतियाते जानेवाली को 'अनारकली' का खिताब अता किया गया था। एक को लोग उसके पीठ पीछे 'जूही की कली' कहते क्योंकि वह प्रतिदिन सफ़ेद वस्त्र पहनकर आती और ग्रुप में सबसे पीछे चलती। लड़कियों की इस ग्रुप में एक थी काली माँय। भयानक काली और दँतुली। आँखें इतनी चमकदार जैसे दो बिजली के बल्ब जड़े हों। वह सभी नवयुवकों को इस तरह से घूरती मानो उन्हें फाड़कर खून ही पी जाएगी। उसके बारे में यह भी मशहूर था कि उसका भाई डकैती के मामले में कई बार जेल जा चुका है। उसका बाप हत्या के एक जुर्म में सजा काट रहा था।

इन लड़कियों की पाली सुबह दस से बारह बजे की होती। बारह से तीन के बीच तिलू अजिया भोजन-पानी से निवृत्त होतीं। इसके बाद तीन से पाँच की दूसरी पाली चलती। इसमें शादीशुदा स्त्रियाँ आतीं। अधिकतर नववधुएँ। इनके साथ तिलू अजिया का खूब ताल-मेल बैठता। दिलजमई की दो-चार बातें भी गाये बगाहे हो जातीं। अभी भी वैसी ही कुछ बातें चल रही थीं। औरतों की विशेष गोपनीय बातें। इसकी खबर ब्रह्मा को भी नहीं हो सकती थी। पुरुष तो कभी यह मान ही नहीं सकते किं उनके सामने घड़ी-घड़ी शरमाने और चुप रहने वाली स्त्रियाँ भी अपनी आत्मीय सखियों के बीच इस निस्संकोचता के साथ स्वयं को अभिव्यक्त कर सकती हैं। लेकिन यहाँ ऐसा ही कुछ चल रहा था।

"शीला के तो भई मजे हैं;"—एक न लगभग आहें भरते हुए कहा, "यहाँ आने से पहले साह जी को सुलाकर आती है।"

"क्या करें, मानबे नहीं करते हैं। पाँच वर्ष हो गए शादी के, मगर अभी भी बिला नागा, दोनों बेला...।" शीला पता नहीं प्रशंसा कर रही थी अपने पति की अथवा बुराई।

"करते क्या हैं साह जी?"—तिलू अजिया के स्वर में एक अजीब उत्सुकता थी।

"दुकान है अखबार-मैग़जीन की। सुबह सात बजे खोलते हैं और बारह बजे बंद करके घर वापस। फिर चार बजे जाएँगे तो नौ बजे लौटते हैं।"

"मेरे वाले तो जानते हैं दीदी जी;"—लोदीपुर की साँवली सलोनी नजमा कह रही थी—"रात में कभी-काल ही तंग करते हैं, पर सुबह में बिस्तर छोड़ने से पहले मस्ती जरूर मार लेंगे। दफ्तरी हैं न! कहते हैं, दिन भर कुर्सी पर बैठे-बैठे पीठ अकड़ जाती है।"

नजमा के दाँत हमेशा कत्थई रंग से सने रहते। एक नंबर की पनेड़िन है वह। एक बार संतु को बतियाने का मौका मिला है उससे। तिलू अजिया के ही यहाँ। मुँह से जाने कैसी तो एक बदबू फूटती रहती है उसके।...शायद अहमद हुसैन की काली पत्ती की बू...। संतु को याद आया, इधर जब से लोदीपुर की औरतें झुंड बनाकर आने लगी हैं कभी काल मम से दवाइयाँ लेने, तब उसके बरामदे में भी ऐसी ही बास जरा सी कोशिश करके सूँघी जा सकती थी।

कुलीन ग्राम वधुओं को उनकी मनमानी पर छोड़ बगीचे और खदहिया का एक चक्कर काट संतु जब पुनः तिलू अजिया के यहाँ पहुँचा, उसका खूब गरमा-गरम स्वागत हुआ। ''ऊ तो हम अपनी सखी का मुँह देख चुप लगा गईन रहें, बाकि ई जानित रहै कि बच्चा संतु लाल तो अइबे करिहैं!''

संतु को तिलू अजिया उस वक़्त एकदम सहज, निर्विकार दिखीं। एक ऐसी स्त्री जिसमें जरा भी खोट न हो। अंजना भी बिल्कुल ऐसी ही है। भोली और सच्ची। निर्मला की तरह नाटी, खोटी नहीं। संतु को एक बार पुनः दुल्हन के वेश में सजी-धजी अंजना का निष्प्राण चेहरा याद आया और वह भीतर ही भीतर आँसुओं से भीग उठा। इस चेहरे को पिछले चौबीस घंटों में उसने सैकड़ों बार अपनी आँखों के आगे घूमता पाया है। उसने अचानक बिलबिलाकर पूछा, ''ई का एकदम सच बात है अजिया...टले वाला नहीं?''

''संतु, बात तो खैर यह सोलहों आने सच है;''– तिलू अजिया ने संतु से आँखें चुराते हुए कहा, ''भरोसा न हो तो लाल चाची से पूछ आओं। या फिर सुकुलाइन चाची से। इन दोनों के ज्यादा पुरखिन बस्ती में कौन है भला?''

''नहीं अजिया, हमका पूरा विश्वास है तुमरे पर;''–संतु ने उनके पाँव पर झुकते हुए कहा, ''हमका उबार लेओं अजिया...तुम जो सब कहिहौ, सो सब करिबै।''

संतु ने तिलू अजिया की आँखों में झाँका। वहाँ एक खास चमक थी। जैसे किसी रोते बच्चे को उसका मनपसंद खिलौना मिल गया हो। संतु का चेहरा भी दमक उठा।...और उसके ठीक पीछे अचानक आ टपकी अंजना कुछ इस कदर खिलखिला रही थी, मानो इस वसंत में खिली कोई इकलौती कली हो!

संतु को अंजना से पता चला पेड़ से उसके विवाह की निर्धारित तिथि के बारे में। यह भी कि इस विवाह की जोरदार तैयारी कर रही हैं तिलू अजिया। ''खूब खर्च करेंगी और अपने सारे अरमान निकालेंगी, देख लेना!''–अजंना के कहने पर सहसा विश्वास नहीं हुआ था संतु को। मगर तयशुदा समय पर पहुँचते ही उसने देखा किसी दुल्हन की तरह सजी-धजी तिलू अजिया को। अपनी शादी वाले लहँगा चोली, माँगटीका, नथ से सजी संवरी वह आँगन में ठुमके लगा रही थी।–

"ना मानू, ना मानू ना मानू रे...
दगाबाज तोरी बतियाँ ना मानू रे...।"

सूर्यास्त के ऐन पहले संपन्न हो गया विवाह। पपीते के उस पेड़ का सात चक्कर लगाते हुए और उस पर हल्दी से रंगा कच्चा सूत लपेटते हुए संतु काफी भावुक हो उठा था। रस्मों की अदायगी में तिलू अजिया पूरी गंभीरता बरत रही थीं। नंदिनी नहीं थीं यहाँ। लेकिन अंजना और उसकी माँ, बड़ी बहन गुड़िया दी और तिलू अजिया की कुछ अंतरंग सहेलियाँ...सभी झूम-झूमकर मंगलगीत गा रही थीं। वाजपेयी बाबा के कमरे का दरवाज़ा भिड़काया हुआ था। साथ ही अंदर से आती गूं...गांऽ.. .की आवाज़ को भी अभी नज़रअंदाज़ किया जा रहा था। वर समेत सभी आमंत्रित मेहमानों के भोज की व्यवस्था तिलू अजिया ने की थी। इसके लिए अपना गुल्लक तक फोड़ डाला था उन्होंने। संतु और अंजना खुद गए थे मोदी की दुकान। मैदा, घी, सूखे मेवे, शक्कर आदि लाने।

सामान लेकर लौटते हुए दोनों पपीते के उस पेड़ के बारे में ही गपिया रहे थे। अंजना ने पूछा, "कुछ पता इस टोटके के बारे में?...इस शादी के बाद तुम्हारी यह बहुरिया, यह पेड़, सूख कर मर जाएगा। क्या इसका दुख न होगा तुमको।?"

"काहे का दुख? वह पेड़ फलता थोड़े न है जो...?"—संतु ने लापरवाही से ज़मीन पर थूकते हुए कहा।

"अगर जो यह पेड़ फलता होता, तो...?" अंजना के स्वर में एक अजीब सी हूक थी।

संतु गंभीर हो उठा। बोला, "दुख तो एक टहनी टूट जाने का भी होता है। मगर पेड़ और स्त्री में किसी एक को बचाना हो तो बलि वृक्ष की ही पड़नी चाहिए। वह भी वैसे निरबंसिया पेड़ की, जिसकी कोख में एक भी फल न हो। ...जो बेकार की जगह घेरे हो इस पृथ्वी पर।"

"कल को तुम्हारी स्त्री भी अगर पपीते के इसी पेड़ की तरह हो...तिलू अजिया की तरह...तो क्या उसे भी?"—अंजना हौले से चीख उठी थी।

"यह सब बकवास करने से क्या फायदा?"—संतु ने पैर पटकते हुए कहा।

"तुमको पता नहीं है शायद;"—अंजना ने कठोर शब्दों में कहा, "औरतों की तकलीफ के बारे में मर्द कभी गहराई से नहीं सोच पाते। ऐसे ही पैर पटककर भाग खड़े होते हैं। मेरे बप्पा ने भी कभी अम्माँ के विषय में नहीं सोचा। लगातार बच्चे पैदा करते रहे। अम्माँ मेरी हमेशा कहती हैं : बेटियों की जान बड़ी सख्त होती है। यमराज भी पनाह माँगते हैं उससे। तभी तो हम चारों बहनें अभी तक जीवित हैं जबकि पाँच भाइयों में से दो बचपन में ही गुज़र गए।"

“सब गलत है, बकवास। औरत मर्द सब बराबर हैं;”—संतु ने संत भाव से कहा, “अगर कोई तुमको च्यूंटी काटे तो क्या तुमको दरद नहीं होगा...?...उतना ही, जितना कि हमको।”

संतु की बात सुनकर अंजना का चेहरा गुलाबी हो उठा। संतु ने गौर किया—हमेशा की तरह न उसके चेहरे पर शरारत थी, न शोखी। न ही कोई कुटिल, तिर्यक मुसकान। बल्कि कुछ-कुछ पनियाया-सा लग रहा था उसका चेहरा। बहती नदी की तरह साफ...निर्मल...!

संतु के मन में आया कि झुककर अंजना का हाथ अपने हाथ में ले ले। लेकिन फिर उसके क्रोधी स्वभाव और होली के दिन की घटना को याद कर उसने अपना इरादा फौरन स्थगित कर दिया।

बेर डूबते ही संतु खाना खाने जा पहुँचा। तिलू अजिया काफी ढूँढ़ने पर गुहाल में सुबकती हुई मिलीं उसे। संतु ने ओट में खड़े होकर सुना, अंजना की माँ उन्हें सांत्वना दे रही थीं, “चलो तुम भी श्राप मुक्त हुईं अब से। तुम्हारे मन के भीतर का अवसाद तो धुल गया। अब स्वयं को तो कलंकित नहीं समझोगी तुम? यही क्या कम है?”

तिलू अजिया का सुबकना और भी तेज हो गया था। “अरी, मैं तो कहती हूँ यह मामूली खुशी का दिन नहीं। खैर मना कि पेट साफ हो गया वरना तू जो ठानने पर तुली थीं...उफ...हे भगवान...!!”

कुंजू बहू, अंजना की माँ ने अपने हाथों आँसू पोंछे तिलू अजिया के। उन्हें सहारा देकर उठाते हुए कहा, “दिल छोटा क्यों करती है? देख लेना, यही संतुआ, तुमरा किशन कन्हैया, अगले जनम में तुम्हारी कोख का ललना न बना, तो कहना!”

अंजना की माँ की गंभीरता देख अचानक हँस पड़ी तिलू अजिया। एक पागल कर देने वाली हँसी। संतु का अब वहाँ खड़े रहना निरापद नहीं था। वह दबे पाँव पीछे, सहजन के एक पेड़ के पास चला आया। फिर क्या मन में आया कि उसी पर चढ़कर बैठ गया। घर के अंदर स्त्रियाँ तेज स्वर में गप्पें मारती हुईं भोजन की तैयारी में जुटी थीं। हवा में कुछ तले जाने, छनने की सुगंधि व्याप्त थी। बाहर स्वच्छ चाँदनी खिली थी और मंद-मंद हवा जैसे उसके बदन को हौले-हौले तपा रही थी। एक विचित्र-सा ताप, एक अनोखी हरारत आज संतु महसूस कर रहा था अपने बदन में। जैसे कोई गीली लकड़ी धुआँ रही हो उसके भीतर। न जल ही रही हो कायदे से...और न बुझने के वास्ते ही तैयार हो। संतु को पेड़ पर बैठे ही बैठे हल्की सी झपकी आ गई।

उसकी नींद टूटी तो अंजना उसे ही ढूँढ़ रही थी। हाथ में एक मालपुआ लिए।

"बाप रे, यहाँ बैठे हैं नरराज, हम लोग पूरी बस्ती छानकर आ रहे हैं। सभी औरतें खाकर जा चुकीं। केवल तिलू अजिया बाकी हैं। बोल रही हैं कि दूल्हे को बिना जिमाए उसकी माँ कैसे खा सकती है?"

संतु ने हाथ नीचे कर छीन लिया अंजना के हाथ का पुआ। भर मुँह हबक्का मार के, मुँह चलाते हुए बोला, "लो, दूल्हे ने भी जीम लिया। मगर दुल्हन ...वह पेड़...उसे कैसे खिलाओगी भला?"

"स्त्री और वृक्ष में कोई अंतर नहीं। जैसे ही दोनों अपनी उपयोगिता खो देते हैं, उन्हें ढहा दिया जाता है"—तुनुकमिजाज, नकचढ़ी अंजना ने सर झुकाते हुए कुछ अजीब दार्शनिक स्वर में कहा, "कहो तो मैं ही चख लूँ...उस पेड़ के बदले...?" इसके साथ ही संतु के हाथ से पुए के टुकड़े को लेकर कुछ इस शर्मीली अदा से, एकदम हौले से, अपना मुँह फिराया उसपर...जैसे नयी नवेली ग्राम वधुएँ 'परछावन' के दौरान सर नवाकर शरबत पीती हैं...एक घूंट, बस।

अंजना ने एक छोटी कट्टी काटी और मुँह चलाने लगी। साथ ही लाज से और भी सिमट उठी जब उसने पाया कि संतु ने पेड़ से नीचे कूदकर, उसके हाथ का बचा-खुचा सब अपने मुँह में ठूँस लिया है। अंजना की यह गठरीनुमा, छुई-मुई आकृति आमंत्रण सी देती लगी संतु को। अपने तमाम घुटन भरे अवरोधों से बाहर आकर अथाह प्राण वायु का नेह निमंत्रण! संतु अंजना के चेहरे और उसके बालों को अपने दोनों हाथों से सहलाने, दुलारने लगा। तनिक हिली-डुली भी नहीं वह। और फिर हौले से उसें खींचकर लिपट ही तो गया वह...! संतु के शरीर से अंजना नहीं एक सुंगध लिपटी थी। एक ऐसी कस्तूरी गंध जिससे वह सर्वथा परिचित था और जाने कब से तलाश रहा था...कितने जन्मों से शायद...।

संतु को आश्चर्य हुआ, अंजना ने एक धीमी, मधुर सिसकारी क्यों भरी थी! काँपने क्यों लगा था उसका पूरा बदन?..सितार के प्रकंपित तारों की तरह। संतु को तो बस ऊपर चाँद दिख रहा था। नीचे, चारों बगल विस्तृत चाँदनी और सहजन के काँपते पत्तों से फूटती संगीत की एक अजस्र स्वर लहरी। साथ ही एक मनभावन सुबास...खुसबू का महासरोवर...।

किसी के पदचाप की हल्की आहट।... और कुनमुनाती अंजना क्षणांश में मछली की तरह फिसलकर कब सहजन के पेड़ की ओट में जा छुपी, संतु को कुछ भी अहसास न हो सका। उसे तो जब होश आया, किसी की पीठ दिखी उसे। चाँदनी रात में मटमैली गंजी के भीतर से झाँकती साँवली गठीली पीठ। वह पीठ बिना किसी शोर-शराबे के अँधेरे में गुम हो गयी। वह...टैरू का बेटा किशन...वह इस वक़्त क्यों आया था यहाँ?

भीतर आँगन से किसी की सिसकियाँ दबाए नहीं दब पा रही थीं...।

ग्यारह

बड़का दालान बड़का दालान था जैसे हाथी हाथी होता है या गुलाब गुलाब। अ रोज इज अ रोज इज अ रोज। राजकुमारी राजकुमारी की तरह राजकुमारी थी। जितनी सहज, उतनी ही नकचढ़ी। जितनी बातूनी, उतनी चुप्पी। बोलती तो फूल झरते। हँसती तो जलतरंग बजता और जब रोई तो जैसे नाथूचक में आँसुओं का दरिया बह चला। लुद्दो काकी से लेकर बोधू सुकुल तक। जंग बिहारी से लेकर लालू मिसिर तक। यहाँ तक कि कठकरेज माने जाने वाले राम पदारथ सुकुल महोदय भी अपनी नम आँखें छिपाते नज़र आए थे उस दिन। लेकिन इस परनाले के बहने से ऐन पहले आँसुओं की एक पतली सी धार भी बही थी। इसे देखकर भी तत्काल अनदेखा करने की सिफारिश की थी नाथूचक के तमाम बूढ़े, पुरखों ने। ये बहुत कीमती आँसू नहीं थे और शायद इसी कारण इसे अभी अनवरत बहते रहना था। इशाकचक में एक नल को ऐसे ही लगातार बहते देखता आया है संतु। इसकी टोंटी किसी ने गायब कर दी थी। ईश्वर भी कुछ नम आँखों की टोटियाँ गायब कर चैन की वंशी बजाता रहता है। अजीब स्वभाव है उसका भी! जिसके आँसू पसंद आ जाएँ, उसे लगातार रुलाता रहेगा। जिसका खिलखिलाता चेहरा जँच जाए, उसे बस गुदगुदाता ही चला जाएगा। इसीलिए तो कहता हूँ : हमेशा मुस्कुराते रहो मेरे भतीजो हमेशा...!"

यह अनमोल वचन बोधूका के थे जो इन दिनों संतु पर विशेष रूप से ढ़ले हुए थे। लेकिन इससे पहले लगभग पूरा नाथूचक बड़का दालान पर ढला हुआ था। बड़का दालान की काली पड़ चुकीं दीवारें ताजे रंग-रोगन से नहाकर अभी तो मैं जवान हूँ का राग अलापने लगी थीं। पेट्रोमेक्स की चमकीली रोशनी में काम-काज के बहाने दौड़ते-भागते लोगों की परछाइयाँ यह साबित करने पर तुली थीं कि इतिहास हमेशा स्वयं को दुहराने में विश्वास रखता है।

अपनी शादी के ठीक सप्ताह भर पहले नाथूचक पहुँची थी राजकुमारी और उसी तिथि से जश्न का ऐलान हो गया। जश्न का उद्घाटन महिला संगीत से हुआ, जिसमें पहले ही दिन बाजी नंदिनी ने मार ली थी। हूबहू गीता दत्त की तरह दर्द से थरथराती हुई आवाज़ की स्वामिनी थीं वह। उसने जब पिया 'ऐसो जिया में समाए गयो रे' गाने का समापन किया तो मसूरी के पब्लिक स्कूल में पढ़ी राजकुमारी 'एक्सीलेंट' और 'वंडरफुल' जैसे शब्दों की सीमाओं में बँधी छटपटा रही थी। अंततः अपनी उदात्त भावनाओं के प्रकटीकरण के तहत वह नंदिनी को उसके घर तक छोड़ने स्वयं आई। मम बाहर दालान में ही थे। उन्हें नेसफील्ड ग्रामर पूरी तरह कंठस्थ था। उसी ग्रामर से सजी अंग्रेजी में मम ने उसे बताया कि उसके पिता को मैट्रिक तक उन्होंने गाइड किया था। इस टूटेफूटे खपरैल के मकान में नंदिनी जैसी गायिका और मम सरीखे अंग्रेजीदां को पाकर भौचक थी राजकुमारी। उसके झकाझक गोरे रंग में लाज की हल्की सिंदूरी आभा समा गई थी और उसकी लंबी काया ने झुककर मम की चरण-धूलि ग्रहण करने में लेश मात्र भी संकोच नहीं दर्शाया था। राजकुमारी के पिता दिल्ली में बिड़ला के किसी इकाई में उच्चाधिकारी थे और सबसे बड़ी बात यह कि अपने मालिक के खासमखास थे। होने वाला जमाई आयकर अधिकारी था और लखनऊ के पास के किसी राजपरिवार से संबंधित था। लिहाजा नाथूचक में तैयारियाँ बड़े जोर-शोर की थीं। प्रतिदिन अपर इंडिया एक्सप्रेस के समय एक सफेद एम्बेस्डर स्टेशन जाती और कोई न कोई सम्मानित अतिथि परिवार नाथूचक पधारता। बारात के दो दिन पहले से कुल पाँच गाड़ियाँ नाथूचक में खड़ी थीं और लगातार स्टेशन, वेरायटी चौक तथा खलीफ़ाबाग का चक्कर लगा रही थीं। भागलपुर का सबसे शानदार धर्मशाला और सरकारी अतिथिगृह दो दिनों के लिए आरक्षित थे और यह पहला मौका था जब क्लक्टर, एस॰पी॰ जैसे अधिकारी नाथूचक पधारने वाले थे।

ख़ासमखास मेहमानों में एक थे टुन्नू बाबा। राजकुमारी के पिता के खास चचेरे भाई। इसी बड़का दालान के आँगन में खेले, बढ़े। जिला स्कूल भागलपुर में पढ़े और अब दिल्ली में रेलवे बोर्ड के भारी भरकम अधिकारी। दिल्ली में काफी संपत्ति अर्जित कर ली थी उन्होंने और अपने ससुराल के कई बंधु-बांधवों को रेलवे की नौकरियों से नवाज़ चुके थे। एक समय था कि नाथूचक के बेरोजगार युवाओं के वह स्वप्न पुरुष थे। लेकिन कमल कुमार दूबे जैसे एक पिद्दी से छोकरे ने उनकी इस छवि को ध्वस्त कर दिया था। एक मामूली सहायक स्टेशन मास्टर कमल ने। अभी पिछले साल ही वह इस नौकरी में आया है और उसकी नौकरी लगते ही टुन्नू बाबा की पूरी छवि ताश के महल की तरह भहरा गई। सिल्क

का लंबा गाऊन पहनकर तथा मुँह में पाइप दबाकर वह सुबह-शाम हवाखोरी के लिए अवश्य निकलते। नाथूचक के बेरोजगार भंगेड़ी लड़के शाम को निश्चित रूप से उन्हें घेर लेते और थपड़ी पीट-पीटकर गाते--

"ब्राह्मण, कुत्ता, हाथी
नहीं जात का साथी
ऐ जी, नहीं पाँत का साथी!"

लेकिन इन्हीं लड़कों की राय में टुन्नू बाबा थेथर ही नहीं, एक नंबर के बतोले भी थे। हाज़िर जवाब और मुँहफट भी। वह लड़कों से बहस करने लगते। उनकी कमजोर नस (अल्प ज्ञान) को पकड़कर उन्हें ज़लील करने लगते और अंतः डपटकर भगा भी देते। वह कहते कि मैं और लोगों की तरह संकीर्ण और पोंगापंथी ब्राह्मण नहीं हूँ जिसकी दृष्टि अपनी जाति से बाहर नहीं जाती। उनका कहना था कि ब्राह्मण का यशोगान सभी जाति एवं वर्गों के लोग इसलिए करते हैं क्योंकि वह अपने सोच और व्यवहार में कहीं से भी संकीर्ण नहीं होता। सो एक सच्चे ब्राह्मण का कर्तव्य है समाज के सभी तबके के लोगों को समान दृष्टि से देखना और हर किसी के आँसू पोंछना। ऐसा न करना ब्राह्मणत्व से डिगना है।

टुन्नू बाबा की सिफारिश पर आजतक उनके एक सगे गोतिया के अलावा बस्ती के किसी लड़के की भी नियुक्ति नहीं हुई थी। जबकि एक दर्जन से कुछ ही कम मामले उनकी सहानुभूति और कृपा की प्रत्याशा में उन तक भेजे जा चुके थे। पिछले वर्ष तक का आलम यह था कि बस्ती के किसी भी घर का लड़का यदि रेलवे की किसी लिखित परीक्षा में चुन लिया जाता, तो लड़के का बाप दनदनाते हुए सीधे दिल्ली जा पहुँचता। टुन्नू बाबा के सरकारी बंगले पर। वह हाथ जोड़कर इल्तजा करता, "लड़के ने नाव मँझधार तक पहुँचा दी है अपने इल्म से, अब आगे तुम्हीं पार लगवा सकते हो महाराज!" टुन्नू बाबा धैर्य से आगंतुक की पैरवी सुनते। नाथूचक के एक-एक घर का हाल-चाल लेते। बैना, संदेश वगैरह यदि कुछ आया होता, सो सब प्रेमपूर्वक ग्रहण करते। फिर केवल एक प्याली चाय पिलाकर आगंतुक को यह कहकर फौरन घर से टरका देते कि कैंडिडेट के किसी रिश्तेदार का उनके बंगले पर देखा जाना निरापद नहीं है। साथ में यह भी जोड़ते कि वह जिस कैडर के अधिकारी हैं कि खुफिया तंत्रों की उनपर निगरानी एक आम बात है। सो आइंदा फोन-फान से भी उनसे यह सब बातें नहीं करेंगे और निश्चिंत मन से घर लौट जाएँगे। ईश्वर की इच्छा होगी तो उनका और परिवार का अवश्य ही भला होगा।

बेचारा पैरवीकार उनके नाम का जयकारा लगाता नाथूचक लौटता। कैंडिडेट की बाँछें खिल जातीं। वह रात-दिन इसी दिवास्वप्न में डूबा रहता कि अप्रेन्टिस

मैकेनिक (फर्स्ट क्लास) की ट्रेनिंग के दौरान वह जमालपुर के रेलवे हॉस्टल में किसी प्रिंस की तरह रहेगा। इधर लड़के की माँ घर की अच्छी क्रॉकरी और फर्नीचर सहेज कर रखतीं। कारण कि अब 'वरदेखवा' लोगों की रेलमपेल शुरू ही होने वाली है। बस्ती के बेरोजगार लड़के उक्त वांछित अभ्यार्थी को चुटकी भर ज्यादा भांग कुछ इस अंदाज़ में खिलाते कि "ऐ नारी, अब ई नैहर रहना दिन चारि...।"

फिर एक दिन रिजल्ट आता।

भागलपुर से दिल्ली ट्रंक कॉल बुक किया जाता।

टुन्नू बाबा दौरे पर और अभ्यर्थी घर के किसी अंधेरे कोने में। "अब प्रेम से भांग खाओ और बस्ती की धूल फाँको। एक अंगुल का तकदीर लिखाकर आए हो ऊपर से तो टुन्नू बाबा का करिहैं! ब्रह्मा से लड़ना किसके वश में है भला?"

लेकिन भला हो कमल कुमार दूबे का। वही नौलाख दूबे का भतीजा। उसके पिता भागलपुर सिल्क फैक्टरी के एक मामूली मुलाजिम। लेकिन हिम्मत की बलिहारी भी इनकी। जिस दिन डाकिए ने इंटरव्यू-लेटर थमाया, उसके अगले के अगले दिन वह अपर इंडिया पर सवार। कहलगाँव से मँगाए गए खास 'चमचम' की सवा सेर की हाँड़ी लेकर।

टुन्नू बाबा बंगले पर थे नहीं। दफ्तर को निकल चुके थे। श्रीमती टुन्नू बाबा ने उन्हें पहचानने से भी इनकार कर दिया। थक-हारकर वह घिसटते हुए दफ़्तर पहुँचे। वहीं उन्हें मिला टुन्नू बाबा का व्यक्तिगत सहायक। एक दक्षिण भारतीय भलामानुस। उनका लिबास और हुलिया देख उसे दया आ गई। उसी ने किया अपने साहेब के राज का पर्दाफाश, "काहे को आपलोग साहेब के फेर में पड़ता है बाबा! आज तक किसी का भी भला हुआ है, बोलो? इतना भी नहीं समझता तुम लोग...कैसे भोला लोग है! मैंने अपनी इन्हीं आँखों से देखा है साहेब को पैरवी करते हुए। वह पैरवी तो जरूर करते हैं...पर निगेटिव पैरवी। किसी भी कीमत पर उसे नहीं चुने जाने की पैरवी। क्यों खामखा इतनी दूर आकर राक्षस के मुँह में ढकेलते हो अपने बेटे को। इससे तो बेहतर है, भगवान वेंकटेश्वर का नाम लेकर बैठ जाओ। जिसने रिटेन निकाला, वही 'ओरल' भी निकलवाएगा।"

यह सब जानकर उल्टे पाँव वापस लौट आए कमल के बाबू। कमल ने भगवान वेंकटेश्वर का नाम लेकर इंटरव्यू फेस किया और चुन भी लिया गया। तब से कुख्यात हो चले हैं टुन्नू बाबा पूरी बस्ती में। लड़के उनके डाँटने-डपटने से भी भय नहीं खाते। उल्टे थपड़ी पीट-पीटकर गाते हुए उन्हें खिझाने लगते—

"बड़ा हुआ तो क्या हुआ, जैसे ताड़ खजूर।
पंथी को छाया नहीं, फल लागे अति दूर।"

जब इस हुड़दंग में लोग गाली-गलौज तक पर उतर आते, टुन्नू बाबा अपना गाउन और पाइप सँभालते हुए बड़का दालान की ओर कूच कर जाते।

इन्हीं दिनों एक सुबह टुन्नू बाबा मम से टकरा गए। मम कान पर जनेऊ लपेटे, हाथ में लोटा थामे, लुंगी-गंजी में दिशा-फरागत से लौट रहे थे कि सामने टुन्नू बाबा। पाइप से भरपूर धुआँ उड़ाते। नजरें मिलते ही दोनों ब्राह्मण ठिठक पड़े। दोनों को काठ मार गया हो जैसे। मामला यहाँ भी 'पहले आप' वाला था, लेकिन इसमें लखनऊ की नज़ाकत और नफ़ासत नहीं बल्कि बीस बिसवों का ठस्सा था। दोनों कुछ इस ताव में खड़े थे जैसे दो बिदके साँड़। आस-पास से गुजरते दो-चार जन भी मामला नाजुक जान ठिठक पड़े।

''काहे टुन्नू, चीन्हेव कि नाहिं?''

''नऽ...चीन्हा काहे नहीं! का समाचार है? का कर रहे हो आजकल?''

''वही जो रिटायर लोग करते हैं...खा रहे हैं और पाद रहे हैं। तुम तो सुना है कि बड़े भारी अफसर बन गए हो?''—मम के स्वर में तुर्शी और व्यंग्य अभी भी बरकरार था।

"अरे काहे का अफसर?"—टून्नू बाबा ने ढेर सार धुआँ उगलते हुए कहा, "इस बस्ती में किसी की इज्जत है? कोई जानता है किसी की इज्जत करना?''

''तुम जानत हो का?''—मम ने खड़े-खड़े सवाल किया, ''तुमसे कितना बड़े हैं हम उमिर में सो तो जानत होइहौ! फिर का सोच के हमका पाँव लागि न कियो? यही सोच के न कि ससुरा रिटायर और फटीचर आदमी है, इसकी क्या इज्जत और क्या बेइज्जती! तो तुम भी कान खोलकर सुन लो टुन्नू मिसिर कि हम अप्पन दिया खाइत है तुम अप्पन। हम नीमक रोटी खाइत है, तुम मलीदा चाभत होइहौ। लेकिन इसका यह मतलब तो नहीं हुआ कि हम तुमरे आगे झुक के तुमका सलाम बजाई? ई तो पहिले तुम्हीं का करे के पड़ी। काहे कि जो इज्जत देवे जानत हैं, इज्जत पावत भी वही हैं।''

चल दिए मम और अवाक् खड़े रह गए टुन्नू बाबा। पास खड़े एक लड़के ने इस पूरी घटना पर टिप्पणी करते हुए कहा, ''इसको कहते हैं चार सौ चालीस भोल्ट का करेंट। बीस बिसवा का काटा भला पानी भी माँग सकता है?''

यहाँ यह सब प्रसंग महज इसलिए, क्योंकि टुन्नू बाबा के मुँह पर ही उनका मजाक उड़ानेवाले अथवा उन्हें पीठ पीछे गरियाने वाले बस्ती के अधिकांश लोग स्वयं भी इसी दुराचरण से ग्रस्त थे। शायद यह कन्नौजियों के सामान्य व्यवहार का ही एक अंश था। बस्ती के कई-कई घर से कई-कई पिता अपनी-अपनी पुत्री के विवाह की तमाम बाधाओं को फलाँगते हुए मामले को 'कन्या निरीक्षण' तक

खींच लाते। तभी इस खास मौके के लिए किसी मंदिर, धर्मशाला, होटल या घर में ही पधारे वर पक्ष के किसी न किसी सदस्य से नाथूचक का कोई न कोई घुसपैठिया अवश्य ही साँठ-गाँठ कर लेता और इस कुशलता से कर लेता कि सारा मामला टाँय-टाँय फिस्स हो जाता। एक दफ़े तो ऐसा हुआ कि बस्ती में इलाहाबाद से दो जन आए बड़े भाई की बेटी देखने और रिश्ता तय करके गए छोटे भाई की लड़की से। बड़े ही गुपचुप ढंग से मंदिर में वरीक्षा जब हो गई, तब जाकर कहीं यह राज खुला। भाला-फरसा सब निकल गया दोनों भाइयों के बीच। दोनों चचेरी बहनें भी आपस में झोंटा-झोटौव्वल पर उतारू हो उठीं और एक-दूसरे के भतार को जहर देकर मार डालने की कसमें खाने के बाद ही अलग हुईं। बस्ती के इस आचरण का एक शुरुआती झटका शिवभंजन तिवारी भी झेल चुके हैं। उन्होंने सरला की बात अपने ससुराल के लाग-भाग के द्वारा कानपुर में चलाई हुई थी एक जगह। लेकिन इसके पहले कि कुछ पक्का हो पाता, एक दिन अपने भावी समधी की ओर से उन्हें एक रजिस्ट्री मिली। उसमें एक पोस्टकार्ड भी था जिसपर भागलपुर के डाकखाने की मुहर पड़ी थी। उस पोस्टकार्ड को दाँत पीसते हुए पढ़ा शिवभंजन तिवारी ने और तत्क्षण उसकी चिंदी-चिंदी कर दी। गनीमत थी कि रजिस्ट्री किसी और के हाथ नहीं लगी थी। फिर उन्होंने अपने भावी समधी के पत्र की भी चिंदी-चिंदी उड़ा दी। इसमें यही लिखा था कि हो सकता है कि पोस्टकार्ड में लिखी बातें पूरी तरह से सच न हों। मगर नगीने में बाल बराबर भी टूट हो, तो कोई उसे अँगूठी में नहीं जड़ता।

तो ले-देकर बस्ती में वही हो रहा था जो कि पूरी पृथ्वी के मानव समुदायों के बीच चल रहा था। एक अघोषित शीत युद्ध। किसी भी युद्ध का सबसे भयावह परिणाम अंततः समाज के सबसे कमजोर तबके को ही झेलना पड़ता है। शिवभंजन तिवारी बनाम पूरी बस्ती के इस शीत युद्ध ने अंततः सबसे अधिक तबाह किया शिवभंजन बहू को। संतु के लिए वह ममतामयी चंदा काकी थीं। वह एक परम धार्मिक और शांतिप्रिय महिला....! उसने 'कानी गइया का अलगे बथान' की तर्ज पर यह निष्कासन, यह बनवास तो स्वीकार लिया था अपने राम (शिवभंजन) के संग, किंतु पुनः अयोध्या (नाथूचक की मुख्य धारा) लौटने का उनका सपना इतने अर्से के बाद भी ज्यों का त्यों था।

वह शुरू से ही काफी वाचाल थीं। बस्ती की महान गपोड़ी स्त्रियों में उनका भी शुमार होता था। कोई भी शुभ अनुष्ठान बिना उनकी गीत गवनई के संपन्न नहीं माना जाता था। उनके पहुँचते ही बस्ती की सभी औरतें एक स्वर में कह उठतीं, "अरी कहाँ रह गई थी सरलो की अम्माँ! चलो...चलो...ढोलक सँभालो और शुरू करो देवी वंदना से।"

यही सरला की अम्माँ आज बिन बुलाए ही राजकुमारी की शादी के उपलक्ष्य में चल रहे गीत-गवनई में शिरकत के वास्ते आ पहुँची थीं। आई थीं यह सोचकर कि उनके यहाँ गृह प्रवेश में बड़का दालान के लोग तो पहुँचे ही थे सो उन्हें यहाँ आने में संकोच कैसा?...वह भी छोटों का बड़ों के यहाँ जाने में...? लेकिन दिल्ली की फुनगी से उड़कर नाथूचक की जड़ों में आ टपके राजकुमारी के भारी सूझ-बूझ वाले पिता बहुजन को साथ लेकर चलने के हिमायती थे। जब उन्हें यह अहसास हुआ कि शिवभंजन तिवारी का एक घर छोड़ भर देने से एक दर्जन घरों के लोग पूरे मनोयोग से उनका साथ देंगे, तो उन्होंने ऐसा ही करना निरापद समझा। नतीजतन राम पदारथ सुकुल ने 'जनमासे' का प्रबंध स्वीकार लिया और उनके हनुमान ने रसोई की कमान थाम ली। यह दोनों इस आयोजन के सबसे मलाईदार मगर उतने ही जिम्मेवारी वाले पद थे। शादी-ब्याह के तमाम झंझट इतनी आसानी और मुस्तैदी से सुलटते देख राजकुमारी के पिता ने भी उन्हीं लोगों के स्वर में बोलते हुए कहा था, "ऐसा-ऐसा सेनेटरी इंस्पेक्टर तो हमको सलाम करने को घंटों सड़क पर खड़ा रहता है दिल्ली में...!" सुनकर पूरी की पूरी राम पदारथ सुकुल एंड कंपनी हँसते-हँसते लहालोट हो गई। मानो सब के सब गवर्नर हों कहीं के। राजकुमारी के पिता भी इतरा उठे अपने अनुभव पर। आखिर इसी के बल पर तो वह बिड़ला की जागीर सँभाले हुए हैं।

यह सब जानने के बावजूद आ पहुँचीं शिवभंजन बहू। आईं और परिजनों की तरह झुंड से थोड़ा अलग हटकर बैठ गईं। न उन्हें कोई गीत-गवनई का न्योता दे रहा था, न पानी-शरबत वगैरह पूछ रहा था। फिर भी मौका पाकर ऊँचे स्वर में अपना नेम-धरम सब बखानती रहीं वह। कहा कि जिस दिन भी माँस, मछली पकती है रसोई में वह चूड़ा-दही पर ही गुजारा कर लेती हैं।...कि जिस दिन भी खाए-पिए रहते हैं सरला के बाबू, वह उन्हें पास भी नहीं फटकने देती हैं। यह सब सुनकर खूब जोर-जोर से ठिनठिनाती रहीं बस्ती की तमाम सास और बहुएँ, पर उनसे एक गाल भी किसी ने नहीं बतियाया। थक हारकर चलने से पहले वह बूढ़ी पुरखिनों के आगे सर नवाकर गिड़गिड़ाती रहीं, "आदमी रह ले ठाँव-कुठाँव, जात-परजात के बीच भले ही, पर काम-कारज तो चार अपने लोगों के बीच ही शोभे है। यही से तो इतनी दूर से, दिल्ली से, भारी सुविधा छोड़कर यहाँ आई हैं राजकुमारी की अम्माँ। हमहूँ का कल को ब्याहनी है दो-दो बेटियाँ। इसी बस्ती की बिटियाएँ हैं यह दोनों भी। यही से लाज-सरम सब तज के चली आइत हैं ताकि कल को...!" इसके आगे रुँध गया उनका गला। हिचकियाँ ले-लेकर वह सुबकने लगीं। पर पीठ पर हाथ फेरने की छोड़ो, सांत्वना के दो बोल तक नहीं फूटे

किन्हीं के होठों से। संतु को गुस्सा आ रहा था अम्माँ और लुद्दो काकी पर। दोनों भीतर राजकुमारी की अम्माँ के पास डटी थीं। काश कि तिलू अजिया होतीं यहाँ...इस वक़्त। तब रोती-कलपती चंदा काकी को नाउन का सहारा लेकर थोड़े न घर लौटना पड़ता? उस अधेड़ भली मानुषी ने किसी के क्रोध की परवाह किए बगैर चंदा काकी का हाथ बड़ी मजबूती से थामा। वरना आँसुओं से उमड़ती आँखें उन्हें राह में और जाने कितनी ठोकरें खिलवातीं।

नाथूचक में ऐसी बारात कभी नहीं आई थी। हाथी, घोड़े, बैंड-बत्ती और नाचते-गाते लोगों के बीच फूलों से सजी शानदार बग्घी पर चाँद की तरह दिपदिपाते चेहरे वाला दूल्हा। बस्ती की तमाम कुँआरियों ने इस दृश्य को गश खाती नजरों से देखा। नवविवाहिताओं को अपना गुजरा जमाना इतना वाहियात लगा कि उन्होंने अपने घूँघट को झट लंबा कर लिया और जवान कुँआरियों की अम्माएँ...उनके सीने पर तो जैसे सैकड़ों बरछियां चुभ रही थीं। फिर भी आलम यह था कि तमाम स्त्रियां मंगलगीत गाते हुए एक अजीब किस्म के शोर-शराबे और चीख पुकार की लयात्मक धुनें निकाल रही थीं। बाद में यह शोर आतिशबाजी के शोर में दब गया। जमीं के एक सितारे की आवभगत में आसमान हजारों-लाखों लाल-पीले-नीले सितारों से पट गया। राम पदारथ सुकुल ने कहा—"आज नाथूचक की गरिमा वापस लौट आई।" संतु को लगा कि यह सभी तारे कहीं उसके ही सर पर न आ गिरें। सो वह एक कमरे में जो कैद हुआ तो तभी बाहर निकला जब क्या बाराती और क्या सराती सभी को ठंडे बोतलों में बंद शरबत से नवाज़ा जा रहा था। संतु ने भी पहली दफा एक घूँट भरा। आह और अद्भुत...! आधी बोतल खत्म करने तक संतु के पेट से डकारें फूटने लगी थीं। उसने इस नायाब शरबत की जानकारी लेने को बोतल पर छपी इबारत को पढ़ा—कोका-कोला।

"पूरे तीस पैसे में एक आती है;"—लुट्टू ने कहा तो संतु पैसों की बर्बादी का आकलन करने लगा।

नाश्ते में पाँच तरह की मिठाइयां थीं। खाने में दही, रसगुल्ला, चमचम और गुलाबजामुन की कितनी भी मात्रा, संतुष्ट होने तक निस्संकोच ली जा सकती थी। और परोसने वाले भी 'माल-ए-मुफ्त और दिल-ए-बेरहम' के अंदाज़ में उदारता बरत रहे थे। बोधू सुकुल ने तो इतना टान लिया कि पंगत से उठने के क्रम में, वहीं दरी पर ही लुढ़क गए। खाट पर टाँगकर उन्हें शिवालय लाया गया। मंदिर के बाहर ही खूब उल्टी की उन्होंने।

बारात अलस्सुबह ही, अपर इंडिया पकड़ने के लिए, स्टेशन रवाना हो चुकी थी। वर-वधू एवं उनके दो-तीन निकट संबंधियों को कार से पटना भेजना था।

वहीं से उन्हें दिल्ली के लिए हवाई जहाज पकड़ना था। वह कार भी अंततः आठ बजे सुबह रवाना हो गई। बहुत ही आनन-फानन में सब कुछ निबटाया गया। संतु जब सुबह बड़का दालान की ओर निकला, पूरे नाथूचक में जगह-जगह जूठी पत्तले और उनपर भिनभिनाती मक्खियाँ ही नज़र आईं। एक महाजश्न के बाद की एक महागंदगी। तब कोई नहीं जानता था कि इस गंदगी से नाथूचक का पीछा अभी कई दिनों तक नहीं छूटना था। इसकी एकमात्र और एकमात्र वजह थी–कोई भी सफाईकर्मी नाथूचक आने को उपलब्ध नहीं था। किसी भी कीमत पर इसी को कहते है पॉवर-पॉवर की बात। शिवभंजन भी कोई मामूली कुटिल, खल नहीं।

वर-वधू की कार जैसे ही भट्ठे के पास से मुड़कर आँखों से ओझल हुई, कुछ बड़े-बुजुर्ग तेजी से तिलू अजिया के घर की ओर लपक चले। उनके वहाँ पहुँचते ही उस घर से एक तेज चीत्कार फूटी जो शीघ्र ही मन्द सिसकियों में ढल गई। आधे घंटे के अंदर पूरी बस्ती जैसे वहाँ उमड़ पड़ी हो।

जो भी सुन रहा था, तिलू अजिया के धैर्य को सराह रहा था। "बस्ती की पत रख ली उन्होंने...बड़का दालान की मर्यादा बचा ली।" ठीक जब आतिशबाजियों से नाथूचक का पूरा आकाश आच्छादित था और वातावरण आह्लादित, ऐसे ही महाजश्न के मौके पर मौत के सन्नाटे ने नाथूचक के एक घर में दबिश दी थी। तब तिलू अजिया छत पर ही थीं। एक अजीब सी अन्यमनयस्कता के साथ-साथ एक स्वाभाविक स्त्री-सुलभ उत्सुकता से भरी हुईं। नहीं तो भला यमदूत उनकी नज़रों से बचकर प्रवेश कर जाता!

तिलू अजिया जब नीचे उतरीं तो उन्होंने अपने सुहाग को निस्पंद पड़ा पाया। "वाह रे काल की गति;"–उन्होंने स्वतः बड़बड़ाते हुए कहा, "एक को बंधन सौंप रहा है और दूसरे को बंधन से मुक्ति?" लेकिन काल के इस निर्णय को उन्होंने बस्ती की एक लड़की के भावी सुख में खड़मंडल नहीं डालने दिया। यह वही कर सकती थीं। एकमात्र तिलू अजिया।

वाजपेयी बाबा की अंतिम विदाई की पूरी तैयारी बड़का दालान वालों ने ही की। चूँकि गाँव के तमाम मर्द रात भर के जगे और थके थे, सो उन्हें 'बरारी घाट' जीप से ही भेजने का निर्णय किया गया। साथ में गिनती के पाँच-सात करीबी लोग। इस प्रकार एक 'सच्चे ड्रायवर' की अंतिम यात्रा भी उसी अनुरूप निकली। जीप के ड्रायवर ने बरारी घाट से लौटकर बताया, "रास्ते भर बाबा मेरे कानों में गरियाते रहे कि कहीं ऐसे मोड़ काटा जाता है भला...और ब्रेक कहीं इस तरह से लिया जाता है पगले...।"

सुनकर तिलू अजिया ने भेद खोला, ''लकवा मार दिए जाने के बाद वह अक्सर सपने में ही गाड़ी चलाया करते थे!''

इधर मम एक अनूठा सपना देख रहे थे। उनके बड़े बेटे पप्पू की फाइनल परीक्षा चल रही थी। उसके फर्स्ट क्लास आने की पूरी उम्मीद थी। स्वयं मम ने उनके कई-कई नोट्स तैयार किए थे। मम ने अपने इस सपने के बीच से तमाम दैनिक चिंताओं और बाधाओं को हटा दिया था। ताकि वह निःशंक इस सुखद स्थिति का मजा ले सकें, जहाँ वह एक कमाऊ और कुँआरे लेक्चरर के पिता थे। छोटे चाचा की छुट्टियाँ समाप्त हो चुकी थीं। वह जाने से पहले अपनी शादी के विषय में दो-टूक आश्वासन चाहते थे। इक्के-दुक्के वरदेखवा आने शुरू हो गए थे उनके वास्ते और उनका कहना था कि छोटे भाई की शादी पहले हो जाने से बड़े भाई की शादी में कोई अड़चन नहीं आती है। आजकल तो लोग सौदा पट जाने पर लड़कियों के मामले में भी ऐसा निर्णय लेने लगे हैं। लेकिन मम उनकी इस प्रार्थना पर किसी भी सुनवाई के लिए तैयार नहीं थे। बल्कि उनके इस अभ्यावेदन को उन्होंने पारिवारिक आचार संहिता के विरुद्ध करार देते हुए उन्हें भरपूर लांछित और अपमानित किया था। यह कहते हुए कि यदि गर्मी नहीं बर्दाश्त हो रही तो कहीं मुँह काला कर ले जाकर। मगर परिवार को इस अशोभनीय और अमर्यादित आचरण से बचा लें, फिलहाल। छोटे चाचा पैर पटकते हुए विदा हुए थे इस डेहरी से। बिटिया बुआ ने उन्हें दही का टीका लगाकर विदा किया था। चलने से पहले उन्होंने किसी के चरण रज लेने की औपचारिकता भी नहीं निभाई। बस बिटिया बुआ के सर पर हाथ फेरा और 'निकल रहे हैं' की ऊँची उद्घोषणा के साथ उचककर बाहर खड़े रिक्शे पर जा बैठे। उस रिक्शे पर उनके सामान के साथ संतु पहले से जमा था।

स्टेशन पर अश्विन चा भी कहीं से डोलते-डालते आ पहुँचे थे। आजकल वह तन्मय होकर संतु को अंग्रेजी सिखाने में पिले थे। छोटे चाचा इधर उनसे एक निश्चित दूरी बरकरार रखने लगे थे, जिसकी रत्ती भर फिक्र भी अश्विन चा के चेहरे पर संतु कभी ढूँढ़ नहीं पाया था। लेकिन आज जबकि ट्रेन आने की घंटी पड़ चुकी थी, दोनों के बीच चोंच लड़ाने नुमा दिलचस्प बातचीत हो रही थी। अश्विन चा धाराप्रवाह बोले चले जा रहे थे, ''जैसे तुमरी आर्मी में तोप का मुकाबला करने के लिए तोप रखना जरूरी है, वैसे ही साम्राज्यवादियों का मुकाबला बिना अंग्रेजी जाने संभव नहीं। विश्व का अधिकांश ज्ञान भरा है इस एक अकेली भाषा में। सबसे ज्यादा अनुवाद इसी भाषा में होता है। सो भाषा से कभी घृणा मत करो। एक भाषा का दूसरी भाषा से एक अनाम और अप्रत्यक्ष किस्म का बहनापा होता है—एक

रक्त संबंध। भले ही इन्हें व्यवहार करने वाले हम मनुष्यों में न हो। है न एक दिलचस्प तथ्य?"

ठठाकर हँसने लगे थे अश्विन चा और छोटे चा ने अपने भारी भरकम आर्मी बूटों को पटकते हुए विषय को बदल दिया था—"मैं तो कहता हूँ, अभी भी वक़्त है...स्टिल देयर इज़ अ टाइम... आर्मी ज्वायन कर लो!"

"मैं तो हूँ ही आर्मी में;"—पूर्ववत् हँसते हुए कहने लगे अश्विन चा, "घर से भागने वाला युवक इन्हीं दोनों आर्मी में से एक में जाता है। तुम्हारी तरह का प्रतिभाशाली उधर...सरकारी सेवा में। मेरी तरह का कुछ ज्यादा प्रतिभाशाली इधर। जनता की आर्मी में।"

नित्य की तरह शाम ढलते ही आँगन में शोर होने लगा। एक भौजाई और अगल-बगल की ढेर सारी ननदें। छोटे चा पूरी छुट्टी इस महफिल की शोभा बढ़ाते रहे थे। आज उनके न रहने पर संतु की अम्माँ ने अश्विन चा को बुलावा भेजा। बहुत ना-नुकर के बाद वह आए भी तो, सर झुकाकर बैठे रहे। आज नंदिनी उसी गीत की फरमाइश कर बैठीं जो वह अपने बचपन में खूब लहक-लहक कर सुनाया करते थे—"कोठे पर बोया गुलाब...गुलाब भाभी तेरे लिए!" सुनते ही अश्विन चा अचानक तमककर उठ खड़े हुए। बहुत अच्छी तरह संतु के ज़ेहन में कैद है यह दृश्य—अश्विन चा का धुत्त...धुत्त...कहकर बड़बड़ाते हुए तड़ से उठकर बाहर चल देना...और अम्माँ का अवाक् खड़े रह जाना...और बिटिया बुआ की आँखों में आँसू आ जाना।...यह सब कुछ किसी यादगार आकृति की तरह सुरक्षित है संतु के केलिडोस्कोप में। अम्माँ ने तो इस घटना को अपनी भंयकर अवमानना के रूप में लिया था। उनके त्रिकालीन स्नेह का असह्य अपमान।

"ऐसन कौन-सा गम खाए जा रहा है तुमका जो अपनी माँ समान भाभी से न कह सकत हो?"—रात की रोटी लेकर खुद गुहाल जा पहुँची थीं नंदिनी। जैसे झोंपड़ी में माता मरियम। नंदिनी के चेहरे पर कुछ ऐसी ही स्निग्ध, कोमल मुस्कान थी। तमाम बिखरे छोरों को फिर से समेटने की अपनी कोशिश अभी उन्होंने शुरू ही की थी कि फिर से वही धुत्त...धुत्त...। नंदिनी ने जबरन मुंह में कौर देना चाहा तो थाली पटककर अँधेरे में ही भाग खड़े हुए अश्विन चा। नंदिनी काफी देर तक गुहाल में ही सुबकती रहीं। फिर लुद्दो काकी और बिटिया बुआ उन्हें समझा-बुझाकर आँगन में खींच लाईं।

उसी रात वह फिर गायब। इस दफ़ा साक्षात गवाह बना संतु। आधी रात से कुछ ऊपर का ही वक़्त होगा काहे कि चंद्रमा ढलान पर उतर चुके थे। झकझक अजोरिया रात। संतु बाहर दालान में ही सोया था और जोरों की पेशाब लग जाने

के कारण उसकी नींद टूट गई थी। वह झटके से उठा और उसी आवेग में फौरन पड़ रहा। कुएँ के पास किसी साये को ताड़ लिया था उसने और भूत पर नज़र रखने की उत्तेजना से आँखें फाड़कर लेटा रहा। पेशाब कब का सटक चुका था। लेकिन फिर चाँद की रोशनी में भली-भाँति देख लेने की अभ्यस्त आँखों ने उस साये की शिनाख़्त कर ली।

कुछ ही पल गुजरा होगा कि सामने बगीचे में किसी शक्तिशाली टॉर्च के जलने-बुझने का अहसास हुआ। जवाब में कुएँ के पास खाड़े साये ने भी हाथ का टॉर्च जलाया-बुझाया। फिर वह साया तेजी से गुहाल में घुसा और बैग उठाकर निकल पड़ा।

भोररिया के वक़्त ही बंगाल की ओर जाने वाली अपर इंडिया एक्सप्रेस गुजरती थी इधर से। किसी-किसी दिन तो बगीचे के कोयल चिड़ियों के कलरव के बीच इंजन की तेज सीटी सुनाई पड़ती। उस रात अश्विन चा के जाने के लगभग घंटे भर बाद अपर इंडिया के केनाडियन इंजन की लंबी कर्कश सीटी सुनाई दी थी संतु को। बहुत बाद में उसने जाना कि विदेशी गायें भी ऐसा ही कर्कश स्वर निकालती हैं? जैसे गला फँसा हुआ हो उनका।

तो तब के गए फिर नहीं लौटे अश्विन चा। महीनों इंतजार रहा संतु को, पर वह न लौटे। धीरे-धीरे लुद्‌दो काकी का बड़बड़ाना भी कम होता गया। अपनी नियति उन्होंने स्वीकार ली थी। फिर लोग भूल से गए उन्हें। बस्ती क्या, घर के लोग भी।

मम की बेताबी लगातार बढ़ती जा रही थी। जैसे-जैसे दिन करीब आ रहे थे एम.ए. फायनल के रिजल्ट के।

मगर तभी एक फुलझड़ी सी छूटी। नहीं अनार। एकदम अचानक कोई रात दीवाली की रात में बदल जाए, ठीक उसी तरह। मम ने इस अप्रत्याशित खुशखबरी का पूरा श्रेय अपनी पुतोह नंदिनी को दिया और उन्हें अपने हाथों लड्डू खिलाया। मम ऐसी कोई मीठी सी ख्वाहिश अपने बेटे पप्पू के साथ पूरी नहीं कर पाए थे। प्रतिदिन एक सेब जैसा महँगा और बड़े लोगों द्वारा खाया जाने वाला विशिष्ट फल लाने के बावजूद।

इधर नंदिनी के मुँह में लड्डू गया और नंदिनी ने एक साथ दो लड्डू अपनी ननद के मुँह में जबरन ठूँस ही तो दिया। 'तुलसीदास अति आनंद' की तर्ज पर संतु ने यही अनुभव मम के साथ दुहराया और 'बुढ़बकऊ' का उच्चारण पहली दफ़ा सबसे मीठे अंदाज में किया मम ने!

पिछले वर्ष दिव्या के नाम से फार्म भरा था बिटिया बुआ ने। चूँकि यह नाम भी मनहूस साबित हुआ थी उनके लिए, सो इस दफ़ा फॉर्म भरते हुए उन्होंने नया नामकरण किया माधुरी...। और महिमा देखिए इस नाम की, बुआ पास हो गईं। वह भी आम लड़कियों की तरह गाँधी डिवीजन से नहीं, सेकेंड डिवीजन से। क्या सचमुच पास कर गईं बुआ? संतु को तो यकीन ही नहीं हो रहा था। मगर जब मम ने अखबार से नम्बर मिलाकर खुद पुष्टि की, चौके में दाल बघारती बुआ के साथ-साथ संतु भी चीख पड़ा था—''थ्री चियर्ज फॉर माधुरी...! हिप हिप हुर्रे...हिपऽ...हिपऽऽ...!''

पूरी बस्ती ने, बुआ के स्कूल ने, बस्ती वालों ने और सबसे ज्यादा संतु ने चैन की साँस ली, क्योंकि बुआ को अब एक स्थाई नाम मिल चुका था। अब यही नाम अंकित रहेगा उनके प्रमाण-पत्रों में। अब इसे बदल नहीं सकतीं वह। चाहकर भी। लांग लीव माधुरी...!

तीसरे पहर तक हिप-हिप हुर्रे...लांग लीव माधुरी...के नारों के साथ, बस्ती की सहेलियों के संग बुआ ने खूब ठुमके लगाए। वैसा जीवंत नृत्य संतु ने आजतक नहीं देखा। सूरज डूबने से पहले आँगन में एक तेज किलकारी गूँजी। अनुपमा बुआ आ पहुँची थीं। रंग और गंध से सराबोर। रंग उनके सतरंगे लिबास से छलककर समूचे आँगन में छा जाना चाहता था...और गंध...! संतु ने सोचा, जरूर चुल्लू में लेकर इन्होंने इत्र लगाया होगा आज।

''तुम मेरी सबसे पक्की सहेली हो बिटियाऽ...देखो न, तुम भी पास...हम भी पास।''

सुनते ही अटेंशन की मुद्रा अख्तियार कर ली बिटिया बुआ ने। कड़ककर बोलीं, ''आज से नो बिटिया...फिटिया...माधुरी हूँ मैं...माधुरी...अंडरस्टैंड!''

ऐसा बोलते ही बिटिया बुआ के चहेरे पर बचपन से काबिज चेचक के सैकड़ों धब्बे अचानक लुप्त हो गए।

''यस ऑय अंडरस्टैंड;'' नंदिनी ने चाय की प्यालियाँ लिए हुए हस्तक्षेप किया, ''मैं तो इतना जानती हूँ कि अब तुम दोनों सबसे योग्य कुँआरियाँ हो। राजकुमारी तो गई, भगवान करे तुम दोनों भी राजी-खुशी अपने-अपने घर जाओ।''

''भाभी ई ई...कस के चूंटी काट लेंगे, जान लो!''—दोनों सहेलियाँ समवेत स्वर में ठिनक उठीं। लगा जैसे मीठी शहनाई सी बज उठी हो। गौरैयों ने अकचकाकर आँगन में चारों बगल झाँका और आकाश में फुर्र...से उड़ लीं। मुँडेर पर बैठा एक कौवा मैदान साफ पाकर चट आँगन की अलगनी पर आ जमा और कर्कश स्वर में अपनी उपस्थिति जतलाने लगा।

दरवाज़े पर डाकिए की सायकिल की घंटी टुनटुनाई थी। अर्द्धस्वप्न में डूबे मम ने हड़बड़ाकर पहले अपनी लुंगी ठीक की थी।

डाकिए ने हमेशा की तरह जोशीले स्वर में डिप्टी साहेब को राम-राम कहा।

नहीं, कोई मनीऑर्डर नहीं था। केवल एक चिट्ठी थी।

मम ने बुझे स्वर में 'जय राम जी की' कहकर डाकिए को विदाई दी थी।

बारह

एक पुत्र का पत्र आया था अपनी माता के नाम।

चुन्ना ने खत लिखा था नंदिनी को।

पत्र पढ़ते ही नंदिनी का चेहरा सफ़ेद पड़ गया। फिर वह वहीं, आँगन से चौके को जाती सीढ़ी पर, भहराकर बैठ गईं। पत्र उनके हाथ से छूटकर हवा की गिरफ़्त में आ गया जिसे बिटिया बुआ ने मामूली उपक्रम करते हुए अपने कब्जे में ले लिया। बिटिया बुआ जब तक पत्र से जूझतीं, तब तक नंदिनी ने स्वयं को अपने कमरे में बंद कर लिया था।

बिटिया बुआ ने पत्र का आशय लुद्दो काकी तक पहुँचाया। वहाँ से अंजना की माँ से होता यह टैरू बहू और फिर तिलू अजिया तक जा पहुँचा। अगले ही दिन तीसरे पहर एक, दो, चार नहीं, पूरी दर्जन भर बस्ती की संभ्रांत महिलाएँ इस घर के आँगन में जमा थीं। इन्हें चाय पिलाने का उपक्रम करने में बिटिया बुआ और अंजना जुटी थीं। जबकि मम थे कि किसी लड़ाके मुर्गे की तरह कुड़-कुड़ कर रहे थे कि आखिर यह कैसी पंचायत है और उनके ही घर क्यों जुटी है?

उस पंचायत में यही निर्णय हुआ कि सोहन को फ़ौरन बस्ती में बुलाया जाए और सभी महिलाएँ उन्हें घेरकर समझाएँ। किरिया खिलाएँ। और न मानने पर उन्हें प्रताड़ित किया जाए।

यह सुनकर नंदिनी और भी जोर से फूट-फूट कर रो पड़ी थी। उसके विलाप का विषय एक ही था : उसके बच्चों का भविष्य और चुन्ना पर हो रहा अत्याचार।

मम को जब कुछ भनक लगी, उन्होंने लुद्दो काकी तक फ़ौरन उनसे अकेले में मिलने का फ़रमान भिजवाया। कासिद थे संतु।

मम का फरमान सुनकर लुद्दो काकी पता नहीं क्यों शर्म से लाल हो उठीं। ''हमका बुलाइन है बड़कौना...!...हमसे कुच्छो पूछिहैं तो भला का जवाब देबे हम?''

किसी सनकी महिला की तरह स्वतः बड़बड़ाती हुईं वह अचानक ही एक अनोखे पुलक से भर उठीं और "दईया से दईया लाज मोहे आवे" जैसा कुछ गुनगुनाने लगीं।

"पता है, मम बहुत गुस्से में हैं!"—संतु को लुद्दो काकी का यह लद्धड़पन जरा भी नहीं सुहा रहा था। वह अच्छी तरह समझ रहा था कि आज की यह महत्त्वपूर्ण बैठक उसकी अम्माँ और खुद उसके भविष्य से भी जुड़ी हुई है। अंततः लुद्दो काकी थोड़ी गंभीर हुईं। बकसिया में तहाकर रखी कलफ़दार और बिना फटी चिटी साड़ी निकाली। संतु के सामने ही इसे पहना और एक हाथ का घूँघट खींचकर बड़कौना के सामने हाज़िर हो गईं।

मम ने कहा, "यहाँ नहीं, अंदर कोठरी में चलो!" लुद्दो काकी अवश्य ही अपने घूँघट के भीतर शर्म से लाल होकर हँस पड़ी होंगी। उनका तेजी से हिलता बदन और कँपकँपाते पाँव तो कम अज कम यही गवाही दे रहे थे। साथ ही उन्होंने घूँघट के भीतर से ही सर घुमाकर संतु की ओर निहारा!

"तुम हियाँ काहे खड़े हो बकलोल? जाओ, खेलो जाकर!"—मम ने संतु को डाँट भगाया।

मम इधर लगातार बेचैन और परेशान रह रहे थे। सबसे बड़ी चिंता उन्हें अपने सबसे प्रिय पुत्र पप्पू के भविष्य को लेकर थी जो अपनी तमाम कोशिशों के बावजूद एम॰ए॰ में हाई सेकेंड क्लास ही ला पाए थे। पप्पू स्वयं भी अपने इस निराशाजनक परिणाम के बाद अन्यमनस्क से हो गए थे, क्योंकि इधर वह अपने प्रिय वाद्य बैंजो को हाथ भी नहीं लगा रहे थे। उस पर धूल की एक महीन परत चढ़ गई थी, जिसे कि पप्पू प्रतीकात्मक तौर पर, अपने भविष्य पर पड़ी धूल के रूप में, आँकने लगे थे। जब उन्हें बिटिया बुआ के माध्यम से चुन्ना के उस पत्र की बाबत जानकारी मिली, वह किसी चेन में बँधे कुत्ते की तरह अपने कमरे के दायरे के भीतर ही छटपटाते हुए भौंकने लगे थे। नौकरी करनेवाले सुविधाभोगी लोगों को उन्होंने जमकर खरी-खोटी सुनाई। साथ ही यह भी जोड़ा कि यदि उनकी भी नौकरी अब तक लग गई होती तो वह भाभी, बच्चों का खर्च खुद वहन कर यह दिखला देते कि भाई-भाई के बीच भी कितना फ़र्क हो सकता है।

"भाई-भाई के बीच नहीं, दो सौतेले भाइयों के बीच!"—कुपित बिटिया बुआ ने इस दरार को और भी चौड़ा किया।

इधर नंदिनी एक दिन मौका निकालकर शिवभंजन तिवारी के घर जा पहुँची। उनकी पत्नी चंदा की मार्फ़त उन्होंने अपने पति के लँगोटिया यार द्वारा अपने पति पर दबाव बनाने की याचना की।

सुनकर हँस पड़े शिवभंजन। बोले, "घबराती काहे हो सोहन बहू! आदमी का स्वभाव ही थोड़ा चटोर होता है। लेकिन बाहर का चाट-पकौड़ा खा लेने से वह घर का खाना थोड़े न भूल जाता है! वैसे तुम जो सोचे भइऊ हो, वही ठीक रही। उनका फ़ौरन बुलवाओ यहाँ। हमहुँ समझाए देब। हमका उम्मीद है कि ऊ सरऊ तुरंत मान जइहैं। हम बढ़िया से पहचानित है उनका। कितना बड़ा कलेजा है, सो भी जानित हैं।"

नंदिनी ने शिवभंजन तिवारी का यह सुझाव बिटिया बुआ तक पहुँचाया। बिटिया बुआ ने मम तक! मम भुनभुनाते हुए उसी दिन टेलीग्राम करने मुख्य डाकघर जा पहुँचे। संबंधित बाबू ने जब यह देखा कि टेलीग्राम पटना स्थित पोस्ट मास्टर जेनरल के ऑफ़िस में भेजा जा रहा है, तो उसने यह सूचना पता नहीं क्यों अपने अधीक्षक को देना जरूरी समझा। संयोग से उन दिनों सोहन स्थापना शाखा में थे और पोस्ट ऑफ़िस के निरीक्षकों और अधीक्षकों के स्थानांतरण संबंधी संचिकाएँ ही निबटाते थे। सो उन्हें सभी बड़े अफ़सर नाम से जानते थे। वह अधीक्षक साहेब दुमका के थे और उधर ही जाने को प्रयासरत थे। जब उसे यह पता लगा कि मटमैली गाँधी टोपी लगाए खादी के मैले से पाजामे कुरते में खड़ा यह दीनहीन शख़्स सोहन बाबू के पिता हैं तो उसने तपाक से मम को कुर्सी दी और एक अर्जेंट ट्रंक कॉल पटना के लिए बुक कर दिया।

"मैं अभी थोड़ी देर में सीधे बात ही करवा देता हूँ आपके बेटे से;"—उसने दाँत निपोरते हुए कहा, "तब तक आप चाय पीजिए।...मुश्किल से पंद्रह मिनट...!"

संतु के लिए दो सफ़ेद रसगुल्ला आया था और जब उस अधीक्षक को यह पता लगा कि सामने बैठा यह तंदुरुस्त बदन वाला लड़का कोई ऐरागैरा नहीं बल्कि सोहन बाबू के साहबज़ादे हैं तो उसने दो काला जामुन का ऑर्डर और भिजवाया।

सोहन और मम में काफ़ी संक्षिप्त मगर उत्तेजक बातचीत हुई। मम ने औपचारिक हाल-चाल पूछने के बाद कहा, "फ़ौरन नाथूचक आओ। कुछ जरूरी बातें करनी हैं।"

सोहन ने दलील दी, "अभी तो यहाँ दम मारने की भी फ़ुर्सत नहीं!"

मम इस जवाब से भड़क उठे। तनकर बोले, "हमको सब मालूम है कि तुम क्या-क्या गुल खिला रहे हो वहाँ!...हुँह...फुर्सत नहीं है। ई सब बहानेबाजी छोड़ो और फ़ौरन आओ। ई मत भूलो कि तुम पर नज़र रखने को वहाँ हमारा एक पोता भी है।"

उधर से फ़ोन रखा दिया गया। संभवतः क्रोधवश। मम इस अपमान से आहत

हो उठे जबकि संतु इस वजह से कि इस दुर्लभ यंत्र से साक्षात्कार का अवसर उसे मयस्सर न हो सका। रसगुल्ला खाते हुए वह लगातार यह सोच रहा था कि उसके बाबूजी की आवाज़ इस चोंगे से छनकर आने के बाद कैसी होगी? क्या वह उस आवाज़ को झटके में पहचान सकेगा? जैसे रेडियो से आती अमीन शयानी की आवाज़ फौरन पहचान जाता है।

दो दिन बाद चुन्ना अचानक ही नाथूचक में उपस्थित हो गए। उनके पूरे बदन पर पिटाई के दाग थे। कलाई में मोच और सूजन। दाहिने हाथ की उँगलियाँ बूट से कुचली हुई। इस प्रतिशोध के साथ कि इन्हीं उँगलियों से कलम थामकर वह शिकायती पत्र लिखा गया होगा।

गाड़ी में विदाउट टिकट आए थे चुन्ना। कैसे टी॰ टी॰ ई॰ को अंग्रेजी में झूठ बोलकर छकाया उन्होंने किऊल में और जमालपुर जंक्शन पर तो रेल पुलिस के हत्थे चढ़ने से भी साफ बचाया इसी अंग्रेजी ने। उन्हें टुन्नू बाबा का सरकारी नाम और पद भी याद था। इसी नाम का धौंस देकर उन्होंने रेल पुलिस को हड़काया। यह भी कहते हुए कि इधर रेल में चोरी काफी बढ़ गई है और वह खुद इसके शिकार हुए हैं। दिल्ली लौटकर वह इसकी जबरदस्त ढंग से शिकायत करेंगे।

चुन्ना के आगमन के अगले दिन सोहन भी हाज़िर। टपाटप आँसू टपकाते चेहरा लिए। मगर मम ने छूटते ही बतला दिया कि उनकी तमाम करतूतों का गवाह चुन्ना यहीं मौजूद है। फिर तो जैसे चेहरे का भाव ही बदल गया उनका। तमाम विनम्रताएँ और आँसू, सब क्षण भर में ही गायब। बदले में आग उगलती आँखें और लाल भभूका चेहरा।

नंदिनी चाय लेकर आई और सीधे उनके पैरों पर गिरकर फफक पड़ी। 'हमारा कसूर क्या है स्वामी' सरीखा परंपरागत विलाप था उनका।

सोहन ने नंदिनी को लात से परे ठेल दिया। चाय का कप उठाकर जमीन पर दे मारा और मम की ओर आग्नेय नेत्रों से घूरते हुए शिवभंजन के घर की ओर चल दिए।

दोपहर तक लौटे तो शराब उनके सर चढ़कर बोल रही थी। मम पर नज़र पड़ते ही लगे वह उन्हें गरियाने। जब तक मम कोई प्रतिरोध कर पाते बरामदे में पहुँचते ही उन्होंने एक बदबूदार उल्टी की। अंडे के टुकड़ों और नमकीन के अवशेष से भरी उस उल्टी को साफ करती हुई बिटिया बुआ बड़बड़ाए जा रही थीं—"तीन-तीन भाई और तीनों सत्यानाशी।...हे भगवान!" मम इस दृश्य को देखकर अलग से छाती कूट रहे थे—"रो मत रे अभागन...मत रो। चरित्र से बड़ा धन होने लगा है आजकल। यह सारे ऐब को छिपा लेता है। आजकल धन कमा रहे

हैं तुम्हारे भैया। ठर्रा पीकर थोड़े न आया है। अंग्रेजी पी है उसने। धनपतियों को ही नसीब होता है यह।"

उसी दिन शाम में तिलू अजिया के नेतृत्व में महिलाओं का एक शिष्टमंडल सोहन बाबू से मिलने आया। संतु वह दृश्य कभी भूल सकता है भला? बीच चौकी पर सोहन बैठे जोर-जोर से पैर हिला रहे थे, जबकि उनके आगे ज़मीन पर उकड़ूँ बैठीं तमाम महिलाएँ और स्वयं संतु की अम्माँ छुई-मुई सी एक कोने में गठरी बनी बैठी हुईं।

मान मनौव्वल का इकतरफा प्रयास चल रहा था। वह भी प्रार्थना जैसे मिमियाते, कारुणिक स्वर में। सोहन बीच-बीच में फूहड़ कुतर्क भी करते जा रहे थे।

रिश्ते में बड़ी भाभी लगने वाली कम्मो भाभी ने उन्हें डपटा भी, "चार बच्चों के बाप होकर ई सब करना जरिको शोभा दे है का तुमका?"

सोहन ने मुँह में पड़े पान को एक ओर सरकाते हुए कहा, "अब भाभी तुम्हूँ...भूल गइऊ कि लखन भैया सूजागंज में केका रक्खे भय रहैं!"

"नऽ...भूलब काहे";—कम्मो भाभी ने निस्संकोच कहा, "मगर सुबह का भूला यदि शाम को घर आ जावे तो भूला नाहिं कहावत है। तुम भी अब लौट आओ। बहुत भटक लिया।"

"ठीक है, तो फिर ई चलें संगे! हम सब छोड़ देब!"

"जइहैं काहे न, कोई शौक से थोड़े न इहाँ पड़ी है;"—तिलू अजिया ने उठते हुए कहा, "औरत का तीनों लोक देखे के पड़े है सोहन! मर्दों की तरह केवल एक ही राह पर चलने लगीं औरतें तो दुनिया को भसने में देर न लगेगी।"

इस समझौते की ख़बर मिलते ही मम सब कुछ भूल चुके थे। दोपहर की तमाम तिक्त घटनाएँ। बल्कि एक भारी व्यवधान सुलटता पाकर उन्हें दूसरे व्यवधान की चिंता सताने लगी थी। यह थोड़ी ज़्यादा बड़ी चिंता थी मम के लिए।

शाम डूबने-डूबने के समय जब सोहन बन-सँवरकर बाहर निकले, मम ने उन्हें प्रेम से दो घड़ी पास बैठने को कहा। फिर बहुत लंबी चौड़ी भूमिका के बाद, जिसमें अपने पुत्र के प्रशस्तिवाचन में ही ज़्यादा ऊर्जा लगाई गई थी, उन्होंने पप्पू की नियुक्ति के संबंध में कहीं से कुछ जुगाड़ लगाने को कहा।

सुनकर बड़ी अनिच्छा से मुस्कुराए सोहन। मानो कह रहे हों कि बस इत्ती सी बात।

"हँसकर टालो मत! मैं बहुत गंभीर हूँ।"

"गंभीर हो तो कुछ गंभीर उपक्रम करो। पप्पू को लेकर आओ पटना। कॉल लेटर का इंतजार मत करो।"

“तुमरे पहुँचने के हफ़्ते भर बाद ही समझो हम पहुँच रहे हैं;” मम ने उत्साह से पूछा, “खर्चा पानी भी कुछ लगी?”

सोहन ने खड़े होकर उपेक्षा से कहा, “सौतेला भाई है हम पप्पू की खातिर, पर तुम्हार तो सगे बेटा हैं। कभी तो इस तरह से सोचा करो। क्या बाप के प्रति मेरा कोई फ़र्ज नहीं?”

मम इस उलटवार से गिलगिलाकर रह गए। उनके मुँह से कुछ अजीब तरह की निरर्थक ध्वनियाँ फूटकर रह गईं। सोहन अपने पिता की इस कातरता पर बड़ी क्रूरता से हँसे। फिर पूरी बेहयाई से बोले, “देखेव...कैसा धर लिया...?”

मम ने बात पलट दी, “फिर पी के मत लौटना रात में!”

“नऽ...अब ई बेरा भांग खइबे!”

“हाँ...यही ठीक रही।”—मम बोले, “संतुआ के हाथ से जरा मटर के दाने भर हमरी खातिर भी...!”

संतु को दो छोटी-छोटी गोलियाँ दी सोहन ने। ताकीद की, “यह छोटी वाली अपनी अम्माँ को दे देना। और मम को पता न चले!”

संतु ने दो का तीन बनाया। मम वाले हिस्से से कुछ ज़्यादा ही निकाला!

रात को सोहन जब लौटे, एक हाथ में सेर भर दही था, दूसरे में सेर भर रसगुल्ला!

“खाओ पप्पू...प्रेम से खाओ! मम तो आज बताइन कि तुम अप्लाई किये भए हो। समझ लो कि तुम बन गए लेक्चरर। इसमें जरिको संदेह मत रखिहौ।”

“हरमियाँ आज एकदम देवता बना हुआ है;”—चुन्ना भैया संतु के कान में बुदबुदाए, “लेकिन क्रोध आने पर यही आदमी राक्षस बन जाता है। पता नहीं अम्माँ की क्या दुर्गति हो पटना में!”

संतु से कुछ कहते न बन पड़ा। वह जीवन के ढेर सारे स्याह पक्षों से अभी एकदम अनजान था। और फिर भांग की मस्ती उस पर जो चढ़कर डोल रही थी, सो अलग। वह ज़्यादा कुछ समझने-बूझने में बाधक थी।

“बाबूजी अगर ज़्यादा शैतानी करने लगें तो ढेला मारकर सर फोड़ देना इनका...और सबको लेकर यहाँ आ जाना। डरने की जरिको जरूरत नहीं।” संतु ने पूरे आत्मविश्वास से कहा।

चुन्ना भैया संतु का मुँह ही ताके जा रहे थे...।

तेरह

यह विदाई बहुत ही मार्मिक थी।

नंदिनी कुछ इस तरह डकर रही थी, जैसे कसाईखाने जाने की राह में गाय। अलस्सुबह ही उन्हें विदा करने को तिलू अजिया के संग उनसे हमदर्दी रखनेवाली बस्ती की तमाम वधुएँ उपस्थित थीं। अंजना की अम्माँ, चंदा काकी, टेरू बहू जैसी, बुजुर्ग महिलाएँ भी। सभी की सभी 'नीर भरे नत नयन लिए' वाली मौके के हिसाब से स्वाभाविक मुद्रा में। नंदिनी एक-एक के गले लगकर इस तरह सिसक रही थीं मानो बस्ती की कोई बेटी विदा हो रही हो। इधर थोड़ा दूर हटकर मम की बगल में खड़े सोहन के चेहरे पर खीझ के भाव लगातार बढ़ते जा रहे थे। वह मम की ओर कुछ कहने के ख़याल से देखते मगर मम थे कि खुद अपनी डबडबाई आँख छिपाने के प्रयत्न में थे।

"थोड़े आँसू पटना के लिए भी बचाए लो। वहाँ भी इसकी काफी जरूरत पड़ेगी।"

अपने पति के इस कठोर वचन को सुनकर नंदिनी और भी जोर से भोंकरने लगी। ऐसे में बिटिया बुआ ने अपनी भाभी की पीठ थपथपाई। फिर आगे बढ़कर उन्होंने आपने भाई का हाथ थामते हुए कहा, "कभी सुन भी लिया कि भाभी को कौनो तकलीफा हुई है उहाँ तो जान लो भइया...इहैं छटपटी में कूदि के जान दे देव हमहूँ!"

अंततः बड़ी मुश्किल से रिक्शा आगे बढ़ा। रिक्शा के आगे-आगे पप्पू चा की सायकिल और इसके अगले डंडे पर विराजमान संतु। चुन्ना भैया अपने कुछ हमउम्रों के साथ अपनी बकसिया सँभाले पहले ही स्टेशन की ओर कूच कर चुके थे। टिकट कटाकर रखने की जिम्मेवारी उन्हीं को सौंपी गई थी।

अम्माँ के जाने के बाद संतु कई-कई दिनों तक पूरे घर में एक खास तरह

के सन्नाटे को महसूस करता रहा। इस सन्नाटे को तोड़ने का उपक्रम कोई भी नहीं करना चाहता था। अंततः यह टूटा महंथ जी के पत्र से। मम को दोपहर में जो पोस्टकार्ड मिला, उसके मुताबिक महंथ जी को आज ही आ जाना था। और बेर डूबने के पहले वह पहुँच भी गए। वह बनारस से आ रहे थे। अपनी सबसे छोटी बेटी का ब्याह रचाने के बाद। इस ब्याह में नाथूचक से कोई नहीं जा सका था। मम के आग्रह पर सोहन पटना से ही जाकर न्योता पूर आए थे।

उस रात रसोई में पूरी गहमा-गहमी रही। महंथ जी ढेर सारा सामान लाए थे। चूड़ा, चना, मटर, बड़ी, तिसियौरी, दनौरी, पापड़ वगैरह। मटर की घुघनी के साथ रोटी तोड़ते हुए मम ने पप्पू से कहा, "अब तो एक 'अगोरना' भी आ गयन हैं, सामान बाँधो अब! कल रात दानापुर फास्ट पैसेंजर से हमलोग पटना चल रहे हैं!"

मम के भीतर यह इच्छा इसलिए भी अचानक उमड़ पड़ी थी, क्योंकि आते ही महंथ जी ने अपने मँझले पुत्र संबंधी खुशख़बरी उन्हें बता दी थी। उसे भी सेना में कमीशन मिल जाने की सूचना मम को मिठाई के साथ दी गई थी।

पप्पू चा का मन रात की धुकधुकवा गाड़ी की बजाय सुबह की सरपट गाड़ी अपर इंडिया से जाने का था, मगर मम ने किराया मद में भारी बचत होने का आँकड़ा पेश कर उनका मुँह बंद कर दिया था।

पटना जाने के नाम पर बाप-बेटे का मुँह दिन भर सूखा रहा। पता नहीं सोहन वहाँ किस तरह की आवभगत करे! इस बात की भी गारंटी नहीं कि इतना भारी काम हो पाएगा अथवा नहीं?

"ऊ है तो बड़े बदमिज़ाज और बेशऊर... मगर दिल का वैसा बुरा भी नहीं है;"–मम ने इस टिपणी के साथ पप्पू चा का हौसला बढ़ाते हुए कहा, "चलना तो पड़बेकरी। नहीं चलने का मतलब है कुएँ में बेंग की तरह पड़े रहना। ई भी कोई अक्लमंदी थोड़े न कहाई!"

"ना हो तो संतुओ को लेते चलें।"–पप्पू चा ने सुझाव दिया, "इसके रहने से सहूलियत रहेगी।"

"मगर फिर इसका टिकट?"

मम के इस सवाल से लगभग झुंझला उठे पप्पू चा। उन्होंने छूटते ही यह साफ कर दिया कि केवल दादा और पोता ही डेढ़ टिकट लेकर चलें। वह यह यात्रा बिना टिकट के ही कर लेंगे।

"मगर कहीं धरा गए तो?"

"देखा जाई!"–पप्पू चा ने इतनी लापरवाही से कहा कि मम सहज भाव से पूछ ही बैठे, "दानापुर पैसेंजर में कोई चेकिंग वगैरह नहीं होती है क्या?"

''काहे...? तुम्हार मन भी विदाउट टिकटे चले का हो रहा है का...!'' सबसे मुश्किल था पटना जंक्शन से बाहर निकलना। मगर पप्पू चा इसका भी समाधान खोज चुके थे। वह सबों को साथ लिए इंजन की तरफ बढ़ने लगे। फिर उसे पारकर पटरी पकड़ ली और सीधे मीठापुर गुमटी जा निकले। वहाँ से एक रिक्शा लिया गया। रास्ते में, एक हलवाई की दुकान के सामने, रिक्शा रुकवाकर मम ने आधा किलो जलेबी लेने की पेशकश की, जिसे बड़ी मुश्किल से पप्पू चा एक किलो की अपेक्षित मात्रा तक बढ़ा पाए।

संतु को भी आया देख सोहन बहुत खुश हुए थे। गरमागरम जलेबी पाकर तो और भी। फ़ौरन वह बगल से सेर भर दूध लेकर लौटे। नाश्ते में पराँठा-अचार के साथ दूध जलेबी भी एक आयटम था। थोड़ी उदास सी दिखतीं संतु की अम्माँ ने दोपहर के खाने में मम का मनपसंद दाल चावल और करेले की भुजिया बनाया था। साथ में लाल साग और चने की दाल पीसकर बनाई गई चटनी। मम ने पेट भर खाया और सराहा।

शाम में दो रिक्शे पर सवार होकर सभी लोग स्वतंत्रता सेनानी और कांग्रेसी नेता तिवारी जी के यहाँ पहुँचे। सोहन और पप्पू चा ने उनकी पाँव लगी की। संतु को उन्होंने पेट से लगाया (वह उनके उस उभार को पार नहीं कर पाया)। मम का परिचय पाते ही वह 'को नहीं जानत है जग में' सरीखा भाव प्रदर्शित करते हुए उनके चरणों पर झुकने को उद्यत हुए नहीं कि मम ने उन्हें भींचकर अपने सीने से लगा लिया।

डाकबंगला चौराहे के लखनऊ स्वीट हाउस से मँगाई गई पूरे किलो भर बर्फी का डिब्बा उनकी सेवा में पेश किया गया।

वही बर्फी कुछ अन्य-सामग्रियों के साथ नाश्ते में आई। बातचीत सौहार्दपूर्ण माहौल में आगे बढ़ी। प्रयोजन की मोटा-मोटी जानकारी तिवारी जी को पूर्व से थी ही। मम के मुँह से विस्तारपूर्वक इसे जानकर उन्होंने लापरवाही से कहा, ''बस, इतनी सी ही बात न! शिक्षा मंत्री मेरे पुराने साथी हैं। कल ही आप के संग चलकर उनसे पब्लिक सर्विस कमीशन के चेयरमैन को फोन करवा दूँगा।''

''फोन कर देने भर से काम तो हो जाई न?'' सब कुछ इतनी आसानी से घटित होता देख मम के भीतर संदेह के कुछ बादल उमड़ने लगे थे।

''आपको क्या लगता है डिप्टी साहेब!''—तिवारी जी ने बिना उत्तेजित हुए सहज ढंग से पूछा, ''क्या चेयरमैन मंत्री जी की बात उठा सकते हैं? कांग्रेस कल्चर में अभी इतनी गरिमा बरकरार है महोदय!''

''बस, नज़र न लगे इस कल्चर को!''—मम हौले से प्रार्थना की मुद्रा में

बुदबुदा उठे।

उस शाम मम को काफ़ी देर तक रोके रखा तिवारी जी ने। संतु ने अब तक के अपने जीवन में इतना सुखी और संतुष्ट प्राणी नहीं देखा था। उस व्यक्ति की एक-एक बात में, उसकी एक-एक अदा से यह संतुष्टि झलकती थी। उनके नाम से एक पेट्रोल पम्प आवंटित था, जिसे उनका बड़ा बेटा देखता था। छोटा बेटा अंग्रेजी शराब का थोक व्यापारी था। मकान उनका बहुत बड़ा और भव्य था। मकान के दक्षिणी छोर पर (चारदीवारी के भीतर) खूब सुंदर बगीचा। बगीचे के एक कोने में गोशाला। तिवारी जी पार्टी के किसी महत्त्वपूर्ण पद पर नहीं थे। वह संगठन में थे और वह भी जिला स्तर के अध्यक्ष पद पर। पक्के गाँधीवादी। उनकी सुबह भ्रमण और प्राणायाम के साथ शुरू होती। फिर दूध, दलिया और फल का नाश्ता लेते। यानी कि नियमित और सादी दिनचर्या।

लौटती में रिक्शा जैसे ही थोड़ा आगे बढ़ा, मम ने संतु से कहा, "देखेव कि नहीं? एक वह भी बूढ़े हैं, मुझसे थोड़े कम ही...मगर जरा बोली सुनो इनकी। अरे जिसको करने धरने को कोई काम न हो, वह सुबह में टहलेगा और व्यायाम नहीं करेगा तो अन्न पचेगा कैसे उसका? सरऊ दिनचर्या बखानत रहें हमरे आगे...! लेकिन ई बतावे में शरम लागत रहे कि पादत भी होइहैं सरऊ तो घड़ी देखकर...!"

"तुम भी न मम...!"—संतु मम पर कोई विशेषण चस्पां करना चाह रहा था, लेकिन उपयुक्त शब्द नहीं मिल पा रहे थे उसे। लेकिन मम समझ गए उसके इस सद्प्रयास को। सो उन्होंने यह कमी पूरी की। "अब एकदम बुढ़बकऊ भी नहीं रहे हो तुम! मगर होशियारी भी ज्ञान के अभाव में बेकार है। आदमी कौवा बन जाता है।"

अगले दिन शाम को संतु भी तिवारी जी की मोटर में विराजमान था। मम उसे ज़िद करके संग लाए थे। "यह एक सगुनिया लड़का है। साथ ही भोला और समझदार।" मम ने जब सोहन के समक्ष यह टिप्पणी की तो चुन्ना भैया ने फ़ौरन पलटवार किया, "मगर अपनी पढ़ाई में यह बहुत कमजोर है। नाथूचक में ऐसे ही दुलार में रहा तो मैट्रिक पास करने की कोई उम्मीद नहीं।"

"अभी बहुत देर है इसके मैट्रिक तक पहुँचने में। तुम अपना देखो और जितनी जल्दी हो सके बाप का होटल खाली करो!"—सोहन मौका पाते ही अपने इस बेटे पर चोट करते रहते। वह पीठ पीछे इसे सँपोला कहकर भी बुलाते। संतु की अम्माँ ऐसे मौकों पर नागिन का ख़िताब पातीं।

मोटरकार में संतु के हाथ में एक डिब्बा था। पूरे एक किलो तिरंगा बर्फी से भरा डिब्बा। "यह बर्फी खासकर राजनीतिक हल्कों में बहुत पसंद की जाती

है।''—ऐसा लखनऊ स्वीट हाउस के काउंटर पर खड़े उस गोरे चिट्टे मालिक ने बतलाया था।

''क्या महाराज। संगठन के क्या हाल हैं?''—मंत्री जी ने औपचारिक हाल-चाल जानने के बाद पूछा।

''संगठन की जरूरत ही क्या है? गाय और बछड़े ने पूरे देश को मोह रखा है!''

दोनों तरफ़ से जोरदार ठहाके लगे। मंत्री जी के ठहाके का स्तंभन काल कुछ ज़्यादा ही खिंच गया था। जैसे हँसी में उसकी प्रतिध्वनि भी शामिल हो गई हो।

''लगता है बहुत दिन पर हँसे होंगे!'' संतु ने मम के कान में कहा तो मम जरा सा मुस्कुराकर फ़ौरन गंभीर हो गए।

''लइकवा क्या कह रहा था?'' मंत्री जी की नज़र काफ़ी चौकन्नी थी।

''कह रहा था कि हँसते हुए आपकी छवि बहुत दिव्य लगती है!''

''अरे...ई बच्चे सब एकदम से भगवान के अवतार होते हैं। इनसे कुछ भी छिपना मुश्किल है!...क्या तिवारी जी?''

अब तिवारी जी ने मम का परिचय अपने फुफेरे भाई के रूप में कराया। ''खाँटी कांग्रेसी हैं...वह भी आज़ादी के पहले से ही।'' सुनकर मम गाँधी टोपी के नीचे से मुस्किया रहे थे। ''गनीमत कि मौसेरा भाई नहीं बनाया उन्होंने!'' यह व्यंग्योक्ति मम ने घर पहुँचकर पूरा प्रसंग सोहन को बतलाने के क्रम में खिलखिलाते हुए की थी।

परिचय होते ही मम ने मिठाई का डिब्बा उनकी ओर हौले से सरका दिया। मंत्री जी ने इस पर कोई तवज़्जो नहीं दी।

पूरी बात सुनकर उन्होंने एक सहायक को बुलाकर ओदश दिया, ''जरा चेयरमैन साहब से बात कराइए!''

उन दोनों की बातचीत निहायत ही आत्मीय ढंग से हुई। इधर से निवेदन और उधर से आज्ञाकारिता की वाक्पटुता का विशिष्ट विनिमय।

''आप निश्चिंत रहें तिवारी जी और जाकर मिठाई बाँटें टोले मोहल्ले में!''—मंत्री जी ने हाथ जोड़कर कहा।

लौटती में तिवारी जी ने मम को टोहने की कोशिश की, ''चलिए, लड़के का भविष्य तो निश्चित हुआ। अब ना हो तो इसका ब्याह भी चटपट कर ही दें।''

''ब्याह तो करना ही है, मगर बिहार में नहीं। कानपुर, उन्नाव से कई रिश्ते आ रहे हैं।''—मम ने नाथूचक के आम अभिभावकों की तरह पुड़िया छोड़ते हुए कहा, ''सोच रहा हूँ कि 'देश' का एक चक्कर लगा ही आऊँ और कहीं बात भी

पक्की कर आऊँ। एक पेटपोंछनी भी बची है। उसके लिए घर द्वार भी देखना है।"

"अरे श्रीमान्, कहीं जाने की जरूरत ही क्या है?" तिवारी जी ने डकार लेने के बाद कहा, "मेरे एक ममेरे भाई हैं कानपुर में। कॉटनमिलों की दलाली करते हैं और पार्टी का काम भी देखते हैं। दो-दो बेटे बैंक में अफ़सर हैं। उन्हीं की पेटपोंछनी है...सरिता।...चाँद सी सुंदर, सोलहों-कलाओं में निपुण...सुघड़, सयानी बिटिया।"

मम ने सुनकर लंबी साँस छोड़ी, "अभी दिल्ली दूर है श्रीमान्। पहले लड़का ज्वायन तो कर ले।"

"अब यह मेरी जिम्मेवारी। मैं इसी बीच स्वयं चेयरमैन साहब से मिलता रहूँगा।"

मम ने गद्गद स्वर में वचन दिया, "तो फिर लड़का भी आपका। गरीब आदमी हूँ, बस यही ख़्याल रखियेगा।"

हँसने लगे तिवारी जी। बोले, "डिप्टी साहेब, हम लोग कोई डकैत थोड़े न हैं जो किसी के घर डाका डाल देंगे। अरे, राजा ठहरे हम लोग। ढल गए हैं तो जानिए कि आपको भी राजा बनाकर ही दम लेंगे।"

"धन्य भाग्य हमारे जो आप जैसे महात्मा के दर्शन हुए।"—मम ने विदा माँगते हुए कहा।

मम की इस सफल यात्रा से लौटते ही संतु को एक और यात्रा में शामिल होने का न्योता मिला। यद्यपि कि वह मोटरकार के आरामदायक गद्दों से उतरकर, फ़ौरन सायकिल के डंडे पर बैठने को कतई तैयार नहीं था। लेकिन पप्पू चा की सज-धज और उनके प्रलोभन में अद्भुत संगति थी और संतु इस व्यामोह में फंसने से स्वयं को रोक न सका। थोड़ी ही देर बाद वह दोनों बोरिंग रोड की ओर बढ़ रहे थे। पप्पू चा रास्ते भर "दिल मेरा एक आस का पंछी" गुनगुनाते रहे थे।

पप्पू चा जिस छोटे से, उदास से दिखते मकान के भीतर जाने को अभी बगीचा पार कर ही रहे थे कि मकान का दरवाज़ा खुला और दो स्त्रियों की खिलखिलाहट ने पूरे माहौल को उत्तेजक वसंत में बदल दिया। यह एक सुसंस्कृत बंगाली परिवार था और ताज़्जुब कि इस परिवार में केवल दो स्त्रियाँ ही थीं। माँ और बेटी। और उनकी सेवा को एक नौकरानी। पप्पू चा के यहाँ पहुँचते ही उस घर के तमाम बल्व रोशन कर दिए गए थे और रात घिरने के बावजूद बगान का एक-एक फूल दृश्यमान हो चला था।

उस रात उम्मीद से कुछ अधिक ही खातिर हुई संतु की। कुर्सी टेबुल पर बैठकर

चाचा भतीजे ने माँस, पुलाव, मछली भाजा, मिष्टी दही और जाने कैसी-कैसी लज़ीज सब्जियाँ चखीं। छककर खाने के बाद जब वह लोग ड्राइंग रूम के सोफे पर जाकर बैठे, उसी कमरे के एक कोने में रखे फ्रिज से निकालकर उन्हें ठंडी-ठंडी आम की खीर परोसी गई।

संतु ने जीवन में पहली बार फ्रिज देखा था। और इसकी करामात, जो उसके मुँह में हौले-हौले घुलकर एक अनोखे स्वाद का मजा दे रही थी, से अभिभूत होकर वह बोल पड़ा, "ओह...की स्वाद से बाबाऽ...दारुण...!"

"बाबाऽ...एतो शार्प! भालो नकल कोरे चे।"

सुन्दर सी, नाजुक सी, कोमल सी वह लड़की किलकारी भर उठी थी। पप्पू चा का चेहरा गर्व से तन उठा था।

"संतु, यू आर अॅ ग्रेट ब्वॉय !—देखो, झरना मैडम भी तुम्हारी कितनी तारीफ कर रही थीं! पता है, अंग्रेजी की टॉपर हैं वह। उनका लेक्चरर होना तय है।"

"लेकिन अंग्रेजी वाले तो भीतर से बहुत रूखे और झक्खी होते हैं!"

"तुम्हें कैसे पता लगा?"—पप्पू चा ने कसकर ब्रेक लगा दिए थे। सायकिल एकदम स्थिर हो गई थी। इसे अपने एक पैर से ऐंड़ते हुए उन्होंने व्यग्रतापूर्वक पूछा, "सच-सच बताना संतु...तुम्हें यह सब कैसे पता लगा?"

"अरे, इसमें क्या है;"—संतु ने तपाक से कहा, "मम हैं न अपने घर में... वह भी तो अंग्रेजी के इतने भारी...!"

और जैसे धोखे से बंदूक चल गई हो। पप्पू चा कुछ इसी अंदाज़ में ठठाकर हँस पड़े थे। इतनी उन्मुक्त हँसी...!...इतनी धवल और गहरी हँसी...!!...और वह भी दब्बू और घोंचू पप्पू चा के कलेजे से...!!

"मम और झरना बोस...व्हाट अॅ ग्रेट कॉम्बिनेशन...!" पप्पू चा सारे रास्ते सीटी बजाते लौटे थे।

इसके अगले दिन दानापुर फास्ट पैसेंजर से लौटने का कार्यक्रम बन गया था मगर सोहन की ज़िद ने इसे एक दिन आगे सरका दिया। आवभगत अच्छी हो रही थी। मम के मन में लड्डू फूट रहे थे। सोहन भी रह-रहकर गुनगुना लेते हुए अपनी मस्ती का इज़हार किए दे रहे थे। बस थोड़ी गुमशुम थीं तो मम की पुतोह नंदिनी, जिस ओर मम का ध्यान कतई नहीं था। मम उसकी सेवा से परम तृप्त थे और प्रत्येक डकार के साथ उस पर आशीर्वचनों की घनघोर वर्षा कर देते थे। वह जानबूझकर किसी अप्रिय प्रसंग को छेड़ने से कतरा भी रहे थे।

उस दिन सोहन ने सिनेमा के पास की व्यवस्था की थी। पर्ल सिनेमा में। तय

हुआ : चुन्ना भैया और पप्पू चा के संग अम्माँ और मम जाएँगे। पास चार जने का ही था। यह भी तय हुआ कि सोहन, जिनका ऑफ़िस सिनेमा हॉल के सामने ही था, वक़्त पर स्वयं पहुँचकर संतु की कोई व्यवस्था करवा देंगे।

सोहन आए और उन सबों को बिठाकर संतु को अपने संग ले गए। संतु ने ज़िद की तो उन्होंने प्रलोभन दिया, "फिल्म तो कभिओ देख सकत हो, मगर आज ऐसा खाना खिलइबे होटल में कि जीवन भर याद रखिहौ!"

पर्ल सिनेमा से पाँच मिनट भी न लगे होंगे पॉल होटल तक पहुँचने में। होटल के बाहर ही दो सज़्जन सोहन बाबू की प्रतीक्षा में खड़े थे।

"यह मेरा सेकेंड सन है भागलपुर में रहकर पढ़ता है। दो दिन के लिए पटना आया था तो सोचा कि...!"

"बहुत अच्छा किया श्रीमान्...बहुत बढ़िया कि जो इसे लेते आए। यही तो खाने खेलने की उमर है।"

खाना आया। रेस्तराँ जितना मामूली सा दिख रहा था (भागलपुर के आदर्श जलपान गृह की तुलना में), खाना उतना ही अधिक स्वादिष्ट था। मक्खन लगी मैदा की तिकोनी रोटी और भाप में स्नान करता कोरमा। यह समाप्त हुआ नहीं कि लंबे दाने वाले चावल का पुलाव आ गया। इसमें हरे मटर और काजू इतनी अधिक मात्रा में थे कि संतु को यह साफ फिजूलखर्ची का मामला दिखा। इसके साथ चिकेन करी। इसे खाते हुए बाबूजी ने नज़र बचाकर उसके कान में कहा, "कभी खाए थे?...मुर्गा है यह...मुर्गा...!"

सुनते ही संतु ने अपने बदन में गर्मी का अनुभव किया। उसने पाया कि उसे पसीने भी काफ़ी आ रहे हैं। 'मुर्गा खाना' एक स्वप्न की तरह था, जो आज साकार हुआ था उसके जीवन में। काहे कि मुर्गा एक वर्जित खाद्य था। इसे रसोई तो क्या गोहाल में भी पकाना और खाना मना था। धर्म भ्रष्ट हो जाने के संकेत थे इसके पीछे। संतु का धर्म आज स्वयं उसके परम पूज्य पिता की सहमति से भ्रष्ट हुआ था। लिहाज़ा उसके अंदर कोई अपराध भाव नहीं था। इसीलिए एक 'पीस' और लेने के आग्रह को उसने सहर्ष स्वीकार लिया। इसी समय संतु को अपने एक दोस्त का यह कहा याद आया कि मुर्गे में इतनी गर्मी होती है कि खाने के बाद उसे पचाने की खातिर उसे दो मील दौड़ने की जरूरत पड़ती है।

लेकिन आज तो उसने इतना डट लिया है कि अब दौड़ना क्या, चलना भी उसके लिए संभव नहीं है।

"अरे अब बस...बस भाई...बस...बस...बस...!" यह उसके बाबूजी थे जो

मिठाई की किस्में देखकर आत्मविभोर हो चुके थे। और होटल के बाहर एक मीठा पान...संतु के लिए भी।

आज भरपूर तृप्त हुए संतु महाराज! कल झरना मैडम के यहाँ भी परम तृप्त हुए थे। इसी को कहते हैं कि भगवान जब देता है तो छप्पर फाड़कर देता है। इसके साथ ही जलवा भी देखा उसने अपने बाबूजी का...वह भी पटना शहर में।...बिहार की राजधानी में। एक पैसा भी उनकी टेंट से नहीं जा रहा था। न सिनेमा में, न ही होटल में। उल्टे कुछ रुपये उनकी जेब में जबरन डाल दिए गए थे। सोहन बाबू की नकार के बावजूद।

"इसी से तो आपकी इतनी इज़्ज़त है सोहन बाबू...पूरे सर्किल भर में। आप कभी किसी से कुछ माँगते जो नहीं!"

"सर, मेरा काम है आप साहब लोगों की सेवा करना!"—सोहन बाबू का स्वर परम विनीत था।

"नहीं सोहन बाबू! इनकार मत कीजिए। हमलोग श्रद्धा से दे रहे हैं आपको।"

उन लोगों से विदा लेकर चले सोहन बाबू। संतु उनके पीछे-पीछे। दोनों अपने में मगन। रास्ते में एक जगह उन्होंने संतु को इंतज़ार करने को कहा। वह जगह सुनसान थी। एक टूटी-फूटी सड़क की बगल में ईंट की लंबी दीवार। दीवार को बीच में एक जगह बेतरतीबी से तोड़कर आने-जाने का रास्ता बना था। उसी रास्ते से भीतर चले गए सोहन बाबू।

कुछ घड़ी बाद उसी रास्ते से दो आदमी बाहर निकले। दोनों के कदम लड़खड़ा रहे थे। आँखें चुंधियाई हुई थीं और होठ पूरी बेशर्मी से फैले हुए। दोनों तेज आवाज़ में बातें करते आगे बढ़ गए।

फिर एक और आदमी निकला। गोरा चिट्टा और लंबे बालों वाला। बाहर निकलकर उसने चारों बगल निगाहें फेरी। एक पेड़ की छाँह में संतु को खड़ा देख वह इधर ही चल पड़ा।

"ऐ लड़का...क्या है रे...कैसे रे...क्या रे...?" वह कुछ स्पष्ट नहीं पूछ पा रहा था। उसने संतु के सर पर हाथ फेरा, उसके गालों को छुआ।

संतु अचानक भयभीत हो उठा था। "डर मत रे...ऐ लड़का!" उसने संतु के नितंब पर हाथ फेरा। और फिर बड़ी फुर्ती से अपना हाथ उसके पैंट के भीतर डालकर उसके गुप्तांग को सहलाने लगा। संतु एकदम भौचक था। उसके मुँह से मारे डर के बोल नहीं फूट पा रहे थे। जबकि एक अजीब सा उन्माद, एक विचित्र मीठा नशा भी उस पर बड़ी तेजी से हावी होता जा रहा था। कुछ ही क्षण में उस आदमी ने एक झटके से अपना हाथ बाहर खींच लिया और चुपचाप आगे बढ़ गया।

करीब पंद्रह मिनट बाद जब सोहन बाबू बाहर निकले, उनके चेहरे पर असीम तृप्ति थी। आँखें तक हँस रही थीं उनकी और चाल में एक खास तरह की लापरवाही। निश्चित रूप से यह थोड़े अलग हैं। संतु ने मन ही मन कयास लगाया।

संतु उनके पीछे-पीछे जिस मकान तक पहुँचा, उसका दरवाज़ा खोलनेवाला लड़का लगभग उसका ही हमउम्र था। या फिर एक दो बरस छोटा। उसके पीछे एक साँवली सी औरत थी। साँवली मगर पहली नज़र में किसी को भी भा जाने वाली। चेहरा एकदम चिकना। आँखों में भरपूर काजल। नीचे निकली ठुड्डी जिस पर तिल के तीन निशान। गणित के 'इसलिए' के चिह्न की तरह। वह खूब बनी ठनी दिख रही थी।

उस घर में एक गिलास पानी पीने के तुरंत बाद बाबूजी ने संतु को इंगित कर यह फरमान जारी किया कि वह इस लड़के के साथ बाहर बरामदे में जाकर बैठे और यदि इसका बाप आता दिखे तो फौरन जोर से बोलकर भीतर खबर करना न भूले।

"मगर मैं उनको पहचानूँगा कैसे?"

"इसीलिए तो कहा है कि इस सूअर को अपने पास बिठाए रखना। देखना, एक मिनट के लिए भी भीतर न आने पाए। नहीं तो तुम दोनों की खैर नहीं!" सोहन बाबू ने उस लड़के को आँख दिखाते हुए अलग से भी धमकाया—"बाप दिखे तो फ़ौरन बोल देना रे पाजी...!...वह हरामी मुझे आफ़िस से गायब पाएगा तो सीधा भागता हुआ इधर ही आएगा!"

"मगर वह तो आकर जा चुके!" वह औरत इस विषम परिस्थिति में भी मुँह पर हाथ रख हँसी रोकने का उपक्रम कर रही थी।

वह दो कमरे का घर था। बाहर के कमरे में ही एक कोने में टेबुल पर करीने से सजा रसोई का सामान। भीतर के कमरे में एक बड़ा सा पलंग। बाहर के कमरे से लगे दो हाथ के बरामदे पर संतु उस लड़के के साथ बैठ गया।

"क्या नाम है तुम्हारा?"

"फुच्चो।" लड़के ने ऐसे कहा मानो उससे चिढ़ रहा हो।

"और यह औरत?"

"मेरी अम्माँ है।"

"और बाबूजी।"

"चपरासी हैं। पी.एम.जी. ऑफ़िस में हैं।"

"मेरे बाबूजी भी तो उसी ऑफिस में हैं।

"जानते है।" लड़के ने बगल में थूकते हुए कहा, "बड़ा बाबू हैं और बहुत बदमाश है।"

संतु से प्रतिवाद करते न बन पड़ा। यद्यपि कि उसे कुछ देर पहले का वह दृश्य याद आ गया जब दो सज़्जन ताबड़तोड़ उसके पिता की प्रशंसा में कसीदे पढ़ रहे थे।

"बदमाश हैं, मगर उतने नहीं!"—संतु ने अब जाकर क्षीण सा प्रतिवाद किया।

"नहीं, बहुत बदमाश हैं। मेरी अम्माँ के साथ बदमाशी करते हैं। मैं जाकर भीतर देखता हूँ!"

"नहीं, तुम भीतर नहीं जाओगे!" संतु ने सख़्ती से उसका हाथ पकड़ लिया। उसे बाबूजी की धमकी का भय सता रहा था।

भीतर से खूब गहरी साँसों की तेज आवाज़ें आनी शुरू हो गई थीं। साथ ही और भी कुछ अजीबोगरीब आवाज़ के साथ-साथ पायल खनकने या चूड़ियों के आपस में टकराने की ध्वनि। संतु को पता नहीं क्यों इस वक़्त बोधूका और वह नीली-पीली वस्त्रों वाली औरत खूब याद आ रहे थे। इसी वक़्त उसे अपने पैंट में हाथ डाले वह व्यक्ति याद आया और मारे डर के उसे पेशाब उतर आया।

अंदर फुच्चो की अम्माँ ने आज़िज स्वर में कुछ पूछा था जिसका जवाब उसके पिता ने अत्यंत ही कोमल मगर जोशीले स्वर में दिया था।

ठीक पाँच बजे संतु के बाबूजी ने वह घर छोड़ा और भटकते हुए तथा पान पत्ती खाते हुए पौने छह के करीब पर्ल सिनेमा के बाहर हाज़िर थे। एक लायक पुत्र और जिम्मेवार पति की तरह।

संतु कहाँ रहे इतनी देर?"—मम ने बाहर आते ही प्रश्न किया।

"संतु आज पूरा छाली काटिन हैं!"—बाबूजी ने मुस्कुराकर कहा। संतु एकटक अम्माँ का चेहरा ही देख रहा था। लस्सी पीती हुई वह सचमुच बहुत खुश थीं। उनकी नाक की कील डूबते सूर्य के प्रकाश में हीरे की तरह दमक रही थी। रात के खाने के लिए बाबूजी ने एक किलो रसगुल्ला भी बँधवा लिया। मम ने उन्हें ऐसी फिजूलखर्ची से बचने की सलाह देते हुए कहा, "परदेश में दू पैसा बचाकर किसी तरह जमीन का एक टुकड़ा ले लो।"

"है न...?" सोहन ने व्यंग्य से कहा, "ताकि तुम निश्चिंत होकर मर सको। हिस्सा जो न देवे के पड़ी तुमका!" सोहन रह-रहकर अपने पिता के मान मर्दन से बाज नहीं आते थे। अम्माँ कभी-कभी बचाव भी करतीं उनका, "सौतेली माँएँ से बहुत कष्ट झेलिन हैं, यही से इतना जहर भरा है इनके भीतर।"

आज भी उन्होंने बीच-बचाव किया। मम तो खैर एकदम से चुप ही लगा गए थे। चुन्ना भैया और पप्पू चा फ़िल्म की कहानी और नायक दिलीप कुमार के

अभिनय को लेकर बहस में उलझ गए थे।

संतु अपनी अम्माँ से सटा चल रहा था। वह अम्माँ को कुछ बताना चाह रहा था, मगर उनका खिला-खिला चेहरा देखकर उसने खुद को जब्त कर लिया। इधर बाबूजी की नज़र भी उस पर चिपकी चल रही थी।

रात में उसने चुन्ना भैया को सब कुछ विस्तार से बतलाया। सुनकर मुँह बिचकाया उन्होंने। बोले, "सब पता है हमको...और अम्माँ को भी। वह रंडी इस घर में भी आ चुकी है।"

"वह रंडी नहीं है;"—संतु ने प्रतिवाद किया, "उसने मेरे सर पर हाथ फेरा और मुझे पाँच रुपये का एक नोट भी दिया।"

"ठीक है, तो फिर अम्माँ मान लो उसको! यही तो वह चाहती ही है।" चुन्ना भैया ने तुनककर कहा और मुँह फेर लिया।

चौदह

मम और महंथ जी के बीच आज भी तीर कमान तने हुए थे। फ़ूलों के वाण की वर्षा लगातार हो रही थी...!

"जिस बाप के तीन के तीनों लड़के नौकरी में हों और बाप खुद भी पेंशनर हो, फिर उसके जलवे के क्या कहने!"—महंथ जी की यह टिप्पणी न सिर्फ़ ताज़ा खिले गुलाब की तरह महमहाती हुई थी, बल्कि मम के पिचके सीनों में थोड़ी हवा भरने को भी पर्याप्त थी।

"तुम्हार मंशा का है सो न बताओ साफ़-साफ़;"—मम की यह निर्मल हँसी ही अपने आप में लाख टके की थी।

"मंशा हमार बस इत्ती सी है;"—महंथ जी ने थोड़ा हुलसते और स्वभाव के विपरीत एकदम विनीत स्वर में कहा, "बल्कि एकाएक अरज समझो हमरि तरफ से...कि आज शाम दवाखाना जाए की बजाए तुम हमार संग सूजागंज चले चलो। हम दोनों जने डटकर मिठाई खाब हुआ। आखिर ई कौनो मामूली खुशी की बात थोड़े न है...!"

वैसे चर्चा तो पूरे नाथूचक में मम के पटना जाने को लेकर थी ही। लेकिन जाने को तो लोग नाथूचक से दिल्ली भी जाते रहे हैं। उससे क्या? किंतु मम की यह यात्रा इस मायने में अलग थी कि पटना जाकर भी वह आम नाथूचकवासियों की तरह न तो बड़का दालान परिवार से संबंध रखनेवाले विधायक जी से मिले थे, ना ही उनके माध्यम से केंद्र में मंत्री बने उनके संबंधी से कोई पैरवी करवाई थी। फिर भी ताज़्जुब यह कि किला फतेह। वैसे बड़का दालान वाले आज तक किसी का इतना बड़ा काम कभी थोड़े न करवा सके थे। नहीं तो भला नाथूचक में बेरोजगारी इस तरह सुरसा की भाँति परसती जाती? खुद बड़का दालान के कई संबंधियों के फर्स्ट क्लास एम॰ए॰ लड़के डाँव-डाँव फिर रहे हैं और सेकेंड क्लास

पप्पू बन बैठे लेक्चरर। इसी को कहते हैं धोबिया पछाड़। वाह रे वाह...बस मजा आ गया भाई...!

इस तरह की उक्ति राम पदारथ सुकुल की थी। वह इधर बड़का दालान से काफी खिन्न चल रहे थे। कारण कि मुखिया का जो आसन्न चुनाव था, उसमें अपनी उम्मीदवारी के समर्थन की आस में वह बड़का दालान गए थे। मगर वहाँ से उन्हें सीधे सिंगट्टा (अँगूठा) दिखा दिया गया। विगत दो चुनावों से लगातार मुखिया बन रहे मिर्दा टोली के कमरुद्दीन मियाँ बड़का दालान में अब तक तीन दफा आकर सर नवा चुके थे। कमरुद्दीन का यह सीधा-सादा तर्क नाथूचकवासी उच्च कुल ब्राह्मणों के सर को अभिमान से और भी ऊँचा कर देता कि आप लोग तो दिल्ली, पटना में ही शोभते हैं सरकार! इस पिद्दी सी कुर्सी के लिए तो मुझ जैसे मामूली लोग ही भले। आप हमको यहाँ बिठाते रहिए, हम आपको वहाँ बिठाते रहेंगे।

"बड़का दालान के अब कितने लोग रहते ही हैं नाथूचक में...वही बूढ़े, पुराने और रिटायर्ड लोग! मगर ठस्सा जरा कोई देखे इनका...! घड़ी अब भी अपनी यू.पी., एम.पी. के हिसाब से ही मिलाते हैं...मगर हम गरीब लोग...हमें तो इसी जमीन पर रहना है और इसी को फोड़कर उगना है...वरना ऐसे ही पड़े सड़ते रहेंगे!"

राम पदारथ सुकुल अंततः अपने इसी तर्क के साथ मम की शरण में आए। उन्होंने मम को एक आदरसूचक संबोधन दिया—बड़कौना। "आज से आप ही हमारे बुजुर्ग हुए, बड़कौना ठहरे! अब आपकी राय से ही चलेंगे हम लोग।"

"मतलब कि बस्ती में दो फाड़...क्यों...?" महंथ जी ने चुव्की ली।

"यह बस्ती तो खीरे की तरह है। भीतर से सब तीन फाँक है। दो फाँक तो फिर भी एक बेहतर विकल्प है।"

मम ठठाकर हँसने लगे। इधर उन्हें बात-बात पर हँसी आने लगी थी। झुँझलाना भी इधर काफ़ी कम हो गया था उनका। हँसी थमते ही वह बोले, "महंथ जी, तुलसी दल क्या बड़ा और क्या छोटा? इस बस्ती में आपकी दाल गलने वाली नहीं। कैसा ठोस जवाब दिया श्रीमान् सुकुल ने, देखा...।"

"इसका मतलब है कि बस्ती आज से दो फाड़। और एक हिस्से के सरदार उर्फ बड़कौना हुए आप! कोई आपत्ति?"

महंथ जी की इस व्यंग्योक्ति का जवाब मम ने उछाहपूर्वक देते हुए कहा, "वह तो हम पहले से ही थे बड़कौना। ई कहो कि तब अकेले चल रहे थे, आज इतने संगी जुट गए हैं। ठीक ही है...रहें सब। अगर मिल-जुल कर कुछ रचनात्मक काम हो सके तो हर्ज ही क्या है?"

मम के अपना वक्तव्य समाप्त करने-करने तक इस ज़मात में लालू मिसिर

भी शामिल हो गए। उनके संग बस्ती के ही कुछ युवा बेरोजगार लड़के भी थे।

"आजकल हनुमान की फौज लिए घूम रहे हैं लालू बाबू!" सुकुल जी ने उनके पधारते ही मीठी चुटकी लेकर उनका स्वागत किया।

"हनुमान की निष्ठा तो सदैव आप में ही रही है श्रीमान् रामवतार जी। यह लोग तो अपने समर्पित चाचा के प्रति निष्ठा रखनेवाले भतीजे हैं।"—लालू मिसिर ने तुर्की व तुर्की जवाब दिया। वह राम पदारथ सुकुल को हमेशा रामवतार जी ही कहते थे। लालू मिसिर इधर काफ़ी ताकतवर हो गए थे। शहर में उनकी अच्छी प्रतिष्ठा तो थी ही, पटना स्थित पार्टी दफ़्तर ने भी उन्हें एक गरिमामय पद दे रखा था। अभी हाल में ही वह सोवियत संघ में कई वर्ष गुजारने के बाद लौटे थे। इस कारण उनकी गोराई अब ललछौंह लिए गोरेपन में तब्दील हो चुकी थी। उनके बेतरह फूले हुए गाल तो लगभग लाल ही दिखते थे। साथ ही उनकी बड़ी-बड़ी और हमेशा बाहर को उभरी आँखें और इनके दोनों किनारों की खाल पर पड़ी ढेर सारी सलवटें कुल मिलाकर उनके पूरे चेहरे को एक बौद्धिक स्वरूप प्रदान करतीं। बहुत सारे लोग तो उनकी कद-काठी और चेहरे-मोहरे को देखकर ही 'रूसी, हिन्दी भाई-भाई' का नारा बेहिचक लगा सकते थे।

लालू मिसिर एंड कंपनी को जमा देख सुकुल जी ने अपने बड़कौना के आगे भी वही दुविधा पसार दी, जिसके एवज़ में बड़का दालान उन्हें सिंगट्टा दिखा चुका था।

सुनकर मम ने काफी सोच विचारकर एक सीधा सवाल रखा—"मुखिया बनकर तुम कौन सा तीर मार लोगे सुकुल, पहिले यह तो बतलाओ! क्या कमरुद्दीन आज भी तुमरे आगे बिना तुमरी आज्ञा के बैठ सकता है?"

राम पदारथ सुकुल एकदम से सन्न। मम से ऐसे तेवर की उन्होंने कोई उम्मीद ही नहीं की थी।

सभा में सन्नाटा खिंचा देखकर मम और भी गंभीर हो उठे। बोले, "यह एक ऐसा खेल होगा जिसमें जीतने पर कुछ भी हासिल न होगा, लेकिन हार जाने पर चुटकी भर भी प्रतिष्ठा शेष न बचेगी, वह भी पूरी बस्ती की, सो जान लो।...और हो सके तो जरा यह भी पता लगा लो कि कमरुद्दीन का क्या प्रभाव है आस-पास की बस्ती पर। केवल मिर्दा टोली की आबादी ही हमारी बस्ती के मुकाबले चार गुणी है। अच्छी तरह से सोच लो कि कहाँ टिकोगे संख्या बल के इस गणित में? फिर भी तुम्हें लगता है कि तुम कोई रास्ता निकाल लोगे, तो लड़ो! मैं अपना मत तुम्हें देने को बाध्य हूँ।"

मम के थमते ही लालू मिसिर ने फ़ौरन ही उनको रोक लिया, "इस चूतियापे

में कभी मत पड़िएगा रामवतार जी! इससे तो बेहतर है आप मेरी पार्टी में आ जाइए। अगले चुनाव तक आप एम॰एल॰ए॰ का टिकट भी हासिल कर सकते हैं।"

यह सुनते ही राम पदारथ सुकुल ने पैर पटकते हुए कहा, "स्वधर्म में मर जाना श्रेष्ठ है वनिस्पत कि...! आपकी पार्टी भी कोई पार्टी है भला...। अपने धर्मवालों को फटकारते हैं, मगर विधर्मियों के साथ साफ़ खड़े नज़र आते हैं। मुझे आप लोगों का यह दो मुँहापन जरिको पसंद नहीं!"

तभी चाय आ गई। यह सातवें आश्चर्य की तरह था। बीस प्याली चाय। आस-पास के घरों से जोड़ी बटोरी गई प्यालियों में नीबू की चाय। देखते ही देखते बड़कौना के घर की शोभा बढ़ गई थी। बड़का दालान के अलावा किस घर में इतनी उदारता हो सकती थी?

चाय पीने के उपरांत सभा विसर्जित होने को ही थी कि लालू मिसिर ने हाथ उठाकर लोगों से बैठे रहने की अपील की। सबों को शान्त पाकर उन्होंने कहना शुरू किया, "खदहिया और आस-पास की जो गैर-मजरुआ ज़मीन है, उस पर मैं भूमिहीनों को बसाना चाहता हूँ। इसके लिए प्रदर्शन एवं घेराव की भी तैयारी चल रही है। सब यदि सहयोग करें तो मैं यह महत्तर कार्य चुटकियों में सम्पन्न करा दूँगा। इससे भविष्य में हमारी राजनीतिक ताकत भी बढ़ेगी।"

"हमारी नहीं आपकी...केवल आपकी। क्योंकि बसाएँगे आप हरिजनों को ही!"—सुकुल जी ने फ़ौरन हस्तक्षेप करते हुए कहा, "तीन वर्ष पहले भी आपने यह नापाक कोशिश की थी, क्या अंजाम हुआ उसका? खदहिया इस बस्ती की रौनक है, दिल है। समझ लीजिए कि नाथूचक का कश्मीर है यह। हम अपना यह कश्मीर किसी कीमत पर नहीं देंगे, सो अच्छी तरह से जान लीजिए।"

पत्रकार मनोहर मिश्र भी जमे हुए थे यहाँ। उन्होंने मौका ताककर एक जज़बाती भाषण दे डाला। कहने लगे कि यह बस्ती ब्राह्मणों की है, यह पूरा शहर जानता है। यहाँ तक कि यू॰पी॰ और एम॰पी॰ में भी समाज के लोग इस बस्ती को मिसिर टोली के नाम से जानते हैं। जबकि ढेर सारे अन्य आस्पदों के लोग भी हैं यहाँ। मगर इन सबकी पहचान इस मिसिर टोली के बने रहने में ही है। यह हमारी सामूहिकता का परिचायक है, हमारी संघीय ताकत का प्रतीक। इसे तोड़कर तुम्हें क्या मिलेगा लालू? माना कि तुम कम्यूनिस्ट हो, मगर उससे पहले एक ब्राह्मण भी तो हो। जिस दिन यह सबक सीख लोगे, राजनीति में कभी धोखा नहीं खाओगे। अपने देश का यही कड़वा सच है। हर व्यक्ति पहले अपनी जाति का है, तभी समाज या देश का। इस तथ्य से आँख मूँद कर कोरा सैद्धांतिक राजनीतिक निर्णय लेना घातक ज़्यादा होगा, फायदेमंद कम।

"हाँऽ...हाँऽ...इसे तो ध्यान में रखना ही होगा।"—खांटी कांग्रेसी पत्रकार मनोहर मिश्र को लगभग अपनी ही भाषा बोलते पाकर सुकुल जी गद्‌गद हो उठे थे। सो मारे जोश के मर्यादा की सीमा का उल्लंघन करते हुए उन्होंने चेतावनी दे डाली लालू मिसिर को, "अगर तुमने ऐसा कुछ भी किया तो जान लो...तुम्हारा भी वही हश्र होगा इस बस्ती में, जैसा कि शिवभंजन तिवारी का हो रहा है...। देख ही रहे हो, कानी गइया का अलगे बथान।"

लालू मिसिर इन तर्कों और धमकियों से जरा भी गड़बड़ाए नहीं। बिना विचलित हुए उन्होंने भी एक भावुकतापूर्ण भाषण दे डाला। उनके भाषण का भावार्थ गालिब की उस मशहूर पंक्ति से उठाया गया था कि "हम (कम्यूनिस्ट) दुश्मन तो नहीं हैं अपने, गैर को तुझसे मुहब्बत ही सही!" उन्होंने जोर देकर सउदाहरण यह समझाने का यत्न किया कि युग तेजी से बदल रहा है, समय अपने डैने बड़ी तेजी से फड़फड़ा रहा है...। यदि अभी भी ब्राह्मणों ने अपनी कट्टरता नहीं छोड़ी, सहिष्णुता को और भी ज़्यादा खींचा, फैलाया नहीं, तो उनका विकास ही नहीं, जीना तक दूभर हो जाएगा आने वाले समाज में। वह आनेवाला समाज...जो वर्गहीन, वर्णहीन होगा...!...जहाँ समता और भाईचारे की दरिया बहेगी।...जहाँ सत्ता सर्वहारा के हाथों रहेगी। आगे उन्होंने बहुत ही बारीकी से यह भी समझाने की कोशिश की कि जो कम्यूनिस्ट हैं, सही मायने में ब्राह्मणों के वही हितैषी हैं। कारण कि वे दूरदर्शी हैं और बहुत आगे तक ब्राह्मणों के हितों के बारे में सोच रहे हैं। उन्होंने जोर देकर यह भी कहा कि अधिकांश ब्राह्मण मेरी तरह के हैं...यानी कि भूमिहीन और गरीब। इसीलिए आगे हम एक ऐसा समाज बनाना चाह रहे हैं, जहाँ एक गरीब ब्राह्मण की सर्वगुण संपन्न बेटी के ब्याह में न दहेज आड़े आएगा, न ही जाति बंधन।

निश्चित रूप से लालू मिसिर का इशारा शिवभंजन तिवारी की सुयोग्य बेटी सरला की ओर था। शिवभंजन तिवारी उसके ब्याह की कोशिश में बिहार में बसे उत्तरप्रदेशीय कन्या कुब्जों के गिनती के चारों बस्तियों से निराश होकर वापस लौट चुके थे। किसी ने उनसे ढंग से बात भी नहीं की थी। नाथूचक की राजनीति के छींटे इन सभी जगहों तक पहुँच चुके थे और शिवभंजन के अंतरंग सखा होने के नाते लालू मिसिर भी इस दर्द में बराबर के भागीदार थे।

लालू मिसिर के चुप होते ही मनोहर मिश्र ने कहा, "हम समझ रहे हैं तुम्हारी साजिश! अभी कुछ दिनों पहले ही खबर आई थी। एक हरिजन आइ॰ए॰एस॰के एक ब्राह्मण कन्या के साथ दोनों पक्षों की रजामंदी से विवाह होने की। मगर सवाल यह है कि क्या ऐसी शादियाँ टिक पाएँगी?" मनोहर मिश्र ने अपने सवाल की व्याख्या भी की, "यह दो परस्पर भिन्न संस्कृतियों का मिलाप होगा। इसमें टकराव की

संभावना ज़्यादा रहेगी बनिस्पत कि मिलाप के।"

"अरे ईश्वर का कोप भी तो गिरेगा ऐसी शादियों पर;"—सुकुल जी ने अपना अभिमत प्रकट करते हुए कहा, "रचाया तो था रमा बाई ने एक हरिजन से विवाह। क्या सुखी रह पाईं वह? कुछ ही वर्षों में विधवा हो गईं!"

बैठक को हंगामाख़ेज और अप्रिय प्रसंगों से आप्लावित होते देख मम ने हस्तक्षेप किया, "अगर खदहिया की जमीन गैरमजरूआ है और कभी न कभी उसकी बंदोबस्ती होनी है, तब तो यहाँ किन्हीं को बसा लेने में ही बुद्धिमानी है।"

मम ने इतना कहकर दम लिया। भीड़ की मानसिकता का आकलन किया। सभा में थोड़ी कुलबुलाहट बढ़ गई थी। उनका विरोध भी हो सकता था। यह सब भाँपकर उन्होंने अपना सबसे मजबूत तर्क रखा, "बेशक भूमिहीनों को बसाया जाए यहाँ। स्वागत करूँगा मैं इस निर्णय का। मगर भूमिहीन ब्राह्मणों को ही। ऐसे ढेरों गरीब ब्राह्मण हैं पूरे प्रदेश में!"

"यह मुझसे तो संभव नहीं श्रीमान्! और मैं समझता हूँ किसी के लिए भी नहीं। कुछ तकनीकी कारण भी हैं;"—लालू मिसिर ने हाथ जोड़ते हुए आज्ञा माँगी, "मुझे जो करना होगा, सो मैं करूँगा ही। मैं अपनी पार्टी का एक अनुशासित सिपाही हूँ, अतः जो पार्टी का दिशा-निर्देश होगा, उसका अनुपालन मैं जी जान लगाकर करूँगा।"

कुछ क्षण रुककर उन्होंने अंतिम हथियार का प्रयोग किया, "यह अच्छी तरह से समझ लीजिए आप लोग कि खदहिया में चाहे हरिजन बसें या कोई और, कहलाएगी यह बस्ती हमेशा मिसिर टोली ही, यह एक सनातन सत्य है। जैसे कि धर्मनिरपेक्ष देश होने के बावजूद यह देश हमेशा हिंदुस्तान ही कहलाएगा।"

"तो का चाहत हो कि एका नाम बदलकर धर्मनिरपेक्षिस्तान कर दिया जाए...? वैसे तुम लोग कुछ भी चाह सकते हो, कर कुछ नहीं सकते।" सुकुल जी ने खिल्ली उड़ाने के भाव में कहा।

"नहीं, मैं तो चाहता हूँ कि इसका नाम चूतिया मस्तान हो जाए क्योंकि एक पर एक चूतिए ससुर सब बसे हुए हैं यहाँ!"—लालू मिसिर ने पैर पटकते हुए कहा और मुड़कर वापस चल दिए।

उनके पीछे-पीछे उनके संग आए बस्ती के तमाम नवयुवक।....और सबसे पीछे संतु।...हंस बलाका के सबसे कमजोर और नए उड़ाके की तरह।

लालू मिसिर तो खैर अपने घर की ओर चल पड़े। वह बहुत दिनों बाद बस्ती आए थे। उनकी पत्नी की तबीयत काफ़ी खराब चल रही थी। उन्हें हिस्टीरिया के दौरे पड़ने लगे थे। जबकि उनका एकमात्र पोलियोग्रस्त लड़का बैशाखी के

सहारे पूरी बस्ती में मारा-मारा फिरा करता था।

"यही होती है कम्यूनिस्टों की राजनीति...। इतने त्यागी, तपस्वी लोग आज के समय में किसी पार्टी में मिलने मुश्किल हैं। आखिर क्या पाया लालू मिसिर ने? लेकिन यह सोचो कि गँवाया उन्होंने कितना अधिक!"—यह हन्नू भैया थे लुट्टू के बड़े भाई। आज शायद दुकान पर लुट्टू बैठा होगा, इसीलिए वह इस ज़मात में शामिल हो सके थे।

उनकी बातों का वैद्य जी के लड़के महेश ने प्रतिवाद किया, "लेकिन इसका एक पक्ष यह भी तो है कि जो अपने परिवार या गाँव-घर को ही मैनेज नहीं कर पाए, वह पूरे देश को भला क्या खाकर मैनेज करेंगे।"

"किसी चीज को मैनेज करने में और किसी सिद्धांत पर चलने में बड़ा भारी अंतर है।"—हन्नू भैया ने तपाक से कहा।

"राजनीति में कोई अंतर नहीं। वहाँ सब कुछ मैनेज ही होता है। आ ही रहा है चुनाव, देख लेना।"

तब तक सभी ईशाकचक पहुँच गए थे। वहाँ सभी लोगों ने भाँग खाया। फिर बढ़िया चाय बनवाकर पी गई। चाय पीते हुए बात राजनीति से सरककर साहित्य पर आ गई। बात गीतों के राजकुमार गोपाल सिंह नेपाली पर होने लगी। उनकी आकस्मिक मृत्यु भागलपुर में ही होने के कारण वह यहाँ के नवयुवकों के जनमानस में रच बस गए थे। किसी ने उनका गीत 'मन दुबारा तिबारा पुकारा करे' छेड़ दिया था। यह गीत समाप्त होते ही कोई काका हाथरसी की पंक्तियाँ दुहराने लगा था। वह पिछले दिनों भागलपुर आए थे और इसी शहर पर उनकी लिखी तुकबंदी लोगों को खूब भाई थी। महेश इसे दुहरा रहे थे—

"वाह भागलपुर वालो हमें खूब ठगते हो।
रेसकोर्स के मैदान को एयरोड्रम कहते हो!"

उस शाम विभिन्न विषयों पर लंबी परिचर्चा चली। संतु एक अच्छे श्रोता की तरह इसमें शामिल था। उस रात जब घर पहुँचा संतु, वह खुद को काफ़ी बड़ा और सयाना समझने लगा था।

संतु ने खाने में दो रोटी ज़्यादा ही डट लिया। सब्जी की भरपूर तारीफ कर दुबारा परोसन लिया। खाना समाप्त करने के बाद जब उसने कुछ मीठा नहीं है जैसी असाधारण जिज्ञासा प्रकट की तो वहीं बैठीं अंजना और गुड़िया दी लगीं ठठाकर हँसने। बिटिया बुआ के अब भी कुछ न समझ पाने पर गुड़िया दी ने हँसी के बीच ही कहा, "जरूर भांग खाकर आया है निगोड़ा...! देख नहीं रही, रोटी पर रोटी तोड़े जा रहा है। अब ऊपर से थोड़ा मीठा भी माँग रहा है। खिलाओ मीठा इसे... फिर

देखना कितनी नौटंकी करेगा!" सुनते ही बिटिया बुआ का पारा अचानक ही चढ़ गया। "देती हूँ मीठा तुमको;"—उन्होंने चिमटा उठाकर उसकी पीठ पर जमाते हुए कहा, "हे भगवान...क्या होगा इस घर का? एक यहाँ बौड़ाए हुए है, दूसरे भीतर कमरे में रोटी पानी सब छोड़कर बेसुध पड़े रो, गा रहे हैं। नौकरी पा गए, फिर भी न जाने कौन-सा गम खाए जा रहा है उनको?"

बिटिया बुआ का इशारा पप्पू चा की ओर था। संतु ने सुना और खिलखिला उठा। "तुम इस दर्द को नहीं समझोगी बुआ...दरअसल मौका मिलने पर भी तुमने इसे समझने की कभी कोशिश नहीं की। यह सब बौद्धिक लोगों का गम है।"

कहकर वहाँ से बाहर निकल गया संतु। सड़क पर आते ही उसने पाया कि अंजना भी उसके पीछे-पीछे चली आ रही है। "एक चॉकलेट है मेरे पास, खाओगे?"—अंजना ने करीब पहुँच कर बड़े ही स्नेह से पूछा। "नेकी और पूछ-पूछ!" संतु ने उसे झपट लिया।

"आजकल दुकान से लगता है कि खूब माल टपा रही हो?"—संतु ने टॉफी चुभलाते हुए चुहल की।

"हुँह...! इतनी मुर्ख नहीं हूँ मैं। यह आज तिलू अजिया ने दिया था। आजकल तुम वहाँ आते ही नहीं हो। पूछ रही थीं अजिया।"

"मम ने मना किया है मेहरियों के संग ज्यादा रहने को। वैसे भी आजकल मुझे लड़कों के बीच ही अच्छा लगने लगा है।"

दोनों अब तक टहलते हुए अंजना के घर के सामने, कनेर के पेड़ के नीचे आ खड़े हुए थे।

"ठीक है, तब फिर मैं भी चलती हूँ;"—अंजना ने इठलाते हुए कहा।

"नहीं, तुम तो अच्छी हो, तुम मत जाओ।"—संतु ने हौले से उसका हाथ पकड़ते हुए कहा, "तिलू अजिया अच्छी औरत नहीं हैं। बस्ती के लड़के सब उन्हें छिनाल कह रहे थे।"

"बस्ती के सब लड़के पागल हैं। तुम भी उनके साथ रहकर पागल होते जा रहे हो।"

"छिनाल कहते किसको हैं सो तुम्हें पता है कि नहीं?" संतु ने अंजना पर अपनी समझदारी का सिक्का जमाते हुए पूछा।

अंजना को चुप पाकर संतु ने उसे समझाते हुए कहा, "वैसी औरत जो अपने भतार को छोड़कर अपने यार के संग बगीचे में चोरी चुपके मिलती है, उसी को छिनाल कहते हैं।"

"पर तिलू अजिया कहाँ कभी बगीचे में जाती है अपने किसी यार से मिलने?

किसने देखा है उन्हें बोलो?"

"वह तो महाछिनाल है। पता है, घर में ही...किशनवा के संग!"

"यह सब एकदम बकवास है!"—अंजना ने सख़्त लहज़े में प्रतिवाद करते हुए पूछा, "और यदि यह सच भी हो और मान लो कि वह किशन से ही प्रेम करने लगी हों, तब! जैसे कि कल को कोई लड़की तुम्हें भी चाह सकती है। तब तो वह भी छिनाल ही होगी न तुम्हारे जैसे लोगों की नज़र में?"

संतु को काटो तो खून नहीं। अंजना के तर्क ने उसे भीतर तक भिगो दिया था। उसने रुँधी आवाज़ में कहा, "मैं कल ही जाऊँगा, तिलू अजिया से मिलने। यह कहकर उसने अंजना का हाथ और भी मजबूती से थाम लिया।

"मैं चलती हूँ अब...! कहीं कोई आ गया तो खामखा तिल का ताड़ बनाएगा।"

"उधर चलो न जरा...बस एक मिनट;"—संतु ने अंजना को उसके घर के पीछे सुनसान पड़े गुहाल की ओर इशारा करते हुए कहा।

"नहीं...बाप रे बाप...!"—अंजना ने झटके से अपना हाथ छुड़ाते हुए कहा, "हे भगवान...इतना बड़ा पाप! मैं नहीं चल सकती उधर! देवता कोप करेंगे हमपर।"

"मुझे किसी का डर नहीं!"

"लेकिन मुझको है संतु...बहुत है...! समझा करो तुम!"—अंजना ने थरथराती आवाज़ में पूछा, "पता है, पप्पू की मौत कैसे हुई?"

"हाँ, पता है! साँप काटने से।"

"यह तो बहाना था बस! जो तुम्हें नहीं पता सो बताती हूँ। वह शान्ता के साथ रात में चोरी चुपके मिलता था, उसके ही गुहाल में। उसने नियम तोड़ा था बस्ती का। जिसे बहन समझना चाहिए था, उसके साथ ही...। बस, शिव जी का श्राप लग गया उसे। वह इसी प्रकार से दंड देते हैं...संहार करते हैं पापियों का।"

"तुम्हारा मतलब है यदि मैंने तुम्हारे साथ प्रेम किया तो पापी और दुष्ट हो जाऊँगा।"

"संतु प्लीज...!...मैं तुम्हारी बहन समान हूँ। तुम्हारे जिगरी दोस्त की बहन। एक ही बस्ती की संतान होने के नाते बहन!"

"संतान तो सभी मनुष्य एक ही धरती के हैं। यह बस्ती, यह शहर, यह देश...सब हमने ही तो बनाए हैं!"—संतु ने कोई चारा न देख दो टूक सवाल किया, "अच्छा तो फिर उस दिन मेरे गले क्यों लगी थी...याद है न वह दिन...?"

अंजना का सर शर्म से झुक गया था। भर्राई आवाज़ में उसने इतना ही कहा, "तब मैं अनजान थी...।"

"इतनी जल्दी ज्ञान हो गया तुमको! या कि डर गई मौत से?"--संतु लगातार कटाक्ष पर कटाक्ष किए जा रहा था।

"मुझे इस मामले में किसी से कोई बहस नहीं करनी!" अंजना की आवाज़ में तल्खी की स्पष्ट झलक थी। अचानक ही वह तेजी से मुड़ी और लगभग दौड़ती हुई अपने घर में घुस गई।

पंद्रह

अब जागते हुए भी स्वप्न देखने लगे थे प्रोफेसर पप्पू। लगातार एक ही तरह का स्वप्न । इन सपनों की शुरूआत तो होती बेहद कोमल और रोचक प्रसंगों के साथ। मगर रोमाँटिक अवस्था में पहुँचने के साथ ही यह अचानक लोमहर्षक दृश्य में तब्दील हो जाता। प्रोफेसर पप्पू यह देखते कि हिंदी फिल्मों के नायकों की तरह वह पूरी रस्साकशी के बाद नायिका को जीत चुके हैं। सुहाग सेज पर सजी सँवरी बैठी झरना बोस का घूँघट उन्होंने उठा दिया है। वह कुछ इसके आगे भी बढ़ने लगे हैं। ठीक इसी समय यह दृश्य गायब हो जाता और वह देखने लगते कि उनकी बहन बिटिया बाल बिखराए बैठी रोती हुई, ईंट पर पटक-पटककर अपना सर फोड़ लेने की चेतावनी लगातार दिए जा रही हैं। या फिर यह कि मम अपनी छड़ी को घोड़े की दुलत्ती की तरह झाड़ते हुए उन्हें 'नमकहराम' ओर 'कुलडुबोरन' जैसे विशेषणों से सरे आम महिमामंडित कर रहे हैं।...और पूरा नाथूचक मुँह पर रूमाल रख यह तमाशा देखे जा रहा है...।

प्रोफेसर पप्पू भीतर से बड़े ही कलात्मक, सुघड़, नाजुकमिज़ाज और शौकीन तबीयत थे। पहली तनख्वाह मिलते ही उन्होंने अपने लिए एक सूट सिलवाया। नीले रंग का वह चमचमाता सूट उनके लंबे और छरहरे बदन पर खूब फबने लगा था। उसके अगले महीने उन्होंने एक चमचमाती सायकिल खरीदी। सायकिल में डायनेमो और हेडलाइट लगवाया। हेडलाइट के ठीक ऊपर लगी बेंत की एक कलात्मक डोलची भी खूब फबती थी। साथ ही एक गुप्त चीज जो खरीदी उन्होंने, वह इत्र की एक शीशी थी। इसे वह कोट की भीतरी जेब में छुपा लेते और जब नाथूचक की सीमा पार कर जाते, दो बूँद कोट और रूमाल पर टपका लेते। वह भी केवल कुछ खास शामों को ही। संतु इन खास शामों का खास गवाह रहता। उस रात चाचा भतीजे घर की आलू रोटी की ओर ताकते भी नहीं। बिटिया बुआ पूछते मर जातीं, मगर

संतु हमेशा यही बतलाता कि वह पप्पू चा के किसी प्रोफेसर मित्र के यहाँ से भरपेट खाकर आ रहा है। ऐसा बोलते हुए न उसकी ज़बान लड़खड़ाती न ही आवाज़ में कोई हकलाहट झलकती। वैसे भी यह सब कहते हुए वह लगभग सच ही बोल रहा होता।

संतु और प्रोफेसर पप्पू के बीच एक गुप्त संधि हो चुकी थी। दोनों ही इसका पालन बड़ी सावधानी से बखूबी कर रहे थे। इस मामले में दोनों ही एक-दूसरे पर आश्रित थे और संतु को इस बात का अहसास पहली दफ़ा हुआ था कि वह भी अपना एक स्वतंत्र वजूद रखने लगा है। इधर वह पप्पू चा को सार्वजनिक तौर पर प्रोफेसर पप्पू कहने लगा था और वह इसका कतई बुरा नहीं मानते थे। उल्टे वह इसे आंग्ल संस्कृति की एक स्वाभाविक अभिव्यक्ति बतलाते। वह खुद तो इतिहास विभाग में थे, मगर उनकी रुचि सबसे ज़्यादा अंग्रेजी विभाग के कार्यकलापों को लेकर रहती। संतु को तो वह मजाक में प्रो॰ शिवनाथ कहकर बुलाने लगे थे। कारण कि प्रोफेसर शिवनाथ पप्पू के कॉलेज में ही अंग्रेजी के हेड थे और संतु की तरह वह भी गोइंग लंदन सीइंग टोकियो थे। साथ ही उनकी नाक भी ठीक उसी तरह पकौड़े जैसी फूली हुई थी, जैसी कि संतु की, निकट भविष्य में होने जा रही थी।

दरअसल मामला इतना सीधा भी नहीं था। लेकिन इसे समझने के लिए एक ही सूत्र वाक्य का सहारा लेना काफी होगा कि पटना की कुमारी झरना बोस की नियुक्ति भी उसी कॉलेज के अंग्रेजी विभाग में हो चुकी थी और इन दिनों नाथूचक के सीनियर और जूनियर प्रोफेसर यानी कि चाचा भतीजे की सप्ताह में एक दो शामें उन्हीं की कोठी पर बीतने लगी थीं। झरना बोस के ननिहाल की एक कोठी भागलपुर के बंगाली टोले में एक केयर टेकर के हवाले थी। अब यह कोठी पिछले तीन महीनों से आबाद थी। इस आबाद जगह को और भी पुरआबाद बनाने को प्रोफेसर पप्पू "हमसफर मेरे हमसफर...पंख तुम परावाज़ हम" जैसा तराना छेड़ने आते। प्रोफेसर झरना उनका यह रेंकना (संतु के शब्दों में) सुनकर इतनी भाव विभोर हो उठतीं कि खुद भी बांग्ला में कुछ गुनगुनाने लगतीं। संतु की यहाँ दो उपयोगिता थीं। एक तो पहले वह अपनी भावी आंटी का हाथ थामकर उन्हें उनकी माताजी से दूर फूलों की क्यारियों तक ले आए। यहीं मौका निकालकर प्रोफेसर पप्पू भी आ धमकते। तब संतु के जिम्मे दूसरा और ज़्यादा महत्त्वपूर्ण काम यह होता कि वह ग्रैंड आंटी को जाकर जितनी लंबी से लंबी हो सके, कंपनी देता रहे। यही उसकी प्रतिभा का आकलन था और कहना ना होगा, वह इसमें भरपूर सफल था। वह धर्मपरायण बूढ़ी, भद्र बंगाली विधवा उसमें श्रीकृष्ण की बाल छवि

तलाशती हुई पता नहीं क्या-क्या गुनगुनाती रहती और खुद ही हँसती, खिलखिलाती रहती।

लेकिन इधर झरना बोस की ओर से उन्हें अंतिमेत्थम मिल चुका था—या तो शादी करके घरजमाई बनकर यहीं आ जाओ अथवा हमेशा-हमेशा के लिए अलविदा प्यारे प्रोफेसर पप्पू...! झरना बोस की माताजी पर दबाव बढ़ता जा रहा था। कलकत्ता के कई सुयोग्य सजातीय वर ऐसी सुदर्शना और नौकरीशुदा कन्या का हाथ थामने को प्रयत्नशील थे। झरना बोस के तीन-तीन मामा और ढेर सारे निकट के रिश्तेदारों के माध्यम से अब तक ढेरों प्रस्ताव आ चुके थे। दो सुयोग्य वर तो भागलपुर आकर और सब कुछ देखभाल कर लौट भी चुके थे। गार्ड की ओर से हरी झंडी मिल चुकी थी। जो भी देर थी, ड्रायवर की ओर से थी। झरना की माँ के लिए एक-एक दिन भारी पड़ रहा था।

और इधर प्रोफेसर पप्पू ढेर सारे नैतिक बंधनों में फँसे छटपटा रहे थे। वह इस घर की आशा के केंद्र थे। इसकी दीप्ति थे। स्वयं अपने मुखारबिंद से इस आशय की दर्जनों घोषणाएँ वह अवसर विशेष पर करते रहे थे। अब किस मुँह से घरवालों को इस नर्क में छोड़कर वह खुद स्वर्ग की चारदीवारी में कैद हो जाएँ? इस यक्ष प्रश्न पर अक्सर वह पड़े-पड़े विचार करते रहते। अपनी शामों को भी इसी सोच में शामिल कर वह उसे भी उदास बना देते। फिर इस गम से उबरने को दर्द भरे गीत गाते रहते। बिटिया बुआ इसे सुनकर खूब भुनभुनातीं। वह मन ही मन यह मान चुकी थीं कि यह सारी नौटंकी वह इसलिए कर रहे हैं, ताकि मम उनकी शादी उनसे (बिटिया से) पहले कर दें। बिटिया बुआ इसके सख़्त खिलाफ़ थीं। भाई की फिजूलखर्ची के भी। लेकिन वह यह सब कुछ हँसकर सहने को भी मजबूर थीं।

इसी दौरान एक शाम की बात है, प्रोफेसर पप्पू फिर से अपनी पुरानी सज धज के साथ तैयार हुए। संतु को भी तैयार होने का हुक्म मिला। लेकिन वेरायटी चौक पहुँचते ही उनकी सायकिल थम गई। संतु का हाथ थामे वह आदर्श जलपान गृह की सीढ़ियाँ चढ़ने लगे। वहाँ उन्होंने मसाला दोसा का ऑर्डर दिया। इसके पहले संतु यहाँ समोसे खा चुका था। दोसा खाने का उसका यह पहला अवसर था। पप्पू चा की इस उदारता पर उसे मन ही मन दया भी आ रही थी, क्योंकि पूरे रास्ते न तो उन्होंने सीटी बजाई थी, ना ही कुछ गुनगुनाया था। वह एक उदास दानवीर की तरह दिख रहे थे।

“इसे इस तरह खाना चाहिए!...तुम मुझे फॉलो करो।”

संतु को असमंजस में बैठा देख उन्होंने खुद ही पहल की। इस अद्‌भुत व्यंजन

का स्वाद मुँह में घुलते ही संतु ने मन ही मन मद्रासी लोगों को धन्यवाद दिया। अखिर यूँ ही जीनियस नहीं होते यह लोग।

''आंटी को भी बुलवा लेते। एन्ज्वॉय करतीं हमारे साथ।''

''आज वह अपनी कोठी में खूब एन्ज्वॉय कर रही होंगी। हम उन्हीं की खुशी को सेलिब्रेट करने यहाँ आए हैं। जो इच्छा हो खाओ आज...! राजभोग, रसमलाई...जो भी मन हो।''

''बात क्या है?'' पप्पू चा को रूमाल से आँखें पोंछते देख संतु विह्वल हो उठा था।

''आज उनकी मँगनी है। इधर तो वह बात तक नहीं करतीं। देखतीं भी नहीं।'' प्रोफेसर पप्पू अपने को जब्त नहीं कर पाए और अचानक हिचकियाँ लेने लगे।

दोसे को किसी प्रकार आधा खाया गया। पप्पू चा ने संतु के बहुत जोर देने पर निवाले मुँह में रखे। संतु की भी इच्छा मर चुकी थी। वह समझ नहीं पा रहा था कि अपने प्यारे पप्पू चा को दर्द के इस केंद्र से खींचकर कैसे परिधि तक ले आए?

बाहर आकर चाय पी गई। पप्पू चा ने पहली दफ़ा पान खाने की इच्छा जाहिर की। संतु के वास्ते भी एक मीठा पान बनवाया उन्होंने।

उस रात घर लौटते हुए पप्पू चा संभवतः खुद से ही लड़ रहे थे। वह गुनगुना अवश्य रहे थे पर उनकी स्वरलहरी के साथ-साथ बेपनाह आँसू भी छिटककर आस-पास के वातावरण की आर्द्रता बढ़ा रहा थे–

''आ गई थी शिकायत लबों तक, मगर
किससे कहते कि कहना तो बेकार थाऽ...
हमसफर एक दिन तो बिछड़ना ही था।
अलविदाऽ...अलविदाऽ...अलविदाऽऽ...अलविदाऽऽ...।

निमंत्रण पत्र डाक के पते पर नाथूचक आ पहुँचा था। श्रीमती झरना बोस के कलकत्ता में संपन्न हुए विवाह संस्कार के उपलक्ष्य में स्वागत समारोह एवं प्रीतिभोज का आमंत्रण। मम ने इसे पाकर आश्चर्य व्यक्त किया। उनके अनुसार जो कार्ड हाथों हाथ उनके पुत्र के विभाग में भिजवाया जा सकता था, उसे खर्च करके डाक से भेजने का क्या तुक?

गनीमत थी कि अब तक प्रोफेसर पप्पू अपनी विरह वेदना के अथाह सागर से पार उतरते हुए यथार्थ की ऊबड़खाबड़ पगडंडी पर डगमगाते हुए बढ़ने लगे थे।

इन दिनों उन्हें यह पूरा घर ही एक कबाड़खाना नज़र आने लगा था। इसमें थोड़ा योगदान उनके खुद का भी था, क्योंकि उनके कमरे के तमाम पुराने और बेडौल फर्नीचर उठकर बाहर दालान में चहलकदमी करने लगे थे। चहलकदमी इस कारण क्योंकि मम और महंथ जी अपनी इच्छा एवं सुविधा के अनुसार इनका लगातार स्थान परिवर्तन करते रहते। इसी बीच प्रोफेसर पप्पू के कमरे में हुए रिक्त स्थान को एक नए झकझकाते सोफे ने भर दिया था। मम तो इस सोफे को जस का तस (पैकिंग समेत) रख देने के पक्ष में थे, ताकि बिटिया के दहेज में इसकी बेहतर उपयोगिता सिद्ध हो सके। इसके पहले वह लगभग ऐसी ही आपत्ति घर में आए स्टील के कुछ नए बरतनों समेत टी-सेट को लेकर भी कर चुके थे। लेकिन उन्हें महंथ जी ने यह समझाकर शांत किया था कि अब घर में 'वरदेखुआ' किसी भी समय आ सकते हैं और उन्हें रिझाने को कुछ तो अच्छा और नया होना चाहिए इस घर में। यद्यपि कि मम ने महंथ जी के इस सुझाव को यह कहकर हवा में उड़ा दिया था कि वरदेखुआ लोगों के लिए लड़के का पक्की नौकरी में होना और खानदान का बीसविसवा होना ही अहम और पर्याप्त था। अंततः सोफे को लेकर तो उन्होंने अपनी ज़िद तभी छोड़ी जब प्रोफेसर पप्पू ने तैश में आकर यह घोषणा कर डाली कि उनके दहेज में मिलने वाले सामानों में से मम जितना चाहें बिटिया को दे सकते हैं। चाहें तो पूरा का पूरा...। अपने बड़के भाई के इस वक़्तव्य ने बिटिया को भरपूर आह्लादित किया। साथ ही उन्हें यह भी समझ में आ गया कि उनके भाई का विवाह उनसे पहले होना क्यों जरूरी है। अब प्रोफेसर पप्पू के चाय, खाने के अलावा उनके कपड़े समय से धुल जाने और प्रेस हो जाने का बिटिया भरपूर ख़याल रखने लगी थीं। लेकिन मम इधर क्षुब्ध थे। कारण कि पप्पू चा की नियुक्ति की ख़बर पाते ही छोटे चा ने मनीऑर्डर भेजना बंद कर दिया था। और सबसे बड़ी बात कि उनके पत्रों की संख्या भी बहुत कम हो गई थी। पिछले दो महीने में यह एक अकेला लिफ़ाफ़ा आज आया था।

लेकिन इस पत्र के आने के ठीक एक दिन पहले श्रीमती झरना बोस के विवाह का स्वागत समारोह था और अब तक प्रोफेसर पप्पू अपने जज़्बातों पर पूरी तरह नियंत्रण पा चुके थे। इन दिनों उनके बिस्तर पर दर्जन भर किताबें हमेशा खुली पड़ी रहतीं। वह हर एक किताब से एक-एक पंक्ति लेकर एक तेरहवीं पुस्तक तैयार करने में व्यस्त थे। उनके अनुसार यह पुस्तक निकट भविष्य में विद्यार्थियों के लिए सर्वोत्तम कुंजिका होने जा रही थी। और उनके वास्ते धनागमन का एक स्थाई स्रोत।

अंततः प्रोफेसर पप्पू ने यही तय किया कि वह वहाँ नहीं जाएँगे। लेकिन वहाँ

के कुछ अंतरंग पलों से साक्षात्कार की उनकी इच्छा उन्हें लगातार गुदगुदाए जा रही थी। इसके लिए उन्होंने संतु को पुराने दिनों का वास्ता देते हुए यह कहकर भी उत्तेजित किया कि इस अवसर पर होने वाले अभूतपूर्व भोज में परमपेटू प्रोफेसर शिवनाथ कैसी हरकतें करते हैं, यह दिलचस्प नज़ारा देखना तभी संभव हो सकता है, जब स्वयं संतु उनकी बगल में बैठकर शानदार समिष भोजन का लुत्फ उठाए।

संतु के दिमाग की नश फड़की तो उसने बिटिया बुआ के कुंद ज़ेहन में थोड़ा सान चढ़ाया। जब उसने गुप्त प्रेम प्रसंग संबंधी कुछ टिप्स भी उन्हें उपलब्ध कराए, उनकी रगें फड़कने लगीं। लेकिन इस अवसर विशेष के लायक उनके पास कोई दुर्लभ पोशाक नहीं थी। प्रोफेसर पप्पू को जैसे ही यह जानकारी मिली, इस भारी खर्च को वहन करना उन्होंने सहर्ष स्वीकार लिया। यहाँ तक कि एक नई सैंडिल का बोनस उपहार भी ले आए। इन्हें पहनकर जब बिटिया बुआ संतु के संग चलने को उद्यत हुईं, मम ने एक रोचक दिप्पणी की—"बम्बई का जा रहिऊ हौ बिटियाऽ...! लौट के अइहौ नऽ...?"

सुनकर जोर से कुड़कुड़ाईं बिटिया। फिर आधे रास्ते तक भुनभुनाती रहीं। जबकि संतु लगातार मुस्कुरा रहा था। यह तो शुरुआत हुई है भुनभुनाने की। संतु इसे अच्छी तरह जान रहा था।

और वही हुआ। उस भीड़ में, जहाँ हवा में सेंट और चौड़े पाड़ की सिल्क साड़ियों के साथ बांग्ला भाषा लहरा रही थी, बिटिया बुआ अपनी वेशभूषा में सबसे अलग दिखती हुई कोने की एक कुर्सी थामे दुबकी बैठी थीं। संतु को भी जबरन अपनी बगल में बिठाए। यद्यपि कि कुछ प्रोफेसरों के परिचित चेहरों ने संतु के करीब आकर प्रोफेसर पप्पू की अनुपस्थिति की बाबत पूछा था, जिसका रटा-रटाया जवाब संतु देता रहा था। एक युवा प्रोफेसर ने तो बिटिया बुआ में दिलचस्पी भी जतलानी शुरू की थी, मगर उनके उखड़े मूड के चलते वह कुछ ही क्षणों में भाग खड़ा हुआ।

बिटिया बुआ लगातार भुनभुना रही थीं—"छीईई...न शक्ल न सूरत! टिटियाही कहीं की। और कैसी लिपीपुती...छीईई...अच्छा हुआ जो इस चुड़ैल की चंगुल से भाई बच गया मेरा। इस औरत से भला गिरस्ती सँभलती मम की...हुँह...!...अंग्रेजी बूकने वाली मेम!!"

संतु ने बिटिया बुआ की भुनभुनाहट का भरपूर मजा लेते हुए उनके समर्थन में यह पंक्ति सुनाई—

पावरोटी बिस्कुट
आंटी खाती कुट-कुट
अंकल बोलते : वेरी गुड!

खुलकर हँसीं बिटिया बुआ। पता नहीं क्या हुआ उन्हें कि खूब दिल खोलकर हँसीं। लगभग वैसी ही उन्मुक्त हँसी पप्पू चा भी हँसे। "मैं जानता था...अच्छी तरह से जानता था...इसीलिए तो पीछे हट गया... ।" उन्होंने बिटिया बुआ के आगे दिल खोलकर सब कुछ स्वीकार लिया। सिवाय उन सपनों के जो वह जाग्रत अवस्था में देखने लगे थे उन दिनों... ।

भाई, बहन खुश थे पर संतु का मूड कुछ उखड़ा-उखड़-सा था। कल रात भोज में उससे बराबर चूक हुई थी। जब वह टेबुल कुर्सी पर खाने बैठा, पत्तल पर पहले दाल और छोटी-छोटी पूड़ी (लूची) परोसी गईं। फिर कुछ सब्जियाँ वगैरह। लोग एक दो लूची खाकर बस...बस...करने लगे थे। स्साले बंगाली भूत...दूध की जगह छेना खाने वाले...! संतु उन तमाम लोगों को मन ही मन लताड़ते हुए लूची पर लूची लिए जा रहा था। और जब उसका पेट पूरा भर गया, तब कहीं जाकर अगल-बगल वालों ने परोसन लेना शुरू किया। मछली भाजा, रोहूमाछेर घंट, माँसो, मिष्टी दही, रसोगुल्ला...तमाम तरह के अमूल्य पदार्थ अब जाकर कहीं आने शुरू हुए थे। लोग दनादन भकोसे चले जा रहे थे और संतु 'बोका बिहारी' बना बैठा सबका मुँह ताके चला जा रहा था।

लौटती में रिक्शा भी नहीं लिया था बिटिया बुआ ने। उन्होंने वहाँ का पानी पीना भी अपनी शान के ख़िलाफ़ समझा था। वेरायटी चौक पर पहुँचकर रिक्शा भाड़ा मद के पैसों से उन्होंने जमकर चाट फोकचे और दहीबड़े उड़ाए। यहाँ भी संतु टुकुर-टुकुर ताकने की भूमिका में ही था... ।

और ठीक इसके अगले दिन वह अंतर्देशीय...जिसे पढ़ते ही मम को काठ मार गया था। उस शाम वह अपने दवाखाने पर भी नहीं गए। संतु को चाभी देकर भेज दिया, ताकि मरीजों तक अगले दिन उनके आने की सूचना पहुँचाई जा सके। दो घंटे के इंतज़ार के बाद केवल एक बुढ़िया आई । हाथ में लाठी लिए। दरअसल वह मम को गरियाने आई थी, क्योंकि पिछले दस दिन से उसका दमा जरा भी कम नहीं हुआ था। मम की दवाओं के लगातार सेवन के बावजूद। जबकि एक मामूली कंपाउंडर ने केवल दो सूई लगाकर उसे काफी आराम पहुँचा दिया था। बुढ़िया को समझा-बुझाकर वापस भेजने में संतु की वाक्पटुता काम आई। दवाखाने में पूरे ढाई घंटे बिताना उसे पहाड़ लग रहा था। इतना नीरस और उबाऊ काम। इसी बीच उसे झपकी आ गई और उसने सपने में देखा कि अंजना बीमार पड़ी लेटी है, और उसकी कोई भी दवा असर नहीं कर पा रही है। वह चौंककर उठ बैठा और उसने पाया कि सामने से नाथूचक के भंगेड़ी लड़कों का दल इशाकचक की ओर बढ़ रहा है।

संतु ने झट दवाखाने में ताला लगाया और इस टोली में शामिल हो गया। इस प्रतिज्ञा के साथ कि उसे ज़िंदगी में कुछ भी बनना मंजूर होगा, सिवाय डॉक्टर बनने के।

संतु जब घर पहुँचा, मम ने चाभी थामते हुए यह जिज्ञासा भी नहीं प्रकट की कि कोई मरीज आया था अथवा नहीं। वह एकदम खामोश और खोए-खोए से थे। वह इतने निराश दिख रहे थे मानो उनका सर्वस्व लुट गया हो।

महंथ जी रह-रहकर अपने गले को जुंबिश देते हुए खँखार रहे थे। यह एक प्रकार का सिग्नल था कि वह पूरी तरह से चार्ज हैं। मगर मम की ढिबरी में बूँद भर भी तेल नहीं बचा हो जैसे। और महंथ जी भी पता नहीं क्यों ऐसे पस्त हाल आत्मीय शत्रु पर हावी होने का मौका लगातार छोड़े चले जा रहे थे।

अंदर रोटी सेंकती बिटिया बुआ के दोनों गाल आँसुओं से तर थे। जैसे लंबे समय से हौले-हौले सिसकियाँ भर रही हों वह। पप्पू चा के कमरे में निचाट सन्नाटा था। रोशनी तक नहीं थी वहाँ।

"का कोई मर गवा है?" संतु की आवाज़ में अप्रत्याशित रूप से नर्मी थी।

बिटिया बुआ ने तवा उतार दिया। उनका रुदन अप्रत्याशित रूप से तेज हो उठा था। संतु के दिल की धड़कन अचानक बढ़ गई। बिटिया बुआ रोती हुई आँगन में आईं और संतु से लिपटकर रोने लगीं। संतु भी लगा भोंकरने। अब तो यह स्पष्ट था कि कोई निकटतम संबंधी गुजर चुके हैं। मगर कौन? उसकी घिग्घी बँध आई। अभी तो घर के सबसे बूढ़े लोग इसी दरवाजे पर मुर्झाए बैठे हैं। हे भगवान! कहीं पटना में अम्माँ को तो नहीं कुछ...?

"बहुत बुरा हुआ रे संतुआ...हम लुट गए समझ लो...! तुम ऐसा कभी मत करिओ संतु...जान लो...जान दे देब हम...!"—इसके साथ ही बिटिया बुआ छाती पीटने लगी थीं।

"बिटियाऽऽ...फिर...! ...फिर शुरू हो गइऊ तुम?"—यह महंथ जी थे और काफी गुस्से में थे।

महंथ जी के पीछे-पीछे मम थे। होठों पर तर्जनी से "शी ई ई...चुप..." का इशारा चिपकाए मम अजीब रहस्यमय दिख रहे थे।

तभी पप्पू चा अपने कमरे के बाहर प्रकट हुए। उनको देखते ही मम उसी ओर बढ़ गए। "तनिक लालटेन लेती आओ बिटिया" का फ़रमान जारी करते। उनके पीछे-पीछे महंथ जी और संतु।

"लुद्दो का भनक तो नहीं लगा है तनिको?" मम ने बिटिया से पूछा।

"नहीं...! उनकी तबीयत कुछ ढीली है आज। दुपहर से कोठरी में पड़ी सोए रही हैं!"—बिटिया बुआ ने सहज भाव से जवाब दिया।

“भारी कुटनी है ऊ!” मम ने आँखें नचाते हुए कहा, “आज उसको खबर लगी तो समझो कल पूरे नाथूचक में हल्ला। और परसों तक तो नाथूचक के एक-एक घर से दस-दस पोस्टकार्ड निकल पड़ेंगे।”

“लेकिन सच्चाई से हम कब तक मुँह मोड़ सकते हैं?” पप्पू चा ने बात आगे बढ़ाई—“वह तो था ही शुरू से लफाड़िया। लोक, लाज, मर्यादा, परिवार, समाज सब भूल गया वह। लेकिन हमें तो इसका पालन करना होगा। क्षमा बड़ेन को चाहिए, छोटन को अपराध!”

“अब तुम तरफदारी मत करे लगों उस नामाकूल, कुलडुबोरन की!”—मम अचानक ही भड़क उठे।

“ठीक ही तो कह रहा है लड़का;”—महंथ जी ने हस्तक्षेप किया, “शादी की है उसने, कोई डाका तो नहीं डाला है। ठीक है कि पंजाबिन से ब्याह रचाया है। इससे क्या फर्क पड़ता है? मान लो किसी ब्राह्मणी से कर लेता! तब का शोक नहीं मनातेव तुम?”

“तुम काजनि हौ...कितना जबरदस्त घाटा दे गया है ऊ दगाबाज हमका!” मम का रोष अब पिघलकर बहने लगा था—“भीखनपुर के अवस्थी जी ग्यारह हजार नकद बोल के गईन रहैं। कहवाए रहैं कि पप्पू और गप्पू का एक्के साथ निबटाए देव। फिर आराम से बिटिया का विदा करैब।”

“मनी इज़ लॉस्ट नथिंग इज़ लॉस्ट!” महंथ जी ने मम को सांत्वना देनी चाही।

“तुमसे ज़्यादा अंग्रेजी जानित है हम!”—मम ने सर्द लहजे में कहा!

“ठीक है;”—महंथ जी ने उन्हें छेड़ना जारी रखा—तो फिर नरोत्तम दास को याद कर लो—

> “औरन को धन चाहिए बाबरी
> बाम्हन को धन केवल भिक्षा।”

“अरे ई भिक्षे न रहे सरऊ”—मम थोड़े सहज हुए, “किसी के दामाद को पाल-पोसकर जवान कर देने के एवज़ में भिक्षा। डाल दो यह भिक्षा झोली में और आशीर्वाद समेत ले जाओ अपनी अमानत।”

मम ने दो घड़ी रुककर साँसों को दुरुस्त करते हुए कहा, “मगर इनका मैं क्या करूँ...न उगलते बन रहा है न निगलते?”

“अभी न उगलना है न निगलना;”—महंथ जी ने पूरी गंभीरता से अपनी बात रखी, “अभी लड़का को आशीर्वाद लिख दो। साथ ही खबरदार भी कर दो कि बहू को लेकर यहाँ तब तक नहीं आवे, जब तक कि पप्पू और बिटिया का ब्याह नहीं हो जाता! इसके बाद आप स्वतंत्र हैं डिप्टी साहेब! खूब प्रेम से पंजाबिन पुतोह के हाथ का बना छोले भटूरे खाकर तंदुरुस्ती बनाइए!”

"ई मसखरी करै का समय नहीं है।" मम आज लगातार लगाम कसे हुए थे।

"मगर भोजन का तो है। हमार पेट में तो जानत हौ कि साँझे से चूहा कूदे लगै हैं!"

पप्पू चा पर इस घटना ने खासा असर किया था। इधर वह लगातार उठते बैठते अपने छोटे भाई के विषय में ही बोलते-बतियाते रहते। उसकी एक-एक शरारत...बचपन की तमाम नादानियाँ सबको खूब हँस-हँसकर याद करते वह। दरअसल वह हार गए थे अपने छोटे भाई से। उसने वह कर दिखाया था, जो वह नहीं कर सके थे। और यह एक ऐसी हार थी जो जीवन भर उन्हें सालने वाली थी। और इसकी बुनियाद भी अगले महीने बड़े ही दिलचस्प ढंग से पड़ी। उनके जीवन की सबसे करारी हार की बुनियाद। जिसे कि रामायण में कंचन मृग कहा गया है, वैसा ही एक मृग कानपुर से यहाँ आया। इतनी दूर नाथूचक। वही कानपुर जिसे 'काबा' मानते थे नाथूचक के कान्यकुब्ज! और कन्नौज प्रदेश को पूरे सम्मान के साथ 'देश' कहकर याद करते। कितने तो ऐसे भावुक बुजुर्ग भी थे नाथूचक में, जो काबुलीवाला फिल्म के एक गीत 'ऐ मेरे प्यारे वतन' सुनकर अपने 'देस' के लिए आँसू बहाते!

तो हुआ यह कि उस दिन बगीचे में बस्ती की लड़कियाँ पिकनिक मना रही थीं। दाल भरकर कचौड़ी, आलूदम और खीर का इंतजाम था। 'बस्ती कोकिला' के नाम से विख्यात गुड़िया दी ऊँचे स्वर में गा रही थीं–

"दुनिया में ऐसा कहाँ सबका नसीब है
कोई-कोई अपने पिया के करीब है!"

गुड़िया दी को इतने उन्मुक्त और दर्दीले स्वर में गाते पहली दफ़ा सुन रहा था संतु। वह एक पेड़ की ओट में हो गया था, ताकि संगीत में कोई ख़लल न पड़े। जब बिटिया बुआ ने उसके आने का प्रयोजन जाना, पिकनिक छोड़कर जाने का कोई मलाल उनके चेहरे पर प्रत्यक्षतः नहीं दिखा। उल्टे वह पूरे जोश में थीं। सहेलियों के बीच घोषणा करके चली थीं कि चाय में नमक मिलाकर पिलाएँगी वरदेखुआ लोगों को। देखना है कि चुपचाप पी लेते हैं, या शिकायत करते हैं? इसी से लड़की के स्वभाव का भी कुछ भान हो जाएगा।

दरवाजे पर जो एक मात्र सुदर्शन व्यक्ति बैठा था, उसके बारे में संतु ने उन्हें बतलाया कि यह कानपुर से तशरीफ लाए हैं। वह व्यक्ति मम से बहुत घुल-मिलकर बतियाने की कोशिश कर रहा था, यद्यपि कि उसके चेहरे पर असमंजस के साथ-साथ ढेरों चौकन्नेपन के भी भाव थे। बिटिया बुआ के 'नमस्ते' के एवज़ में जब उसने उन्हें गौर से देखा तो मम से पीछे से टिप्पणी की–"बस यही आखिरी जिम्मेवारी

बची है मेरी। इसको पार लगाने की जिम्मेवारी अब पप्पू ने ही ले रखी है!"

"बहुत अच्छी बात है। लेनी भी चाहिए। मुझे भी सेवा का मौका दें, ताकि मैं भी इसे वहन कर सकूँ!"

"कानपुर वालों की यही अदा मुझे पसन्द है!"—मम ने आगंतुक की भावनाओं को सराहते हुए कहा, "जितनी अच्छी भाषा, उतने ही व्यवहार कुशल लोग!"

इसी बीच बिटिया बुआ ने आतिथ्य सत्कार का एक बेहतर नमूना पेश करते हुए बेसन का हलुआ और तले हुए पापड़ बाहर भिजवाए। नये चमचमाते स्टील के बरतनों में नाश्ता और शानदार टी सेट में चाय।

महंथ जी कुछ काम से कचहरी गए हुए थे, सो मम को खुली छूट मिली हुई थी। वह अपनी नौकरी के दिनों की रईसी बघार रहे थे। दो घोड़े वाला फिटेन और लाल ईमली के कपड़े का बंद गले का कोट। मम अपने बारे में जितना बताते उससे कहीं ज़्यादा आगंतुक के नाते-रिश्तेदारों, उसके पदों, उनकी हैसियत और उनसे उन लोगों के संबंध की मधुरता के विषय में पूछताछ भी जारी रखते। वह नाक को खूब घुमा-फिराकर टटोलने का प्रयत्न कर रहे थे। इसी क्रम में कई बेतुके प्रश्न भी पूछ डालते। जैसे कि उनका एक स्तब्धकारक प्रश्न था—"आप रात में रोटी कितनी खाते हैं वाजपेयी जी?"

बेचारे वाजपेयी जी को क्या पता कि इस घर में आटा प्रतिदिन के हिसाब से तौलकर आता है। प्रश्न सुनकर यह सब सोचते हुए संतु मन ही मन खूब हँसा। परंतु उसे क्या पता कि इस प्रश्न ने ऐसा गंभीर घाव रचा है कि इसकी टीस से आज़िज आकर श्रीमान वाजपेयी जी को इसे फोड़ डालना ही सुगम लगा। मवाद बहने लगा—

नकद बीस हजार

इक्कीस भर सोना

डिनर सेट, सोफासेट, पलंग, बिस्तर, अँगूठी, रेडियो, घड़ी के साथ-साथ सबसे नायाब तोहफा...एक बेस्पा स्कूटर।

इसके अलावा विवाह का संपूर्ण खर्च हमारा।

"और गाड़ी खर्च?"—मम ने टोका, "नाथूचक से कानपुर बारात ले जाना कोई हँसी ठट्ठा नहीं! सौ लोग तो ऐसे ही मुँह बाए खड़े हो जाएँगे।"

"ठीक है, एक पूरी बॉगी रिजर्व करवा लीजिए। एक तरफ का भाड़ा हमारा, एक तरफ का आपका।"

"नहीं, दोनों तरफ से आपका!"

"मंजूर है लेकिन विवाह फ़ौरन होना चाहिए। इसी लगन में!"

"करना सब तो आपको है श्रीमान, फिर एतराज करने वाले भला हम कौन होते हैं?..." मम की बोली से शहद टपकने लगा था।

"यह रही कन्या की तस्वीर!"—आगंतुक ने सबसे जरूरी चीज को सबसे अंत में अपने सूटकेश से बाहर निकालकर उन्हें थमाते हुए कहा, "रंग एकदम दूध समान है। बस हल्के से दाग हैं चेचक के। वह भी एकदम नजदीक से देखने पर ही पता चलता है।"

"अरे दाग तो चंद्रमा में ही न होगा। सब उसकी लीला है!"—मम ने हँसते हुए पूछा, "टीपन नहीं है?"

"वह तो मैं ले जाऊँगा। आपके यहाँ से।...और मिलते ही बात पक्की।"

"जो ना मिली तो?"—मम के स्वर में चिंता साफ दिख रही थी।

"जैसा हमारे पुरोहित जी विचार कर कहेंगे। शादी ब्याह तो भाग्य और सितारों का खेल है।"

"मैं इससे सहमत नहीं।"—मम ने अपना ठोस मत दे दिया। इसी वक़्त प्रोफेसर पप्पू कॉलेज से लौटे। मम ने सीधे परिचय कराया—"यह तुम्हारे बड़े साले हुए। पाँव छुओ इनके।"

प्रो॰ पप्पू ने हड़बड़ाकर पिता के आदेश का पालन किया। फिर सामने पड़ी टीन की कुर्सी पर बैठ गए।

"आप बहुत बड़े बैंक के बहुत भारी मैनेजर हैं और इनके पिता एक बहुत बड़े इस्टेट के मैनेजर रह चुके हैं। अब तो खैर बुढ़ा गए हैं मेरी तरह। उन्हीं की पेटपोंछनी है...सात भाई बहनों में सबसे छोटी—सरिता।"

"जोड़ी अच्छी बैठ रही है;"—मम ने कुछ ठहरकर दिल्लगी की, "श्याम और सरिता। यमुना या राधा नाम रहता तो और भी मैच करता!"

"आप अपने चरणों में स्थान देने के बाद उसे जो कहकर पुकारें, हमें क्या आपत्ति हो सकती है भला?"

मम हँसने लगे थे पेट पकड़कर। चिट्ठी कांड के बाद आज वह पहली बार इतने खुश दिख रहे थे।

आँगन में पहुँचते ही बड़े चाचा भुनभुनाने लगे थे—"यह क्या कि जो पहला व्यक्ति आया नहीं कि तय! जैसे सनकी राजा महाराजा लोग ठान लेते थे—आज जो भी नगर द्वार से पहला व्यक्ति प्रवेश करेगा, उसी से राजकुमारी ब्याह दी जाएगी!"

मम ने संभवतः उनकी भुनभुनाहट सुन ली थी। वह बिना कोई शोर किए,

खूब जमा-जमा कर पैर रखते भीतर आ चुके थे। उनके एक हाथ में तस्वीर की पैकेट थी। ''हले लयो, तुमहूँ देख लयो बिटिया,''—उन्होंने उस पैकेट को बढ़ाते हुए कहा, ''श्रीमान् वाजपेयी की पुत्री है...बी.ए. इसी वर्ष किया है। और जरा फ़ैशन तो देखो! उल्टा पल्ला और जूड़े में बोल रहे थे बैंक वाले बाबू, सोने का पिन खोंसे हुई है...समझी कुछ...स्वर्ण सुंदरी...!''

बिटिया बुआ ने फोटो देखकर मुँह बिचकाया।

मम इसकी ओर कतई ध्यान न देकर, अपने पुत्र से मुखातिब हुए, ''पटना के तिवारी जी की याद है न...! वही...जिन्होंने तुम्हारी नौकरी पक्की कराई...! उन्हीं के संबंधी हैं यह लोग। पटना से चिट्ठी लेकर आए हैं। और फिर हमका का इतना बड़ा बुढ़बकऊ समझे हो?'' मम ने हँसते हुए कहा, ''बिन माँगे मोती मिले, माँगे मिले न भीख! हम सब ठोंक बजा के देख चुके हैं। इनके लिस्ट में दो और लड़के हैं। एक डॉक्टर है, दूसरा डिप्टी कलक्टर। यह तो मेरा व्यवहार था तिवारी जी के साथ, जो पहले इस ड्योढ़ी पर आए हैं। तुम्हीं बताओ, लक्ष्मी का अनादर कर दूं...टरका दूं इन्हें?''

शाम तक मैनेजर साहेब ने अकेले में प्रोफेसर पप्पू को घेरा। दोनों हिंदी से अंग्रेजी पर चढ़ते हुए अवधी तक उतर आए। बड़े चाचा ने उन्हें अपने कमरे में आंमत्रित किया। यहाँ नया चमचमाता सोफा था जिसका कवर भी नहीं उतरा था। बिस्तर पर एक उम्दा, नए फ़ैशन की चादर थी। चमचमाते बुक शेल्फ में करीने से मोटी-मोटी किताबें सजी थीं। लेकिन मैनेजर साहेब की खोजी नज़र की पकड़ में आया वह पुराना बैन्जो। फिर क्या था। मैनेजर साहेब के होठों पर कोई धुन आती नहीं कि प्रोफेसर पप्पू उसे हूबहू बैन्जो पर उतार देते।

''वह भी हारमोनियम बहुत अच्छा बजाती है!'' प्रोफेसर पप्पू के फ़न की भरपूर तारीफ करने के बाद मैनेजर साहेब अपनी बहन के आंतरिक गुणों का बखान करने लगे। ''हमने इतना चाहा, पर उसे यू.पी. के लड़के पसंद ही नहीं। कहती है, सब के सब बेहद चंट होते हैं...चंट और स्वार्थी।''

संतु जब तक लुट्टू के साथ इशाकचक से आवश्यक सब्जियाँ, दही, रसगुल्ले वगैरह लेकर तथा भांग की छोटी गोली खाकर लौटा (क्योंकि आज खाना स्पेशल बनने वाला था और मात्रा पर भी अंकुश का अंदेशा नहीं था), तब तक प्रोफेसर पप्पू और मैनेजर साहेब एक-दूसरे को भली-भाँति पसंद कर चुके थे। मैनेजर साहेब ने अलग-अलग मौकों पर जो अलग-अलग बयान जारी किए, वह उनके सिद्धहस्त वरदेखुआ होने का परम परिचायक था। प्रोफेसर पप्पू से अकेले में उन्होंने कहा कि यह घर तो नहीं, पर लड़का उन्हें इतना अधिक पसंद आया

है कि अब वह किसी अन्य दरवाजे पर जाने वाले नहीं। वहीं मम एवं महंथ जी के आगे उन्होंने खानदान के बीस बिसवा होने के कारण ही इस संबंध को प्राथमिकता देने की बात कबूली। महंथ जी ताड़ गए इस चालाकी को। उन्होंने चट पूछा, ''लड़का यदि घास काटता रहता, तो भी बीस बिसवा होने के कारण आप इन्हीं के यहाँ संबंध करना पसंद करते?''

इस पर मैनेजर साहेब का संक्षिप्त जवाब था–''शादी ब्याह तो अपने बराबर के हैसियत वालों के यहाँ ही किया जाता है जनाब मामाजी!'' कहना न होगा, यह दोनों बात मम को बेहद पसंद आई, क्योंकि उन्होंने झूमते हुए मैनेजर साहेब से गुज़ारिश की, ''दोपहर आपने चार रोटी खाने की बात कबूली थी, मगर इसी खुशी में आज आपको पाँच खानी होंगी।''

मैनेजर साहेब को क्या पता, मम ने कितनी बड़ी उदारता का परिचय दिया था!

मम की इस उदारता का उन्हें बेहतर सिला मिला। दसवें दिन चिट्ठी आ गई कानपुर से। कुंडली में तीस गुण मिल रहे हैं! कन्या निरीक्षण एवं पसंद आने पर तुरंत वरीक्षा की रस्म के लिए मम को शीघ्र ही कानपुर आने का आमत्रण भी था।

मम ने महंथ जी से पूछा, ''क्या कहते हैं...चलेंगे?''

महंथ जी ने कहा, ''बेहतर हो किसी और को ले जाएँ! यह मामला थोड़ा संवेदनशील है।''

''सुथनी है!'' मम बिगड़ उठे, ''करना क्या है वहाँ? कन्या को अँगूठी सौंपकर आशीर्वाद दे देना है!''

''मतलब कि लड़की कैसी है, यह देखने, पता लगाने की कोई जरूरत नहीं?'' महंत जी ने गंभीर प्रश्न उठाया।

''जब मियाँ बीवी राजी तो क्या करेगा काजी?'' मम ने भरपूर व्यंग्य से कहा, ''जरा अपने भगिना को भी टोह लें! हम इनकार कर देवे तो का ऊ मान जइहैं?''

''धन्य हैं आप डिप्टी साहेब! आग लगाकर जमालो दूर खड़ी!'' महंथ जी सुर्ती रगड़ने लगे।

मम ने भी हाथ पसार दिया।

सोलह

कानपुर का होना एक सपने के साबुत होने की तरह था। साक्षात इसी लोक में जीता, जागता, पलता एक ऐसा सपना जिसे समय आने पर टोया-टटोला जा सकता था। देखा और महसूस भी किया जा सकता था। कई-कई नाथूचकवासियों की स्मृतियों में तो वह केवल अपने स्वाद के बल पर सला था। वहाँ की मिठाइयाँ, नमकीन, ठेलों पर बिकते तरह-तरह के फल, शरबत और चाट गोलगप्पे। शाम को टहलने निकलने के बहाने जी भरकर स्वादानुसार खाने-पीने की ऐसी आज़ादी भला भागलपुर में कहाँ! और फिर वह कानपुर ही था जहाँ से कई-कई रास्ते विभिन्न दिशाओं को फूटते थे, जो नाथूचकवासियों को उनके भूले-बिसरे सगे-संबंधियों तक ले जाते थे। बरसों बरस से छूटे पड़े किसी थरथराते होठों से निकले आशीर्वचन के दो शब्द...हिलते हाथों और नम आँखों से कभी दी गई एक मार्मिक विदाई और 'अबकि थोड़िका जल्दिये आयो' का नेह निवेदन। यह सब नाथूचक के एक-एक बाशिंदों की स्मृति में अलग-अलग ठोस भावुक कारणों और बिंबों के साथ दर्ज़ थी। एक ही तरह के भावों की कितनी ढेर सारी और विविध अभिव्यक्तियाँ हो सकती थीं, यह अपर इंडिया एक्सप्रेस के उस आरक्षित डिब्बे में महसूस किया जा सकता था, जो अपनी क्षमता से बीस अधिक बारातियों को लेकर कानपुर की ओर कूच कर चुका था। इन बीस अतिरिक्त बारातियों को इस शर्त पर शामिल किया गया था कि रास्ते में चेकिंग के वास्ते आने वाले टीटियों को पान पत्ती खिलाकर और दायें बायें समझाकर उल्टे पाँव विदा करने की जिम्मेवारी उन सबों की। मम की या राम पदारथ सुकुल की, जो इस पूरी बारात यात्रा के संयोजक मनोनीत किए गए थे, कोई नैतिक जिम्मेवारी नहीं होगी इस बावत। चाहे किसी को पुलिस पकड़ ले जाए चाहे फाँसी ही क्यों न पड़ जाए! ऐसे बेटिकट बारातियों में तमाम युवा बेरोजगार

लड़के थे। बात-बात पर खिलखिलाने वाले और बाजी लगाकर पूड़ियाँ खाने वाले। इन सबों की आमद से बारात की गंभीरता और गरिमा के नष्ट हो जाने का खतरा संयोजक महोदय को था। अपनी परिकल्पना के अनुसार वह पूरी बारात के कलवेर को एक बुद्धिजीवी प्रोफेसर की बारात का रूप देना चाहते थे। इसी कारण चुन-चुनकर तमाम बुजुर्गों और गंभीर लोगों को न्योता जा चुका था। मम तो पहले ही सुकुल जी को आगे कर इस संवेदनशील मुद्दे से अपना पल्ला झाड़ चुके थे। कोई बस न चलने पर अंततः इन लड़कों द्वारा एक दिन दूल्हे मियाँ को ही घेरकर जबरदस्त हूटिंग की गई—

"बारात जा रही है या किसी शोक सभा की तैयारी हो रही है?"

"जब नाचने, मटकने और जमकर खाने उड़ानेवालों की फ़ौज नहीं रहेगी तो बारात क्या खाक जमेगी भला?"

"कहीं जो सराती चढ़ बैठे तो...ई बुढ़ऊ लोग सुलटा पइहैं मामला!"

"उधर से भाभी को लिवा के ढनढनाती बौगी में लौटिहौं का? जान लेओ, आधे से अधिक बुढ़ऊ साथ में लौटने वाले नहीं। सब अपनी-अपनी रिश्तेदारी में मिल मिलाके लौटिहैं। एक तरफ का भाड़ा तो बचेगा इनका।"

इतने ढेर सारे अकाट्य तर्कों को सुनकर आँखें खुल गईं प्रोफेसर पप्पू की। उन्हें स्वयं जुबान हिलाकर हस्तक्षेप करना पड़ा। वह समझ चुके थे कि राम पदारथ सुकुल एक तीर से दो निशाना साध रहे हैं। खुद के लिए तो बस्ती के बड़े बुजुर्गों का विश्वास अर्जित कर रहे हैं, जबकि मम के वास्ते अगली होली के समय भरपूर गाली पड़ने का बंदोबस्त करवा रहे हैं। अंततः प्रोफेसर पप्पू ने अकेले में मम को सारा ऊँच-नीच समझाया। दूल्हे मियाँ की ज़िद के आगे उन दोनों को झुकना ही पड़ा।

गाड़ी जैसे ही पटना से आगे बढ़ी, हर एक की जुबान पर कानपुर का कोई न कोई मुहल्ला और वहाँ बसे उनके करीबी रिश्तेदार। बस अब बक्सर टपे नहीं कि अपना यू॰ पी॰ शुरू। सभी उत्तेजित थे। और मस्त। जैसे एक छोटे से घर में एक विशाल कुनबा जश्न मनाने को सिमट आया हो। संतु एक-एक बर्थ तक जा रहा था और सबकी ज़रूरत सुन रहा था। उसकी ड्यूटी बारात के संग चल रहे हजाम और कहार के संग थी। इन्हीं लोगों के जिम्मे खाने-पीने का सारा सामान था। पूड़ी, सब्जी, अचार और लड्डू का भोजन एक-एक बारातियों तक पहुँचाया जा चुका था। आवभगत में किसी प्रकार की कोई कमी नहीं होने की हिदायत व्यक्तिगत तौर पर स्वयं पप्पू चा उसे दे चुके थे। संतु पूरे मन से इसे बरत रहा था। कोई पानी भी माँगता तो पहले उसे नीबू का शरबत पेश किया जाता। बैसाख का महीना होने के कारण यह जरूरी भी था। चारों ओर

गपशप, हँसी-ठहाके का माहौल था। ताश पीटे जा रहे थे। शतरंज बिछी थी। कुछ लोग लूडो पर ही लूझे थे। युवा तुर्कों ने अंत्याक्षरी जमा रखी थी और गाने के साथ-साथ पैरोडियाँ भी खूब सुनाई जा रही थीं। बस एक सोहन थे जो चादर तानकर पड़े थे। वह तो पटना में ही उतरे जा रहे थे, मगर शिवभंजन तिवारी के कसम देने पर मान गए। दोनों ने स्टेशन पर ही कुछ खा-पी लिया था, क्योंकि संतु जब पूड़ी सब्जी का पत्तल लेकर उनके पास पहुँचा, उन्होंने कुछ इस अंदाज़ में घूरा उसे कि उसकी तो सिट्टी-पिट्टी ही गुम हो गई। खाना वापस ले जाकर उसने जब यह ख़बर मम को दी तो अपने एक फुफेरे भाई के साथ कागज़ पर पता नहीं क्या जोड़ते घटाते मम को भी इस सूचना ने जरा भी हैरान या परेशान नहीं किया। संतु को बहुत कुछ अनुमान था इसका। इस नाराजगी के कारण का। लेकिन वह बेफिक्र था। उसके वास्ते दो जोड़ी कपड़े बने थे। एक बारात के लिए, जेनरल। मम की तरफ से। दूसरा सहवाला के लिए, खास अलग से। पप्पू चा ने उसके वास्ते उन दिनों के लेटेस्ट फ़ैशन में चल रहे बाघ के खाल की डिजायन का बुश्शर्ट सिलवाया था। साथ में हाफ पैंट और जूता मोजा। सो संतु के भीतर अपने पिता सरीखा कोई गिला नहीं था। वह बारात में जितनी अधिक सक्रियता दिखला रहा था, उसके पिता सोहन, उस पर उतने ही कुपित दिख रहे थे।

यूँ तो बारात निकलने-निकलने तक काफी किचकिच हुई थी नाथूचक में। बस्ती के कई-कई घरों से खूब तू...तू...मैं....मैं...हुई। मम की व्यवस्था थी ही कुछ इतनी अपारदर्शी। किसी घर से चार-चार तो किसी घर से एक भी नहीं। इधर के वर्षों में यह भी पहली बार देखने को मिला कि शिवभंजन तिवारी बस्ती के किसी सामूहिक माँगलिक कार्य में शिरकत कर रहे थे। मम ने जो प्रथम सूची तैयार की थी, उसमें शिवभंजन का नाम काफी ऊपर था। चूंकि वह सोहन के खासमखास थे, सो सुकुल जी भी चुप्पी लगा गए। शिवभंजन तिवारी पूरे दस दिनों की छुट्टी लेकर बारात के संग निकले थे। बारात के संग नहीं लौटनेवालों की सूची में उनका भी नाम था। वह लगे हाथ सरला के लिए कोई लड़का तय करने के चक्कर में थे।

सोहन फलदान के दो दिन पहले ही आ पहुँचे थे। भरपूर उत्साह और उमंग से भरे। इसके पहले कानपुर में सब तय तमन्ना करने के बाद मम वाया पटना होकर लौटे थे। दो दिन वहाँ विश्राम करने का बहाना बना उन्होंने अपनी सारी ऊर्जा पप्पू के ससुराल की माया और वहाँ अपनी हुई आवभगत को बखानते में ही खर्च की। इस पर सोहन ने उन्हें धिक्कारा कि इस नेक काम में अकेले जाने की बजाय वह यदि उन्हें भी साथ ले लेते, तो एक सूट का कपड़ा और कुछ नकदी

की प्राप्ति उन्हें भी हो सकती थी।

इस पर मम ने हाथ-पाँवों को कुछ अजीब अंदाज़ में झाड़ते हुए कहा कि भला उनके बेटे को सूट की कमी? वह जब चाहे उसकी यह इच्छा पूरी हो सकती है। यह कहने के बाद मम ने जिस उदारता के साथ आनेवाली पुतोह के लिए सोहन के साथ पटना में खरीददारी की, इसके सोहन के मन में भी एक आस जग गई। वैसे भी फलदान और बारात के बीच चार दिनों का अंतर था। और सोहन को यह विश्वास था कि भागलपुर में जरूरत पड़ने पर चौबीस घंटे के अंदर भी सूट सिलवाया जा सकता है।

मम अपनी बड़ी बहू नंदिनी और अपने पोतों को साथ लेकर ही नाथूचक पहुँचे थे। समय कम था और बिटिया से यह सब अकेले सँभलने वाला था भी नहीं।

नाथूचक पहुँचते ही मम ने प्रो॰ पप्पू को सुनाते हुए कहा, "कन्या क्या है बस समझ लो कि चाँद का टुकड़ा है। तुम्हारी भाभी से भी बीस ही होगी। इसीलिए तो बेहिचक अँगूठी पहना दी।"

सुनकर खिलखिला उठे प्रो॰ पप्पू। फिर अपने स्वभाव के विपरीत मम से एक शानदार चुहल किया उन्होंने, "कन्या निरीक्षण के बखत चश्मा कहीं जेबे में तो नहीं भूल गये रहौ?"

मम समझ गए। उन्होंने वैसा ही करारा जवाब दिया, "आधा घंटा अखबार में मुड़ी मारते रहे थे, तब कहीं सज-सँवरकर पधारी थीं महारानी जी! और वैसे भी हाथ कंगन को आरसी क्या? कुछ दिनों की ही तो बात है, फिर तो रात में लालटेन जलाने की जरूरत नहीं पड़ेगी इस घर में।"

मम की इस व्यंजना का जाने क्या अर्थ लगाया प्रो॰ पप्पू ने कि शर्म से लाल होकर भाग खड़े हुए। जबकि मम की बड़ी बहू नंदिनी थोड़ी उदास हुई यह सब सुनकर। और अचानक ही बड़बड़ा उठीं बड़ी बिटिया बुआ, "ऐं भाभी! भला चेचक की दाग वाली तुमसे बीस कैसे पड़ेगी? जरूर दाल में कुछ काला है!"

मम के दाल में इन दिनों कुछ काला तो नहीं पर कंकड़, पत्थर खूब निकलने लगे थे। साथ ही कभी रोटी जल जाती तो कभी दो बूँद घी टपकाना भूलने लगी नंदिनी।

मम उलाहना देते तो वह चट जवाब देतीं, "अब हम भी बुढ़ाए रही हैं। आ जावेगी नयकी तो फिर सब कुछ चकाचक मिलेगा आपको!"

सुनकर मटिया देते अनुभवी मम। इन दिनों वह भरपूर उमंग और उत्साह से भरे थे। प्रतिदिन पोस्ट ऑफिस का एक चक्कर जरूर मार आते। महंथ जी ने उनकी सक्रियता देख चुटकी ली थी, "चूहे के बिल में लगता है कि कुछ ज़्यादा ही

अनाज जमा हो गया है। तभी तो इतना कूद रहा है आजकल।''

मम ने इतने पैने व्यंग्य को भी नज़रअंदाज कर दिया था। और कोई समय होता तो छाती ठोंककर कब का भिड़ चुके होते महंथ जी से। मगर इन्हीं मम ने सोहन के आते ही पता नहीं क्यों उन पर प्रहार करना शुरू कर दिया, ''इतना पहिले फुर्सत कैसे पा गयो? कुछ ढंग का कपड़ा बनवाए हो कि नहीं! चढ़ऊआ तुम्हीं का चढ़ाना है।''

''बिना नया सूट पहिने हम चढ़ऊआ नाहिं चढ़ायब, सो जानि लो! आखिर लरिका ब्याह रहे हो, तौना पर प्रोफेसर!''

''इतना कमा रहै हो...ठाठ से उड़ा रहे हो पटना मा...तौन पर मसखरी सूझ रही है बूढ़े बाप से! इहाँ कलेजे पर एक बेटी बैठी है ब्याहने को, तौन नहीं सूझ रहा?''

''जब बेटी की बारी आई तो देखा जाई। वैसे भी अब करना क्या है तुमका? ई हाथ लो, ऊ हाथ दो।''

''वही तो कर रहे हैं हम;'' मम ने खीझते हुए कहा, ''फिर भी अड़ंगा डाले वाले चुप थोड़े न बैठिहैं? कुछ न कुछ विघ्न-बाधा पहुँचइवे करिहैं!''

यह सीधा प्रहार था। सोहन उस वक़्त तो चुप लगा गए, मगर फलदान के अगले दिन जब पच्चीस में से पंद्रह हजार रुपया पप्पू के एकाउंट में जमा हो गया, सोहन खून का घूँट पीकर रह गए। कारण कि अपने ब्याह का कोई हिसाब-किताब आज तक वह मम से नहीं ले पाए थे। इस मामले में, बंद कमरे में उनकी मम से कुछ बक-झक भी हुई जिसमें नंदिनी ने भी अपने पति का भरपूर साथ दिया।

इसके ठीक अगले दिन सूजागंज खरीददारी के लिए निकले पिता और पुत्र। सोहन और मम। और इन दोनों के ठीक पीछे झोलियाँ और बोरियाँ थामे संतु। दोनों ही बारी-बारी से हवा छोड़ते हुए चुपचाप चले जा रहे थे। इशाकचक पार होते ही सोहन ने झगड़े की शुरुआत की—

''तुम्हार जैसा मक्खीचूस बाप भगवान किसी को भी न दे। रख लो तहा-तहा के सब अपने पास। लाद के लेते जायो ऊपर।''

'तुम्हार अक्ल मारी गई है सोहन!''—मम ने अफसोस जताते हुए कहा, ''तुमको बेटा कहते हुए भी मुझको शर्म आती है!''

''काहे, शर्म काहे आती है? यही खातिर न कि हम बिना तुम्हार मदद लिए कमा खा लेईत हैं? मगर जान लो, एक अधेला भी बचा नहीं पाईज है हम। नहीं तो सूट खातिर मुँह नहीं खोलित तुमरे आगे। बाकि अब मुँह खोल दिया है तो बिना लिये ना रहब। आखिर पप्पू पर हमरा भी हक है। हमरी मदद की बदौलत ही आज

ऊ प्रोफेसर बने घूम रहे हैं!"

"तो का अब अहसान का बदला चाहत हौ? इतने कमीना निकलिहौ तुम, हम नाहिं सोचित रहै!"

"कमीना हम हैं कि तुम?"—सोहन का स्वर अचानक अजीब तरह का कर्कश हो उठा, "पटना में स्लाले जिलेबा लेकर पहुँचे रहें...। बस इतने भर तुमरा दिल है रे बेटीचोद!"

"सोहन जरा मुँह सँभाल के! सड़क है। लोग आ-जा रहे हैं।"

"चुप बेटीचोद...!...बहुत इज़्ज़त वाला बना फिरता है? कहो तो उतार दें यहीं पर सारी इज़्ज़त!"

"द...दऽ...देखो...इतना जऽ...जऽ...जोर....से मत बोलो!" मम मारे डर के थोड़ा हकलाने लगे थे। अपने बेटे के ऐसे तेवर देख उनकी हालत पतली हो चली थी।

सोहन ने फिर उन्हें एक गाली दी।

फिर एक गाली और!

फिर एक और!

"अरे संतुओ है पीछे। सब सुन रहा है। देख रहा है तुम्हारी करतूत...!"—मम का तीर अंततः सही निशाने पर बैठा। सोहन ने एक बार पीछे मुड़कर देखा। संतु इन नज़रों का सामना नहीं कर सकता था। वह दूसरी ओर देखता आगे बढ़ता जा रहा था। तभी उसे जबरदस्त ठेस लगी। हवाई चप्पल का फीता टूट गया। दायें पैर के अँगूठे से बलबलाकर खून बहने लगा था। सोहन ने यह देखा और वहीं से मुड़कर लौट पड़े। मम ने संतु की तीमारदारी में जुटते हुए पीछे से कहा, "घर जाके कुछ उत्पात मत करै लगेओ...तुमको कसम है इस बूढ़े बाप की!"

"भाड़ में जाओ तुम और तुमरी कसम। देह का मैल तो दे नहीं सकते और कसम देने चले हैं...हुँह...।" गनीमत थी कि सोहन ने चलते-चलते कोई गाली नहीं दी थी। संतु का खून बहना एकदम यूँ ही जाया नहीं हुआ था...।

बारात एक साधारण ही सही, पर होटल में टिकाई गई थी। यह बात अधिसंख्य नाथूचकवासियों के लिए एक विशेष मायने रखती थी। इन तमाम लोगों की जिंदगी का यह पहला अनुभव था। जिस कमरे में सोना, उसी से सटे शौचालय में निपटना और स्नान भी करना। इस अनुभव से गुजरते हुए कई-कई लोग अलग-अलग कारणों से उत्तेजित थे और पूरे वातावरण में एक खास किस्म का शोर पसरा हुआ था।

इसके पहले, कानपुर सेंट्रल स्टेशन पर पैर रखते ही बारातियों का स्वागत इतने ताबड़तोड़ ढंग से शुरू हो चुका था कि सभी एकदम से हतप्रभ थे। मम फुदकते फिर रहे थे और सुकुल जी मम के आगे पीछे लचकते और हाथ भाँजते हुए। सबसे बड़ी दिक्कत यह कि ढेर सारी बारातों में बात-बात पर नुक्स निकालने वाले तमाम कटकटाहे लोगों की कोशिश तो जारी थी, पर उन्हें कोई समर्थन नहीं मिल पा रहा था। बात उठती नहीं कि वहीं पर दबा दी जाती। लोगों के पास इन फालतू बातों के लिए वक़्त ही कहाँ था। यहाँ तो आलम यह था कि एक आयटम का स्वाद अभी तालू से चिपका ही रहता कि तब तक दूसरा उपस्थित हो आता। दोपहर का सुस्वादु भोजन अभी आमाशय में ही होगा कि ठीक तीन बजे किसिम-किसिम के फल सेवा में हाजिर थे। चार बजे चाय पिलाई गई और पाँच बजे ख़स का शरबत हाज़िर। अब जाकर कहीं एक नुक़्ता मिला। शरबत की जगह ठंडई-भांग क्यों नहीं भाई? यह सवाल उठा नहीं कि मम ने इसे अपनी नेशफील्ड वाली अंग्रेजी में दबाना चाहा, "प्लीज डू नॉट शो यूओर क्लोवेन फुट!..फॉर गॉड शेक...प्लीज...!" जब इस अंग्रेजी जुमले के बावजूद चिल्ला पों में कोई कमी नहीं आई तो मम ठेठ नाथूचकिया पर उतर पड़े, "नाक कटवाये पर काहे उतारू हो सब जने!"

"ई तो नाथूचक की संस्कृति है। इसकी पहचान है। कोई नया पियवैया थोड़े न हैं। यहाँ जो नाक कट जाई?" वैद्य जी ने तमाम कटकटाहों की तरफदारी करते हुए कहा, "हमार मानो तो एक गिलास तुमहूँ ले लो बड़कौना। जब से चले हो नाथूचक से, नाक पर मक्खिये नहीं बैठे दे रहे हो!"

लगभग तीन चौथाई बाराती इस मामले में वैद्य जी के पीछे थे। मम ने सुकुल जी की ओर देखा। उन्होंने आहिस्ते से मुंडी हिलाई। मम ने हँसकर सबसे वरिष्ठ इंतजामकर्त्ता को बुलाकर कहा, "अरे जाओ भाई... इन सबों की इच्छा का सम्मान करो।" जब वह जाने लगा तो उसे एक बार पुनः पास बुलाकर मम उसके कान में फुसफुसाए, "जितनी देर लग सके, उतना ही अच्छा। ना हो तो ऐन बारात निकलने से पहले। लेकिन इंतजाम अवश्य हो!"

इंतजामकर्त्ता ने मुंडी हिलाई और चला गया। जबकि मम की एकदम झकाझक सफ़ेद गाँधी टोपी उनके सर पर लगातार थरथराती रही। वह लगातार कुछ सोच रहे थे और इन दिनों इस क्रम में उनकी गर्दन बराबर हिलती रहती थी।

आखिरकार चढ़ऊआ चढ़ाने नहीं ही गए सोहन। बारात लगाकर वह होटल में लौट आए और सो रहे। उनके खर्राटों के साथ शराब की बदबू भी घुली हुई

थी। मम ने उन्हें जगाना उचित नहीं समझा। वह फूँक-फूँककर कदम रख रहे थे। चढ़ऊआ चढ़ाने का नेग प्रो. पप्पू के एक फुफेरे भाई ने पूरी शान के साथ संपन्न किया। वह फ़ौज में कर्नल थे। इलाहाबाद में ही पदस्थापित रहने के कारण वह बारात में वहीं से शामिल हो गए थे। उनके साथ इंटर में पढ़नेवाला उनका लड़का भी था, जो नाथूचक के तमाम हमउम्र लड़कों से पहली नज़र में ही एकदम अलहदा दिखता था।

अगले दिन मरजाद था। दोपहर में, मड़वे पर भात खाने का जब बुलावा आया, मम ने एक बेतुका सवाल किया, "तुम भी भात खाए चलिहौ का सोहन?"

"हम कइसे जा सकित है भला?"—सोहन ने चट जैसे को तैसा विष बुझा जवाब देते हुए कहा, "वहाँ तो केवल घरवैयों की बुलाहट है। हम तो तुम्हार घर के सदस्य हैं नहीं। फिर हम कैसे जा सकित हैं?"

मम समझ गए कि उनसे भारी चूक हो गई है। सो वह थोड़े नरम पड़े और उन्होंने इसे सलटाना चाहा। मगर सोहन अड़ गए, "शिवभंजन हमरी बगल में बैठिहैं तो हम जा सकित हैं। मंजूर हो तो बोलो?"

इस पर मम ने न केवल चुप्पी साध ली, वरन फ़ौरन वहाँ से खिसक लेने में ही अपनी भलाई समझी।

इस संवाद के वक़्त संतु के दोनों मामा अपने प्रिय जीजू से मिलने को उनके कमरे में विराजमान थे। अपने जीजा का यह अपमान उन दोनों से बर्दाश्त न हुआ।

"चलिए जीजा। अब यहाँ एक पल भी टिकना आपके लिए शोभनीय नहीं। कानपुर में आपकी भी ससुराल है। आपका घर द्वार है। आपकी खातिर करने को हम दो मुस्टंडे हाज़िर हैं। फिर चिंता किस बात की?"

सोहन ने सहमति दे दी। तुरंत तीन रिक्शे होटल के नीचे हाजिर हो गए। एक पर दो की हिसाब से छह जन। संतु छोटे मामा के साथ। चुन्ना भैया शिवभंजन काका के साथ। और सोहन अपने बड़े साले के संग सबसे आगे। तीन जगह रुककर कोका कोला पीते, पान खाते, टेम्पो और जीप बदलते यह काफ़िला अंततः अरमापुर पहुँचा। आयुध कारखाने के एक क्वार्टर में। वहाँ जब तक मिलने मिलाने, गिले शिकवे और गप-शप का कार्यक्रम चला, तब तक मीट-चावल का बेहतरीन भोजन तैयार। यह छोटे मामा के हाथों का करामात था जो एक स्थानीय होटल में मैनेजर थे। और इनकी शादी इसी वर्ष के अंत-अंत तक होनी तय हो चुकी थी।

शिवभंजन तिवारी, चुन्ना भैया और स्वयं सोहन द्वारा यह घोषणा करने पर कि ऐसा सुस्वादु माँस उन्होंने आज तक नहीं खाया, संतु को भी यह मानना

पड़ा। माँस खाने का अनुभव उसके पास कम था, क्योंकि नाथूचक में कानपुर के इस घर की तरह छूट नहीं थी। यहाँ कितने सहज और उन्मुक्त भाव से यह अखाद्य भी घर के भीतर, एक कमरे में खाया जा रहा था।

छोटे मामा ने इस प्रशंसा को खींचते हुए पूछा, "गोश्त की क्वालिटी कैसी है?

"एकदम लाजवाब;"—शिवभंजन तिवारी कहने को तो कह गए मगर फिर लटपटाते हुए उन्होंने एक शंका भी प्रकट कर दी—"प्योर खस्सी का नहीं लग रहा है!"

अब लगे दोनों भाई ठठाकर हँसने। साथ में बूढ़े नाना जी भी। फिर बड़े उत्साह से बताया बड़े मामा ने—"जनाब यह हिरण का गोश्त है। संयोग से मिल गया अभी। यहीं पास के जंगल से किसी शिकारी ने मारा था। पचास रुपये किलो का भाव दिया है।" यह सुनते ही संतु को मिचली आने की अनुभूति हुई। वह मुँह दाबे आँगन की ओर भागा।

उन सबों को यह बहुत बुरा लगा। सबसे ज़्यादा तो संतु के पिता सोहन को।

"इस लड़के में बहुत कमियाँ हैं,"—वह लगातार उसके बारे में अपने सालों और ससुर से चर्चा कर रहे थे। संतु की नानी बहुत पहले गुजर चुकी थीं। उसके जन्म से भी पहले। इसी समय छोटे मामा ने यह राय दी कि संतु को कुछ महीने उनके संरक्षण में छोड़ दिया जाए। "शादी में जिज्जी आएँगी ही। उनके साथ ही इसे भेज दूँगा। तब तक यहीं, अंग्रेजी स्कूल में पढ़ेगा यह। कुछ मैनर्स तो सीखेगा।"

सोहन ने छूटते ही कहा, "हाँ, यही ठीक रहेगा। नाथूचक में तो यह लोफर होता जा रहा है।"

कानपुर में संतु को छोटे मामा के रूप में एक बार पुनः कुँआरे प्रो॰ पप्पू मिल गए थे। बल्कि उनसे भी अधिक मस्त और कहीं ज़्यादा खुले। एक उम्रदराज मगर सहज, आत्मीय दोस्त। संतु उनसे जिद करके कुछ माँग सकता था। और वह पूरा भी होता। होटल की ड्यूटी पूरी कर वह कभी खाली हाथ घर नहीं लौटते। छुट्टी के दिनों में सुबह ही कानपुर की ओर निकल जाते। उनकी सायकिल किसी न किसी सगी, चचेरी, ममेरी, फुफेरी मामा मौसियों के घर के आगे रुकती। इसी बहाने शहर की सैर और नए-नए मगर बेहद अपने लोगों से मिलना-जुलना, हँसना-बोलना, तरह-तरह के पकवानों का भोग लगाना।

संतु जहाँ जाता, एक दो दिन रुक भी जाता। इन्हीं दिनों संतु ने उमस भरी चाँदनी रातों में बर्फ के फ़ाहों से भरी शिकंजी पी। बर्फ की सिल्ली पर सजे ठंडे, मीठे फलों को चखा। तरह-तरह के पानी के साथ गोलगप्पों का स्वाद लिया। चाट-पकौड़ों का लुत्फ उठाया। सर्कस और सिनेमा देखा। रोशनी में नहाए बिड़ला मंदिर को निहारा। परेड के विशाल मैदान के चक्कर लगाए। और जो सबसे यादगार

कि गंगा के किनारे एक बाबा के आश्रम में दो दिनों तक रहा। वह बाबा उसकी सगी मौसी के परिवार के गुरुजी महाराज थे। अपने समवयस्क मौसेरे भाई के साथ वह गंगा की रेतों पर दौड़ा-भागा। आश्रम का दिव्य भोजन चखा। और देर रात जगकर भजन कीर्तन में लीन रहा। इसी दौरान संतु ने मामा के संग दो बारातों में भी शिरकत की। इस बहाने कानपुर के देहाती इलाकों में जाने का अवसर मिला और यहीं उसने पहली बार मोरों का झुंड देखा। वरना भागलपुर में रहते हुए उसे हमेशा आश्चर्य होता कि ऐसे पक्षी को राष्ट्रीय पक्षी का दर्जा भला क्यों दे दिया गया जो उन्मुक्त अवस्था में विचरण करता हुआ कहीं दिखता ही नहीं?

यह सब यूँ तो बहुत मामूली सुख थे, मगर संतु के लिए सबसे ज़्यादा कीमती और संग्रहणीय। यह वही शहर था, जहाँ उसे सबसे ज़्यादा चाहनेवाले, सबसे ज्यादा लोग रहते थे। मामा की सायकिल पर वह जहाँ भी जाता, अपने घर की एक लड़की के एक अंश के रूप में सभी उस पर भरपूर लाड़ जताते। उसके गाल, माथे, और बालों को। स्नेह से सहलाकर सभी उसे कुछ न कुछ उपहार देते। सबसे ज़्यादा तो दो रुपये का नोट मिलता। इन तमाम जगहों पर उसकी अम्माँ की खूब-खूब चर्चा होती। संतु को अपनी माँ के तमाम संबंधी माँ की तरह ही कोमल भावनाओं से परिपूर्ण और स्नेही लगते। उनके घर का साधारण दाल चावल भी उसे अमृत लगता। उनके हाथों का मामूली स्पर्श पाकर संतु को ऐसा लगता मानो उसके सर पर राजमुकुट रख दिया गया हो।

और कानपुर का असली रूप तो तब खुलकर आया संतु के सामने, जब वहाँ नंदिनी, उसकी अम्माँ आ पहुँची। संतु ने परम आश्चर्य के साथ देखा उन्हें। यहाँ वह घूँघट काढ़ने वाली बहू नहीं, फुदकने और जमकर हल्ला गदाल मचानेवाली बेटी थीं। जिज्जी थीं वह घर भर की। और अपने बूढ़े पिता की आँखों की रौशनी। नहाकर निकलते ही उन्होंने सलवार सूट पहन लिया था। और इसके अगले दो घंटे के बाद ही वह सायकिल लेकर निकल पड़ी थीं। कैरियर पर संतु को बिठाए। उफ...। कैसी-कैसी सहेलियाँ थीं उनकी। रोगू और छोगू। दोनों आभिजात्य बंगालिन ने जुड़वाँ बहनें। इनके साथ अम्माँ भी कांग्रेस की पिकेटिंग में हिस्सा लेती थीं। जब दंगा हुआ था, उस वक़्त तीन दिनों तक अम्माँ इसी घर में फँसी रह गई थीं। तीनों मिलते ही उन्हीं दिनों की यादों में खो गई थीं। वह बार-बार परेड के मैदान में लगे उस शिविर का जिक्र कर रही थीं जहाँ उन तीनों ने स्वयंसेवक के रूप में काम किया था।

रोगू के पति डॉक्टर थे और छोगू के बहुत बड़े व्यापारी। घर में दो-दो फियेट गाड़ियाँ थीं।

"तुम्हारे पति तो पोस्ट ऑफिस में हैं, न?"

पतियों का जिक्र आते ही अम्माँ ने बात बदल दी थी। "इधर कुछ लिख रही हो कि सब छूट-छाट गया मेरी तरह?" अम्माँ ने हँसकर पूछा छोगू से। वह न जाने कितने दर्द को समेटे लगातार मुस्कुरा और चहक रही थीं।

छोगू ने उन्हें अपनी किताब दी। कविता पुस्तक। बांग्ला में। और आश्चर्य कि अम्माँ जोर-जोर से एक कविता का पाठ करने लगीं।

और सोफे में धँसी दोनों बहनें जैसे आनंदातिरेक में थरथरा रही थीं। "नंदिनी...नंदिनी...एकटा गान होई जाकऽ...सेई गान...।" दोनों बहनें जैसे लटक पड़ी हों पीछे—"सेई गान...नंदिनी...प्लीज नंदिनी!"

कुछ क्षण की चुप्पी के बाद अम्माँ ने 'बंदिनी' का वह मशहूर गाना "अबकी बरस भेज भैया को बाबुल, सावन में लीन्हौ बुलाए रे..." गाया। गाना खत्म होने होने तक दोनों बहनें रोने लगी थीं। स्वयं अम्माँ भी। केवल संतु था जिसकी नजर नौकरानी द्वारा रखी जा रही प्लेटों पर थी।

अम्माँ रोज घूमतीं। देर रात गए तक। मामी अपनी ननद के दोनों छोटे बेटों को सँभाले रखतीं। साथ ही उनकी पसंद का कुछ बना कर भी रखतीं। फरा, मुगौंच, राजमा, दही-बड़े, छोले-भटूरे आदि। छोटे मामा प्रतिदिन बाजार से मिठाई लेकर लौटते। खाने के बाद देर रात गए तक लंबी-लंबी गप्पें चलती रहतीं।

और जब ब्याह का दिन नजदीक आ गया और घर में ढोलक की थाप पर शदियाना, सीठना आदि गाए जाने लगे, संतु का पाँव कभी स्थिर नहीं रह पाता। किसकी गप्पें सुने या किन-किनके हँसी ठट्ठे और चुहल में सहभागिता जतलाए? जैसे सुबह होते ही वृक्ष के तमाम पक्षी चहकने, कूकने और फुदकने लगते हैं, कुछ ऐसा ही समाँ सुबह से देर रात गए तक लगा रहता पूरे घर में। अम्माँ की एक मौसी हरदोई से आई थीं। उनके ऊपर एक बड़े किसान परिवार में ब्याहे जाने की ठसक हरदम सवार रहती। उनकी बात-बात में बस हरदोई। उनकी नकल पूरा घर उतारता रहता—"हरदयाल तैने तो हद्द कर दी। हदोई गए अऊर हद्दी न लाए!"

दुनिया में ऐसा कोई घर नहीं, जिसका कोई इतिहास न हो। तरह-तरह के उठापटकों से भरा पारिवारिक इतिहास। अपने ननिहाल के इस इतिहास को इन्हीं दिनों टुकड़े-टुकड़ों में जाना संतु ने। रात में खाने के बाद नाना की उपस्थिति में उन पुराने दिनों को टीस के साथ याद किया जाता और वर्तमान हालत में सुधार और बढ़ोतरी के लिए दुआ किए जाते। एक जमाने में लखीमपुर खीरी का माना हुआ परिवार था यह। नाना के बड़े भाई जंगल विभाग में बड़े अफसर थे। हाथीपुर

में कोठी थी बड़ी भारी। बिजली के वास्ते जेनरेटर था। लखनऊ से आईं अम्माँ की एक बुआ बतलातीं–''नंदिनी को तंग करना होता तो मैं आया से कहती कि इसे कोठी के भीतर की बजरी वाली सड़क पर उतार दो। बस रोने लगती नंदिनी। इतनी सुकुमारी थी यह। हरदम आया की गोद में चढ़ी रहने वाली।''

फिर एक दिन बड़े नाना घोड़े पर चढ़कर जो जंगल गए, वहाँ से उनकी लाश ही लौटी। डाक्टरों ने बताया–हार्ट फेल। पता नहीं क्या देख लिया था जंगल में जो इतना डर गए थे वह।

फिर दो-दो बार डकैतियाँ। नौकरी की तलाश में कानपुर आना। यहाँ आने के कुछ वर्षों बाद ही नानी को भयानक टी॰बी॰। तिस पर ज़िद थी नंदिनी का ब्याह देखे बिना प्राण नहीं त्याग पाएँगी वह।

नाना ने जैसे-तैसे यह इच्छा पूरी की नानी की। मम आए थे किसी बारात में कानपुर। सोहन भी थे। वहीं नंदिनी को देखा उन्होंने और पसंद कर लिया। सत्रह की नंदिनी और छब्बीस के सोहन। मगर रिश्ते तो सितारों के यहाँ से ही तय होकर आते हैं।

लखनऊ वाली बुआ जी आजन्म कुँआरी रही थीं। वहीं किसी स्कूल में प्रिंसिपल। वह दर्द और उदासी के किस्सों को भी हास्य की चासनी में डुबोकर सुनातीं। यह गम गलत करने का उनका अपना सलीक़ा था। या फिर शादी-ब्याह के घर में शायद ऐसा ही हो जाता है कि हर चीज आने वाली खुशी से सामना करने की उतावली में, उसी के रंग में रंग जाती है।

बहरहाल, संतु जब अम्माँ और छोटे भाइयों के साथ तूफान एक्सप्रेस में बैठा, उन सबों की आँखों में भरपूर आँसू थे। इन्हीं आँसुओं के बीच उसके कानपुर प्रवास के एक-एक दिन डूब-उतरा रहे थे। संतु खामोश खड़ा था, पर उसकी हथेली मामा के हाथ के भीतर थरथरा रही थी।

मामा के निरंतर हँसी-मजाक से अम्माँ की सिसकियाँ तो रुक गई थीं पर अब भी, थोड़े-थोड़े अंतराल के बाद, हिचकीनुमा कोई सिसकी जब तब फूट ही पड़ती।

''कहा-सुना बस मन में ना रखना जिज्जी!'' गाड़ी खुलते ही खिड़की से मुँह सटाकर कहा छोटे मामा ने। अम्माँ ने प्रत्युत्तर में हुलसकर उनका माथा चूम लिया।

''बहुरिया का ध्यान रखना!''–अम्माँ को अचानक सबसे ज़रूरी बात याद आ गई थी–''हाँ...खूब ध्यान रखना उसका। अभी नादान बच्ची है। इतनी ही उमर में मैं भी ब्याह दी गई थी और बहुत झेलना पड़ा था मुझे।''

अम्माँ ने कहा और फिर से रो पड़ीं।

सत्रह

रिक्शा जब मीठापुर के चिरपरिचित रास्ते से थोड़ा भटका तो संतु चिहुँक उठा। कानपुर अभी भी उसके तसव्वुर में था। उसकी नज़र बार-बार अम्माँ के क्लांत चेहरे पर टिक जा रही थी, जहाँ कानपुर के दिनों वाला ओज और जोश लेशमात्र भी नहीं था। संभवतः कुछ को अम्माँ ने उस सिक्के के साथ उस पवित्र नदी में बहा दिया था, जब इलाहाबाद से खुलकर गाड़ी एक पुल को पार कर रही थी। शेष बचा-खुचा शायद मुगलसराय के प्लेटफॉर्म पर ही छूट गया था। कारण कि वहाँ से गाड़ी खुल जाने के बाद पीछे जो कुछ भी छूट गया था, उसे खिड़की से सर बाहर निकाल देर तक हसरत भरी निगाह से निहारती रही थीं अम्माँ। कमबख्त गाड़ी भी धीरे-धीरे सरकती हुई बढ़ रही थी। सब कुछ ओझल हो जाने के बाद लंबी साँस छोड़ते हुए अम्माँ ने गहरी निराशा में डूबकर कहा था—"बस, अब बिहार शुरू हो जाएगा आगे!"

संतु के ख़यालों में कानपुर की चौड़ी चिकनी सड़कों पर उसे कैरियर पर बिठाए सायकिल चलातीं अम्माँ का बिंब अभी भी परावर्तित हो रहा था। इसलिए पटना की सड़कों के ऊबड़खाबड़पन पर ध्यान नहीं था उसका। लेकिन अचानक दिशा बोध गड़बड़ाते ही वह वर्तमान में आ गया। आते ही चिहुँका और चुन्ना भैया की ओर प्रश्नवाचक निगाहों से देखा।

"बाबूजी ने नया घर लिया है। पच्चीस रुपया महीना किराये पर।"—चुन्ना भैया को पच्चीस रुपये पर विशेष बल देते देख संतु को कानपुर में खाए हिरण के माँस की कीमत याद आने लगी।

यह नई जगह कानपुर के तो नहीं, पर नाथूचक के थोड़ी करीब लगी थी संतु को। एक बंद गली के आखिरी छोर पर छोटे-छोटे दड़बेनुमा घरों में एक दर्जन के करीब किरायेदार। अर्धचंद्राकार रूप में फैले इन मकानों के आगे एक छोटा सा

मैदान, जिसके ठीक बीचोंबीच विशालकाय नीम वृक्ष। यह सब कुछ विश्वकर्मा बाबू का हाता कहलाता। इस हाते से सटी थोड़ी परती जमीन थी जिसके सबसे अंतिम छोर पर तीन आम के वृक्ष थे। इनमें से एक पेड़ फ़जली आम का था जिसे संतु ने देखते ही पहचान लिया था। बाकी के दो पेड़ बीजू आमों के थे।

संतु को उसकी उम्र के कुछ लड़के घेरे खड़े अचरच से बोल बतिया रहे थे। ठेठ भोजपुरी में। "भोजपुरी इस हाते का ऑफिसियल लैंग्वेज है।" चुन्ना भैया ने इसे बतलाया तो संतु को छोटे मामा की याद हो आई। गाड़ी में बिठाते हुए उन्होंने मजाक में भोजपुरी बोलकर लगभग सारे रास्ते अँखियन नीर बहाती आई अम्माँ को हँसाने का प्रयास किया था—"पटना पहुँच के चिठिया जल्दिए लिखिहागे बहनी...।" तब अम्माँ सचमुच हँस पड़ी थीं और बड़े दर्प से बोली थीं कि भोजपुरी सीखने के लिए आकर रहना होगा बहन के पास पटना में। कानपुर में रहकर हमेशा इसी तरह गलत बोलते रहोगे।

संतु के हाथ में अभी भी वह खिलौना था जिसे मामा ने उसे कानपुर सेंट्रल स्टेशन पर दिलाया था। अगल-बगल जमा सभी लड़के आश्चर्य से उस खिलौने को देख रहे थे। एक जीवंत शहर का प्रतिनिधित्व करता एक जीवंत खिलौना। काठ की एक रंग-बिरंगी तख्ती के किनारों पर बैठे काठ के तीन मोर। इस खिलौने को गोल-गोल हिलाने पर कुट...कुट...की आवाज़ करते तीनों मोर बारी-बारी से दाना चुगने का उपक्रम करते दिखते। संतु ने उदारतापूर्वक वह खिलौना अपने नए साथियों को सौंप दिया। जब वह नहा-धोकर बाहर आया, तब तक उस खिलौने के तीनों मोर तीन अलग-अलग लड़कों के हाथों में थे। अब वह सभी काँच के बने कंचों से 'टिस्सों' नामक खेल खेलने लगे थे। संतु ने गोली कभी नहीं खेली थी, लट्टू भी कभी नहीं नचाया था। जबकि हाते में यही खेल प्रचलित था। बहुत जोश चढ़ता तो हाथ में बेहया की झाड़ियों की लकड़ियाँ लेकर 'लाले लाल' नामक खेल। इन लकड़ियों को एक लाल झिटके से दूसरे किसी लाल झिटके पर भागकर रखना पड़ता। बीच में चोर बने लड़के ने जिसे छू दिया उसे चोर बनना नड़ता।

पटना आते ही संतु पर एक अजीब सी अन्यमनस्कता सवार हो गई थी। हाता के लड़कों से लेकर नए स्कूल के सहपाठियों के बीच तक एक घोर अपरिचय बोध उस पर तारी रहता। परिवार के सदस्यों में भी एकमात्र अम्माँ ही थीं जिनसे वह कानपुर प्रवास के दौरान पूरी तरह हिल-मिल गया था। मगर कानपुर की अम्माँ और पटना की अम्माँ में जमीन-आसमान का अंतर था। कानपुर में अम्माँ भरी पूरी गंगा की तरह प्रेम और वात्सल्य से भरी हरदम छलकती फिरती रहने वाली थीं जबकि यहाँ, पटना में, वह उस सूखे पहाड़ी नाले की तरह थीं जिसमें कभी-कभी जोरदार

वृष्टि होने पर ही, प्रेम की धार फूटते दिखाई देती थी। और इस महत्त्वपूर्ण अवसर के भी दो असंदिग्ध दावेदार होते थे। उनकी इस हिस्सेदारी में अम्माँ की पूर्ण सहमति भी रहती थी। इनमें से एक थे उनके बड़कऊ चुन्ना तो दूसरे सबसे छोटकऊ फुन्नू। बीच वालों में संतु थोड़ा बड़े हो जाने के कारण इस अभाव को महसूस करने लगे थे। और इन सब का एक मात्र कारण था : संतु के बाबूजी यानी सोहन का स्वभाव और उनका अराजक जीवन। वह घर के बाहर जितने हँसमुख, मिलनसार, यारबाज, दारूबाज, गंजेड़ी, रंडीबाज, जुआरी, नाट्यकर्मी वगैरह...वगैरह थे घर में घुसते ही उतने ही चुप्पा और गुम्मा इंसान बन जाते। बात-बात पर गाली बकना और छोटी मोटी बातों के लिए तड़ से किसी पर भी हाथ उठा देना उनका सबसे पहला शगल था। अम्माँ और चुन्ना भैया उनकी इस प्रवृत्ति के सबसे स्वाभाविक पसंद थे। संतु जब नया-नया आया था, सभी बच्चे एक शाम छुपा-छुपी खेल रहे थे। संतु चोर बना था, पीछे से चुन्ना भैया ने उसकी पीठ पर धप्पा मारकर उसे फिर से चोर बना दिया। बाबूजी घर के बाहर बैठे यह देख रहे थे। उन्होंने उसी वक्त चुन्ना को बुलाकर चप्पल से बुरी तरह पीटना शुरू कर दिया। इस कारण कि उसने संतु की पीठ पर इतनी जोर से 'धप्पा' क्यों मारा। अंत में संतु के हस्तक्षेप करने पर उन्होंने पीटना बंद किया। संतु को उन दिनों अपने साथ रखते बाबूजी। संतु की स्थिति डाल से टूटे उस पत्ते की तरह थी जिसे कोई भी तेज हवा बहा ले जा सकती थी। संतु बह रहा था बाबूजी के संग। क्या केवल अपने चटोरेपन के चलते? नहीं...! यह उसके व्यक्तित्व के उस पोलापन के चलते था, जहाँ वह अपने आंतरिक भय और असुरक्षा के चलते तन से बाबूजी के पीछे चलने को मजबूर था तो मन उसका दबी-कुचली अम्माँ की सहानुभूति में हरदम भीगा रहता।

बाबूजी जब तक घर में रहते अम्माँ घबराई और बेचैन सी रहतीं। उनके चले जाने पर ही उनमें स्वाभाविकता आ पाती। मगर पैसों की घनघोर किल्लत के कारण हर एक बात पर किफ़ायतदारी बरतते रहने के चलते वह अपनी स्वाभाविक अवस्था में भी बेहद चिंतित और खिन्न रहतीं। ऐसे समय में चुन्ना भैया का सान्निध्य एवं उनके द्वारा सिन्हा लायब्रेरी से लाये गए साहित्य की किताबें और पत्रिकाएँ उनके लिए मलहम का काम करतीं। जिस प्रकार बाबूजी का एक अपना अलग जीवन था, उसी प्रकार अम्माँ ने भी अपने लिए एक अलग जीवन गढ़ लिया था। इसकी तुलना वह 'साहब, बीबी और गुलाम' फिल्म की नायिका मीना कुमारी से करतीं। इस चरित्र के साथ उनकी इतनी गहरी एकात्मकता हो चुकी थी कि इस फिल्म के गीतों को जब वह एकांत में गातीं, हवा जैसे ठहर जाती और आस-पास के तमाम ठोस अवयव द्रवीभूत होने लगते।

और आश्चर्य कि बाबूजी जिस दिन अच्छे मूड में होते और घर में कुछ अच्छा पक रहा होता, उस दिन वह भी उसी फिल्म का एक गीत 'भँवरा बड़ा नादान है' खूब रस ले-लेकर गाते। ऐसा उसी दिन होता, जब पिछली रात को वह जुआ में भारी रकम जीतकर आते। तब इसका श्रेय वह अपनी गृह लक्ष्मी को देकर उन्हें गौरवान्वित करते। अम्माँ उस दिन किसी महारानी की तरह फूली-फूली फिरतीं और मनातीं कि ऐसा दिन रोज-रोज आए। इसके लिए वह उस दिन देवताओं को शुद्ध घी अर्पित करतीं। मगर देवताओं को भला शुद्ध घी अर्पित करनेवालों की क्या कमी? अगले दिन वह किसी अन्य घर का घी ग्रहण कर रहे होते और इधर अम्माँ चप्पल के एक ही प्रहार में महारानी से दासी बन जातीं। उनकी प्रताड़ना और भी अधिक बढ़ जाती।

इन स्थितियों में संतु को सबसे अधिक याद नाथूचक की आती। मम की आती। और बिटिया बुआ की। नई चाची से तो वह शादी के बाद कलेवा खाने के समय मिला था एक बार। अजीब लगीं थीं वह। दुबली-पतली, गोरी और खूब बढ़-चढ़कर बोलनेवाली। उन्होंने पप्पू चाचा को गुमशुम बैठे देख सबके सामने यह कह दिया कि 'प्रोफेसर साहेब तो कुछ खा ही नहीं रहे'। सुनते ही संतु की तो जबरदस्त हँसी छूट पड़ी थी किंतु पप्पू चा को मुस्कुराते भी न देख उसे लगा कि दाल में कुछ काला तो जरूर है। कहीं वह मिस बोस से तुलना तो नहीं करने लगे थे अपनी नवोढ़ा पत्नी की?

बुआ की चिट्ठी अक्सर आती रहती थी। उनकी चिट्ठियों में नयकी भौजाई की शिकायतों का पुलिंदा रहता, तो पुरनकी भौजाई के प्रेम और आत्मीयता की सराहना। साथ ही पटना जाकर उन्हें भूल जाने का उलाहना भी। अम्माँ ऐसे पत्रों को चुन्ना भैया समेत सभी लड़कों के सामने जोर से पढ़कर सुनातीं। फिर आत्मप्रशंसा में लीन हो जातीं। ऐसे समय में उनकी बड़ी-बड़ी आँखें और भी खूबसूरत लगने लगतीं। अगल-बगल में जिस तरह के लोग थे, उनमें अम्माँ सबसे अनोखी लगतीं। वह सबसे सुंदर और सलीके से रहनेवाली तो थीं ही, उनकी खड़ी बोली और उच्चारण का लहजा सबों को मुग्ध कर देता। मकान मालकिन तो अक्सर सबके सामने ही कह देतीं—"बोलिए इन कर इतना मीठ है कि चुन्ना के बाबू तो खाली बतिए सुनकर मगन रहते होंगे।"

"छोड़ीं जी चुन्ना के बाबू का किस्सा। घिना के तो रखले बाड़न सऊँसे मोहल्ला में। घर के मीठ आम छोड़ के नीमकौड़ी में मुँह मारा ताड़न।" यह मकान मालकिन की गोतनी थीं। तीन भाई हैं मकान मालिक। दो भाई ऊपर के हिस्से में फैल के रहते हैं। एक तीसरे भाई कहीं बाहर नौकरी करते हैं।

बुआ का पत्र पाकर संतु का मन बेचैन हो उठता। बुआ के हर पत्र में संतु का जिक्र विशेष तौर पर होता। ऐसी हालत में संतु को किसी एकांत की जरूरत होती ताकि वह यादों के सहारे उड़कर नाथूचक पहुँच सके। इसके लिए जो सबसे निरापद जगह होती, वह इस घर का पैखाना होता।

इस छोटे से नए घर में वाकई में कोई शानदार जगह थी, तो वह था इसका पैखाना। इस पुराने, पलस्तर झड़ते घर का सबसे नवनिर्मित कोना। एक कमरे जितना विशाल। इस पैखाने का प्रवेश-द्वार यानी किवाड़ उतना ही घटिया और बदरंग था जैसा कि इन्कम टैक्स चोरों के घर का प्रवेश-द्वार होता है। किंतु भीतर प्रवेश करते ही एक साफ, चिकना गलियारा मिलता जिसके अंतिम छोर पर एक छोटा-सा दरवाजा था, जिससे होकर मेहतरानी सफाई के लिए भीतर आती थी। अम्माँ के जिस दिन इत्मीनान से नहाना होता, वह इसी गलियारे का उपयोग करतीं, क्योंकि बाकी पूरा घर बेपर्द था।

तो अम्माँ के इस आकस्मिक स्नानागार की दाईं तरफ पाँच शानदार सीढ़ियाँ थीं। सीमेंट का नहला मारकर चिकनी बनाई गईं सीढ़ियाँ। इन सीढ़ियों से चढ़कर ऊपर पहुँचने के बाद किसी राजसिंहासन की तरह नजर आता वह पैखाना। खुड्डियाँ एकदम चिकनी एवं सुडौल। इनके बीच एक समानुपातिक वर्गाकार छिद्र और इसके सामने दो जगहों पर समकोण बनाकर मुड़ती हुई पीछे गली में गिरती सीमेंटेड नाली। यहाँ बैठते ही संतु भूल जाता कि वह पटना में है या नाथूचक में। नाथूचक में भी ऐसा ही पैखाना था। जबकि कानपुर में सफेद चीनी मिट्टी का फ्लश सिस्टम वाला...जिसमें बैठते ही अजनबीयत एवं अकचकेपन का अहसास होता।

यहाँ के एकांत को एक दो बड़ी मक्खियों की भुनभुनाहट एक पारंपरिक किस्म के संगीत से भर देती। ऐसे में इच्छा करती कि कुछ ऐसा किया जाए यहाँ जिसे एकदम खुले में, सबके सामने करने का साहस, उसमें न हो। शीघ्र ही एक ऐसा मौका हाथ आ गया उसके। अम्माँ हाते की महिलाओं के साथ मैटिनी शो देखने गई थीं। चुन्ना भैया कॉलेज। छोटे भाई दोनों बाहर खेल-कूद में मगन।

संतु की जेब में पाँच पैसे का एक सिक्का था। इसमें क्या होगा? सोचते हुए संतु की आँखों के आगे अचानक डॉ॰ सिंह का चेहरा नाच उठा। डाक-तार औषधालय में पदस्थापित खूब लंबे, गोरे चिट्टे डॉ॰ सिंह। उनकी आँख पर चढ़े चश्मे का शीशा भी रंगीन था। मुँह में सिगरेट दबाए मरीजों का मुआयना करती उनकी भव्य छवि संतु के जेहन में जैसे कहीं अटक कर रह गई थी।

बड़ी मुश्किल से सिगरेट हासिल हुई उसे। बीड़ी वाले मौलवी साहेब ने लंबी और कड़ी पूछताछ की। मगर संतु साफ झूठ बोल गया कि उसके घर फूफा आए

हुए हैं और उन्हीं के वास्ते चाहिए यह सिगरेट। फतेह हासिल हुई तो बहुत खुशी भी मिली उसे। इसके पहले अभी पिछले हफ्ते ही उसे जबरदस्त नाकामयाबी मिल चुकी थी। बल्कि बेइज्जती भी हुई थी। स्कूल के ऊँची दर्जों के लड़कों के मुँह से चटखारे सुनकर वह भी उनके साथ एक वयस्क फिल्म देखने सिनेमा हॉल जा पहुँचा था। सबसे आगे की सत्तर पैसे वाली टिकट। इतनी मारामारी के बाद हासिल टिकट। फिर भी सारे लड़के तो घुस गए पर संतु को दरबान ने गरदनिया पासपोर्ट देकर विदा कर दिया। टिकट भी फाड़कर फेंक दिया।

लेकिन आज सफल हुआ था वह इम्तिहान में। संतु ने इत्मीनान से इसे सुलगाया। तीन काठियाँ बरबाद हुईं; मगर सुलग गया। दम लगाकर पहला सुट्टा मारते ही पूरा फेफड़ा एक बदबूदार धुएँ से भर गया। मुँह का स्वाद भी कसैला हो गया। उसे इस पूरी प्रक्रिया में कोई मजा नहीं आया। फालतू और बेस्वाद। पता नहीं लोग क्यों पीते हैं इसे? इससे तो अच्छा होता कि उसने पिपरमेंट वाली गोलियाँ ले ली होतीं। सिगरेट उसने नीचे, पाखाने की बाल्टी में फेंक दिया।

यह संयोग ही था कि अगले दिन जब मेहतरानी ने छोटा वाला दरवाज़ा खटखटाया, संतु ने ही इसे खोला। सामने माथे पर बड़ी सी नीली टिकुली साटे और साड़ी के पल्लू को जूड़े में अटकाए मेहतरानी खड़ी मुस्कुरा रही थी।

"जरा अपनी अम्माँ को बुलाओ! बात करनी है।" "कैसी बात"?—संतु का दिल किसी आशंका से धड़धड़ाने लगा। पिछले दिनों वह इसी मेहतरानी की झाँव-काँव सुन चुका था। बगल के दयाल बाबू की घरवाली से वह इस बात के लिए लड़ रही थी कि टट्टी की बाल्टी में गंदे कपड़े क्यों फेंके जाते हैं! वह केवल टट्टी उठाने की जिम्मेवार है न कि...।

उसी शाम दयाल बाबू और ए.जी. ऑफिस में काम करने वाले सिंह साहेब, जो कि अपने आप को 'कुर्मी क्षत्रिय' जाति का बतलाते थे, मेहतरानी की इसी गुस्ताखी के बारे में ही बतिया रहे थे। "अजी दिमाग खराब हो गया है इन लोगों का...सरकार ने आरक्षण क्या दे दिया, इन लोगों का पैर ही जमीन पर नहीं रहता। यही लोग तो सही मायने में सरकारी ब्राह्मण हैं।"

"इस घर में सिगरेट का लत किसको लग रहा है?" संतु को गुम खड़े देख मेहतरानी ने कड़ककर कहा, "बुलाते हो कि नहीं अपनी अम्माँ को!"

"अरे...ऊ कल फूफा आए थे न...! उन्हीं को आदत है पीने की। मगर आपको कैसे पता लगा?"

मेहतरानी खिलखिलाकर हँसी, "किसी भी घर में कोई भी कुकर्म हो तो सबसे पहले हमी को खबर लगती है। हम सब समझते हैं बच्चू! पियवैया भला पूरा सिगरेट

बाल्टी में फेंक देगा? खबरदार जो आज के बाद कभी हाथ लगाया तो...!"

संतु थरथराने लगा था। अम्माँ पीछे आ खड़ी हुई थीं।

"चलो, कान पकड़ो!"—मेहतरानी ने कहा। संतु ने कान पकड़ लिए। "फिर पता लगा ता अपना थूक चटवाऊँगी, जान लो।"—मेहतरानी अपने पान से रंगे मुँह को खोलकर दिखाते हुए कहा।

संतु सर झुकाकर भागने को हुआ कि पीछे से अम्माँ ने पीठ पर जोर से धपियाते हुए कहा—"अभागा कहीं का...एक भी गुण नहीं है इसमें जो...बदनसीब!"

उसी शाम संतु जब स्कूल से लौट रहा था, गली में पोस्टमैन ने उसे पुकारकर एक पत्र दिया। यह पत्र मम का था। सबको आशीर्वाद लिखने के बाद बेहद कँपकँपाते हाथों से उन्होंने अपनी पेटपोंछनी के अब तक कहीं भी बंदोबस्त नहीं हो पाने की सूचना व्यथित हृदय के साथ दी थी। साथ ही मदद की गुहार भी लगाई थी।

पत्र के अंत में अपने बेटे सोहन को उन्होंने एक नसीहत भी दी थी। वह यह कि सरकारी लॉटरी में भी कभी काल दो-चार रुपये लगाने में कोई हर्ज नहीं है। कौन जाने, ईश्वर यदि कुछ देना चाहे तो उसे भी आखिरकार एक माध्यम तो चाहिए ही।

पत्र संतु ने ही पढ़कर सुनाया था। सुनकर मुँह बिचकाया था अम्माँ ने—"एक तो करैला ऊपर से नीम पर जा चढ़ने की सिफारिश। ऐसे ही यह घर उनके जुआ खेलने के चलते बर्बाद है। तिस पर से जो कहीं लॉटरी की लत पड़ गई तो...!"

अम्माँ ने इस चिट्ठी की बाबत बाबूजी को बताने को मना कर दिया था। उसी शाम उन्होंने दो रुपये का एक मुड़ा-तुड़ा नोट संतु को देते हुए कहा था—"जाकर दो टिकट ले आना लॉटरी के। और देखना, स्टेशन पर हनुमान मंदिर में पहले दर्शन करके फिर शुद्ध मन से खरीदना।"

संतु सारी रात बड़े असमंजस में रहा। वह चिट्ठी उसने फाड़ी नहीं थी। लुको कर रख ली थी। शायद बाबूजी कुछ कर ही दें बिटिया बुआ के वास्ते। कहीं से ढूँढ़ निकालें उनके वास्ते एक ऐसा व्यक्ति, जिसे वह मुँह में पंजीरी भरकर बुला सके—"फू उ उ...फाऽऽ...!"

इसके अगली शाम बाबूजी ने संतु को तैयार होने को कहा। संतु झट से तैयार हो गया, क्योंकि बहुत दिनों से उसने कुछ अच्छा खाया नहीं था और उसकी चटोर जीभ इधर लगातार चटपटा रही थी। किंतु अब यह सब मन के किसी भीतरी कोने से अच्छा भी नहीं लगता था उसे। यही... बाबूजी के साथ जाना। घर में मामूली दाल सब्जी के लिए तरसते भाइयों और अम्माँ को छोड़ होटल में मीट पुलाव भकोसना

और सिनेमा देखना। साथ में फुच्चो की माँ भी रहती। सिनेमा हॉल में वह बीच में बैठती और पिता-पुत्र आजू-बाजू। संतु को उसके बदन से निकलती खुशबू बहुत ही भाती। मगर चूड़ियों की लगातार खनखनाहट और फुसफुसाहटों से उसकी एकाग्रता भंग होती रहती। वैसे संतु बाबूजी की इस पसंद का कायल था। साँवली होने के बावजूद उसके चेहरे में एक खास तरह का आकर्षण था। साड़ी भी वह बहुत सलीके से बाँधती थी और जैसी वह सैंडिलें पहनती थी, वैसी सैंडिलें पहनी युवतियाँ बाद में जाकर कहीं पटना के आकाशवाणी केन्द्र में देखी थीं संतु ने।

तैयार होते हुए संतु ने उस मुड़ी-तुड़ी चिट्ठी को भी जेब में रख लिया था। चिट्ठी का पूर्वांश पढ़ते ही बाबूजी ने मुँह बिचकाया—"राजपाट सब पोरफेसर के बास्ते और खटने के लिए हम...हुँह...! भूल गए अप्पन व्यवहार!...क्या क्या किहिन कानपुर में हमरे साथ..?"—फिर उन्होंने संतु को भी इसमें शामिल करते हुए कहा—"तुम भी तो सब अपनी आंखिन देखे रहैव न...?"

"आँख से तो हम अभियो बहुत कुछ देख रहे हैं।"—संतु को पता नहीं क्यों अचानक गुस्सा आ गया और उसने दाँत पीसते हुए कहा।

"क्या देख रहा है रे तुम नमकहराम...मादरचोद...!" बाबूजी भी अचानक उखड़ गए थे। संतु से उन्हें ऐसी किसी बगावत की आशंका नहीं थी। पता नहीं क्यों?

संतु बाबूजी के तेवर देखते ही सिटपिटा गया। इधर बराबर उसके साथ कुछ ऐसा ही अशोभनीय घटित हो रहा था। अभी पिछले दिनों जब कक्षा में शिक्षक नहीं आए थे और धींगामुश्ती में लगे लड़कों से बेपरवाह संतु अगली कक्षा का अपना सबक याद करने की कोशिश कर रहा था, एक लंबे तगड़े लड़के ने आकर उसके मुँह पर अपना जूता खोलकर मारते हुए कहा था—"बड़का पढ़ाकू बनता है रे पंडित का जना...!" उस लड़के का नाम बल्लू था और वह पासवान था। संतु गम खाकर रह गया क्योंकि उसके पहले भी उस लड़के ने अपने दो-तीन साथियों के साथ स्कूल के पेशाबखाने में संतु की पैंट खोलने की कोशिश की थी। एक बार गली में एक शिक्षक तक को पीटते हुए संतु उसे देख चुका था।

आज भी संतु सर झुकाए खड़ा था और बाबूजी बके जा रहे थे—"तुम भी आखिर निकले सँपोले ही...उसी नागिन की औलाद। अब खड़े क्यों हो यहाँ...! भागो...जाओ भागो यहाँ से।"

संतु जो पीछे मुड़कर चला तो चलता ही चला गया। उसका मन जब थोड़ा शांत हुआ, उद्विग्नता थोड़ी कम हुई, वह तिनपुलवा तक पहुँच चुका था। वह थक चुका था और उसे भूख भी लग आई थी। वह पुलिया के ऊपर चढ़कर सुस्ताने की गरज से बैठ गया।

पटना गया रेलवे लाइन के उस पार नीचे ढलान में बेहया की खूब झाड़ियाँ थीं। उसके आगे खेत में मकई के पौधे लगे थे। इन्हीं की आड़ में से उसे एक औरत निकलती दिखाई दी। साँवली, मध्यम कद की। मैली सी साड़ी पहने। होठों से लगातार पिच्च...पिच्च...थूक फेंकती हुई। वह बड़ी अदा से इठलाती चलती हुई संतु के करीब पहुँच रही थी।

उसके थोड़ा पीछे-पीछे एक आदमी था। अधेड़। लुंगी और गंजी में। हाथ में लोटा। संतु मुँह फेरकर दूसरी ओर देखने लगा। वह औरत उसके करीब आकर बैठ गई। उसकी उम्र बमुश्किल बीस वर्ष होगी। बचपन जैसे अभी-अभी रूठकर कहीं चला गया हो उसके चेहरे से। उसके शरीर से सड़ी हुई मिट्टी की गंध आती महसूस हुई संतु को।

"तुमहूँ का पूंगोगे रे बुतरू?" कहकर उसने पिच्च से थूका और उस अधेड़ की ओर देखकर फिसफिसाने लगी। अधेड़ बिना कोई ध्यान दिए अपनी राह चला गया।

"का नाम है तोरा?"

"अरे गूँगा है का रे! बोलता काहे नहीं? कहीं से भागकर तो नहीं आया? जाऽ...घर जा। ई वेला में यहाँ नहीं बैठते अच्छे बच्चे।"

"मेरे राजा भैया, काहे रूसे हैं? का बात है...गिल गिल...गिलऽ...लऽ...!" उसने संतु का पहले हाथ पकड़ा, फिर पेट में गुदगुदी लगा उसे मनाने लगी।

"भूख लगी है, बड़ी कस के,"—संतु ने छूटते ही कहा।

"बस, इतनी सी बात! आओ हमरे साथ।"

दोनों पुलिया से उतरकर सड़क पर उत्तर की दिशा में बढ़ चले। आगे एक छोटी-सी दुकान थी। वहीं से स्थानीय बेकरी के बने चार बिस्किट खरीदे उसने। दो संतु को थमाते हुए बोली, "खाते-खाते घर चले जाओ।"

घर पहुँचने तक अँधेरा पूरी तरह घिर चुका था। उसने देखा, हमेशा की तरह चुन्ना भैया कोई किताब पढ़कर अम्माँ को सुना रहे थे। अम्माँ अपने सर के बाल खोले, पंखे के नीचे आँख मूँदकर लेटी थीं।

"लो आ गए अपने ढकोसन राम। अब इनका बिस्तर लगवाओ जल्दी काहे कि पढ़ा-लिखा तो जाई नहीं इनसे!"—चुन्ना भैया ने तंज किया।

"बहुत भूख लगी है अम्माँ"—संतु ने सीधे अम्माँ से संवाद स्थापित किया।

"काहे, आज कुछ मिला नहीं का...?"—अम्माँ चौंक कर उठ बैठीं—"का हुआ संतु...कुछ झगड़ा तो नहीं हो गया उन दोनों के बीच?"

संतु बिला नागा बाबूजी के पास से लौटकर तमाम खुफिया जानकारी अम्माँ को सौंपता था। अम्माँ सुनकर कभी ईर्ष्या से मुँह बिचकातीं तो कभी जोर-जोर

से आँसू बहाने लगतीं। ऐसे में चुन्ना भैया उन्हें ढाढस बँधाते और दिलासा देते।

आज की खुफिया रिपोर्ट देते-देते संतु स्वयं रोने लगा था। "कोई तुम्हारा राजपाट नहीं छिन गया है",–चुन्ना भैया ने उसे डपटा–"आँसू मत बहाओ इसके लिए। जो कुछ हुआ, अच्छा ही हुआ। अब तुम बड़े हो रहे हो...।"

अगले दिन स्कूल में संतु का मन उचटा हुआ सा था। अंततः टिफिन में वह भाग निकला। यूँही, बेमकसद और लगभग उन्माद की अवस्था में वह देर तक इधर-उधर भटकता रहा। पाल होटल, पर्ल सिनेमा, मोती की पान की दुकान, हनुमान मंदिर आदि जगहों से भटकता हुआ आखिरकार वह एक ऐसी जगह जा पहुँचा जहाँ उसके जाने का कोई तुक नहीं था। और तभी वह काँप उठा। वह उस मकान से केवल दस गज दूर था, जब अचानक उस घर का दरवाज़ा खुला और रूमाल से मुँह पोंछते बाबूजी निकलते दीख पड़े। थोड़ा लड़खड़ाते, ज़्यादा सँभलते।

तभी एक लड़के ने उसकी पीठ पर हाथ रखते हुए कहा–"क्या देख रहा है वे? एक फूल दो माली का यह खेला तो वर्षों से चल रहा है।"

संतु अकचकाकर पीछे पलटा। फिर फुर्ती से दौड़ लगा दी उसने। और जैसे ही आगे एक गली मिली, उसमें समाता चला गया।

काफी देर बाद एक गली से दूसरी गली में घुसता रास्ता पूछता जब वह हाते में प्रविष्ट हुआ, बाबूजी उसे घर के बाहर कुर्सी पर बैठे चाय सुड़कते नज़र आए।

संतु का दिल बड़ी जोर से धड़कने लगा। सर नीचा किए वह फुर्ती से घर में घुस गया। अभी वह अपना बस्ता रख ही रहा था कि पीठ पर बाबूजी की चप्पल पड़ी। एक...दो...तीन...दस...।

"हरामखोर कहीं काऽ...स्कूल छोड़कर आवारागर्दी करता फिरता है...! और अब जासूसी भी करना शुरू कर दिया...? नया जासूस बने हो न साले...जरा पुराने वाले से पूछ लो कि क्या दुर्गति बनी थी उसकी!"

तब तक पुराने जासूस यानी कि चुन्ना भैया आ धमके। साथ में उनके दो-दो परम मित्र। एकदम से शरीफ नौजवानों के आगे बाबूजी खामोश हो गए। उन तीनों की दृष्टि में पता नहीं ऐसा क्या था कि अचानक बड़बड़ाते हुए वह घर से बाहर भी निकल गए।

"चलो छुट्टी हुई! अब रात के एक दो बजे से पहले लौटने वाले नहीं!" चुन्ना भैया ने जोश में कहा।

"तो जश्न की तैयारी शुरू हो।"–चुन्ना भैया के सायंस कॉलेज के एक धनी सहपाठी ने कहा। आज उसका जन्म दिन था और उसकी पार्टी अभी होनी थी।

घंटे भर के अंदर सारा सामान आ गया। अम्माँ ने खूब मन लगाकर बनाया। मुगलई पराँठा और कलेजी फ्राई। साथ में मालदह आम।

जब बिल्ला घर में नहीं हो तो चूहों की खूब बन आती है। कुछ ऐसा ही माहौल आज इस घर में था। खाने के बाद गाने बजाने की महफिल जमी और खूब जमी। जिनका जन्मदिन था, उन्होंने एक इतना बढ़िया शोक गीत गाया कि सभी वाह...वाह...कर उठे। अंत में अम्माँ की बारी आई। बहुत अनुयय विनय के बाद कहीं जाकर वह थरथराती सी आवाज़ हवा में गूँज उठी। अम्माँ अपना ही रचा सुना रही थीं–

"कुछ भी नहीं, कुछ भी नहीं
जीवन में अब कुछ भी नहीं
इस साधना से क्या मिला,
आराधना से क्या मिला।
मोड़ सकी जबकि मैं,
अपने पिये का मुख भी नहीं।"

"महादेवी के प्रभाव से बाहर निकलो अम्माँ। तभी कविता भी निखरेगी और जीवन भी।"

"मुझे आजकल की कविता समझ में ही नहीं आती।" अम्माँ नें लगभग रुआँसे स्वर में कहा।

"जो जैसा जीता है, वह वैसा ही रचता है!" चुन्ना भैया ने तल्ख़ स्वर में कहा, "पहले वैसा जीकर तो दिखाओ, जैसा मैं चाहता हूँ। तुम अंदर से तो वही रहना चाहती हो और बाहर से कुछ और बनना चााहती हो। जबकि सही मायने में परिवर्तन भीतर से बाहर की ओर होता है, ना कि बाहर से भीतर की ओर।"

देर रात गए बिस्तर पर आदतन पीठ के बल लेटते ही संतु की पूरी पीठ तड़तड़ा उठी। चुन्ना भैया के दोस्तों द्वारा पुचकारे जाने और फिर जश्न के माहौल में वह बाबूजी के मार की पीड़ा को बिल्कुल ही भूल गया था। पीड़ा का संबंध एकांत से भी होता है, यह संतु को अभी-अभी पता चला। पीड़ा के चलते उसने फ़ौरन करवट ले लिया था। अब अपनी जिंदगी में भी एक करवट लेगा वह। मन ही मन यह संकल्प लेते हुए वह मुस्कुरा उठा था–चलो एक गुलामी से मुक्ति तो मिली। वह भी इतने धूम-धाम के साथ। उसने एक लंबी डकार ली और सो गया।

अठारह

पटना बाबूजी का था। चुन्ना भैया का भी। लेकिन अब संतु भी अपने लिए एक छोटी ही सही पर मुकम्मल जगह की तलाश में जुट गया था। और यह तलाश बहुत ही दिलचस्प होने जा रही थी उसके लिए।

चुन्ना भैया ने एक दिन बतलाया था किसी महान रूसी लेखक के बारे में। उनका बचपन भी अभावों से भरा था। एक दिन उन्होंने यह संकल्प लिया कि इस जीवन को बदल देना है। और उस दिन के बाद से, उन्होंने ही लिखा, उनका जीवन सचमुच बदल गया। लेकिन इसके द्वारा तो केवल भूमिका बाँधी थी उन्होंने। जबकि बात दरअसल उन्होंने इसके बाद एकदम सख़्त लहज़े में कही “मन लगाकर पढ़ो बाबू...यदि इस नर्क से निकलना है तो...!...नहीं तो यहीं सड़ते, बजबजाते रहो।”

उन दिनों बाबूजी को पहली दफा इस भाव से देख रहा था संतु, जैसे खुले जंगल में शेर को देखने का रोमांच होता है। सुबह ठीक नौ बजे उन्हें जगाया जाता। इसके पहले वह एक बेख़ौफ़ नींद में मस्त होकर इतनी जोर-जोर से खर्राटे भरते रहते कि उस छोटे से घर में किसी का लिखना-पढ़ना मुमकिन नहीं हो सकता। संतु समेत सभी भाइयों को अम्माँ रात की बासी रोटी और चाय का कलेवा खिला मकान मालिक के गैरेज की ओर रवाना कर देतीं। यह सब कुछ इतना शांतिपूर्वक संपन्न होता, ताकि 'शेर' की नींद में कोई ख़लल न पड़ सके। किसी के हाथ से कोई गिलास भी छूटकर फ़र्श पर गिर जाता तो यह इल्ज़ाम अपने सर लेकर अम्माँ दो गाली सुन लेतीं। यदि बाबूजी का मूड थोड़ा खराब होता तो इस मामूली गलती के लिए वह पिट भी जातीं। लेकिन एक शाम तो गजब हुआ। उस शाम के किस्से में जाने से पहले थोड़ी सी प्राथमिक जानकारी चुन्ना भैया के विषय में।

दुबला-पतला, पिचके गालों वाला तथा आँखों पर माइनस सिक्स का मोटा चश्मा

चढ़ाए इक्कीस वर्षीय इस युवक का स्थाई निवास मकान मालिक के गैरेज में रहता। उसकी आँखें अकसर लाल रहतीं और अपने पिता की ज़्यादतियों को लगातार बर्दाश्त करते रहने के कारण उसके लाल-लाल चकत्तों से भरे चेहरे पर हमेशा एक खामोशी सनसनाती रहती। मैट्रिक की परीक्षा में राष्ट्रीय छात्रवृत्ति पाने के बाद उसने पटना के प्रतिष्ठित सायंस कॉलेज में दाखिला लिया। लेकिन प्री सायंस की परीक्षा में वह फेल कर गया। उन दिनों सायंस कॉलेज में यह खूब देखने में आता था। देहातों के लड़के नकल टीप कर अच्छे अंक ले आते और सीधे सायंस कॉलेज जा पहुँचते। मगर यहाँ चोरी एकदम बंद हो जाने के कारण वही लड़के फेल कर जाते। चुन्ना के साथ ऐसी कोई बात नहीं थी। फेल होने के बावजूद उसका प्राप्तांक प्रथम दस विद्यार्थियों के बीच का था। उसकी इस असफलता से बाबूजी भी दुखी हुए थे, क्योंकि उनके अनुसार यह एक ऐसी आर्थिक क्षति थी, जिसकी भरपाई असंभव थी। उन्हें इस बात का भी मलाल था कि यदि चुन्ना पहले ही यह बतला देते कि रसायन शास्त्र की प्रायोगिक परीक्षा के दौरान उनके हाथ से एक यंत्र गिरकर टूट गया था (जिसके कारण वह असफल करार दिए गए), तो वह परीक्षक के यहाँ कोई पैरवी भी लगा सकते थे। अपने पिता की इस सहानुभूति के साथ-साथ चुन्ना के लिए उनकी तरफ से एक आकर्षक प्रस्ताव भी था। इस प्रस्ताव की भूमिका के तौर पर उन्होंने चुन्ना को एक बेहद मजबूत सैंडिल उपहारस्वरूप दी थी। ऐसी सैंडिलें उन दिनों डाक-तार विभाग के डाकियों को मुफ़्त मिलती थीं। बाबूजी की यह हार्दिक इच्छा थी कि चुन्ना पोस्टमैन बन जाएँ और इस घर की आर्थिक जिम्मेवारी में हाथ बँटाएँ। संयोग से उन दिनों जो पी॰एम॰जी॰, बिहार थे, वह ब्रिज खेलने के बेहद शौकीन थे। उन्होंने बहुत ठोंक बजाकर या कह लीजिए कि मजबूरी में सोहन बाबू को ही अपना पार्टनर बनाया था। सोहन बाबू इस खेल के उस्ताद माने जाते थे। अब वह ऑफ़िस के बाद देर रात गए तक बांकीपुर क्लब में पाए जाते। यहाँ तक कि कभी-कभी पी॰एम॰जी॰ की कार उन्हें छोड़ने गली के मोड़ तक भी आती और उस वक़्त पी॰एम॰जी॰ भी उसमें उपस्थित रहते। ईश्वर उन्हें जन्नत बख़्शे, जब तक वह इस पद पर रहे, संतु का परिवार साल में एक बार मोटर में सवार होकर राजगृह, नालंदा और पावापुरी की सैर को जाता रहा। इसके लिए अम्माँ को सुबह चार बजे ही उठकर पूड़ी-सब्जी बनानी होतीं। बाबूजी का खर्च सिर्फ राजगृह में गर्म जलेबियाँ खरीदने और आते-जाते बख़्तियारपुर के पास किसी ढाबे में चाय पीने के मद में होता। हाँ, ड्रायवर को पाँच रुपये की बख़्शीश भी देते वह, जिसे ड्रायवर समेत उनके सभी लड़के फटी आँखों से निहारते। अम्माँ भी कहतीं कि इस तरह रुपया लुटाने से

फायदा? बकरिया की जान जाए और खवैया को स्वादे नहीं!

इन्हीं पी॰ एम॰ जी साहेब से बाबूजी ने बात कर रखी थी अपने बड़े लड़के के बारे में। लेकिन चुन्ना भैया ने इस प्रस्ताव को यह कहकर ठुकरा दिया कि इतनी मेहनत वह डाक पीयून बनने के लिए नहीं कर रहे हैं।

"तब का कलक्टर बनिहौ तुम?" बाबूजी बमक उठे।

"मौका मिली तो ऊ भी बन के दिखा देव।" चुन्ना भैया ने अपने पिचके सीने को भरसक फुलाते हुए कहा–"पहले तो इस दफे प्री-सायंस में मेरिट लिस्ट में आकर दिखाऊँगा।"

और चुन्ना भैया ने अगले साल सचमुच यह कर दिखाया। अंग्रेजी अखबार में निकले नाम एवं क्रमांक को घेरकर बाबूजी ने इसे पी॰ एम॰ जी को दिखाया। खुश होकर पी॰ एम॰ जी ने चुन्ना भैया के लिए टेलीफोन ऑपरेटर के प्रतिष्ठित पद का ऑफर भिजवाया। उन दिनों डाक-तार विभाग में अंक पत्र के आधार पर ही नियुक्ति होती थी। देहातों में पढ़े मिथिलांचल के लड़के नकल टीप कर मैट्रिक में अच्छे अंक लाते और बेखटके इस विभाग की नौकरी में घुस जाते।

लेकिन चुन्ना भैया ने इस गरिमामय प्रस्ताव को भी उसी आधार पर ठुकरा दिया। उनका तर्क अब भी वही था कि इतनी मेहनत वह इसके लिए नहीं कर रहे। बाबूजी इस दफ़ा भी चिढ़े थे और झल्लाकर बोले थे कि क्या वह सीधे पी॰ एम॰ जी॰ के पद पर ही बैठेंगे? इस पर चुन्ना भैया ने बिना किसी उत्तेजना के निर्विकार भाव से बतलाया कि वह डाक-तार विभाग में किसी भी पद के लिए इच्छुक नहीं हैं। यह सुनकर संतु उनके इस आत्मविश्वास से जहाँ हैरान और परेशान हुआ था, वहीं उसे इस बात के लिए अफ़सोस भी था कि अभी तक वह नवमी में ही क्यों है?

चुन्ना भैया के नाम पटना अभियंत्रण महाविद्यालय का बुलावा आया था। लेकिन जले-फुँके बाबूजी ने यह कहकर इसे ख़ारिज़ कर दिया कि उनकी इतनी औकात नहीं कि वह एक बेटे को इंजीनियरिंग पढ़ाएँ और बाकी का नाम कटवा दें। आखिर चार-चार लड़कों की पढ़ाई की व्यवस्था करनी है और इसके भी पहले उन्हें पेट भर-भरकर ठुँसाना भी है। "यह बताओ कि आज तक इस घर में किसी को भी भूखा सोने दिया मैंने?"

"अगर यही तुमरे अरमान हैं",–चुन्ना भैया ने संजीदगी से कहा, "तो भगवान ई भी एक दिन पूरा जरूर करिहैं! घबड़ात काहे हो?"

उन दिनों हाते में एक हेडमास्टर रहा करते थे देवकी बाबू। वह स्कूल से आने के बाद अपने दोनों लड़कों और एक लड़की को लेकर पिले रहते। देर रात गए

तक पहले उन्हें पीट-पीटकर पढ़ाते, तब ही उन्हें भोजन करने की आज्ञा देते। दोनों लड़के बड़ी मुश्किल से द्वितीय श्रेणी ला पाते, जबकि लड़की ने मैट्रिक में प्रथम श्रेणी पाया और इसका श्रेय सार्वजनिक रूप से उसने अपने पिता को न देकर चुन्ना भैया को दिया। खुद देवकी बाबू की नज़र में चुन्ना भैया एक 'वंडर ब्वॉय' थे, क्योंकि वह ट्यूशन पढ़ते नहीं बल्कि पढ़ाते थे। वह भी दो-दो ट्यूशन। शाम को साढ़े छह बजे सायकिल से जो निकलते, नौ बजे के बाद ही घर लौटते। और रात गैरेज में उनकी भुकभुकाती लालटेन एक बजे बुझती...कि दो बजे...कि ढाईबजे...यह अगले दिन देवकी बाबू ही सबको बताते। इन्हीं देवकी बाबू से बाबूजी ने कहलवाना चाहा कि चुन्ना भैया टेलीफोन ऑपरेटर का पद स्वीकार लें। लेकिन देवकी बाबू ने उन्हें झिड़क दिया। झिड़का ही नहीं धिक्कारा भी। यह भी कहा कि अगर उनका ऐसा बेटा होता तो वह उसे हरदम अपनी तलहत्थी पर रखते। इसपर सोहन बाबू ने चीख-चीखकर उनकी बेटी का नाम चुन्ना भैया के साथ जोड़ते हुए उन्हें इतना ज़लील किया कि उस दिन के बाद से वह हमेशा सर झुकाकर ही आते-जाते रहे। और दूसरे महीने वह यह घर खाली कर यारपुर में जाकर रहने लगे। संतु का उनकी बेटी गौरी दी से बहुत लगाव था। उस नए घर में उनका सामान जमाने में संतु ने भी अपना पसीना बहाया था। और ऐसा करके पता नहीं क्यों उसे बहुत सुख मिला था।

अततः बाबूजी ने अम्माँ को बरगलाना शुरू किया। केंद्रीय सरकार की नौकरी की तुलना वट वृक्ष की छाँह से करते हुए उन्होंने अपनी विदुषी पत्नी को 'आध छोड़ सारी को धावे...' जैसे मुहावरे के साथ प्रत्यक्षतः धमकाया भी। लेकिन अम्माँ ने साफ इनकार करते हुए कहा, "मैं तमाम कष्ट सह सकती हूँ, मगर अपने थोड़े से सुख के लिए अपनी संतान का भविष्य दाँव पर नहीं लगा सकती। और जो ऐसा सोचता भी है;"—अम्माँ ने लगभग नारे लगाने के अंदाज़ में कहा, "उससे बड़ा नीच, पापी, अधम और पतित इस संसार में कोई हो भी नहीं सकता।"

उस शाम अम्माँ का यह जवाब बाबूजी को जरा भी नहीं रुचा। बल्कि तिलमिला उठे वह। उन्होंने फौरन शहंशाही अंदाज में फरमान जारी करते हुए कहा, "जब मेरी बात ही नहीं सुननी है तो फिर निकल जाओ सब माँ बेटे इस घर से!...जहाँ सींग समाए वहाँ जाओ...मगर दफा हो जाओ मेरी नजरों के सामने से। आज से तुम सब आजाद हो मेरी तरफ से..!"

"लेकिन मैं तुम्हें आजाद करनेवाली नहीं, ताकि तुम उस बेसवा के साथ मौज मना सको।"—अम्माँ ने उसी टोन में डटकर जवाब देते हुए कहा, "मैं ब्याहता हूँ, कोई रखैल नहीं कि तुम्हारे कह देने भर से निकल जाऊँगी।"

"तू तो रखैल से भी गई-गुजरी है री नागिन।"—बाबूजी ने दाँत किटकिटाते हुए कहा और आदतन ताबड़तोड़ पहले घूँसे और फिर अम्माँ के गिर जाने पर लात बरसाने लगे। संतु फटी-फटी आँखों से अम्माँ को यूँ पिटते देख रहा था। बाबूजी का रौद्र रूप देख वह खड़ा थरथरा रहा था। उसके दोनों छोटे भाई बड़ी जोर-जोर से चीखते हुए बाहर जाकर रोने लगे थे। ऐसा अमूमन होता था और तब हाते की कुछ औरतें गोलबंद होकर सहमते, झिझकते हुए अम्माँ को बचाने आती थीं। मगर तब तक बहुत देर हो चुकी होती थी।

उस शाम चुन्ना भैया गैरेज में ही थे। शोर सुनकर सबसे पहले वही भागते पहुँचे। लेकिन इसके पहले ही आज अम्माँ वह साहसिक कदम उठा चुकी थीं, जिसके लिए चुन्ना भैया उन्हें वर्षों से मानसिक रूप से प्रेरित कर रहे थे। अम्माँ ने पहली दफ़ा प्रतिघात किया था। संतु ने खुशी के आँसू बहाते हुए वह रोमांचक लेकिन आह्लादकारी दृश्य देखा। बाबूजी के थककर शांत पड़ते ही भूमि पर गुड़ी-मुड़ी सी पड़ी अम्माँ अचानक एक लंबी सीत्कार के साथ (ठीक नागिन की तरह) उठ खड़ी हुईं। ठीक जैसे बिजली कौंधी हो अचानक और दुश्मनों का नाश करने महिषासुरमर्दिनी प्रकट हुई हों। आश्चर्य कि देवी के इस कल्कि अवतार के हाथ में मसहरी का डंडा था और अब बाबूजी आड़े-तिरछे होते और लपते-झुकते प्रहार बचाने में लगे थे। जबकि अम्माँ ने अपने दोनों हाथों का बल एक साथ उस डंडे पर लगा दिया था। इसी क्रम में मौका ताककर बाबूजी ने मैदान छोड़ दिया। वह रसोईघर की तरफ भाग खड़े हुए। अम्माँ ने जमीन पर थूकते हुए मसहरी का वह डंडा पलंग की ओर उछाल दिया।

लेकिन बाबूजी तुरंत ही रसोईघर से लौटे। अब उनके हाथ में एक चाकू लहरा रहा था। अम्माँ यह देखते ही चीखते हुए पलंग पर चढ़ गईं। उन्होंने एक डंडा फिर से पकड़ लिया। इधर संतु "नहीं बाबूजी...बस...बस..." की रट लगाते उन दोनों के बीच जा खड़ा हुआ। बाबूजी ने उस पर हाथ और लात का ऐसा संयुक्त प्रहार किया कि उसका सर फट गया। ठीक इसी समय चुन्ना भैया दरवाजे से 'हिजड़ा कहीं का...नपुंसक...' आदि गालियाँ बकते हुए भीतर पहुँचे और कमरे का ऐसा हौलनाक दृश्य देखते ही उन्होंने बाबूजी पर सीधे छलाँग लगा दी। अब तक हाते की दो-तीन महिलाएँ और लड़के बच्चे भी दरवाजे पर भीड़ की श्क्ल में जमा हो गए थे।

चुन्ना भैया के इस प्रहार से बाबूजी संतु की तरह दीवार से जा टकराए थे। चाकू उनके हाथ से गिर चुका था। अचानक वह उठे और फूट-फूट कर रोने लगे। रोते-रोते ही बाहर जुटी भीड़ के सामने अपना पक्ष रखते हुए उन्होंने कहा कि

अब वह इस घर में एक मिनट भी नहीं रह सकते, क्योंकि इस औरत और इसके गुंडे लड़कों से उनकी जान को सख़्त खतरा है। यद्यपि कि सर तक नहीं फूटा था उनका।

यह सब ड्रामा बहुत लंबा चला। उसी बीच किसी ने संतु के जख़्म पर डेटॉल का फाहा रखा। चोट मामूली थी और लोगों ने कहा कि खून का बह जाना अच्छा रहा बनिस्पत कि जम जाने के।

इसी दरमियान बाबूजी ने अपने कपड़े एक बैग में ठूँसे। एक दरी में लपेटकर बिस्तर बाँधा और घर से बाहर निकलते हुए चेतावनी दी—"भूख बर्दाश्त से बाहर होने लगे तो मेरा तलवा चाटने आ जाना ऑफिस में। जब तक सबके सामने यह सब नहीं करवाया, घर आनेवाला नहीं। बहुत इज़्जत वाली है न तू...ब्याहता है न!...देख लेना...रखैल का थूक नहीं चटवाया तुझसे तो...देख लेना!"

"तुम भी देख लेना मिस्टर सोहन"—अम्माँ के चेहरे पर अब वैसी ही चमक थी, जैसी कानपुर में अपनी सहेलियों रोगू, छोगू के घर कविता सुनते वक़्त उनके चेहरे पर थी।

अम्माँ किसी जंगली बिल्ली की तरह गुर्रा रही थीं—"दो तारीख पार कर गया और पैसा नहीं आया इस घर में तो जान लो मिस्टर सोहन! यह औरत ...यही औरत...केवल पेटीकोट ब्लाउज में तुम्हारे चारों बच्चों समेत पी॰एम॰जी॰ के चेम्बर में होगी। अपना हक माँगने के वास्ते। और तुम भी मर्द होगे तो इसके बाद भी शान से घूमते रहना उस रंडिया के संग!"

बाबूजी पैर पटकते हुए चले गए। चुन्ना भैया और संतु उनसे मनुहार करते हुए गली के मोड़ तक आए। मगर उन्होंने अजीब नजरों से उस दोनों को घूर कर देखा और एक रिक्शा रोक उस पर सवार हो गए।

बाबूजी के जाने के बाद सारा हाता चिंतित था। हाते के मर्द जहाँ गोलबंद होकर सोहन बाबू के चाल चलन पर टीका टिप्पणी कर रहे थे, वहीं औरतें इस तर्क पर स्थिर थीं कि जब हाथ उठा ही दिया था पति पर, तो चरणों पर सर रखकर उन्हें जाने देने से रोकने की कोशिश भी करनी चाहिए थी नंदिनी को। यदि वह पहल करती तो हम सभी भरपूर साथ देतीं। तब हमेशा की तरह मान भी जाते सोहन बाबू।

अम्माँ ने सुना तो गहरी सांस छोड़ते हुए कहा, "शायद ही मान पाते आज...! मान भी जाते तो अकड़ नहीं जाती। अब देखना कैसी गर्दन लटकाकर लौटते हैं। मेरे जितना नखरा कौन उठाएगी...सो मैं अच्छी तरह जानती हूँ। वन का गीदड़ जाएगा किधर?" ताज्जुब...अम्माँ मुस्कुराए जा रही थीं।

नहीं! परेशान तो वह कतई नहीं थीं। उसी रात पलंग के नीचे उपेक्षित सी बड़ी रहनेवाली काठ की बकसिया खोलकर उन्होंने पीतल की दो बटलोही निकालीं। और लाल कपड़े में बँधा एक माँगटीका और नथ। अपनी शादी की यही धरोहर वह सँजो सकी थीं। उन्होंने चुन्ना भैया से कहा कि वह यह सब बेचकर इंजीनियरिंग कॉलेज में दाख़िला ले ले। लेकिन चुन्ना भैया ने स्पष्ट रूप से इनकार कर दिया। बोले कि अब् उन्होंने सायंस कॉलेज से ही बी॰एस-सी॰ करने का मन बना लिया है। और इसके लिए उनके ट्यूशन के रुपये पर्याप्त हैं। बाद में इनमें से एक बटलोही बेचकर संतु ने अपने विद्यालय की 'एयर विंग' शाखा में प्रवेश लिया था। इसमें फायदा यह था कि नीले रंग की खूबसूरत वर्दी मिलती थी। साथ में बूट और मोजे भी। खूब रगड़कर घर में भी पहनो। फट जाएँ तो स्टोर में जमा कर दूसरी ले लो। सो उसमें प्रवेश पाने की खूब मारामारी थी और इसके इंचार्ज सर योग्यता रहने के बावजूद नकदी लेकर ही प्रवेश देते थे। वैसे ये प्रोत्साहन चुन्ना भैया की ओर से भी था, क्योंकि वह एन॰सी॰सी॰ का 'सी-सर्टिफिकेट' कोर्स पास कर चुके थे। हाल ही में वह 'आर्मी एटेचमेंट कैंप', गुआहाटी से करके लौटे थे।

दो तारीख आने में अभी बारह दिन की देर थी। मगर अम्माँ ने अभी से खाना-पीना इस ढंग का कर लिया था कि आठ-दस तारीख तक किसी के भूखे रहने की नौबत न आए। दिन में पतली खिचड़ी बनती या केवल चोखा भात। एक रात आटे में नमक, प्याज मिलाकर रोटी बनाईं अम्माँ ने। अगले दिन संतु पेड़ के नीचे से तीन अमियाँ चुनकर लाया तो रात में 'गुड़म्मा रोटी' का शानदार डिनर नसीब हुआ सबों को। अम्माँ सचमुच एक ढाल की तरह लगतीं उन दिनों। साथ ही दुख के उन दिनों में अक्सर वह सुखांत किस्से भी सुनातीं। वह जब भी गरम-गरम रोटियाँ पकाती रहतीं, यह बात कई-कई दफ़े बताना नहीं भूलतीं कि पिसवाते वक़्त गेहूँ में उन्होंने मिलवा दिए थे थोड़े से चने, बादाम, काजू और अखरोट। ऐसी रोटी यदि चाय के साथ भी खाओगे, फिर भी पहलवान से कम ताकत न पाओगे। इसके साथ ही अम्माँ सबसे छोटके फुन्नू से कहतीं—"भर पेट रोटी खाए के फुन्नू कैसे कूदे?"

और फुन्नू खूब दम लगाकर उछलते हुए जवाब देते—"ऐसे कूदे।"

फिर तो उदास क्षणों में भी एक हँसी-खुशी का माहौल बन जाता।

इस तरह अभी चौथा दिन ही बीता था कि शाम में ऑफिस का चपरासी आकर बाबूजी का सामान पहुँचा गया। इस सूचना के साथ कि रात्रि में जहाँपनाह घर पधार रहे हैं। वैसे यह वाक़्य अम्माँ का था जो उन्होंने संतु को सूचित करते हुए कहा था।

सूचना पाते ही अम्माँ ने संतु को दौड़ाकर परवल मँगवाया। बाबूजी की खास पसंद। दूधवाले के यहाँ से दूध बंद था पिछले तीन दिनों से। आज अम्माँ ने रोज से दुगना यानी डेढ़ किलो दूध मँगवाया। बाबूजी के पसंद की परवल आलू का दम, बेसन की रोटी और गाढ़ी सेवई पकाया अम्माँ ने। रात के साढ़े दस बजे जब वह आए, सारा घर भूखा बैठा प्रतीक्षारत था। बाबूजी को यह अच्छा नहीं लगा। उनका चेहरा उतरा हुआ था और आँखें बुझी-बुझी सी थीं। लेकिन खाना सामने आते ही वह उस पर भुक्खड़ों की तरह टूट पड़े थे। अंत में उन्होंने एक तृप्तिदायक डकार भी ली थी। और मुस्कुराए भी थे। और तब सब का हालचाल भी पूछा था। इतना पर्याप्त था उस रात एक अच्छी नींद के वास्ते। अम्माँ ने अगली सुबह हमेशा की तरह यह नहीं कहा कि रात भर पंखे की हवा में भी वह बेचैन रहीं, क्योंकि उनके दो लाल बाहर गर्मी में पड़े छटपटाते रहे थे। घर में एक ही पंखा था और जाहिर है कि पिता के रहते किशोरवय के लड़के वहाँ कैसे सो सकते थे।

सुबह उठते ही अम्माँ ने बतलाया कि बाबूजी का पुराना फाइलेरिया पिछले तीन दिनों से उन्हें परेशान कर रहा था। वह इसी बीच सारा इंतजाम करवा आए हैं। सप्ताह भर बाद उनका ऑपरेशन होना है।

अम्माँ और संतु के रहते अस्पताल में बाबूजी को देखने पी॰एम॰जी॰ भी आए थे। अम्माँ से मिलकर वह बहुत प्रभावित हुए। उन्होंने अम्माँ से पूछा—"कोई परेशानी तो नहीं?"

अम्माँ, जो कि माथे पर पल्लू रख, सर झुकाकर बातें कर रही थीं, ने आहिस्ते से कहा, "जी आपके रहते क्या परेशानी! बस घर ठीक से नहीं चल पाता। ये इतने शाहखर्च हैं कि वेतन से पूरा नहीं पड़ता।"

"मिस्टर सोहन इज़ ॲ ज़ीनियस! पता नहीं क्लर्क कैसे हो गया?"

"लेबर अफसर की परीक्षा में केवल इन्हें बैठना भर था। मगर फुटबॉल मैच छोड़कर परीक्षा देना इन्हें मंजूर नहीं था। सो नहीं बैठे और चेयरमैन साहेब, जो कि रिश्ते में मेरे चाचा थे, मन मसोसकर रह गए। बोले—बिटिया तुम्हार भाग...हम का कर सकति है।"—अम्माँ भाव विह्वल होकर बाबूजी का पूरा इतिहास बखानने लगीं।

"अगले महीने विभागीय परीक्षा में इन्हें बैठा रहे हैं सर;"—पी॰ एम॰ जी॰ के साथ आए तीन अफसरों में से एक ने कहा—"इसे पास करते ही यह इंस्पेक्टर हो जाएँगे। फिर डिप्टी और बाद में सुपरिंटेंडेंट। इसमें भी केवल बैठना भर है। बाकी के लिए 'सर' तो हैं ही!"

पी॰एम॰जी॰ ने सिगार का लंबा कश लिया। मुस्कुराते हुए शुभकामना दी और चले गए।

ठीक होकर आने के बाद बाबूजी पंद्रह दिनों तक घर बैठे आराम करते रहे। उन दिनों उनके लिए रोज अंडे का पोच बनता। माँस पकता। वह खूब खाते और बैठकर रट्टा लगाते रहते। फिर परीक्षा दी और इसके बाद वापस अपनी पुरानी दिनचर्या में लौट गए।

इधर हाते का माहौल काफी रचनात्मक हो गया था और संतु का तमाम लोगों के साथ गहरा जुड़ाव होता जा रहा था। सारा घर अपना लगता उसे, सारे लोग अपने। कहीं किसी तरह की कोई गाँठ नहीं। न ही कोई बंधन। लेकिन संतोषी माता के उद्यापन के अवसर पर मकान मालिक की पुत्रवधू द्वारा सभी लड़कों को भोजन कराने के दौरान एक विषमता उजागर हो ही गई। संतु को यह बहुत बुरा लग रहा था। जिन लड़कों के साथ वह एक थाली में खाता रहा था, आज वही टुकुर-टुकुर मुँह ताक रहे थे। संतोषी माता की पुजारिन का फरमान था कि पहले 'ब्राह्मण कुमार' प्रसाद ग्रहण कर लेंगे, तभी कोई अन्य खाएगा। कितना स्वादिष्ट था भोजन। पूड़ी एकदम मुलायम। चने की घुघनी उतनी ही चटपटी और साथ में मेवों से भरी तृप्तिदायक खीर। जितना चाहे खाओ। संतु के जीवन में ऐसे अवसर कम आए थे। फिर भी वह जैसे-तैसे चार पूड़ी खाकर उठ गया। बाद में जब संतोषी माता इतनी प्रचारित हो उठीं कि हर हफ्ते कहीं न कहीं से प्रसाद खाने का न्योता आने लगा, संतु ने नियम बनवा लिया कि खाना सबों को साथ परोसा जाएगा। केवल वह मुँह पहले जुठार देता और फिर सब साथ खाने लगते।

इसी बीच चुन्ना भैया रेलवे की एक लिखित परीक्षा में उत्तीर्ण हुए, किंतु साक्षात्कार के बाद अंतिम चयन में नहीं आ सके। इधर उन्होंने सेंट्रल एक्साइज की परीक्षा का फॉर्म भरा था और इसमें उनका चयन होना तय था। वह इस विभाग के एक बड़े अधिकारी की बेटी को वर्षों से ट्यूशन पढ़ा रहे थे और वह अधिकारी अपनी पुत्री के ट्यूटर की घरेलू परिस्थिति से वाकिफ़ थे। एक शाम वह हाते में भी आए थे। अपनी चमचमाती कार में। बाबूजी घर पर ही थे। उन्होंने बाबूजी के सामने ही कहा कि मेरी उम्र तक आते-आते यह लड़का मुझसे भी बड़ा अफसर होगा। सुनकर अम्माँ खुशी से कँपकँपाने लगीं। मगर बाबूजी का चेहरा बुरी तरह से तमतमाया हुआ था। उनके जाने के बाद बाबूजी ने चुन्ना भैया के सुखद भविष्य के लिए उनकी पीठ थपथपायी। चुन्ना भैया ने लजाते हुए उनके पाँव छुए और आशीर्वाद माँगा। बाबूजी ने बहुत संकोच के साथ कहा, ''तुम्हें मेरे जैसे पतित आदमी के आशीर्वाद की क्या जरूरत? तुम्हें आशीर्वाद देने वालों की कोई कमी थोड़े न है इस शहर में!''

सचमुच चुन्ना भैया का दायरा लगातार बढ़ता जा रहा था। एक अच्छे ट्यूटर

के रूप में उनकी बहुत माँग थी। इधर हाते के तमाम बच्चों समेत संतु को भी उन्होंने अपने संरक्षण में ले लिया था। अब पढ़ते समय सभी लड़के डाक्टर, इंजीनियर का सपना देखते हुए पढ़ते तो खेलते समय अपने इस पिछड़े देश को ओलम्पिक में स्वर्ण पदक दिलाने की हसरत लेकर। पटना विश्वविद्यालय में हुए अंतर विश्वविद्यालय खेलकूद प्रतियोगिता में हाते के सभी लड़कों ने चुन्ना भैया को ऊँची कूद में तृतीय पुरस्कार प्राप्त करते देखा था। यह एक इतनी बड़ी उपलब्धि थी कि चुन्ना भैया को सबों ने एकमत से अपना कोच मान लिया था। किंतु इस तैयारी में उफान तब आया जब चुन्ना भैया के नेतृत्व में हाते के सभी भावी ओलम्पियनों ने वीणा सिनेमा के सुबह दस बजे वाले शो में 'मैक्सिको ओलम्पिक' नामक फिल्म देखी। हॉल से बाहर निकलने के बाद सभी लड़कों की नज़रों के आगे उनका एकमात्र आदर्श चमक रहा था। वह और कोई नहीं एक काला अमेरिकन था—बॉब विमन। संतु ने तो इस फिल्म का एक मुख्य वाक्य रट लिया था—"आफ्टर एवरी फोर इयर्स, पीपुल एसम्बॅल फॉर वार एंड दे कॉल इट द गेम्स।"

इस फिल्म के बाद हाते में सौ मीटर ग्यारह सेकेंड में दौड़ने का रिकॉर्ड बना। लंबी कूद में बीस से इक्कीस फुट और ऊँची कूद में बने पाँच फीट के रिकॉर्ड ने पटना जिला खेल-कूद प्रतियोगिता में तो काफी जलवे दिखाए, मगर ओलम्पिक के रिकॉर्ड तो क्या राष्ट्रीय रिकॉर्ड के मुकाबले भी यह काफी फीके थे। कुछ लड़के तो निराश होकर क्रिकेट में भाग्य आजमाने लगे थे तो कुछ संतु के कैंप में आ गए थे जहाँ रोज शाम खेत में बनाए गए आठ गुणा आठ फीट की भुरभुरी मिट्टी वाले अखाड़े में कुश्ती का अभ्यास होता। संतु इसमें अव्वल होता क्योंकि पास ही मकान मालिक की बालकनी पर खड़ी बाल काढ़ती एक लड़की संतु की ओर मुग्ध नजरों से निहारती रहती।

वह नीलम थी। मकान मालिक के एक भाई जो नौकरी में थे, वह भागलपुर से स्थानांतरित होकर पटना आ गए थे। यह उन्हीं की एकमात्र लड़की थी। उससे और उसके भाई मुकेश से संतु की खूब जमती थी क्योंकि वह लोग अंगिका भी बोलते थे और उनकी उपस्थिति से संतु को नाथूचक के कहीं आसपास ही होने का अहसास हरदम भरमाता रहता था।

एक शाम जब बिजली कटी हुई थी, नीलम संतु का हाथ पकड़ उसे अपनी दुछत्ती तक खींच लाई। यहाँ मकान मालिकों का कबाड़ रहता था और दिन में भी कोई आता-जाता नहीं था। नीलम संतु से सटकर खड़ी थी। उसने संतु का हाथ पकड़ अपनी छाती पर रखा। और संतु को सकपकाया खड़ा देख उससे लिपट गई।

संतु को अजीब लगा। किसी लड़की का आगे बढ़कर पहल करना। बल्कि उसे क्रोध भी आया। समझती क्या है खुद को? मैं क्या कोई ऐसा वैसा हूँ!

संतु ने खुद को उससे अलग किया तो उसे बुरा लगा। काफी बुरा। उसने उसे समझाया कि इसमें कुछ भी बुराई नहीं है। प्यार तो सबसे पवित्र रिश्ता होता है और कम से कम उस लड़के को तो हिचकने का कोई अधिकार नहीं, जिसका बाप खुलेआम रंडीबाजी करता घूमता हो। संतु को यह और भी बुरा लगा और उसने जबरन अपना हाथ छुड़ा लिया।

संतु की इस हरकत से नीलम तमतमा उठी थी। उसने संतु की पीठ पर अपने व्यंग्य से प्रहार किया—"सारी पहलवानी अखाड़े तक ही? असली पहलवान हो तो मुझको हराकर दिखाओ।"

संतु अचानक पलटा और उसने क्रोध से किचकिचाते हुए नीलम को जकड़ लिया। दोनों लंबी-लंबी साँसें भरने लगे। यह पहला उबाल था। संतु पैंट के भीतर ही स्खलित हो गया और मारे शर्म के भाग खड़ा हुआ।

नीलम के इस सहज समर्पण ने संतु के अंदर एक अनोखा आत्मविश्वास भर दिया था। वह कद-काठी में अंजना से थोड़ी बीस थी पर स्वभाव लगभग वैसा ही था। वैसी ही तुनकमिज़ाज़ और शरारती। लेकिन संतु के प्रति वह एक अनुरतिपूर्ण अंधभक्ति से भरी थी और इसकी अभिव्यक्ति वह अक्सर इस तरह के वाक्यों से करती कि देख लेना, एक दिन तुम बहुत बड़ें आदमी बनोगे। तब हमको अकेले में कभी याद कर लेना, बस।

संतु उसकी ऐसी श्रद्धा और निःस्वार्थ समर्पण से अक्सर घबरा उठता। आखिर इस लड़की को क्या सचमुच उससे कुछ भी नहीं चाहिए! उसके स्वाभिमान को यह गँवारा नहीं होता। वह भावुक स्वर में वचन देता—"चाहे मैं कितना ही बड़ा आदमी क्यों न बन जाऊँ, ब्याह मैं तुम्हीं से करूँगा, जान लो।"

सुनकर खूब खिलखिलाती नीलम। "तुम एकदम्में भोला बसंत हो क्या जी?"—वह किसी पुरखिन की तरह समझाने लगती, "तुम्हारे ब्याह में अभी बहुत देर है। कम-से-कम दस-बारह बरस। जबकि हमरा ब्याह हद से हद तीन-चार साल में हो जाएगा। अम्माँ-बाबूजी तो अभी से सोचने लगे हैं मेरी शादी के बारे में।...और पता भी है कि मेरे भावी दूल्हे की उम्र कितनी होगी? समझ लो कि तुम्हारे चुन्ना भैया से भी दो-चार वर्ष ऊपर ही।" अपनी बात समाप्त कर वह फिस्सऽ...से एक खिसियानी सी हँसी हँसती और फिर जमीन में पिच्च से थूक देती।

संतु अवाक् होकर उसका मुँह की ताकता रह जाता। फिर जैसे ही वह चिंतित

होने का अभिनय करता नहीं कि नीलम झट इशारा कर चल देती। मकान मालिकों की दुछत्ती में पहुँचने का इशारा कर...। यहाँ संतु को पूरी छूट थी। बस एक अवरोध के साथ। कमर से नीचे के कपड़ों पर हाथ नहीं लगाना था। लिपट चिपटकर वह अंततः अपनी एयरविंग की पैंट ही खराब करता। इसके चलते वह अत्यधिक ग्लानि अनुभव करता। पैंट बदलना बहुत मुश्किल काम था। अंततः उसने अपने लिए जाँघिए की माँग की और अम्माँ ने आश्चर्य से उसे घूरा कि ज़नाब इस अतिरिक्त खर्च की अभी ज़रूरत ही क्या है? अम्माँ ने मामला बाबूजी की अदालत में रखा। बाबूजी ऑफिस से एक जालीदार टाटनुमा कपड़े का थान उठाकर ले आए। अम्माँ ने इसी से कई जाँघिए, पैंट तैयार किए। यह जाँघिया काफी गड़ता था और इसकी रगड़ के निशान आज भी संतु की जाँघों पर बर्थ मार्क की तरह दर्ज हैं।

फिर भी संतु के जीवन के वे सबसे हसीन पल थे। संतोषी माता की व्रत के स्वादिष्ट प्रसाद से लेकर नीलम जैसी आकर्षक चुलबुली सहपाठिनी का सहज समर्पण सुख। यह सब कुछ थोड़े बहुत अवरोध और अंतराल के साथ उपलब्ध था उसके लिए। ऐसे समय में जीवन के तमाम अभाव वाष्प बनकर शून्य में विलीन हो जाते हैं और सारी तकलीफें हवा हवाई हो जाती हैं। पसीना गुलाब की तरह महकने लगता है और दोपहर की गर्म पछिया हवा भी मलयानिल का अहसास कराती है। अमराई में गूँजती पंछी की आवाज दिल को सुकून देती है। क्या सुख से जीने के लिए इतने सरो-सामान काफी नहीं?

चुन्ना भैया ने इन्हीं दिनों एक और धमाका किया। सांस्कृतिक धमाका। और ओलम्पियन बनने की चाहत रखने वाले तमाम लड़के जो अपने घिसे-पिटे रिकॉर्ड में कोई बढ़ोतरी न कर पाने के कारण बुरी तरह क्षुब्ध थे, इस धमाके में उसी जोश और उत्साह के साथ शामिल हुए, जैसे भारतीय सेनाएँ बांग्लादेश की मुक्तिवाहिनी के साथ। दरअसल इस सांस्कृतिक धमाके का बहुत कुछ संबंध भारत-पाक के इस युद्ध से भी था। 'धर्मयुग' के मुखपृष्ठ पर बांग्लादेश में बम बरसानेवाले जांबाज मिग चालकों की तस्वीर छपी थी। फतेह और कामयाबी के बढ़ते कदम के सुर में अपना सुर मिलाने को आतुर चुन्ना भैया ने अपने एक संगीतज्ञ दोस्त के साथ एक ऑर्केस्ट्रा पार्टी की नींव डाली थी। चुन्ना भैया इन्हीं दिनों आकाशवाणी पटना से सुगम संगीत और गजलों के कार्यक्रमों में खूब प्रसारित हो रहे थे। उनके साथ-साथ अम्माँ के लिए भी कार्यक्रम आता। सुगम संगीत के अलावा वह वार्ताकार के रूप में भी प्रसिद्ध हो चुकी थीं। चुन्ना भैया उनकी वार्ता तैयार करते और अम्माँ उसे पूरे आत्मविश्वास के साथ रिकॉर्ड करा आतीं।

यह ऑर्केस्ट्रा पार्टी इस मायने में अनोखी थी—क्योंकि इसमें देशभक्ति के कुछ फिल्मी और गैर-फिल्मी गीतों के साथ माखनलाल चतुर्वेदी, दिनकर, नेपाली, बच्चन, महादेवी एवं केदारनाथ मिश्र 'प्रभात' जी के गीतों, कविताओं को कर्णप्रिय धुनों में पिरोकर गाया जाता। इसमें वादक सभी बाहरी थे। मुख्य गायक चुन्ना भैया थे और हाते के तमाम लड़कों के साथ-साथ अन्य स्थानीय प्रतिभाएँ। पर नीलम का भाई मुकेश लड़की के स्वर की कमी पूरी करता। गली के मोड़ पर अर्जुन साव नामक लड़के की कोयले की टाल थी। वह दिनभर वहीं कोयला बेचता था। था भी कोयले की तरह काला। लेकिन जब वह एक कान को हथेली से ढँक माइक के सामने 'हिमाला की बुलंदी से...सुनो आवाज़ है आई' की हाँक लगाता तो श्रोताओं के बीच एकदम से सन्नाटा पसर जाता। उसकी आवाज़ मोहम्मद रफ़ी से जितनी अधिक मिलती थी, उतना ही अधिक वह बेसुरा भी था। लेकिन उसे स्लाला कोयला बेचनेवाला...जा, जाके कोयला बेच जैसे चुभनेवाले उलाहने दे-देकर अंततः सुर में ला ही दिया मास्टर सत्यव्रत ने। वह थे ही इतने भारी उस्ताद। उनका हारमोनियम पर 'सोलो' होता। पहले वह 'मेरे सपनों की रानी कब आएगी तू' जैसा सुपरहिट बजाते और इसके बाद 'है अपना दिल तो आवारा' सरीखा सदाबहार नगमा। कहना न होगा, इन दोनों प्रस्तुतियों के साथ वह मंच लूट लेते।

ऑर्केस्ट्रा के बीच-बीच में दो-तीन आयटम 'केरिकेचर' का भी रहता जिसमें चुन्ना भैया के एक दोस्त के बड़े भाई अपना हुनर दिखलाते। उनका नाम निरंजन था। रिहर्सल के दौरान सभी बच्चों, महिलाओं का हुजूम उन्हें घेरे रहता। 'शो' के दौरान भी वही सर्वाधिक तालियों का मजा लेते। जब भी कोई उनके इस हुनर के प्रति सम्मान प्रकट करता तो वह लजा जाते। फिर धीरे से बतलाते कि उन्होंने यह कला पटना विश्वविद्यालय के अपने एक सहपाठी लालू प्रसाद से सीखी है, जो कि एक छात्र नेता भी हैं।

यह ऑर्केस्ट्रा पार्टी एक डेढ़ वर्ष तक खूब झमझमा कर चली। तमाम कॉलेजों, स्कूलों में इसकी ससम्मान बुकिंग होती। हाते के सभी लड़कों की जेबों में अब थोड़ी बहुत नकदी रहने लगी। पहली दफ़ा हाते के इन लड़कों ने पॉल होटल का मसाला-दोसा और मटन-कोरमा चखा। सोडा फाउंटेन की कॉफी पीते हुए गंभीर हुए और पिंटु होटल का रसगुल्ला खाकर इन्होंने जश्न मनाना सीखा।

लोग कहते हैं कि चाँद में भी दाग होता है। होता है तो हो चुन्ना भैया में भी दाग है। अब है तो है। नीलम का भाई मुकेश संतु के कानों में फुसफुसाता—"वह जो कटार जैसी आँखों वाली गायत्री दी हैं न, जो किसी से ज़्यादा बात नहीं

करतीं, उन्हीं के साथ चक्कर है तेरे चुन्ना भैया का।...और उसका छोटा भाई सुशील...जो दोनों की चिट्ठियाँ पहुँचाता है...उससे भी। एक को आगे से तो दूसरे को पीछे से हैंडिल करते हैं तेरे भैया।"

"चाँद पर थूकने से थूक अपने मुँह पर ही पड़ेगा, जान लो!"—संतु ने रोष से कहा।

"मैं एकदम सच कह रहा हूँ। संतोषी माँ की कसम।"

"तुमको चुन्ना भैया की जासूसी पर किसने लगाया है?"

"नहीं यार...बुरा मत मान...देख...!" मुकेश ने उसे पुचकारते हुए कहा—"दरअसल अपना भी उद्यम ही एक चक्कर शुरू हुआ है।"

"अब मैं सब समझ गया;"—संतु ने फट कहा, "सुशील की छोटी बहन की आजकल नीलम के संग खूब घुट रही है।"

"अरे वही तो मेरी जान है;"—मुकेश ने दोनों हाथों से अपनी छाती मलते हुए ख़लिश मजनुवी अंदाज़ में कहा।

संतु ने बात का रुख मोड़ दिया। उसे डर लगा, कहीं नीलम और उसके संबंध की कोई बात न निकल आए। फिर भला कैसे मुँह दिखाएगा वह मुकेश को!

इसी बीच वह बहुप्रतीक्षित दिन भी आ गया। आज के दिन चुन्ना भैया को कस्टम विभाग वाली परीक्षा में बैठना था । संयोग से आज ही के दिन रेलवे के एक पद के लिए उनका साक्षात्कार भी होना था। चुन्ना भैया ने वह साक्षात्कार पत्र उठाकर फेंक दिया था। क्योंकि पिछले वर्ष इसी पद के लिए उनका चयन नहीं हो सका था। वह नियत समय से दही का टीका लगा परीक्षा भवन की ओर कूच कर गए।

बाबूजी को जब इस अनहोनी का पता चला, उन्होंने वह साक्षात्कार पत्र ढुंढ़वाया। बड़ी मुश्किल से वह कूड़ेदान में मिला। बाबूजी ने उसे गीले कपड़े से साफ करवाया और जेब में रखकर तीर की तरह भाग टूटे।

पटना जंक्शन पर पधारे साक्षात्कार लेने वाले पदाधिकारियों के पैरों पर जाकर उन्होंने अपना सर रख दिया। जैसा कि बाद में अपनी सफलता का ढिंढ़ोरा पीटते हुए बाबूजी ने बतलाया कि अफसरों में एक एस॰सी॰ थे जो किसी ब्राह्मण को अपने चरणों पर पड़ा देख घबरा उठे और उन्हीं की पहल से चुन्ना भैया को अगले सप्ताह जमालपुर में साक्षात्कार समिति के समक्ष उपस्थित होने की इज़ाज़त मिल गई।

चुन्ना भैया पूरी बेफ़िक्री के साथ यह साक्षात्कार भी दे आए। उनके पास खोने को कुछ भी न था और पाने को एक मुक्कमल अच्छी नौकरी थी। कस्टम वाली परीक्षा भी शानदार गई थी। सो वह एकदम बेख़ौफ़ किस्म के आत्मविश्वास

से लबालब थे। जब वह वहाँ से बाबूजी के संग लौटे, संतु के पास उन्हें देने को एक बुरी ख़बर थी। किंतु वह भयानक असमंजस में था। कहे या न कहे? बल्कि मटिया ही दे तो क्या हर्ज! लेकिन संतु जब भी वह दृश्य याद करता, उसके दिल में जैसे सूइयाँ चुभने लगतीं। सभी तो यह करते हैं। कर रहे हैं वह स्वयं भी। चुन्ना भैया भी। फिर यह चुभन क्यों?

अंततः रहा नहीं गया उससे और एक रात सोते समय उसने चुन्ना भैया के कानों में अपने दिल का गुबार उँड़ेल ही तो दिया।

सुनकर कुछ क्षण तक खामोश लेटे रहे चुन्ना भैया। जैसे तय कर रहे हों कि उन्हें कैसी प्रतिक्रिया व्यक्त करनी चाहिए। संतु ने इसी बीच आँक लिया कि सब कुछ जानकर तनिक भी परेशान नहीं हुए थे वह। उल्टे थोड़ा मुस्कुराए ही थे। जैसे कि मन ही मन कह रहे हों कि बस...इत्ती सी बात!

लेकिन फिर उन्होंने एकदम साफ-साफ शब्दों में अपना पक्ष रखा—"हम लोग जो चाहे कर सकते हैं, क्यों? हम लोग माने मैं, बाबूजी ...या तुम (तुम सुनकर संतु एकबारगी कँपकँपा उठा था)। माने पूरा पुरुष समाज। और अम्माँ...एक बेचारी स्त्री...वह अपनी पसंद के किसी पुरुष के संग हँस बोल भी नहीं सकतीं, साथ घूम फिर भी नहीं सकतीं, क्यों...! यह तुम्हारी कैसी दृष्टि है संतु? बड़े होकर क्या तुम ऐसे ही बंद समाज की स्थापना में मदद देना चाहोगे?"

संतु निरुत्तर हो उठा। बल्कि थोड़ा झेंप भी गया। अब उसके मन में किसी भी प्रकार का कोई संशय नहीं था। उसने मन ही मन विचारा—आखिर चुन्ना भैया को यूँ ही वंडर ब्वॉय नहीं कहते थे देवकी बाबू!

उन्नीस

सोहन बाबू में जितनी भी कमजोरियाँ थीं, उनमें से एक थी उनका असंदिग्ध नाथूचकवासी प्रेम। राजधानी में रहते हुए वह अपने घर से जितना अधिक कट चुके थे, नाथूचक के अन्य घरों से उनका लगाव उतना ही घनिष्ठतर होता जा रहा था। नाथूचक से पटना आनेवाला चाहे कोई भी हो, सोहन बाबू से भेंट किए बिना नहीं लौटता। उनका दफ़्तर था ही रेलवे स्टेशन की बगल में। जिसको फुर्सत न भी मिल पाती, पता चला कि लौटती में ट्रेन घंटा भर विलंब हो गई और वह वक़्त काटने को ही पी॰एम॰जी॰ ऑफिस जा पहुँचा है। सोहन बाबू के प्रति नाथूचकवासियों के इस अत्यधिक लगाव की जो एकमात्र वजह थी, वह था उनका अनुपमेय अतिथि सत्कार। वह प्रत्येक आगंतुक को उसकी इच्छानुसार दफ्तर के कैंटीन में चाय, नाश्ता, भोजन वगैरह से उपकृत करते। यदि आगंतुक के ठहरने टिकने की कोई मुकम्मल व्यवस्था नहीं रहती, उसे अपने संग शाम को डेरा लिवा आते। वैसे नाथूचक के एक जने विधायक भी थे। पटना में उनके फ़्लैट का बाहरी कमरा किसी भी नाथूचकवासी को ठहरने, रहने की सुविधा प्रदान करने हेतु हमेशा पलक पाँवड़े बिछाए रहता। लेकिन वहाँ एक प्याली चाय जैसी कोई व्यवस्था नहीं रहती थी। सो बुद्धिमान नाथूचकवासी अपना डेरा-डंडा उस फ्लैट में जमाते और भोजन पानी के वास्ते सोहन बाबू के पास चले आते। अतिथि जो कहीं सोहन बाबू के आग्रह को टाल न सकने के कारण उनके साथ ही टिक जाता, सोहन बाबू अपनी दिनचर्या उसकी दिनचर्या के अनुसार ढाल लेते। अतिथि यदि माँसाहार प्रेमी हुआ तो उसके वास्ते माँस भी पकता। यदि वह मदिरा प्रेमी होता तो सोहन बाबू उसे भट्टी से भी टहला लाते। ऐसे समय में वह अनावश्यक रूप से उदार हो जाते थे। उनकी धर्मपत्नी नंदिनी इस खास मौके का फायदा उठा तमाम ज़रूरी सामान मँगवा लेतीं और ताज्जुब कि सोहन बाबू खुशी-खुशी लाते।

रात्रि भोजन के बाद नीम के पेड़ तले अतिथि के वास्ते चौकी बिछती। बगल में सोहन बाबू भी अपना बिस्तर लगवाते। नंदिनी पनबट्टा लेकर वहीं जम जातीं। और फिर पति-पत्नी अतिथि से नाथूचक के एक-एक घर का समाचार खोद-खोदकर पूछते रहते। उन दोनों का बस चलता तो नाथूचक की एक-एक लता वनस्पति से लेकर जर्रे-जर्रे तक का हाल पूछ डालते। मगर इसी बीच नींद के मारे अतिथि झूमने लगता और सोहन बाबू भी मन मसोसकर सोने चले जाते।

सुबह अम्माँ के माध्यम से मुख्य समाचार संतु तक भी पहुँच जाता, क्योंकि उसके भीतर इनके लिए खास जिज्ञासा रहती थी और वह अतिथि से अकेले में दस-बीस मिनट बतिया लेने का मौका भी जरूर निकाल लेता था। इन्हीं अतिथियों माध्यम से दो वर्ष पहले ही अश्विन चा की मृत्यु का समाचार विस्तार से मिल चुका था। तब बस्ती में पहली दफा पुलिस आई थी तहक़ीकात के लिए। मम ने इस बुढ़ापे में भी अपूर्व बुद्धि कौशल का परिचय देते हुए इसे झेला था। साथ ही अपनी कृपणता का भी परित्याग कर उन्होंने पुलिस पार्टी को भरपेट पूड़ी हलुआ खिलाया था। बीच में लुद्दो काकी की मूर्खता के चलते सब गुड़ गोबर होते-होते भी सँभाल लिया था मम ने। यह सारी बातें संतु को विस्तार से पता थीं। आज जो सबसे हृदयविदारक समाचार मिला था उसे, यह शिवभंजन तिवारी के अकस्मात देहावसान का था। वे हमेशा की तरह इस वर्ष भी संभावित वर की तलाश में उत्तर प्रदेश के गाँवों की खाक छानते फिर रहे थे। इसी क्रम में एक छोटे से गँवई स्टेशन पर रेल के इंतजार के दौरान उसके सीने में तेज दर्द उठा। अंततः उसी प्लेटफॉर्म पर ही तड़फड़ाते और छटपटाते हुए उन्होंने प्राण त्याग दिए। उनका अंतिम संस्कार उनके दूर के एक रिश्तेदार के पुत्र ने कर दिया, क्योंकि लाश उतनी दूर से नाथूचक ला पाना खर्च की अधिकता के कारण संभव नहीं था।

खबर सुनते ही संतु की आँखों के आगे सरला और निर्मला का चेहरा घूम गया। साथ ही उनकी माँ चंदा काकी का भी। पता नहीं वह लोग किस हाल में होंगे और जीवन नैया कैसे खेव रहे होंगे?

संतु हर आने-जानेवालों से तिलू अजिया का हाल जरूर लेता था। पता यही चलता कि टैरू के बेटे का उनके घर आना-जाना बदस्तूर जारी है। यह भी कि उनका स्कूल अब उतना नहीं चलता और इसी के चलते उन्होंने अपने दुआरे एक दुकान कर लिया है। वैसे तिलू अजिया का हाल जानने को अम्माँ भी उत्सुक दिखतीं, मगर उनकी सर्वाधिक दिलचस्पी अपनी देवरानी के कार्यकलापों से अवगत होने में रहती। सुनने में यही आता कि अब तक वह भागलपुर की एक प्रमुख सोशलाइट

बन चुकी हैं। कई सामाजिक कार्यों में उनकी सक्रिय हिस्सेदारी रहती है। उनका मेल-जोल, उठना-बैठना वगैरह भी भागलपुर के तमाम ऊँचे और बड़े लोगों के बीच होता है। वह नाथूचक में किसी को भी ज़्यादा तरजीह न देतीं। जबकि एक पर एक अकड़ू और अपने को फन्ने खाँ समझने वाले नाथूचकवासी अपने किसी न किसी काम के लिए 'पप्पू दुल्हिन...पप्पू दुल्हिन' की रट लगाते उनके आगे पीछे डोलते फिरते।

"पप्पू तो जान लो कि खाली डिग्री बेचे चले जा रहे हैं। बड़े-बड़े घरानों की बहू-बेटियों को घर बैठे एम.ए. पी-एच.डी. करवा दे रहे हैं। बदले में उनसे क्या-क्या हसोटना है, यह सब उनकी दुल्हिन तय करती हैं।"—यह एक आगंतुक का कथन होता।

वहीं दूसरा बयान करता—"चाहे जो हो, मगर पप्पू हैं भले आदमी। बस्ती में किसी का भी कोई काम हो, वह ना नहीं करते। आज उन्हीं की बदौलत बस्ती की एक-एक लड़की एम.ए. पास है।"

और कोई तीसरा अम्माँ के बनाए स्वादिष्ट पराँठों का लुत्फ उठाते हुए आह भरता—"चाहे जो कहो भाभी, बिटिया बेचारी टुअर की तरह दिन काट रही है। सभी मगन हैं अपने-अपने में। उस बेचारी की चिंता किसी को नहीं।"

सुनकर अम्माँ का कलेजा मुँह को आ जाता। वह धीरे से अतिथि को सुझाव देतीं—"यह बात जरा इनके कान में भी डाल देना भइया! बहुत उपकार होगा। मैं कहूँगी तो उल्टे मुझे ही गाली देने लगेंगे।" मौका ताककर नंदिनी अपने पति के दुर्गुणों एवं कुटैवों का कच्चा चिट्ठा अतिथि के माध्यम से नाथूचक भिजवाने में पीछे नहीं हटतीं। अतिथि यदि समझदार होता तो उसके दोनों हाथों में लड्डू रहते।

ऐसे ही एक दिन अतिथि स्वरूप पधारे पत्रकार मनोहर मिश्र। वह अकेले आते तो लालू मिसिर के साथ 'अजय भवन' में ही टिक जाते। किंतु इस दफे वह अपनी बेटी को लेकर आए थे जिसे आकाशवाणी में ड्यूटी अफसर पद के लिए साक्षात्कार देना था। उन्होंने आते ही एक विस्फोटक खबर दी थी— "शिवभंजन बहू ने अपने घर से सटे बगान वाली जमीन महँगू तूरी को बेच दी है। कुछ तो कर्ज से मुक्ति और खर्चेपानी की सहूलियत को लेकर। लेकिन इसके पीछे ज़्यादा हाथ बस्ती वालों की ज्यादतियों और मुँहचोरपने का भी है।"

सुबह खा-पीकर मनोहर मिश्र बाबूजी के साथ ही निकल पड़े। साथ में संतु और उनकी बेटी। बाबूजी तो दफ़्तर चले गए, जबकि यह तीनों एम.एल.ए. फ्लैट पहुँचे। वहाँ एक परिचित विधायक की मार्फत दिल्ली फोन लगवाया गया। सूचना एवं प्रसारण मंत्री के यहाँ। मनोहर मिश्र ने विधायक जी से चोंगा झपटकर खुद भी बात की। मगर बात कुछ बन नहीं सकी। वहाँ से रिक्शा लेकर तीनों

आकाशवाणी पहुँचे। पद केवल एक था जबकि उम्मीदवार पचास के करीब। यह भी चर्चा सुनने को मिली कि केंद्र निदेशक का पुत्र भी उम्मीदवार है और उसी के चुने जाने की उम्मीद है। मनोहर मिश्र ने काफी देर इंतजार किया। संतु ऊँची एड़ी की सैंडिल खटखटाती और कटे हुए बालों को लहराते चलती स्त्रियों को मुग्ध भाव से निहारने में खोया था। साक्षात्कार का जैसा रवैया चल रहा था कि मनोहर मिश्र से और इंतजार करते नहीं बना।

''चल बेटी! यहाँ पूरी चोरकटई चल रही है। इन लोगों पर दिल्ली के अखबार में लिखूँगा, तब समझेंगे स्लाले!''

मनोहर मिश्र ने बाहर निकलकर उन दोनों को समोसा खिलाया। फिर रिक्शा पर घर की ओर विदा कर दिया। रिक्शे पर बैठते वक़्त उनकी लड़की की आँखों में आँसू थे। मनोहर मिश्र पैदल ही 'दी सर्चलाइट प्रेस' की ओर चल दिए थे।

उसी दिन दोपहर ढलते ही बाबूजी दफ़्तर से लौट आए। वह अत्यधिक प्रसन्न और बेचैन दिख रहे थे। आते ही अम्माँ का माथा चूमते हुए उन्होंने कहा—''बधाई हो गृहलक्ष्मी! अब आप एक कमासुत लड़के की माँ बनने जा रही हैं।''

अम्माँ, जो पति के इस अप्रत्याशित आचरण से जड़ सी खड़ी रह गई थीं, यह ख़बर सुनते ही अचानक कँपकँपाने लगीं। उन्हें लगा कि उनके पति नाथूचक के मेहमानों की उपस्थिति का वेजा फायदा उठाते हुए उनसे कोई घटिया मज़ाक कर रहे हैं। चुन्ना भैया की नौकरी लगते-लगते रह गई थी। और इसका भरपूर सदमा अम्माँ को था। कस्टम वाली परीक्षा में उनका नाम मेरिट सूची के प्रथम पाँच नामों में था, मगर खुदा की मार पड़े दो पड़ोसी मुल्कों के युद्ध पर। निन्यानवे हजार फौजियों के एकमुश्त समर्पण के बाद अम्माँ ने भी इंदिरा गाँधी को दुर्गा का ही रूप मान लिया था। वैसे भी वह उनकी अंधभक्त थीं ही। किंतु युद्ध के बाद के आर्थिक नुकसान की भरपाई के वास्ते केंद्र सरकार ने जब तमाम नई नियुक्तियों को रद्द कर दिया, इसकी गाज सीधे अम्माँ के एकमात्र सपने और उससे जुड़े ढेरों अरमानों पर गिरी। जिस दिन यह सूचना आई थी, अम्माँ ने उसी दीवार से टकराकर अपना सर फोड़ लिया था, जिस दीवार पर इंदिरा गाँधी की एक मुस्कुराती तस्वीर टँगी थी। हफ्तों वह पागल की तरह रोती और इंदिरा गांधी को गलियाती रही थीं। खाना-पीना भी लगभग त्याग दिया था उन्होंने। अंत में अपने पुत्र चुन्ना के समझाने पर ही वह बहुत मुश्किल से सहज हो पाई थीं। बाबूजी ने तब इस समाचार पर यही प्रतिक्रिया दी थी—''बहुत ही बदनसीब हैं चुन्ना! अगर बाप के कहे में रहते तो आज यह दिन न देखना पड़ता।''

मगर आज दिन पलट चुका था। बदनसीबी, खुशनसीबी में तब्दील हो चुकी थी। अम्माँ पूरी बातें सुनकर और कागज देखकर मारे खुशी के वहीं जमीन पर ही लहालोट हो गई थीं। फर्श पर बैठे ही बैठे इस सुखद समाचार का पूरा श्रेय बाबूजी को देते हुए वह विस्तार से एक-एक घटना बतलाने लगी थीं। ''समझो कि कूड़ा पर से लक्ष्मी को वापस खींच लाए हैं चुन्ना के बाबू! इसी से न कहते हैं कि बाढ़े पूत पिता के घर में।''

चुन्ना कॉलेज से लौटे तो उनके दोनों लँगोटिया यार भी थे। खबर सुनते ही तीनों उछल पड़े। बाबूजी ने अम्माँ से कहा, ''जल्दी से साड़ी बदल हो। हम लोग स्टेशन चलेंगे। महावीर मंदिर। पहले हनुमान जी का मुँह मीठा कराने के बाद सबका मुँह मीठा कराया जाएगा।''

''चाचा जी पार्टी...वह तो आज ही होनी चाहिए,''– चुन्ना भैया के एक दोस्त ने भरपूर उत्साह के साथ मिन्नत की।

बाबूजी चुन्ना भैया के इन दोनों दोस्तों से भयानक रूप से कुपित रहते थे। एक को वह 'कायस्थ का बच्चा कभी न सच्चा' का खिताब देते तो दूसरे के विषय में 'जादो की यारी और भादो की उजियारी, बात बराबर है' जैसे भदेस मुहावरे का उदाहरण देते। सो पार्टी के उत्साह पर पानी फेरते हुए उन्होंने बिना किसी लाग लपेट के कहा–''वह तो चुन्ना बाबू देंगे...अपनी पहली तनख़ाह पाने के बाद।''

''आखिर हैं तो मम के ही बेटा न!'' अम्माँ ने नाथूचक के अतिथियों की ओर देखते हुए चुहल किया और साड़ी बदलने चली गईं।

सोहन बाबू इधर काफी दिनों से थोड़े उद्विग्न थे। परेशान भी। दरअसल अपने पुत्र चुन्ना की ओर से निराश होकर उन्होंने फुच्चो की माँ की नौकरी पी॰एम॰जी॰ से कहकर लगवा दी थी। पी॰ एम॰ जी॰ ने यह काम जाते-जाते इच्छापूर्वक कर दिया था, क्योंकि अपने तमाम प्रयास के बावजूद वह अपने चहेते क्लर्क को पोस्टल इंस्पेक्टर नहीं बनवा पाए थे। सुनने में तो यह भी आया कि पी॰एम॰जी॰ ने उन्हें अकेले में बुरी तरह डाँटते हुए यह तक कह डाला कि उन्हें यकीन नहीं हो पा रहा है कि वह चुन्ना जैसे जीनियस के पिता हैं।

बहरहाल किस्सा यह कि नौकरी लगते ही फुच्चो की माँ ने जो पहला काम किया, वह था सोहन बाबू को ठेंगा दिखा देना। बल्कि इससे भी कुछ ज़्यादा ही। जिसे अंग्रेजी में कहते हैं 'किक ऑन द बटक' सो कर दिया। इसके साथ ही महीने भर के भीतर उसने अपना और अपने पति का तबादला अपने मायके के शहर में करवा दिया और सोहन बाबू को बगैर इत्तला दिए ही चिड़िया मय घोंसले के फुर्र हो गयी।

नंदिनी को यह ख़बर मेहतरानी से लगी थी। वह उसी मोहल्ले में रहती थी। और अपनी मालकिन को अक्सर कुछ न कुछ चटपटी ख़बरें मुहैया कराती रहती थी। इस दफ़े जब उसने यह सनसनीखेज़ समाचार दिया तो नंदिनी ने बाकायदा हलुवा बनाकर उसका मुँह मीठा कराया। फिर थोड़ी नमकीन के साथ चाय भी पिलाई। संतु को गली की मोड़ तक दौड़ाकर उसके लिए पान और काला पीला जर्दा भी मँगवाया।

नंदिनी अब निश्चिंत थी। उसने अपने बड़े बेटे को इस गोपनीय समाचार की छानबीन को लगाया था और नतीजा सकारात्मक मिला था। चुन्ना ने बाबूजी के साथ बहुत टैक्टफुली डील करने की सलाह भी दी। इसके साथ ही उन्होंने अपने दोनों हाथ ऊपर उठाकर ईश्वर को धन्यवाद देते हुए कहा था—"ऑल इज़ वेल इफ द एंड इज़ वेल!"

लेकिन अम्माँ ने पहली दफ़ा चुन्ना भैया की अवहेलना करते हुए कहा, "टैक्टफुली माय फुट! मेरी जिंदगी के जो इतने बरस मुँह बिसूरते बीत गए, इसके साथ किसने टैक्टफुली डील किया, बोलो? क्या सारी जिम्मेवारी मेरी ही है।"

"अब तुम जैसा ठीक समझो, करो! मुझे तो अब बाहर रहना है। तुम अब ऐसा कुछ मत करना कि वहाँ भी चैन से न रह पाऊँ!"—चुन्ना भैया ने उकताकर कहा।

अम्माँ अब सचमुच निश्चिंत थीं। अक्सर संतु उन्हें इस जुमले को गुनगुनाते हुए पाता—"वन का गीदड़ जाएगा किधर!" वह बात-बात पर बाबूजी से कहतीं—"प्यास लगने पर सबको नदी किनारे आना पड़ता है।"

लेकिन बाबूजी कुछ अलग ही मिट्टी के बने थे। घर में अपनी स्वीकृति के लिए उन्होंने अपने हाव-भाव में काफी परिवर्तन किए थे, लेकिन एकदम से आत्मसमर्पण की स्थिति को वह कभी भी तत्पर नहीं रहे। ले-देकर अम्माँ और उनके बीच संबंध सामान्य तो नहीं हुए थे, लेकिन तेजी से सुधरने लगे थे। उनका पीना और जुआ खेलना भी रोज की आदत न होकर हफ़्ते में दो एक दिन की हरारत बन चुकी थी। लेकिन अब वह जब भी पीते, इतनी अधिक पी लेते कि अक्सर घर की ओर आनेवाले रास्ते में कहीं लुढ़के, सोए पड़े मिलते। सूचना मिलने पर संतु जाता और उन्हें रिक्शे पर लादकर लाता। सारे रास्ते वह संतु पर भरपूर लाड़ जताते रहते और उसे चुन्ना से भी ज़्यादा बड़ा अफसर भविष्य में बनने का आशीर्वाद देते रहते।

संतु अब तक दसवीं में पहुँच गया था। पोस्टल विभाग के जिन इंस्पेक्टर के यहाँ वह मुफ़्त में जाकर ट्यूशन पढ़ लिया करता था, वह चुन्ना भैया के भी

गुरु रह चुके थे। उनके यहाँ झुंड में लड़के पढ़ने आते थे। उन्होंने संतु के विषय में सोहन बाबू को जो खुफिया रिपोर्ट दी थी, वह यह कि यह लड़का बड़े वाले से भी जहीन है, पर परिश्रमी नहीं। स्वभाव से भी थोड़ा चंचल है। यह सब संतु को उस दिन पता लगा जिस सुबह अचानक ही अपनी खोंच लगी धोती और मैली टोपी सँभाले मम अवतरित हुए। पूरे एक किलो जलेबी के साथ। वह भरपूर उत्साह में थे। उन्होंने बड़े विस्तार से और कई-कई नाम लेकर बताया कि इन तमाम लोगों की छातियों पर बिजली गिर पड़ी है चुन्ना के इतनी कम उमर में ही नौकरी में लग जाने से। कहाँ एम॰ए॰पी-एच॰डी॰, बार एट लॉ बैठे धूल फाँक रहे हैं और कहाँ दो दाँत का बछड़ा हमारा पोता...। मम के उत्साह में बहकर बाबूजी ने संतु की भी तारीफ शुरू कर दी और भौचक बैठे मम पर अपने को एक समर्थ और कुशल अभिभावक के रूप में पेश करने लगे।

"उम्मीद करो कि आगे चलकर यह भी एक भारी अफसर बनेंगे!" बाबूजी ने स्वयं को निचोड़ते हुए कहा।

"भगवान करे! सब के सब बनें...चारों...!! पर मेरी तरह ईमानदार न बनें। अब इसका जमाना नहीं रहा।"

खाने-पीने से निवृत्त होकर मम ने अपना मकसद बतलाया—"कल रविवार है। छुट्टी तो होयबे करी। न हो तो सुबह इलेवन अप से संगे चले चलो। मिर्जापुर जाना है। वहीं अपने दूर के एक रिश्तेदार हैं। पंडित शिवदत्त दीक्षित। उनके ठौर में कई लड़के हैं। पत्राचार हो चुका है उनसे। एक लड़का तो मिर्जापुर मा है। उसे देख सुन लेना है। पट गया तो ठीक, नहीं तो और लड़कों के पते लेकर रातोंरात लौट आना है। फिर पप्पू और उनकी दुल्हिन निकलि हैं गर्मी की छुट्टिन में। सोचित है कि अबकी कहीं न कहीं मामला अटका जरूर देना है।"

"एकदम जल्दी से जल्दी निबटाओ!" बाबूजी ने उन्हें हड़काते हुए कहा, "ऐसा न हो कि बुआ कुँआरी बैठी रह जाएँ और मजबूरी में हमका चुन्ना का ब्याह कर देवे का पड़े।"

"चुन्ना खातिर अभी से काहे हड़बड़ात हो"—मम ने उन्हें हौले से डपटते हुए कहा, "ऊ का कौनो तुम्हार छाती पर बोझ हैं? अभी इत्मीनान से ट्रेनिंग खतम करे देव उनका। तब तक संतुओं कौनो लाइन धर ली हैं।"

"हड़बड़ी हमका तो नहीं है, पर वरदेखुआ सब चैन से जिये दें तब न! हर हफ़्ते कोई न कोई टपक पड़त है ऑफिस में। अब एकदम से न करे में भी नहीं बन पड़े है। ऐसा न हो कि फिर सब आना ही बंद कर दें"—बाबूजी ने पनबट्टा मम की ओर सरकाते हुए कहा।

"तो फिर जो लोग आवत हैं, उनसे बिटिया की खातिर लड़का बतलावे का बोलो। ई हाथ लें और ऊ हाथ दे जैसी कोई पार्टी मिल जाए तो सर्वोत्तम! हमहूँ चैन से गंगा नहाए के जा पाइत!"

बाबूजी ने सुना तो चुप लगा गए। दूर बैठी सब सुन रहीं अम्माँ ने दाँत किटकिटाए। एकांत पाते ही अम्माँ ने बाबूजी को झकझोरना शुरू किया—"खुद तो बेटा के बिआह में मन भर हसोट लिहिन...!...अब तुमका चले हैं। नसीहत देवे...हुँह...!! खबरदार जो तुम गए इनके संग मिर्जापुर। हुँआँ जाके सबके सामने गछवा लीहैं तुमसे कि दो इतना...तो तय करित है शादी।!"

"तुम अभी अपना मुँह जरा बंदे रक्खो तो ठीक है;"—बाबूजी ने भरपूर गंभीरता बरतते हुए उन्हें डपटा। "हम का पागल हैं जो जाइब मिर्जापुर...? वह भी इनके संग...! संतुआ का संगे लगा देवे।"

"हाँऽ...बर्बाद कर दो सबकी पढ़ाई!"

"अब एके अलावा कोई चारा भी नहीं।"

मम के साथ संतु अगली दोपहर को मिर्जापुर उतरा। बनारस के करीब और माँ विंध्यवासिनी की चरनों में बसा एक छोटा-सा शहर। दादा पोते ने स्टेशन से बाहर निकलकर जलखई की। फिर दोनों बरियाघाट मोहल्ला जा पहुँचे।

पंडित शिवदत्त दीक्षित छह फुटे और सुगठित काया के अधेड़ थे। वह बड़े तपाक से मिले और मम के प्रति उन्होंने भरपूर सम्मान का प्रदर्शन किया। भोजन आने तक वह अपने ही विषय में धाराप्रवाह बतलाते रहे। वह पहले क्रांतिकारी विचारधारा के समर्थक थे। चंद्रशेखर आजाद से उनकी गहरी दोस्ती थी। दूर के उनके रिश्तेदार भी लगते थे वह। लेकिन आजाद की मृत्यु के बाद जिस तरह से उनसे गद्दारी करने को लेकर अफवाहें उड़ी थीं, इससे उनका मन खट्टा हो गया था। लेकिन इससे भी बढ़कर बात यह थी कि तब तक गाँधी जी का प्रभाव पूरे देश में अपनी जनोन्मुखता एवं व्यापकता के चलते एक मान्यता प्राप्त विचारधारा के रूप में पनपने लगा था। सबसे बड़ी बात कि इसके दम पर एक लंबी और निर्णायक लड़ाई लड़ी जा सकती थी। एक ही झटके में खुद को बलिदान करने के साहसिक जज़्बे से जरा भी कमतर नहीं है देश के लिए खुद को तिल-तिलकर गलाते जाना। "महात्मा जी से जब पहली दफ़ा इलाहाबाद में मिला मैं,"— उन्होंने बतलाया—"उन्हें देखते ही मुझे एक जलती हुई मोमबत्ती की लौ याद आई। अँधेरे में प्रकाश की एक किरण की तरह। तभी से मैं कांग्रेस का चवनियाँ मेम्बर बन

गया और पार्टी के आदेश पर धरना, सत्याग्रह और पिकेटिंग वगैरह करने लगा।''

''ऊ जो सामने चौराहा देख रहे हैं न''—उन्होंने वासलिगंज चौराहे की ओर इंगित करते हुए कहा—''वहीं कोने पर मंदिर था। उसमें पत्थर के पटिए, चबूतरे थे। पत्थर की ही हौदी थी, जानवरों के पानी पीने के लिए। यहीं भुईंधर नाई बैठते थे अपना लोखट लेकर। वह भी पार्टी के चवनियाँ मेम्बर थे। पार्टी संबंधी कोई सूचना फैलानी होती तो यही भुईंधर नाई यह काम दाढ़ी बाल बनाते हुए भी मजे से कर देते।''

शाम को मम उन्हीं के साथ लड़केवाले के यहाँ गए। लड़का स्कूल में मास्टर था। धोती-कुरता तो नहीं, अलबत्ता पाज़ामा-कमीज़ पहनता था। उसकी पंसद भी थोड़ी ऊँची थी। तस्वीर देखते ही उसने बुरा-सा मुंह बनाया और अपने बड़े भाई के हाथ में वापस कर दिया। मम की वेशभूषा और उनकी उदारता की सीमा भी उन्हें रास नहीं आई! लौटकर आने के बाद संतु ने वह तस्वीर ध्यान से देखी थी! तस्वीर पुरानी होकर थोड़ी पीली पड़ चुकी थी, और उसमें बिटिया बुआ का चेहरा किसी 'सुधिया गऊ' की तरह लग रहा था। आँख वैसी ही पनियाई हुई।

''का मम! ढंग की एक तस्वीर भी नहीं खिंचवा सकत रहौ?''

पंडित शिवदत्त दीक्षित ने भी टिप्पणी की—''वेल बिगन हाफ डन! किसी अच्छे स्टूडियो को थोड़ी तड़क-भड़क वाली फोटू रहती तो बात यहाँ भी जम सकती थी।"

मम ने सुना और लाचारी से दोनों हाथ मलते हुए नए जमाने को कोसने लगे, ''ई इलिम फिलिम ने सब कुछ चौपट कर रखा है! अब गुणवंती लड़कियों की कद्र ही नहीं रही समाज में।''

रात में खाने-पीने से निबटने के बाद उन दोनों में नेहरू जी को लेकर बहस छिड़ गई थी। विशेषकर नेहरू जी के कम्यूनिस्ट प्रेम को लेकर।

''असल में इसका बीज कहाँ से पड़ा, सो मैं बताता हूँ श्रीमान, क्योंकि चश्मदीद गवाह रहा हूँ मैं'';—दीक्षित जी ने अपने संस्मरणों का पिटारा खोलते हुए कहा—''उन दिनों मैं नैनी जेल में था। मेरे साथ हिंदू महासभा के भी कुछ साथी थे। संयोग से नेहरू जी भी उसी समय उसी जेल में आ गए। वह अपर क्लास में थे मगर हम राजनीतिक बंदियों से मिलने और बातचीत करने हमारे बीच आ जाया करते थे। बहुत ही बढ़िया बोलते थे वह । एक दिन जब उन्होंने अपना संक्षिप्त भाषण समाप्त किया, हिंदू महासभा के दो साथियों ने अभद्र तरीके से उनके पिछवाड़े को थपथपाते हुए उनपर कुछ अश्लील फिकरा कस दिया। बस फिर क्या था। उनका चेहरा अचानक तमतमा उठा। फिर तो उन्होंने आना ही बंद कर दिया हमारे बीच।''

देर रात गए स्टेशन की ओर कूच करते समय पंडित शिवदत्त दीक्षित ने मम

को सांत्वना देते हुए कहा, "आपको जो लखनऊ के पास का पता दिया है, वहीं शीघ्र से शीघ्र जा धमकिए। वह लोग मेरे कहे में हैं। वहाँ बात बन जाने की पूरी संभावना है।"

सुनकर मम ने पूरी विद्रूपता की झलक चेहरे पर चस्पां करते हुए उन्हें 'ब्राह्मण, कुत्ता, हाथी नहीं जात का साथी' वाला दोहा सुनाते हुए कहा, "अब ब्राह्मणों की कद्र लगातार घटती जा रही है। समाज के अंदर तो लोग और भी एक-दूसरे से जल-फुँक रहे हैं।"

सुनकर हँसने लगे दीक्षित जी। बोले—"जब समाज में ब्राह्मण की कद्र नहीं रहेगी, तो वहाँ स्थायित्व भी नहीं रहेगा। यह बात न हो तो गाँठ बाँध लीजिए। ब्राह्मण किसी भी कोण से एक जाति विशेष भर नहीं है। वह एक ऐसा वर्ग है जो पूरे समाज का हित चाहता है और उसे संरक्षण भी प्रदान करता है। वह भी समाज से न्यूनतम सुविधा ग्रहण कर। उसके जैसा संतोषी भी कोई नहीं। वह केवल पेट पर भी पल सकता है। और यह बात पूरा भारतीय समाज भी अच्छी तरह जानता, समझता है।"

मम तो वहीं से लखनऊ जाना चाह रहे थे, मगर उनकी जर्जर काया ने इसकी इजाज़त नहीं दी। और फिर शिवभंजन तिवारी की मौत का उदाहरण उनके सामने था। वह नहीं चाहते थे कि उनके प्राण नाथूचक के अलावा कहीं और छूटें।

पटना पहुँचने के अगले दिन मम ने गंगास्नान की इच्छा व्यक्त की। शायद उस दिन कोई एकादशी या पूर्णिमा पड़ती थी। संतु उन्हें रिक्शे से बांस घाट ले गया। घाट पर एक जहाज भी बँधा था। पहलेजा घाट जाने वाला जहाज। उसी की बगल में बहुत सारे लोग नहा रहे थे। मम ने तीन-चार डुबकी लगाई, एक-दो मंत्र पढ़े और पानी से बाहर निकलते हुए संतु को भी आवाज़ दी। संतु ने अब तक मात्र एक डुबकी लगाई थी। वह मम को हैरानी से मंत्र पढ़ते देख रहा था। वह पूजा पाठ तो कभी करते थे नहीं। बस सुबह में भजन गाते थे। मम की आवाज सुन संतु ने तेजी से गोता लगाया। उसके दोनों हाथ धरातल को छू चुके थे। जब वह सीधा खड़ा हुआ तो उसे लगा कि उसके बाएँ हाथ में कुछ फँसा हुआ है। उसने हाथ पानी से बाहर निकाला नहीं कि...!...वह एक बच्चे की सड़ी गली लाश के पेट का हिस्सा था। संतु ने हाथ झटककर स्वयं को उससे मुक्त किया। किनारे पर आकर उसने दस बार साबुन से हाथ धोया मगर...। उसके पेट में हूलें उठ रही थीं। लोग उसी गंगा के पानी से कुल्ला करते हुए थूक उसी में फेंक रहे थे। लोगों के बदन पर लगे साबुन मिट्टी सब उसी पानी में घुल रहे थे। दूर एक बड़ा

नाला गंगा में मिलता दिखाई दे रहा था। संतु ने तय कर लिया—वह आजीवन गंगा में नहीं नहायेगा।

उसी दोपहर मम को दानापुर फास्ट पैसेंजर में बैठाने संतु भी गया था। बाबूजी दफ़्तर से सही वक़्त पर आ पहुँचे थे। टिकट भी वही कटाकर लाए थे। मम को गाड़ी में बिठाकर लौटने के बाद संतु लगातार यही सोच रहा था कि सबका समय तो बदल रहा है...बाबूजी का...चुन्ना भैया का...खुद उसका भी...!...मगर मम के जीवन में एक भले और सुखद अंत की घड़ी कब आवेगी? आ भी पायेगी या नहीं?

"बिटिया इतनी अभागी निकलेंगी, यह कभी सोचा भी न था!"—संतु के कान में बार-बार मम का यह अंतिम वाक्य गूँज रहा था, जो उन्होंने गाड़ी खुलने के बाद शून्य को इंगित कर कहा था।

बीस

पहली दफ़ा पटना के हार्डिंग पार्क में खिले फूल अच्छे लगे थे संतु को।

पहली बार अम्माँ को शौक से पायल निकाल पहनते देखा था संतु ने। और....पहली दफ़ा संतु ने जोर-ज़बरदस्ती कर नीलम से संबंध बना लिया था। दरअसल यह सब हुआ उस आत्मविश्वास के कारण, जिसे संतु ने विद्यालय की सेंट आप परीक्षा में सभी सेक्सनों के मुकाबले सर्वोच्च अंक लाकर अर्जित किया था। विद्यालय के प्रधानाचार्य ने संतु की पीठ ठोंककर शुभकामना दी थी। और उससे यह उम्मीद की जा रही थी कि वह आगामी बोर्ड की परीक्षा में विद्यालय का नाम अवश्य ही रोशन करेगा।

उसी शाम नीलम ने संतु को पहली दफ़ा देर रात में मिलने का पैगाम दिया था। और संतु ने इस मिलन की खास तैयारी की थी।

रात में नींद पड़ गई थी संतु को। नींद में ही उसे लगा, कोई उसका माथा सहला रहा है। वह चौंककर उठ बैठा। वह नीलम थी जो इतने खतरे उठाकर भी अपने प्रियतम की कामयाबी के लिए उसे हार्दिक बधाई देने गैराज तक चली आई थी।

"तुम तो अभी भी हाफ पैण्ट पहनते हो। लेकिन अब जल्दी ही कॉलेज जाने लगोगे। पता नहीं तब कैसे दिखोगे?" नीलम उसके कानों में फुसफुसाई और उसके बालों में अपनी उँगलियों से कंघी करने लगी।

संतु ने उसे अपनी बगल में लिटा लिया। वह फँस चुकी थी। संतु को भी ऐसा ही लगा पर उसने अपने मन की ठानी कर ही डाली। उसके पास एक ऐसा जादू था, जिसने नीलम को बोलती बंद कर दी थी। वह जादू दस पैसे में तीन के हिसाब से बिकता था और हाते के कई लड़के उसे सस्ते और मजबूत बैलून के विकल्प के तौर पर इस्तेमाल करते थे। नीलम उस रात अपने को समेटते हुए

सिसक रही थी। फिर वह उसी अंधकार में विलीन हो गई। उसके जाने के बाद संतु ने अँगड़ाई ली। अपनी किस्मत को सराहा और मीठे सपनों में खो गया।

इसी बीच एक शाम शुद्ध घी की मिठाइयों का बड़ा-सा डिब्बा लिए एक सज्जन आए। लकदक धोती-कुर्ते में। साथ में सोहन बाबू के एक दूर के रिश्तेदार थे। वह उनके मामा लगते थे और एक समय था जब उन्होंने सोहन पर अपना काफी स्नेह लुटाया था।

उन्होंने उसी स्नेह की सौगंध देकर कहा कि आगंतुक की प्रार्थना पर गंभीरतापूर्वक विचार किया जाए।

आगंतुक अपने पहनावे-ओढ़ावे, डील-डौल वगैरह से, किसी भी कोण से, ब्राह्मण नहीं लग रहा था। उसके चेहरे से दीनता की जगह रुआब टपक रहा था और उसकी खोपड़ी के ठीक बीचोंबीच बना 'चाँद' उसके धनी-मानी होने का यथेष्ट सबूत था। और यह उसकी विनम्रता ही मानी जाएगी कि अपनी पुत्री को किराये के इस मामूली घर में शरण देने की विनीत प्रार्थना लेकर वह यहाँ ताड़ का पंखा झलते हुए अपना पसीना सुखा रहा था।

इधर घर के भीतर, अँगीठी के पास बैठी अम्माँ की बगल में पड़े पीढ़ा पर सोहन बाबू और उनके तथाकथित मामाजी विराजमान थे। इधर-उधर की गपशप चल रही थी। तभी मामाजी ने काम की बात छेड़ते हुए कहा, ''यह जान लो सोहन कि मेरे लिए पहले तुम हो, तभी यह शुक्ला जी हैं। चूंकि मैं इस घर का हित पहले चाहता हूँ, सो इतना मालदार असामी मिला तो सोचा कि इसे इधर-उधर भटकाने की बजाय यहीं अटका दूँ।''

पहले ही दिन बात बहुत आगे बढ़ गई। सोहन बाबू ने बातचीत फायनल करने से पूर्व शुक्ला जी को टटोलते हुए पूछा, ''किराये के इस मकान में आपकी बेटी की डोली उतरे, क्या यह मुनासिब लगेगा आपको?''

''आपके यहाँ चार बेटे हैं। समझिए कि चार हीरे। भला कब तक गुदड़ी में पड़े रहेंगे? इन्हें परखने वाला जौहरी आएगा। इनका मूल्य लगाएगा और इन्हें ले जाएगा।''

''मगर जौहरी ने क्या मूल्य लगाया है, जरा मुझे भनक तो पड़े।''

''यह सब मामाजी बता देंगे। पहले आप लोग लड़का समेत लड़की देख लें। लड़की भा गई तो जान लीजिए कि आपको मुँह खोलने की जरूरत नहीं रहेगी।''

शुक्ला जी आम पटनासिटी वासियों की तरह थोड़ा नकिया कर मगर उतनी ही मीठी ज़बान बोलते थे। उन्होंने आगे जो तीन वाक्य कहे। उसने सोहन बाबू का कलेजा हिला कर रख दिया।

''यह संबंध हो जाने पर आपका घर मेरा होगा, मेरा घर आपका।''

''आपका सुख-दुख मेरा होगा और मेरा सुख-दुख आपका।''

''आपकी जहाँ जूती गिरेगी हुजूर, यकीन मानिए, वहीं इस खाकसार की टोपी होगी।''

चुन्ना भैया ने माता-पिता के साथ लड़की देखी। उन्हें लड़की अपूर्व सुंदरी दिखी। ठीक किसी राजकुमारी की तरह। ''इसके चेहरे पर इतना तेज है कि नज़र टिकती ही नहीं!''—उन्होंने अम्माँ के कान में कहा।

अम्माँ ने उन्हें हौले से डपटा, ''सभी ब्राह्मण कुमारियाँ ऐसी ही दिखती हैं। तुमने अब तक हाते में छोटी जात की लड़कियाँ देखी हैं। सो तुम चुप ही रहो तो बेहतर है।''

लेकिन अंततः बाबूजी के दबाव में 'हाँ' कहना ही पड़ा उन्हें। वरना अम्माँ की इच्छा थी कि अभी दो-चार घर और देख लें, फिर चयन करें।

लेकिन 'हाँ' के उपरांत घंटे भर के अंदर ही 'वरीक्षा' के लिए इतना ढेर सारा सामान आ जुटा कि अम्माँ की बोलती भी बंद हो गई।

घर आकर चुन्ना भैया ने संतु के कान में कहा—''मुझे तो समझो पहली दफ़ा सास-ससुर के रूप में सही माँ-बाप मिल गए। इतने भले...इतना ख़याल रखनेवाले...और इतना प्यार करनेवाले कि...!''

चुन्ना भैया खुश थे। संतु खुश था। पूरा घर खुश था। तय यही हुआ कि संतु की परीक्षा के बाद इस शुभ कार्य की तिथि निकाली जाएगी।

संतु की परीक्षा सर पर थी मगर उसे इसकी कोई चिंता नहीं थी। उसकी अपनी समझ के अनुसार वह इससे भी बड़ी, जीवन की एक अहम परीक्षा में बुरी तरह फेल हो रहा था और इसका दुख असह्य होता जा रहा था उसके लिए। जब भी नीलम उसकी ओर एक हेय दृष्टि डालती, संतु कँपकँपाकर रहा जाता। नीलम से पुनः और पुनः मिलने की इच्छा उसके भीतर उत्तरोत्तर बढ़ती जाती, मगर मिलते वक़्त किसी की नजर पड़ जाने के भय से जी भी धुकधुकाता रहता। उन दोनों के प्रेम की पोल हाते की कुछ भाभीनुमा महिलाओं के बीच खुल चुकी थी। वे सभी उन दोनों को रंगे हाथों पकड़ने को सतत उत्सुक थीं। वैसे इसके पीछे किसी ईर्ष्या या मलिन भावना से कहीं ज़्यादा नज़ारा मारने जैसी दिलचस्प आकांक्षा थी।

लुकाछिपी और भय के इस आलम में भी संतु अपनी मनमानी कर डालना चाहता, क्योंकि इतने जोखिम उठाकर मिलने के पीछे यही एकमात्र प्रयोजन रहता, इसमें कोई शक नहीं। नीलम भी इस बात को जानती थी। फिर भी वह एक कड़ा प्रतिरोध दर्ज करती। इज़हार और इनकार के इस कशमकश के बीच संतु किसी

प्रकार मंजिल तक तो पहुँच जाता, पर वहाँ पहुँचते ही फ़ना। कभी-कभी तो इसके पहले भी। अपने हाफ पैंट के भीतर। ऐसे समय में संतु अपनी खीसें निपोरने लगता। जबकि अपनी उत्तेजना को क्रोध में ढालते हुए नीलम वहीं पिच्च से थूककर चल देती। अंततः एक शाम ऐसे ही आलम में क्रोध से उफनती नीलम ने संतु की कमर पर लात मार उसे खुद से परे ढकेला और दुबारा कभी न मिलने की चेतावनी देकर चलती बनी।

परीक्षा नजदीक थी। संतु बस पढ़ने का अभिनय भर कर रहा था। उसे मन ही मन इस बात की भी ग्लानि थी कि चुन्ना भैया की चौकी के साथ वह न्याय नहीं कर पा रहा है। उसका बदन गलता जा रहा था। गाल पिचक गए थे और आँखे धँसने लगी थीं। तब अम्माँ ने बाबूजी से संतु के लिए कुछ पुष्टई का इंतजाम करने को कहा था। यह सुनकर बाबूजी ने संतु को एक गहरी मगर हैरतअंगेज़ नजरों से परखते हुए हमेशा की तरह यही कहा था कि इस उमर में तो पानी पीने से खून बनता है बदन में। यह जरूर किसी कुटैव का शिकार हो गया है।

तमाम लड़के जब 'नोट्स' के आदान-प्रदान में व्यस्त थे, संतु ने बड़ी मुश्किल से खुद के लिए मर्दाना कमजोरी दूर करनेवाली एक औषधि अपनाई थी। इसके लिए बाबूजी के बटुए पर भी हाथ आजमाया था उसने। इस कारण अम्माँ और बाबूजी के बीच दो दिनों तक गहरी तनातनी रही थी और उसका ख़मियाज़ा पूरे घर वालों को भुगतना पड़ा था।

इस औषधि के सेवन के साथ ही संतु ने नीलम से सिर्फ एक बार मिल लेने की इल्तजा़ की और बार-बार की। एक बार तो मौका ताक रास्ता रोक कलाई पकड़ ली उसकी। मगर उसने ठंडे स्वर में संतु को पढ़ाई में मन लगाने की सलाह दी और खुद्द अपनी किताबें सँभालती अनुपम भैया के कमरे में चली गई।

यह अनुपम भैया इंजीनियरिंग कॉलेज के छात्र थे और अपने भाई भाभी के साथ नए किरायेदार के रूप में कुछ महीने पहले ही आए थे। वह खूब गोरे और मृदुभाषी थे तथा चुन्ना भैया के लगभग हमउम्र थे। अब संतु की स्थिति यह थी कि नीलम को उनके कमरे में जाते देख कभी-कभार वह भी कुछ पूछने के बहाने उनके पास चला जाता और मौका ताककर नीलम को अपना लिखित संदेश सौंप आता। फिर धड़कते दिल और जवां हसरतों के साथ उसका इंतज़ार करता।

मगर नीलम ने तो ना आने का प्रण कर लिया था जैसे। इसी ऊहापोह के बीच बोर्ड की परीक्षा शुरू हो गई। परीक्षा के दौरान कुछ विचित्र तरह के अनुभव हुए संतु को। किसी-किसी प्रश्न को पढ़ते ही उसे लगता कि इसका उत्तर एकदम

अच्छी तरह से याद है उसे। मगर लिखना शुरू करने के बाद वह अटक जाता। फिर लाख जोर लगाने पर भी आगे नहीं बढ़ पाता। गणित के परचे के दिन तो अजीब हादसा हुआ। एक मामूली अंकगणित के सवाल का सही उत्तर नहीं निकल पा रहा था उससे। संतु ने एक बार काटा, दो बार...तीन बार। फिर वह नर्वस हो गया। लेकिन यह ज़िद भी कि इसे हल किए बगैर वह दूसरे सवाल को हाथ नहीं लगाएगा। नतीज़ा यह निकला कि उस तीन मिनट के सवाल के लिए उसने अपना कीमती पौन घंटा खर्च कर डाला।

राम-राम कर परीक्षा समाप्त हुई। संतु का लटका चेहरा देख सबने अनुमान लगा लिया कि परचे मनमुताबिक नहीं हो सके हैं उसके। संतु को इतना अधिक उदास और अन्यमनस्क पाकर चुन्ना भैया जबरन उसे अपने संग जमालपुर ले गए। ईस्ट कॉलोनी। क्वीन्स रोड होस्टल। यही ठिकाना बना संतु का। 'आज़ादी के पहले यह पूरी तरह यूरोपियन कॉलोनी थी। इधर भारतीयों का प्रवेश निषेध था।' चुन्ना भैया ने उसे गोल्फ क्लब और स्वीमिंग पूल वगैरह दिखलाते हुए उत्साह से बतलाया। शाम को उसे काली पहाड़ पर घुमाने ले गए और रात के स्पेशल डिनर में दोनों भाइयों ने छककर मीट, पुलाव और रसगुल्ले, संदेश खाए। दिन में जब चुन्ना भैया क्लास करने जाते, संतु रेलवे की लायब्रेरी से उनके द्वारा लाई गई किताबों को उलटता-पुलटता रहता। इतने ढेर सारे सुखों के बीच भी संतु खुद को भयानक तनाव में महसूस कर रहा था। उसकी इच्छा हो रही थी कि वह एक कहानी लिखे ताकि भीतर का सब कुछ बहकर बाहर आ जाए। यही एक मुक्ति का मार्ग सूझ रहा था उसे। इससे पहले उसकी कुछ कविताएँ चुन्ना भैया समेत उनके विद्वान दोस्तों द्वारा काफी सराही जा चुकी थीं। मगर जाने क्या था कि कविता के द्वारा वह सब वह कह नहीं पा रहा था जो उसके भीतर एक भयानक शोर के साथ उमड़-घुमड़ रहा था। उसे बहुत कुछ कहना था और बहुत विस्तार के साथ। इसके लिए कहानी ही उपयुक्त विधा लगी थी उसे। पर कहानी लिखने का कोई अनुभव नहीं था उसके पास। उसने चुन्ना भैया के टेबुल पर पड़ी एक पीली जिल्द वाली किताब उठा ली। यह एक कहानी संग्रह था—'सपाट चेहरे वाला आदमी।' लेखक थे श्री दूधनाथ सिंह।

संतु को लेखक का नाम अजीब लगा। यह नाम उसे दूध-मक्खन वगैरह बेचनेवालों की तरह लगा। उसने शीर्षक कथा पढ़नी शुरू कर दी। बड़ी मुश्किल से तीन-चार पृष्ठ ही पढ़ सका। फिर उसने एक आकर्षक शीर्षक चुना—रीछ। इसे वह किसी तरह बस पढ़ता ही चला गया। जिद ठान ली थी कि पूरा पढ़े बिना खाना नहीं खाएगा।

उस शाम संतु और भी बेचैन था। उसे खुद पर बड़ी शर्म आ रही थी। वह किसी योग्य नहीं। एक कहानी तक नहीं लिख सकता। भला कहानी लिखना क्या इतना आसान समझ रखा है उसने? जब एक लिखी कहानी समझ में नहीं आ रही तो नई कैसे लिख पाओगे बच्चू?

उस दिन के बाद से संतु के भीतर कहानी को लेकर एक विशेष तरह का भय समा गया। कहानी लिखने की उसकी इच्छा भीतर ही भीतर खदबदाकर बुझ गई। इसी शोक और भय के वातावरण के बीच संतु ने कुछ दिनों के लिए नाथूचक हो आने की आज्ञा चुन्ना भैया से माँगी। चुन्ना भैया ने अनुमति के साथ-साथ उसे बीस रुपये का एक नोट भी दिया। संतु की गिरफ़्त में अरसे बाद इतना बड़ा नोट आया था। उसने रेलवे स्टेशन पर भी उसे तुड़वाना मुनासिब नहीं समझा। वह बिना टिकट ही एक पैसेंजर गाड़ी में सवार हो गया।

जमालपुर से गाड़ी जैसे ही आगे बढ़ी, संतु का मन किसी गौरैये की तरह फुदकने लगा था कभी इस पेड़ तो कभी उस टहनी। कभी छत, कभी आँगन...मुंडेर, अलगनी...। संतु जब से जमालपुर आया था, तभी से छटपटा रहा था वह। उसे नाथूचक का एक-एक घर याद आ रहा था...एक-एक चेहरा। गाड़ी जब सुल्तानगंज से आगे निकल गई, वह मन ही मन शर्त बदने लगा कि जब वह स्टेशन से बाहर निकल बस्ती की ओर बढ़ेगा, सबसे पहले उसे किसका चेहरा दिखेगा! और क्या वह संतु को पहचान लेगा? आखिर लगभग पाँच वर्ष से ऊपर हो चले हैं उसे नाथूचक छोड़े हुए। अब तो उसकी मूँछ-दाढ़ी भी निकल आई है। और उसके पास नए फैशन की एक पैंट-क़मीज़ भी है जो कि उसने खास परीक्षा देने के लिए बनवाई थी। इस निवेदन के साथ कि आगे भी यह कॉलेज जाने के काम आएगी। बाबूजी ने बड़ी हुज़्जत के बाद, रोष से नथुने फुलाते हुए कपड़ों के वास्ते पैसे दिए थे। नहीं...दिए नहीं थे। हवा में उछाल दिए थे और संतु ने एक-एक नोट को ज़मीन से बीनकर उठाया था। उसे इसमें बहुत ज़्यादा बुरा इसलिए नहीं लगा था, क्योंकि घर में किसी को भी पैसे देने का यही एकमात्र सलीका अपना रखा था बाबूजी ने।

भोलानाथ के पुल के नीचे ही संतु को अचानक लुट्टू दिख गया। संतु ने आवाज़ दी और क्षण भर के भीतर ही दोनों एक-दूसरे के गले लगे हुए थे।

"क्या यार...कैसे...कैसे?"

"बस यार...ऐसे-ऐसे...!"—संतु इस समय दुनिया का सबसे सुखी व्यक्ति था। उसके बोलने का लहज़ा लयपूर्ण हो गया था और मारे खुशी के कुछ शब्द उसके भीतर ही अटकने लगे थे।

"...का भाई...जो गयौ तो एकदम्मे गायबे हो गयौ! जैसे पटना न भवा लंदन हो गवा।"

"तुम सबके हाल चाल मिल जात रहै। सबसे बराबर हम पूछित रही तुम सब के बारे में।"

"चलो न, सूजागंज से तुरत लौट अइबे!"

और दोनों जब तक नाथूचक लौटे, संतु पूरी तरह खाली हो चुका था। जबकि लुट्टू की जिज्ञासा थमने का नाम ही नहीं ले रही थी। पढ़ाई, लिखाई, परीक्षा और घर परिवार के बाद दोनों लड़कियों के विषय में बतियाने लगे थे। संतु ने जब कुमारी नीलम श्री पर अपने विजय अभियान की गाथा एवरेस्ट फतेह करने के अंदाज़ में सुनाई तो लुट्टू ने उसे गुरु मान लिया। उसके पास ऐसा कोई प्रत्यक्ष अनुभव अब तक नहीं था, यद्यपि कि लुट्टू के अनुसार, नाथूचक अब इस मामले में पिछड़ा हुआ नहीं था। "बल्कि पटना का कान काट लेगा जान लो,"–लुट्टू ने पूरी संजीदगी बरतते हुए बताया–"नाथूचक की सीमाएँ अब लगातार टूट रही हैं। आस-पास के बस्तीवालों का आना-जाना हर एक घर में बढ़ चला है। और सबसे बड़ी रासलीला तो तुमरी सरला, निर्मला के यहाँ चल रही है। अब चल ही रहे हो तो सब जान जइहौ।"

संतु को देखते ही मम ने उसका स्वागत एक सवाल से किया–"परीक्षा दे के आयो हो कि भाग के चले आयो हो बुढ़बकऊ?"

सबसे हुलसकर मिले प्रो॰ पप्पू। और उनसे भी ज्यादा नई चाची। सबसे दबी ढँकी और अजनबीयत भरी भाषा से बिटिया बुआ पेश आईं, मगर फौरन ही सहज हो गईं। जान गईं, लड़के का क्या दोष?

हफ़्ता भर कैसे गुजर गया, पता ही न चला। संतु नाश्ता करता और फुर्र...। खाना खाता और लापता। रात के खाने के बाद ऊपर छत पर गप्प गोष्ठी जमती। मम ने अब क्लीनिक जाना छोड़ दिया था और लुद्दो काकी ने खाट पकड़ ली थी। वह बड़ी मुश्किल से एक रोटी खा पातीं। उनकी सेवा टहल को उनके एक भगना आ गए थे। उनसे कोई सीधे मुँह बात नहीं करता था। सभी जानते थे कि वह केवल घर ज़मीन पर दख़ल के वास्ते यहाँ आए हैं। वैसे चाची उनका ज़िक्र आते ही फुँफकारने लगतीं और अपने संपर्कों का बखान करती हुईं उस जैसे पिद्दी को क्षण भर में धूल चटा देने का संकल्प दुहरातीं। संतु को वह व्यक्ति बुरा नहीं लगा था। सींकिया पहलवाननुमा बदन और पिचके गालों वाले मुँह पर तलवार की तरह बारीक और कड़कड़ मूँछ उसे एक शानदार कार्टून के रूप में परिवर्तित कर देती थी। उसी ने संतु को एक शाम फुसफुसाते हुए

बतलाया था कि तुम्हारी चाची और प्रोफेसर अच्छे लोग नहीं हैं। पूरी बस्ती उनसे मन ही मन घृणा करती है और सभी यही चाहते हैं कि मैं यहीं बसूँ और ब्याह करके अपनी गृहस्थी जमाऊँ।

"क्या अभी तक आपकी शादी नहीं हुई?"

"बेघर और कंगले को कौन अपनी बेटी देता?" उन्होंने मुस्कुराते हुए कहा और शाम के अँधेरे में लोप हो गए।

नाथूचक अंदर ही अंदर खदबदा रहा था। यह बात पूरे विस्तार से तिलू अजिया ने बताई। वह नाथूचक छोड़कर खंजरपुर में रहने लगी थीं किराये के मकान में। एक शृंगार सामग्री की दुकान खोल ली थी उन्होंने। किशन यहाँ भी था। उनके साथ ही। दुकान भी ज्यादातर वहीं सँभाल रहा था आजकल। अस्वस्थ थीं तिलू अजिया। संतु ने कुछ नहीं पूछा इस बाबत। वह बस्ती में सुन चुका और अब प्रत्यक्ष देख रहा था। वह पेट से थीं।

बस्ती में जो एक खुलापन, एक उन्मुक्तता या कहिए कि जो एक नई दुनिया की बयार आई थी, उसने सर्वाधिक नाथूचक की स्त्रियों के रहन-सहन और उनकी सोच को प्रभावित किया था। पुरुष समाज अभी उतना ही दकियानूस, स्वार्थी और अपनी लम्पटई में उलझा हुआ था। केवल कुछ एक उन पुरुषों को छोड़कर जो अच्छी तरह कमा रहे थे और अपने बीवी-बच्चों के साथ मगन थे। प्रत्येक घरों में कई-कई चूल्हे जलने लगे थे। इन घरों की बहुएँ अब शाम को बस्ती की सड़कों पर झुंड बाँधकर 'मैक्सी', 'नाइटी' वगैरह पहने ही घूमने लगी थीं। साड़ी वाली बहुएँ भी अब सर पर पल्ला रखना छोड़ चुकी थीं। पहले की अपेक्षा यहाँ सभी काफी मुँहफट और तेज़जुबान भी हो चली थीं। उनके सामूहिक ठहाके और गपशप की तेज आवाज़ें बस्ती के बड़े बुजुर्गों को रास तो नहीं आतीं, पर अब नई पीढ़ी पर उन सबों का उतना दबदबा भी नहीं रह गया था। नई पीढ़ी के लड़कों, यानी इन बहुओं के पतियों की सोच में भी काफी बदलाव आ चुका था...। विशेषकर स्त्री संबंधी उनकी सोच में। कहना न होगा कि अपने बाप चाचाओं की नज़रों में वे सब के सब अपनी-अपनी जोरुओं के गुलाम थे।

मगर शिवभंजन तिवारी के घर चल रहे किस्से को लेकर पूरी बस्ती लगभग एकमत थी। कम अज कम विरोध में तो कोई नहीं ही था। हाँ, तटस्थ लोगों की संख्या भी काफ़ी अधिक थी। तिलू अजिया को बस्ती से खदेड़ भगाने के बाद वैसे भी उनका उत्साह बना हुआ था। अब अंदरूनी बात चाहे जो हो, मगर जिसे कहते हैं दोस्ती का सिला निभाना...वह अकेले महँगू तूरी ने ही कर दिखाया। शिवभंजन तिवारी ने तो एक तरह का आत्मबलिदान ही किया था,

ताकि उनकी बेटियाँ कुँआरेपन के अपने श्राप से मुक्त हो सकें। लेकिन उनका यह आत्मबलिदान भी बस्ती के सिकुड़े होठों वालों के मुँह से किसी आत्मीय संवाद का दरीचा न खुलवा सका। उल्टे उनकी मौत को पूरी संवेदनहीनता के साथ एक ठिठोली के रूप में लिया गया। श्रीमान् शुक्ल एंड कंपनी के जितने मुख थे, उतनी ही विविध टिप्पणियाँ लोगों को सुनने को मिल रही थीं। इनमें से कुछ चुनिंदा टिप्पणियों को तिलू अजिया ने संतु के आगे दुहराया था—

(क) चूतिया चला गया, औलाद छोड़ गया!

(ख) ईश्वर हर किसी को यथोचित समय पर यथोचित दंड अवश्य ही देता है।

(ग) रस्सी जल गई पर ऐंठन बाकी है।

जो सबसे अश्लील टिप्पणी थी, वह सुकुल जी के मुँहलगे बजरंगी मिसिर की थी। उन्होंने तो बाकायदा एक नारा ही उछाल दिया था बस्ती में—

"गिरती हुई दीवार को
एक धक्का और दो
सुनो जी! एक मुक्का और दो...!"

लेकिन महँगू तूरी की वजह से यह लोग भूंक भाककर रह गए। वह ठस्से से आते-जाते रहे बस्ती में। शुरू-शुरू में कुछ लोगों ने एक दिन रे...ते...किया भी तो उन्होंने हँस कर टालने की कोशिश की। लेकिन एक दिन जब कॉलर पकड़ लिया उनका बस्ती के कुछ लोगों ने तो काफी हंगामा मचा। थाने में प्राथमिकी दर्ज हुई और डी॰एस॰पी॰ खुद बस्ती में आए। बड़ी मुश्किल से गिरफ़्तारी रुकी। डी॰एस॰पी॰ ऊँची जाति का ही था। उसने पूरी बस्ती को हड़काया—"एक तो वह पैसेवाला, दूसरे जाति का हरिजन! समझते हो न हरिजन का मायने? इसका मायने होता है सरकारी ब्राह्मण। इनको च्यूंटी भी काट लोगे तो अटैम्प्ट टू मर्डर का मुकदमा चल जाएगा। और अगर बात एस॰पी॰ साहेब के कानों तक चली गई तो जान लीजिए! दो-चार कुर्की जब्ती होना तये समझिए।"

डी॰एस॰पी॰ की बात का खासा असर हुआ। हवन करने में हाथ जलाना सरासर बेवकूफ़ी है। ऐसा सोचकर ढेर सारे लोगों ने तटस्थ मुद्रा अपनाते हुए मूक दर्शक बने रहने में ही भलाई मानी।

सरला की नौकरी नगरपालिका में लग चुकी थी। उसका महँगू तूरी के लड़के विजय से काफ़ी मेलजोल था। विजय साँवला था पर उसका चेहरा पानीदार था। आँखें आत्मविश्वास से भरी और चमकती हुई। संतु पहली दफ़ा मिलते ही उसका मुरीद हो गया। वह अंग्रेजी से स्नातकोत्तर था और उसका चयन भारतीय स्टेट बैंक

में हो चुका था। शीघ्र ही वह ट्रेनिंग के लिए जानेवाला था।

"विजय बहुत आहिस्ते-आहिस्ते बोलते हैं;"—सरला ने कहा था—"शब्द नहीं बाँसुरी के मीठे बोल फूटते हैं उनके मुँह से।" संतु ने दो-तीन मुलाकातों में ही महसूस किया—गोरी चिट्टी सरला अब राधा बन चुकी थी। वैसी ही बाबरी और विरहणी। दिन-रात अपने कान्हा के बारे में ही सोचती, बतियाती हुई। निर्मला बन गई थी उसकी खास सखी और सहचारिणी। भागलपुर शहर के एकमात्र पार्क, सिनेमाघरों एवं आदर्श जलपान गृह में गीत गोविन्द की पंक्तियाँ चरितार्थ होने लगी थीं—

"यमुनातीरवा नीरनिकुञ्जेमान्दमास्थितम्।
प्राह प्रेम भरोद भ्रान्तं माधवं राधिका सखी।।"

संतु के बस्ती में रहते ही यह सुगबुगाहट एक सनसनाहट में बदल चुकी थी। वह भी इसलिए कि सरला और निर्मला ने बिना किसी भय और संकोच के 'मेरी मर्जी' कहकर तमाम शुचितावादियों के मुँह पर दुबारा तमाचा जड़ दिया था। इसके पहले यह काम तिलू अजिया कर चुकी थीं। लेकिन अंततः उन्हें बस्ती छोड़नी ही पड़ी थी। यद्यपि कि आज बस्तीवालों की इस कार्रवाई से वह प्रसन्न ही थीं। इधर तिलू अजिया को तथाकथित शिकस्त देने वाली ताकतें एक बार पुनः एकजुट होकर सक्रिय हुईं। नतीज़ा यह निकला कि एक शाम शिवभंजन तिवारी के दुआरे पहुँच दस-पंद्रह लोगों ने अपना फ़रमान जारी किया—"बस्ती के बाहर सरला कुमारी जी जिस किसी के साथ इच्छा करे, मुँह काला करें। इस पर हमें कोई ऐतराज नहीं। लेकिन बस्ती के भीतर यदि वह 'डोम छैला' आज के बाद दिखा तो जान लो...। खून-खराबा, आगजनी...कुछ भी हो सकता है।"

संतु ने चंदा काकी को इतना निरीह कभी नहीं देखता था। वह बस हाथ जोड़े फर्श पर पड़ी आँसू बहाती रही थीं। उनकी हिचकियाँ लौटती फ़ौज के पीछे के गर्दो-गुबार की तरह उस शाम देर तक बस्ती की फ़िज़ा में तैरती रही थीं।

संतु उस रात घर गया था उनके। घर में खाना नहीं बना था। चंदा काकी एक अँधेरे कमरे में चुपचाप पड़ी थीं। जबकि दोनों बहनें छत पर मजे में हँस बोल रही थीं। उसी रात संतु को पता चला कि निर्मला का भी कोई चक्कर है किसी चौधरी के साथ। जो कि विजय का ही मित्र है और उसका भी चयन बैंक क्लर्क के लिए हो चुका है। निर्मला बतला रही थी सरला को—"उसने मुझे कल कोने में ले जाकर पता है क्या कहा! कह रहा था कि हमलोग एस॰सी॰ तो हैं, पर डोम चमार नहीं। हम लोग चौधरी हैं। ताड़ का रस उतारने वाले। हमारा छुआ-छाया सब चलता है बड़े लोगों में।"

यह सुन-सुनाकर दोनों बहनें बार-बार ठठाकर हँस रही थीं। एक उन्माद भरी

हँसी। "जिज्जी...!...वह हमें भी बड़े लोग समझता है...ऊँची जाति वाला..।"—निर्मला तो मानो हँस-हँसकर दुहरी होती जा रही थी। "जबकि हम लोग,"—सरला ने अपनी हँसी को विराम देकर कहा—"हम लोग कब से उस दिन की बाट जोह रहे हैं जब ये देव पुरुष हमारी माँगों में सिंदूर भर हमें अंगीकार कर लें और हम धन्य हो जाएँ।"

"ठीक जैसे अहल्या का उद्धार हुआ था, क्यों?"—निर्मला ने सरला की बात को पूर्णविराम दिया और फिर दोनों बहनें फिसफिसा कर हँसने लगीं। फिर जाने क्या हुआ कि हँसी थमते ही दोनों रोने लगीं। हौले-हौले। सुबक-सुबक कर। संतु को लगा कि उनके रोने के साथ ही संपूर्ण वातावरण में इसी एक वाक्य की विभिन्न अर्थध्वनियाँ सिसकियों की तरह गूँज रही हो—"जिज्जी...!...वह हमें भी बड़े लोग समझता है...ऊँची जाति वाला।"

संतु छत की दीवार से लगकर स्तब्ध खड़ा था। तभी निर्मला ने मौन तोड़ा—"जिज्जी! संतु के मन में भी कुछ संशय तो होगा ही। देखो न, कैसा भकुआ बना खड़ा हमें घूर रहा है। आखिर है तो यह भी नाथूचक के ब्राह्मण कुलशिरोमणि का चिराग ही न! इसे भी वह किस्सा सुना दो न, जो बाबूजी महंगू चाचा को सुनाया करते थे।"

"कौन, वही, ब्राह्मण और हजाम वाला किस्सा?"—सरला ने किंचित हास्य बोध के साथ पूछा।

"हाँ...हाँ...वही वाला;"—निर्मला ने मुस्कुराते हुए कहा, "हमारे बाल सखा को भी कुछ ज्ञान ध्यान की खुराक मिलनी चाहिए। आखिर हम जैसी ब्रह्मकुमारियों के सत्संग में जो शामिल हुए हैं आज।"

सरला ने सुनाना शुरू किया किस्सा—"कहानी एकदम सच्ची है। एक ब्राह्मण अधिकारी की डाक्टर बेटी एक गरीब हजाम के डाक्टर बेटे के प्रेम पाग में बँध गई। बेटी की ज़िद के आगे अंततः बाप को झुकना पड़ा और हजाम, ब्राह्मण के घर बारात लेकर पहुँचा।

द्वार पूजा के समय जब दूल्हे का मुँह कछुए की खाल से सेंकने का विधान चल रहा था, लड़के का पिता चौंक उठा। उसे यह बहुत अटपटा लग रहा था। यह तो ब्राह्मणों के यहाँ की रीति नहीं, यह तो मल्लाहों के यहाँ का रिवाज़ है। और सबसे विचित्र बात यह कि यही रस्म खुद उनके यहाँ भी दूल्हे के परछावन के समय संपन्न होती है।

बहरहाल शादी के महीनों बाद जब इत्मीनान से दोनों समधी जुटे, बात ही बात में पता चला कि दोनों के पूर्वज कभी एक ही गाँव के बाशिंदे रहे थे।

अपनी-अपनी जड़ों की तलाश में दोनों जा पहुँचे उस गाँव। पता चला कि यह मल्लाहों की बस्ती थी और वहाँ हिमालय के कांगड़ा जिले से आकर एक घर हजाम और एक घर ब्राह्मण के बसे थे।

दोनों को क्या धुन सवार हुई कि अपने-अपने पूर्वजों का नाम-पता लगाकर दोनों जा पहुँचे काँगड़ा बज्रेश्वरी देवी के मंदिर के प्रांगण। वहाँ के सरकारी गजेटियरों को खँगाल डाला। कुछ सूत्र हाथ लगे तो जा पहुँचे एक पंडे के पास। उसके खाताबहियों से पता चला कि हजाम के जो पुरखे का नाम था वह वास्तव में ब्राह्मण थे यहाँ के। उनकी गृह देवी ज्वाला जी (जालपा जी) थीं। जबकि जो ब्राह्मण के पुरखे का नाम था, वह हजाम थे यहीं के। हुआ यह होगा किं राजनीतिक उथल-पुथल और रोजी रोजगार के चक्कर में जब दोनों यहाँ से गंगा की घाटियों की ओर भागे होंगे, तेज-तर्रार होने के कारण आजीविका चलाने के वास्ते हजाम ने ब्राह्मण का तथा मूर्ख और अपढ़ होने के कारण ब्राह्मण ने हजाम का पेशा अपना लिया होगा। मध्य काल में ऐसे जाने कितने आक्रमणों प्रत्याक्रमणों के कारण विस्थापित लोगों ने पेशों के साथ-साथ जातियाँ बदली होंगी, इसका कोई लेख-जोखा है जो कहीं...? ब्राह्मण भी काला मिलता है और चमार भी गोरा।" कहानी समाप्त कर सरला बेसाख्ता हँसने लगी थी। हँसते-हँसते ही बोली, "अपने चौधरी जी को ही लो! सजधज से भला कोई कह सकता है कि ताड़ का रस उतारनेवाले चौधरी हैं या गाँव की चौधराहट सँभालनेवाले चौधरी?"

सरला, निर्मला को यूँ ही हँसते-हँसते रोते और रोते-रोते हँसता छोड़ संतु जब देर रात गए घर लौटा, बुआ खाने पर उसका इन्तजार कर रही थीं। मम खा-पीकर सो गए थे। महंथ जी के इलाहाबाद, अपने बेटे के पास चले जाने के कारण वह काफी अकेले पड़ गए थे। खाना खाते हुए संतु ने इस बात पर आश्चर्य प्रकट किया कि प्रो॰ पप्पू उनकी पत्नी और उनके दोनों बच्चों ने आज तक कभी उन लोगों के साथ खाना नहीं खाया। बिटिया बुआ इस सवाल का जवाब एक मज़ाक के साथ देकर टाल गईं। लेकिन उनकी गीली आँखों में बहुत कुछ अनकहा छिपा था।

संतु को नाथूचक एकदम पराया-पराया और उजड़ा-उजड़ा सा लगा था। तमाम लोग अपने-अपने में व्यस्त थे। यहाँ तक कि अंजना भी। उसके तो हाव भाव ही गजब के थे। वह नए फ़ैशन के कपड़े पहनती और भरपूर प्रसाधन सामग्रियों का इस्तेमाल करती। उसका इशाकचक में क्लीनिक खोले एक युवा डाक्टर के साथ जोरदार इश्क चल रहा था। डाक्टर खुले आम बस्ती में आता और अंजना

उचककर उसके स्कूटर पर सवार हो शहर की ओर चल देती। बस्ती के युवा बेरोजगार, भंगेड़ी लड़के शाम में इसी चर्चा में निमग्न रहते कि अपने से दस-बारह साल बड़े पुरुष को वह कैसे बर्दाश्त कर पाती होगी, जबकि पुरुष बाँका रजपूत हो। वैसे अंजना की इस मुहब्बत का फायदा पूरा नाथूचक उठा रहा था। डाक्टर साहेब किसी भी नाथूचकवासी से कोई 'फी' नहीं लेते थे।

संतु का रिजल्ट आने को था। नाथूचक से पटना के लिए गाड़ी पकड़ने से पहले उसने मम तक यह सूचना पहुँचा दी थी कि चुन्ना भैया की शादी बहुत जल्द हो सकती है। "ऐं वरीक्षा भी हो गई?" सुनकर चौंक उठे थे मम। फिर मुस्कुराकर बोले थे—"अच्छा...देखा जाई!" यद्यपि कि यह सब सुनना बिटिया बुआ को जरा भी नहीं सुहाया था। फिर भी उन्होंने खेल भावना का परिचय देते हुए कहा, "मिलने पर चुन्ना को खूब पीटूँगी। तीन बरस छोटा है मुझसे। कम से कम उसे तीन वर्ष तो इंतजार करना ही चाहिए।

संतु ने इसी समय गले की नस को दबाकर कहा, "तुम कहो तो तुमरी खातिर हम ई भीष्म प्रतीज्ञा कर सकित है कि तुम्हार बिआह से पहले अप्पन बिआह न करब।"

"तब तो जान लो बच्चू कि जिंदगी भर कुँआरे रहे के पड़ी।"—बिटिया बुआ ने खिलखिलाते हुए कहा।

"अच्छे न है। बुढ़ापा में हम सब साथे रहिबैं। जैसे बचपन में रहित रहै।"

संतु जब कंधे पर अपना बैग सँभाले बस्ती से बाहर निकला, उसे बार-बार बिटिया बुआ का कहा अंतिम वाक्य याद आ रहा था—"जितना गुजर गया, गुजर गया। आगे पता नहीं क्या हो?" इशाचक, मुन्दीचक सब एक अनजबी की तरह घूर रहे थे उसे। ऐसा नहीं था कि वहाँ जीवन नहीं था, पर अब उस जीवन से संतु का कोई सरोकार नहीं बचा था। संतु थोड़ा घूमकर स्टेशन पहुँचा। अपना स्कूल देखते हुए। स्कूल देखकर उसे एकदम से यही लगा कि इस स्कूल से भी उसका कभी कोई वास्ता नहीं रहा है। हर समय और हर स्थान पर हमेशा कोई अडिग नहीं रह सकता। संतु का समय और स्थान अब कहीं और था उसे वहीं जाना था।

ट्रेन में लालू मिसिर मिल गए थे। वह भी पटना जा रहे थे। संतु ने पैर छुआ तो पहचान नहीं पाए। परिचय देने पर तपाक से बोले, "आजकल का करत हौ तुम सब? तुम्हार बाप भी आना जाना एकदम्में छोड़ दिहिन हैं?"

"अइबे काका!" संतु ने आत्मविश्वास से भरकर कहा; "हम जरूर अइबे। कोई न मिली तो अकेलो अइबे।"

लालू मिसिर सुनकर बहुत खुश हुए। फिर उत्साह से बतलाने लगे, ''खदहिया की जमीन समझ लो कि जल्दिए गरीब भूमिहीनों में बँटने वाली है। सब कागज पत्तर का काम फायनल हो गया है।''

''लेकिन उस गढ़े में... कैसे रह पाएँगे वहाँ सब?''

''यह लोग जहाँ भी जाएँगे, सब कुछ आट पाटकर चौरस कर... देंगे। यह तो धरती के मामूली गढ़े गूढ़े हैं। यह लोग तो समाज की अदृश्य दीवारों को भी ढहाने वाले और गढों को पाटने वाले हैं। बस इन्हें घुसने तो दो वहाँ। देख लेना, पूरा नाथूचक बदल जाएगा।''

''एवमस्तु!...भगवान करे, ऐसा ही हो!''—संतु ने आँख मूँदते हुए कहा।

इक्कीस

पटना में संतु का दिल हमेशा धुकधुकाता रहता। रात में एक तो ठीक से नींद नहीं आती। आती भी तो वह भयंकर डरावने किस्म के सपने देखता। इन सपनों में वह देखता कि उसे फाँसी की सजा सुना दी गई है। जल्लाद उसे पकड़कर फाँसी के तख्ते पर खड़ा कर देता है। लो, अब तो गले में रस्सी भी पहना दी गई है। अब क्या होगा हे राम! राम रे राम...ऑय शैल डॉय!! सरोजिनी नायडू की यह पंक्ति एक दूसरे ही संदर्भ में वह याद करता। यद्यपि कि इस पंक्ति का अंतिम सत्य एक ही था—भय...अनंत भय। और इसी अनंत भय के मारे उसकी नींद टूट-टूट जाती।

अक्सर सपने में वह नीलम को देखता। उसकी देह की गंध और अपने बालों में उसकी फिसलती अँगुलियों की गति को महसूस करता। ऐसे में भी उसकी नींद उचट जाती और वह खुद को भयभीत महसूस करता। यदि अनुपम (नहीं, अब भैया तो कतई नहीं) के कमरे की बत्ती जलती रहती, तो आधी रात को भी चोरों की तरह उनकी खिड़की से चिपककर अंदर झाँकता। उन्हें तन्मयता से पढ़ता पाकर वह फौरन लौट आता। भय से उबरने की कोशिश करता। इच्छा करती कि ताली या चुटकी बजाकर कुछ गाए। मगर जाने किस अज्ञात भय के कारण कभी ऐसा कर नहीं पाया। यह एक अजीब दिनचर्या वाली जिंदगी थी। तब संतु को इल्म नहीं था कि अधिकांश हिंदुस्तानी ताज़िंदगी इसी दिनचर्या में लिप्त रहते हैं। किसी न किसी अज्ञात भय से मुक्त होने की निरंतर छटपटाहट का नाम ही ख़लिश हिंदुस्तानी जीवनचर्या है।

नीलम पर जब भी नज़र पड़ती, संतु यही सोचता कि उसके ज़िंदा रहने का मक़सद क्या है? वह आगे बढ़कर उसका गला क्यों नहीं टीप देता? जब भी उसे मोटे बस्ते के संग अनुपम के कमरे में जाते देखता, उसका कलेजा जैसे

दहकने लगता। उसकी इच्छा करती कि कहीं से एक रामपुरी लाकर उस स्लाले अनुपमवा के कलेजे में तो उतार ही दे। लेकिन फिर मन ही मन बहुत कुछ ऊँच-नीच की गणना करते हुए वह शांत हो जाता। वैसे भी उसने खुद को उस टूटी-फूटी नौका के समान ही समझ लिया था जिसकी किस्मत अब सागर की लहरों के हवाले थी पिछले दिनों जैसी उसके बेइज़्ज़ती हुई थी, वह चाहता तो गंगा की पवित्र लहरों में समा जाने का काफ़ी ठोस कारण था उसके पास। फिर भी नहीं मरा! उसका एकमात्र और एकमात्र कारण यह था कि वह किसी भी स्त्री पर अपना पौरुष सिद्ध किये बगैर यह दुनिया छोड़नेवाला नहीं। एक नपुंसक की मौत नहीं मरना चाहता था वह।

नीलम इतनी चतुर, इतनी होशियार, इतनी खुदगर्ज़ निकलेगी, संतु को इसका अनुमान नहीं था। या फिर क्या पता, वह संतु को ही वैसा समझती हो। या फिर उसने जो कुछ किया हो अपने बचाव की खातिर ही किया हो। वादी को भला प्रतिवादी के पक्ष से क्या मतलब? फिर तो दुनिया में कोई झगड़ा-टंटा ही न हो। न्यायाधीशों को ऊँचा आसन देने की परंपरा ही छिन्न-भिन्न हो जाए (उतना ही अच्छा है, जितनी जल्दी यह संभव हो सके।)!

यह मैट्रिक की परीक्षा के ठीक चार-पाँच दिन पहले की घटना थी। संतु स्कूल से प्रवेश-पत्र लेकर लौटा ही था। हाते में दोपहर का सन्नाटा पसरा था। खाना खाकर पढ़ने के वास्ते संतु गैराज में पहुँचा। ठीक उसी समय उसकी नजर नीलम पर पड़ी। वह दबे पाँव अपने अनुपम सर के कमरे में घुसती चली गई। दरवाजा जो कि खुला ही था, फिर से सटा दिया गया।

संतु काफी देर तक यूँही इस बंद दरवाजे को घूरता रहा। फिर जाने क्या आया उसके मन में कि थोड़ा घूमकर कमरे की खिड़की के पास पहुँचा। खिड़की बंद थी। संतु ने यूँही, एक सामान्य उत्सुकतावश, खिड़की में मौजूद एक झिर्री से अपनी आँखें सटा दीं।... और जैसे भूचाल सा आ गया हो उसके तन बदन में...। नीलम किसी चिड़िया की तरह दुबकी पड़ी थी नंग-धड़ंग अनुपमवा के नीचे। संतु की नज़र तो जैसे केवल नीलम के चेहरे पर गड़ कर रह गई थी। एक सनसनाती हुई उत्तेजना में उपलाता एक तना हुआ कठोर चेहरा। संतु ने आज तक गहरे अंतरंग क्षणों के दौरान भी नीलम के चेहरे पर ऐसा भाव पहले कभी नहीं देखा था। अपनी गर्दन को लगातार दायें और बायें हिलाते हुए वह होठों ही होठों में कुछ बुदबुदा भी रही थी। जैसे कि सहमति के साथ-साथ एक अस्फुट क्षीण निषेध भी। जबकि अनुपमवा...नहीं...उसके अनुपम सर...ठीक किसी ड्रैगन की तरह फुँफकारते हुए उस पर पूरी कठोरता और क्रूरता के साथ प्रहार करते चले जा

रहे थे। उन्हें तनिक भी दया, ममता नहीं आ रही थी उस कोमलांगी पर। यह एक बेहद ही घृणास्पद दृश्य लगा था संतु को। क्या किसी पुरुष का किसी स्त्री के साथ ऐसे समय में ऐसा ही आचरण कामशास्त्र सम्मत है। संतु अचानक एक पशोपेस में घिर गया। संतु स्वयं से तो ऐसे किसी आचरण की कल्पना भी नहीं कर सकता था। उसका मन अब उस दृश्य से उचटने लगा था। जबकि सबसे बड़ी हैरत की बात यह थी कि इस घृणास्पद दृश्य के सृजनहारों में रंगमंच छोड़ने की कोई हड़बड़ी नहीं दिख रही थी।

अंततः संतु ही हट गया वहाँ से। किसी के द्वारा देखे जाने की आशंका भी थी उसे। इस तरह किसी के कमरे में झाँकना भी उसे अपराध बोध से भरे दे रहा था। वह जाकर उस सीढ़ी पर बैठ गया जहाँ से नीलम को, अपने घर जाने के वास्ते, गुजरना ही था।

"मैंने सब देख लिया है!" अपने सामने ठिठकी खड़ी नीलम से उसने फुसफुसाते हुए कहा।

"तो क्या हुआ;"—नीलम ने सहज भाव से कहा, "मौका मैंने तुमको भी दिया था।"

नीलम का चेहरा एकदम शांत और धुला-धुला लग रहा था संतु को। शरद पूर्णिमा के इठलाते चाँद की तरह।

"मुझको एक मौका और चाहिए...बस एक मौका! मैं कब से रिरियाता फिर रहा हूँ तुम्हारे आगे। मगर अब नहीं दोगी तो सब भंडाफोड़ कर दूँगा।"

"क्या भंडाफोड़ कर दोगे?"

"सब कुछ। यही कि तुम और अनुपम सर...!"—संतु किसी खलनायक की तरह दोनों हाथ कमर से टिकाकर खड़ा था और कुटिलता से मुस्कुरा रहा था।

"ठीक है, अभी रास्ता छोड़ो।"

"तो आज रात को पक्का न...?"

"आज नहीं, कल। कल रात को!"—नीलम ने जबरिया मुस्कुराते हुए कहा और धड़ाधड़ सीढ़ियाँ चढ़ गई।

वह रात कटी। सुबह हुई मगर सूरज की तो जैसे गहरी छनने लगी हो दिन के साथ। टसकने का नाम ही नहीं ले रहा था। अंततः डेढ़ बजे संतु तैयार होकर फिल्म देखने निकल गया। तीसरे दरजे की पंक्ति में खड़ा वह उकता रहा था कि उसे मुकेश दिख गया। नीलम का भाई। उसके साथ चार विचित्र किस्म के लड़के थे। इनमें से केवल एक को एक आध मर्तबा संतु ने मुकेश के साथ देखा था।

"इधर आओ जरा!" मुकेश ने उसे इशारे से बुलाया। "देख नहीं रहे, लाइन

में लगा हूँ";—संतु ने लापरवाही से कहा।

"तेरी माँ की लाइन वाले स्लाले...!" अचानक उसमें से एक लड़का तीर की तरह सनसनाता हुआ उस तक पहुँचा और उसका कॉलर पकड़ खींचते हुए उसे मुकेश की सामने लाकर पटक दिया।

तीसरे दर्जे की पंक्ति में लगने वालों के लिए यह रोजमर्रे की एक मामूली घटना थी। तभी उस कुछ परिचित से लड़के ने उसके मुँह पर एक घूँसा मारा। फिर तो ताबड़तोड़ थप्पड़, घूँसों की बारिश से संतु नहा गया। जैसे हथिया नक्षत्र में मोटी बूँदें पड़ती हैं।

"आगे से कभी इसकी बहन से मिलने का नहीं;"—उसी लड़के ने मुकेश की ओर इंगित करते हुए कहा—"ना ही कभी उसके रास्ते में आने का, क्या? अगर आगे से एक भी शिकायत मिली तो जान लो...यह आर-पार हो जाएगा।"

संतु ने एक खूबसूरत चाकू को खुलते और बंद होते देखा। वह कँपकँपाने लगा। उसकी घिग्घी बँध आई। शर्म और अपमान से उसका चेहरा लाल हो उठा। पता नहीं क्यों, उसमें प्रतिरोध की शक्ति भी नहीं थी। इसी बीच वह सभी लोग तेजी से निकल भागे थे।

तभी संतु ने अपनी पीठ पर एक कोमल स्पर्श महसूस किया। एक अजनबी लड़का था। निहायत ही लोफर किस्म का। "उठ जा मेरे मजनूं! प्यार किया तो डरना क्या, ऐं?" उसने संतु की देह झाड़ते हुए कहा, "मुझको दिखला दे उस कबूतरी का घर। फिर देख मैं कैसे इन कबूतरों से निबटता हूँ!"

"मेरी परीक्षा है...मुझको जाना है;"—संतु विक्षिप्तों की तरह बड़बड़ाया और वहाँ से भाग चला। शाम को जब उसने हाते में प्रवेश किया, नीलम इत्मीनान से बालकनी पर खड़ी बाल काढ़ रही थी।

संतु को देखकर उसने आँखें फेर लीं।

उसको देखकर संतु ने नज़रें झुका लीं।

यह सब कुछ एक बुरे ख़्वाब के भले अंत की तरह था।

और इसके बाद परीक्षा। परीक्षा के बाद जमालपुर...नाथूचक...। और अब फिर पटना। और यहाँ दिल की लगातार बढ़ती धुकधुकी और भीतर बढ़ता और गहराता ही चला जाता सन्नाटा। और भय।...अनंत भय...।

इसी सन्नाटे में एक दुदुंभी बजी। भीरुओं को और भी भयभीत करती एक नक्कारे की आवाज़।

प्रथम श्रेणी के विद्यार्थी हंसों की पाँत की तरह एकमेव हो गए और पाँत से बिछुड़े संतु की ओर आँखें झपकाते हुए देखने लगे।

संतु...एक अहमक।...एक फतिंगा।...नाली का कीड़ा।

अम्माँ को अब तक सारा किस्सा मालूम हो चुका था। उनसे चुन्ना भैया को। संतु का रिजल्ट सुनकर अम्माँ ने अपना सर दीवार से टकराकर लहूलुहान कर लिया था। क्या कोई माँ अपनी संतान से इतना अधिक प्यार कर सकती थी?

...प्यार नहीं, अपेक्षा। अम्माँ विक्षिप्तों की तरह बके चली जा रही थीं—"उफ!...क्या-क्या उम्मीदें...कैसे-कैसे सपने पाल रखे थे इसको लेकर...?...डाक्टर बनेगा...कार में घूमेगा...बुढ़ापे में सुख देगा हमें। और यह सब ताखे पर रख यह पड़ गया उस कुतिया के चक्कर में। छीः...शर्म भी नहीं आई इसे? बाप का खून आखिर रंग दिखला ही गया! भूल गया माँ की तपस्या को...?"

चुन्ना भैया आए और संतु के सामने ही भर्तृहरि का एक बिंब खींचने लगे—"एक कुत्ता...जिसके सारे बदन पर खुजली हो। जो एक पाँव से लँगड़ा रहा हो।...जिसके गले में टूटी हुई हांड़ी का कनखल लटकी हो...व लँगड़ाते और देह झाड़ते हुए एक कुतिया के पीछे-पीछे उसे सूँघता बढ़ा चला जा रहा हो...।"

चुन्ना भैया द्वारा वर्णित इस बिंब में कुत्ते की जगह अपनी स्थिति पहचान संतु बुरी तरह शर्मसार हो उठा था। क्या सचमुच उसका खून बाबूजी की तरह है? या फिर हर पुरुष के अंदर भर्तृहरि द्वारा वर्णित एक कुत्ता रहता है, जिसे इंद्रिय दमन जैसे कठिन उपायों के सहारे ही सीकड़ में बाँधकर रखा जा सकता है?

संतु कई हफ़्ते तक अजीबोगरीब स्थितियों से दो-चार होता रहा। संतु को सबसे ज़्यादा क्षोभ इस बात को लेकर था कि वह माँ के अरमानों का खून करनेवाला भी है। अपने भविष्य से ज़्यादा उसे अम्माँ की अपेक्षा की परवाह थी और इसी के कारण पश्चात्ताप की अग्नि में वह लगातार जल रहा था कि तभी उबारा आकर बाबूजी ने। उनके कहे इस वाक्य ने उसके अंदर एक अदम्य जीवन राग को जगा दिया हो जैसे—

"स्टिल देयर इज़ अॅ टाइम टू कैच अॅ ट्रेन!"

बाबूजी के मुँह से ध्वनित यह वाक्य किसी नवजात कोकिल के मुँह से फूटे पहले गीत की तरह आकर्षक और सुरीला लगा था संतु को। जब चारों ओर एक गझिन अंधकार महसूस हो रहा था उसे, बाबूजी ने माचिस की एक तीली जला उसकी राह प्रशस्त की थी। पहली दफ़ा बाबूजी के भीतर एक परमेश्वर दिखा उसे। उफ!...बेचैन हो उठा संतु इस हाल में भी। अम्माँ का आकलन एक देवी के रूप में वह कभी भी क्यों नहीं कर पाया?

बाबूजी के कहे का अपना विशेष अर्थ था। संतु को पटना के एक कॉलेज से सम्मानपूर्वक नामांकन के लिए बुलावा आया था। एक द्वितीय श्रेणी से उत्तीर्ण

विद्यार्थी को यह सब तत्कालीन मुख्यमंत्री केदार पांडे की देन थी। उन्होंने परीक्षा के दौरान नकल को एकदम से बंद करवा दिया था। नतीजा यह कि पूरे बिहार का औसत रिजल्ट मात्र सत्रह दशमलव कुछ प्रतिशत था।

इस नामांकन के साथ-साथ बाबूजी ने संतु का नामांकन एक टंकण एवं आशुलिपि प्रशिक्षण केंद्र में भी करवा दिया। अब संतु को उनके "स्टिल देयर इज़ अँ टाइम..." का एकदम सही अर्थ समझ में आया। सचमुच अभी भी वक़्त था उसके लिए। मगर इस वक्त को पकड़कर उससे लटक जाना भी इतना आसान नहीं था। हाते में रहना और किसी जेल में कैद रहना एक समान लगने लगा था उसे। घर में रहना भी। जहाँ उसे अक्सर लगता कि वह बेगानों के बीच रह रहा है। नीलम उसे तिरछी नज़रों से देखती और सीना तानकर अनुपम के कमरे में बेधड़क घुस जाती। सब कुछ समाप्त हो जाने पर भी उसे लगता कि कोई लगातार उसका कलेजा कूट रहा हो। किताब खोलता तो उसके पन्नों पर नीलम और अनुपम के संभोग दृश्य किसी चलचित्र की भाँति सजीव हो उठते। ऐसे में अपनी जाँघ की मोटी चमड़ी को खुजाते हुए वह अपने दुर्भाग्य पर झींकता रहता।

इसी बीच चुन्ना भैया की शादी की गहमागहमी शुरू हो गई। पूरी शादी के दौरान सोहन बाबू की उदारता देखते ही बनती थी। वह सचमुच एक प्रिंस थे। वह पैसे इस तरह लुटा रहे थे जैसे जुए में जीता जुआरी लुटाता है। मम परेशान और हक्का-बक्का थे। उत्तर प्रदेश और मध्य प्रदेश से आए रिश्तेदारों से पूरा घर कलरवित था। एक अलग तरह की संस्कृति, रहन-सहन और खान-पान। बोली-बानी भी। हाते के लोगों ने पहले तो थोड़ी दूरी बनाकर अचरज से निहारा। लेकिन इशारा पाते ही दो दिन में घुल मिलकर पानी में पानी हो गए। उन लोगों को सबसे अच्छा लगा था पुरुष और महिला सदस्यों के बीच का सामंजस्यपूर्ण खुलापन। किस्सा कोताह यह कि हर कोई प्रसन्न था। ज़ाहिर है कि इस देश में ऐसा होना अभी संभव न था। तो मामला यह कि जो नहीं भी था वह इसे ज़ाहिर करने के पक्ष में तो कतई नहीं था और इस कारण सबसे ज़्यादा प्रसन्न दिख रहा था, वह शख़्स मम थे। लेकिन आगंतुकों में एक बिटिया बुआ भी थीं, जिन्हें अपनी अप्रसन्नता छिपाने में कोई रुचि न थी। उनकी खुन्नस बात-बात में प्रकट हो जा रही थी। न ढंग से खाना-पीना, हँसना-बोलना, ना ही किसी विधि-व्यवहार में बढ़-चढ़कर हिस्सा लेना। वह अपना अधिकांश समय मम की सेवा के बहाने, उनके आस-पास ही गुजारतीं। इसके अलावा मौका मिलते ही मेहमानों के लिए किराए पर लिये गये एक अलग घर में कमरा बंद कर सो जातीं। सुनने में तो यह आया कि नकटौरा की रात भी कमरा बंद कर वह

इसी तरह खर्राटे भरती रही थीं। शादी की जितनी भी तस्वीरें खींची गई थीं, इसमें जिस चेहरे की सर्वाधिक आवृति हुई थी, वह कानपुर वाली चाची थीं। अम्माँ की गोतनी। प्रो॰ पप्पू की पत्नी। अम्माँ उन्हें कानपुर वाली कहकर बड़े मान से पुकारतीं। वह भी 'जिज्जी..जिज्जी...' की रट लगातीं अम्माँ के पीछे-पीछे परछाईं की तरह लगी रहतीं। जबकि इतनी ढेर सारी तस्वीरों में मात्र एक ही ऐसी तस्वीर थी, जिसमें बिटिया बुआ का सूखे छुआरे सरीखा चेहरा नमूदार हो सका था। वैसे इसका श्रेय अम्माँ को ही जाता है, क्योंकि वहीं इस तस्वीर में जबरन सोते से उठाकर खींच लाई थीं बुआ को। शादी के क़ीमती जोड़े में भारी दान दहेज के साथ आने के कारण दर्प से मुस्कुराती नववधू और बेटे को ब्याह लेने का आत्मगौरव छलकातीं अम्माँ के संतुष्ट मुखमंडल के बीच सफ़ेद साड़ी में बैठीं बुआ के चेहरे पर लाख कोशिशों के बावजूद ऐसा कोई भाव नहीं आ सका था। उल्टे उनका चेहरा और भी कठोर तथा सपाट हो गया था। एकदम से भावहीन। अम्माँ ने जाने उन्हें कितनी धोती दिखाई, मगर बुआ हमेशा काले कोर की सफ़ेद धोती ही पहनती रहीं। पूरे समारोह के दौरान। संतु को उन्हें इस रूप में देखना जरा भी नहीं सुहा रहा था, मगर वह उनके इस शालीन और चुप्पा किस्म के प्रतिरोध की मन ही मन सराहना भी कर रहा था। बुआ को तस्वीर खिंचवाने के दिन जब अम्माँ ने बहुत टोका और दबाव बनाया तो उन्होंने दो टूक शब्दों में कह दिया कि "दूल्हे की कुँआरी बुआ कहलाने से तो बेहतर है कि इतिहास मुझे बहू की एक विधवा फुफिया सास के रूप में याद रखे। शायद इसी में मेरी और आप सबों की बची-खुची गरिमा सुरक्षित रह सकेगी।"

"हायर सेकेंडरी तीसरी दफा में पास किए रहो... तौन याद है न?...बाकि हिंदी में डायलॉग बढ़िया बोल लेतिऊ हो!" अम्माँ ने पहली बार उन्हें एक कठोर उलाहना दिया था और कानपुर वाली चाची ऐसे वक़्त में भी अपनी 'जिज्जी' से सहमत थीं। बिटिया बुआ के लिए निश्चित रूप से यह एक बुरा वक़्त होगा, मगर वह भी एक ऐसी पकी हुई कठोर सुपारी बनी रहीं, जिसे किसी के लिए भी तोड़ पाना कोई आसान नहीं था।

नयी बहू ने चार दिन अपरिचितों के बीच काटे। किराये का यह साधारण मकान उसके सपने के घर से कहीं बहुत ओछा था। चौठारी की रस्म हुई और बहू विदा हो गई। अब चुन्ना भैया जमालपुर से ससुराल आते और वहीं से वापस लौट जाते। कभी-कभी जब फिल्म देखने पटना आते तो अम्माँ को भी बुलवा लेते। अम्माँ को लेकर संतु जाता। तीनों फिल्म देखते और संतु लौट जाता। अथवा टहल घूमकर समय काटता।

बाबूजी को चुन्ना भैया की यह सब अदाएँ पसंद न आतीं। सो वह एक दिन अपने समधियाने जा पहुँचे। बहू की विदाई का दिन विचरवाने। वहाँ शुक्ला जी ने यह ऐलान कर दिया कि जब तक सोहन बाबू का अपना निजी मकान न होगा, अपनी इस गर्भवती देवपुत्र नंदिनी की वह विदाई नहीं करेंगे। सोहन बाबू को यह अत्यंत ही अपमानजनक लगा और उन्होंने अपने गार्हस्थ जीवन के सत्ताईसवें वर्ष में पहली दफ़ा किसी चुनौती को स्वीकार किया। इसके पूर्व भी पटना के एक पॉश इलाके में बनी डाक तार कॉलोनी में उन्होंने एक भू-खंड सहकारी समिति के माध्यम से खरीदा था। मगर इसे वह पीने-खाने और रंडीबाजी के चक्कर में अपने एक अधिकारी को बेच चुके थे। यह भेद भी इसी समय उजागर हुआ और अम्माँ को एक बार पुनः अपने सर को दीवार से टकराकर थोड़ा रक्त बहाना पड़ा।

सोहन बाबू ने फिर से कोशिश शुरू की। लेकिन इससे पहले ही उनके समधी शुरुआती पहल कर चुके थे। अपनी ओर से एक मकान पसंद कर उन्होंने दो हजार रुपये बयाने के भी दे दिए। सोहन बाबू विवाह के अवसर पर सिलवाया गया सूट पहनकर कागज़ातों पर दस्तख़त के वास्ते समधियाने पहुँचे। उस दिन अपनी समधिन द्वारा की गई प्रशंसा के अनुसार वह बहुत रोबीले और उच्च अधिकारी लग रहे थे। सब कुछ पहले से शुक्ला जी द्वारा तय किया जा चुका था। सोहन बाबू को तीन महीने के अंदर बीस हजार जुटाकर मकान निर्बंधित करा लेने की जिम्मेवारी सौंपी गई।

"बीस हजार...!" रकम सुनकर डेढ़ हजार का सूट पहने सोहन बाबू बगलें झाँकने लगे।

"मकान भी तो दोमंजिला है;"—मकान मालिक ने धीमे से कहा। जैसे इसे बेचते हुए उसे अपार दुख हो रहा हो।

शुक्ला जी ने भी हिम्मत बँधाई—"आप लग जाइए जी जान से इस कारज में। दो-चार हजार घट बढ़ की चिंता तनिकों मत कीजिएगा।"

अपना मकान होने की खुशी संतु के भीतर कई तरह की कोमल अनुभूतियों और कल्पनाओं के साथ उभरी लेकिन इसके पीछे जो सबसे सुखद अहसास था, वह हाता से मुक्ति को लेकर था। हाता से मुक्ति का सीधा अर्थ था, जीवन की दिशा में एक नये वातायन का खुलना। सो संतु ने इस मद के लिए अपना सर्वस्व अर्पित कर दिया। यानी कि ट्यूशन करके लुकाया छिपाया सौ रुपया।

अम्माँ ने सोने की भारी करधनी का एक टुकड़ा बाबूजी को सौंपते हुए कहा, "यह हमारी अम्माँ ने मरते बखत दिया था। उन्होंने वचन लिया था कि जब एकदम निरुपाय हो जाना, तभी इसे निकालना!" अम्माँ लगातार आँसू बहाए जा रही थीं।

किसी तरह इधर-उधर से जुगाड़ कर रजिस्ट्री समय पर हो गई। लड्डू बँटे। लेकिन एक जो कहावत है कि जर, ज़मीन और जोरू उसी की, जिसके कब्जे में हो। तो कब्जा उस मकान पर एक मुसलमान धोबी का था। वह अपने तीन भाइयों के भरे पूरे कुनबे के साथ वहाँ आबाद था और उसने साफ कह दिया था कि वह यह मकान खाली करनेवाला नहीं। जिसकी जो मर्जी चाहे कर ले। बाबूजी जब सदल बल रजिस्ट्री के बाद मकान तक पहुँचे, अहमद मियाँ ने पूरी भीड़ जुटा रखी थी। वह इस इलाके के खलीफा थे। मुहर्रम के अखाड़े में सीपड़ वही कसते थे। स्थिति इतनी बिगड़ चुकी थी कि वहाँ से जान बचाकर भाग आने में ही लोगों ने भलाई समझी थी। अम्माँ ने समधी को कोसते हुए कहा कि उसने जान बूझकर फँसा दिया। आखिर उस सोनार ने इतने सस्ते में उसे बेचा ही क्यों? मगर बाबूजी ने कभी कोई टिप्पणी नहीं की। वह सबकी खामोशी से सुनते रहते और बीच-बीच में पटना सिटी, उस मोहल्ले में जाते रहते।

हाते से मुक्ति के स्वप्न के बीच इतने भारी व्यवधान ने संतु का नींद, चैन सब हर लिया था। उसे रह-रहकर मुसलमानों पर क्रोध आता। स्लाले होते ही हैं शैतान और लड़ाकू। अबतक यह भी पता चल चुका था कि वह मकान अहमद मियाँ के मरहूम अब्बा हुजूर के द्वारा ही बनवाया गया था, जिसे गरीबी और तपेदिक से उबरने हेतु उनकी अगली पीढ़ी ने सोनार के हाथों सस्ते में बेच दिया था। सोनार से मकान खाली करने के वास्ते उन्होंने तीन महीने की मोहलत माँगी थी। मगर अब तीन बरस होने को आए थे, पर वह लोग पूरी अकड़ और ढिठाई के साथ वहीं शान से जमे हुए थे। यही नहीं, दो-दो किरायेदारों को भी बसा रखा था। पूरे मकान में आदमी, औरत और बच्चे इस कदर ठुँसे हुए थे जैसे किसी अँधेरी, सीलनयुक्त जगह में तिलचट्टों का पूरा कुनबा आबाद रहता है। संतु एक दफ़ा और गया था वहाँ बाबूजी के संग। अहमद मियाँ बाबूजी से बात तक करने को तैयार नहीं थे। "हम आपको नहीं जानते। उस मादर...सोनरवा को भेजिए। हम उसी से सलटेंगे!" अपनी तहमद कसते हुए अहमद मियाँ बहुत ही खूँखार जान पड़े थे संतु को। जबकि बाबूजी मुस्कुरा रहे थे और यही कह रहे थे कि जब तक खुलकर बात नहीं करिएगा, मामला सलटने वाला नहीं।

इन्हीं दिनों, जब संतु का मन पढ़ाई से बुरी तरह उचाट हो चुका था, उसे एक भरपूर मनोरंजकपूर्ण व्यस्तता हाथ लग गई। विद्यार्थियों के विवाद का मामूली सा दिखता एक संकट देखते ही देखते दावानल की तरह फैलकर एक आर-पार की राजनीतिक लड़ाई में तब्दील हो चुका था। विद्यार्थियों को नेतृत्व देने की घोषणा सन् 1942 के आंदोलन के एक नायक वयोवृद्ध जयप्रकाश नारायण ने कर दी

थी। संतु उस शाम अपने एक दोस्त के तिमंजिले भवन की छत पर ही था, जब उसने पूर्वी गाँधी मैदान स्थित 'अपना बाजार' से धुआँ निकलते देखा। पूरे पटना से उस दिन एक अजीब डरावना शोर उठ रहा था। देखते ही देखते आर ब्लॉक चौराहे पर का पेट्रोल पंप भी काला, गाढ़ा धुआँ उगलने लगा था। उस दिन के बाद से संतु भी अपने कुछ साथियों की देखा-देखी, मोहल्ले के चंद छात्र नेताओं के पीछे-पीछे घूमने लगा। बिना यह जाने-समझे कि वह किधर जा रहा है...और आगे इसका अंजाम क्या होगा? संतु को यह जानकर भी आश्चर्य हुआ कि उसके नेताओं की भी लगभग वही स्थिति थी। वे सभी केवल तत्कालीन सत्ता से मुक्ति चाहते थे। सचिवालय के घेराव के दिनों में वह भीड़ के बीच क्रांति का अखबार बेचता। महामाया बाबू का फिल्मी अंदाज़ में कलेजे पर दोहत्थड़ जमाते हुए 'मेरे जिगर के टुकड़ों' का लुत्फ उठाता और जुगाड़ हो जाने पर चिनियाबादाम फोड़-फोड़कर खाता रहता।

पाँच जून सन् 1974 को गाँधी मैदान में जयप्रकाश बाबू ने जब संपूर्ण क्रांति का ऐतिहासिक नारा दिया, संतु इसके तीन-चार घंटा पूर्व से ही गाँधी मैदान में डटा था। उन दिनों गली के लड़कों का नेतृत्व करते हुए 'बड़ी फुलौड़ी तेल में, मियाँ गफूर जेल में' जैसा नारा लगाते हुए संतु को असीम आनंद प्राप्त होता। उसे लगता कि वह अहमद मियाँ से उनके किए का बदला ले रहा है।

बचपन में, नाथूचक में छटपटी तालाब में लुक-छिपकर मछली मारने की रोमांचक याद जिस तरह टुकड़ों-टुकड़ों में याद है संतु को, कुछ वैसे ही उस आंदोलन की यादें बिखरी पड़ी हैं उसके इस केलिडोस्कोप में। जैसे एक भव्य भारी जलसा गुजर जाए और वर्षों बाद चंद तस्वीरों के माध्यम से उसकी याद को पुनर्जीवित किया जाए। इसमें जो सबसे रोमांचक याद है, वह है पटना के यार्ड में खड़ी मालगाड़ी को लूटना। यहाँ संतु के हाथ भी वनस्पति तेल और डालडा के दो टीन लगे थे (पाँच-पाँच किलों के)। उन दिनों ऐसा माल बाजार में ब्लैक में मिलता था। किंतु अगले दिन जब अखबार में सी॰आर॰पी॰ द्वारा घर-घर की तलाशी लेने की बात छपी, पूरे हाते के लड़कों ने सारा माल गया लाइन के उस पार गड्ढे में फेंक दिया।

एक दफ़ा दो सिपाहियों को पकड़कर उन्हें दिन भर कोठरी में बंद रख उनकी जमकर रैगिंग करना भी याद है संतु को। बेचारे सिपाहियों को पहली और आखिरी दफ़ा इतना 'टुअर' देखा था संतु ने। बात-बात पर हाथ जोड़ते और खीसें निपोरते हुए।

कभी नुक्कड़ कवि सम्मेलन देखना। कभी थाली बजाना और किसी-किसी दिन-दिनभर के उपवास कार्यक्रम में शामिल होना वह भी महज़ इस लालच में

कि शाम को लालू यादव अथवा सुशील कुमार मोदी के हाथों संतरे का रस पीने को मिलता। और अगले दिन क्रांति वाले अखबार में नाम छपने का सुख मिलता।

यह थे संतु की बाहरी दुनिया के सरोकार। जबकि घर के भीतर की स्थिति यह थी कि आपात्काल को अनुशासन पर्व के रूप में आँका जा रहा था और श्री देवकांत बरुआ के वक्तव्य 'इंदिरा इज इंडिया' पर अम्माँ, बाबूजी से लेकर चुन्ना भैया तक ने गर्मजोशी से अपना-अपना सर हिलाया था।

आपात्काल का एक अच्छा फायदा उठाया बाबूजी ने। उनके एक परिचित का साला था पुलिस इंस्पेक्टर। उसी से पैरवी लगवाकर बाबूजी ने धमकाया अहमद मियाँ को—"तुम्हारा सब सामान उठवाकर फिंकवा दूँगा एक महीने के भीतर। तुम जाकर नालिश करना कि मेरे मकान पर नाजायज कब्जा हो गया है। मैं कोर्ट कचहरी जानेवाला नहीं।"

उन्हीं दिनों मोकामा के एक ठेकेदार का घर में खूब आना-जाना था। नाम था जगदीश सिंह। वह जब भी घर आते, बाबूजी छुट्टी लेकर उनकी खातिर माँस पकाते। वह बाबूजी के सामने ही जमीन पर उकड़ूँ बैठकर बीड़ी फूकते हुए भट्ठी की दारू पीते रहते। खाने के बाद वह थोड़ी देर सोते और फिर बाबूजी उन्हें मोकामा शटल में बैठाने जाते। सुनने में आया कि वही एक दिन अपने साथ दस नाल लायसेंसी बंदूक वाले मुस्टंडों को लेकर पटना सिटी गए थे। राम जाने क्या किया उन लोगों ने कि ठीक अगले दिन अपने तीन साथियों के साथ अहमद मियाँ बाबूजी के दफ़्तर आ पहुँचे। आते ही उनके पैरों पर सर रख दिया उन लोगों ने। बाबूजी ने धैर्य से उनकी बात सुनी। अपनी तरफ से दो हजार और उस सोनार से पाँच हजार दिलवाए अहमद मियाँ को। अहमद मियाँ ने बगल में ही जमीन का एक टुकड़ा खरीद उस पर छप्पर डलवा दिया। दो महीने के अंदर ही मकान की चाभी बाबूजी को सौंप गए।

हाता छूटा। संतु ने अनुशासन के पर्व का महत्त्व जाना। पढ़ाई-लिखाई ने आहिस्ते-आहिस्ते गति पकड़ी नहीं कि इंटर की परीक्षा सामने मुँह बाकर खड़ी हो गयी।

वैसी परीक्षा आज तक नहीं देखी संतु ने। वीक्षक कॉपी और प्रश्नपत्र देकर हॉल से बाहर चले जाते। फिर तो जमकर शोरगुल शुरू होता और एक-एक लड़का तीन-तीन किताबें खोलकर पन्ना दर पन्ना भरता जाता। कहीं कोई रुकावट ना ही मनाहट। बस परीक्षा में शामिल हो जाना है।

इस भीड़ में एक अकेला संतु। अपने मन से जो भी आए, लिखनेवाला।

चोरी करना एक आदत भी होती है। संतु के पास संयोग से इस तरह की आदत नहीं थी। एक बार बगल के लड़के ने एक पुर्जा बढ़ाया भी तो उसे थामते हुए संतु के हाथ थरथराने लगे। झल्लाकर उस लड़के ने पुर्जे की चिंदी-चिंदी कर उसे हवा में उछाल दिया।

जब रिजल्ट आया तो तमाम विद्यार्थी दंग। इतनी चोरी के बावजूद पास होने वालों की इतनी छोटी सूची! जिन लोगों ने पन्ने दर पन्ने माँग-माँगकर पूरी थीसिस लिखी थी, वह सभी प्रायोगिक परीक्षा में फेल थे। संतु को उसके दोस्तों ने बधाई दी। अपने ग्रुप में एकमात्र वही उत्तीर्ण था। यद्यपि कि उसका मन बहुत खिन्न था। उसने बाबूजी की आशंका को सही साबित किया था। उन्होंने परीक्षा से पूर्व व्यंग्य करते हुए कहा था, "जरा ध्यान लगाइए संतु बाबू। कहीं ऐसा न हो कि अबकी दो पाई की जगह तीन पाई पर फिसल जाएँ आप।"

चौवालीस दशमलव आठ प्रतिशत अंक। केवल दो अंक के लिए पूरी दुनिया उजाड़ और वीरान। पैंतालीस प्रतिशत से कम नंबर वाले मेडिकल टेस्ट की प्रतियोगिता में बैठने के हकदार जो नहीं थे।

संतु के लिए सपनों के तमाम दरवाज़े बंद। अम्माँ की अपेक्षा पर खरे उतरने के तमाम रास्ते बंद। बस एक ही उम्मीद...एक ही आस। और अगर जीना है, रहना है यहाँ, इस दुनिया में, तो इसे हासिल करना ही होगा। यह बाबूजी का दिखाया रास्ता था। अभी भी वही हौसला बँधा रहे थे—"स्टिल देयर इज़ ऑ टाइम...!"

समय सचमुच था पर बहुत लंबा, उबाऊ और बोझिल। जिस कार्य में जरा भी रुचि न हो, जिसे करने से पहले मन को मारकर एक कोने में लटका देना हो, उसी कार्य से जीवन भर रोटी तलाशने की ज़द्दोज़हद। बेगर्ज कॉन्ट की चूजर्ज! यह निगम के उस बड़े बाबू की नसीहत थी जिनके सेक्शन में वह लिपिक सह टंकक नियुक्त हुआ था।

महीना भर लोहा कूटने (टाइप करने) के बाद पहली बार उसके हाथों में इतने ढेर सारे रुपये आए कि उसने सोचा कि उसे कुछ मस्ती... कुछ आवारगी करनी चाहिए।

मगर करे भी तो क्या करे?

और जाए तो जाए कहाँ?

पैसे इतने भी नहीं थे कि वह किसी लंबी यात्रा पर निकल सकता...अच्छे होटलों में ठहर सकता...आदि...आदि।

अंततः बहुत-बहुत विकल्पों पर बहुत-बहुत मनन के बाद उसने चुना नाथूचक जाना ही। जैसे उड़ि जहाज को पंछी फिर जहाज पे आवै।

बाइस

नाथूचक जैसे संतु के इंतजार में ही पड़ा ऊँघ रहा था...। एकदम से लस्तपस्त, उदास और ठीक अम्माँ के उस वक़्त के चेहरे की तरह...जब वह अपने जुआरी और पियक्कड़ पति की प्रतीक्षा में आधीरात के करीब ऊँघ-ऊँघ पड़ती आँखों को मींचती चुन्ना भैया को मच्छर मारते हुए पढ़ते देखती रहतीं थीं। चुन्ना भैया भी शायद इसीलिए इतनी मेहनत कर सके, क्योंकि बाबूजी के डगमगाते कदमों से ही सही, घर पहुँच शांति से दरवाज़ा बंद कर लेने के बाद ही, उन्हें चैन की नींद आ सकती थी। वरना वह चाहकर भी औरों की तरह दस-ग्यारह बजे तक इत्मीनान से नींद की आगोश में जा सकते थे भला...? यह बाबूजी का ही प्रताप था कि उन्हें जागना था...और पढ़ते रहना था...।

संतु जब भागलपुर जंक्शन पर उतरा, रात के ग्यारह बजने को थे। स्टेशन पर वह थोड़ा हिचका। एक दो विकल्पों के विषय में भी विचारने लगा। एक तो जेब में पैसे थे, दूजे होटलों के दरवाज़े अभी बंद नहीं हुए थे। लेकिन थोड़ी देर बाद रिक्शा स्टैंड पर उसने एक व्यक्ति को नाथूचक के लिए रिक्शा तय करते पाया। उनके साथ एक स्त्री भी थी। काफ़ी नजदीक पहुँचकर भी संतु उन्हें पहचान नहीं पाया। लेकिन संवाद कायम होते ही दस बरस पुरानी एक आकृति भक्कऽ...से वर्तमान के एक भरे पूरे समृद्ध चेहरे से झाँकती दिख गई। यह सुमेश शुक्ल थे। राम पदारथ शुक्ल के कनिष्ठ साहबज़ादे। मुंगेर में स्वास्थ्य विभाग में कार्यरत थे। पाँच वर्ष पूर्व उन्होंने एक मलयाली नर्स से विवाह किया था। इस 'कुलडुबोरन' कृत्य के कारण अब तक 'घर निकाला' होने की सजा भोगने को अभिशप्त थे।

"सच कहता हूँ संतु, बड़े मजे में बीते यह पाँच बरस! न ऊधो को देना, न माधो से लेना। समझ लो कि जमकर खाया, पिया और मौज किया...!"

"तो फिर लौट क्यों रहे हैं वहाँ...?....खामखा भाभी जी की फ़जीहत कराने?"

"बाबूजी नहीं रहे न! बेटा को लेकर आया था। अंत्येष्टि में अम्माँ ने उसे जबरन रोक लिया। बोलीं कि श्राद्ध में न सिर्फ बहू आवेगी बल्कि महीना भर रहना भी पड़ेगा उसे यहाँ। बड़ी भाभी की डिलीवरी है इसी महीने। उनको भी तो सर सँभाल करने वाला कोई चाहिए!"

"तब तो यह एक सम्मानजनक बुलावा है।"—संतु ने जब यह कहा, उस स्त्री की आँखों की चमक अचानक बढ़ गई।

"बाबूजी गुजरे तो समझो कि बहुत सारे ढकोसलों से मुक्त भी हुआ नाथूचक! एकदम से पेर के रक्खे भए रहें सबका;" सुमेश ने सहज भाव से कहा, "अच्छा हुआ कि तुम भी आ गयो इस मौके पर। बचपन में तुम्हूँ कम तंग नहीं करत रहौ उनका!" सुनकर मुस्कुरा उठा संतु। एक बार पुनः उसके केलिडोस्कोप में ढेर सारी आकृतियाँ बनने और मिटने लगीं।

सुमेश भाई साहेब के रिक्शे के ठीक पीछे-पीछे संतु का रिक्शा इशाकचक को पारकर जैसे ही ईंट भट्ठे के पास पहुँचा, नीम अँधेरे के बीच टिमटिमाती इक्की दुक्की रोशनी को देख संतु को यही महसूस हुआ जैसे नाथूचक उसी के इंतजार में पड़ा ऊँघ रहा हो। संतु ने सुना, हौले से झिड़की भी पिलाई उसे नाथूचक ने—"एक तो इतने वर्षों बाद आए... और वह भी आधी रात को... चोरों की तरह...!"

"नाथूचक तो बर्बाद हो गया, देख रहे हो न।"—संतु के घर के सामने अपना रिक्शा रुकवाते हुए सुमेश ने खदहिया की ओर इंगित करते हुए कहा—"लालू मिसिर कामयाब हो गए अपने मकसद में। पता नहीं इससे क्या हासिल हुआ उन्हें? पर पूरे नाथूचक को सोलकनों से पाट दिया। सुबह देखोगे तो एक नया नाथूचक पाओगे तुम।"

रिक्शा रुकने और बातचीत की आहट से मम जग गए। बोले कि नींद अब आती ही कहाँ है। वह एकदम से बिस्तर से उठकर खड़े हो गए थे। उन्हें लगा कि उनका छोटा बेटा आया है, अपनी पंजाबिन बहू के साथ "वह एक दो दिन में बस पहुँचने ही वाला है।"—मम ने छूटते ही संतु को बताया। संतु के आने से वह बहुत ही प्रसन्न थे। लेकिन प्रत्यक्षतः अपने स्वभाव के मुताबिक तंज किया उन्होंने—"घर में बाँट बखवारे की खातिर तो नहीं भेजिन हैं न सोहन तुमका?"

मम हँसते हुए भी बहुत कमजोर और बीमार लग रहे थे। बिटिया बुआ के चले जाने के बाद वह एकदम से टुअर हो चले थे। "किसी तरह घर के पाखाने में ही निबटवाना पड़ता है इन्हें। अब तो अक्सरहां बिस्तर भी खराब कर देते हैं।

कहने को तीन-तीन बेटा हैं, मगर झेलना तो सब अकेले इन्हीं को पड़ता है।'' चाची बड़े चाचा की ओर देखते हुए बोले चली जा रही थीं, जबकि एक अच्छे बच्चे की तरह बड़े चाचा लगातार सर हिलाते जा रहे थे।

नई जगह, नया बिस्तर और ढेर सारी पुरानी यादें। संतु की आँख भले मुँदी थी लेकिन उसका केलिडोस्कोप लगातार सक्रिय था। वह देख रहा था उस आँगन को जहाँ संतु और बिटिया बुआ एक-दूसरे का हाथ थामे घुमनी-घुमैया खेल रहे थे...।...संतु के केलिडोस्कोप में इसी समय पता नहीं क्या-क्या उभरने लगा...।

...बाबूजी अकेले आए थे बिटिया बुआ की शादी में। ''शादी क्या हुई, बस समझ लो कि गुड्डे गुड़िया का खेल हुआ;''—बाबूजी ने लौटकर विस्तार से सारा वृत्तांत अम्माँ को बताया था—''केवल सात जन आए थे बारात में। शिवभंजन तिवारी के बैठके में ठहराया गया उन्हें और कुंजू मिसिर के घर बस्ती की औरतों ने मिल बैठकर नाश्ता खाना तैयार किया। मिरजान से ढोलताशा पार्टी मँगवाकर बारात लगवा दी गई। न बैंड बाजा, न रोशनचौकी और न ही कोई सजी-धजी कार। लड़का सहवाले के साथ रिक्शे पर बैठकर दरवज्जे आया...!''

संतु भी सर नवाकर यह सब कुछ सुन रहा था। जैसे किसी की अंतिम यात्रा का वृत्तांत सुन रहा हो। उसकी आँख में आँसू थे और इससे भी कहीं ज्यादा आँसू उसने पटना जंक्शन पर बिटिया बुआ की आँखों में देख रखे थे। ससुराल जाने के क्रम में उनकी ट्रेन को पटना जंक्शन से गुजरना था। कानपुर के पास किसी देहात में हुई थी उनकी शादी। अम्माँ की भरपूर इच्छा उस दुजाहे लड़के को एक नज़र देख लेने भर की थी, जो अब उनका ननदोई हो चुका था। इसी कारण अपर इंडिया के समय में वह संतु के साथ पूड़ी, भाजी, मिठाई लेकर प्लेटफॉर्म पर डटी थीं।

संतु को फूफा बड़े दिलचस्प लगे थे। नाटे और गंजे होने के बावजूद उनके चेहरे पर छाई प्रसन्नता, उनके हाव-भाव की चपलता और उनका पल भर में घुल-मिल जानेवाला मजाकिया स्वभाव उनके पूरे व्यक्तित्व को एक विरल शृंगार से आभूषित कर रहा था। आश्चर्य! संवाद कायम होने के पाँच मिनट के भीतर रोती-कलपती बुआ भी ठठाकर हँसने को मजबूर हो गई थीं। तब अम्माँ ने अपनी आँखों पर रूमाल फिराया था...और संतु ने जाने कब की जमी एक गहरी साँस छोड़ते हुए स्वयं को उत्फुल्ल और हल्का महसूस किया था।

फूफा अम्माँ को रस ले लेकर बता रहे थे—''विदाई के समय मैंने एक घड़ी क्या माँग ली भाभी, हमारे ससुर जी यानी आप लोगों के मम एकदम जैसे हत्थे

से ही उखड़ पड़े। फटाक लुंगी खोल दी अपनी और बोले—हले ल्यो!...अब बस यही बचा है हमरे पास। जरा सोचिए भाभी जी, जब बाप इतना बदतमीज़ है तो बेटी कैसी होगी? मैं तो अभी से मारे डर के मरा जा रहा हूँ।''

''इसमें डरने की क्या बात है?'' अम्माँ ने वातावरण को और भी सहज बनाते हुए मजाक किया—''यह तो और भी अच्छा है तुम्हारे लिए। सुहाग रात को तुम हमारी ननद को थोड़ा क्रोध दिला देना, बस। तुम्हारा आगे का सारा काम यह खुद ही कर लेंगी।''

''भाभी ई ई ई...छी...! पटना में रहकर तुम इत्ती गंदी हो गईं?''—बिटिया बुआ ने कृत्रिम क्रोध जतलाया और हँसते-हँसते बेहाल हो गईं।

ठीक इसी समय अपर इंडिया की लंबी सीटी सुनाई पड़ी संतु को। अर्द्धजाग्रत अवस्था में ही वह अनुमान लगा रहा था कि रात्रि के तीन तो बज ही गए होंगे। संतु बिस्तर पर पड़ा था और देख रहा था अश्विन चा को अपनी टॉर्च चमकाते हुए...। तभी महंथ जी नजर आ गए उसे। मम के साथ कोई जबरदस्त ठट्ठा करते हुए। संतु का केलिडोस्कोप लगातार सक्रिय था। और मगन था वह। दीन दुनिया से बेख़बर। जैसे एक ककून के अंदर रेशम का कीड़ा खुद को सुरक्षित महसूस करता है। या कि किसी अपने की गोद में एक शिशु। और शायद इसीलिए दुनिया के हर व्यक्ति का अपना एक केलिडोस्कोप होता है। दूसरे से नितांत भिन्न। जैसे कि तिलू अजिया के हाथों बनी गुड़ियाएँ। एक समान होते हुए भी सभी कुछ न कुछ भिन्नता लिये हुए। तभी तो संतु अंजना से अक्सर अपनी गुड़िया बदल लेता था...और थोड़ी देर दिल बहलाकर वापस अपनी गुड़िया ले लेता था। अगर संतु का यह केलिडोस्कोप इतना भर भी रास आ गया इस दुनिया को, वह खुद को धन्य समझेगा।

अगली सुबह टहलते हुए संतु ने जो पहला यादगार दृश्य देखा, वह बहुत ही दिलचस्प था। खदहिया में नवनिर्मित एक खपरैल के घर से एक स्त्री तवे पर सुलगता गोइठा लेकर फुर्ती से एक अन्य खपरैल वाले घर में समा गई। यह घर लुट्ठू का था। और थोड़ी देर बाद संतु जब बगीचे से चक्कर लगाकर लौटा, उसी स्त्री को उसने लुट्ठू के बरामदे पर उसके परिवार की स्त्रियों के साथ चाय सुड़कते पाया।

उसी समय संतु चंदा काकी से मिलने जा पहुँचा। वह उसे देखते ही अकचका उठीं—''तुम...!...तुम कब आए बेटा?''

चंदा काकी खूब खुश थीं। बोलीं कि बहुत अच्छे मौके पर आए हो तुम। बहुत भारी जश्न होने वाला है बस्ती में। बिना शरीक हुए वापस मत जाना।

चंदा काकी से ही पता चला, उनकी दोनों बेटियाँ अभी कलकत्ता में ही हैं।

लगभग दो वर्ष पहले गई थीं वह उनसे मिलने। दोनों बहुत मजे में हैं वहाँ। वह बेटियों की खुशियों में अपना गम भूलकर लगातार प्रायश्चित्त में लगी थीं। बस्ती में प्रतिबंध था उनकी दोनों बेटियों के प्रवेश पर। कलकत्ता से लौटने पर उनपर भी उँगलियाँ उठी थीं। थोड़ी थुक्कम फ़ज़ीहत भी हुई। पर उन्होंने साफ इनकार कर दिया कि वह अपनी बेटियों के घर ठहरी थीं। उन्होंने इस बात की भी सौगंध खाई कि वह आजीवन अपनी बेटियों से कोई संबंध नहीं रखेंगी। बस्ती की एक-एक चौखट पर जाकर नाक रगड़ी उन्होंने। एक-एक घर पर अपने नेम धरम एवं ईमान की दुहाई दी। तब जाकर पिघले कुछ प्रगतिशील हृदय। दरअसल इनमें से कुछ को जरूरत थी शिवभंजन बहू की सेवाओं की। वह भी खुशी-खुशी एक घर का चूल्हा सँभालने लगीं। उन अकेली के पेट के लिए इतना पर्याप्त था। डाकखाने में कुछ रुपये जमा थे। सरला, निर्मला के द्वारा आर्थिक सहायता की पेशकश वह विनम्रतापूर्वक ठुकरा चुकी थीं। यह सब कुछ वह अगले जन्म के वास्ते कर रही थीं। उनका जीवन नितांत एकाकी था। अकेलापन और इससे उपजी घुटन और दुश्चिंताएँ...अब यही शृंगार था उनका। निर्मला और सरला के नियमित अंतराल पर आते रहते लंबे-लंबे पत्र ही उनके जीवन की आंतरिक खुशियों के आधारस्तंभ थे। अपने नातियों के अभाव की व्यथा वह खदहिया में बसे परिवारों के बच्चों को दुलार चुमकारकर पूरा कर लेती थीं। रात होते ही खदहिया के तमाम छोटे बच्चे उन्हें अपनी नानी अम्माँ समझ घेर लेते। वह पूरे मनोयोग से उन्हें मूँगा फूला की कथा सुनातीं—एक थीं मूंगा एक थी फूला। दोनों सगी बहनें। दोनों ही बड़ी नटखट। माँ की नज़र बचाकर नित्य दोपहर बगीचे में भाग जातीं। वहाँ खूब खेलतीं-कूदतीं। बगीचे में गिरे फलों को बीन-बीनकर खातीं। एक दिन दोनों ने वहाँ बन्दरों का जूठा जामुन खा लिया। बस फिर क्या था। बंदरों के समूह ने उन्हें घेर लिया और लगे चिल्ला-चिल्लाकर गाने—

हमरा जुट्ठा खा लीन्हैंव बन्दरिया हो गइऊ,
हमरा जुट्ठा पी लीन्हैंव बन्दरिया हो गइऊ।

अंततः बंदरों का राजा पकड़कर ले गया उन्हें अपने देश। वहाँ कैद में दिन रात रोती रहतीं दोनों बहनें। वहाँ से जो कोई भी दिख जाता उन्हें, उसे चीख-चीखकर अपनी व्यथा सुनातीं और अपनी अम्माँ बप्पा तक संदेश पहुँचा देने का अनुरोध करतीं—

गइया ओ गइया हमरी अम्माँ से कहयो,
मूँगा फूला बसैं बंदर के देश।
घोड़ा ओ घोड़ा हमरे बप्पा से कहियो,
मूँगा फूला बसैं बंदर के देश।

अक्सर कहानी सुनाते-सुनाते बीच में ही सुबकने लगतीं चंदा काकी। उनकी यह उदासी तब छँटती, जिस दिन दरवज्जे पर डाक के मुंशी जी आते और बेटियों का पत्र थमाते। निर्मला लिखती पत्र में—इस दीपावली पर एक उँगली थोड़ी झुलस गई मेरी। क्या करती, इतने ढेर सारे पटाखे छोड़ने का अभ्यास जो नहीं था कभी। लेकिन तुम जरिको चिंता मत करना माँय। यहाँ सभी लोग खूब ख़याल रखते हैं हमरा।

पत्र पढ़कर खुशी के आँसू बहातीं चंदा काकी। बस्ती की दो-दो बेटियाँ अब तक झुलसकर जल मरी थीं अपनी-अपनी ससुराल में। उफ! कितना हाहाकार मचा था यहाँ। उनकी माँएँ कैसे पागलों की तरह सर पटक रो-रो मरती थीं। एक माँ थीं चंदा काकी भी! जो बेटी के जल जाने की ख़बर पाकर भी इतनी आह्लादित थीं। शाम को घी का दीपक जलाती थीं ठाकुर जी के आगे। तो इसी प्रकार दिन काट रही थीं वह। इसी बीच बस्ती में कई छिट-पुट घटनाएँ हुईं और इसके बाद कहीं जाकर हुआ एक विस्फोट।...एक ऐसा धमाका जिसने बस्ती की तमाम शुचिताओं का मटियामेट कर दिया। तमाम प्रतिबंध स्वतः ही हवा हो गए।

सुकुल जी के साहबजादे का केस अब कोई अनोखा नहीं रहा था बस्ती में। वैद्य जी का भी एक लड़का राँची एच॰ई॰सी॰ में कार्यरत था। सुना गया कि वहीं किसी आदिवासी युवती से शादी कर ली थी उसने। एक लड़का और एक लड़की भी हो चुके हैं उसे। फिर भी उसकी हिम्मत नहीं पड़ी आजतक कि वह अपनी पत्नी बच्चों के साथ बस्ती आ सके।

मगर अब पिछले दस दिनों से वह भी है यहाँ। और अपनी मिलनसारिता और मृदु स्वभाव के चलते हाई स्कूल में शिक्षिका उस आदिवासी महिला ने बस्ती की अपनी तमाम ननद और भौजाइयों का दिल जीत लिया है। उसकी सास तक उसकी प्रशंसा करती नहीं अघातीं। और यह सब कुछ हो रहा है उस बित्ते भर के छोकरे प्रशांत के चलते। बस्ती भर का लाडला और चंदा काकी का तो खास दुलरुआ। उसी के घर पहले खाना बनाती थीं चंदा काकी। उसी प्रशांत ने दिल्ली जाकर एक विस्फोट किया। बस्ती का पहला आई॰ए॰एस॰। बस्ती का सपूत। बस्ती के तमाम बेरोजगार युवकों की एकमात्र आस। उनके भविष्य का उद्धारक। सभी टकटकी लगाए बैठे हैं उसकी ओर। और कृत्य देखिए उस सपूत का। उस लौंडे की हिमाकत पर तो गौर कीजिए जरा। ट्रेनिंग के फौरन बाद ही एक महिला आई॰ए॰एस॰ से विवाह रचा लिया उसने। विवाह भी किससे तो पंजाबिन से। तिस पर भी दलित जाति की पंजाबिन से। एक तो करेला, तिस पर नीम चढ़ा। हुआ तो था इतना विरोध शिवभंजन तिवारी की बेटियों का। मगर अब हिम्मत है तो कोई कर के देखे तो थू...थू...!...कोई छींककर...पादकर जरा दिखाए तो? जिद है उसकी। बहू

को लेकर आऊँगा बस्ती में। कुल देवी... ग्राम देवी की पूजा देने। और उसी के साथ आ रहे हैं संतु के छोटे चा। द ग्रेट आर्मी मैन। अब तो यह भी समाचार मिल चुका है बस्तीवालों को कि उनकी पत्नी की छोटी बहन ही है वह आई॰ए॰एस॰ बहू। प्रशांत जब दिल्ली में था, छोटे चाचा के यहाँ उसका अक्सर आना-जाना होता रहता था। मम ने जब से सुना है यह सब, उन्हें छोटे चाचा का तमाम दागदार इतिहास एक शानदार समाजशास्त्र में परिवर्तित होता दिखने लगा है। "अब वह एक आई॰ए॰एस॰ का साढ़ू हैं, जान लो। कोई छोटा मोटा आदमी अब नहीं रहा वह।"

तब जिंदा थे राम पदारथ सुकुल। उन्होंने अपनी हुकहुकाती साँसों को सहेजते हुए अपना फ़रमान जारी किया था। बस्ती के अब तक की परंपरा की दुहाई दी थी। बेचारे प्रशांत के माँ बाप साँप छछुँदर वाली दुविधा में लटके थे कि उबार लिया था उन्हें शिवभंजन बहू ने। चंदा काकी ने छाती ठोंककर कहा कि वह मेरे आँगन में उतरेगा। मैं दूँगी उसको आसरा और छत। जिसको जो भी करना है कर ले मेरा। कोई उँगली भी उठायेगा उधर अबकी तो फौजदारी बाद में होगी और गिरफ्तारी पहले।

एक तरफ चंदा काकी की यह चुनौती पूरी बस्ती को, तो दूसरी तरफ घंटों मीटिंग। लंबी बहसें। अंततः बस्ती के बुढ़ऊ और कूड़मगजों (उन्हें इन्हीं शब्दों से नवाज़ा गया।) पर भारी पड़ा नौजवानों और उनके संरक्षकों का तर्क । 'समरथ को नहीं दोष गोसाईं...' के मीठे ग्रास के साथ आखिर सुकुल जी को भी लीलना पड़ा इस कड़ुवी दवा को।

संतु दो दिन तक बस्ती में ही लगातार घूमता और लोगों से मिलता-जुलता रहा। संतु ने यह महसूस किया कि समय बहुत तेजी से बदल रहा था। लेकिन इससे भी कहीं ज्यादा त्वरित गति से बदल रहे थे बस्ती के लोग। खदहिया में चमारों, दुसाधों और मल्लाहों की मिली-जुली बस्ती आबाद हो चुकी थी। इन सभी लोगों का आना-जाना बभनटोली के किसी न किसी घर से शुरू हो चुका था। न ज्यादा छुआछूत, न कोई अन्य भेदभाव। कुछ सयानी स्त्रियाँ चौका और देवताघर का परहेज बरततीं, अन्यथा अधिकांश घरों में इन्हीं घरों की स्त्रियाँ अब चौका बरतन का काम सँभालने लगी थीं। कुएँ से पानी खींचकर लाने लगी थीं। शिवभंजन तिवारी के कुएँ पर सबसे ज्यादा भीड़ रहती। खदहिया के आधे घरों का पानी यहीं से जाता। खदहिया में जो दो सरकारी चापाकल लगे थे, उनका पानी बहुत मीठा नहीं था। सबसे ज्यादा चाँदी थी तो मम की। उनकी होमियोपैथिक दवाओं की बकसिया दिन में कई-कई बार खुलती और बंद होती। घर बैठे दस-पांच आ

जाने से उनकी चपलता और फुर्ती देखते बनती थी।

शाम में संतु भी ईंट-भट्ठे के पास खुली एक चाय नाश्ते की दुकान पर चला जाता। बस्ती के तमाम बेरोजगार और भंगेड़ी नौजवानों की सांध्यकालीन मजलिस अब यहीं जमने लगी थी। संतु ने ध्यान दिया, इनकी संख्या काफी बढ़ चली थी और ये अलग-अलग समूहों में बँटे थे। बीस-इक्कीस से लेकर पैंतीस की वय तक के बेरोजगार। संतु की नौकरी की बाबत सुनकर इन सबों ने हर्ष जताया और यह सामूहिक टिप्पणी की–''नरक में भी भारी ठेलमठेल है! वहाँ भी घुसना आसान नहीं।'' सुनकर संतु को अच्छा लगा। उस शाम की चाय बूटी का खर्च उसी ने उठाया।

पूरी बस्ती बहुत ही विनम्र, स्पर्शकातर और दयनीय लगी थी संतु को। नाथूचक का संपूर्ण बिंब पता नहीं क्यों किसी अधेड़ गणिका की तरह उसके ख़यालों में बार-बार आता। ''बस्ती के लोगों की हेकड़ी अब लगभग समाप्त हो चुकी है।''–लुट्टू ने बहुत बेचारगी से हँसते हुए बतलाया–''कारण कि तमाम ओहदेदार और हेकड़ीबाज लोग बस चुके हैं दूरदराज। अलग-अलग शहरों में। उनका नाथूचक से नाता भी लगभग समाप्त हो चुका है। बस्ती में अब केवल हम जैसे वही करमअभागे हैं जिन्हें कहीं और जा बसने का ठौर-ठिकाना नहीं मिल सका या फिर ऐसे छोटे मोटे लोग जिनकी मामूली आजीविका इसी भागलपुर शहर में केंद्रित है। जैसे वैद्य जी के लड़के डॉ॰ चन्द्रभूषण मिश्र। इनके आयुर्वेद ज्ञान को भला कौन पूछेगा दूसरे शहर में...? इस शहर में तो बाप की कमाई साख की बदौलत किसी तरह दाल रोटी चल जा रही है इनकी...।''

संतु एक शाम तिलू अजिया से मिलने जा पहुँचा। वह बहुत कमजोर, बूढ़ी और बीमार दिख रही थीं। उनकी दुकान भी लगभग उजड़ चुकी थी। उनका किशन उन्हें छोड़ दिल्ली जा बसा था। बेटा समेत। "अब उसके आने की कोई उम्मीद नहीं!"–तिलू अजिया ने बुझे शब्दों में कहा, "उसे बरगला दिया सबों ने। सबसे अधिक तो नाथूकवालों ने ही। अब हो गया सबका कलेजा ठंडाऽ...! वैसे भी अब मुझ बीमार और बूढ़ी की जिंदगी का क्या भरोसा? बस यही संतोष है कि जितने दिन भी रही किशन के साथ, सुख से रही। स्त्री की संपूर्णता और उसकी मर्यादा के साथ रही...।''

तिलू अजिया को बमुश्किल चुप करा पाया संतु। वर्षों के जमे आँसू थे शायद...! अंततः संतु की नौकरी की बाबत जानकर ही उनके होठों पर एक मंद सी मुस्कुराहट तिर सकी।

"दरमाह मिला कि नहीं एक्को महीने का?'' तिलू अजिया का यह प्रश्न अप्रत्याशित था।

संतु प्रश्न का मर्म समझ उत्साहित हो उठा—''बोलो न अजिया...का चाही... जेब एकदम टनाटन है!''

''सेर भर मिष्टी दही और इतना ही छेने का रसगुल्ला...। एक बार खा लूँ तुम्हारे पैसों से, समझ लूँगी, बेटे की कमाई से तृप्त हो गई। बस यही एक साध बाकी बची है।''

तिलू अजिया के स्वर में इतना नेह, इतना वात्सल्य था। इतने उत्साह और उमंग भरे शब्दों में उन्होंने यह मामूली इच्छा व्यक्त की थी अपनी...कि संतु उसी समय सूजागंज चला गया और किसी नैवेद्य की...तरह इन सामग्रियों को लाकर उन्हें अर्पित कर दिया।

अगले दिन बस्ती में खूब उत्साह था। बड़का दालान के बाहरी हिस्से में विशाल शामियाना। जगह-जगह तोरणद्वार और भेपर लैंप। बस्ती की आज रौनक ही कुछ खास थी। पूरी बस्ती की दावत थी प्रशांत के घरवाले दिल खोलकर लुटा रहे थे और बस्ती के लड़के हँस-हँसकर पसीना बहा रहे थे। हर घर में बस एक ही चर्चा—एस॰डी॰ओ॰, कलक्टर होते ही चाहें तो दो-चार-दस जनों को आराम से खपवा दें। जहाँ-तहाँ हर एक बेरोजगार नवयुवक की तमन्ना आज साहेब या मेम साहेब का दिल जीत लेने की। कोई कविता रचने की तैयारी में तो कितने रफी मुकेश की नकल की कोशिश में रिहर्सल दर रिहर्सल करते हुए। मम ने आज अपनी वही पोशाक धारण की थी, जो कि प्रो॰ पप्पू के विवाह के अवसर पर उन्होंने बनवायी थी। सफ़ेद बेदाग धोती पर भागलपुरी सिल्क का कुर्त्ता इसलिए और भी अधिक फब रहा था, क्योंकि उनके जूते भी पॉलिश से महरूम नहीं थे आज। चारों ओर एक कोलाहल और आवाजाही।

बस एक अकेली चंदा काकी। नितांत तटस्थ और एकाकी। बेर डूबने से पहले ही अपनी छत पर उद्विग्नता से टहलती हुईं। अपनी एकमात्र फरियाद की पोटली को छिपातीं। कैसे कहें...किससे कहें की ऊहापोह से भरी बेचैन आँखें लगातार शहर की ओर से आनेवाली सड़क पर।...यहीं से होकर आनेवाली है प्रशांत की सवारी...नहीं उसके दुलरुवा की सवारी...। दिल्ली जाने से पहले तक प्रशांत कितना ख़याल रखता था उनका। उनकी इस कंटक भरी जिंदगी में खिला एकमात्र उल्लास और हर्ष का गुलाब।

दूरदराज से चमकती कार की हेडलाइट पर नज़र पड़ते ही जैसे वह खुशी से विक्षिप्त हो उठी हों। भगीरथ को भी गंगा पृथ्वी पर उतरने की उतनी खुशी न हुई होगी शायद...जितनी कि आज उन्हें मयस्सर थी। उन्माद की चरम अवस्था में वह अपनी छत पर अकेली इधर-उधर भागते हुए लगभग चीखने लगी थीं।—''देखो...देखो...

दौड़ो...दौड़ो रे बस्ती के लोगों...देखो...देखो...आ रही हैं मेरी बेटियाँ।...मेरी सरलो...मेरी निर्मलियाऽ...!...री कहाँ है परछावन की थाल...कहाँ है नारियल... अक्षत...रोली...? पानी से भरी गगरी कहाँ है री फलानी बहू ?...री ढिमकानी बहू... दौड़...अरी दौड़...न री...देख तो जरा... आ रही हैं मेरी बेटियाँ... हम सब की बेटियाँ!"

सचमुच, कार सीधे आकर पहले उनके दरवाज़े ही रुकी थी। कार से झट बाहर निकला प्रशांत। उसके पीछे-पीछे उसकी नवोढ़ा आई॰ए॰एस॰ पत्नी। संतु के छोटे चा और उनकी पत्नी भी। भीड़ लग गई वहीं पर। लोगों ने फटी आँखों से देखा—कैसा अद्‍भुत शील संस्कार इस नवोढ़ा बहू का। उतरते ही उसने पैर छुए चंदा काकी के। गद्‍गद चंदा काकी ने झट अंकवार में भर लिया उसे और लगीं फूट-फूटकर रोने। जैसे वर्षों से बिछुड़ी माँ अपनी बेटी से मिल रही हो।

प्रशांत ने दोनों कंधे पकड़ जबरन खाट पर बिठाया उन्हें। फिर पानी का गिलास मँगवाकर उनके होठों से सटाते हुए उन्हें दिलासा दी—"मुझसे फोन पर बातें हो चुकी हैं...!...कल सुबह की ट्रेन से आ रही हैं सरला और निर्मला जिज्जी... अपने-अपने बाल बच्चों, पतियों के संग।"

सुनते ही खाट पर निढाल होकर पड़ रहीं शिवभंजन बहू। बोलीं—"सच कह रहे हो न प्रशांत? खाओ मेरी कसम!"

प्रशांत ने उनका हाथ पकड़ हामी भरी। तब जाकर कहीं चैन मिला उन्हें। पी गईं गटागट गिलास का पूरा पानी। मगर प्रशांत के आग्रह को साफ टाल गईं। बहुत जोर देने पर केवल इतना ही कह सकीं—"तुम सब जाकर खूब खाओ-पिओ...जश्न मनाओं...। मेरी जरा भी इच्छा नहीं। सच कहती हूँ बेटा...मेरा जी तो तुम्हारी बातों से ही भर गया। इससे आगे कुछ भी हजम न कर पाऊँगी।"

शिवभंजन बहू ने करवट फेरकर आँखें इस कदर मींच लीं, मानो एक नई सुबह के पहले वह इसे खोलना ही नहीं चाहती हों...।

तेईस

यह केलिडोस्कोप उस एक व्यक्ति का है जो हर दृष्टिकोण से मुझसे अलहदा होते हुए भी मेरा सबसे अंतरंग रहा है...। दुनिया के इस रंगीन मेले में हम दोनों भरसक अपने-अपने में ही खोए रहे। मैं कुछ और ढूँढ़ता रहा वह कुछ और। किसी मेले में घूमते दो परिचित कुछ दूर साथ चलने के बाद जैसे अपनी जेब, जरूरत और ख्वाहिश के हिसाब से रास्ता बदल लेते हैं, हमने ठीक वैसा ही किया। पर उस मेले की छोटी-सी दुनिया में जाने कितने मोड़ों पर हम लगातार मिलते, बिछुड़ते और संवाद भी कायम करते रहे। बीच में यह बिछोह बहुत लंबा भी खिंचा। इसी बीच राजनीतिक और सामाजिक स्तर पर भयानक उथल-पुथल हुए। केंद्र की बहुत सारी शक्तियाँ परिधि पर आने को विवश हुईं। परिधि में घूमती ताकतें केन्द्र में आते ही दिपदिपाने लगीं। शीत युद्ध की समाप्ति हुई और विश्व में एक नए प्रकार के ध्रुवीकरण के साथ-साथ अपने देश में भी एक नई आर्थिक पहल की शुरुआत हुईं। 'रायजिंग इंडिया' से लेकर 'शायनिंग इंडिया' तक के परचम हवा में लहराए कम्यूनिस्ट शासित राज्यों से भी 'निवेश' की 'हुलुर ध्वनि' उठी। कल्याणकारी राज्य की अवधारणा लगातार सिकुड़ती गई। और साथ ही सिमटती गईं निगमों और अर्द्धसरकारी प्रतिष्ठानों में कार्यरत लोगों की सुविधाएँ। इनमें से अधिकांश को वेतन तक के लाले पड़ने लगे। हमारा कथा नायक भी ऐसे ही एक निगम में कार्यरत था, जहाँ उसके नियमित वेतन भुगतान में ढेरों अड़चनें आने लगी थीं। हर समय प्राण सूली पर टँगा रहता कि पता नहीं कब यह निगम बन्द हो जाए और वह इस उमर में बेरोजगार की कतार में शामिल हो जाए। यह सब कुछ लगातार उसके आसपास घटित हो रहा था। इधर बाजार का हाल यह था कि यह किसी अप्सरा की तरह सबों को लुभाते हुए जरूरत की जगह कामनाओं और वासनाओं के नए सब्ज बाग

दिखाने लगा था। रूखी रोटी चबाते हुए वातानुकूलित कारों का विज्ञापन देखना किसी भी शहर की तीन चौथाई आबादी वाले मामूली लोगों के रसायन में कैसा और किस तरह का परिवर्तन ला रहा था... इससे किसी को कोई मतलब नहीं था। कर लो 'दुनिया मुट्ठी में' का नारा लगाता एक नायक हवा में कलाबाजियाँ खा रहा था और ऐसा न कर पाने वाले करोड़ों अपनी ही ग्लानि और कुंठा के तेजाब में लगातार घुलते और गलते चले जा रहे थे...।

...और इन्हीं घुलते, गलते लोगों में संतु भी था। संतु यानी श्रीमान् सत्येंद्र दूबे। यह सारा कथा उपक्रम एक इसी व्यक्ति के बहाने इस पूरे वर्ग को जानने, समझने की एक विनम्र कोशिश है, जिसके जाने-जाने में आज किसी की राई-रत्ती भर भी दिलचस्पी नहीं। राजनीतिक और सामाजिक स्तर पर आज कोई हैसियत शेष नहीं रही इसकी। ऐसे में आर्थिक विपन्नता 'मम' की चीकट मैलही गाँधी टोपी की तरह दूर से ही झलक जाए, तो भला कौन कंधे पर हाथ रखे किसी ऐसे शख्स के? फिर भी यह कथा उसी एक व्यक्ति की है। उस व्यक्ति की निर्मिति, इसके रचना विन्यास और उसके क्रमिक विकास की है, जो मामूली मुसड़े पैंट-कमीज़ में अपनी पुरानी, बिना पॉलिश की हुई चप्पल फटकारता शहर की इस भीड़ में कहीं भी, कभी भी लक्षित किया जा सकता है। वह जो कभी ट्रेन या बस में अपनी बढ़ी-दाढ़ी और रूखे चेहरे के साथ किसी नैतिक बहस में जोर-जोर से हाथ चमकाते हुए शिरकत करता अवश्य ही नज़र आया होगा आपको। या फिर किसी राजनीतिक या धार्मिक सभा में सर झुकाए चुपचाप बैठा होगा आप ही की बगल में। इस बात का तो मैं चश्मदीद गवाह हूँ कि अभी पिछले दिनों जब चुनाव के सिलसिले में दिलीप कुमार पधारे थे पटना, अपने बचपन में दिनों के इस स्टार कलाकार की एक झलक पाने वह भी गाँधी मैदान की उस भीड़ में मूँगफली टूँगता मुझसे टकराया और झेंपा था। हो सकता है आपने उसे निगम के उस दफ़्तर में भी देखा हो, जहाँ वह हाल फ़िलहाल तक अपनी नौकरी बजाया करता था।

एक लंबे अंतराल के बाद उससे मेरी मुलाकात गुलजारबाग हाट में हुई। यू.ही...अचानक। आज से चार साल पहले। उसी ने पहचाना था मुझे। किसी की संकोच से भरी अत्यंत दबी जुबान में अपने बचपन का नाम सुन मैं सहसा पलट पड़ा था। उसने जब याद दिलाया तो मुझे याद आया कि हम कोई बीस-इक्कीस वर्षों के लंबे अंतराल के बाद मिल रहे थे। वरना बुझी आँखों, सुस्त चाल, लगभग सफ़ेद हो चले दाढ़ी बाल और मिमियाती सी आवाज़ वाले उसे अधेड़ सत्येन्द्र दूबे में मैं छात्र जीवन के उस पुराने संतु के जीवन का कोई स्मृति चिह्न नहीं ढूँढ़ पाया था, सिवाय उसकी नुकीली लंबी नाक के। किसी खँडहर के साबुत

मीनार की तरह वह आज भी उसके चेहरे पर उसी शान और स्थापत्य के साथ खड़ी थी।

संतु कहीं बगल में ही रहता था। सो उसके घर चलकर चाय पी लेने के आग्रह को मैं टाल नहीं पाया। तब मैं भी पटना के इस पूरबी छोर पर नया-नया बसा था। ससुराल की कृपा से मुफ्त में जमीन मिल जाने के कारण मैंने इधर ही अपना शानदार घर बनवा लिया था।

संतु किराये की दो कोठरी में दिन गुजार रहा था। एक के पीछे एक कोठरी। भीतर रसोई एवं संडास घर।

बाहर का कमरा, जहाँ हमें बैठना था, पूरी तरह अव्यवस्थित था। एक बगल छोटी चौकी पर बैठी दो लड़कियाँ पढ़ रही थीं। दूसरी बगल लकड़ी का एक मामूली टूटा-फूटा सोफा था (दहेज में मिला), जिस पर किसिम-किसिम के घरेलू सामान पसरे थे। आपको जानकर आश्चर्य होगा, अचार से भरा एक मर्त्तवान भी। शायद इसे मकान मालिक की छत पर रख आने की फुर्सत इन विद्यार्थिनों को नहीं मिल पाई होगी। एक कुर्सी पर कुछ गंदे कपड़े पड़े थे। किवाड़ के पल्ले से भी एक पैंट-कमीज झूल रही थी। इस अजीब सी अराजकता के बीच अपनी पत्नी से मेरा परिचय कराते हुए उसने कहा, "हम दोनों नवमी से इंटर तक साथ-साथ पढ़े हैं।" संतु के व्यक्तित्व के ठीक उलट थी उसकी पत्नी। खूब गोरी और छरहरी। उसने मेरी ओर अजीब अविश्वास भरी नज़रों से देखा। फिर दोनों हाथ जोड़कर जिस शालीनता से उसने 'नमस्ते' की, मैं जान गया कि अच्छे संस्कारों वाले किसी अतिसाधारण घर की कन्या रही होगी यह। उसने असाधारण फुर्ती दिखलाते हुए दो मिनट के अंदर ही कमरे का हुलिया बदल डाला। इसके अगले पाँच मिनट के भीतर खूब गाढ़ी और मीठी चाय लेकर वह स्वयं हमारी सेवा में उपस्थित हुई।

तब से संतु अक्सर आने लगा था हमारे घर। यदा-कदा उसकी पत्नी निम्मी भी आती और तब उन दोनों की विशेष खातिरदारी होती। लेकिन सच पूछिए तो चंद मुलाकातों के बाद मैं आज़िज आ गया था संतु से। इंटर तक वह इतना खुशमिजाज, हाजिरजवाब व गप्प ढीलने वाला था कि हम सभी उसकी शोहबत को तरसते रहते थे। पड़ोस में रहने के कारण उन दिनों मैं ही उसका सबसे अंतरंग था। उन दिनों की उम्र में जो कुछ भी अनोखे, लज़्जतदार और कड़ुए किस्म के घरेलू तथा बाहरी अनुभव हुए, उन सबों में हमारी गहरी साझेदारी रही। अक्सर संग-संग पेशाब करते हुए हम दोनों अपनी-अपनी मूत की धार एक-दूसरे से मिलाने का भी खेल खेलते। दरअसल थे ही इतने करीबी हम। यह सब जब मैंने बतलाया था निम्मी को, उस उदास शाम में निम्मी की न थमनेवाली हँसी ने जाने कैसी तो

एक अनियंत्रित सी उत्तेजना भर दी थी मेरे अंदर।

जबकि संतु अब मुस्कुराता तक बड़ी मुश्किल से था। दरअसल पिछले बीस-इक्कीस वर्षों के इस लंबे अंतराल में उसकी आत्मा पर गर्द की कैसी और कितनी मोटी पर्त्त जम चुकी थी, इसका कोई अहसास नहीं था मुझे। केवल सुना भर था कि नौकरी में आते ही वह खूब पियक्कड़ हो गया था। मगर शादी के बाद लगातार दो लड़कियाँ हो जाने के बाद उसने यह सब कुछ छोड़ दिया। पान तंबाकू तक खाना भी। यद्यपि कि एक लड़का भी है उसे जो स्थानीय मारवाड़ी उच्च विद्यालय नामक सरकारी स्कूल में दसवीं का छात्र है। फिर भी कह सकता हूँ कि आज संशय, संदेह, दुविधा, कमवक्ती जैसे कई कारण हैं जो दो मनुष्य को एकदम से अंतरंग होने से रोकते हैं। इसके अलावे भी ढेरों सामाजिक और मनोवैज्ञानिक नुक्ते हो सकते हैं, जो हम दोनों के बीच किसी दीवार की तरह उपस्थित हों और हम दोनों के एक-दूसरे से पूरी तरह खुलने में बाधक हों।

बहरहाल, वह आता और अपनी चप्पल करीने से बाहर उतार ठीक कूलर के सामने बैठ जाता। पूरे अधिकार के साथ। पसीना सूखने तक वह कोई बात भी नहीं करता। फिर थोड़ी अँगड़ाई वगैरह लेता और तिपाई से कोई साहित्यिक पत्रिका उठा उसे उलटने-पुलटने लगता। हमेशा की तरह मैं उसे आश्वस्त करता कि यदि वह चाहे तो पत्रिकाओं को पढ़ने के वास्ते घर ले जा सकता है तब वह मुस्कुराता (धन्यवाद के एवज़ में) और मेरी ओर एकटक देखते हुए बातचीत के शुरुआत की प्रतीक्षा करता।

"चाय लोगे कि ठंडा?"

"कुछ भी... ।...क्या फर्क पड़ता है?"—संतु संत भाव से सर झुकाए हुए कहता।

"नाश्ता कर लो संतु!"—मैं कहता और संतु आहिस्ता-आहिस्ता पूरी प्लेट चट कर जाता। लीजिए, भोजन के वक्त आ टपके हैं श्रीमान! तिस पर छुट्टी का दिन। "पधारिए श्रीमान! न हो तो थोड़ा भात आप भी पा लीजिए।"

और संतु जी महाराज बिना किसी औपचारिक धन्यवाद के हस्त प्रच्छालन क्रिया संपन्न कर जम जाएँगे मेरी बगल में।

आप कुछ भी बोलिए, बकिए, प्रेम से सुनते रहेंगे। बड़ी मुश्किल से एक दो वाक्य बीच में इसलिए उचर देंगे ताकि बतरस का क्रम बाधित न हो। खुद सूत्रधार बनने का तो कोई सवाल ही नहीं! चाहे लाख विचलित कर दे कोई।

"तुम पहले की तरह खुलकर हँसते क्यों नहीं संतु?"

".."

"संतु क्या तुम रोते हो कभी?"

".."

"तुम तो इतना बढ़िया गाते थे संतु! आज तो भाभी जी भी हैं। हो जाए मुकेश का एक पुराना दर्द भरा गीत।"

सच मानिए...लाख जतन कर हार गया मैं! मगर फिर एक दिन अचानक सफल हो गया। उस दिन अनायास ही मैं पूछ बैठा—"तेरा वह केलिडोस्कोप कहाँ है जो तुझे बिटिया बुआ ने दिया था?"

"उसे तो मैंने फेंक दिया!"—संतु ने आदतन संक्षिप्त-सा जवाब दिया।

"कहाँ?...कब?...तू तो उसे बड़े एहतियात से रखता था।"

"बस फेंक दिया;"—संतु ने बुझे स्वर में कहा—"जैसे गृहस्थी के झमेले में फँसी किसी स्त्री के लिए बचपन की गुड़िया का कोई महत्त्व नहीं रह जाता...केवल एक टीस ही देती है वह मन को। उसी तरह मेरा वह केलिडोस्कोप भी बेकार हो चला था।"

और उस दिन थोड़ा खुला संतु। ठीक जैसे कछुआ अपनी खोल से मुँह निकालता है और विपरीत परिस्थिति आँक, झट इसे खोल के भीतर सुरक्षित कर लेता है।

संतु के उस दिन के कथनानुसार नाथूचक में जश्न की वह रात एक यादगार रात थी। साथ-साथ खाने-पीने और हँसी-मज़ाक होते रहने के कारण लगा कि नाथूचक का वह पुराना दिन लौट आया है...जब पहली जनवरी को बगीचे में पिकनिक मनती थी...। मम को इतने उत्साह में पहले कभी नहीं देखा था संतु ने। उन्होंने तो एक प्रस्ताव ही दे दिया कि आज की संध्या की वर्षगाँठ नाथूचक में हर वर्ष मनाई जानी चाहिए। यह एक नये प्रगतिशील युग की शुरुआत है और नाथूचक के इतिहास में इसे दर्ज किया ही जाना चाहिए।

छोट चा और प्रशांत की पत्नी ने एक-दूसरे का हाथ थाम उस रात इतने ठुमके लगाए कि नाथूचक की तमाम जकड़न ढीली पड़ गई। फिर तो बस्ती की ननद-भौजाइयों ने भी जतला दिया कि वह सेर पर सवा सेर से कम नहीं। इधर बस्ती के लड़कों ने गीत गवनई, काव्य पाठ और चुटकुलों से देर रात तक समाँ बाँधे रखा।

फिर भी संतु बेचैन था। इस जश्न में भी क्योंकि आज जिसे सबसे अधिक खुशी होती यहाँ आकर, वही तिलू अजिया ही अनुपस्थित थीं। यद्यपि कि खुद को आमंत्रित किये जाने को लेकर वह बेहद प्रसन्न थीं। उन्होंने वादा भी किया था कि जरूर आएँगी। अगर ना आ सकी तो समझना कि जरूर कोई गंभीर बात होगी, वरना...।

संतु इसी आशंका से रात भर परेशान रहा कि आखिर वह गंभीर वजह क्या हो सकती थी?

सुबह हुई। इसके पहले कि संतु कुछ पता लगा पाता, उड़ता हुआ एक कारुणिक समाचार उस तक भी आ पहुँचा—नहीं रहीं तिलू अजिया। सुनते ही दौड़ पड़ा संतु। वहाँ काफी भीड़ थी। नाथूचक के भी ढेर सारे लोग थे। वैद्य जी के लड़के डॉ॰ चन्द्रभूषण मिश्र भी। वही वस्तुस्थिति से सबों को अवगत कराते हुए कह रहे थे—"संभवतः शाम में ही ब्रेन हेम्ब्रेज हो गया उनका। हर कोई जानता था, उन्हें चीनी की गंभीर बीमारी थी। तिस पर उनके घर से चाट पोंछकर साफ की हुई मिष्टी दही और रसगुल्ले की हाँड़ी...!...यह सरासर आत्महत्या नहीं तो और क्या है?"

सुनते ही काठ मार गया संतु को। उसे कुछ भी सुनाई देना बंद हो गया था। लगा कि मूक और बधिर हो चुका है वह। और उसके दिलो दिमाग में तिलू अजिया का कहा एक ही वाक्य किसी हथौड़े की तरह लगातार बज रहा है—"अगर मैं ना रहूँ किसी दिन और संयोग से तू यहाँ रहे तो मेरा अंतिम संस्कार तू ही करना रे संतुआऽ...। तुझको कसम है मेरी। समझ ले कि यही मेरी अंतिम इच्छा है।"

लेकिन संतु उनकी यह अंतिम इच्छा पूरी न कर सका। ऐसा नहीं कि उसने कोशिश नहीं की। मगर वहाँ जो एक अश्लील नाटक हुआ...उनकी बची-खुची संपत्ति को लेकर...उसके तहत वाजपेयी बाबा के एक गोतिया के लड़के ने तस्वीर खिंचवा-खिंचवा कर उनके क्रियाकर्म को संपन्न किया। ताकि प्रमाण रहे... और किशन की ओर से यदि भविष्य में कोई विवाद खड़ा हो तो मुँहतोड़ जवाब दिया जा सके। संतु वहाँ न तीन में था न तेरह में। एक बार बीच में बोलना भी चाहा तो मम ने ही हस्तक्षेप कर उसे चुप करा दिया। उन्होंने उसे डपटते हुए कहा कि हड़बड़ात काहे हो बुढ़बकऊ। जल्दिए हम ई मौका देब तुम सबका। तब देखब कि कौन कितना बढ़-चढ़कर कर रहा है हमरी खातिर!

...और तिलू अजिया की चिता में आग लगते ही संतु ने लौटकर गाड़ी पकड़ ली थी। निर्मला ने कसम दी थी उसे, दो-चार दिन संग-साथ बिताने की। बचपन की उन पुरानी स्मृतियों को फिर से ज़िंदा करने की। मगर कसम की उस दीवार को भी लाँघकर बगटूट भाग छूटा संतु। पता नहीं क्यों...?

ट्रेन में भी वह लगातार बेचैन रहा। नहीं.... ऐसे तो शायद जीना भी कहीं दूभर न हो जाए। नहीं...नहीं...!...जिस फूस को जलाकर हम ताप चुके हों, उससे छत नहीं छाई जा सकती। ट्रेन में संतु सन्निपात के किसी रोगी की तरह बीच-बीच में बड़बड़ाता और ऊँघता रहा। और फिर अचानक खिड़की से बाहर पसरे डायनासोरी अँधेरे के खुले जबड़े के हवाले कर दिया उसने अपना वह छोटा-सा खिलौना... वह केलिडोस्कोप...।

यह सारा किस्सा छोटे-छोटे टुकड़ों में उस दिन सुनाकर जो गए श्रीमान् सत्येन्द्र दूबे तो हफ़्तों लापता रहे। फिर भी मैं निश्चिंत था। होंगे कहीं काम धाम में मशरूफ। आज तो वैसे भी हर आदमी को हजार परेशानी। उन जैसों को कुछ ज्यादा ही।

लेकिन फिर एक दिन एक महिला की घबराई हुई आवाज़ मेरे फ़ोन से बाहर निकल मेरे दिमाग को मथने लगी। यह निम्मी थी सत्येन्द्र दूबे की पत्नी। उससे जो सूचना मिली, उस कारण मुझे फ़ौरन घर छोड़ना पड़ा था।

एक गाड़ी ने पीछे से टक्कर मार दी थी संतु को। गाड़ी वाले का कहना था कि इसने पता नहीं क्यों हॉर्न की आवाज़ नहीं सुनी! इतना खोया था यह शख्स खुद में ही...अहमक...। सड़क पर चलते समय जैसी चपलता और फुर्ती चाहिए...जिन यातायात नियमों की समझ होनी चाहिए...वह तो इस झुनझुने में है ही नहीं।

वह कारवाला था। इससे भी महत्त्वपूर्ण यह कि उसका बाप बहुत ऊँचे ओहदे पर था। इससे भी ज्यादा अहम बात यह कि वह उसी जाति का था, जिस जाति के मुख्यमंत्री थे प्रदेश में।...और था इस इलाके का थानेदार। और सबसे अहम बात यह कि वह सत्येन्द्र दूबे जैसे लोगों को आदमी नहीं, एक झुनझुना समझता था।

और फिर हुआ ही क्या था? कमर की हड्डी ही तो टूटी थी। हड्डी तो दो महीने में जुड़ जाती है। यह ले, पकड़....पूरे दो हजार हैं।

कार वाला दो हजार रुपये उसके मुँह पर मार चलता बना। थानेदार ने उसकी इस उदारता की दाद दी। केस को सलट लेने का आश्वासन दिया। बदले में उसे घर पर मिल लेने का सुनहला दावतनामा मिला। थानेदार ने सत्येन्द्र दूबे को कृपापूर्वक सरकारी अस्पताल में लाकर छोड़ दिया और इस अहसान के बदले दो हजार में से पाँच सौ झपट कर चलता बना।

सरकारी अस्पताल की अपने किस्म की सुस्त चाल। एक्स-रे बाहर से कराना होगा। तब कहीं जाकर डाक्टर इलाज शुरू करेंगे। तब तक दर्द की सूई और कुछ खर्च करो तो ट्रैक्सन पर रख दिया जाएगा। इससे मरीज को काफी आराम मिलेगा।

मैंने निम्मी की ओर देखा। वह फफक रही थी। उसका लड़का बदहवास था। दोनों लड़की घर पर ही थीं। मैंने एम्बुलेन्स ठीक किया और एक सस्ते ट्रौमा सेंटर की ओर कूच कर गया। तीसरे दिन उसका ऑपरेशन हो गया। प्लेट लगी। पाँचवे दिन सत्येन्द्र दूबे वॉकर के सहारे चलने लगा। इसके एक हफ़्ते बाद वह अपने घर आ गया।

मैं जब भी मिलने जाता, वह मन नहीं लगने की शिकायत करता। मेरा अहसान जताता और इलाज का खर्च किश्तों में लौटा देने की बात करता। सुनकर मैं निम्मी की ओर देखता और इस सबकी चिंता अभी करने की क्या जरूरत है जैसे औपचारिक वाक्यों से उसे बहलाता।

फिर एक दिन मैंने उसे शराब पिलाई। वह नानुकर करता रहा। लेकिन फिर मान गया। निम्मी उस शाम बहुत खुश थी और बीच-बीच में गुनगुना ले रही थी। मैंने अपनी गाड़ी भेजकर उन दोनों को बुलवाया था। दरअसल निम्मी का जन्मदिन था और यह बात केवल मुझे ही मालूम थी।

लेकिन संतु ने सब गुड़ गोबर कर दिया। पीने के बाद वह अचानक रोने लगा।

"इसलिए तो शराब नहीं पीता...। मेरा भय...मेरे भीतर का अंधकार...सबकुछ और सघन हो जाता है।"

"अब कैसा भय? किस चीज़ का भय? अब तो तुम बिल्कुल ठीक हो।"

"तुम नहीं समझोगे...दरअसल हम सभी एक दूसरे को अब समझना ही कहाँ चाहते हैं? केवल आँकते हैं। मूल्यांकन करते हैं। वह भी इतने तमाम क्षुद्र मानदंडों के आधार पर कि...।"

संतु ने एक गहरी साँस ली। "तुम जानना चाहते हो मुझे किस चीज का भय है?...तो सुनो;"—संतु ने आँख मूँदते हुए कहना जारी रखा—"मुझे भय है कि कल को मेरी तनखा रुक गई या मुझे नौकरी से निकाल दिया गया तो क्या होगा? मुझे भय है कि दहेज के इस बाजार से मैं अपनी बेटियों के लिए क्या और कैसा खरीद पाऊँगा? खरीद भी पाऊँगा या नहीं? मुझे इस बात का भी भय है कि सरकारी स्कूल में पढ़ते मुझ जैसे सामान्य, साधारण व्यक्ति के लड़के का इस देश में क्या भविष्य है? मुझे भय है कि कल को मेरे परिवार में किसी को कोई घातक बीमारी या चोट चपेट लग जाए तो मैं क्या कर सकूँगा? आज तो तुमने मुझे उबार लिया, मगर कल...और परसों?" संतु बहुत देर तक काफी उद्विग्न रहा और यूँही बड़बड़ाता रहा। लेकिन उसी रात चलने से ठीक पहले उसने मेरा हाथ पकड़ते हुए कहा—"मुझे क्षमा करना मेरे दोस्त...मगर मैं कुछ दिन बहुत शान से जीना चाहता हूँ। भूल जाना चाहता हूँ अपना यह वर्तमान...और डरावने भविष्य की ओर तो ताकना भी नहीं चाहता! बस तुम आना मेरे भाई....मेरे घर रोज आना कुछ दिन। हम साथ-साथ हँसेंगे...बोलेंगे और केवल पुराने दिनों को याद करेंगे।"

और इन्हीं दिनों संतु ने वह सब कुछ सुनाया, बतलाया, जो कुछ भी लिखा जा चुका है सिलसिलेवार। जैसे अपनी केंचुल उतारकर साँप और भी फुर्तीला और चमकदार हो जाता है, कुछ-कुछ वैसा ही झलकने लगा था संतु का व्यक्तित्व। अब

वह लाठी लेकर सुबह-सुबह थोड़ी दूर घूम टहल भी आता था।

आप सोच रहे होंगे, उस जैसे साधारण से व्यक्ति के इस केलिडोस्कोप में आप क्यों झाँकना चाहेंगे भला? यह प्रश्न मेरे ख़याल में भी आया था। मैंने पूछा भी था पूरे विस्तार से। लगभग आप की ही भाषा और तेवर में। मैंने संतु से यह पूछा कि न तो तुम्हारे पास दलित जीवन के अछूते, रोंगटे खड़े कर देने वाले प्रसंग हैं और ना ही उस संघर्ष और चेतना की कोई झलक ही, जो एक सामाजिक रूप से पिछड़े जीवन से उबकर किसी शीर्ष स्थान तक आ पहुँचने की विजय गाथा में नजर आती है। जिसमें आज समाज के एक बड़े समुदाय की रुचि भी है। ऐसे में किसकी रुचि होगी भला तुममें?

जवाब में संतु ने बिना किसी लाग लपेट के एक ही वाक्य कहा था—"इसलिए, क्योंकि यह मेरा है। दिस इज़ मॉय केलिडोस्कोप!" और फिर हँसते हुए उसने इसकी व्याख्या की—"इसका संबंध मेरे अस्तित्व से है। मैं हूँ अभी और अपनी थपड़ी पीटकर आपका ध्यान आकर्षित कर सकता हूँ। या फिर नीम अँधेरे में माचिस की एक तीली जलाकर अपना चेहरा दिखाने जैसी एक मामूली कवायद ही समझ लो इसे।"

"लेकिन आज जिस तरह से मोबाइल कैमरे और हैण्डी (छोटा मूवी कैमरा) को हाथों में झुलाते हुए पूरा समाज घूम रहा है। इसके चलते आज हम 'अनुपस्थित' त भी 'उपस्थित' होने में बदले दे रहे हैं। अपनी कंपनी को चमकाने में दिन-रात एक करता पिता भी रात को अपने बेड रूम में अपने सो चुके बेटे को 'पापा' कहते हुए स्क्रीन पर देखकर आह्लादित हो सकता है। या फिर अपनी गर्ल फ्रेंड के साथ के अंतरंग क्षणों को भी लोग 'शूट' करने लगे हैं...! ऐसे में तुम्हारा यह केलिडोस्कोप...तुम्हें नहीं लगता यह किसी पिछड़े, आदिम जमाने का यथार्थ है?"

मेरे इस प्रश्न को सुनकर बड़ी तबीयत से मुस्कुरा उठे श्रीमान् सत्येन्द्र दूबे। एक रोबीली मुस्कान। जैसे अपने नामवर जी किसी बचकाने सवाल पर मुस्कुराते हैं।

"तुम्हारे इस सवाल में ही दरअसल इसका जवाब भी छुपा है।" संतु ने थोड़ा विराम लेकर कहना जारी रखा—"चूंकि आज यह सब है, इसलिए यह भी है। और रहेगा। आज चाहे 'मिक्सी' का चलन कितना ही क्यों न बढ़ जाए, पत्थर की पटिया या सिलौटी दुनिया के किसी न किसी कोने में जरूर रहेगी। यदि यह अजायबघर में रख दी जाए, तब तो इसका और भी ऐतिहासिक महत्त्व को जाएगा। लेकिन ऐसा नहीं होने जा रहा है, यह मैं जानता हूँ। क्योंकि हम चाहकर भी पूरी दुनिया को केवल 'मिक्सी वाली दुनिया' या केवल 'सिलौटी वाली दुनिया' नहीं बना सकते!

यह गैप तो हमेशा रहेगा ही। मोटरसायकिल को आए इतना जमाना हो गया, कहाँ विलुप्त हुईं सायकिलें? फिल्म और टीवी के गाँव-गाँव बढ़ते प्रचलन के इस युग में 'बाइस्कोप' गाँव के मेले तमाशे में या छोटे शहरों के बच्चों को आज भी केवल पचास पैसे में आकर्षित कर मनोरंजन कर ही रहा है। बेशक, अब वहाँ भी 'नौ मन की मोटी धोबन' या 'आगरे का ताजमहल' नहीं है।''

बहरहाल, मैंने इसे केवल इसलिए लिपिबद्ध किया, क्योंकि एक बहते पानी की तरह सदा निर्मल रहा संतु का जीवन। एक ऐसा व्यक्ति, जो जिन लोगों के बीच रहा, उन्हीं का होकर रह गया। या कि फिर आजीवन वह उन मूल्यों और संस्कारों को ढोता रहा, जिसके ढोने या न ढोने से इस समाज को कोई फर्क नहीं पड़नेवाला था । जैसे कि एक मामूली बाबू की ईमानदारी का मूल्य इस देश और समाज के लिए एक प्रधानमंत्री की ईमानदारी की बनिस्पत कुछ भी नहीं। किस्सा एक भ्रष्ट प्रधानमंत्री का हो सकता है, मगर एक ईमानदार बाबू की कथा में किसी की क्या दिलचस्पी? एक ऐसे व्यक्ति की कथा में, जिसके जीने या फिर मर जाने से कहीं कोई हलचल, कोई हाहाकार, कोई स्तब्धकारी सन्नाटा नहीं पसरनेवाला। जिसके जीवन में कोई खासियत न हो ऐसे अतिसाधारण लोगों के जीवन के अतिसामान्य जीवन प्रसंगों को एक कथा सूत्र में लिपिबद्ध करने की यह मेरी एक मामूली सी कोशिश किसी को कितनी रास आ सकती है, मैं नहीं जानता। किंतु मेरे लिए यह बचपन के एक साथी की अंतिम इच्छा का ही सम्मान भर नहीं। मैं खुले दिल से स्वीकार करता हूँ कि इसके पीछे मेरी आत्मा में लगा एक फाँस भी है। एक गहरा अपरोध बोध...जिसकी क्षतिपूर्ति के वास्ते मैंने यह सब लिपिबद्ध करने का उपक्रम किया।

मैं बार-बार यहाँ स्वयं के लिखने की वजह लिपिबद्ध करने जैसे शब्द का प्रयोग जानबूझकर कर रहा हूँ। दरअसल उस शाम को मैं आजीवन नहीं भूल सकता। उस शाम भी अरसे बाद हम दोनों ने शराब पी। संतु ने जिद करके मँगवाई थी शराब। अपने पैसों से। हल्के नशे में आते ही वह कहने लगा कि भले ही अपने उस केलिडोस्कोप से भौतिक रूप से उसने वर्षों पूर्व मुक्ति पा ली थी, मगर उसकी एक-एक तस्वीर और रंग...सब कैद हैं उसके ज़ेहन में। और वह मुक्ति पाना चाहता है इससे।

''मैं इसमें तुम्हारी क्या मदद कर सकता हूँ?''

''बस एक तुम्हीं तो कर सकते हो;''—संतु ने लगभग गिड़गिड़ाते हुए कहा—''इतना सब कुछ तुम्हीं ने तो किया। बस यह एक आखिरी ख्वाहिश...अंतिम इच्छा कि तुम इसे उतार दो कागज पर।''

मुझे अपनी ओर एकटक देखता पाकर संतु ठठाकर हँस पड़ा। बोला—''इसमें

क्या धरा है यार! कुछ दिनों के लिए हम अपनी-अपनी भूमिका बदल लेंगे। समझ लो कि आज से मैं तुम्हारी जगह ले लेता हूँ...एक लेखक की जगह। एक व्यास की पीठ पर आसीन हो जाता हूँ मैं। और तुम मेरी तरह एक मामूली लिपिक बन जाओ...जैसे कि गणेश जी बने थे व्यास मुनि के लिए।"

"ठीक है; बन जाता हूँ;"—मैंने तनिक भी बुरा न मानते हुए मुस्कुराकर कहा—"मगर शर्त भी वही रहेगी, सो जान लो। यानी कि तुम्हें लगातार कथा कहते रहना होगा...। कथा रस का क्रम भंग हुआ नहीं कि मैं इसे यूँही आधा अधूरा छोड़ चल दूँगा...।"

"नहीं...यह शर्त मुझ पर लागू नहीं हो सकती। मैं कोई सचमुच का व्यास थोड़े न हूँ;"—संतु ने पूर्ववत गिड़गिड़ाते हुए कहा—"मेरी तो अरज यही होगी मेरे लिपिकार...कि जहाँ मैं रुक जाऊँ या चूकने लग जाऊँ...ठीक वहीं से तुम शुरू हो जाना बिना ऐसी विरल संगत के यहाँ केलिडोस्कोप कागज पर उतरने वाला नहीं। इतनी मदद तो तुम्हें करनी ही होगी मेरे भाई...!!"

जिस दिन यह कार्य पूरा हुआ, संतु एकदम मगन था। उत्फुल्ल और पूरी तरह से चैतन्य। उसने खिलखिलाते हुए पूरे आत्मविश्वास से कहा, "यह पोथी भद्र जनों के बीच बड़े चाव से पढ़ी जाएगी, देख लेना।...और महानगर की अट्टालिकाओं के दड़बेनुमा फ़्लैटों में एक अनुशासित जीवन जीते हुए जवान हुई अभी की ताजा टटकी पीढ़ी...वह भी एक ऐसे खुले और अराजक जीवन के प्रति निस्संदेह दिलचस्पी जतलाएगी। आज सामानों और जिंस से पटे बाजार में मेरे पास बेचने को बस यही एक तुच्छ पोथी ही तो है...!"

संतु एक बार पुनः खिलखिला उठा। चिर दुखी और अतृप्त संतु। पता नहीं आज ऐसा क्यों जतलाने की कोशिश कर रहा था कि जैसे चिर सुखी और संतृप्त हो वह।

और फिर मेरे विदा लेने से पूर्व तो हद कर दी उसने। स्वयं अपनी ओर से पहल करते हुए उसने कहा कि आज उसकी इच्छा गाने की हो रही है। मुकेश का एक दर्द भरा गीत। और बिना किसी की ओर देखे वह आँख मूँदकर गाने लगा—"दोस्त, दोस्त न रहाऽ...प्यार, प्यार न रहाऽऽ....!"

इस गीत को सुनते ही मैं भीतर ही भीतर काँपकर रह गया था। निम्मी तो झट रसोईघर में समाते हुए जानबूझकर खटर-पटर करने लगी थी...। मगर संतु था कि फिर भी गाए ही चला जा रहा था...।

और अगली सुबह ही वह हृदय को मथ देने वाली सूचना मिली। संतु जो टहलने निकला सुबह, लौटकर फिर नहीं आया। शाम तक पुलिस की तरफ

से सूचना मिली—गाँधी सेतु पर किसी की चप्पल और छड़ी लावारिस हालत में पड़ी मिली है। हमने जाकर तस्दीक की। वहाँ से ठीक नीचे गंगा अपनी महत्तम गहराई के साथ बह रही थी। पूरे तीन दिनों तक सरकारी और प्रायवेट गोताखोर लगे रहे, मगर लाश नहीं मिलनी थी, सो न मिली। निम्मी तो उसे आज भी मृत मानने को तैयार नहीं।

इधर अपनी कच्ची नींद में मैं अक्सर ही एक भयावह सपना देखता हूँ।...गंगा नदी से सुबह के उजियारे के साथ ही एक मामूली छपाकऽ...की आवाज़ उठती है। मगर आश्चर्य कि किसी ने नहीं सुना इसे। ना ही किसी ने कुछ भी देखा। केवल मैं महसूस करता हूँ इसे...अपनी चादर से मुँह ढँककर लगातार कँपकँपाते हुए। ...जैसे सैकड़ों किसान मर रहे हैं...और सैकड़ों बेगुनाह। उन्हीं के साथ संतु जैसे लोग भी...। जिन्हें उतनी भर भी कवरेज मयस्सर नहीं।

तो प्रिय पाठको!

इस तरह से जिया संतु ने
और लिपिबद्ध किया मैंने
यह एक मामूली केलिडोस्कोप।

□□□